雪域马帮

李仲贤 著

四川民族出版社

图书在版编目（CIP）数据

雪域马帮 / 李仲贤著. -- 成都：四川民族出版社，2024.3

ISBN 978-7-5733-1751-3

Ⅰ.①雪… Ⅱ.①李… Ⅲ.①长篇小说-中国-当代 Ⅳ.①I247.5

中国国家版本馆CIP数据核字（2024）第045470号

雪域马帮
XUEYU MABANG

李仲贤　著

出 版 人	泽仁扎西
责任编辑	央　金
责任印制	孟　豪
出　　版	四川民族出版社（四川省成都市青羊区敬业路108号）
邮政编码	610091
设计制作	成都圣立文化传播有限公司
印　　刷	四川金邦印务有限公司
成品尺寸	185mm×260mm
印　　张	34
字　　数	745千
版　　次	2024年3月第1版
印　　次	2024年3月第1次印刷
书　　号	ISBN 978-7-5733-1751-3
定　　价	96.00元

著作权所有·侵权必究

CONTENTS 目录

楔　子 001

• 第一章
　遭劫难罗松去世　报父仇两心相印 004

• 第二章
　见美女心生歹意　萌爱意识荆甲卡 018

• 第三章
　叩长头千里朝圣　了姻缘单骑逐匪 028

• 第四章
　勇嘎染病宿藏家　田轩决意去拉萨 037

• 第五章
　好男儿勇救美女　靓女勇闯土司府 044

• 第六章
　土司府甲卡求情　红烛夜勇嘎成亲 055

• 第七章
　流浪羌月遇马帮　臭味相投结同盟 064

• 第八章
　温泉染风寒　夜闯神山采雪莲 075

• 第九章
　借宿藏家结情谊　峡谷遇险得安然 082

- 第十章
  夜闯虎穴晓真相　迷途知返道实情 …………… 093

- 第十一章
  汪堆舍身救美女　欧阳感激生爱意 …………… 101

- 第十二章
  勇嘎意深还玉镯　甲卡含情吐心声 …………… 108

- 第十三章
  少女殒命露真相　危难相助感恩德 …………… 115

- 第十四章
  流浪女易物遭拒　周胖子为爱离队 …………… 123

- 第十五章
  姐妹饮恨命归西　额登护女赴黄泉 …………… 133

- 第十六章
  额登屈死成冤魂　虚情假意掩真相 …………… 153

- 第十七章
  遇红军马帮脱险　受启发田轩醒悟 …………… 160

- 第十八章
  自以为是成泡影　兄弟相逢夜难眠 …………… 171

- 第十九章
  唯利是图终受损　同胞兄弟甘献身 …………… 183

- 第二十章
  勇嘎赎罪做觉姆　格桑拉姆遇仁青 …………… 202

- 第二十一章
  富贵喜获姑娘爱　羌月幼稚入狼穴 …………… 210

- 第二十二章
  "草上飞"自取灭亡　"金眼镜"尸横荒野 ………… 221

- 第二十三章
  图报复觉罗纵火　救田轩拉姆献计 ………… 234

- 第二十四章
  勇嘎闻讯赐金簪　甲卡忍辱救田轩 ………… 245

- 第二十五章
  见金簪田轩被放　对老爷欧阳释疑 ………… 254

- 第二十六章
  卓玛一语道心声　觉罗报恩身相许 ………… 260

- 第二十七章
  锡第箴言起微澜　田轩尴尬遭冷遇 ………… 266

- 第二十八章
  恋人重逢寿辰日　勇嘎真情取玉镯 ………… 271

- 第二十九章
  郎吉孤身入匪巢　"刀疤"攀崖灭劫匪 ………… 280

- 第三十章
  甲卡商铺解为难　勇嘎只身回故里 ………… 289

- 第三十一章
  为钱财图穷匕见　雪深仇府邸枪响 ………… 297

- 第三十二章
  勇嘎寻人闯虎穴　汪堆护人离拉萨 ………… 309

- 第三十三章
  降巴丹真回府邸　田轩觉罗离拉萨 ………… 318

- 第三十四章
  喜得贵子名洛桑　义结金兰识明华 …………… 327

- 第三十五章
  贺新婚田轩醉酒　怀身孕觉罗还家 …………… 334

- 第三十六章
  身带残疾回故乡　转变态度对田轩 …………… 345

- 第三十七章
  卓玛袒露内心怨　勇嘎投怀暖田轩 …………… 354

- 第三十八章
  慷慨解囊助抗战　帐篷婚礼了心愿 …………… 362

- 第三十九章
  命运不济沦奴隶　事半功倍得千金 …………… 367

- 第四十章
  勇嘎罹难增仇恨　田轩决意跟党走 …………… 372

- 第四十一章
  热血男铭记仇恨　痴情女自甘献身 …………… 377

- 第四十二章
  卓玛怀孕土司喜　伽玛当妈玩心机 …………… 385

- 第四十三章
  新婚甜蜜醉苦酒　穷途末路遇恩人 …………… 393

- 第四十四章
  爱国人士遭杀戮　分娩母亲露秘密 …………… 401

- 第四十五章
  胜利喜悦为昙花　黑暗康定露曙光 …………… 404

- 第四十六章
  坏噶厦背信弃义　善汪堆喜结良缘 …………………… 414

- 第四十七章
  赖三贩表赚大钱　富贵还家被拔毛 …………………… 417

- 第四十八章
  卓玛女儿上大学　赖三犯罪受严惩 …………………… 423

- 第四十九章
  国家赎买大货栈　情窦初开小洛桑 …………………… 428

- 第五十章
  赖三刑满被释放　雍珠嘎玛恨离世 …………………… 437

- 第五十一章
  闻噩耗痛不欲生　受打击誓回拉萨 …………………… 447

- 第五十二章
  伽玛偷情酿苦果　货栈被赎获新生 …………………… 454

- 第五十三章
  茨玛丽珠生爱意　土司老爷主改革 …………………… 461

- 第五十四章
  顽固势力蠢蠢欲动　白马伪装善人博取人心 ………… 468

- 第五十五章
  田轩领命新职位　朋友真情引非议 …………………… 477

- 第五十六章
  风雨袭来叛匪劫　田轩负伤钞票焚 …………………… 487

- 第五十七章
  负隅顽抗叛匪亡　深入虎穴死如归 …………………… 491

- 第五十八章
  农奴制度被废除　土司老爷获寿终 ……………… 495

- 第五十九章
  雍熙展才智晋级　田靓受牵连身亡 ……………… 499

- 第六十章
  赖三因病结良缘　甲卡幸运去拉萨 ……………… 506

- 第六十一章
  患难真情甲卡孕　阳光军人惊四座 ……………… 513

- 第六十二章
  赖永福捅刀犯罪　倔甲卡拒婚出走 ……………… 519

- 第六十三章
  赖永福辞职做生意　小洛桑弄潮起微澜 ……………… 526

  后　记 …………………………………………………… 535

楔　子

开春后，天气本应该一天天暖和起来，然而今年却特别寒冷，仍然是一场大雪接着一场大雪，使得大地、山峦到处是白茫茫的一片。

今天是罗松泽仁的马帮驮队出发去往炉城进货的日子，天空虽然还稀疏地飘飞着雪花，但是马帮的伙伴们都已经起床在忙碌地做着出发前的准备：有的在马厩房给马匹备鞍，有的在院子里冒着飘飞的雪花将药材、皮毛，以及手织的毡子之类的货品装载到驮运物资的牦牛身上……

罗松泽仁是拉萨有名的商人，在拉萨、昌都，以及青海的一些地区都有他的业务。此时，夫人翁姆正在为早起的罗松泽仁捆扎藏装的腰带。

罗松泽仁透过贴有窗花的玻璃窗户，向外观望，他看见飘飞的雪花和白茫茫的原野中有两个骑快马的人正朝自己家府邸驰来。罗松泽仁正感疑惑时，替自己扎好了腰带的妻子，顺着丈夫的视线向窗外看去，不由得惊喜道："是次郎尼玛！"

罗松泽仁惊疑地脱口问："他来做甚？"

"还能作甚，"妻子微微一笑，回答丈夫道，"为了你的宝贝女儿呗。"

"他不是为了勇嘎，"罗松泽仁鄙夷地道，"是为了我家的家业！"

"这孩子——懂事、孝顺，"翁姆替次郎尼玛辩解道，"我倒是蛮喜欢。"

"我明白你的意思，但以后这些事，再也不要在我面前提起。"

"不提、不提，"妻子叹了口气道，"这孩子就是头犟牛，认定了的事九头牛也拉不回来。"

"管他是犟牛，还是什么，"罗松回击夫人道，"还是那句话，娶我家勇嘎——没门！"

丈夫听不进自己的话，翁姆自觉没趣。次郎尼玛是翁姆娘家的远房亲戚，本也出生在拉萨的贵族家庭，但七八岁时家庭遭到变数不幸破产，父母也因此而先后含恨离世。次郎尼玛沦为孤儿后，只好投靠舅舅家。此间，翁姆正好带着女儿回娘家省亲。在娘家的日子里，翁姆见女儿喜欢和次郎尼玛一块玩耍，次郎尼玛也事事都让着女儿，于是翁姆就把次郎尼玛接到自己的家里来陪同女儿。一晃十多年过去，次郎尼玛不知不觉在翁姆家，由孩子成长为了相貌帅气的小伙。次郎尼玛天性聪明，成年后成了姨夫罗松泽仁商业上的得力助手。

冒着风雪赶来的次郎尼玛，下了马，将缰绳扔给同行的泽郎桑珠，自己就匆匆跑进了府邸的宅楼。当他跑上二楼，在楼道上正好遇见勇嘎从卧室出来，次郎尼玛开心地笑着喊了声："勇嘎妹妹！"

"拉萨下雪了吗？"勇嘎顺口问。

"同这里一样，"次郎尼玛回答，"也是雪花飘飞。"

"冻坏了吧？"勇嘎关心地问，"快去客厅暖和暖和。"

"勇嘎妹，"次郎尼玛两手相互搓着泛笑道，"我有话要对你说。"

"是我俩的事？"勇嘎问。

"对，"次郎尼玛回答，"我俩的事。"

"不必啦，"勇嘎说着上了三楼的楼梯，回头接着道，"我早告诉过你——我已有意中人！"

"他是汉人——讨口子！"次郎尼玛愤愤地大声道，"配不上你！"

勇嘎在没有搭理次郎尼玛，去了父亲的住室。

勇嘎今天打扮的格外漂亮，在黄色缎面的藏式皮袍外面，增加了件红色的缎面的披风，披风的边缘露出了里面白色的毛绒。她刚一步入父亲的房间，父亲便情不自禁地称赞道："我女儿真是漂亮！"

"阿爸！"勇嘎撒娇地道，"女儿不漂亮，丑……"

"对对对，"罗松泽仁迎合女儿的话道，"我女儿丑，我女儿丑，是嫁不出去的丑女子。"

"阿爸，"勇嘎愈加撒娇地责备父亲道，"我咋又嫁不出去啦？"

"——丑呀！"父亲笑着回答。

"我漂亮！"勇嘎微笑着自信地回答，"不但能嫁出去，还要给你找个称心如意的好女婿！"

罗松泽仁："你是阿爸的宝贝，阿爸还真舍不得把你嫁出去。"

"女儿就不嫁，"勇嘎满心喜悦地微笑着道，"一辈子陪在阿爸身边。"

勇嘎的话，让罗松泽仁感受到喜悦，他正要对女儿说什么，管家进了屋门，唤罗松泽仁道："老爷，吉辰已到，该出发啦。"

罗松泽仁漫不经心地回了一句："知道啦！"

"慢！"罗松泽仁又唤正要退出屋门管家道，"见到夫人告诉她，我要出发啦。"

"是，"管家连连回答，"老朽知道，老朽知道。"

已经临近罗松泽仁又的马帮驮队出发的时候了，翁姆却还被次郎尼玛纠缠在客厅里。

"姨妈，汉人都是骗子，"次郎尼玛苦苦哀求地对翁姆道，"你要劝姨父不能相信田轩呀！"

"勇嘎和田轩的婚事是你姨父早年定下的——无法改变,"翁姆无可奈何地回答,"听话,拉萨漂亮的姑娘多得是,姨妈一定给你找一个拉萨城最美最漂亮的姑娘。"

"不!我就爱勇嘎,"次郎尼玛一头跪在翁姆面前,拉着翁姆皮袍的一角,声泪俱下地道:"我的好姨妈,你就再为侄儿在姨父面前说几句好话吧。"

"起来!"翁姆厉声呵斥次郎尼玛道,"你给我起来!……"

管家进门来了,翁姆不等管家开口,便朝门外走去。然而不肯就此罢休的次郎尼玛,却跪着连爬几步追上翁姆,拉着翁姆的皮袍的一角,乞求地道:"姨妈!侄儿求你啦,你就再为侄儿向姨父说句好话吧!"

翁姆强忍着内心对次郎尼玛的怜悯,对管家发话道:"把门锁起来。"

门被锁上了,次郎尼玛使劲摇着门,一个劲地呼喊:"汉人是骗子!是骗子呀!……"

罗松泽仁家的马帮伙计,个个都是彪形大汉,他们头戴狐皮帽,身背藏式"叉子枪",腰间还横插一把银质刀鞘的藏刀,愈加凸显出这些马帮伙计威风凛凛的英俊模样。

寒风习习,马帮运输队的旗帜,在寒风的吹拂下猎猎作响。罗松泽仁携夫人和女儿来到神台,便开始了出发前仪式。他刚道了声:"上酒!"姑娘们便将一碗碗美酒送到了马帮伙计的手上。罗松泽仁端着酒,仰天道:"慈悲的佛祖啊,请您护佑我们!"说罢,向四方诸神敬酒。

这边出发前的宗教仪式庄严肃穆,那边——府邸客厅,次郎尼玛仍在不停地呼喊:"勇嘎妹妹不能嫁给汉人,汉人都是骗子!都是骗子!……"

马帮出发上路了,他们要驱使驮载货品的牦牛,行走上千里的路去炉城,换回西藏需要的茶叶、盐巴、丝绸及其他的生活必需品。

勇嘎和父亲同坐一辆马车,勇嘎不舍地撩起马车门帘,回望站在雪地为他们送行的母亲,以及留在家里的人们。勇嘎还看见了次郎尼玛在雪地里奔跑,也仿佛听见了次郎尼玛一声高过一声的悲切地呼唤:"勇嘎!勇嘎!勇……嘎……"

第一章
遭劫难罗松去世　报父仇两心相印

罗松泽仁的马帮从拉萨出发，足足用了两月的时间，才抵达炉城。在炉城的日子里，罗松泽仁在当地商会会长拉措老爷的协助下，备齐了急需驮运回西藏的茶叶、盐巴、丝绸之类的物资后，择定第二天就返回拉萨。

贡嘎山在晨光的映照下宛若金山一般，那些簇拥在它周围的姊妹山则云雾缭绕，宛如仙境。

罗松泽仁的马帮，离开炉城后用了一个多时辰的时间，才来到折多山下，名叫折多塘的地方。身背藏式"叉子枪"，鼻梁架着墨色眼镜的罗松泽仁，正骑在高头大马上眺望四处起伏的山峦、绿茵草地、觅食的牦牛和朵朵白云般的羊群……

女儿从驮队的后面策马追赶上领头在前的父亲问："阿爸，看啥呀？"

"炉城是个好地方，让人留恋。"

"阿爸，不会是诗兴大发，"勇嘎泛笑对父亲道，"要为女儿吟诗一首？"

"阿爸就是个商人，"罗松泽仁笑着回答，"能吟什么诗呀！"

勇嘎正还要对父亲说什么时，身后传来"嗒嗒"马蹄声。勇嘎回头望去，只见策马而来的是自己的恋人——田轩和他的马帮伙伴。不由得激动地对父亲道："是田轩！"

田轩与勇嘎是双方父辈"指腹为婚"的恋人，算起来自双方懂事，真诚相爱已有六七年时间。在这漫长的时间里，罗松泽仁曾几次催促田轩尽快完婚，可是田轩因为在技校读书，推脱了岳父的催促。

田轩在很远的地方就跳下马，将缰绳扔给自己的马帮伙伴——赖三就向罗松泽仁和勇嘎走去。

罗松泽仁面带微笑地斥责田轩道："不是说好啦，忙你的事，不来送行吗？"

田轩回答："我是给阿爸送宝贝来的。"

"宝贝？"罗松泽仁泛笑着问，"啥宝贝？"

田轩从腰间抽出一支匣子快枪递给罗松泽仁。

罗松泽仁接过枪，爱不释手地比画着，连连赞叹道："好枪！好枪！"

勇嘎从父亲手里夺过枪，也学着父亲的瞄准的样儿，一边瞄准，一边仿效射击的声音："啪！啪！啪！"

一旁的罗松泽仁抑制不住对枪的喜爱，又从女儿手里夺过枪，搬弄起扳机来。

"阿爸，"勇嘎凑趣地对父亲道，"乐坏了吧！"

"当然乐坏了！"罗松泽仁兴奋地问田轩道："从哪搞来的？"

"从部队一个连长那里弄来的。"

罗松泽仁高兴地策马前行几步后，回头对田轩道，"回吧，'谢'我就不说啦！"

岳父离开后，田轩依依不舍地注目勇嘎，良久后道："回拉萨有一两千里路，你可要保重好自己！"

"你也保重！"勇嘎走近田轩轻声道，"听我阿爸说，明年的藏历年给我们完婚。"

田轩惊喜地："你怎么不早告诉我……"

勇嘎连忙以手捂住田轩的嘴，用眼睛暗示田轩不能让自己父亲听见。

这时，从后面传来拉措老爷管家的喊声：

"罗松泽仁老爷，你等等！"

"罗松泽仁老爷，你等等！"

"……"

罗松泽仁闻声望去，只见拉措老爷的管家呐喊着，正向自己策马驰骋而来。管家身后还紧跟着一辆马车。

随即罗松泽仁就看见了从马车窗户探出头的拉措，便情不自禁地喊了声："拉措老弟！"便策马前去迎接。

乘坐在马车上的拉措老爷，见罗松泽仁调转马头向他驰来，迫不及待地吩咐赶车的车夫："停车，停车！"

马车刚停稳，罗松泽仁已来到拉措跟前。

管家上前为老爷拉开马车的门时，一位护卫连忙跪在车门处，躬身于地，让主人踏在自己的背上下车。拉措老爷踏背下车后，随同拉措老爷而来的欧阳敏慧出现在了车门前。当管家欲搀扶欧阳慧敏下车时，欧阳慧敏不愿意享受踏人之背下车的"待遇"，便对躬身跪地的下人婉言道："请让一下，我能跳下来。"

"小姐，"管家解释说，"这是礼数！"

欧阳慧敏执意不过，只好仿效拉措老爷的方式下了车。

拉措老爷见罗松泽仁的目光落在了欧阳慧敏身上，便向罗松泽仁介绍欧阳慧敏说："她是我在上海做生意弟弟的干女儿。"

罗松泽仁脱口问："是次仁丹真的干女儿？"

拉措老爷点头道："她叫欧阳慧敏，"继而向欧阳慧敏道："还不叫你罗松泽仁大伯。"

欧阳慧敏亲昵地："罗松泽仁大伯！"

罗松泽仁尴尬地泛笑连声道："好！好！"继而将拉措拉到一边，小声地问："这小姐莫非要随我去拉萨？"

拉措老爷点头道："我就为这事特意前来拜托你的。"

"什么拜托呀，"罗松泽仁以斥责的语气，爽快回答，"人交给我就行啦。"

这时，拉措老爷的目光移向策马而来的勇嘎和田轩。勇嘎刚下了马，父亲即刻嘱咐女儿道："还不快叫你拉措伯伯！"

勇嘎像做错了事的孩子，脸上泛着红晕，小声地："拉措伯伯。"

拉措询问罗松泽仁道："这是勇嘎吧？"

在得到罗松泽仁肯定后，拉措感叹地对罗松泽仁道："我们真是老了……"继而对勇嘎道，"我去你家的时候，你还是个褓褓中的小姑娘，可现在都成大姑娘啦。"

一阵爽朗的笑声后，拉措老爷的目光落到田轩身上，手指着田轩道："我认识你，你是'金尖茶庄'的——田轩！"

"谢谢会长，"田轩颇有礼貌地说，"晚辈正是田轩。"

拉措老爷向罗松泽仁赞许田轩道："小伙子不错——是有文化的马帮！"

田轩愧疚地道："晚辈不才——只能干马帮。"

"马帮好！"拉措老爷风趣地道，"没有马帮，藏汉两地的物资，运不进，送不出，还能有我这个商会会长吗？"拉措老爷说罢，将罗松泽仁拉倒一旁问："告诉老哥，这是咋回事？"

"你是问田轩和勇嘎的事？"

"别装糊涂，"拉措老爷责问罗松泽仁道，"这么大的事，怎么不给我吱一声？"

罗松泽仁回忆道："这门亲事是我女儿满三岁的时候，由我和田轩父亲定下的……"罗松泽仁说着陷入对往事的回忆……

那天，勇嘎与田轩的定亲仪式在罗松泽仁府邸举行。讲究排场的罗松泽仁邀请来了诸多的友人前来庆贺。仪式一结束，留声机便播放出舞曲，开始了舞会。身着藏装的男宾们，有的拖着长长的发辫；有的将发辫高高盘起，一个个不是搂着藏族女人，就是搂着印度女人翩翩起舞。其中有位不速之客——英国人理查德。

联姻仪式举办后没几天，拉萨爆发了罗松泽仁忧心忡忡地结束自己的回忆道。

"'驱汉运动'，"拉措老爷惊疑地问，"这么说来——婚事在民国初年就定下啦。"

"是啊，"罗松泽仁内疚地道，"没想到，那场驱汉运动给田家带来了灾难……"

"灾难，"拉措惊疑地问，"啥意思？"

"你了解'驱汉运动'发生的原因吗？"

"我当然了解，"拉措老爷爽快地道，"那是因为辛亥革命的爆发，引起西藏发生动乱后，大英帝国趁机在西藏搞'独立'，煽动和挑唆西藏地方政府官员，发动的一场内乱。"

即刻，不堪回首的往事，再次浮现在罗松泽仁眼前……

那一晚，拉萨城到处都响着尖利刺耳的哨声。在哨声下，一队队背着毛瑟枪，擎着火把的藏兵占据了街头小巷，并对街上汉人经营的各大小商铺恣意抢砸……

——顿时，犬吠声、枪托的擂门声、嚷叫呵斥声响彻拉萨各个角落。

在这场动乱中，受冲击的不仅仅是在拉萨经商的汉族人，还有"国立拉萨小学堂"的教师员工。这些受冲击的汉族人士，全都被五花大绑着来到空旷的操场，听候训斥。藏兵们责令他们，七天之内离开西藏，否则作为奴隶进行发配……

在田轩家的"金尖茶庄"商铺内，冲进店内的藏兵，见到田轩父亲不由分说，举起枪托就往其脸上、身上一阵猛砸，同时，另外一些的藏兵直冲上楼后，店铺雇员徐大伯躬身护着年幼的田轩，任凭藏兵的枪托在自己头上、身上猛打猛砸。

当被五花大绑的徐大伯和年幼的田轩被拖拽到街上时，田轩亲眼看见遍体鳞伤的父亲哭喊着："老天啊！你这是要灭我田家啊……"随即一头撞死在人行道的条石上。

"爹！……"年幼的田轩哭喊着扑在了父亲身上。

"后来怎样？"拉措老爷性急地催促着问。

"简单的安葬了死者后，"罗松泽仁又陷入回忆之中……

头缠白色孝布的田轩，在父亲坟头叩了头后，被徐大伯牵拉着手，冒着凛冽的寒风，行走在返回炉城的路上时，罗松泽仁带着年幼的勇嘎策马赶来了。罗松泽仁父女下马后，勇嘎直向田轩跑去，罗松泽仁则走到徐大伯身边，什么话也没说，将马的缰绳和一个鼓胀的皮囊口袋塞到徐大伯手里。

徐大伯感激的泪水夺眶而出。

"回吧，"罗松泽仁对徐大伯道，"我会来看你们的。"

"田轩哥，"勇嘎问田轩道，"你还回来吗？"

田轩摇头回答："不知道。"

罗松泽仁俯身抚摸了下田轩的小脸颊，问："长大了打算做什么？"

田轩的双眼闪着炯炯有神的目光坚定地回答："——马帮！"

……

"这婚事都定下快二十年啦，"罗松泽仁回答道，"打算明年开春，就为他俩完婚。"

勇嘎走到父亲身边，羞涩地拉着父亲的衣角，小声道："阿爸，别说啦，羞死人啦。"

"好，"父亲爱怜地道，"不说，不说。"

拉措老爷逗趣地问道："不好意思了、害羞啦？"

勇嘎羞涩地垂头瞥了田轩一眼。

"瞧，"拉措老爷笑着对罗松泽仁道，"小嘴噘起来可以挂亮油壶啦"。

一阵爽快的笑声后，拉措老爷唤正在忙着摄影的欧阳慧敏道："欧阳侄女，你过来一下。"

欧阳慧敏过来后，拉措老爷向欧阳慧敏介绍勇嘎道："这是你罗松泽仁大伯的女儿——勇嘎。"

欧阳慧敏上前拉着勇嘎的手亲昵地："你好！我叫欧阳慧敏。"

"从今起你俩就是姐妹，"拉措老爷告诫勇嘎道，"这个姐姐初来藏区，你可要关照她哟。"

勇嘎甜甜地一笑回答拉措老爷说："我知道！"

"你这个姐姐可有大能耐，"拉措老爷赞扬着欧阳慧敏对勇嘎继续道，"是香港《环球地理》杂志社的……"拉措一时口吃了。

管家在一旁补充道："摄影记者！"

"对对对！摄影记者，摄影记者！"拉措自嘲地，"老啦，瞧我这记性。"

勇嘎疑惑了，轻声问田轩道："啥叫摄影记者？"

"摄影就是照相，"欧阳慧敏指着胸前的相机解释说，"把看到的有价值的东西，用相机记录下来，就叫摄影记者。"

勇嘎仍是一副疑惑的模样。

"给你看样东西，你就明白啦。"欧阳慧敏说着转身去马车处。

勇嘎愈加疑惑了，问田轩道："啥东西？"

田轩："不知道。"

欧阳慧敏取来了一沓照片，递给勇嘎道："这是照片，你看看就知道了。"

勇嘎接过照片，一张张看了起来……

欧阳慧敏在一旁指着照片里的人介绍说："这是我父亲……这是我在马场骑马……这是……"

勇嘎看了看欧阳，又看了看照片，赞叹道："神奇，太神奇了。"

"妹妹，"欧阳慧敏拉起勇嘎的手，看着田轩道："给你俩照张合影照。"

勇嘎目视着田轩，不知如何是好了。

田轩拉起勇嘎的手，走至背向贡嘎山的地方，欧阳慧敏则半蹲在地上举起了相机。只听"咔嚓"一声后，欧阳慧敏，泛笑对勇嘎道："今天晚上，就能看到你们的照片。"

勇嘎瞥了田轩一眼，感激地对欧阳慧敏道："谢谢！"

"时候不早啦，"拉措对罗松泽仁道："就不耽误你们赶路啦。"

罗松泽仁抱拳道，"仁兄，保重！"

"还有件事，"拉措向罗松泽仁交代说，"这一路上所有的开销，都记在我头上，再来炉城时，我如数还你。"

"说的是啥呀，"罗松责备道，"把我罗松泽仁看成什么人啦？"

"那，什么也别说了，"拉措抱拳告辞道，"就此作别……保重！"

罗松泽仁也抱拳回敬答道："你也保重！"

管家为欧阳慧敏牵来坐骑，对欧阳慧敏道："小姐，一路保重！"

罗松泽仁挥手与拉措老爷分别后，要踏上返回拉萨的征程时，扭头问欧阳慧敏道："欧阳小姐去拉萨有一两千里的路，你行吗？"

欧阳慧敏泛笑回答:"我想还是可以。"

"阿爸,"勇嘎手挽着欧阳慧敏的手对父亲道,"你放心,一路上我会照顾欧阳姐。"

罗松泽仁抬头看了看日头,对田轩道:"你也回吧!"

田轩瞥了勇嘎一眼,欲转身离开时,罗松泽仁叫住:"等等!"

罗松泽仁走到田轩面前,取下了佩戴在自己胸前的红宝石镶边的银质饰物,戴在田轩的脖子上,对田轩道:"这是我们家族饰物,戴上它,你就是我们家族的人啦。"

田轩兴奋地回答:"谢谢阿爸!"

罗松泽仁翻身上马,挥手对田轩道:"回吧!"

"阿爸,"田轩也向罗松泽仁挥手道别着说,"一路保重!"

"这条路跑了几十年啦,"驱马行进的罗松泽仁回头风趣地回了一声,"放心!——平安!"

勇嘎牵马来到田轩面前,看着田轩佩戴的饰物,甜蜜地笑着对田轩道:"阿爸把家族的饰物给你,表明他特喜欢你、心疼你。"

正在田轩幸福地点头时,勇嘎吻了一下田轩,便嬉笑着跃上了马背。

田轩手捂着被勇嘎吻过的脸颊,目送着勇嘎和驮队远去,直至他们从视野消失……

绿草茵茵,驮着藏茶和其他物资的牦牛,在马帮的驱赶下,一面贪婪地觅食,一面慢悠悠地向山顶挪步……

折多山的山脉由无数座山头连绵构成,山头与山头之间,天然形成一条沟壑。沟壑地带虽然不是很长,但却充满了危险。罗松泽仁的马帮,爬上山头展现在眼前的是一片望不到尽头的丛林和山丘。

脸上留有三道疤痕,绰号叫"刀疤"的劫匪降巴丹真,率领他手下的一二十个武装马贼(劫匪),已经埋伏在沟壑的两侧,做好了偷袭马帮驮队的准备。毫无防备的马帮,像往日一样缓缓地走进了峡谷走廊,也走进了"刀疤"设下的埋伏圈。

领头的牦牛用头角撩开横在自己前面的虬枝,埋头觅食时,马帮伙计斥责地骂了一句:"懒瘟!"正要挥鞭驱打,突然一声枪响,马帮伙计应声倒地后,埋伏在两侧的劫匪,同时向马帮开火射击。即刻,受惊的马匹和牦牛左冲右撞,沟壑一片混乱……

"卧倒!卧到!"罗松泽仁一边指挥,一边掏枪还击。

罗松泽仁的话音刚落,马帮伙计们或以"凹"形地为掩体,或以倒地的朽木为掩体,对劫匪进行还击。

——枪声在峡谷激烈回响。

田轩和罗松泽仁的马帮分手后,他和自己的马帮伙伴正慢悠悠地吹着牛往回走。当田轩听到从远处传来的枪声,即刻紧张地道:"不好!出事啦!"连忙调转马头,朝山头疾驰而去。同时,田轩的伙伴——马帮赖三、周胖子、富贵也紧跟在田轩的后面疾驰着赶往出事的地点。

田轩和他的伙伴还没有到达山顶，枪声就逐渐稀疏。

但是不等于沟壑已经平静。躲在树后的罗松泽仁举枪击毙一劫匪后，欲向"刀疤"开枪时，"刀疤"抢先向罗松泽仁开了枪……

惊恐地双手捂着耳朵，躲藏在大树下的勇嘎目睹父亲中弹倒下，歇斯底里地呼喊了一声："阿——爸——！"就向父亲冲去。

"小姐！"趴在勇嘎对面的奶妈，为保护勇嘎连忙冲上前去，但是她还没有跑到勇嘎的身边，就被射来的子弹击倒在地。

勇嘎仍一个劲地冲向父亲……

"勇嘎！"欧阳慧敏惊呼着刚起身去保护勇嘎，一颗子弹击在了她的肩胛处，她踉跄了两步后，便跌倒于地……

悲痛的勇嘎不顾一切地跑到父亲身边，从地上抱起父亲半截身子，失声呼喊着："阿爸！阿爸……"

一劫匪正要向勇嘎扣动扳机时，尚有一息生命的马帮伙计，用最后的力气，抢先扣动了扳机，救下了勇嘎……

枪声停息了，丛林的松涛声仿佛在为死者哭泣……

劫匪"刀疤"拉下自己身着的皮袍，赤裸着上身，解着裤带，一步一步地逼近勇嘎。

勇嘎目视着与自己越来越近的劫匪，以微弱的声音无助地道，"你别过来……"

"刀疤"拉掉裤子，赤裸着身子逼向勇嘎。

勇嘎拾起地上父亲用过的手枪，双手端着枪颤抖的声音连连道："别过来，别过来……"

"刀疤"狂笑继续逼近勇嘎说："你开枪呀，不敢吗？宝贝。"

勇嘎开枪了，随着一声枪响，"刀疤"怒目注视着勇嘎，手捂着自己受伤的腹部，向前趔趄了两步，便倒在了地上。同时，勇嘎也被惊吓得晕厥倒地。

——大自然没有因为沟壑发生的流血而改变模样，依旧是蓝天白云，流水淙淙、绿茵的草地盛满了鲜花。

田轩和他的伙伴赶到出事地点时，他们都被满地横七竖八的尸体和散落的货品惊呆了。田轩六神无主的时候，欧阳慧敏鼓起勇气从地上挣扎着直起身子呼喊道："田……"可是话未出口，又跌倒在地上……

田轩惊呼道："欧阳……"连忙跑了过去，欲扶欧阳慧敏起身时，欧阳慧敏断续地道："救，救，救勇……"话没说完，又无力地倒地了……

田轩跑到勇嘎身旁，蹲在地上，抱着勇嘎哭喊："勇嘎！勇嘎！"

与此同时，赖三扶起勇嘎身旁的罗松泽仁，也哭喊起来："罗松泽仁大叔！罗松泽仁大叔！……"

罗松泽仁微微睁开眼睛，用最后的力量将女儿和田轩的手合在一起，以最后的力量断续地说："货，拉……拉……拉萨……"话未说完，就撒手人寰了田轩歇斯底里地呼喊着："阿爸！阿爸！……"

欧阳慧敏用手掩住流血的肩伤，再次鼓足勇气，微弱的声音道："快，找，找大夫……"

田轩痛苦地对伙伴道："救人，救人！"

没有死去，只是负伤的"刀疤"，拉着赖三的裤脚，乞求地道："救救我，救救我……"

田轩冷酷的目光，鄙夷地注目着"刀疤"。"刀疤"避过田轩的目光，依然有气无力地乞求赖三道："救救我，救救我……"

"混账东西！"赖三用枪筒指着"刀疤"，忿忿地骂道，"老子给你再增加一个对穿窟窿！"

"赖三！"田轩阻止赖三道，"留他一命！"

……

日已西沉，教堂的尖顶在夜幕下的愈加显得神秘。教堂内人来人往，来人都是商界人士，其中也包括拉措老爷的朋友——他们都是听说马帮驮队遭到劫匪袭击，拉措老爷的侄女负伤，特意赶来探视的。

田轩陪同拉措老爷送走了最后一批前来探视的朋友后，心情沉痛地随同拉措老爷走进了教堂大厅。拉措老爷目视着"十字架"上蒙难的耶稣，联想到罗松泽仁中弹倒地时的情景，眼眶噙满泪水愤愤地咒骂着劫匪。

教堂的侧门开了，神父和修女刚出现在门前，拉措老爷连忙迎上前去问道："约翰神父，两位小姐怎么样？"

"上帝保佑，"神父微笑着道，"两位小姐的情况都非常好！"

拉措老爷担忧地问："勇嘎她？"

"她很好，"神父解释，"只是恐惧和惊吓使她神志出现了暂时的紊乱。"

拉措老爷感激地："佛祖保佑！佛祖保佑！"

一修女护从室内出来，对拉措道："你们可以进去了。"

拉措老爷、田轩随神父进了病房，拉措老爷焦急地注视着各躺在一张病床上的勇嘎和欧阳慧敏。神父对拉措老爷道："欧阳小姐是肩部中弹，弹头已经取出，休养一段时间就能康复；勇嘎小姐服过了安神药，醒过来就没事了。"

拉措感激地双手紧握着神父的手道："真不知道，应该怎么感谢你！"

"不要谢我，"神父虔诚地，"我们都要感谢上帝！"

拉措老爷发自肺腑地道，"感谢佛祖，感谢上帝！感谢上帝！"

"病人需要静养，"神父对拉错道，"你们都回去吧，有什么情况，我会随时通知你们。"

拉措老爷双手合十，连声道："谢谢，谢谢！"

田轩和拉措老爷出了教堂后，拉措老爷叮嘱田轩道："我那老朋友——罗松泽仁就只有勇嘎一个女儿，他这一走，家里的大小事都得全靠你啦。"

"会长放心，"田轩一字一句坚定地说道，"我虽然还没有与勇嘎正式成婚，但我知道孰轻孰重。"

"你岳父没有看错你！"拉措老爷拍了拍田轩的肩头后，又抱歉地说，"家里还有事，我们就此分手吧。"

"我得再待会儿，"田轩道，"等勇嘎苏醒过来。"

"那，"拉措老爷挥手向田轩告别道，"我就先行一步。"

田轩送走拉措老爷，在教堂外的小道徘徊时，赖三驱马赶来。

田轩上前迎上赖三急切地问："那劫匪的情况怎样啦？"

"死不了啦，"赖三气愤地道，"我真不明白，你干吗要救那劫匪？"继而，怒不可遏地继续道："对劫匪只能以血还血，以牙还牙！"

"什么也别说啦，我理解你们的心情，"田轩叮嘱道，"回去告诉大伙，劫匪的事一定要守口如瓶！"

"知道啦，"赖三有气无力地回答，"守口如瓶！"

夜，教堂内外一派静寂，皎洁的月光，透过树叶，洒在地上，遍地都是斑驳的光亮。

远处寺庙响起了晨间的钟声的时候，躺在病榻上的勇嘎才徐徐地睁开眼睛。当她用奇异的目光环视这里的一切后，默默地问着自己："这里是哪？我怎么躺在这里？"

勇嘎的眼睛越来越明亮了，丛林激战的情景浮现在了她的眼前……

勇嘎惊恐地猛然坐起，失声地呼喊："阿爸，阿爸！"

田轩、戴维神父闻声赶进屋子。

"阿爸怎样啦？"勇嘎急切地问田轩，"我要见我阿爸！"

"勇嘎小姐，"神父半俯着身子对勇嘎解释说，"你是病人，需要静养。"

"田轩，"勇嘎性急地，"快告诉我，阿爸怎样啦？他现在在啦？"

"勇嘎，"田轩安慰说，"你什么也别想，安心休息。"

"不！不！我要见我阿爸，我要见我阿爸……"勇嘎说着说着，瞬间只觉得天地在不停地旋转……

几天后，田轩在拉措老爷的协助下，在庄严肃穆的喇嘛寺外的阶梯广场举行了罗松泽仁的葬礼。葬礼仪式非常隆重，前来参加葬礼的基本都是炉城商界的人物，和罗松泽仁在炉城的好友。在低沉的法号声中，寺院的喇嘛秩序井然地从殿堂出来，走到广场席地趺坐后，诵起了超度亡灵的经文……

喇嘛寺沿山而建，寺庙广场的四周，挂满了五色的经幡。这些经幡在疾风的吹拂下，"猎猎"作响，仿佛也在吟诵经文。拉措老爷、田轩、勇嘎、欧阳慧敏及炉前来吊唁的客人都肃穆着列队站在广场下端的低处，为罗松泽仁及他手下的罹难马帮送行。

处理完罗松泽仁的后事后，勇嘎一门心思就是寻找杀害父亲的凶手，为父亲报仇。这天，她在郊外用父亲遗留下的快枪，对着灌木丛林胡乱练习射击时，赖三、周胖子骑马赶来。勇嘎瞥了赖三和周胖子一眼，问："田轩怎么没来？"

"他……"赖三口吃起来，"他，他去找马帮，找马帮去啦。"

"找马帮？"勇嘎惊疑地，"找啥马帮？"

"去，去过……"赖三，半晌道，"去过拉萨的马帮——向导啊！"

周胖子将马拴在树上后，走至勇嘎身边道："想不到，老板娘对枪还情有独钟。"

"讨厌！不许叫老板娘，"勇嘎制止说，"叫我名字——勇嘎！"

周胖子讨了个没趣，只好默不作声地站在一旁看勇嘎射击。

勇嘎打完枪里的子弹，更换弹夹时，赖三在一旁道："打枪是有门道的，没有目标的瞎射，只能是打着玩。"赖三说着抬头瞥了眼从空中掠过的山雀，抽出自己佩戴在腰间的驳壳枪，一声枪响后，中弹的山雀应声落地。于是赖三自得地对勇嘎道："学习射击，就得先学瞄准，做到一枪毙命。"

"赖三师傅，"勇嘎诚恳地说："从今起，你就是我的老师。"

"别听他胡吹，"周胖子对勇嘎斥责赖三道，"论枪法，他呀，还是小字辈。"

赖三恼怒地："你！"

"我怎啦，"周胖子大不咧咧地，"说的不是事实吗？——手下败将！"

"你，"赖三不服地为自己狡辩道，"你这是翻老账！"

"你俩都别争啦，"勇嘎泛笑道，"都是我的师傅——这下行了吧！"

赖三看着周胖子高傲地笑了。

周胖子鄙夷地看了赖三一眼，和颜悦色低对勇嘎道："小姐，回吧——该吃午饭啦。"

"行！"勇嘎干脆利落地回了一声，将自己的枪往腰间一插后，便牵自己的坐骑去了。

田轩的家，坐落在炉城的南门。这里虽然比不过中桥一带的繁华和热闹，但也算得上是在繁华区域范围。被田轩称呼为"伯伯"的人，叫徐志富。徐志富自十一二岁就随田轩父亲从四川的雅安去了拉萨，在田轩家所开的"金尖茶庄"当学徒。学徒期满了后，被田轩父亲留了下来，聘为茶庄的店员。徐志富自来到吉祥茶庄，一直对主人忠心耿耿，没有离开过茶庄一步。拉萨发生"驱汉事件"后，徐志富才被迫带着年幼的田轩离开拉萨来到炉城，凭罗松泽仁在拉萨所给予的几根金条，在炉城开办了专营雅安出产的黑茶的金尖茶庄。徐志富不但将田轩抚养成人，还一手把"金尖茶庄"经营得有声有色，除了商铺外，还有一支自己的马帮运输队。而徐志富也由满头黑发的小伙，成了白发的老人。

勇嘎随赖三和周胖子刚回到田府的家，就急着要见田轩，可是经打听，才知道田轩一早出门还没有回家。于是，坐在饭桌上的勇嘎气恼地将用餐的筷子一扔，便出了饭堂。赖三连忙追出门向勇嘎解释道："我不是告诉过你，老板去找去拉萨的向导了吗？"

"给我说实话，"勇嘎逼问着拉萨道，"田轩究竟去哪啦？"

"我说去找向导，"赖三一口咬定说，"就是去找向导。"

"他除了认识几个汉族马帮，还能认识谁？"勇嘎问，"他能上哪去找向导？"

"这，"赖三为难地回答，"我哪知道啊！"

勇嘎的怀疑是正确的，田轩并没有去找向导，而是去了藏医所见劫匪"刀疤"了。

"刀疤"是个命大之人，被田轩救下送到藏医所后，经老藏医洛西的救治——从腹部取出子弹头后，身体一天比一天康复得好。

这天，田轩来到藏医所看望"刀疤"。"刀疤"见到田轩，连忙下跪道谢："你是我降巴丹真的大恩人！来生就是变猪、变牛，也要报答你的救命之恩。"

田轩搀扶起劫匪问："你的名字叫降巴丹真？"

"大号叫降巴丹真，"劫匪回答，"我们这行的人都叫我'刀疤'。"

田轩以审视的目光注视着降巴丹真问："你和罗松泽仁有啥不可共天的仇恨？"

"是我糊涂，"降巴丹真愧疚地道："为了钱财受雇于人，才……"

田轩急切地问："是谁雇你？"

"一个名叫泽郎桑珠的人找到我，"降巴丹真回答，"说他主人与罗松泽仁有不可共天的深仇大恨，他的主人愿意出一千大洋，雇我为他主人杀了仇人。"

田轩连忙追问道："你知道泽郎桑珠和他的主人是什么人？"

"我只知道他俩是从拉萨来的，"降巴丹真回答，"泽郎桑珠的主人——次郎尼玛是拉萨……"

"什么，"田轩惊疑地打断降巴丹真的话问："泽郎桑珠的主人是次郎尼玛？"

"是叫次郎尼玛，"降巴丹真回答，"泽郎桑珠还告诉我，说次郎尼玛是拉萨的大商人。"

田轩咬牙切齿地道："好一个次郎尼玛！"

"恩人，"降巴丹真问田轩，"你认识次郎尼玛？"

"不认识，"田轩愤愤地道，"但是从他用一千大洋雇你杀人来说——这人可恶！"

"恩人说得对，"降巴丹真也愤愤地道，"次郎尼玛不但可恶，而且还是个奸诈不守信用的人！谈妥了给我一千大洋，可我山寨的管家只拿到到五百大洋，和一张五百的白条。"

田轩连忙道："把白条给我看看。"

"对不起恩人，"降巴丹真道，"白条在我管家手里。"

田轩失望地叹着气。

"恩人，"降巴丹真连忙问，"你需要那张白条？"

"我需要，"田轩回答，"需要白条去讨还血债！"

"恩人，"降巴丹真诚恳地说道："我降巴丹真说话算数——一定亲手把白条交到你的手上。"

"我信你！"田轩说着起身，叮嘱降巴丹真道："这段时间，哪儿也别去，就在这安心养伤，我已经给大夫交代过了，你所有的开销，都由我来结账。"

"恩人！"降巴丹真感动地两行热泪溢出，不知说什么好。

这时周胖子骑马匆匆赶来到藏医所，他下了马，扔下缰绳就慌慌张张地跑进降巴丹真的病房，见到田轩就急迫地喊着道："老板不好啦，家里失火啦！"

"失火！"田轩紧张地连忙问，"谁干的事？"

……

落成不久的马厩房一片火海，马厩里的十多匹骡马虽然已被牵出了火场，可是因受惊吓，仍在不停地嘶鸣。

田家伙计们都在忙着灭火。闻讯从城里赶回来的勇嘎，刚进大门，负责管理马厩的富贵，拿着竹根做的鞭子，跑到勇嘎面前，跪在地上双手将鞭子举过头顶，奉给勇嘎道："勇嘎姑娘，我富贵错啦，是我抽烟引发了大火，我甘愿受罚。"

勇嘎狠狠地将鞭子扔在地上，往前走了几步，回头斥责富贵道："谁叫你下跪！——别在我面前做出没骨气的样子！"

富贵感动地淌泪叫了声："勇嘎姑娘……"自己就哽咽地泣不成声了。

勇嘎再次愤愤地回头道，"还不去快去救火！"

火势逐渐熄灭时，田轩回来了。当他看到马厩房只剩下冒着黑烟的框架时，其内心也颇感心疼。

"老板！"富贵垂着头来到田轩面前认错道，"富贵给你闯祸啦……"说着眼眶涌出了泪水。

田轩愤愤地骂了富贵一句："丧门星！成事不足败事有余！"

"生啥气呀，"徐志富走近田轩安慰地道，"不就是一间马厩房吗？"

富贵认错地："老板……"

"去去去！"田轩厌恶地没有理睬富贵，直接去了住宅楼。

富贵闯了祸，虽然没有遭到老板的斥责，但是自己的内心始终过意不去。整个下午，他都在悔恨和郁闷中度过。吃晚饭的时候，他没去饭堂，仍独自闷坐在烧毁了的马厩房旁边暗自神伤。赖三走了过来责问他道："是吃饭的时候啦，还傻坐在这里干啥？是还想等老板来请你呀？"

富贵转过身，背向赖三道："别在这碍我的眼——你走！"

"好，我走，我走，"赖三走几步后回头愤愤地骂了富贵一句道，"不知好歹的东西！"

……

自那天勇嘎拜赖三为师后，她每天起床的第一件事就是在宅院练习瞄准。这天早起的徐志富见到晨练的勇嘎便劝阻道："勇嘎，听大伯的话——就别再折磨自己啦。"

"大伯，没有好的枪法，"勇嘎回答，"咋能为父亲报仇啊！"

"相信田轩，"徐大伯一字一句地，"他会替你报仇的。"

"不能全靠田轩，"勇嘎自信地，"我自己也要努力呀！"

"你呀，"徐大伯指着勇嘎道，"跟你阿爸一样——倔强！"

这时，田轩牵着马从后院过来。

"田轩，"勇嘎叫住田轩问，"这么早你要去哪？"

"我正要叫你呢，"田轩回答道，"能陪我出去一趟吗？"

"去哪？"

"——教堂！"

……

教堂离田轩家约有四五里地，当田轩和勇嘎来到教堂走进欧阳慧敏住的病室时，病床上的欧阳慧敏刚喝罢了牛奶。欧阳慧敏一见到田轩和勇嘎，惊喜唤了道："田老板！勇嘎妹妹！"同时挪动自己的身子，让出地方让勇嘎在自己身边落座。

"欧阳姐，"勇嘎愧疚地对欧阳慧敏道，"为了我，让你受苦啦。"

"我们是姐妹，"欧阳慧敏责备勇嘎道，"这样说，不是见外了吗？"

勇嘎亲昵地将自己的头靠在欧阳慧敏的肩头。

"伤养得怎样啦？"田轩问。

"很好！"欧阳慧敏回答："神父说，再过几天就可以出院啦。"

"姐，"勇嘎问，"你还去拉萨吗？"

"当然去，"欧阳慧敏回答，"姐真想明天就出发去拉萨。"

"那，"勇嘎高兴地跳了起来拍了下手，抱着欧阳慧敏肩头道，"我们姐妹又要在一块啦！"

勇嘎和田轩别了欧阳慧敏来到教堂门外，勇嘎在解拴马的缰绳时，问田轩道："我们现在去哪？"

解了缰绳，且已跨上马的田轩回答道："去了你就知道啦。"

田轩带勇嘎去的地方是折多河畔。折多河是流经炉城的主流河，也是炉城的母亲河。田轩和勇嘎来到河畔，勇嘎把拴马的缰绳扔给田轩后，自己便伫立在乱石滩头，极目远眺，只见远处的贡嘎山雪峰，在阳光的映照下熠熠发光。

田轩拴好马，走近勇嘎并从身后搂着勇嘎道："向你打听个人？"

"有这么严肃吗？"勇嘎转过身，面对田轩，俏皮地道，"打听谁呀？"

田轩目视着对方问："泽郎桑珠！"

"泽郎桑珠，你不认识，"勇嘎惊疑地，"干吗突然提起他？"

田轩回答："我听说过这人的名字，随便问问。"

"泽郎桑珠是我家在拉萨商铺的店员，"勇嘎漫不经心地回答说，"同我表哥共同打理拉萨的商铺。"

田轩惊疑了："你还有表哥？"

"当然有！他叫次郎尼玛！"勇嘎俏皮地，"吃醋啦？"

"他长啥样，我都不知道，"田轩回答，"吃哪门子醋呀！"

"他喜欢我，"勇嘎解释说，"是我阿妈娘家的远房亲戚。"

"这人如何？"田轩问。

"挺不错！"勇嘎说话的语调低了下来，瞥了田轩一眼，"有句话，我说了你可不能生气。"

"放心，"田轩信誓旦旦地，"我保证不生气。"

"——他们家原来也是贵族，后来破败了，父母双双去世后，我阿妈就把他接到我家，"勇嘎一字一句地，"那时候他才七八岁，我也只有五六岁，我俩打小就一块长大。"

田轩继续追问道："后来呢？"

"这些年，他几次三番向我父亲提出，"勇嘎目视田轩，"要入赘我家……"

"你父亲什么态度？"

"他每次提起入赘的事，"勇嘎瞥了田轩一眼，"都要遭受到我阿爸的斥责。就是我们来炉城的那一天……"

田轩听闻勇嘎之言陷入沉思，勇嘎追问田轩在想什么，田轩目光炯炯地答道："凶手我绝不会放过，血债就得血来还！"

落日的余晖，映红了天边的云霞……

勇嘎和田轩同乘一匹快马，穿过密林，奔驰在鲜花盛开的草原……

在驰骋中，乘坐在田轩身后的勇嘎紧搂着田轩道："问你件事，……"

"有事，"田轩急切地回答，"就尽管问。"

"就问一句，"勇嘎道，"你见到杀我阿爸的劫匪敢开枪吗？"

"为什么不敢，"田轩反问道，"你阿爸不也是我阿爸吗？"

"田轩！"勇嘎幸福地将头紧贴着田轩的背，甜蜜地道："你真好，是我理想的丈夫。"勇嘎情不自禁地唱起了自己蕴藏在心底的歌：

爱是青春的翅膀，
如风般随心自由地飞翔。
巍巍雪峰是我身边的舞伴，
潺潺流水在诉说我心中的华章。

爱是心中眷恋，
如风般随心自由飞翔，
缱绻引我进入迷宫，
心儿不时地为爱悸动。

爱在飞翔，
如风般自由。
……

勇嘎唱着心底的歌，时而沉醉地靠在田轩的背上；时而像小鸟，在策马的田轩身后，张开双臂高傲地飞翔……

第二章

见美女心生歹意　萌爱意识荆甲卡

今天是欧阳慧敏伤愈出院的日子，她拎着皮箱刚来到教堂的花园，恰好与散步的戴维神父相遇。欧阳慧敏连忙笑盈盈地迎上前，向神父道："戴维神父，我正要找你。"

"怎么？"戴维神父问，"小鸟要回家啦？"

"是的，"欧阳慧敏泛着笑，"我是来向您辞行的。"

"真为你高兴，"戴维神父乐呵呵地道，"——成了自由的小鸟——恭喜你！"

"谢谢神父，"欧阳慧敏鞠躬道。

"别感谢我，"戴维神父纠正说，"我们都要感谢上帝！"

一群排成"人"字形的大雁，从空中掠过。欧阳慧敏仰望着天空，叨念道："感谢上帝！……"

欧阳慧敏离开教堂约半个时辰，田轩和勇嘎就乘坐着赖三驾驭的马车来到教堂。

——他们来接伤愈出院的欧阳慧敏。

在教堂的大门外，戴维神父，迎上从马车内下车来的田轩和勇嘎。便抱歉地对他俩道："对不起，欧阳小姐一早就离开了教堂。"

"神父，"勇嘎惊疑地连忙问，"你知道她去哪里了吗？"

神父双手一摊，做了个无可奈何的动作。

……

欧阳慧敏并没有去很远的地方，而是去了城内的"西康客栈"。客栈的厅堂不大，除了有一直尺形柜台外，再有便是摆放在靠墙地方供客人休息的两把太师椅和一张与椅子配套的茶几。欧阳慧敏拎着皮箱进门后，坐在柜台前的账房老先生连忙起身，泛笑问："小姐，你住宿？"欧阳慧敏走近柜台，向账房先生道："给我间最好的房。"

"请问小姐，"账房先生问，"是长住，还是短住？"

"具体住多久不能确定，"欧阳慧敏泛笑回答，"总得住十天半月吧。"

账房先生埋头为欧阳慧敏登记时，身着旗袍，叨着香烟，名唤羌月的风尘女子，从楼上款步而下。当羌月看见站在柜台前颇有气质的欧阳慧敏，便摆起高傲的架势，一手放在扶梯上，支撑着脑袋，另一只拿香烟的手臂有意地微微抬起本就硕大的乳房，卖弄风情地"吭"了一声，以招惹新来的欧阳慧敏的注意。

账房先生瞥了羌月一眼，对欧阳慧敏恭敬地道："小姐，楼上的二号房间是小店最好的房间，就是房租……"

欧阳慧敏微微一笑，向账房先生递去四个银圆。账房先生接过银圆，在嘴边吹了口气后，拿到耳边聆听后，露出满意的笑容，向店小二吩咐道："伺候好小姐！"

店小二为欧阳慧敏拎起皮箱，恭敬地站到一侧，对欧阳慧敏道："小姐，您请。"

欧阳慧敏刚转过身目光恰巧与站在楼道处的羌月的目光相遇，欧阳慧敏避过羌月的目光，朝楼道走去。

"站住，"羌月慢腾腾地下着楼梯，问，"是出来混饭吃的吧。"

"对不起，"欧阳慧敏轻蔑地说，"我不认识你。"说着向楼道走去。

羌月遭到冷遇，心里挺不是滋味，一屁股坐在茶几边的太师椅上，跷起二郎腿，露出大腿洁白的肌肤，睨视着欧阳慧敏道："干这行，总得懂点行道的规矩。"

账房先生见客人已经上楼，低声道："羌月小姐，老夫求你啦，你高抬贵手，别搅黄了我的生意。"

"陈老先生，"羌月起身走到柜台前，眼睛上挑了一下，讥讽地道："也想老牛吃嫩草？"说着便走向扶梯上楼去了。

账房先生恼怒地目视着羌月背影，愤愤地骂了一句："狗嘴吐不出象牙！"

……

欧阳慧敏住的这间房间的确是客栈最好的一间房，这房不但宽敞明亮，而且视线极好，既可以远眺山川河流，又可以近观市井和藏家小院。

"小姐，您稍作休息，"店小二对欧阳慧敏道，"我给你沏茶去。"

"谢谢！"

店小二刚离开，欧阳慧敏准备收拾行李时，传来了"咚咚"的敲门声。

欧阳慧敏只好合上皮箱盖前去开门。

门被打开，出现在门前的是一位鼻梁上架着金丝眼镜，颇为帅气的先生。这人姓金，名叫金茂。

"对不起，""金眼镜"颇有礼貌地歉意道，"叫错门啦，不好意思，不好意思。"

欧阳慧敏泛笑道："没事！"

"听说这间客房视线最好，""金眼镜"好奇地，"能进屋看看吗？"

欧阳慧敏勉为其难地道："你请进。"

"金眼镜"进屋后环视了一下整间屋子后，踱步到窗前，举目远眺，只见青山、瀑水、河流尽收眼底，不由得赞叹道："小姐，真是欣赏美景的行家，如果我没猜错的话，一定是位旅行家。"

"先生过奖了，"欧阳慧敏淡淡一笑说，"我只是一个初来乍到的过客。"

"我也是初来乍到，""金眼镜"自我介绍道，"敝人姓金，名茂，认识的人，都叫我'金眼镜'。"

"听金先生的意思，"欧阳慧敏顿了下说，"我也该叫先生'金眼镜'咯？"

"只要小姐高兴，""金眼镜"故作风趣地道，"就是叫银瞎子我也爽口答应。"

"银瞎子！"欧阳慧敏被"金眼镜"的一席话给逗乐了。

一阵笑声过后，"金眼镜"问："看小姐这身时尚的装束，一定是远道而来？"

"对，"欧阳慧敏回答，"从上海来的。"

"哟，来自国际大都市，""金眼镜"惊讶地顿了一下，问，"小姐府上在？"

"——上海西藏路！"

"令尊大人是……"

欧阳慧敏以玩笑的口吻回答："金先生不是在警察局高就吧……"

"小姐，误会，误会，""金眼镜"忙解释说，"我也是顺口随便问问。对不起，金某多嘴了。"

欧阳慧敏欲说什么时，从门外的廊道传来脚步声，"金眼镜"只好告辞说："我就住对门，改日再聊。不好意思打扰你了——再见！"

"——再见！"

"金眼镜"打开房门，只见是店小二端着茶具站立在门前。

"小姐，"店小二喊着欧阳慧敏道，"给你送茶水来了。"

在店小二去桌前放茶具的时候，欧阳慧敏将门关上，并叫住欲出门的小二道："坐会儿，我有事向你打听。"

"小姐，"店小二说，"有事你尽管吩咐。"

"金眼镜"出欧阳慧敏住屋的门后，并没有去对面的屋，而是耳朵紧贴着欧阳慧敏住屋的板壁，偷听着屋内的谈话：

"你知道汇丰银行吗？"欧阳慧敏问。

"汇丰银行是炉城最大的一家银行，"店小二回答，"离这儿不远，过了中桥拐弯就是汇丰银行。"

欧阳慧敏歉意地问："你能随我去办点事吗？"

"是小姐的吩咐，"店小二回答，"当然愿意效劳。"

"那，"欧阳慧敏给自己斟着茶说："你回吧，待会儿我下楼来叫你。"

"行，"店小二告辞说，"小姐，你忙。"

在屋外偷听室内谈话的"金眼镜"听到告别的声音，连忙蹑手蹑脚地蹿进对面羌月的房间。

羌月见"金眼镜"一副贼样，欲向"金眼镜"问话时，"金眼镜"连忙将食指放在唇边"嘘"了一下，以阻止羌月的问话。羌月心生疑问道："你咋啦——神经兮兮的。"

"天助金某，""金眼镜"激动地挥动着双拳道，"我要发财啦！"

羌月冷冷地一笑，试了试"金眼镜"额头问："你没发烧做梦吧？"

"金眼镜"上前一步，双手放在羌月肩头，亲昵地道："知道吗？对面的女人是个有钱的主，傍上她，她兜里的钱，就成了我袋里的钞票。我'金眼镜'也就成了爷啦！"

"你发财也好，做爷也罢，"羌月从座椅上起身道，"本小姐就是乞讨，也不会乞讨到你——'金眼镜'名下。"

……

汇丰银行离西康客栈只有十多分钟的路程，穿过中桥拐弯就到了。当欧阳慧敏被银行职员引领到总经理室，欧阳慧敏向总经理递去取款支票，总经理看到取款数额，不由得问欧阳慧敏道："小姐，你有重大商业活动？"

欧阳慧敏反问说："我像做买卖的人吗？"

经理哑然了，半响道："小姐支取的数额过大，我是出于对小姐的安全考虑。"

"谢谢！"

这时，几位银行职员各端着一大盘银圆来到了经理室。

店小二从来没见过这么多的钱，被眼前的境况惊吓了一跳。

经理恭敬地对欧阳慧敏道："小姐，请清点"。

欧阳慧敏对店小二道："把箱子给他们。"

店小二惊诧地半响才反应过来，连声应着："嗯，嗯……"将皮箱递给了银行职员。

且说，自田轩和勇嘎在教堂知道欧阳慧敏已经离开教堂后，所想到的是欧阳慧敏不会去别的地方，一定去了拉措老爷的府上。然而，当拉措老爷从田轩和勇嘎的嘴里得知欧阳慧敏已经离开教堂的消息后，拉措老爷顿时惊疑不已，立即吩咐府里的下人，去城里四处寻找。同时，田轩和勇嘎也不敢怠慢，即刻到一家家客栈打听欧阳慧敏的下落。

田轩和勇嘎乘坐着马车刚来到"西康客栈"门前，客栈的账房先生还没等车上的客人下车，就热情地出门来迎接。然而这一切，全被住在客栈二楼的羌月尽收眼底。"金眼镜"见羌月的目光始终注目着楼下，自己也不由自主探出头往楼下看去……

楼下的街道上，账房先生见从车上下来的是茶庄的金尖茶庄的老板，连忙抱拳道："哟！田老板——贵客！贵客！有失远迎，有失远迎！"

田轩连忙抱拳回敬道："老先生客气、客气！"

账房先生试探着问："不知田老板来小店有何贵干？"

"我就长话短说啦，"田轩爽快地道，"我是特意来向先生打听个人……"

"老朽年老糊涂，"账房先生谦虚地，"不知田老板打听之人，老朽是否认识。"

"今天刚来的，"田轩道，"是个女的，叫欧阳慧敏。"

"欧阳慧敏？"账房先生突然醒悟般地，高兴起来说，"认识！认识！就住小店，就住小店！"

"总算找对地方啦！"田轩高兴地拉起账房先生的手，共同走进了大门。

楼下的来客和账房先生的身影，从羌月和"金眼镜"的视线中消失后，"金眼镜"

自语般地道："真想知道这位田老板是何方神仙？"

"他也配叫神仙？"羌月不屑地道，"这年头老板的名号不值钱，摆花生摊摊的也叫老板"

"他有排场，""金眼镜"反问羌月道，"你没见他坐的是马车，屁股后面还跟着个美女。"

"招摇撞骗呗，"羌月蔑视般地对"金眼镜"道："你金先生不也是有个经理的头衔吗？"

"算啦，算啦，""金眼镜"连忙抱拳阻止羌月恳求着说，"别揭老底，我说不过你——服输，服输！"

……

田轩与账房先生，并肩进客栈后，先生便吩咐店里的小二道："快，快给田老板泡茶！"

"泡茶就不必啦，"田轩对账房先生道，"我急着见到欧阳小姐。"

"欧阳小姐外出啦，一会儿就会回来，"账房先生对田轩道，"你是贵客，喝茶，喝茶！"

……

且说，站在二楼窗户前的羌月，远远地看见欧阳慧敏和店小二同乘一辆黄包车回来了，她便不经意地回头对"金眼镜"道："你那位有钱的主回来啦！"

"金眼镜"什么也没顾及，连忙起身探头向楼下看去，可是由于动作的幅度太大，"哐啷"一声桌上的茶杯顿时打翻在地摔得四分五裂。

羌月回头呵斥"金眼镜"道："你烦不烦呀！"

"金眼镜"没有顾及羌月的斥责，探出头往楼下看去，只见欧阳慧敏乘坐的车在客栈大门处刚停下，那两位新来的主（田轩和勇嘎）已经出门来迎接欧阳慧敏了。

勇嘎亲昵地叫了声："欧阳姐！"

下车的欧阳慧敏笑着对田轩和勇嘎道："看来无论我躲藏到哪，都会被你们找到。"

二楼上的"金眼镜"见欧阳慧敏被簇拥着进了客栈后，恼恨地一拳击在窗台上说，"真是倒霉——半路杀出个程咬金！"

"金眼镜"的话音刚落，楼道便传来多人上楼来的脚步声。"金眼镜"连忙走到门处，一副出门的样儿，招呼欧阳慧敏道："小姐回来啦！"当他的目光与勇嘎的目光相遇后，连忙向欧阳慧敏打听地问："这位小姐是……"

"她叫勇嘎，"欧阳慧敏介绍说，"是我的妹妹！"

"金眼镜"惊讶地："真是没想到欧阳小姐还有这么个美若天仙的妹妹。"

欧阳慧敏见勇嘎用疑惑的目光打量"金眼镜"，忙介绍说："金先生也住在这家客栈，是我的邻居。"

"对，""金眼镜"进一步介绍说，"我是你姐姐的邻居，邻居！"

店小二打开了房门，对欧阳慧敏道："小姐，你请！"

大家进屋后，店小二将皮箱放在地上后，没有即刻离开，而在等待欧阳慧敏付他的赏钱。

田轩争先为欧阳付了小费，打发小儿离开后，郑重地对欧阳慧敏道："我们是来接你的。"

"可我……"欧阳愧疚地，"真的，我再不能给你们添麻烦了。"

"欧阳姐，"勇嘎责备地，"你把我们真当成朋友、亲人，就听我们的，离开这里。"

田轩没等欧阳慧敏表态，就率先拎起欧阳慧敏的皮箱，看来田轩和勇嘎是在逼迫欧阳慧敏马上随同他们离开"西康客栈"。

……

楼上的"金眼镜"目视着欧阳慧敏和田轩、勇嘎上了马车离开客栈后，愤愤地骂道："妈的！煮熟的鸭子给飞了。"

羌月踱步到"金眼镜"身边安慰般地道："别煞费心机啦，不是你的财，就是挖空了心思，也是徒劳！"

"我就不信这个邪！""金眼镜"转身对羌月道，"去把小二给我叫来。"

"怎么，"羌月质问道，"还想拿我撒气？"

"岂敢，岂敢！""金眼镜"分辩道，"我是想了解情况。"

"咚咚"——传来敲门声。

敲门的是店小二，他在门外回答羌月道："羌月小姐，有位先生要见你。"

羌月拉开门，一眼就瞥见站在楼道口的皮货商张老板。顿时羌月便堆起笑容，娇滴滴地迎上前："哟，张老板，今天真是个好日子，你也想起我来啦。"

张老板色迷迷地搂着羌月道："你这么有风韵，张某怎么忘得了我的美人呀！"

"你呀，"羌月食指指着张老板脑门，"对一千个女人都是这句话。"

"冤枉，"张老板表白回答，"我这不是刚下榻了宾馆，就匆匆赶来见你来了吗？"

"你呀，就是嘴甜，讨人喜欢，"羌月撒娇地，"让人家想你都快想疯了。"

张老板欲伸嘴去吻羌月。

羌月以手捂住对方的嘴："猴急，讨厌。"

张老板只好改变主意，搂着羌月下楼。

羌月走后，"金眼镜"在住室烦躁地坐立不安，于是抓起窗前的摇铃，摇了起来。铃声响过不久，店小二就上门来了。

店小二站在门前，轻声喊着"金眼镜"问："金先生，你？"

"都是老熟人啦，还讲究什么客气呀，""金眼镜"热情地儿迎上店小二，"屋里谈，屋里谈。"

"金眼镜"热情的态度，令店小二十分诧异，手足无措起来。

"金眼镜"将门掩上，注目着店小二道："问你件事，你可要对我说实话。"

"金先生，"店小二回答，"小的从不对客人撒谎。"

"金眼镜"笑了，问："告诉我，那位田老板是干什么的？"

"这……"店小二为难地，"我只是个下人，什么也不知道。"

"唉！""金眼镜"叹了口气，拍了自己脑门一下，自我埋怨地道，"问了个哑巴！"

"金先生，"店小二催促道，"你还有事吗？"

"金眼镜"掏出一铜板，递给店小二，连连说："去去，去！"

店小二接过铜板连声道："谢谢金先生，谢谢金先生！"正要退步出屋时，"金眼镜"再次向店小二发话道："等一下！"

店小二转过身静候"金眼镜"吩咐时，"金眼镜"慢条斯理地问："先些时候，你同欧阳小姐去哪啦？"

"银行，"店小二回答，"是去银行！"

"金眼镜"接着问："去银行干啥？"

"这……"店小二为难了，"金先生，客人的事，我不能说。"

"有什么不好说，""金眼镜"满不在乎地，"去银行不就是提款吗？"

"金先生，你既然知道，"店小二胆怯地，"何必为难我一个下人呢？"

"我只是随便问问。"

……

坐落在南门东关的田家大院，离西康客栈不是很远，田轩他们乘坐着马车只用了一会儿的时间就到了。当赶车的赖三将欧阳慧敏的皮箱递给周胖子时，特别叮嘱道："有点沉，小心！"

周胖子接过皮箱，掂了掂重量后，喊着欧阳慧敏道："欧阳小姐，你带的是啥宝贝这么沉？"

"哪有啥宝贝，就几块大洋，"欧阳慧敏回答，"你们不是说出了炉城就再没有银行了吗？走远道，得准备充足呀。"

"我有这么多钱，别说干马帮，就是当老板也不干，"周胖子精神倍增地说，"马上就回家买田、买地、娶老婆。"

田轩欲对周胖子说什么时，田轩的伯伯徐志富出现在了连接前院和后院的圆门处。

田轩向欧阳慧敏介绍徐大伯说："这是我伯伯。"

"伯伯好！"欧阳慧敏恭敬地叫了声徐志富后，愧疚地接着道，"欧阳给您老添麻烦来啦。"

"你和勇嘎是姐妹，"徐大伯责备地回答欧阳慧敏的话道，"我们就是一家人，一家人不说两家话。"

欧阳慧敏哑然了。

"伯伯！"田轩对徐志富道，"外面风大，我们去屋里说话。"

田府客厅的装饰和摆设除了有汉族的风格，还本着入乡随俗的原则，兼有藏族的风格——摆放有一套藏式的火盆桌。田家今天的贵客——欧阳慧敏刚落座，女佣就为她送上茶。

欧阳慧敏端起茶碗抿了一口后，称赞道："真是好茶。"

"这是我家乡——雅安出产的'蒙山雪芽'。"

"姐，明天是四月初八，"勇嘎喊着欧阳慧敏道，"是炉城一年一度的转山会，欧阳姐你应该去感受一下民俗风情，同我们一道转山去。"

"好，"欧阳慧敏高兴地应承道，"和你们一道转山去！"

一年一度的跑马山转山会，既是一次物资交流会，更是一次藏汉民族相互交流的盛会。每一年的盛会，跑马山上都是游人如织，由汉藏商人搭建的商业帐篷，以及卖艺的、卖山货，以及贩卖香烛纸钱的商贩比比皆是。

今天，欧阳慧敏、勇嘎、田轩，及赖三一早就赶来跑马山参加盛会了。他们四人在人流的穿梭中来到卖丝绸品处。只见叫卖者肩头搭着各色的绸缎，站立在凳子上，大声叫卖："来呀！来呀，南充上等的丝绸减价啦！什么丝绸围巾、头巾、被面样样俱全，来呀！快来买呀！"

"……"

"头巾！"勇嘎惊喜地拉起欧阳慧敏，"去看看！"说着二人挤进了临时店铺的帐篷。

田轩、赖三只好去旁边看卖艺的表演。

此间，卖艺的姑娘——甲卡，正在和她的表演团队表演藏民族同胞喜爱的"热吧舞"。甲卡热烈旋转的舞姿，赢得了围观观众热烈的掌声。甲卡的舞蹈刚罢，其团队演员还在继续表演杂耍时，甲卡便端起大锣，向观众鞠躬请求施舍。由于甲卡人漂亮，舞姿优美，只一会儿的时间，她所端的大锣就堆满了铜币和纸币。

当甲卡端锣来到田轩面前，田轩掏了掏衣袋，歉意地道："不好意思，忘了带钱啦。"

"哟！西装革履的，"甲卡奚落田轩道，"莫非是个绣花枕头。"

"没事，没事！"赖三连忙抢着道，"我这有，我这有。"说着从这个衣兜掏出两铜板，那个兜掏出一纸币，全放进甲卡端的铜锣后，仍不满足地在还在内衣袋里掏钱。

"扑哧"一声，赖三的傻样，把甲卡逗引得笑出声来。

赖三从内衣兜，搜出最后一枚银圆，他目视着甲卡，待甲卡露出笑容后，才郑重地银圆放进了大锣。

甲卡对赖三道了声："谢谢"。

赖三心里乐坏了。

……

今晚是赖三的不眠之夜。他躺在用木板铺就的平板床上，反复地回味在跑马山上，所见到的甲卡那美丽的身段、优美的舞姿……

——这一切，让赖三的内心甜蜜极了，由衷地萌生出了爱的情愫。

次日一早，赖三顾不上吃早饭，又去折多河畔觅寻自己渴望见到的人——甲卡。折多河畔是外地人来跑马山参加转山会，搭建帐篷落脚憩息的最好地方——取水便捷。

临近折多河不远处，有棵老榆树，多个藏族的孩子正在树下玩捉迷藏的游戏。赖三来到孩子们跟前，从兜里摸出一大把糖，在孩子们眼前晃动着问："小朋友，想吃糖吗？"

孩子们乐了异口同声地："想！"

"那，叔叔给你们打听个人，"赖三认真地对孩子们道，"只要你们告诉叔叔这人住在哪里，叔叔就把手里的糖全给你们。"

一个年龄较大的孩子问："你要找的人是男的还是女的？"

"女的，会跳舞的。"赖三说着也扭起了甲卡热巴舞的舞蹈动作。

"我知道啦，"孩子高兴地嚷叫起来，"你找的是甲卡姑姑！"

"对！是她，"赖三激动地，"甲卡姑姑，甲卡姑姑！"

赖三将手里的糖全都给了那位孩子后，又从另一衣兜摸出一把糖，对孩子们道："你们有谁愿意去替我把甲卡姑姑叫来，我手里的糖，就全给谁。"

孩子们高兴了，一个个都跳跃起来，抢抓赖三手里的糖。

"都别抢啦！"赖三认真地对孩子们道，"我兜里还多的是，只要你们能把甲卡姑姑叫来，我全给你们。"

"你骗人！"较大的男孩，"你把糖给了我们，我们就去给你叫。"

"行！"赖三爽快地，"全给你们。"说着将兜里所有的糖分发给了每一个孩子，而孩子们得到了糖，就一哄而散了。

这里地势平坦，出折多山直泻而下的折多河水，到了这里都仿佛是在憩息一样，平静流淌着延至远方。

正当赖三烦躁地来回踱步时，甲卡出现在了老榆树下，她一手撑着榆树，一手叉腰唤赖三道："拍马屁股的，是来偷腥？还是来求婚？"

赖三闻声回头，一见甲卡兴奋道，"甲卡姑姑！"

"扑哧"一声，甲卡笑了。赖三连忙改口道："甲卡姑娘，甲卡姑娘！我……我……"赖三鼓足了勇气道，"我来求婚！"

甲卡泛笑着道："去水边照一下自己吧。"说完转身欲离了。

"甲卡！"赖三叫住对方，"我是真心的。"

"给了几个钱，就想来娶我，"甲卡弹了一响指，回头道，"告诉你——没戏！"

赖三像泄气的皮球。

"回吧，结束了，"甲卡诚恳地说，"一切都结束啦！"

赖三垂头丧气地回来后，坐在宿舍的门槛上，埋头吸旱烟发呆时，从外面回来的周胖子，见赖三挡着门道，便斥责道："别挡道！"

"咋啦！"赖三猛然直起身，强硬地质问周胖子道，"挡了道，你又咋？"

"不要没吃着樱桃，"周胖子讥讽地："拿我撒气！"

"你！"赖三怒了，抬起右手，欲给周胖子一耳光。

周胖子上前一步，威逼着赖三道："你打呀！"

赖三软弱下来，转身沿廊道离去。

周胖子目视着赖三的背影，喋喋不休地："怂货！要撒气，去找甲卡撒呀！"

"周胖子，"赖三回头理直气壮地大声呼喊道，"我告诉你，美女都怕诱夫，别说一个甲卡，就是十个甲卡我赖三也能拿下！"

午后的跑马山，仍然是人山人海，赖三再次来到卖艺场，观看甲卡的演出。当甲卡结束自己的舞蹈，端起铜锣四处收钱来到赖三站立的地方时，一看见赖三，便不经意地道："又是你？"

"是我，"赖三泛笑，"——赖三！"

甲卡未收赖三的钱，却厌恶地道："你真是够赖！"

夕阳时分，赖三路过老榆树处后，在一小朋友的带领下，来到甲卡家住的帐篷外。

小孩对赖三道："甲卡姑姑就住这里。"

"谢谢啦！"赖三感激地将自己衣袋里的糖果全部掏给小孩时，一四十多岁的汉子从帐篷里出来，直截了当地问赖三道："你是来找甲卡的？"

"对！"赖三高兴地，"我是来找甲卡，我看了演出没给她钱，是来给她钱的。"

"钱，她不要啦，"汉子掷地有声地，"你回吧！"

"不！哪有看了演出不给钱的道理，"赖三态度坚决地，"钱，我一定要给！"

"别废话！"汉子态度强硬地，"叫你回，你就回！"

"你是谁呀？"赖三不甘示弱地质问汉子道，"你管得着吗？"

汉子双手叉腰，圆睁怒目铿锵有力地回答："我是她父亲——额登！"

赖三泄气了，只好灰溜溜地转身离开帐篷。

今夜，又是赖三的不眠之夜，荆识甲卡的情景，以及甲卡向他微笑的瞬间景象，像电影一眼不时地浮现在他的眼前。然而，当他回忆道甲卡出现在了老榆树下一手撑着榆树，一手叉腰打量拒绝自己的要求时，不由得暗自说道："甲卡你等着，我赖三今生今世非娶你不可！"

第三章
叩长头千里朝圣　了姻缘单骑逐匪

箭杆山地处炉城的东面，是一座因民间故事而闻名之地。相传三国时期，雅安以西地区都是吐蕃所拥有的地域。诸葛亮为了确保蜀都的安全，欲兴重兵围剿吐蕃人。后经双方在雅安谈判，达成吐蕃人退兵一箭之地的协议。于是，诸葛亮搭弓射箭，一箭射出后，此箭飞越数百里射中炉城东面的山头。这样，这座山被命名为"箭杆山"。

箭杆山不高，山顶地势平坦，是射击打靶极好的地方。这天，田轩、勇嘎同来到此地，相互检验射击技术。

射击场两端的地上，各稀疏地摆放着十多个瓦罐，田轩和勇嘎站在射击场的中央，背靠背地各自射击自己一端的瓦罐。田轩首先射击，可是枪法不是很准，十发子弹，只击碎了四个瓦罐。轮到勇嘎射击时，随着一声声的枪响，砂罐一个个被击毁。

田轩为勇嘎鼓掌并连连称赞道："好枪法！好枪法！"

勇嘎沾沾自喜地问田轩道："服气了吧？"

"我服啥气，"田轩不屑地道，"我是让着你！"

"别让我，"勇嘎泛笑道，"再来，再来呀！"

田轩反问勇嘎道："真是要再来？"

"怎么不来，"勇嘎愈加得意地，"我要你口服心服！"

田轩正要反驳勇嘎的话时，从远处传来了喊声："绣花枕头！"

"绣花枕头？"勇嘎惊疑地问："这是在喊谁呀？"

田轩掉头看去，只见由十多个男女组成的民间演出队，驱赶着驮着演出道具牦牛正朝这儿走来。

勇嘎情不自禁地："是甲卡的演出队！"说着起身向甲卡呼喊起来："甲——卡——！"

甲卡激动地："勇—嘎！我的好姐姐！"甲卡呼应着朝勇嘎直奔而来。

田轩惊疑地问："你们认识？"

"当然认识，"勇嘎兴奋地，"她是我妹妹！"

甲卡奔跑过来与勇嘎紧紧地拥抱在一起。

"又有好长时间没见到你啦，"甲卡的激动地，"都快想死我啦。"

勇嘎笑道："我也想你呀！"

两姐妹淳朴地将久别重逢的感情经过一番表白后，勇嘎向甲卡介绍田轩道："他叫田轩，是你未来的姐夫。"

"姐，你怎么看上他呀？"甲卡毫不掩饰地说"他是个绣花枕头！"

"绣花枕头，"勇嘎惊疑地，"你说他是一包草。"

"是包草，"甲卡鄙夷地，"衣着穿得蛮漂亮，可是兜里掏不出一文钱，姐，你说不是个绣花枕头，还能是个啥？"

勇嘎笑了，说："我知道了，他准是看了你的演出，没钱给你。"

"就是！"甲卡理直气壮地，"白吃！"

勇嘎笑了，玩笑般地目视着田轩问："你是白吃？还是白痴？"

"姐夫，我姐妹俩都是在给你开玩笑，"甲卡爽快地对田轩道，"我知道你不是白痴，是拍马屁股的头！"

"拍马屁股的头，"勇嘎捉迷藏般地躲道甲卡身后，戏谑地对田轩道，"这称呼好——新鲜！"

"你呀，一会儿叫我绣花枕头，一会儿又叫我是拍马屁股的头，"田轩半开玩笑地斥责甲卡道，"还真是个走南闯北的女魔王。"

"记住，"甲卡笑呵呵地，"以后再见面，就叫我'女魔王'！"

这时，演出队有人喊着甲卡道："甲卡该赶路啦！"

"你们马不停蹄的，"勇嘎关心地问，"这又是去哪？"

"拉措老爷府邸，"甲卡回答道，"为拉措老爷的六十寿诞演出。"

……

震耳的鞭炮声，打破了天空的宁静。今天是拉措老爷六十寿辰的日子。府邸充满了喜庆，到处都张灯结彩。拉措老爷在藏区的威望很高，藏区的大小商号的老板，以及拉措老爷的亲朋好友全都赶来为他祝寿。

此间，身着藏式皮袍的拉措老爷，正在拱手欢迎各位宾客的光临。

礼仪官不停地吆喝："南路马帮曲登茨仁老爷到！"

"稻城商号——洛西老爷到！"

"色达土司——泽旺老爷到！"

"甘孜马帮——罗西登珠老爷到！"

"兄弟茶庄——刘老板到！"

"蜀锦绸缎店——徐老板到！"

"丹巴马帮——泽朗丹真到！"

"……"

随着一声声通报的吆喝声，负责迎宾礼仪的藏族姑娘向光临的各位贵宾献上"哈达"，同时，拉措老爷在不停地拱手向来宾致谢。

拉措老爷的府邸有一偌大的草坪，今天的演出活动和聚餐就在草坪举行。为了给拉措老爷的祝寿，田轩、勇嘎、欧阳慧敏一早就来到拉措老爷府邸。他们三人正围坐在桌前品茗时，在"西康客栈"出现过的"金眼镜"和打扮得花枝招展的羌月，以及皮货商张老板向他们走来。

"欧阳小姐！兴会，兴会！""金眼镜"喜出望外地，"真没有想到在拉措老爷的府上，能再次见到欧阳小姐和在座各位！"

"哟，是金先生！"欧阳慧敏说着将目光移向羌月。

"我介绍一下，""金眼镜"指着羌月道，"她叫羌月，是我的朋友。"

张老板不经旁人介绍，便主动向田轩递去名片，自我介绍道："敝人姓张——张仁凯。"

田轩热情地对三位新认识的不速之客连连道："请坐！请坐！"

三位落座后，田轩问"金眼镜"道："金先生也是商界的朋友？"

"见笑，见笑，""金眼镜"连忙起身，从兜里掏出名片，恭敬地向各位递去说，"鄙人姓金，是宏发皮革公司的业务经理，请多关照。"

田轩接过"金眼镜"递来的名片看了看后，对"金眼镜"道："你请坐。"说着顺手将名片放进了自己的衣兜。

"金眼镜"落座后，问田轩道："不知先生作何称呼？"

"姓田，"田轩回答，"名轩。"

"轩者，窗口也！""金眼镜"咬文嚼字地琢磨后，问田轩道，"田先生也是商界人士？"

"我不是什么商界人士，"田轩泛笑回答了一句，"是靠拍马屁股营生的马帮。"

田轩的话刚一说完，正在品茶的勇嘎便"扑哧"地笑出声来，同时把刚喝进嘴里的茶，全都喷到了"金眼镜"的西服上。

"不好意思，不好意思，"勇嘎连忙起身歉意地"对不起！对不起！"说着掏出手绢欲为"金眼镜"拭衣服上的水渍。

"不用，不用，""金眼镜"推辞着，"没事！没事！"

田轩颇感歉意地，对"金眼镜"道："真的不碍事？"

"真不碍事！""金眼镜"连连说，"真不碍事！"

"初次见面，"勇嘎内疚地对"金眼镜"，"就弄脏了你的衣服，不好意思。"

"什么也别说啦，""金眼镜"指着桌上的茶对勇嘎继续道，"小姐，品茶、品茶！"

"还是田先生干马帮好呀！""金眼镜"颇有感触地对田轩道，"西康交通落后，马帮可以说是营生的好门道呵。"

"什么好门道？"田轩不屑地说，"就像是在海洋中行船，处处都充满了危险。"

"什么行道都充满危险，""金眼镜"颇有同感地道，"就像我们做皮货生意的，一是竞争激烈，二是土匪横生，各种危险一茬接一茬。"

"金眼镜"的话音刚落，器乐声就响了起来，只见头戴面具的舞者，随着音乐的节奏，跳起了驱鬼的舞蹈……

对于驱鬼舞蹈所表达的意思，欧阳慧敏一点也不懂，全靠勇嘎在给她指指点点做着解释。

驱鬼舞蹈刚作罢，手持羊皮鼓的甲卡，在音乐的节奏下，疯狂地旋转舞蹈……

在甲卡旋转的舞姿中，拉措老爷走到各位宾客的席位前，拱手感谢各位的光临。当他来到田轩他们座位时，无论田轩还是勇嘎、欧阳慧敏，以及"金眼镜"全都起身站了起来，按各自的称呼，祝福主人健康长寿。

"伯父，我代表我父亲向你问好，祝福你健康长寿！"

"会长，祝你寿比南山！"

"伯伯，感谢你对我的关照，祝你永远健康！"

"会长伯伯，我代表我全家，也包括勇嘎，感谢你的盛情，祝你老永远年轻！"

拉措老爷又是拱手又是鞠躬地连连说："谢谢你们！谢谢你们！"

拉措老爷欲要离开时，又转过身小声问田轩："听管家说，你有事找我？"

"有事！"田轩瞥了勇嘎一眼，"想拜托你……"

"暂且不谈，"拉措老爷打断田轩的话，拉田轩坐下，"下来再商量。"

……

田轩和拉措老爷所要商量的事宜，是请拉措老爷为他们找去拉萨的向导——藏族马帮。

宴会结束后，田轩、勇嘎、欧阳慧敏在拉措老爷的客厅落座，府邸的女佣刚给他们奉上茶，府邸管家就来到客厅，向客人通报道："老爷来啦！"

三位客人刚起身，拉措老爷就大步流星地走进了客厅，并且一边笑盈盈以手示意三位入座，一边歉意地说："忙着处理破事，让你们久等啦。"说着在客人旁边的火盆桌旁坐了下来。

女佣将拉措老爷喝茶的专用碗，恭敬地放在老爷面前，在给老爷斟茶时，拉措老爷开门见山地对田轩道："不是外人，就不必见外，我们长话短说。"

"勇嘎打算回拉萨，"田轩解释说，"我想在送她返回的同时，顺便将岳父遗留下的货送去拉萨。"

"这想法好，"拉措老爷赞许田轩道，"罗松泽仁兄弟在天堂，也会为有你这样的好女婿而欣慰呀。"

"拉措大伯……"

"什么也别说啦，"拉措打断了勇嘎的话，"我明白了你们的意思，是想托我找几个藏族马帮兄弟做你们的向导。"

田轩："大伯，我们正是为这事来麻烦你老的。"

拉措老爷大声唤了声："管家！"

一直站立在厅房门处的管家，连忙上前道："老爷我在。"

"你去趟扎西家,"拉措老爷吩咐说,"就说请他送批货去拉萨。"

"老爷,"管家为难地说,"这事难办——扎西不会去。"

"不会去,"拉措诧异地说,"为啥?"

"扎西的老婆自从被汉人拐走后,"管家解释说,"他怨恨汉人。"

"怨恨汉人,"拉措反唇相讥道,"难道也会怨恨我?"

"凭老爷的威望,"管家奉承道,"就是借扎西三个胆,他也不敢怨恨老爷呀!"

"那就实话实说,"拉措老爷吩咐说,"告诉他,这货是罗松泽仁的,不管怎样,货必须送去拉萨!"

"一定按老爷的吩咐,"管家连忙应承说,"叫扎西把货送去拉萨。"

……

扎西居住在城西北的贫民窟。这里没有像样的藏式楼房,全是一幢紧挨一幢,用片石砌成的平顶矮房。

扎西原也是三口之家,去年初冬,他率自己临时组合的马帮驮队去稻城送货,返回时老婆不见了,听说是受汉人哄骗离家出走,跟随汉人去了内地,三口之家现在只剩下自己和一个五六岁的孩子。为此,数月以来扎西一直萎靡不振,所幸的是扎西有位名叫汪堆的至交,扎西才没有做出格的事。扎西的这位至交相貌丑陋,左右的脸颊一大一小极不对称,同时因为牙龈外凸,嘴唇掩不住凸露的门牙,使得门牙全都暴露在外面。

这天,扎西和汪堆在屋里你一杯我一杯地喝酒时,扎西的儿子小扎西从自己家的房顶跑进屋里,喊着父亲道:"阿爸,有汉人上我家来了。"

"臭汉人!"扎西愤愤地骂了一句,恼怒地用力地将端着的酒碗往桌上一扔,顿时酒碗里的酒在桌上横流……

扎西的话音刚落,汪堆像发怒了的雄狮,从地上一跃而起,左手握着横插在腹部的佩刀的刀鞘,右手抽出一半佩刀道对扎西道:"大哥,你发话!"

扎西吩咐儿子道:"不管发生了什么事,你都给我待在屋里。"

小扎西点头答应后,扎西和汪堆一前一后地出了屋子。

扎西打开院门,见来客是拉措老爷府邸的管家,即刻轩昂的气势消失殆尽,和颜悦色地对管家道:"大人亲临舍下,扎西没有远迎——失礼啦!"

"我是来传话的,"管家盛气凌人地说,"拉措老爷吩咐,叫你找几个你信得过的马帮去趟拉萨。"

扎西的目光落在了田轩身上,问:"为汉人?"

"别说汉人、藏人,"管家纠正说,"我知道你同汉人有仇,拉措老爷是叫你去帮罗松泽仁老爷的。"

扎西惊疑地:"罗松泽仁老爷不是……"

"罗松泽仁老爷升天了,"管家打断扎西的话,"他的生意,他的家人还在呀!"

"扎西大叔,"勇嘎上前施礼道,"我就是罗松泽仁的女儿——勇嘎。"

"别,别,别,"扎西连忙阻止说,"小姐,扎西承受不起!"

"大叔，勇嘎拜托你啦！"

"罗松老爷生前有恩于我，"扎西诚恳地道，"他的事就是上刀山，我扎西也要应承下来。"扎西说着，把目光移向田轩和欧阳，接着说道，"我不愿意有汉人插手。"

"你误会了，"管家指着田轩道，"他是罗松老爷的姑爷，"指着欧阳慧敏道，"这是拉措老爷侄女——欧阳小姐。"

"既然是这样，"扎西无可奈何地道，"请管家大人转告拉措老爷，他的吩咐，我扎西应允了。"

"大叔，"勇嘎问，"时间紧迫，你看我们三天后能不能出发？"

"三天，"扎西盘算着为难地道，"可我眼下上哪找帮手呀？"

"大哥，"汪堆插言道，"得快去找郎吉，一个时辰前我见过他。他对我说了一句——'要出趟远门'"。

扎西性急地问："他要去哪？"

……

马帮郎吉也是扎西要好的朋友，因自己没房，打算入赘到格桑拉姆家做上门女婿。田轩、勇嘎、欧阳慧敏随同扎西、汪堆来到格桑拉姆家，没有见到郎吉和格桑拉姆，只见到满脸书写着沧桑老人——格桑拉姆的母亲。

"我要磕长头去拉萨，"母亲手摇着转经筒，对勇嘎以及扎西、汪堆、田轩、欧阳慧敏说，"我这辈子罪孽深重，乞求佛祖的宽恕。"

"老阿妈，"勇嘎问，"你这么大年纪，谁陪同你去西藏呀？"

老母亲自豪地回答："女儿呗！"

"阿妈，"性急的汪堆插话问，"郎吉嘞？他去哪啦？"

"你们有事？"老母亲惊觉地问，"是来找郎吉的？"

"是来找郎吉的，"汪堆急着性子问，"他现在在哪？"

"和格桑拉姆在一起，"老母亲摇着转经筒，慢条斯理地说，"在磨坊磨面。"

……

在去磨坊的路上，欧阳慧敏目视着汪堆的背影，对勇嘎道："那人手不离刀，模样凶狠，我对他心存余悸。"

"怕啥，"勇嘎替汪堆辩解道，"模样是天生的，就是他手握的佩刀，在我们藏族也有规矩——佩刀是不能随意抽出，轻易动用的。"

勇嘎和欧阳慧敏说着话一会儿工夫，就来到了磨坊。

磨坊不大，只是一间低矮的用水作动力的简易作坊。当扎西、汪堆、田轩、勇嘎、欧阳慧敏见到郎吉，说明了请他去拉萨的来意后，磨坊里的气氛顿时沉静下来，只能听见流水冲击木制的转动盘，带动石磨转动时发出的"隆隆"声响。

格桑拉姆走到抱头愁苦地蹲在角落的郎吉跟前，蹲下身子对郎吉道："挣钱是好事，就跟扎西大哥去拉萨吧。你不是要给我幸福吗？没钱，别说幸福，就是结婚也……"

"拉姆，"郎吉愧疚地说，"我放心不下你……"

"别说傻话啦，"格桑拉姆安慰地道，"有什么不放心的，我俩的事是板上钉钉的事。"

郎吉迟疑地道："我……"

"别犹豫啦，"格桑拉姆像哄孩子似的道，"听话，随扎西大哥去吧。"

"老婆！"郎吉笑了，应允地道，"我会给你幸福的！"

"扎西大哥，"格桑拉姆感激地对扎西道，"我替郎吉谢你啦！"

……

今天是格桑拉姆陪同母亲出发去拉萨的日子，格桑拉姆的母亲，一步一拜地叩着长头缓缓艰难前行，而格桑拉姆则牵着驮有简单行囊的牲口，紧随在母亲的身后……

欧阳慧敏目视着朝圣者的远影，十分不解地问勇嘎道："这样一步一叩地能到拉萨吗？"

"这是虔诚，"勇嘎回答，"哪怕到不了拉萨，倒在了中途，心灵也会得到佛祖的宽恕，洗净自己在人世间的罪孽。"

朝圣者的身影渐行渐远……

欧阳慧敏、勇嘎目送朝圣者从视线里消失后，二人直接去了临时堆货场。临时堆货场离罗松泽仁遇难的地方不远，就在遇难峡谷的山麓。在这儿，不但搭有三顶帐篷，而且雇有四个小伙看守和堆码帐篷内的货物，另外还饲养着六十条驮物的牦牛。

与田轩先期来到堆货场的周胖子和富贵在帐篷内查看货物时，货场聘用的人手都放牛去了，只剩下一个叫长命的货场管理员。长命，一手怀抱着茶碗，一手拎着茶壶进了帐篷，将茶碗和茶壶置于地上后，对田轩道："老板，你们用茶。"

周胖子向田轩介绍说："他叫长命，是聘请在这看管货场的。"

"这人不错！"田轩满意地称赞说，"是个看管货场的好把式。"

"拿了老板的钱财，"长命不冷不热地，"就得忠实自己的本分，这是为老板当差的正理。"

"我欣赏你！"田轩赞许地拍着长命的肩头问，"愿意同我们去拉萨吗？"

"老板，"长命感激地回答道，"这是我长命求之不得的事！"

"那好！"田轩满心喜悦地道，"那做好准备，过两天就随我们出发！"

"我老婆上月死啦，我是一人吃饱，全家不饿，"长命说话的语气低沉下来道，"只是……"

"别吞吞吐吐地，"田轩直率地道，"有话直说！"

"想，"长命憋足劲道，"向老板预支点大洋。"

"你不是一人吃饱，全家不饿吗？"田轩疑惑地反问道，"马帮这行，每天都是吃饱喝足的，还预支钱干啥？结账时不会少你分文。"

长命故作轻松地连连道："我只是随便问问，随便问问。"

周胖子走了过来，递三枚大洋给长命道："这是你这些日子的工钱。"

长命接过大洋，双手将大洋捧在手心，连连感激地道："谢谢！谢谢！"

田轩吩咐周胖子道:"再给两块!"

周胖子从衣袋又掏出两大洋交给了长命。

长命手捧大洋向田轩又是鞠躬,又是感激地道:"谢谢老板!谢谢老板!"

……

炉城的夜晚,各家商号的门前,都挂起了照明的灯笼。

长命来到一楼一底的楼房门前,敲起了门环。

门被打开,门前一大汉,双手叉腰阻挡在门口。

长命忙向大汉解释道:"我是来找二爷还账的。"

大汉侧身让出道,让长命通过后,又将门关上。

长命进门后,直接去了二楼的账房,且在账房见到了正在敲打算盘的二爷。长命轻声叫了声:"二爷!"

二爷抬头,取下老花镜,分辨了下门前站立的人后,道了声:"是长命?"

"二爷,"长命应承道,"是我——长命。"

"是来还债?"二爷问,"还是来借钱?"

"二爷,"长命将手拿的五枚大洋往桌上一放,道,"还债!"

"就这五块?"

"二爷,"长命小心翼翼地回答,"前些时,二爷您不是说,只欠五块了吗?"

二爷淡淡一笑问:"难道剩下的五块利钱就不要了?"

"利钱是多少?"

二爷仔细对着账本道:"每天三分利,这利钱吗,总共大洋八块半。"

长命惊疑地道:"这么多?"

"忘啦,"二爷泛着笑道,"这是你情我愿的买卖。"

长命为难地道:"我就只有这五块。"

"好说,"二爷道,"欠下的八块半,二爷我就给你记在账上。"

"那,"长命无可奈何地道,"长命谢二爷啦。"

"那打算几时还呢?"二爷问。

"时间说不准,"长命为难地回答,"二爷,你就高抬贵手,多宽限日子。"

"长命啊,"二爷起身跛着步道,"行业有行业的规矩,我们借债行的规矩——无抵押借债,两月不还者,就以身抵债——卖到关外,终身为奴。"

长命无可奈何地点头道:"我知道,我知道。"

"知道就好,"二爷走道长命跟前道:"那,画押吧。"

二爷手下的伙计拿来了拟好的契约和印泥,迫不得已的长命,被迫在契约上盖上自己的手印。

……

明天是马帮启程去拉萨的日子,今天一早,藏汉马帮就全都来到堆货场,做出发前最后的准备。

为了给出发的日子留下纪念，勇嘎和欧阳慧敏正在以"自拍"的方式，拍摄留影照。也许是拍摄的原因，今天的欧阳慧敏和勇嘎都打扮得格外靓丽。身着牛仔装的欧阳慧敏，显得神采飞扬；勇嘎的衣着除了色调鲜艳外，脖子上还系了条特别惹人注目的黄丝巾，颇显她的青春靓丽。

田轩从帐篷出来，勇嘎连忙叫住他："田轩，快过来，我俩合影一张。"

田轩走到勇嘎身边，二人摆好姿态，正在等待对着焦距欧阳慧敏为他们按下快门的时候，赖三策马疾驰而来。

田轩连忙上前迎上赖三。

赖三下了马，瞥了勇嘎一眼便向田轩低声嘀咕起来道："降巴丹真马上就要走啦，他要见你一面。"

田轩什么也没说，从赖三手里抓过马的缰绳翻身上马，朝荆棘丛生的溪水畔疾驰而去……

溪水畔，一湾溪水，蜿蜒地延伸到天之尽头。田轩、降巴丹真各自牵着自己的坐骑漫步在溪水边……

田轩仰望蓝天，只见一群候鸟从蓝天一掠而过，他颇有感触地道："是你该回家的时候啦……"

降巴丹真"扑通"一声，跪在田轩的足下，诚恳地对田轩道："我降巴丹真是知恩图报的人，证据的事我会亲手交到你的手里。"

田轩搀扶着降巴丹真道："起来，起来！"

降巴丹真起身后，充满感激地最后抱拳道："我们后会有期！"

田轩抱拳回敬："后会有期！"

降巴丹真翻身上马驰骋而去……

这时，勇嘎赶了过来，目视着"刀疤"（降巴丹真）远去的背影，惊异地厉声问田轩："那人是谁？"

"你冷静点，"田轩慌忙地，"听我解释。"

"算我瞎了眼！"勇嘎眼睛里喷着怒火，紧咬自己的牙关，狠狠地骂道，"骗子！"说着左手从田轩的手里夺过马缰，右手狠狠地抽了田轩一耳光。田轩还没有反应过来时，勇嘎已经跨上马背，追赶仇人去了……

勇嘎所骑的快马，扬起四蹄飞一般疾驰，在她的身后传来田轩的喊声："勇——嘎——"

——这声音久久地回荡在蓝天、白云之间……

勇嘎的坐骑奋蹄疾驰，越过草地，跨过山梁……

第四章
勇嘎染病宿藏家　田轩决意去拉萨

田轩和他的马帮兄弟策马追逐勇嘎来到三岔路口。田轩为选择道路犹豫时，扎西对田轩道："右边这条道，是马帮去拉萨的路。"田轩将缰绳往右边方向一拉，马儿即刻迈开足蹄，直往右道而去……

傍晚时，天空突然乌云密布，紧接着雷声响起，顷刻之间大雨滂沱。但是，田轩和他的马帮弟兄并没有放弃对勇嘎的追寻，仍在雷雨中一边策马，一边大声疾呼："勇——嘎——！"

——可是，这疾呼声却被雷雨声所淹没。

田轩和他的弟兄策马来到鲜水河的岸边，突然被横亘的河流阻挡了快马的前行，马儿嘶鸣直立起来。一道闪电划过，马帮们所见到的是河水已经暴涨，涌起的浊浪狠狠地冲击着两岸的岩石……

田轩面对河水咆哮的波涛，无可奈何地对自己的弟兄们说了声："回吧！"弟兄们只好扫兴地离开了河畔。

田轩和他的马帮兄弟回到田府已是深夜，他拖着疲惫的身子刚出现在客厅，徐大伯就不客气地冲着田轩问："告诉我，你为什么不杀了那劫匪，为什么还要救劫匪的命？"

"这劫匪是受雇于人，"田轩回答道，"雇主是劫匪背后的元凶……"

"告诉我，"徐大伯惊疑地问，"雇主是谁？"

田轩回答："勇嘎的表哥——次郎尼玛！"

"你能肯定？"徐大伯问。

"当然能肯定，"田轩回答，"劫匪抢劫都是劫财，可是勇嘎阿爸遇害那天，劫匪不是图财，是为了索取人命！"

"次郎尼玛为什么要这么做？"

"很简单，"田轩回答，"为了得到勇嘎和勇嘎家的财产。"

"事关人命的事，出不得半点差错，"徐大伯叮嘱道，"一定得有真凭实据！"

"杀害罗松泽仁大伯的凶手答应我了，"田轩回答，"他回去后，就把次郎尼玛给他的那张雇他杀人的欠条给我捎来。"

"幼稚，"徐大伯恼怒地斥责道，"劫匪的话也相信！"

……

且说，勇嘎离开田轩单枪匹马地追杀劫匪——降巴丹真，当她来到三岔路口时，她选择去了左道。左道非常难行，面对的是必须翻越的高尔斯山。报仇心切的勇嘎，选择迎难而上。她驱马还没有到达山顶，就已经人疲马乏，但是并没有由此而泯灭她复仇的意志。当刺目闪电从她眼前划过，隆隆的雷声在她头顶轰响，如注的大雨倾泻袭来时，她仍然憋足劲直往前行……

雨停了，繁星在夜空眨着眼睑。精神和肉体都已完全崩毁了的勇嘎，双手抱着马脖，任凭马驮着，漫无目的地沿下山的山道缓步而行……

勇嘎的坐骑是匹精心调教过的好马，这马还是小马驹的时候，就得到勇嘎的精心饲养和呵护。因此，这马与主人有着深厚的情谊。远处的寨子传来犬吠声，有灵气的马儿驮着主人，来到一家住户的门前。院子里，铁链拴着的藏獒在不停地狂咬仿佛要挣脱断铁链冲出院子一般。住户的女主人——年过五十，脸上写满沧桑的老阿妈，提着盏马灯，出现在宅楼的门处，问了声："谁呀？"

没有回复的声音，只有藏獒疯狂的叫声。老阿妈惊疑地走向院门，再次问："谁呀？"

老阿妈听到了马的喷嚏声和马蹄声。犹豫了一会儿的老阿妈，最终还是打开了院门。当老阿妈看见马背上所驮的耷拉着脑袋的姑娘时，便走到姑娘身边，扶着姑娘的身躯，连声呼唤起来："姑娘！姑娘！姑娘！"

……

已是更阑夜静的时候了，天边的启明星也已若明若现……

老阿妈家和普通的藏族家庭一样，宅楼的底层喂养牲口，二楼以上才是人居的地方。老阿妈的卧室，陈设极其简单，除了有张睡床和置放灯盏的小桌外，就一无所有了。老阿妈是个善良的老人，她年轻时，丈夫因为打冤家而离世，是自己守寡一手一脚将两个儿子抚养成人。然而，时运不济，大儿子登竺在头人家做马帮，已经出门好几年了，至今杳无音信，同老妈相依为命的二儿子洛桑，在寨子夏巴老爷家做护院。

老阿妈将勇嘎背回到自己卧室，让勇嘎躺在床上后，去另一间屋寻来自己年轻时穿过的衣衫，准备为勇嘎换掉身上的湿漉漉的藏袍。老阿妈解开勇嘎的藏袍，看见了她斜插在怀中的手枪。老阿妈顿时惊愕了，目视着昏沉了的勇嘎良久后，才毅然抽出枪，放在勇嘎的枕边……

老阿妈家的堂屋的火盆燃着炭火，老阿妈坐在炉火前为勇嘎烘烤着被雨水浸湿了的藏袍。

……

天边露曙，新的一天来临。老阿妈拎着个包袱出了自己家院门，直向寨子里的喇嘛寺走去。

寨子里的喇嘛寺虽说不是很大，但是转经筒之类器物一应俱全。老阿妈来到喇嘛寺，讨要到一包香灰后，又匆匆赶回到家里，按照喇嘛的叮嘱，将讨回的香灰倒进茶碗后，拎起置于火盆上的铜壶，将水倒入茶碗中，默默祈祷一番后，端起茶碗，去了卧室。在自己的卧室，老阿妈将端来的茶碗，置放到小桌后，坐在床沿，扶起勇嘎的上身，靠在自己的胸前，一勺一勺将香灰水浸入到勇嘎的嘴里……

老阿妈喂完勇嘎的香灰水后，在吹灭了酥油灯的同时，顺手拉开了室内遮挡阳光的窗户挡板。即刻，从对门邻居家房顶传来欢悦的劳动歌声，只见房顶上，有十多个男女老少，正在一边劳作（打阿卡），一边愉悦地欢歌。老阿妈担心歌声惊扰了躺在床上的姑娘，于是顺手又将窗户遮蔽阳光的挡板关上。随着挡板的落下，劳动的歌声也戛然而止。老阿妈欲离开卧室时，勇嘎微微呻吟了一声。老阿妈听见姑娘的呻吟声高兴地双手合十，连连道："佛祖保佑！佛祖保佑！"祈祷后，新点亮了酥油灯。勇嘎微微睁开眼睛，模糊地看见自己身旁站着位慈祥的老阿妈。

老阿妈俯身唤了声："姑娘……"

勇嘎的视线清晰了，她用陌生的眼光四处观看，最后目光落在了自己穿的衣服上。老阿妈看出了姑娘的疑惑，内疚地说道："家里穷，没有好的衣服，委屈你了。"

勇嘎目视着枕边的衣衫，眼睛在自己身边四处搜寻。

老阿妈从枕下取出枪，问："姑娘，你是找它？"

勇嘎连忙从老阿妈手里接过枪，用手轻轻抚弄后，半晌才抬头泛着微笑注目着老阿妈充满感激地："老阿妈，谢谢你。"

"姑娘，"老阿妈微笑着道，"我知道你不是平常人，你的衣服、首饰告诉我——你是贵族，是贵族中的强女子。"

"我有家仇！"勇嘎坦诚道，"劫匪杀了我阿爸，我是在找劫匪报仇的！"

老阿妈颇感同情地叹息道："姑娘，没想到你生在富贵家庭，命也苦呀！"

勇嘎悲切地道："我家是拉萨著名的商人，我随父亲在炉城进了货，在返回拉萨的路上遭到了劫匪……"勇嘎哽咽地说不下去了。

老阿妈把勇嘎紧紧地搂在怀里，眼眶噙满了泪水同情地道："劫匪也是阿妈的仇家……"

勇嘎打断老阿妈的话，抬起泪眼望着老阿妈问："阿妈也同劫匪有仇？"

老阿妈老泪纵横地回答："我大儿子登竺，原本是土司家的马帮，出门都五年啦，一直没有音讯。前些日子，小儿子洛桑才打听到——我那大儿子也是遭到了劫匪，被劫匪打死在了茶马道上。"

勇嘎为老阿妈拭着泪，声泪俱下道："阿妈……"

"姑娘，"老阿妈关切地，"劫匪杀人不眨眼，听阿妈的劝，回拉萨去吧，你一个姑娘家——报不了仇！"

"就是死，"勇嘎语气坚定地，"仇也非保不可！"由于勇嘎说话时用力过猛，不由得连声咳起嗽来。

"别太难过啦，"老阿妈强抑自己的悲痛，为勇嘎轻拍了几下背，勇嘎的咳嗽平缓下来后，对勇嘎道："我给你倒茶去。"

勇嘎感激地微微点了点头，"谢谢你！"

"你一个富贵小姐，"老阿妈慈祥的微笑说，"能来到我这平民小屋，算是我前世修来的福呀！"说完朝外室的堂屋走去。

勇嘎直起身拉开窗户遮挡光线的挡板，只见对面的房顶上平整房顶劳作的人们正在一边放歌，一边夯土劳作……

老阿妈端着茶碗回到卧室，勇嘎关上窗户的挡板，随之对门的歌声再次戛然而止。

"喝了它，"老阿妈像哄孩子一样对勇嘎道，"润润嗓子。"

勇嘎接过茶碗将茶一饮而尽。

"再躺会儿，"老阿妈自责地说，"家里穷，酥油没啦；我出趟门，换点酥油，给你补补身子。"

"老阿妈，"勇嘎叫住对方，"别去换，我兜里有钱。"说着翻弄放在枕边的衣服掏钱。

"不用，不用！"老阿妈连连说着，出了房间。

勇嘎再次推开窗户遮阳的木板，对面屋顶欢悦的劳动的歌声又一次响起。这时对面房顶一个劳作的小伙，看见了勇嘎并与之挥手打招呼，勇嘎羞涩地将窗户遮阳的木板放下，对门劳作的歌声再一次戛然而止……

打算换酥油的老阿妈出门后，直往门的右边而去，而自己的二儿子洛桑则从门的左边回家来了。

洛桑自进入土司府邸做了护院，任何时候背上都背着"汉阳造"的步枪。这支枪虽然老旧，但是洛桑背在背上，还是凸显彪悍。

洛桑推开院门，进院子后，爱犬亲昵地对洛桑又是摇尾巴又是伸舌舔小主人的手和足。洛桑抚了抚爱犬的头后，便去了宅楼。

洛桑上楼进了堂屋，欲去火盆桌边烤火时，从母亲的卧室传来了咳嗽声。洛桑颇感诧异地两步跨到卧室门前，"吱"的一声，将门推开，只见床上躺着位陌生的女子，他刚准备把门掩上，床上陌生的女子，动作敏捷地坐起，并从枕下取出了枪，枪头指向了洛桑，厉声问："你是谁？"

洛桑也被突如其来发生的一幕惊呆了。他举起双手，连忙道："我叫洛桑，是这家里的人，是这家里的人。"

勇嘎将信将疑地打量洛桑。

"相信我，"洛桑解释说，"我叫洛桑，是这家里的老二。"

勇嘎的目光落在了洛桑所背的枪上。

洛桑淡淡一笑，卸下枪道："我不是坏人，是夏巴老爷家的护院。"

"洛桑，"勇嘎惊异地问，"是这个家里的老二？"

"对，洛桑，"洛桑高兴地露出微笑，"这家里的老二。"

气氛缓和下来了，勇嘎也放下了指向洛桑的枪。洛桑掩上门，勇嘎再次推开了窗户遮挡阳光的挡板，对门劳作的歌声，给她的心情带来了喜悦。

勇嘎再次出现在洛桑面前的时候，她已经脱掉了老阿妈的衣衫，换上了自己的藏胞。楚楚动人的勇嘎同洛桑面对面地坐在火盆桌旁喝茶聊天，难以抑制内心悸动的洛桑，情不自禁地对勇嘎道："能和漂亮的小姐坐在一块喝茶，真不知道是我洛桑哪世修来的福分！"

"你真会夸人，"勇嘎泛着笑羞涩着说，"我不漂亮——是个丑八怪。"

洛桑开玩笑说，"那我就叫你'丑八怪'。"

"你，讨厌！"勇嘎端起桌上的茶碗，做着将把茶水泼向对方的样儿，玩笑般地威逼说，"再叫一声丑八怪……"

"不叫啦，"洛桑求饶地连声道，"再也不叫啦。"

"扑哧"一声，洛桑的傻样把勇嘎给逗笑了，在笑声中，勇嘎喝在嘴里的茶水，全都喷在了洛桑衣服上。

"对不起！对不起！"勇嘎说着连忙跑到洛桑身边，用手绢为洛桑擦拭衣服上的水渍。

洛桑推攘着说："不用，不用。"就在推攘之时，洛桑的手触碰到了勇嘎的手。顿时，二人像触电了一样，彼此久久地凝视。

半响，洛桑回过神来，双手搂着勇嘎的双臂，情不自禁地："我喜欢你！"

"是真话？"勇嘎既羞涩，又认真地说，"还是假话？"

洛桑坦然地："我洛桑从不说假话！"说着将头紧紧地靠在勇嘎的背上。

勇嘎转过身，目视着洛桑问："娶我吗？"

"娶你！"洛桑毫不掩饰道，"就是上刀山，下油锅，我也娶你。"

"要娶我，"勇嘎审视地说，"得有个条件。"

洛桑急切："什么条件我都答应你？"

"替我报仇！"勇嘎一字一句严厉道，"只要你杀了枪杀我父亲的凶手，别说是嫁给你，就是你要我的命，我也给你。"

洛桑目光炯炯地注视着勇嘎问："说话算数？"

"我勇嘎不是小人，"勇嘎信誓旦旦地，"说一不二！"

"行！我答应你，"洛桑坚定地，"这仇我给你报定啦！"

勇嘎的脸上浮出了甜蜜的红晕，正当情不自禁欲依偎到洛桑怀里时，老阿妈推门进屋来了。

勇嘎羞涩了，红着脸瞥了老阿妈一眼，去了卧室。

老阿妈佯装什么也没看见，收拾着换回家来的酥油、盐巴之类的货物，漫不经心地问儿子道："你爱上了她？"

洛桑假装不知似的反问母亲道："她是谁呀？"

"别装糊涂，"母亲斥责地说，"你心里明白。"

"我……"洛桑为难地瞥了母亲一眼，坦诚地道，"我爱她！我要娶她。"

"儿子，听阿妈的，"老阿妈叮嘱地说，"你不能娶她。"

"为啥？"洛桑反驳道，"能娶富贵家的女儿当你的媳妇，这是我家前世修来的德——是福分！"

"天下哪有掉馅儿饼的事？"老阿妈斥责地道，"娶她，你要付出代价！"

洛桑笑答："什么代价呀——报仇，小事一桩！"

"这是大事，"母亲心疼地道，"弄不好，是会丢命的。"

洛桑自信地道："我洛桑是堂堂的大男人，报仇——难不了我！"

"洛桑，"老阿妈祈求地，"你大哥已经不在人世，阿妈膝下就只有你，你比什么都重要！"

"阿妈，儿子死不了，"洛桑提起靠在房壁上的枪，安慰母亲道，"这枪不是吃素的，论枪法，有几个能和我比试。"

"别逞能啦，"母亲担忧地，"阿妈这心，放不下的就是你！"

……

且说，勇嘎离开田轩已经三天了。在这三天中，田轩和他的马帮兄弟四处打听勇嘎的消息，所得到的都是无用的回答。今天，赖三和周胖子改道去了通往稻城的路。在高尔斯山下山的路上，周胖子，看见了飘拂在路旁树枝上的"黄丝巾"。

"三哥，"周胖子惊喜地说，"你看树上！"

赖三抬头往树上看去，看见了随风左右飘飞的"黄丝巾！"，顿时激动地大叫了一声："黄丝巾！"

……

赖三和周胖子回到田府已是掌灯的时分。当"黄丝巾"展现在大伙眼前的时候，欧阳慧敏肯定地说："这是勇嘎的，是我亲手替她系在脖子上的。"欧阳慧敏说着那天她替勇嘎系黄丝巾是情景，立刻浮现在眼前……

欧阳慧敏在田府暂居的住室正对着穿衣镜左顾右看打扮自己时，勇嘎喊着："欧阳姐！"走了进来。

欧阳见勇嘎身着新的丝绸面料与羔羊皮拼接地皮袍，赞美道："今天真漂亮！"

勇嘎沾沾自喜地："你也不错呀！"

欧阳慧敏从座位起身对勇嘎道："在跑马山买的黄丝巾，配你这身衣服，简直是绝配！"

勇嘎兴致勃勃地："是吗？"

欧阳慧敏从旅行包翻弄出黄丝巾，替勇嘎系在脖子上后，注目着镜子里的勇嘎赞叹地道："美！美极啦的美！"

勇嘎对着镜子上下打量自己时，欧阳慧敏继续赞叹道："你简直就是黄丝巾的主人！"

……

听罢欧阳慧敏的回忆，田府的账房老先生王耀祖对徐大伯道："从这丝巾来看，勇嘎离我们就百十里地。"

"勇嘎小姐就不用再去找啦，"徐大伯叹了口气，对田轩道，"她性格倔强，就是找到了她，她也不会同我们一道回来。"

"找不到勇嘎小姐，"田轩惊恐起来问，"我怎么向我岳母交代呀？"

"能不能这样，"欧阳慧敏建议道，"把勇嘎小姐出走的情况通盘告诉拉措老爷，请拉措老爷想想办法。"

"欧阳小姐说得对，"徐大伯对田轩道，"你去趟拉措老爷府邸，按照欧阳小姐的说法，请拉措老爷为你拿主意。"

"行！"田轩起身对徐大伯道，"我现在就去拉措老爷府邸。"

欧阳慧敏起身对田轩道："我陪你去！"

……

田轩、欧阳慧敏赶来到拉措老爷府邸时，拉措老爷正在书房看书。田轩和欧阳慧敏随管家来到书房门前，管家先进室，恭敬地对拉措老爷道："老爷，欧阳小姐和田少爷有事见你。"

"快请，快请！"拉措连忙吩咐说。

拉措话音刚落，欧阳慧敏和田轩就出现在了门前。

"拉措大伯！"欧阳慧敏抢先道，"又麻烦你来啦。"

"坐，坐，"拉措老爷连忙起身迎上前，示意二位入座说，"有什么话都坐下说。"

田轩、欧阳刚落座，拉措老爷便率先拉起话来道："勇嘎的事，我已经知道了，也在向南北两线的马帮打听她的消息。"

田轩迫不及待地："有音讯了吗？"

"没有，"拉措踱步到窗前，忧心地道："我想就是有音讯，也不会有好的结果——勇嘎她是报仇心切！"

田轩失望地："那……"

"你俩之间误解太深，要化解你俩之间的误解，得靠诚信！"拉措老爷开导地道，"至于你该怎么做——就自己掂量——好自为之吧。"

……

田轩和欧阳慧敏回到田府，刚踏进客厅的门，徐大伯就询问田轩道："拉措老爷怎么说？"

田轩走到火盆桌边坐下后，回答道："拉措老爷叫我用诚信化解与勇嘎之间误解。"

徐大伯问："你理解了拉措老爷话的意思了吗？"

田轩爽快地："理解了！"

徐大伯试探地，"那你打算……"

田轩坚定地："——去拉萨！"

"我老啦，"徐大伯惋惜地叹了口气道，"你第一次出远门，大伯不放心呀！"

"大伯，你老放心，"安慰着大伯道，"我身边有那么多马帮兄弟，他们都会帮我。"

"遇事不能独断专行，"徐大伯叮嘱道，"得同你那些弟兄商量着办。"

"大伯放心，"田轩回答，"我知道，我知道！"

……

第五章
好男儿勇救美女　靓女勇闯土司府

今天是田轩的马帮启程出发去拉萨的日子，天刚蒙蒙亮，临时堆货场就热闹起来，马帮伙计忙着将茶叶、丝绸、布匹，以及其他的生活用品，一件件打理成驮，捆缚在驮载物资的牦牛背上。就在马帮忙碌的时候，一身轻装打扮的欧阳慧敏从帐篷出来，迎面碰上田轩，田轩向她询问道："都准备好了吗？"

欧阳慧敏潇洒地双手一摊说："一身轻装！"

这是我们见过的小扎西——马帮扎西的儿子，呼喊着："美女阿姨！"向欧阳慧敏跑了过来。

今天的小扎西，除了身着光皮的皮短袄，腰间横插一把木制的刀外，还戴了顶崭新的狐皮帽。

欧阳慧敏打量着小扎西，赞叹地道："我们的小马帮真是帅气。"

"我长大啦，"小扎西自豪地说，"还要当大马帮哩！"

扎西愤愤地走了过来，拉起儿子的手，往前边走边斥责儿子道："我是怎么给你说的——不许招惹人，一步不离地跟着我！"

小扎西不敢顶嘴，只好回头不舍地看了欧阳慧敏一眼。

欧阳慧敏向小扎西打了个"再见"的手势。

扎西手牵儿子离开后，田轩宽慰地欧阳慧敏道："别放在心上，他就是这个脾气！"

"你说什么呀，"欧阳慧敏坦然地说，"我什么也没听见。"

田轩淡淡一笑说："这一路上，就你一个女的，事事可得小心。"

"有你在，"欧阳慧敏笑着回答，"我什么也不怕。"

田轩正要离开时赖三走了过来说："老板，准备得差不多啦，撤了帐篷就可以出发啦。"

传来马蹄声，田轩随声音传来的方向望去，隐约看见有匹马朝这儿驰来。

"今天咋啦？"赖三惊异地道，"一大早还有人来送行。"

随着来人离货场越来越近，当欧阳慧敏看清楚了这来人是"金眼镜"时，顿时疑惑了，自语般地道："是他？"

田轩也惊诧了问:"他是谁?"

"'金眼镜'!"欧阳慧敏回答。

"他来做甚?"田轩惊疑地。

"你问我,我还想问你呢。"

田轩正要回答欧阳慧敏的话时,"金眼镜"抢先喊了田轩一声:"田老板!"连忙下马向田轩和欧阳慧敏站立的地方走来。

"哟!""金眼镜"惊喜地,"欧阳小姐也在。"

田轩打量着对方问:"你有事?"

"田老板真是爽快人,""金眼镜"奉承了田轩一句后,从包里取出一封信,递给田轩道,"这是拉措会长给您的亲笔信。"

田轩看着信文。

"听说西藏那边皮革的价位很好,打算去进一批货,""金眼镜"停顿了一下,恭维田轩道,"也是想借田老板的财气——沾沾喜气。"

"既然是会长介绍你来的,"田轩回复说,"我就什么也不说啦。只是……"

"金眼镜"恭敬地道:"愿听田老板教诲。"

田轩坦诚地说:"这一路上,可能对你会照顾不周。"

"田老板言重啦,""金眼镜"堆着笑容道:"什么照顾呀,能随田老板同行,就是最大的照顾。"

……

山涧。

沟壑。

小溪。

密林。

翠绿的草场。

碧绿的山丘。

起伏的山峦。

——组成了雪域高原一幅幅美丽的地域风光画卷。同时,在恬静的画卷中,田轩驮队的马帮们,一路上都在驱使着驮载物资的牦牛缓缓进行……

胸前挂着相机的欧阳慧敏,骑在马上随着马一颠一簸地前行节奏,好奇地欣赏着美丽的自然风光……

扎西父子,共骑着一匹马,从欧阳慧敏身边跑过。小扎西瞥了父亲一眼,小心地向欧阳慧敏摆了摆手,以示招呼。欧阳慧敏也随之微微地向小扎西摆手。

"金眼镜"从后面赶了上来,找着话问欧阳慧敏:"你喜欢这小孩?"

"他聪明,"欧阳慧敏目视着小扎西远去的背影,"天真可爱。"

"这小孩,""金眼镜"不屑地一笑道,"就是一个字——脏!"

欧阳慧敏反唇相讥地道:"金先生讲究——干净?"

"这，不说这个，""金眼镜"转变话题道，"听会长说，小姐父亲是上海工商界的巨头？"

"父亲的事，"欧阳慧敏坦然地道，"我从不过问。"

"是啊，是啊，""金眼镜"自我解嘲道，"大千金嘛，视金钱如粪土。"

这时，远处传来稀疏的枪声……

"金眼镜"紧张地脱口道："劫匪！"

"金眼镜"的话音刚落，扎西泽仁驱使着马，急切地向马帮们呼喊道："注意牛群！注意牛群！"

从远处传来的枪声越来越激烈了。

"金眼镜"目视着前方，对欧阳慧敏道："去拉萨真是太危险啦，生命比什么都贵重，欧阳小姐我们应该返回炉城！"

欧阳慧敏满不在乎地回答道："去不去拉萨是自己的事，要回你就回呗，没人强留你。"

"这里是男人的世界——充满了危险，""金眼镜"语气坚定地道，"我是你朋友，负有保护你的责任！"

"别说的冠冕堂皇，"欧阳慧敏反唇相讥地道，"你能保护好自己就不错啦。"

枪声离越来越近了，受惊的牦牛在四处奔跑乱窜，田轩看着混乱的局面，以商量的口气对扎西道："顾不上牦牛啦，保命重要！"

富贵策马赶来喊了声："老板……"

田轩性急地打断富贵的话，吩咐道："什么都别说，快去保护欧阳小姐！"

枪声越来越激烈……

——这是一支流寇的土匪武装，其首领是号称司令的"草上飞"。"草上飞"原是军阀刘成勋部下属的一个连长。刘成勋原本是西康屯垦使，因军事力量不及刘文辉，被刘文辉打败，把西康拱手让给了刘文辉。地盘易主后，刘成勋那些驻兵在偏远地区的残部，解散的解散，没有解散的便沦落成了流寇土匪。"草上飞"的土匪武装，就是这样一支沦落的流寇武装。这支土匪队有三十来人，因为没有补给，士兵衣食毫无保证，衣着，一年四季穿的都是那身破旧的土黄色军服；吃的，都是靠抢劫，经常是吃了上顿没下顿。今天他们就是时运不济，在土司家牛场得手抢了几只羊，往回走的时候，就遭到不明的武装队伍半道拦截。

这支武装队伍是地方土司的家丁队伍，率领这支队伍的是土司老爷的二少爷——白马。

此间，白马和他率领的家丁，正放着枪追击逃窜的"草上飞"的队伍……

山坳的高坡处，藏、汉马帮伙计都已经做好了应战劫匪的准备：扎西、郎吉、汪堆、长命架起了藏式土枪——叉子枪；田轩和赖三、周胖子，个个手握快枪，卧伏在坡上。欧阳慧敏、"金眼镜"则按照富贵的要求，匍匐在山坳低处。

枪声离山坳越来越近，也越来越急促。完全能分辨出逃窜的是一伙身着破烂黄军服的土匪。

欧阳慧敏猫腰来到田轩身边，随之富贵也跟着赶了过来。

"跑来做啥？！"田轩责备欧阳慧敏道，"不要命啦？"

欧阳慧敏注视着前方逃窜的土匪道："你不怕，我也不怕！"

这时传来土匪头目"草上飞"的嚷叫声："抢马！给我抢马！"

"草上飞"的话音刚消失，田轩看见一男一女骑着快马驰来。男的是身着枣红色佛装的僧人——锡第；女的是扎脱土司的女儿——卓玛。

枪声越来越激烈，只见手持驳壳枪的"草上飞"，不时地一边回头向白马率领追击队伍进行还击，一边大声地呼唤手下道："抢马！……给我抢马！"

手下的土匪闻声向锡第和卓玛放枪。子弹"嗖嗖"地从卓玛身边飞过，击起尘土……

卓玛乘坐的快马受惊了，嘶鸣着立起了前蹄。就在马儿直起前蹄的瞬间，卓玛从马背摔在了地上……

锡第活和佛回头惊呼地喊道："卓——玛——！"

这时，田轩奋勇地冲到卓玛跟前，伏在卓玛的身上，朝涌上来的土匪们连开数枪……

田轩的枪响以后，汉族马帮伙计的快枪全响了起来。

马帮的阻击，彻底打乱了土匪的阵脚，"草上飞"只好率属下择路逃窜。在择路逃窜中，"草上飞"回头一枪擦伤了田轩的手臂，殷红的鲜血，从伤处浸出……

枪声逐渐稀疏，直至停息时白马少爷率领的家丁武装赶来了。白马看见伏在卓玛的身上的田轩，顿时恼怒地抓起田轩后背的衣领，将田轩提起摔在了一旁，又上前用枪头顶着田轩的脑袋，愤愤骂道："汉人讨口子，竟敢欺负到本少爷头上！……"说着又逼近一步，枪顶着田轩的脑门，恶狠狠地继续道，"是不想活啦！"

在这危急时刻，马帮伙计都围上前，列成一排，一支支的枪都指向了白马。与此同时，白马所率的家丁也搬弄了枪栓，枪口齐对着汉族马帮伙计。

卓玛连忙起身，用自己的身子护着田轩，瞪眼对白马怒吼般地厉声道："开枪呀！朝我开枪呀！"

"放下！"田轩呵斥马帮道，"把枪都给我放下！"

一触即发的态势平缓下来后，欧阳慧敏跑到田轩身边，关心地问："伤得重吗？"说着欲为田轩包扎伤处。

"没事！"田轩手捂伤处回了欧阳慧敏一声后，走到卓玛面前，诚恳地道："对不起——小姐，事发突然，我……"

卓玛什么也没说，掏出怀揣的丝质手绢，替田轩包扎起伤口来。

白马走了过来，一掌把田轩推得远远的，恶狠狠地道："知道她是谁吗？给你包扎伤口，你配吗！"

"你过分了！"卓玛圆睁着愤怒的眼睛，逼视着白马，"带上你的人，马上消失，我不想见到你！"

"卓玛，"白马不解地，"我这都是全为了你呀！"

"我说了，"卓玛心气难平地道，"叫你马上消失！"

"小姐，"田轩诚恳地，"怨不得这位兄弟，是我的错，我冒犯了小姐。"

"少阴阳怪气！"白马斥责了田轩一句后，走到卓玛面前，坦诚地道："我是特意为你而来的，没想到半道上遇上了劫匪……"

"白马少爷，"活佛走上前来，对白马道，"今天你做得真是不对，错怪了这位先生，"继而，活佛劝解地对卓玛道："小姐，能饶人处且饶人，就原谅白马少爷吧。"

"要我原谅，"卓玛态度缓和下来，命令般地对白马道，"马上给这位先生道歉！"

白马无可奈何地走到田轩面前，鄙视地抱拳道："对不住啦。"

欧阳慧敏瞥了白马一眼，鄙夷地道，"简直是个纨绔子弟！"

"你说什么？"白马追问道，"什么子弟？"

"你说得对，"卓玛对欧阳慧敏道，"头人家的子弟，就知道仗势欺人！"

"少爷，我田轩有眼不识泰山，冒犯你啦，"田轩诚恳地对白马致歉道，"在你的地盘上，请予以关照。"

"关照？"白马蔑视地"哼"了一声道，"关照啥？狼能关照羊吗？"

"我郑重告诉你，"卓玛恼怒地对白马道，"我要你尊重这位先生，不然，婚事——拉倒！"

"卓玛，你别发火，"白马急了恳求地道，"我尊重，我尊重，我照你的吩咐，尊重还不行吗？"

"小姐，"田轩诚恳地对卓玛道，"别再难为少爷啦，你保重！"说完，带领自己的马帮，欲转身离去。

"你等等，"卓玛叫住田轩道，"能告诉我你的名字吗？"

"有什么不可以告诉的，"田轩回答，"我叫田轩。"

"为救我，"卓玛内疚地说，"让你受了伤，真不知该怎样谢你。"

"算不上是伤，"田轩活动着手臂毫不在乎地说，"只是破了点皮——没事！"

卓玛笑了，说："我是扎脱土司的女儿，叫卓玛。"说着取下挂在腰间的银质"腰牌"，递给田轩说，"这是土司府邸的腰牌，有它，就表明你是土司府最尊贵的客人，就是扎脱人的朋友，在扎脱的地界，无论你走到哪里，都会受到扎脱人的欢迎。"

田轩连声感激说："谢谢！谢谢！"

赖三牵来了田轩的坐骑，将缰绳递给了田轩时，指责田轩道："这里是藏地，不是你逞能——见义勇为的地方！"

田轩接过缰绳回答赖三道："我知道啦！"说罢跨上马，刚调转马头时，传来卓玛的喊话声："田轩，你记住——我们扎脱见！"

田轩回头看了卓玛一眼，便策马而去。

卓玛走向锡第活佛，从和佛手里拿过缰绳时，白马便三脚两步追上前来，认错般地："你消消气，我改了错还不行吗？"

卓玛不屑地拉起马就要离开，白马连忙阻拦说："我什么都听你的，一切按你的吩咐——对那马帮——关照，关照！"

远处传来藏胞兄弟："呃黑嘿！"的呼叫声。卓玛抬眼望去，只见一群涌动的人群，跟随着一辆盖着白色篷布的马车，像潮水一般向自己涌来。乘坐在马车上的人，是这里的土司夫人，也就是白马的母亲。

卓玛正在惊疑时，前来迎接的男女藏民全都齐刷刷地恭敬地弯腰，像背诵经文似的说着："小姐吉祥，欢迎小姐！"

卓玛惊疑地问白马道："这是咋回事？"

"我母亲来啦！"

驶来的马车刚一停稳，侍女撩起车帘，驱车的汉子连忙趴在地上，让夫人踏在自己的背上下车。

卓玛上前迎上白马的母亲，恭敬地施礼道："卓玛劳驾伯母啦。"

"你是我土司家未来骄傲的媳妇，"白马母亲自豪地说，"应该的，应该的！"

锡第也走上前来，以宗教的礼仪，对白马的母亲道："夫人吉祥！"

"托活佛大人的福，"白马的母亲双手合十，"吉祥，大家吉祥！"

"阿妈，"白马唤母亲说，"卓玛小姐一路劳顿，我们回府吧。"

白马母亲邀请卓玛上车说："卓玛小姐，你请……"

"伯母的心意卓玛领了，"卓玛抱歉地，"锡第活佛要急着赶到峨眉山参加法会，我们就不去府上打扰啦。我也急着赶去成都，为父亲寿辰采办货品。"

"我回去，"夫人为难地，"怎么向白马的阿爸交代呀。"

"伯母，我阿爸寿诞做完，"卓玛上前，拉着白马母亲的手说，"我一定去府上陪你住上三五月。"

白马母亲泛笑道："别难为伯母，府里一切都为你准备好了。"

卓玛为难地以目光征求锡第的意见，锡第只好回答说："盛情难却，就留下来住一宿吧。"

……

今晚的土司府邸到处都张灯结彩一派喜气洋洋。府邸客厅亲朋满座，此间甲卡手持手鼓，正在跳自己拿手的热巴舞。她那优美的旋转舞姿，不时地赢得白马家人及亲朋的掌声……

次日一早，卓玛按照昨天晚上同土司夫人的约定，吃罢了早餐，就要同锡第活佛启程上路了。卓玛从饭堂出来时，白马家的下人和甲卡演出队的演员，全都恭敬地鞠躬站列在通向大门路道的两旁，为高贵的贵客送行。卓玛走到甲卡的面前，恭维甲卡道："你的舞跳得真好。"

甲卡恭敬地垂头回答道："谢谢小姐夸奖！"

"有件事，"卓玛试探地，"想劳驾你。"

"小姐，别说劳驾，"甲卡依然恭敬地道，"有事只管盼咐。"

"五月十六是我父亲的寿辰，"卓玛邀请说，"想请你的演出队去我们扎脱为我父亲做祝寿演出。"

"谢谢小姐，"甲卡泛笑道，"到时一定去扎脱。"

"那，"卓玛高兴地，"我们说定啦！"

"一言为定！"

卓玛温柔地向甲卡挥手再见后，在土司全家的簇拥下离开了土司府。

且说，自田轩与卓玛分别，马帮队伍重新上路后，夜晚露宿了一宿，一早又开始了他们的长途跋涉。

春天的高原到处都充满了生机，湛蓝的天空飘浮着朵朵白云，茵茵的草地，盛开满了各色的鲜花，自由的小鸟儿在高傲地飞翔……

——雪域高原美丽的自然风光令欧阳慧敏陶醉，她不停地用相机摄下这美丽的景致。这时，一位放牧的藏族少女挥着牧羊鞭，用藏语哼唱出发自内心的心声：

美丽高原我的家，
骏马驰骋，牛羊壮，
潺潺溪水绕牧场。

美丽高原我的家，
绿草茵鲜花儿靓，
碧波倒影映晚霞。

我爱你，雪域高原，
我爱你，我的家，
——神圣的天堂！

欧阳慧敏情不自禁地对田轩道："这歌声太美啦！"

"藏民族是能歌善舞的民族，"田轩向欧阳慧敏介绍道，"无论是劳作，还是休闲都能听到他们的歌声。"

突然，传来一声闷雷的声响，田轩吃惊地道："糟糕！要下雨啦！"

"快！"扎西呐喊起来道，"把牛都给圈起来！"

马帮们忙乱起来，为不让运送的物资被雨水的淋浇，他们一边集中牛群，一边为驮在牛背上的物资盖上避雨的油布……

汪堆骑着快马路过欧阳慧敏时，把一件黄色的油布雨衣扔给欧阳慧敏又回头对欧阳慧敏吼嚷道："披上！快披上！"

欧阳慧敏还没反应过来，汪堆就已经远去了。此时，一道闪电划过，顷刻间雷声、雨点接踵而至，受惊的驮物牦牛四处狂奔起来……

扎西在驱马拦截逃窜的牛群，路过欧阳慧敏身旁时，欧阳慧敏横马拦住扎西不容置疑地吩咐道："把孩子给我！"

扎西泽仁瞥了被风雨折腾得睁不开眼的儿子一眼，犹豫一下后，从侧面策马而去。

骑在马上的欧阳慧敏，呆呆地立在雨雾之中，注目着远处驱赶牛群的马帮……

雨，就像是与马帮兄弟作对似的，马帮兄弟刚搭建好围栏和帐篷，大雨就骤然停了。忙活了半天的马帮兄弟，只好就地休息，吃罢午饭后，再又开拔。

大伙都在忙碌时，身着被雨水淋湿了的光皮皮袍的小扎西，趁机来到欧阳慧敏休憩的帐篷。欧阳慧敏见小扎西冷得浑身不停地发抖，不由自主地在自己携带的皮箱里为小扎西寻找防寒衣服。这时，身披油布雨衣的汪堆，提着装有干牛粪的牛皮口袋进了帐篷。

——他是来为欧阳慧敏生火的。

汪堆的突然出现让欧阳慧敏不由得浑身瑟缩起来。

"别怕，"小扎西依偎着欧阳慧敏道，"汪堆叔叔是好人。"

在小扎西说话的当儿，汪堆一声不吭地趴在地上升起地炉的火来。

欧阳慧敏从自己随身携带的皮箱里翻弄出一款短大衣，正要为小扎西换衣服时，已经将地炉火引燃的汪堆，便一声不吭地出了帐篷。随之，欧阳慧敏将自己手拿的大衣扔在床上，追出了帐篷目视着汪堆的背影，大声地道："女士的帐篷，请你不要随意进出！"

汪堆没有理睬欧阳慧敏，昂首去了拴马处。

欧阳慧敏返身转回帐篷，刚撩起帐篷的门帘，小扎西已圆睁怒目，站在门处。欧阳慧敏不由得问："咋啦？"

"你错怪了汪堆叔叔，"小扎西嘟起小嘴道吗，"他是好人，担心你冷。"

欧阳慧敏拉起小扎西的手道："来，我们换衣服。"

小扎西倔强地道："我不换！"

"你那皮袍湿透啦，"欧阳慧敏关心地道，"不换会受凉的。"

"说不换，就不换，"小扎西嘟哝着道，"我替汪堆叔叔鸣不平，不愿意看到他受委屈。"

欧阳慧敏笑着对小扎西说："阿姨错啦，还不行吗？"

小扎西甜蜜地笑着道："那，小扎西原谅你。"

欧阳慧敏在为小扎西换衣服时，对小扎西道："瞧你这小模样，挺爱你汪堆叔？"

"当然爱！"小扎西自豪地道，"爱他，就像爱我阿爸一样！"

"你为啥爱他？"

"他对我好，喜欢我、爱我，"小扎西兴奋地回答，"每次上我家，他都要给小扎西买好多好多好吃的东西。"

"你汪堆叔家里还有什么人？"

"没人！"小扎西目视着欧阳慧敏，"我阿爸说，他是一人吃饱，全家不饿。"

地炉在"吱吱"地吐着火苗……

欧阳慧敏为小扎西脱去了被雨水淋湿了的皮袍，穿上自己的短大衣。然而，穿在小扎西的身上的短大衣，几乎把小扎西的小脚丫都给覆盖了。当欧阳慧敏打量小扎西的模样时，不由得"扑哧"地笑出声来。可是小扎西却不当回事，反而在欧阳慧敏的行军床上欢快跳跃……

帐篷外马帮伙计们都在忙着整理被雨水浇透了的货物。为了赶时间,"金眼镜"也加入到劳动的行列。

赖三见田轩脸上还残留有雨水,便将自己的毛巾向田轩递去,田轩接过毛巾拭脸时,"金眼镜"用手肘拐了下周胖子,小声道:"你咋不去巴结老板?"

"管这么多干啥?"周胖子责备地道,"人各有各的活法。"

"我是为你鸣不平,""金眼镜"挑唆地说:"赖三他有啥能耐,比起你差远啦!"

"别给我说东道西,"周胖子愤愤地,"干活!"

"金眼镜"自讨了没趣,心里不是滋味,将手里的活一扔,就朝欧阳慧敏休憩的帐篷去了。

"金眼镜"刚跨进帐篷,小扎西就斥责"金眼镜"道:"出去!我们不欢迎你。"

"金眼镜"拧起小扎西的小脸,恶狠狠地道:"你这小东西,说话还挺可恶!"

小扎西不甘示弱地双手拉起"金眼镜"的一只手欲咬时,欧阳慧敏上前护着小扎西斥责"金眼镜"道:"他是孩子!"

"金眼镜"只好瞪了小扎西一眼,悻悻而去。"金眼镜"离开后,小扎西的眼眶溢出受了委屈的泪水。

欧阳慧敏爱护地为小扎西拭着泪水道:"我们的小扎西勇敢,是不会流眼泪的。"

小扎西露出了笑脸,依偎在欧阳慧敏怀里。

小扎西很久没有享受过这宛如母亲的慈爱了。

欧阳慧敏抚摸着小扎西的头问:"你知道你阿妈去哪里了吗?"

"不知道,"小扎西回答说,"阿爸说,汉人坏,骗走了小扎西的阿妈。"

欧阳慧敏疑惑地问:"真是汉人骗走小扎西的阿妈吗?"

"是汉人!"小扎西泽仁坚定地,"仁青叔叔也是这样说,汉人骗走了小扎西的阿妈。"

"仁青叔叔是谁?"欧阳慧敏问,"和你阿爸一样,也是马帮?"

"他不是马帮,"小扎西回答,"听阿爸说,仁青叔叔是跑单帮的——在这关外做生意。"

夏季的高原,天气总是忽阴忽晴。一忽儿的时间,又是晴空万里。为了给小扎西尽快晒干皮袍,欧阳慧敏在帐篷外拉起晒衣的绳索。欧阳慧敏正在为小扎西晒皮袍时,扎西看见了身着欧阳慧敏大衣的儿子在草坪上欢快地跑来跑去,即刻拦住儿子狠狠地斥责道:"没志气!给我脱下来!"

小扎西胆怯地双手护着身上的大衣,躲藏到欧阳慧敏身后。

"他是孩子,"欧阳慧敏斥责扎西道,"不能受凉!"

扎西没有理睬欧阳慧敏的话,走向晾晒皮袍的地方,欲取下欧阳慧敏刚晾晒好了的皮袍。

欧阳慧敏连忙冲了过去,面对扎西:"你不能这样,还是湿的,穿在身上会着凉的。"

扎西改变了主意，转身离开了。

小扎西兴奋地，跑了过来依偎在欧阳慧敏怀里笑了。

"爽极啦！"小扎西兴奋地称赞欧阳慧敏道，"欧阳阿姨你厉害！"

"告诉阿姨，"欧阳慧敏笑着问小扎西道，"阿姨咋厉害啦？"

"我没见过有人敢和我阿爸顶嘴的，"小扎西由衷地道，"你战胜了我阿爸！"

"你就是逗阿姨喜欢！"欧阳慧敏说罢，欣喜地拉起小扎西的小手，回自己憩息的帐篷去了。

回到帐篷的欧阳慧敏和小扎西刚落座，一个身着湿透了的褴褛破衫，蓬头垢面的人溜进了帐篷。

欧阳慧敏连忙站起呵斥道："你，你要干啥！"

"卡著！卡著（藏语，感谢的意思）！"蓬头垢面的人连忙跪地拱手作揖，哀求道："我是从老爷家逃跑的'朗生'，求你，让我躲过一劫，躲过一劫！"

当地的农奴制度，把奴隶分为：差巴、堆穷、郎生三种身份。差巴的地位略高于堆穷和郎生。他们只负责在祖上传下来的"份地"或"牧场"为奴隶主耕作土地或放牧牛羊，而堆穷和郎生则是奴隶主家里会说话的牲口，除每天劳作外，还受其打骂和凌辱。

逃跑奴隶双手合十不停地哀求欧阳慧敏道："你是大慈大悲的人，救救我！救救我！"

欧阳慧敏正犹豫不决时，田轩和长命走进了帐篷。

逃跑奴隶连忙转而向田轩和长命拱手求助道："救救我，救救我！"

"让他躲吧，"长命向田轩祈求说，"这是救人性命的善事。"

田轩没有言语，向欧阳慧敏使了个脸色，欧阳慧敏便牵着小扎西随田轩离开了帐篷。

欧阳慧敏和田轩刚出帐篷，就看见七八个持枪的护院家丁，冲进了刚搭建好的围栏。这时，还在为围栏打桩的扎西，将斧头往地上一扔，火爆地吼嚷护院家丁道："你们干啥？干啥！"

"搜！"护院小头目，"到处给我搜！"

小头目的话音刚落，家丁有的在帐篷外四处搜寻，有的欲冲进帐篷。

田轩拦住欲冲进帐篷的家丁，愤愤道："你们还讲理吗？我们是合法的商人，这里不是你们能随意搜查的地方！"

"这里是咱们老爷的地盘，"家丁小头目掂着手里的枪恶狠狠地，"老子想搜就得搜！"说着向手下的家丁使一脸色，家丁便冲进了帐篷。

只一会儿的时间，冲进帐篷的家丁出帐篷来向小头目报告道："没人！到处都没人！"

"妈的！明明看见跑了过来，"小头目怒气冲冲地，"难道长了翅膀！"

家丁一个个都不敢言语了。

"去帐篷，再搜！"小头目愈加气恼，"就是藏到地底下，挖地三尺也要把他给搜出来！"

……

欧阳慧敏见家丁再次冲进自己憩息的帐篷，不由得拉起田轩进了自己的帐篷。欧阳慧敏目睹着家丁，肆无忌惮地恣意将一匹匹绸缎恣意乱扔，将一捆捆茶包横七竖八的乱丢，以及自己的相册、衣物全都瞎扔一地，不由得对家丁道："别扔啦！你们要找的人，就在中间横着的茶包下面。"

家丁闻声，爬上堆码的高高的茶包，掀开上面的茶包，看到了躲在下面蜷缩着颤抖的逃跑奴隶。这些狗仗人势的家丁，抡起枪托就往逃跑奴隶的头上一阵猛砸，顿时，鲜血从逃跑奴隶头部的伤处直往外涌……

欧阳慧敏爬上堆码的茶包，阻拦家丁道："别打啦！别打啦！"

家丁住手后，逃跑奴隶依然蜷缩着颤抖的身子蹲在地上。

"跑！你能往哪里跑，"家丁小头目也爬上堆码的茶包上，恶狠狠地注目逃跑奴隶道，"在老爷的地盘上，你跑得了吗？"

逃跑奴隶颤抖地愈加厉害了。

"上来！"小头目狠狠地怒斥道，"给我上来！"

逃跑奴隶被拖拽着出帐篷后，家丁用长绳捆绑住逃跑奴隶的双手，自己则骑马，用马拉着逃跑奴隶往回跑。人怎么能跟得上马跑的速度呢？最后逃跑奴隶跌倒于地，任凭奔跑的马向前拖行，凶多吉少……

——马帮目视着奴隶的惨状，直至从视线中消失。

"汉人都是一群畜生！"郎吉瞥了田轩一眼，故意挑唆地对扎西道，"拉下人命还不以为然！"

欧阳慧敏懊悔极了，豆粒大的泪珠夺眶而出，田轩安慰着道："别太自责啦，一切都怨不着你。"

欧阳慧敏淌着泪，什么也没说，走至拴马处，解下缰绳，便翻身跨上马要离开围栏了。田轩连忙拦住去路厉声问："你这是要去哪？"

"别挡道！"欧阳慧敏呵斥田轩道，"我闯下的祸，我自己解决！"

"愚蠢！"田轩恼怒地道，"这里是藏区，在人家地盘上，你解决不了问题，只能搬起石头砸自己的脚。"

"现在是民国，不是清朝。"欧阳慧敏嗤笑地道，"总得讲理！"说罢，便向马屁股上抽了一鞭，策马跑出了栅栏。

欧阳慧敏不时地扬鞭催马……

——旷野，只留下一溜快马驰骋后的风尘……

第六章
土司府甲卡求情　红烛夜勇嘎成亲

田轩目视着欧阳慧敏远去的背影，心急如焚地对扎西道："扎西兄弟，拿个主意——我们该怎么办？"

"汉人的事，"扎西满不在乎地回答，"同我没有相干。"

"你帮想想办法，欧阳小姐出了事，"田轩焦急地跺脚道，"我怎么向拉措老爷交代待呀！"

"对不起，"扎西转身回答说，"怎么交代是你的事。"

田轩愤愤地喊着长命道："长命，牵马！"

赖三连忙劝说田轩道："冷静点，你不能再去冒险！"

田轩无可奈何地回了一句："就是死在土司府我也认啦！"

长命牵马来了，田轩伸手从长命手里夺过缰绳，跃上马背，策马跑出了栅栏。

赖三只好在田轩身后大声呼叫道："你小心！"

田轩头也没回，不停地挥着马鞭，催促马儿奋蹄疾驰⋯⋯

田轩策马驰离开后，马帮伙计都在为田轩和欧阳小姐的安全纠结不已，郎吉却端起酒碗对大伙道："田老板就是条蠢牛，去土司府救人，不就是去虎口拔牙吗？——真是条异想天开的蠢牛！"

"你呀！"扎西打断郎吉的话吧，愤愤地指责郎吉道，"就是个唯恐天下不乱的种！"

"大哥，我可不是唯恐天下不乱，"郎吉申辩道，"我是看不惯汉人自以为是的得意样！"

扎西轻蔑地瞥了郎吉一眼，郎吉，郎吉连忙自扇耳光道："郎吉多嘴，郎吉多嘴！"

⋯⋯

且说，逃跑奴隶刚被拖拽回土司府，即刻就被送往露天的行刑广场。广场的正前方建有用泥土筑成的高台，尚存一丝呼吸的逃跑奴隶，被捆绑在行刑台旁边"十字形"的木桩上。逃跑奴隶破烂衣衫已经不见前胸和袖子，胸部和双腿已血肉模糊。

欧阳慧敏来到土司府大门前的行刑广场时，土司家的奴隶也已全都被驱赶来到了行刑广场，正在聆听土司管家的训话："……你们在土司家有饭吃，有衣穿，还能生儿育女，土司老爷对你们不薄呀！可是，你们的良心，都被狗吃啦，要背弃老爷逃跑……你们也不想想，在土司老爷的地盘上，你们逃跑得掉吗？……想逃跑那就按照老祖宗立下的规矩——抽脚筋！抽了脚筋，我看谁还能跑！……"

被捆绑在"十"字架上的逃跑奴隶几欲将头抬起，然而终因无力而放弃……

土司管家还在向台下的奴隶训话时，欧阳慧敏来到高台前，对守候的在行刑台旁的一家丁耳语了几句后，家丁连忙走向管家，向管家禀报道："大人……"

管家愤怒的目光注视着传话的家丁，那家丁连忙将手指向欧阳慧敏道："那小姐要见大人——您！"

管家随家丁手指的方向看去，即刻拖着嗓音鄙夷地道了声："女——汉—人—！"便走向欧阳慧敏威严地问："快说，啥事？"

"请大人通报一下，"欧阳慧敏泛笑回答，"我要见土司老爷。"

管家不屑地道："我们老爷是你说见就能见的吗？"

"我是香港来的记者。"欧阳慧敏解释说。

"不管你是臭巷来的活者还是死者，"管家耀武扬威地道，"都给我滚！"管家说着即刻转身就要离开。

"管家大人！"欧阳慧敏连忙呼喊着道，"那奴隶没有罪，请你放了他。"

管家转过身，半俯着身子，伸长脖子对欧阳慧敏嗤笑地道，"你是谁呀？我们老祖宗定下的规矩，你改变得了吗？"

欧阳慧敏抗辩道："现在是民国，不是清朝！"

管家怒了，立刻改变面色，恶狠狠地吩咐台前边的家丁道："给我捆起来！"

家丁将欧阳慧敏拖拽上台，正要捆绑时，台下传来田轩疾呼的声音："住手！"

管家还没有回过神来时，田轩已经跳上了高台。

管家以仇视的目光，注视着田轩冷冷地道："又是个汉人讨口子！"

田轩和颜悦色地对管家道："我是你们白马少爷的朋友——田轩，请你放了小姐。"

管家打量了田轩半晌后，对身边的家丁发话道："请二少爷！"

管家所称呼的"二少爷"，就是白马。

白马少爷是土司家的二儿子，深受父母的宠爱。其实，宠爱的实质是歉意。因为土司老爷的两个儿子都想继任父亲土司的位置，然而一山不容二虎，按祖传的章法，大儿子才是继任土司的当然人选。二儿子要当土司，唯一的办法，就是入赘去扎脱，因为扎脱土司只有一个名叫卓玛的女儿，白马少爷只有做了扎脱土司的上门女婿，才能以女婿身份做扎脱的土司。因此，白马的父母对扎脱土司的女儿——卓玛的"溺爱"超出了常人的想象。

此间，白马全家聚坐在客厅，正在同特殊的客人甲卡，商量卓玛从成都返回来后的接待事宜。

老夫人自豪地对甲卡道："我家白马就要入赘到扎脱，做扎脱的土司啦，我那未过门的媳妇，过几天也要从成都回来，我想图个热闹，到时你的演出队还是到府邸来助兴热闹热闹。"

"老夫人，"甲卡问，"你老喜欢歌舞，还是大戏？"

"管它是歌舞还是大戏，"老夫人高兴地，"热热闹闹就好！"

"老夫人，"甲卡兴奋地说："甲卡向您保证，到时一定热热闹闹的，让您老高兴；少夫人满意。"

老夫人连连说："好！好！"

这时，从行刑场报信的家丁躬身站在门前，连声喊道："二少爷！二少爷！"

土司夫人愤愤地斥责报信家丁道："没规矩的东西！"

家丁连忙进入厅内，"扑通"跪于地道："老夫人饶恕，小的错啦！小的错啦！"

"慌慌张张的样子，"土司厉声地，"什么事呀？"

"有个叫田轩的汉人，在行刑场捣乱，"家丁陈诉说，"那汉人说自己是二少爷的朋友……"

"田轩，这名字我恍惚听说过，"老夫人问儿子道，"告诉阿妈，田轩是谁？"

"就是个汉人讨口子（叫花子），"白马愤愤地骂道，"他还真他妈来劲啦，敢打我的旗号到土司府来耍横！"说着就要离开客厅。

"慢着！"老夫人叮嘱儿子道，"不许胡来，得把原因搞清楚。"

白马刚走，甲卡"扑通"地跪在老夫人面前。

老夫人惊诧地连声问甲卡道："咋啦？咋啦！"

"老夫人，"甲卡祈求说，"甲卡有事相求。"

"起来，起来，"老夫对甲卡道，"坐下说，坐下说。"

"老夫人不应允，"甲卡仍然跪地说，"甲卡今天就跪在这里。"

"应允！应允！"老夫人起身搀扶其地上的甲卡说，"这下行了吧。"

"老夫人，"甲卡祈求地，"田轩是甲卡还未成亲的男人，甲卡求老夫人放过田轩。"

"我还以为是啥大事呢？"老夫人爽快一笑对身边的大儿子道，"传我的话——放人！"

欧阳慧敏已被五花大绑地捆缚在行刑场的行刑柱上。管家围绕着田轩慢悠悠地转着圈说："二少爷愿不愿意见你，我不敢肯定。我只想告诉你，这土司府不是你随便逞能的地方——至于后果如何？——那就要看你的造化啦……"

管家还要说话时，白马少爷大步流星地赶来了。他登上行刑台，鄙夷地注目着田轩道："胆还真够大，敢跑到土司府来耍横。"

"二少爷，"田轩欲与辩解。

"别套近乎？今天没人能救你，"白马趾高气扬地道，"我白马只要发话，把你打死在这里也无人问津！"

田轩无话可说了。

"来人！"白马发话道，"给我捆起来！"

"你捆我、杀我都行,"田轩乞求地,"请你放过欧阳小姐。"

白马蔑视地一笑,向手拿绳索的汉子,打了个手势,拿绳索的汉子双手叉腰盛气凌人地站在田轩面前鄙夷地问田轩道:"是来粗的,还是来软的?"

田轩胸一挺,将自己的手背到身后,任凭大汉捆缚。

白马走到欧阳慧敏身边用自己的食指挑起欧阳慧敏的下颚,露出色迷迷的目光,压低声音阴阳怪气地道:"这脸蛋真够鲜嫩……下人真他妈不知惜花。"

"二少爷,"欧阳慧敏将头一扭,眼喷怒火道,"请你自重!"

白马少爷故作爽快地哈哈一笑道:"自重,一定自重!"说罢,从家丁手里夺过鞭子,正要猛抽欧阳慧敏时,传来了呵斥的话声:"住手!"

白马放下扬起的鞭子,回头望去,见自己的大哥已经站在了行刑台上。

白马上前疑惑地问,"大哥,你这是?"

"母亲发话啦,"大哥回答,"放人!"

白马怒不可遏地将手里的鞭子往地上一扔,向手下打了个放人的手势。

这时,甲卡出现在了行刑台上。

田轩、欧阳慧敏都不约而同地叫了声:"甲卡!"

田轩和欧阳慧敏刚被解了绑缚的绳索,甲卡连忙拉起田轩和欧阳慧敏的手,"快走!"

田轩挣脱着被甲卡拉着的手,向白马求情道:"二少爷,求您,放过这奴隶。"

白马恶狠狠地怒目注视着田轩。

甲卡气恼地再次拉起田轩:"走!快走呀!"

就在田轩和欧阳慧敏随甲卡离开行刑场时,从身后传来白马的吼声:"行刑!"紧接着是逃跑奴隶发出的最后的惨叫……

甲卡领着田轩和欧阳慧敏离开行刑场后,便驱马直奔回马帮的临时住地。

在返回的路上,田轩问甲卡道:"你家在哪里?我们送你回去。"

"我居无定所,"甲卡回答,"雪域高原就是我的家。"

"流浪危险,"田轩关心地说,"应该定居下来,有自己的家。"

"我是艺人,戏子,"甲卡回答,"没有人娶我,怎么定居呀!"

"赖三不是喜欢你吗?"田轩认真道:"他要娶你"

"他呀,呆头傻脑的,"甲卡轻蔑地一笑,"——没门!"

"赖三没门,"欧阳慧敏开玩笑地对甲卡道,"那谁有门呀?"

"我不同你们说啦,"甲卡笑着道,"你俩欺负我!"

……

且说,自田轩驰离住地以后,马帮兄弟都在为田轩和欧阳小姐的安全而担忧。尤其对赖三来说,身上兼有徐大伯的托付,一旦田轩和欧阳小姐出了事自己将无法面对徐大伯?无法面对拉措老爷?就在赖三在栅栏和帐篷之间烦躁地走来走去时,"金眼镜"叫住赖三道:"赖三兄弟,你这样走来走去不是办法,得拿个主意呀!"

赖三憋在心里的火，突然爆发，冲着"金眼镜"道："拿主意，拿主意，我拿什么主意？你要离开这，你就走，没有人阻拦你！"

"听不来人话的蠢牛！""金眼镜"不甘示弱地骂了赖三一句后，继而对站在不远处的富贵道："富贵兄弟你听见了吗——我是在为驮队担心——可是赖三他——""金眼镜"脚一跺，愤愤地接着道，"——好心被当成了驴肝肺！"

"少说两句，少说两句，"富贵上前劝解"金眼镜"道，"你的好心大伙都看在眼里。"

就在富贵劝说"金眼镜"的当儿，郎吉手肘拐了扎西一下，幸灾乐祸地笑道："大哥，汉人在起内讧啦！"

"他们起不起内讧与你我没有关系，"扎西以责备的语气回答郎吉道，"你我只是去拉萨的向导！"

"向导，向导，"郎吉戏谑地，"我嘴臭！嘴臭！"

……

"汪汪"藏獒叫起来，马帮们的目光随藏獒的叫声转向栅栏外时，见田轩和欧阳慧敏不但自己回来了，而且还意外的带回来了一位美女。当汉族伙计迎向田轩时，坐在篝火边喝茶的汪堆惊喜地称赞田轩道："看不出这田老板还真有能耐！"

"算啥能耐，"郎吉笑道，"是踩着了狗屎，沾了狗屎运！"

在汪堆和郎吉议论的当儿，富贵迎上田轩询问道："土司府的人没为难你们？"

"沾了甲卡姑娘的光，"田轩回答，"免遭了为难！"

"甲卡姑娘，"赖三惊喜地从帐篷跑出，迎上甲卡连连道，"——贵客！贵客！"说着从甲卡手里夺过牵马的缰绳，欲同甲卡并排走向拴马地方。可是，甲卡只向前走了两步，就再不向前了，而赖三却一点也没有察觉，仍然一边朝前走着，一边滔滔不绝地道："今天日子好，一早起来就有喜鹊直朝着我一个劲地叫，我就料到今天准有好事……"

赖三正说得得意时，从身后传来甲卡"扑哧"的笑声，赖三惊疑地扭头回看时，甲卡上前来对他道："别再做梦啦，我对你没感觉。"说罢从赖三手里夺过马的缰绳向拴马处走去。

"告诉我，"赖三在甲卡身后大声问，"对谁有感觉？"

甲卡回头问赖三道："你说呢？"

"要我说，"赖三嬉笑着道，"就是我——赖三！"

"去你的！"甲卡"扑哧"一声笑了。

……

落日的余晖映红了天边的天际，田轩和甲卡像一对恋人似的，牵着马沿小溪缓步而行。

甲卡突然问田轩道："我们这样漫步，像恋人吗？"

田轩诧异地无言可答。

"二选一，回答呀，"甲卡笑盈盈地弯腰注视着田轩道，"像，还是不像！"

"漫步像是恋人，"田轩回答，"感情交往是朋友。"

"告诉我实话，"甲卡站定摆好昂头叉腰的姿势，问田轩道，"我漂亮吗？"田轩左看右看后，回答："漂亮！"

"爱我吗？"

"爱！天下的美女我都爱，"田轩坦诚地，"但是我不伤害任何一个美女。"

甲卡脱口问："你伤害勇嘎了吗？"

"你为什么突然提起勇嘎？"田轩急切地问，"你见过她？"

"见过！"甲卡坦率地，"告诉我，是不是伤害了勇嘎，才迫使她离开了你？"

"她是我永远爱的人！"田轩坦然地，"我怎么会伤害她呢？"

"能告诉我，勇嘎离开你的原因吗？"

"离开，"田轩爽快地回答，"是场误会！"

"误会？"甲卡冷冷一笑，"多么美好的措辞！你知道吗？她已经视你为仇敌——成了别人的新娘！"

"快告诉我，"田轩乞求地，"勇嘎现在在哪？"

"——在扎巴！"

田轩翻身上马，欲要离开甲卡了。

甲卡拦住去路，问："你要去哪？"

"——去扎巴！"

"我已经说啦，"甲卡劝阻说，"她已经是别人的新娘！"

"勇嘎不会背弃我，她是属于我的，"田轩歇斯底里般地说，"这是铁钉的事实！"

"田轩，田老板！"甲卡上前阻止道，"你要正视现实，冷静，冷静呀！"

田轩的情绪平缓下来，小声道："告诉我，新郎是谁？"

"新郎是个英俊的小伙……"甲卡回忆起勇嘎与洛桑的甜蜜往事……

一年一度的赛马会上，云集着几十位青年骑手。一声枪响后，骑手们纵马狂奔……

参赛的洛桑扬鞭驰骋，甩掉了一个个对手，快冲到终点时，他弯下身子，从地上拾起象征获得第一的羊皮。

人潮涌动，一条条哈达和花环，被戴在了洛桑的脖子上。

"看见了吗？"勇嘎指着被人们簇拥着走来的洛桑，向甲卡介绍道，"他叫洛桑，是我的新郎。"

"新郎！"甲卡惊疑地问，"那田轩呢？"

"别提啦，"勇嘎恼恨地自责道，"我瞎了眼，爱上了个口蜜腹剑不该爱的人。"

"田轩，"甲卡惊异地道，"——口蜜腹剑？"

勇嘎坚定地道："他与杀害我父亲的凶手狼狈为奸，是协助劫匪杀害我父亲的幕后帮凶！"

"不可能！"甲卡态度坚定地说："田轩不是这样的人！"

"有什么不可能，"勇嘎理直气壮地回答"是我亲眼所见！"

甲卡极不相信地重复着勇嘎的话，迟疑道："亲眼所见？"

"我亲眼看见他和杀害我父亲的劫匪在鬼鬼祟祟的交谈，"勇嘎愤愤地，"临别的时候，那劫匪还跪在田轩的面前，说了好大一通话。"

"他俩都说了些什么话？"甲卡连忙问，"你问田轩了吗？"

"我什么也没问，狠狠地给了田轩一耳光，"勇嘎道，"了断了我俩的姻缘。"

……

甲卡结束自己的回忆，问田轩道："告诉我，情况真是这样吗？"

"那天我确实同劫匪在一起，"田轩承认道，"但是我有同劫匪在一起的原因！"

"不管有什么原因，"甲卡责问田轩道，"你为什么不杀了劫匪？"

"不能杀！"

"为啥？"

"因为杀害勇嘎父亲的除了劫匪外，"田轩坚定地说，"背后还藏有元凶！"

甲卡惊疑地："背后还藏有元凶？"

"我必须从劫匪手里拿到元凶杀害勇嘎父亲的确凿证据，"田轩目光炯炯地说，"让元凶死得口服心服！"

甲卡连忙问田轩道："告诉我——元凶是谁？"

"我没拿到确凿的证据之前，"田轩回答，"我是谁也不会告诉的。"

"我向佛祖起誓，"甲卡诚挚地，"今天我俩所说的话，就是烂在肚子里，也绝不告诉任何一个人！"

"别再问啦，我就是告诉了你元凶是谁，"田轩道，"你也不会相信，反而会认为我是在诬陷和诽谤这个人。"

"诬陷也好，诽谤也罢，"甲卡近似乞求地，"我只想知道元凶究竟是谁？"

"别再问啦，"田轩改变话题道，"还是谈勇嘎做新娘的事。"

"你真想知道勇嘎做新娘的事？"甲卡问。

"真想知道！"

甲卡回忆说："就在赛马会完了的那天晚上……"

新婚的喜气笼罩着洛桑家的宅院。这晚，寨子里左邻右舍都聚集在院子里，按习俗围着篝火跳起了锅庄舞，同时甲卡也在这欢快的时刻，唱起婚礼喜庆的民歌：

> 燃起熊熊的篝火，
> 　山寨迎来美丽姑娘。
> 跳起欢快的锅庄，
> 　祝福新郎新娘幸福吉祥。

>跳呀，跳呀纵情地跳呀，
>
>跳出生活希望。
>
>让美丽与吉祥，
>
>与新娘新郎地久天长。
>
>……

在甲卡的讲述中，田轩的眼眶里噙满了泪水。

"你也别难过了，"甲卡关心地为田轩拭着眼泪道："勇嘎成了别人的新娘，是更改不了的事实。"

"你除了知道勇嘎结婚事外，"田轩恳求甲卡道，"把你所知道的事全告诉我。"

"她让我转告你，"甲卡回答说，"拉萨你就别去啦，她父亲遗留下的货，叫你留下。至于留下的原因，是补偿、馈赠，随便你怎么理解都可以。"

田轩向前走了几步，眺望着远方伤感地疾呼道："老天！你对我田轩太不公平啦！"

"让痛苦过去吧，"甲卡从后面抱住田轩，将头贴在田轩的背上，"雪域高原到处都有美丽的格桑花。"

田轩悲切地道："可是没有属于我的那一朵。"

甲卡深情地，"我能成为属于你心中的那朵花吗？"

田轩惊疑了，痴痴地凝视着甲卡。

……

田轩回到马帮的临时住地，已是星汉灿烂的时候。马帮们早已吃罢晚饭，正围坐在篝火边喝酒，打发时间。马帮见田轩回来，全都站立起来，关心地问询他吃饭没有。长命走了过来，从田轩手里接过马的缰绳，便牵马去了拴马处；田轩则耷拉着脑袋走至篝火边，一屁股坐在地上，有气无力地对大伙道："喝酒，大伙都来个一醉方休！"

坐在田轩身边的富贵，为田轩斟上酒，田轩端起酒碗，一口气便将一碗酒一饮而尽。

富贵再次为田轩斟满酒，田轩端起酒碗又要一饮而尽时，扎西伸手拦住田轩，对大伙道："兄弟们，都来敬田老板一碗，感谢他给了我们这碗饭吃。"

篝火处的气氛顿时热闹起来：

"田老板，"端着酒碗敬酒的扎西对田轩道，"你随意，兄弟我一口干啦！"

另一兄弟端着酒道："田老板兄弟敬你！"

……

夜，已经很深了，但是马帮仍在喝酒。已经醉醺醺的田轩再次往自己酒碗倒酒的时候，周胖子连忙用自己的手罩住田轩的酒碗，阻止着道："老板，你不能再喝啦。"

"我没醉，我还要喝。"田轩说着举起酒瓶欲往自己嘴里送时，手抬起一半，就失去了控制直往下垂，瓶里的酒"咕咕"地往外流出……

被酒精麻醉得迷迷糊糊的郎吉，借着酒醉发泄内心的痛苦对扎西道："说喝酒，汉人讨口子就他妈的熊样！"

"什么汉讨口子！"赖三不甘示弱地站了起来，左右晃荡着身子回击郎吉道，"藏蛮子，把嘴给老子放干净点，啥叫汉讨口子？"

郎吉火气更来了，"呼"地站起，手摸着腰刀的刀柄。

扎西圆睁着愤怒的眼睛，狠狠地呵斥二人道："都给我坐下！"

在汉藏马帮两边的劝阻下，赖三、郎吉只好熄了心中的怒火，在原地坐了下来。

"大家在同一口锅里捞食就是弟兄，"扎西教训郎吉和赖三道，"马尿水，能喝就喝；不能喝，就别喝，别给我丢人现眼！"

在扎西说话的时候，欧阳慧敏已来到篝火处。

田轩仍在喃喃自语道："我没醉，喝，我要喝……"

欧阳慧敏目视着田轩愤愤地骂了一句："没有酒品的东西！"

……

夜风徐徐，树枝摇曳。酒醉的马帮们横七竖八地躺睡在篝火边，早已进入了梦乡……

茫茫的雪原上，田轩的马帮驮队冒着凛冽寒风，艰难地顶风行进。在行进中，一阵大风掠过，将勇嘎包裹头部的头巾刮飞，她只能眼巴巴看着刮飞的头巾在风雪中消失。田轩从后面赶上勇嘎问："能挺住吗？"

"没事！"勇嘎回答，"别管我，忙你的事吧。"

田轩前行着叮嘱勇嘎说："你小心！"

田轩站在路旁，让驮队一一从自己身边走过。

驮队行至陡峭山路拐角处时，积雪不停地从山顶滚下。赖三仰望着从山顶滚下的雪块，失声地疾呼起来："不好啦！……"

随着赖三的疾呼声，一团积雪直朝勇嘎扑来，顿时勇嘎发出了惊叫，手牵的坐骑也跟着发出了恐怖的嘶鸣。随着勇嘎的惊叫声和坐骑的恐怖嘶鸣声，勇嘎和坐骑坠下了山崖……

田轩歇斯底里般地呼叫起来："勇嘎！勇嘎！勇嘎！……"

——在呼叫声中，田轩醒了，原来是一场噩梦。

第七章
流浪羌月遇马帮　臭味相投结同盟

　　高原夏天的早晨薄雾弥漫，寒气袭人。然而寒冷却阻止不了马帮前行的脚步。天边刚刚露曙，马帮驮队又踏上了去拉萨的征程……

　　天色全放亮时，马帮驮队就已进入了荆棘丛生的密林。密林里到处都是横七竖八的藤蔓和左右横生的虬枝，很难前行。走在驮队前面的扎西和汪堆，用自己的佩刀为驮队劈出通行的道路。其余的马帮都在吆喝驱赶牛群，沿扎西和汪堆劈出的临时通道前行。

　　由于道路难行，欧阳慧敏和"金眼镜"乃至小扎西都没有骑马，而是牵着马儿紧跟在驮队的后面。

　　驮队几乎在密林里穿行了两三个时辰，烈日当头的时候才穿出密林，看到眼前起伏的山丘和垂帘般地瀑水。

　　田轩站在道旁，让牛群从自己身边一一通过。当牵着马行走的欧阳慧敏和"金眼镜"来到田轩跟前时，"金眼镜"向田轩招呼了一声就往前去了，欧阳慧敏则双手叉腰站在田轩跟前喘着粗气。

　　"还行吗？"田轩关心地问。

　　欧阳慧敏硬着头皮道："不行也得硬撑！"

　　"欧阳阿姨，你不是说我是小孩吗，"小扎西天真地问欧阳慧敏道，"我是小孩都行，你是大人怎么还是硬撑呢？"

　　欧阳慧敏只能抚摸着小扎西的头苦笑。

　　"你们慢走当休息，我到前面去啦。"田轩说着就要离开了。

　　"等等！"

　　田轩转过身目视着欧阳慧敏，问："有事？"

　　欧阳慧敏微笑着问田轩道："昨晚喝醉酒的狼狈样儿还记得吗？"

　　田轩苦苦地一笑回答："献丑啦。"

　　"我知道你心中有苦，是在以酒解愁。"

　　田轩没有回答，转身又欲离开。

欧阳慧敏对背向自己的田轩继续问道:"能告诉我,心中的难言之痛吗?"

田轩犹豫了一下,最终还是选择了离开。

欧阳慧敏对着已疾步前行的田轩大声问:"是不是有了勇嘎的消息?"

田轩没有回答,反而更加快了前行的脚步。

午饭时分,马帮们都围坐在篝火边喝茶吃糌粑,没有食欲的田轩,则悄然坐在一棵树下,手握着罗松泽仁佩戴在他胸前的那枚珍珠玛瑙镶边的银质饰物,耳畔回响着罗松泽仁的话语:"这是我们家族的饰物,带上它,你就是我们家族的人啦。"

田轩神情沮丧地骂道:"鬼话!都是鬼话!"骂罢后将饰物,狠狠地扔在了地上。

欧阳慧敏走了过来,拾起地上的饰物,问田轩道:"是不是有了勇嘎的消息?"

"什么消息呀?"田轩满不在乎地,"你过于敏感了。"

欧阳慧敏手一摊,亮出被田轩扔了的饰物道:"别绕圈啦,愁苦全都写在了脸上。"

田轩叹了口气道:"勇嘎就别再提啦。"

"为啥?"

田轩回答:"——已经成了别人的新娘。"

欧阳慧敏惊诧地问:"是甲卡告诉你的?"

田轩点头默许后,自己的耳畔隐约响起,甲卡在勇嘎婚礼时唱的《祝福歌》:

燃起熊熊的篝火,
跳起欢快的锅庄,
跳呀,跳呀,尽情地跳呀,
用我们欢快的舞蹈,
祝福新郎新娘幸福吉祥。

跳呀,跳呀,跳呀!
我们尽情地跳呀,
跳出生活希望。
让快乐与吉祥,
与新娘新郎地久天长。
……

欧阳慧敏见田轩两眼呆滞,麻木了的样儿,连忙惊起来:"田轩,田老板!田轩!"

欧阳慧敏的惊呼声,将马帮都召唤过来了。在马帮们的注目之下,田轩渐渐回过神来。欧阳慧敏连忙问:"你咋啦?"

"我没事,结束啦,一切都结束啦!"田轩起身站身对马帮们道,"都去休息,要走的路还长呢。"说罢,从地上拾起一石块,狠狠地掷向远方。

欧阳慧敏颇感同情地,将自己手里的玛瑙饰物递给田轩道:"拿着!"

"没有意义的东西,"田轩看也没看一眼,转身离去时,回头对欧阳慧敏道,"扔啦!"

"你等等!"欧阳慧敏喝住田轩,斥责地道,"你不能这样,这是老人信任你才给你的信物,不管怎样,你都应该尊重它。"

"我……"田轩欲作解释。

"现在不是谈谁对、谁错的时候,"欧阳慧敏打断田轩的话道,"即使你们的婚事解除,你都应该亲自退还给勇嘎。"

田轩无可奈何地从欧阳慧敏手里接过玛瑙饰物。

……

碧蓝的天空、翠绿的青山、绿荫的草地、潺潺的流水……

——组成了雪域高原美丽的风景画卷。在这美丽的画卷中,驮着物资的牦牛啃着绿草缓缓行进……

太阳临近落山的时候,田轩的马帮在依山傍水的地方停止了前行。即刻,马帮伙计们就各自按照自己的分工,准备晚饭的,准备晚饭;搭建帐篷和围栏的,搭建帐篷和围栏;拾牛粪,拾牛粪。就在马帮们忙碌的时候,欧阳慧敏端着盛有脏衣服的面盆,牵着小扎西从帐篷出来,前去小溪边洗衣。当牵着小扎西的欧阳慧敏,路过正在搭建帐篷的赖三旁边时,赖三便开玩笑地喊着欧阳慧敏道:"欧阳小姐,想沾你的光,也帮我洗件衣裳。"

"行呀!"欧阳慧敏回答,"你就慢慢地等吧。"

"等不了啦,"赖三继续道,"再等,就赤身裸体啦。"

"那好啊,你就去美术学院,"欧阳慧敏笑着回答,"做裸体男模。"

欧阳慧敏的话引得马帮伙计们都嘲笑起赖三来,一个劲地朝赖三喊叫道:"光屁股男模!光屁股男模!"

按照职责分工,今天是田轩、"金眼镜"负责捡牛粪的日子。田轩在拾粪时,直起身子的当儿,看见一汉族女子,踉踉跄跄地行走在荒野。田轩顿时惊疑地对身旁正在弯腰拾粪的"金眼镜"道:"快看前面……"

"金眼镜"抬眼看去,看清楚了踉跄行走的汉族女子不是别人,而是羌月时,不由地惊疑地道:"羌月!是羌月!"说着丢下装牛粪的牛皮口袋,朝那女子跑去……

"金眼镜"跑到羌月跟前,轻声呼唤了一声:"羌月!"

羌月还来不及回答"金眼镜"的话,便力不可支地倒在了地上。"金眼镜"急不可待地疾呼起来:"快来人啦!"

田轩来到女子身边,惊疑地注视着地上躺着的蓬头垢面的羌月。

"她是羌月,""金眼镜"向田轩解释说,"你认识,见过她。"

田轩在极力回想时,"金眼镜"提醒道:"忘啦,在拉措老爷的府上,你……"

顷刻,田轩的眼前闪现出在拉措老爷寿辰那天,初次见到羌月时的情景……

田轩、勇嘎、欧阳慧敏围坐在桌前品茗时,"金眼镜"和打扮得花枝招展的羌月,以及张老板向他们走来……

"金眼镜"向田轩介绍羌月道:"她叫羌月,是张老板的朋友。"

"想起来啦，"田轩道，"我见过她，见过她。"

搂抱着羌月的"金眼镜"，仍在连声呼唤："羌月！羌月！"

——羌月晕过去了。

……

"金眼镜"抱着羌月同田轩一道回到马帮驻地后，马帮都好奇地围成了圈，目视着依偎在"金眼镜"怀里，已经人事不省的女人。这时，欧阳慧敏牵着小扎西回来了。当她看到马帮们围成圈聚在一起时，立刻颇感诧异地将端着的面盆置于地上，好奇地挤入人群一探究竟。欧阳慧敏看见晕了的羌月时，即刻惊诧了，眼前闪现出自己在"西康客栈"初见到羌月时的情景……

羌月叼着香烟从客栈的楼上款步而下，当她快下完楼梯时，她一手放在扶梯上，支撑着脑袋，另一只拿香烟的手臂微微抬起硕大的乳房，有意地向欧阳慧敏哼了一声后，傲慢地问欧阳慧敏道："也是出来混饭吃的吧。"

"对不起，"欧阳慧敏轻蔑地说，"我不认识你。"说着向楼道走去。

羌月遭到冷遇，心里挺不是滋味，一屁股坐在茶几边的太师椅上，跷着二郎腿，故意露出大腿洁白的肌肤，理直气壮地说："干这行，就得懂点行道的规矩。"

欧阳慧敏回忆起羌月曾对她的侮辱，厌恶之情油然而生。但是看到眼前羌月蓬头垢面的狼狈相，倏然之间，欧阳慧敏的心中泛起了对羌月怜悯的微澜。

"她怎么会在这里？"欧阳慧敏质问般地问"金眼镜"。

"我也不知道呀，""金眼镜"颇感委屈地申辩道，"不信，你问田老板。"

"别争啦，"田轩对欧阳慧敏道，"帮帮忙，救人要紧。"

欧阳慧敏迟疑了一下后，蹲下身子，为羌月掐起"人中"穴位来。

"没大家的事，"扎西招呼着马帮其他人道，"都喝茶去！"

马帮伙计们刚回到篝火处，长命就为大伙拎来了一袋糌粑，丢放在马帮们围坐的中间的地上。藏族兄弟各自从怀里取出喝茶的小碗，在糌粑口袋抓一两撮糌粑面放进碗里，稍稍压了压后，便拎起篝火边茶壶熬制的茶水，注入碗里，以藏族"舔卡提"的方式，喝起晚茶（也就是吃起晚饭）来。

小扎西来到父亲身边，当小扎西从自己怀里取出木制的小碗递给父亲后，扎西往碗里抓了一小撮糌粑，压紧面粉后，续上茶水递给了儿子。小扎西揉捏着糌粑团子，向欧阳阿姨走去。

欧阳慧敏在为羌月掐人中时，羌月的嘴角微微动了一下。

"金眼镜"急切地喊道："羌月！羌月！"

羌月微弱的声音："水……水……"

欧阳慧敏从"金眼镜"手里拿过勺，舀了半勺水，从羌月的嘴角浸进羌月的嘴里……

羌月，徐徐睁开眼睛……

当她看到身边的"金眼镜"、欧阳慧敏和田轩后，眼眶里涌出了泪水……

欧阳慧敏欲再次向羌月喂水时，羌月迫不及待地抢过盛水的茶碗，一口气就喝干了碗里的水。

这时，小扎西一手端着小碗，一手捏着糌粑团子走了过来，羌月不顾一切地从小扎西碗里抢了块糌粑团子塞进嘴里。小扎西惊恐地注视着羌月。

欧阳慧敏则关切地对羌月道，"糌粑多得是，你别急，慢慢吃。"

羌月咽下糌粑后，稍有了点精神，"金眼镜"向她问道："你不是和张老板在一起吗？怎么在这里流浪？"

"那糟老头不是个东西！"羌月憎恨地说，"原本叫我陪他去色达进什么皮货，可他在半道就丢下我，不知了去向……"羌月说着眼眶盈满了泪水，悲切地跪在田轩面前祈求道，"田老板，我一个女人家，回不了炉城……可怜可怜我，让我同你们一道去拉萨吧。"

"不行！"赖三不容置疑地回答，"离拉萨还有上千里的路，你不能随我们同行！"

"金眼镜"恳请的目光注视着田轩，羌月则紧拉着田轩的衣角哀求道："田老板，我能给你们洗衣、做饭……什么都能做，求求你，留下我，留下我呀！"说罢便泣不成声地连连向田轩磕头。

……

就羌月的去留问题，田轩、赖三、欧阳慧敏进行了一番商量。固执的赖三坚持自己的意见说："我们是送货的马帮，不是收容队，更不是慈善队伍。再说，就是对"金眼镜"的来历，我至今都在怀疑。"

"'金眼镜'就别提啦，"田轩责备赖三道，"他毕竟拉措老爷介绍来的。"

"我看拉措老爷爷也是碍于情面，"赖三嘟哝着道，"把这个烫手山芋丢给了我们。"赖三停顿了一下，接着又道，"现在突然又冒出个羌月，我看这里面一定有什么预谋。"

欧阳慧敏惊疑地问："那你认为有什么预谋？"

"还需要我说吗？"赖三回答，"货呗！"

"你多虑啦，"田轩微微一笑道，"就是有预谋，小蚯蚓也掀不起大浪。"

"你是老板，自己拿主意，"赖三讥讽地，"我只是个跑腿的跟班，只能建议。"

田轩征求欧阳慧敏的意见问："你的意见呢？"

"羌月也可怜兮兮的，"欧阳慧敏回答，"再说我身边有个女伴也好。"

……

今晚欧阳慧敏居住的帐篷新增了一个地铺。地铺的主人，就是羌月。对羌月来说，能留在驮队，随同马帮去拉萨是自己的幸运。因而内心充满了对欧阳慧敏的感激。此间，她坐在地铺上，眸子闪着感激的光泽，对欧阳慧敏道："欧阳姐，你和田老板收留我，是救了我的命，谢谢你！"

"别谢我，"欧阳慧敏回答，"是田老板收留了你，你要感谢的是他。"

这时，汪堆拎着装有牛粪的皮口袋进了帐篷。汪堆依然像往常一样，不露声色地为地火炉添加了牛粪后，又一声不吭地出了帐篷。

羌月惊疑地问："他是谁呀？"

"——马帮伙计！"欧阳慧敏回答，"名叫——汪堆！"

"这人真可怕——凶神恶煞，让人毛骨悚然，"羌月心有余悸地问，"你不怕吗？"

"怕啥！"欧阳慧敏回答，"习惯啦。"

夜空明月高挂，繁星闪烁……

夜色下的旷野，除了偶尔能听到"嗖嗖"的风声外，到处都是一派宁静。今夜是长命值班守夜，他背着叉子枪，在栅栏和帐篷之间走来走去……

马帮的住地，每晚都要搭建三顶宿营帐篷：一顶专门堆码货物；一顶专为马帮伙计住宿；一顶除供欧阳慧敏住宿外，余下的空间部分，也堆码着货品。

夜，已经很深了。躺在行军床上的欧阳慧敏早已进入梦乡，而躺在地铺上的羌月却不能入眠。从帐篷外传来长命巡夜的脚步声。待长命的脚步声消失后，隔壁帐篷传来"窸窸窣窣"的响声。这响声消失后不久，突然传来"哗"的一声。羌月正感到惊疑时，值班的长命拉响了枪栓，厉声道："谁？"

"别开枪！""金眼镜"惊恐地，"是我——'金眼镜'！""金眼镜"说着故意倒在地上。

原来是"金眼镜"不小心踢翻了长命置放在堆码货物的帐篷门口的一块只有一尺多长，五寸多宽的木板。

长命走了过来，见"金眼镜"趴在地上，便惊疑地质问道："干啥？"

"金眼镜"胆怯地回答："撒尿，跌跤啦。"

羌月轻轻地从地铺爬起，蹑手蹑脚地走到帐篷门前，掀起帐篷门帘的一角，向"金眼镜"跌倒的地方窥视。羌月看见长命收起枪，将枪挎在肩头后，伸手拉起地上的"金眼镜"后，自己又去了别的地方。站起身的"金眼镜"扶正了鼻梁上的眼镜后，便走到帐篷的侧边，撒起尿来。"金眼镜"撒完尿，刚转身时突然看见面前站着的人，把他惊吓得倒退了两步。当她看清楚是羌月时，愤愤地道："你吓死我啦！"

"把借我的大洋还我！"羌月厉声道。

"我……""金眼镜"口吃起来。

"我现在身无分文，"羌月理由充分地道，"总不能在这里白吃白喝吧。"

"姑奶奶，你别逼我，""金眼镜"满不在乎地道，"不就是三十个大洋吗？"

"五十！"羌月更正说。

"什么五十？""金眼镜"坚持道，"就是三十！"

"忘了？"羌月一步不让地，"二十块是利息！"

"金眼镜"哑然了，半晌道："你借我的三十块大洋，全都交给田老板做了一路上的伙食费啦，我现在也是身无分文。"

"你有没有，跟我没有关系，"羌月将手一摊道，"我只要你还我钱！"

"你听我说，""金眼镜"的口气软了下来，"一旦有了机会，搞到欧阳小姐那口皮箱，你我就展翅高飞，到雅安或者去邛崃买上几亩地，过我俩的小日子。"

"别给我提下三烂的事，"羌月急不可待地，"一句话——还钱！"

"我的姑奶奶，你我情意深重，""金眼镜"哄道，"你就宽限几天，就几天。"

"别给我死皮赖脸，"羌月态度强硬地，"我需要钱，马上还我！"

"你傻呀！""金眼镜"死皮赖脸地，"这到处都是你的财路，守着财神爷，你还会讨口？"

"啥财神爷，"羌月鄙夷地道，"我不懂！"

"金眼镜"笑道："男人哪有不沾腥的，马帮伙计都是你的财神爷呀。"

"做缺德事，"羌月态度坚决地，"你找旁人去！"

"别这么固执，""金眼镜"厚着脸道，"这儿是你挣钱的天堂，既解决了男人之需，又解决了自己之难。"

"别再给我瞎扯胡诌，"羌月语气软了下来道，"就按你说的，宽限你几天。记住，几天后必须还我。"

……

黎明取代了黑夜，田轩的马帮驮队，迎着初升的太阳，驱使着驮载物资的牦牛群又出发了。

羌月因为自己没有坐骑，只好搭乘"金眼镜"的坐骑，与金眼同乘一匹马。中午时候，当驮队来到山壁挂有瀑布的峡谷时，羌月激动了，情不自禁地唤着端着相机，镜头对着瀑布正在拍摄的欧阳慧敏道："欧阳姐，来一张！"

欧阳慧敏将相机的镜头对准了"金眼镜"和羌月……

摄影完后，羌月下马，对"金眼镜"道："我得走走，你前面去吧。"

"金眼镜"离开后，羌月与欧阳并排而行，羌月对欧阳道："你有文化，真让人羡慕。"

"什么羡慕呀，"欧阳慧敏道，"人嘛，都各有所长。"

"什么长短的，我就是个粗人、苦命人，"羌月"哎"了一声，自卑地道，"家里穷，没上过学，十四岁就离家闯荡社会啦。"

欧阳慧敏同情地问："你是哪里人？"

"——雅安人！"羌月一字一句地，"父母亲都是背夫。"

"背夫？"欧阳慧敏惊疑地问，"什么叫背夫？"

羌月解释说："背着茶包从雅安出发，一路步行翻越二郎山到炉城的人，就叫背夫。"

"想起来啦，"欧阳慧敏颇感同情地道，"我在来炉城的路上见过你所说的背夫……"

即刻，欧阳慧敏的脑海闪现出自己在来炉城的路上拍摄到一张照片：在难以行走的山道上，左边是陡峭的悬崖，右边是不见底的深渊。一群衣衫破烂的男女背夫，背着捆缚在背夹上垒得高高的茶包，挂着青岗木制作的拐杖在艰难地挪步翻越山崖。背夫中，甚至有衣不遮体露出乳房，怀抱婴孩的女人……

照片上的图像从欧阳慧敏脑海一闪而过后，她颇感同情地道："背夫太贫穷，太辛劳啦……"

"这都是命，你也别太伤感，"羌月改变话题，愧疚地道，"欧阳姐，我对不住你，说过伤人的话，你能原谅我吗？"

"事情都过去啦，"欧阳慧敏坦然地安慰道，"还提那事干啥。"

"姐，"羌月难为情地道，"妹妹想求你件事？"

"什么事？"欧阳慧敏爽快地，"只要姐能办到，一定答应你。"

"我身无分文，"羌月祈求地注目着欧阳慧敏，"你能借点钱给我吗？"

"这算啥事呀，"欧阳慧敏不以为然地道，"只是钱都放在田老板那里，我晚上回你的话。"

羌月感激地："那，我谢你啦！"

这时传来一声哨音，进接着响起扎西的呼喊声音："停下来，抓紧时间吃午饭，下午还得要赶三十里路。"

驮队停下了，大伙儿都在忙着在做垒灶、打水、生火等一系列午餐的准备。因为忙着下午赶路的原因，马帮的午饭都是非常简单——就是喝茶吃糌粑。欧阳慧敏因为吃不来糌粑，午饭都是强迫自己咽一点饼干之类的干粮。

高原的中午是阳光最强的时候，欧阳慧敏为了躲避阳光，只好独自躲在荆棘下，咽着饼干。羌月和欧阳慧敏的交情，已经日渐深厚。于是当她看到欧阳慧敏独自在一旁啃饼干时，便主动拿着灌满水的旅行水壶，欲给欧阳慧敏送水去。可是羌月刚走到半道，却被"金眼镜"拦下。

"你咋啦？"羌月斥责"金眼镜"说。

"就问你一句，""金眼镜"回答问，"借钱的事怎啦？"

"她同意啦，"羌月回答，"只是一时半会……"

"我知道啦，""金眼镜"打断羌月的话，"钱在皮箱里，田轩在替她保管。"

"你啥都知道？"羌月问。

"金眼镜"自得地回答："我是谁呀！"

"田老板、欧阳小姐都是好人，"羌月奉劝"金眼镜"道："你欠我那五十块大洋我可以不要你还，但是你得不再打伤害好人的歪主意。"

"我知道你感激田老板收留了你，可你也得替我想想，我为啥要吃苦随同马帮去拉萨？""金眼镜"乞求般地，"你得帮我呀！"

羌月近乎厌恶地："我帮不了你！"说着推开挡道的"金眼镜"，朝欧阳慧敏走去。

……

马帮吃罢简单的午饭，又吆喝着牛群开始了下午的跋涉。

因为上山路段不便骑马行走，大伙儿都是牵马步行。"金眼镜"牵马从后面快追上走在前面的羌月时，气呼呼地唤羌月道："姑奶奶，你能不能慢点？"

羌月回头问"金眼镜"道："我快吗？"

"金眼镜"双手叉腰，喘着粗气道："我都快追不上你啦。"

"你呀，"鄙夷地道，"除了骗女人，余下别无他用。"

"别说得这么难听，""金眼镜"乞求地道，"算我求你好不好。"

羌月淡淡地一笑，转身就要前行了，"金眼镜"连忙叫住她道："你等等，我有话对你说。"

羌月回转身问："你呀，狗嘴吐不出象牙，能有啥好话？"

"金眼镜"向羌月招着手道："我的姑奶奶你走近点呀！"

羌月迟疑了一下，停下了脚步。

"算是我求你，""金眼镜"追上羌月拱手道，"姑奶奶，就帮我一次忙吧。"

"我一个女人家，"羌月问，"能帮你啥忙？"

"简单，""金眼镜"睨视着羌月狡黠地道，"——缠住田轩！"

羌月啐了一口唾液道："我没这本事！"说罢，就要转身离开。

"金眼镜"连忙拉住羌月的衣角，死皮赖脸地道："姑奶奶，只要你缠住田轩，就是帮我！"

羌月迟疑了一下，问："你想得到啥？"

"我没有所求，""金眼镜"哀求地说，"只想通过你得到田老板的信任。"

羌月笑弯了腰对"金眼镜"道："你就好好地做你的信任梦吧！"说罢，转身离开了。

人活在世上，各自有各自的幸福，同时也各自有各自的苦恼和痛苦。吃罢晚饭，大部分的马帮去了栅栏外的草场，或是散步，或是嬉闹，住地只剩下长命独自坐在火堆前吸着蓝花烟（当地的旱烟）。不知郎吉从哪里提着一瓶酒走了过来，一屁股坐在地上，用牙齿咬掉瓶盖，自己大喝了一口后，将酒瓶递给了长命。长命接过酒瓶，正喝酒时，郎吉呵责长命道："瞧你，整天闷闷不乐的图个啥呀，看看你身后……"

长命扭头往后看去，只见欧阳慧敏正在给相机调焦距，为富贵拍摄夕阳下遛马的逆光照。同时，也看到了在草坪采集鲜花的羌月，和悠闲散步的田轩……

"兄弟，听我劝，"郎吉奉劝着长命道，"别折磨自己整天愁眉苦脸的，活在世上就得开心快乐。"

"我不能同你相比呀，"长命呷了一口酒，自卑地道，"我这辈子就是个穷命、苦命、劳役命，不知道哪一天还得抵债。"说罢，将酒碗置郎吉面前。

郎吉骇然道，"啥抵债！"

长命哭丧着道，悲戚地道，"还高利贷呗！"

"你一人吃饱，全家不饿，"郎吉惊疑地道，"也会去借高利贷？"

"老婆死啦，安葬老婆欠下的，"长命痛心地道："高利贷惹上身，就一辈子也偿还不清咯！"

郎吉急切地问："欠了多少？"

"说起来不多，就二十个大洋，"长命丧气地道，"可是这二十个大洋就要逼迫我以身还债！"

"那你为啥不想想办法，"郎吉关心地道，"把债给还啦？"

"说得轻巧，你能借我二十个大洋？"长命冷冷一笑接着道，"人倒霉，喝口凉水也得找保人！"

郎吉无言以答，抓起酒瓶喝了口后，递给长命道："来！喝酒！喝酒！"

长命接过酒瓶，"咕咕"地猛喝起酒来……

在长命喝酒的当儿，郎吉的目光再次移向栅栏外的草坪。只见，羌月捧着采集的鲜花，笑盈盈地跑到田轩身旁，幸福地将花递给田轩道："送你的。"

田轩接过花，低头细看时，羌月问："美吗？"

田轩用手抚摸着鲜花的花瓣回答："美！"

羌月试探地问："我美吗？"

"美！"

羌月上前媚态地问："喜欢我吗？"

田轩哑然了，半晌找了句托词道："对不起，我有事。"说完匆匆离开，直往驻地回走。

羌月站在原来的地方，怒不可遏地道了一句："我是为了感激你！"

这时，"金眼镜"赶了过来，望着田轩的背影问羌月道："搞定了吗？"

"丧门星！"羌月恼怒地骂"金眼镜"道："你让我把脸都丢尽啦！"

"没事！""金眼镜"嬉皮笑脸地安慰说，"你的大恩大德，我会铭记的。"

……

夜，已经很深了。马帮驻地的篝火吐着蓝色的火苗，放在火苗旁边的茶壶，热气腾腾。

今夜是郎吉值班之夜，只见他身背着叉子枪在栅栏外内走来走去。当郎吉走到拴马处时，见长命在为马匹添加饲料。他没有惊动长命，而是转身去了别的地方。

郎吉走到马帮睡觉的帐篷门外，他停下脚步时，聆听到了从帐篷内传出的呼噜声。

郎吉离开帐篷不久，"金眼镜"轻轻掀开被子，蹑手蹑脚地溜出了帐篷。高原的夜晚是寒冷的，溜出帐篷的"金眼镜"被冷得双手紧合在一起，放在嘴边，不停地"哈"着热气。"金眼镜"是个心细的人，为了观察今晚值班人的动静，他猫腰躲在欧阳慧敏居住的帐篷外，以帐篷为掩体窥视坐在篝火边烤火的郎吉。"金眼镜"见郎吉只顾自己烤火，而忘记自己值班的职责，内心高兴无比。于是，便猫腰去了堆码货物的帐篷。

帐篷里黑漆漆的，"金眼镜"拿出蒙有多层布的手电，凭着微弱的光亮，寻找起欧阳慧敏的皮箱来。

帐篷外传来脚步声，"金眼镜"连忙熄灭了手电，侧耳聆听外面的动静——原来是给马匹添加完饲料的长命，提着马灯从帐篷外走过。然而却在此时，"金眼镜"弄巧成拙，在回转身时，弄翻了堆放在驮架上的布匹。

帐篷内传出的响声令长命诧异，他小心地用耳朵紧贴着帐篷仔细聆听里面的动静。

坐在篝火边的郎吉，呼喊着长命道："你咋啦？过来喝两盅。"

长命没有回答郎吉的话，而是向郎吉招手。

帐篷内的"金眼镜"听见了郎吉的脚步声，连忙装了一声猫叫"喵"。

"野猫！"郎吉拉起长命道，"不管它，喝酒去！"

长命向郎吉连连摆手。

郎吉顿时警觉起来，聆听了一会儿后，两人同时抽出自己的佩刀，进了堆码货物的帐篷。

堆码货物的帐篷，留有左右两边的通道。长命和郎吉进帐篷后，相互交换了下脸色后，两人便分路而行。"金眼镜"听见了朝自己走来的脚步声，连忙调转方向去了右道，在右道听到脚步声后，又返回左道。"金眼镜"已经陷入无路可逃的境地。顿时，恐慌使他额头沁出了汗珠，惊吓使他浑身颤抖。这时，长命点亮了手提的马灯。在灯光的光亮下，只见郎吉和长命两眼露出灼人目光，横刀逼视着"金眼镜"。

一心只想为自己辩解的"金眼镜"口吃起来，连连道："我……我……"

郎吉冷冷一笑，对长命道："汉人做不光彩的事，还真他妈一套一套。"

"不，不，""金眼镜"语无伦次地自我辩解道，"我什么也没做，什么也没做！"

"那你到这里来干啥？"郎吉威逼地，"说！不说，我叫人啦！"

"我，我……""金眼镜"胆怯地半响回答道，"酒瘾犯啦，寻酒，解馋……"

郎吉将刀尖顶住"金眼镜"的下颚，露出凶光严厉地说："说实话！"

"我找……""金眼镜"踮着脚尖，"找皮……皮箱。"

郎吉怒目炯炯地威逼道："蒙我！……"

"实话！""金眼镜"吞颤抖着，"皮箱，皮箱里面……"

郎吉进一步将手握的刀尖，顶向"金眼镜"下颚，逼问道："里面啥？"

"全，全……""金眼镜"口吃起来，"全是大洋！"

郎吉以审视的目光，逼视着"金眼镜"。

"没半点假话，""金眼镜"踮着脚尖，"全是大洋，我就为大洋来的。"

"说好，"郎吉收了刀，吩咐"金眼镜"和长命道，"这事不许声张，大洋到手咱仨，三一三余一。"

"金眼镜"连连点头，说："只要我们三人联手，大洋一定搞定！"

郎吉"嘘"了一声，长命也随即熄灭了马灯。

夜空星汉灿烂，大自然的一切，都沉寂在宁静之中……

第八章
温泉染风寒　夜闯神山采雪莲

天还没有全亮，马帮们就在打点行装准备出发了。欧阳慧敏和羌月正在收拾自己的物品时，汪堆走进帐篷二话没说，抱起欧阳慧敏收拾好了的装被子的马褡，就往外走。他刚出帐篷，"金眼镜"恰好迎面走来。于是，"金眼镜"以教训的口气斥责汪堆道："女士的帐篷不能随便进出！就是欧阳小姐有大凡小事，也轮不到你瞎操心。"

"呸！"汪堆鄙夷地啐了一口唾液后，看也没看"金眼镜"一眼，就去了拴马处。自讨没趣的"金眼镜"怒视着汪堆的背影。郎吉走近"金眼镜"，毫不客气地指责"金眼镜"道："你就是汉人里傻得透顶的傻瓜！笨牛！"

"金眼镜"不服气地问："我咋啦？"

"咋啦，还有理由问我，"郎吉质问着道，"明白不——要发财，别说汪堆，就是马帮的伙计一个也不能落下！"

"为啥？""金眼镜"不服气地道，"总共一箱银圆，全部人分，一人能分几个？"

"你呀！"郎吉瞥了货场堆码的货物一眼，指着"金眼镜"道，"就是个鼠目寸光的东西！"

"金眼镜"不解地连忙问："啥意思？"

"要把兄弟们都团结起来干大事，"郎吉狡黠地道，"成为这货物的主人——老板！"

"你的意思，""金眼镜"手指堆码货物的帐篷问，"都归我们所有？"

郎吉默许地微微一笑。

"高人！""金眼镜"竖起拇指连连赞叹道："——佩服！佩服！"

郎吉见欧阳慧敏出了帐篷，连忙一本正经地对"金眼镜"道："佩服个啥？——干活去！"

"金眼镜"瞥了出帐篷来的欧阳慧敏一眼，灰溜溜地找活干去了。

郎吉气愤地对欧阳慧敏指责"金眼镜"道："'金眼镜'就是个油腔滑调，偷奸耍滑的种！"

"消消气，"欧阳慧敏劝解地对郎吉道，"你骂他，他没有顶撞你，还是不错。"

"顶撞我——他敢！"郎吉得意地泛笑道，"我掐死他。"

小扎西喊着："欧阳阿姨！"向欧阳慧敏跑了过来。

郎吉离去后，欧阳慧敏牵起小扎西的小手，去了拴马处。

……

今天，田轩的马帮驮队走得也是难以行走的密林小道。他们马不停蹄地足足走了两三个时辰，到了应该吃午饭的时间，驮队才穿出密林爬上了山顶。在下山的路上，坐在马背上的小扎西，对牵马步行的欧阳慧敏道："我阿爸说，这儿的地名叫温泉谷……"

欧阳慧敏没有听清楚小扎西所说的地名，连忙问："叫啥？"

小扎西一字一音地回答："温—泉—谷—！"

"明白啦，"欧阳慧敏笑着重复小扎西的话道，"温—泉—谷—！"

小扎西继续道："我阿爸说，这里的半道上有一个洞，这个洞整天都冒出热水，叫什么来着……"小扎西突然想起来了，说，"叫——温泉！"

欧阳慧敏惊疑地问："真有温泉？"

"真有！"小扎西认真地说，"我阿爸说有温泉，就一定有温泉！"

欧阳慧敏情不自禁地："那，太好啦！"

欧阳慧敏和小扎西拉着话，来到一个开阔地的地方，这里既有高山流水，又有足够放牧牛群的草坪，是马帮休息做饭的最佳之地。

果不其然，扎西一声哨响，马帮就停止了前行，按照各自的分工，看守牛群的看守牛群，准备午饭的，准备午饭。

汪堆在堆有石块的山坡搬弄石块时，长命走了过来，对他说道："老弟，问你个事。"

"神神秘秘的，"汪堆不耐烦地，"啥事？"

长命直截了当地："爱钱吗？"

"废话！"汪堆顶了长命一句说，"不爱钱，来干马帮？！"

"听说这驮子里，"长命左右看了看，神秘地道，"有一驮，装的全是现大洋。"

"装的就是金子，"汪堆毫不在乎地，"也是老板的，我说得对吗？长命兄？"说着，抱起一块片石朝磊炉灶的地方走去。

长命讨了个没趣，扫兴地直盯着汪堆的背影。

汪堆回头向长命补上一句："君子爱财，要取之有道！"

长命自责般地叹了一口气，目视着汪堆的背影，钦佩地道："是个正直的汉子！"

汪堆抱着大石块片来到垒灶的地方，见扎西弯腰垒起的炉灶已有雏形，便对扎西道："成啦，别再费神。"

扎西直起身，看见欧阳小姐端着一放有衣物的面盆，同儿子一道往下山的道走去。

"欧阳小姐，"扎西大声地喊着欧阳慧敏问，"你们这是去哪？"

小扎西抢先回答父亲的话说："我和欧阳阿姨去温泉。"

扎西叮嘱说："小心！"

温泉离这里不是很远，沿山走到岔路口往右走就到了。欧阳慧敏和小扎西来到温泉，只见温泉的出水口热气腾腾，热水畅流。这里可谓是天然的沐浴场，在离出水口不足二十米的地方，还有口蓄水塘，从出水洞畅流出的热水，沿小溪流到塘里后，在塘里旋转数圈后，才又沿溪流走。

欧阳慧敏高兴极了，连忙用绳索和浴巾搭起一个能遮掩半截身子的更衣围子。便迫不及待地进"围子"里更衣，而小扎西则手持树枝的枝条在水塘的出水口追逐着漂流的树叶。欧阳慧敏叮嘱小扎西道："小心，别跌倒啦！"

追逐流水的小扎西，没有理睬欧阳慧敏的话，依然我行我素地追逐着顺水流淌的树叶。

……

羌月走出住宿的帐篷，扯着嗓子喊了声："田老板，你过来一下。"

田轩走了过来问："出啥事啦？"

"你自己看吧。"羌月说着率先进了帐篷。

田轩刚进了帐篷，见欧阳慧敏人事不省地躺在行军床上，连忙问："这是咋回事？"

"肯定是感冒，引起高烧。"

田轩伸手欲拭欧阳慧敏的额头时，问羌月道："你有退烧的办法吗？"

羌月为难地回答："我知道的就是用凉水降温。"

"那，我去打凉水。"田轩说着抓起地上的面盆，就出了帐篷。

一会儿工夫，田轩打水回来了，羌月连忙将毛巾置放进冷水里，然后拧干，敷在欧阳慧敏的额头上。

"我在这也碍事，"田轩对羌月道，"有事再叫我。"

田轩刚出帐篷，小扎西端着碗茶水也来到了帐篷。但见他跪在行军床边，轻声道："欧阳阿姨，你睁睁眼，喝点茶吧。"

小扎西见欧阳阿姨一动不动地躺在床上，心急地问羌月道："羌月阿姨，欧阳阿姨不会有事吧？"

"你说呢？"

小扎西肯定地回答："我说——欧阳阿姨不会有事！"

小扎西的话音刚落，欧阳慧敏的呼吸突然急促起来。羌月连忙对小扎西道："小扎西听阿姨的话，就在这里守着你欧阳阿姨，我去去就来。"

小扎西应承后，羌月走出了帐篷，来到马帮喝酒的篝火处，对田轩道："田老板，欧阳小姐现在已经呼吸急促啦。"

"唉……"田轩长叹了一口气，为难地道，"这荒山野岭的我也没办法呀！"

"你得想办法呀，"羌月惧怕地道，"欧阳小姐要是有个三长两短，我可负不了责。"

田轩微微叹了口气，只好随羌月又去了欧阳慧敏住宿的帐篷。

田轩刚离开，汪堆一口将自己碗里的酒饮尽，悄声无息地离开了大伙，去了男人们住宿的帐篷。汪堆自第一次在扎西家见到欧阳后，整个心魂都被这位漂亮的汉族姑娘夺走了，但他又理智的认为自己配不上欧阳慧敏，只能将自己的爱深埋心里。

田轩随羌月回来到欧阳慧敏住宿的帐篷，田轩目视着欧阳慧敏，以宽慰的口气对羌月道："她主要受了风寒，不碍事，出不了事。"

"田老板，"羌月连忙推卸责任道，"你得记住，出不了事是你说的。"

田轩微微苦笑后，转身刚出帐篷。碰巧遇上身背叉子枪，手提马灯的汪堆，从马帮住宿的帐篷出来。田轩惊疑地问："汪堆兄，你这是要去哪？"

"找雪莲！"汪堆干脆利落地回答。

"深更半夜的，"田轩严厉斥责汪堆道，"你哪也不能去！"

"这是我的事，"汪堆理直气壮地说，"你管不着！"说着直往前走。

扎西也闻声赶过来，拦住汪堆的去路道，"黑灯瞎火的，再天大的事，天亮了什么都好说。"

固执的汪堆听不进任何劝解，他推开拦路扎西，执意地道："就是死，也是我汪堆自己的事，谁也管不着！"

"你傻呀，"郎吉也走了过来，指着汪堆骂道，"为一个汉女人把命丢了，你值吗？"

"这女汉人我喜欢，"汪堆理直气壮地，"就是死，也是一个字——值！"

"那好，"扎西恼怒地道，"你滚！"

"汪堆，"田轩急了，继续阻止道，"不能去——危险！"说着欲冲上前阻拦快要出栅栏的汪堆。

"别拦他！"扎西拦住田轩道，"他就是一条犟牛！"

"汪堆兄！"田轩又欲去追赶汪堆，可是自己的身体被扎西死死抱住无法脱身，只好大声地，"汪堆兄，你真的没必要去冒险！"

"怕死，就不是马帮！"汪堆回头理直气壮地回复道，"就不是我汪堆！"

田轩无可奈何了，只好从自己腰部抽出快枪，递给扎西道："这枪好使，交给汪堆。"

扎西信赖地拍了田轩肩头一下，朝汪堆走去。

扎西追上出了栅栏门的汪堆，汪堆质问扎西道："大哥，又咋啦？"

扎西将快枪交给汪堆道："老板给你的。"

汪堆捧着枪，感动地回头大声唤着田轩道："田老板，汪堆谢你啦！"

汪堆走了，顿时马帮住地除了能听到夜风掠过后留下的响声外，一切都显得格外的宁静。

……

汪堆一手提着马灯，一手紧握佩刀，在荆棘丛生的密林中穿行。在行进的路上到处都是交错的虬枝和藤蔓，他不时地挥舞着佩刀劈棘前行。突然一只体魄硕大的熊，两眼射出绿光出现在汪堆的前面。在这万分危急时刻，毫不畏惧的汪堆地握紧佩刀与熊怒目相向。

——汪堆在与熊怒目相向对峙了一阵后，熊伸直脖子发出了一声长啸后，灰溜溜地离开，汪堆又精神抖擞地劈棘前行……

且说，在住地喝酒的马帮一个个都醉醺醺回帐篷入睡去了，唯有担心着汪堆和欧阳慧敏安全的田轩，一会儿走到欧阳慧敏居住的帐篷前，窥视一下躺在床上的欧阳慧敏一眼，一会儿又走到栅栏门处眺望一下夜幕下的远处。总之，篝火处、栅栏边，以及欧阳慧敏居住的帐篷，这三处地方成了田轩来回走动之地。

帐篷内，躺在行军床上的欧阳慧敏，由于心跳加快，在大口大口地不停地喘息，守候在她旁边的羌月，因困乏已经身不由己地伏在行军床边熟睡了。突然从远处传来几声狼嚎，将羌月从睡梦中惊醒，她打了个哈欠，伸了个懒腰后，便端起放在旁边盛有凉水的碗，用缠有布条的筷子，蘸着水，湿润着欧阳慧敏干裂的嘴唇……

长夜漫漫，繁星闪烁，大自然的一切都显得格外静寂。田轩忧心忡忡地眺望着夜幕下的远处，在不时地叹息……

扎西出帐篷来到田轩身边，关心道："你眼圈都红啦，去睡会儿吧。"

"睡不着呀，"田轩叹了一口气道，"不知汪堆现在怎么样了。"

"出不了事，"扎西安慰田轩说，"汪堆去的是神山，有佛祖保佑！"

"佛祖保佑，"田轩忧心地道，"但愿如此呀！"

……

神山的山顶一年四季都被冰雪覆盖。汪堆艰难地爬上冰雪覆盖的山顶时，已经天亮了。当他手撑着自己的腰，喘息一阵，呼吸稍微平稳后，转身看自己的足下时，所见到的皆是一座座高高低低的参差不齐的山峦，即刻他的脸上露出了一丝胜利者的笑容。然而，此时并不是他得意和兴奋的时候，他的整个心脏都在为欧阳慧敏急促地跳动，他必须爬上最高峰为自己深爱的汉族女人拾到晶莹剔透的冰块，以及最难找到的良药——雪莲。

太阳已经很高了，平常这个时候马帮队伍早已出发，而今天，马帮们仍然围坐在篝火边喝茶……

田轩走了过来，扎西抬头问田轩："有事？"

"你看，"田轩以商量的口吻对扎西道，"是不是派人去找找汪堆？"

"方圆几十里地的大山，"扎西反问道，"上哪找去？"

"哎！"田轩懊悔道，"汪堆简直就是条犟牛！"

"就是出了事，也怨不了谁，"扎西安慰道，"自己逞强做的事，自己负责，谁也怨不了。"

田轩征求意见地问："还有件事想与你商量？

"——你说！"

"我想做副担架，"田轩商量地，"挑几个兄弟，把欧阳小姐出抬出松林口找藏医去。"

"这事我管不了，"扎西即刻表明态度说，"你们汉人的事，汉人自己解决。"

"扎西，"田轩认真地开导扎西说，"你不是说过，在一锅搅食，就是一家人吗！"

"别给我说这些，"扎西火冒起来，"我和汉人势不两立！"

田轩无言以对，只好对周胖子道："叫上弟兄们，砍树条去。"说着拾起地上的斧子，向树林走去……

待田轩去树林后，扎西对郎吉和长命吩咐说："你俩准备两天糌粑……"

"大哥，"郎吉惊疑地问，"什么意思？"

"抬欧阳小姐出松林口，"扎西回答，"找门巴去。"

"大哥，"郎吉打量着扎西问，"你犯病了吧？"

"咋啦！"扎西呵斥道，"别给我神经兮兮的。"

"当初不是说，只负责把货送到拉萨，"郎吉理由充足地，"没有说还要抬担架呀！"

"抬担架怎啦，"扎西果断地，"我决定的！"

"白干的事，"郎吉话语小声，语气坚决地，"我不干！"

"不干——拉倒！"扎西斥责地，"我看你是想钱，想疯啦！"

"不想钱，我不如随我的格桑拉姆去拉萨，"郎吉反驳道，"免得在这受这份窝囊罪！"

"不是个东西！"扎西恼怒地骂了郎吉一句后，愈加愤恨地继续道，"告诉你，没有你这红萝卜，我也照样做出满汉全席！我和长命哪怕就是爬，也要把欧阳小姐抬出松林口！"

"大哥，你别发火，"郎吉口吃起来，扇了自己一耳光道，"我……我，我嘴臭！嘴臭！……"

赖三、富贵做的担架极其简单，以两根碗口粗的树条为主骨，在主骨的两边用绳索绕成网状，就成了。富贵、赖三刚做好担架，背着"架子枪"和牛皮行囊郎吉、长命、扎西便走了过来，郎吉二话不说，趾高气扬地抱起地上的担架，就往前走。

赖三欲要斥责郎吉时，看见了扎西就不敢说话了。这时，小扎西从马帮帐篷跑来出来，拉着父亲的衣角问父亲道："阿爸，你们这是要去哪？"

扎西回答："抬你欧阳阿姨出松林口，找大夫去。"

"我也要去！"小扎西态度坚决地道。

"我没回来，"父亲告诫儿子说，"哪也不能去！"说罢，撇下儿子朝欧阳慧敏住的帐篷走去。

扎西、长命、郎吉三人刚走到欧阳慧敏住的帐篷，田轩正好从帐篷出来。他刚要对扎西说话时，扎西抢先道："我们不是来帮你们汉人的，是来帮欧阳小姐的。"

田轩笑着道："我替欧阳小姐谢谢你们！"说着从衣兜摸出几枚大洋，交给扎西后，对扎西叮嘱道："路上一定要注意安全。"

"别婆婆妈妈的，"扎西不耐烦地，"我知道！"

扎西、郎吉和长命进了帐篷，正在忙碌的时候，帐篷外传来惊喜的呼喊声："汪堆回来啦！汪堆回来啦！"

扎西撩开帐篷的门帘，只见精疲力竭的汪堆手扶着围栏的木桩，正在大口大口地喘着粗气，同时将手拎的皮口袋递给周胖子道："冰……雪莲花……都……都能……退……烧……"

田轩迎上汪堆充满感激地连连道:"你辛苦啦,谢谢你;你辛苦啦,谢谢!谢谢!"

……

冰块和雪莲花对高烧病人都有奇异的特效,尤其是雪莲花加上冰块熬制出来的汤水,只要喝下肚,高烧即刻减退。当羌月用勺把加冰熬制的雪莲花汤水,浸进欧阳慧敏嘴里后,没到一个时辰,欧阳慧敏不但退了烧,而且还徐徐地睁开了双眼。

羌月和小扎西都高兴起来,尤其是羌月,连忙跑出帐篷,向报告喜讯似的大声呼喊道:"欧阳小姐醒啦!欧阳小姐醒啦!"

围坐在篝火边的马帮伙计们高兴高呼着:"呃嘿嘿!"便抬起汪堆直往空中抛……

日已偏西,马帮住地的周围,到处都是"叽叽喳喳"的鸟雀的晚唱声。欧阳慧敏居住的帐篷内已亮起了马灯。已经基本痊愈的欧阳慧敏下身盖着被子,上身披着皮衣,背靠着被子和枕头坐在床头,正在与蹲在地上收拾茶碗、水壶、口袋,以及其他乱零乱的物品的羌月闲聊。

"知道吗,"羌月对欧阳慧敏道,"你整整躺了一天啦。"

"让你受累了,"欧阳慧敏内疚地道,"谢谢你。"

"受累的,可不止我一个,"羌月越说越起劲,"就是藏族马帮伙计也没例外,他们还打算要抬你出松林口,去找藏医呢。"羌月说着,提起装有冰块的皮口袋,将冰块往面盆里倒。

欧阳慧敏惊疑地道:"冰块?"

"别小看了它,"羌月扭头对欧阳慧敏道,"是它救了你的命。"

"哪来的?"欧阳慧敏问。

"来的可不容易,"羌月认真地,"是汪堆去雪山用命换来的。"

"汪堆,"欧阳慧敏厌烦地说,"别提他!提他,我恶心。"

羌月正不知怎么回答欧阳慧敏的话时,田轩端着冒着热气的刀削面进帐篷来了。

"刚做好的刀削面,"田轩像哄孩子似的,"你尝一尝。"

"谢谢,"欧阳慧敏为难地,"我什么也吃不下。"

"你两天没沾东西啦,"田轩像哄孩子似的,"喝两口汤也行。"

这时,小扎西端着盛有几片肉的小碗进到了帐篷。他叫了声:"欧阳阿姨。"便走到床边,学着羌月喂欧阳慧敏水的模样,用筷子夹着一小片肉就往欧阳慧敏嘴边送。

"小扎西乖,"欧阳慧敏抚摸着小扎西的头,"欧阳阿姨让给小扎西吃。"

"小扎西吃过啦,"小扎西祈求般地,"挺香的,欧阳阿姨,你就吃一块吧。"

欧阳慧敏无可奈何了,只好张嘴让小扎西把肉送进自己的嘴里。

突然,帐篷外传来藏獒异样的狂咬声。田轩连忙撩起门帘,只见马帮伙计们全都警觉起来,藏族马帮伙计端起了自己的叉子枪,汉族马帮伙计手握快枪,大伙都集中精力,注视着黑漆漆的旷野。

藏獒仍在一个劲地狂咬……

第九章
借宿藏家结情谊　峡谷遇险得安然

藏獒的咬叫声也越来越疯狂，同时，从远处传来的马蹄声，也越来越清晰……

扎西向马帮们挥了下手，马帮便心领神会地进入了预先定好了的战斗岗位。

马帮的战斗岗位分成三个小组，各小组分区负责正面、左侧面、右侧面三个方向的安全。

田轩见自己的弟兄都按照分工进入防护岗位，回头叮嘱欧阳慧敏和羌月道："不管发生什么事，你们都不要出帐篷。"说着，提着自己的快枪，猫腰去了扎西的身边。

藏獒还在疯狂地咬叫……

田轩问扎西道："你估计情况会怎样？"

"从马蹄声判断，"扎西回答，"应该不会有大事。"

马蹄声越来越近了，藏獒的咬叫声逐渐平缓和稀疏。负责正面安全的赖三、汪堆、周胖子正纳闷时，两位策马驰来的人出现在了栅栏门前。汪堆凭着月色的光亮，认出出现在栅栏门前的二人，不是别人，是自己以及扎西、郎吉儿时的伙伴——仁青和巴桑。

汪堆情不自禁地喊了起来："仁青——巴桑——兄弟！"

仁青判断出这是汪堆的声音，连忙调转马头，催促巴桑道："快走！不能久留。"

巴桑疑惑地问："为啥？"

仁青没有回答巴桑的话音，双腿一夹马肚，只听见"嗒嗒"的马蹄声，快马就飞跑起来。

巴桑只好调转马头，追赶仁青去了。

就在仁青和巴桑调转马头的一刹那，汪堆清楚地看到仁青和巴桑的坐骑上都搭载有一条装有"货物"的牛皮口袋。顿时，汪堆替他们担心起安全来，不由得再次呼喊起来："仁青！巴桑！"

郎吉走到汪堆跟前，目视着仁青和巴桑的远影，斥责汪堆道："人都不见啦，还喊个啥。"

一场虚惊过去后，马帮兄弟们回到篝火处，又开始闲聊起来。

汪堆一屁股坐在地上后，汪堆愤愤地骂道："仁青、巴桑真他妈不够哥们，路过这里，不说要关心关心兄弟，起码也应该进来同弟兄们闲聊几句。"

"人各有志，"郎吉替仁青和巴桑辩解道，"各人有各人的想法。"

"都大半夜了，"汪堆问郎吉道，"他俩还在外面瞎跑，你说他俩这是在做啥买卖？难道不怕出事？"

"你呀，瞎操心！"郎吉没好气地斥责汪堆道，"谋生之路各有其道——鸟有鸟道；贼有贼路。"

"仁青这人，从小我就……"汪堆见扎西怒视着自己，连忙改口道，"我嘴臭——胡说！胡说！"

"改啥口呀，"郎吉性急地，"别吞吞吐吐地——有话直说！"

汪堆愤愤地斥责郎吉道："你别激我！"

"你呀！"郎吉语气低缓下来，指着汪堆道，"就是个不厚道的主。"

汪堆一骨碌站了起来，质问郎吉道，"我有啥不厚道啦？"

郎吉火了，不甘示弱地厉声道："背后议论朋友就是不厚道！"

"坐下！"扎西愤愤地，"吵什么吵！"

汪堆和郎吉都不敢言语了，只好坐了下来。

"我是外人，本不该多嘴，"长命插话道，"可那仁青和巴桑也不够意思，路过这里，怎么也该进来招呼一下自己的弟兄。"

汪堆向长命竖起大拇指，认同地："说得好！就是不够哥们。"

"我有个疑问，"长命目视着扎西，"不知当问不当问。"

"绕啥弯子，"扎西性急地催促道，"要问就问！"

长命试探地："仁青会不会在做歪买卖？"

"什么歪买卖？"汪堆不解地问。

"——贩卖奴隶呀！"长命回答。

"我了解仁青，"郎吉反驳道，"他不做伤天害理事！"

"你多想啦，"扎西拍着长命的肩头道，"我的兄弟都是好兄弟，伤天害理的事，别说不会做，就是边也不会粘。"

……

经过一宵马不停蹄的劳顿，仁青和巴桑来到曲木县城一家简易的藏家客栈。他俩各自扛着皮口袋，上了二楼，推门进了住室，解开拴在口袋口的牛皮绳，只见两条口袋里各装有一个十五六岁的女孩。这两女孩经过一整夜的长途折腾，已经坐都坐不稳了，只能蜷缩着身子躺在地上。

仁青抱起其中一个女孩，对巴桑道："拿水来！"

巴桑取下带在身上的水袋，递给仁青。

仁青接过水袋，给女孩灌起水来……

女孩咳了两声后，睁开眼睛祈求道："我要回家，我要回家！"

"只要听叔叔的话,"仁青哄着女孩子说,"叔叔一定带你们回家。"

"我听话,"一女孩淌着泪水,哀求说,"叔叔我听话,送我回家,送我回家!"

仁青把女孩平放在地上,解开女孩扎在腰间的带子,撩起女孩身穿的皮袍罩住女孩面部。

巴桑厉声问:"你要作甚?"

"我要做甚,"仁青厉声质问巴桑道,"你管得着吗!"说着便解自己身着的裤子……

女孩惊叫起来:"不!不!……"

然而,任凭女孩怎么反抗,仁青还是伏在了女孩身上。

……

贩卖奴隶的集市场,到处都搭建着高台。只见一个个戴着手铐脚链的奴隶,木讷地站在高台上,任凭身边的主人,向台下的买主介绍他们个人的情况。在一处高台上,主人指着身旁上身裸露的大汉向台下的人介绍道:"走过、路过的朋友,请你们停下脚步扭头看一下,这大汉像不像是头公牛!……他力大无比!……是放牛耕地的好把式!……只要二十块大洋,谁要,谁牵去!……"

整个市场这边在叫卖二十个大洋,那边在叫卖十五个大洋,到处呈现出的都是颓废的繁荣和热闹……

就在这"繁荣"和"热闹"的市场上,我们看见勇嘎、洛桑,以及仁青和巴桑也穿梭在拥挤的人群之中。洛桑看见了仁青和巴桑,正要上前去招呼时,却被勇嘎拦住了,并问洛桑道:"你认识他俩?"

"认识,高个儿叫仁青,矮个儿叫巴桑,"洛桑回答,"两人都是不安分的主。"

"不安分?"勇嘎惊异地,"是强盗?还是劫匪?"

"不是强盗,也不是劫匪,"洛桑回答,"是贩卖奴隶的主。"

"你干吗不认识好人,"勇嘎质问洛桑道,"而是认识人渣?"说罢撇下洛桑直往前走。

"勇嘎,你听我解释,"洛桑追上勇嘎解释说,"这不能怨我,认识他们,是他俩经常上我们老爷府邸,找老爷的管家,我们只是见过面而已。"

……

仁青已经做了多年的人口的贩卖,他有一套自己的独特方式——从来不站在高台上叫卖,而是找那些大户人家的管家,以低价销售的方式贩卖给对方。今天仁青、巴桑之所以来逛集市,目的就是打探今日的行情,以便同买家讨价还价。

仁青今天的买家是翁达庄园的管家,双方的交易地点,选在县城的一家专供富人和纨绔子弟出入的茶楼。当仁青和翁达庄园的管家在茶楼落座后,仁青面带轻浮的表情对翁达庄园的管家道:"这次给大人送来的是两位年轻、漂亮的女子……"

管家打断仁青的话,问:"想我出高价?"

"管家大人,"仁青油嘴滑舌道,"市价,市价!"

"市价是多少?"管家问。

"不多，"仁青伸出三指头，"就这个数！"

"一半！"管家态度强硬地，"同意就成交。"

"管家大人不是外人，"仁青干脆地，"一半就一半！"

管家问："人呢？"

仁青拍了下手，巴桑带着那两位女孩走了过来。

"听话，我已经给这位老爷交代了，"仁青叮嘱女孩道，"老爷带你们回家。"

女孩目视着管家，充满感激地连连点头。

……

集市上人来马往，小贩的叫卖声此起彼落……

穿梭在人群中的勇嘎和洛桑，来到茶楼门前，正巧与送翁达庄园管家出门来的仁青相遇。仁青顾不上与管家道别，便热情地对洛桑道："洛桑！我的老朋友！好久没见啦，喝茶去！"说着手搭在洛桑的肩头进了茶楼。

进楼后，仁青诧异地注视着站在洛桑身后勇嘎，洛桑连忙介绍道："她是我老婆，叫勇嘎！"

仁青恭敬地请勇嘎入座道："弟妹请，弟妹请！"

堂倌倒上茶离开后，洛桑向仁青和巴桑道："向二位打听件事？"

仁青坦诚地说："只要我俩知道，你尽管问。"

"这一带，"洛桑问，"哪里有劫匪？"

"怎么？"仁青惊诧地问，"莫非要去入伙？"

"玩笑啦，"洛桑回答，"请他们办事。"

"办事！"仁青疑惑地，"杀人？"

洛桑摇头："不是！"

仁青性急地："劫财！"

洛桑摆头。

仁青愈加疑惑地道："那一定是替什么人打探消息？"

洛桑笑着道："——更不是！"

"那……"惊疑地问，"为啥？"

"不为啥，"洛桑回答，"只是结交个朋友。"

"与劫匪交朋友？"仁青嗤笑着说，"别蒙我，你洛桑是什么人，我仁青清楚。"

"你只需告诉我劫匪出没的地方。"

"我同你一样——好人！"仁青反问道，"再说……"

洛桑性急地："再说什么？"

"——劫匪脸上没刻有字，"仁青认真地，"即使就坐在身边，也不认识。"

巴桑插话道："我倒是听说龙灯坝子一带常有劫匪出没。"

"奇啦！"洛桑惊疑地，"我只听说那一带经常发生械斗——打冤家，没听说有劫匪呀！"

第九章　借宿藏家结情谊　峡谷遇险得安然　085

"龙灯坝子是牧区，周边都是农区，"巴桑解释说，"劫匪抢了牧区牛场娃的牛羊，怪罪于农区的人；反过来，农区寨子遭到抢劫，怪罪于牧区牛场娃，这样的相互怪罪，就造成了械斗不止。"

……

勇嘎、洛桑赶到龙灯坝子械斗场时，双方械斗人员都已退场，场上只留下损坏的械器和双方受重伤的人员极其为他们痛心哭泣的亲人。

勇嘎、洛桑牵着马木讷地站在械斗场的中央，目视着这边白发老人声嘶力竭地在哭喊："我的儿啊……"那边失去丈夫的妻子，怀抱着死去的丈夫在哭喊："我的夫啊，你这一走，叫我怎么活啊……"更有孩子哭唤父亲的凄苦喊声："阿爸，你睁开眼，你醒醒……"

"……"

——到处是令人酸楚的悲痛。

天，突然变脸了。勇嘎抬头仰望着乌云翻滚的天空对洛桑道："要下雨啦！"

勇嘎的话音刚落，一道闪电划过，紧接着响起隆隆的雷声。顿时，如注的雨水倾泻而至……

身披着油布的勇嘎和洛桑牵马来到一家农户的住宅门前，勇嘎"咚咚！"地敲起了院门。

宅院内，铁链拴着的藏獒在不停地狂咬……

宅门外的勇嘎和洛桑听到了从里面传出的小孩的啼哭声，以及女人的问话声："谁呀？"

"大姐，"勇嘎回答，"请你开开门！"

一会儿的时间，宅院的门"吱"的一声打开，开门的女主人尼玛金珠，见是两位陌生人，惊疑地："你们……"

"我们是过路的，"勇嘎回答，"天晚啦，想在你家借宿一宿。"

女主人将信将疑地打量着这一男一女。

"我们都是好人！"洛桑笑着对女主人道，"大姐，求你啦。"

女主人将门全打开了，二人牵着马进了院子。这时院内的藏獒愈加疯狂地叫了起来……

勇嘎、洛桑随同女主人尼玛金珠上楼进了屋，从里屋传来一男子询问女主人微弱的声音："谁呀？"

尼玛金珠哄弄着啼哭的孩子回答："来借宿的。"

里屋的男子再没有往下继续问了，然而屋子并没有就此安静下来，孩子的啼哭声一声更比一声高了起来，仿佛要掀翻整个屋子一般。女主人发火了，她在孩子的屁股狠狠地打了一巴掌，对孩子嚷叫道："哭，哭，哭个啥呀！"

洛桑从带来的褡裢里取出干粮——烙饼，掰了一丫给了小孩，小孩才停止了哭声。

"大姐，"勇嘎指着内室问，"屋里是谁呀？"

"我男人，"女主人略显苦恼地回答，"是个病鬼——瘫子！"

女主人把孩子放下地，从火盆桌的抽屉取出茶碗对客人为难地说："本想给你们倒茶，可是我家的茶水你们不能喝……"

"不能喝，"勇嘎惊疑地脱口问，"为啥？"

"青杠树叶熬的，"女主人回答，"喝了肚子发胀。"

洛桑什么也没说，从褡裢取出一柄砖茶递给女主人道："大姐，你收下。"

"这……"女主人拒绝道，"不，我不能收。"

"大姐，别把我们当外人，"勇嘎上前劝解地，"把我当成是你妹妹就收下。"

女主人为难地收下茶，连声："谢谢！谢谢！"说着激动地，"我马上给你们熬茶，马上熬茶！"说着拎起火盆桌上的茶壶，出屋去了。

勇嘎正环视着空荡荡的屋子时，女主人从外屋打水回来了。

"大姐，"勇嘎迎上女主人，"我来！"

"你是客人，"女主人拒绝勇嘎后，将茶壶放到火盆上，往壶内加放砖茶叶时，拉家常似的道，"我那男人没有瘫的时候，家里的日子还是蛮不错的。他瘫后，日子就一天天艰难啦……"女主人叹了口气，继续道，"幸好他有个干兄弟帮我们，日子还算马虎。可是就在这两月，突然没有了干兄弟音讯……"

"咋啦？"勇嘎连忙问。

"干兄弟是个四处奔波的马帮伙计，雪域高原哪里都是他的家，"女主人眼眶溢出悲切的泪水，半闭眼睛双手合十祈祷道，"只祈望佛祖保佑，让他平平安安。"

里屋传来男人呵斥声："别再磨磨叽叽啦，我那兄弟福大命大！"

女主人的眼泪像断了线的珠子似的，从眼眶涌出。

"大姐，放心好啦，"勇嘎安慰着女主人道，"大哥说得对，他那干兄弟福大命大。再说，好人终有好报。"

……

夜空繁星密布，月亮高挂在树梢……

远处，不时地传来犬吠声。

勇嘎、洛桑、女主人席地坐在火盆桌边一边啃饼喝茶，一边聊天……

"大姐，"勇嘎试探地问，"我有个问题，不知当问不当问？"

"我们是姐妹，就是一家人，"女主人爽快地，"想问就问呗！"

"你们那干兄弟对你们这么好，他图个啥呀？"

"你大哥是他的救命恩人，"女主人笑着回答，"这已经是五年前的事啦。那时，我和丈夫结婚第三天，在我们回娘家的路上，看着草地上遍地开满的鲜花，我欢喜地采集起来……"女主人讲着沉醉于甜蜜的回忆之中……

女主人新婚的丈夫——卡玛，呼喊爱妻道："尼玛金珠！"

采集鲜花的女主人直起身，幸福地远望着自己的丈夫。

"别走远啦！"卡玛叮嘱道，"还要赶路！"

尼玛金珠向丈夫远远的招了招手，又弯下身子采摘起花来。当女主人采集着鲜花来到陡峭的山崖处时，见地上横躺着一个满身伤痕人事不省的人，惊恐地叫了声："啊……"

卡玛不由得呼喊着问："尼玛！怎么啦？"

尼玛金珠惊恐地回答："人！……人！……"

卡玛三脚两步赶来后，俯身拭了拭横躺人的颈部和鼻孔后，回头对爱妻道："快，救人要紧！"

尼玛金珠怯生生地对丈夫道："我们不是要回娘家吗？"

"改日去吧，"卡玛语气坚定地说，"救人比啥都重要。"说着从地上抱起不省人事的人。

回家后，尼玛金珠和卡玛又是请大夫诊治，又是精心照料，几天后那人徐徐睁地开了眼睛。

女主人喜悦地对丈夫道："他醒啦！"

被救人打量了卡玛和女主人后道："谢谢你们救了我。"

"兄弟，"卡玛俯身问被救人道，"叫什么名字？"

被救人目视着卡玛良久后回答："降巴丹真。"

……

卡玛在自家的院子里点起了香烛，同降巴丹真同跪于地叩头结义。

几个晒太阳的大嫂坐在石阶上一边聊天，一边做着掉线的活计。

降巴丹真同卡玛走出宅院大门，邻居向卡玛打听地问："卡玛，他是谁呀？"

"我的兄弟，"卡玛回答，"降巴丹真！"

降巴丹真和卡玛走远后，女人们议论起降巴丹真来。

一女人目视着降巴丹真的背影道："小伙，不错——帅气！"

"帅什么帅，"另一女人争辩道，"那脸上的疤痕，看到都恶心。"

"你是吃不上巴塘苹果，"女人中有人玩笑地回击道，"就说巴塘苹果酸吧。"

女人们都乐了，哈哈大笑起来。

……

尼玛金珠、卡玛、降巴丹真三人围坐在火盆桌边喝茶吃糌粑时，降巴丹真感激地对卡玛和尼玛金珠道："大哥、大嫂，你们的救命之恩，我降巴丹真没齿难忘。"

"说这干啥呀，"卡玛责备地，"我们是兄弟！"

降巴丹真愧疚地："我打算走……"

卡玛打断降巴丹真的话，性急地问："去哪？"

"干本行，"降巴丹真回答，"马帮呗！"

"干正事，好！"卡玛难舍地说，"哥就不留你啦。"

"哥！"降巴丹真诚恳地，"我会常来看你和嫂子的。"

……

尼玛金珠结束自己回忆说:"降巴丹真说话算数,三两月总要带许多好东西上门来看我们。"

勇嘎赞赏地插言道:"降巴丹真真是不错,我真想交往这样的朋友。"

"我刚生孩子不久……"尼玛金珠继续着自己的回忆……

尼玛金珠抱着襁褓中的孩子,与丈夫同站在院子里,迎接拎着装满东西的牛皮口袋的降巴丹真的到来。当降巴丹真见到侄女时,激动地将装东西的口袋置在地上,从尼玛金珠手里接过孩子跳跃着喊着:"我有侄女喽!我有侄女喽!"

……

尼玛金结束回忆说:"就在那天过去的十多天后,家里发生了不幸……"

"什么不幸?"勇嘎连忙问。

"——我丈夫瘫痪啦。"女主人悲戚地道。

"怎回事?"

女主人长叹了一口气,回忆道:"那天,尼玛在牧场放牧……"

蓝天白云之下,牛儿在悠闲地觅食。突然,"草上飞"率领着自己的土匪出现在了草场……

一匪徒向牛抛去套绳,将牛套住后拉起便跑……

卡玛手举佩刀大声呼喊着:"放下!是我家的牛!是我家的牛,放下!你们给我放下!"直向劫匪猛追。

劫匪开枪了,一枪打在了卡玛的腰部,他踉跄几步后倒地,劫匪拉着套获的牦牛逃离……

卡玛被抬回家后,藏医查看了伤情后,惋惜地连连摇头。

"大夫,"尼玛金珠揪心地问,"能治好吗?"

"废啦,"医生回答,"伤了脊髓——瘫啦!"

"医生!"泪流满面的尼玛金珠跪地乞求道,"他还年轻,救救他!你救救他吧!"

医生毫无办法地摇头……

女主人淌着眼泪,悲戚地结束回忆说:"这些抢人抢物的匪徒,真是可恶呀!……"

"姐,别伤心啦,"勇嘎呜咽着道,"你的苦,妹妹知道。"

女主人抽泣着道:"妹妹,姐苦,姐真的苦啊……"

"姐,"勇嘎安慰女主人道,"你别说啦,别再伤心啦……"

女主人抽泣着继续诉说道,"幸好我家有降巴丹真这个干弟弟——没有他,这日子就没法过啦……"女主人尼玛金珠又陷入自己的回忆……

降巴丹真跪躺在病榻上的卡玛面前，淌着泪悲戚地呼喊："大哥！大哥！"

"兄弟，"卡玛哀伤地，"哥废啦，成了废人！"

"废不了，一定能治好，我有钱，有钱！"说着从胸前摸出三封大洋递向卡玛。

"兄弟，不是钱的事，是治不了，"尼玛金珠哀伤地哭诉道，"你大哥下半辈子怎么活呀！……"

"大嫂，"降巴丹真起身劝慰着道，"我向你保证，有我降巴丹真，你们的下半辈子不会挨饿受冻！"

"兄弟，"尼玛金珠呜咽着道，"嫂子信你！"

"嫂子，告诉我，是谁干的，"降巴丹真眼睛露出凶光，咬牙切齿地，"我要为大哥报仇，要把他千刀万剐！"

"好兄弟，傻事不能干，"卡玛伸手拉着降巴丹真的手道，"活着重要，命要紧！"

"大哥，"降巴丹真泣不成声了。

……

"马帮是在血盆里抓饭吃，这两三月没有了他的音讯，叫我为他担心。"尼玛金珠泪流满面地结束自己的回忆说。

"大姐，"勇嘎劝慰着尼玛金珠说，"我们今天认识就是缘分，从今天起，你就是我的亲姐姐。"

"妹妹！"尼玛金珠感动地。

勇嘎向洛桑使了个脸色，洛桑从胸前摸出七八枚银圆递给勇嘎，勇嘎将银圆转递给尼玛金珠道："姐，拿着。"

尼玛金珠迟疑了会儿，拒绝地："不，不，我不能收。"

"姐，"勇嘎笑道，"我是你妹妹呀！"

尼玛金珠接过银圆，"扑通"一声跪倒于地，感激地道："恩人！菩萨！"

勇嘎搀扶起尼玛金珠道："姐，你放心，以后我会照料你们的。"

"我的好妹妹！"尼玛金珠泣不成声了。

尼玛金珠坐下来喝茶的当儿，收拾行囊的洛桑，无意间露出了自己长枪，顿时尼玛金珠惊恐地："枪！"

"大姐，别怕，"勇嘎解释道，"我们是四处寻仇人报仇的。"

"寻仇人报仇？"女主人惊疑地问，"你们也有仇人？"

"我们的仇人也是劫匪！"勇嘎憎恨地说，"他们杀了我阿爸！"

"好妹妹，听姐一句话，"女主人关心地说，"你们还是回家去吧，劫匪人多，仇——你们报不了。"

"大姐，"勇嘎连忙问，"告诉我大哥受伤地方在哪儿？"

"咯噔梁子，"尼玛金珠焦急地阻止说，"——那里危险！常有劫匪出没，你们不能去，不能去呀！"

……

女主人尼玛金珠所说咯噔梁子，就是土匪、劫匪经常出没之地。勇嘎、洛桑为了找到劫匪，来到咯噔梁子，找了个废弃了的挖金洞，住了下来。

挖金洞虽然不宽敞明亮，但是从这里观察土劫匪的出没是最佳的地点。从洞口远眺，目及之处都是起伏的苍翠山峦，垂头近看，足下是两山之间的峡谷。

勇嘎、洛桑自选择了在这儿住下后，吃喝拉撒全都在这里，几乎以这里为家。虽然他们有了安居之地，但是却没有发现有劫匪的动静。性格急躁的洛桑再也按捺不住找劫匪的急切心情，对勇嘎道："我们在这都待了好几天啦，劫匪的动静一点也没有，我们是不是……"

"烦啦？"勇嘎打断洛桑的话，反问洛桑道，"是想离开这里？"

"不是这意思，"洛桑吞吐起来道，"是想……"

"什么也别想，"勇嘎阻止洛桑道，"就两字——耐心！"

"耐心，耐心！"洛桑不悦地道，"这样守株待兔不知要到什么时候？"

"该耐心到什么时候，"勇嘎以斥责的口气道，"就得耐心到什么时候！"

正在洛桑无言以对的时候，突然，传来枪声。

"枪声！"洛桑抓起自己的汉阳造就往外跑。

枪声还在继续……

洛桑辨别了一下枪声传来的方向后，向勇嘎挥了下手，二人便沿山路朝枪声传来的方向跑去……

勇嘎和洛桑没跑几步，就传来劫匪的喊话声："马帮弟兄，我们只图财，不害命，你们只要把货留下，我们就各行各的路……"

——今天，马帮驮队又遭遇了劫匪的袭击。

马帮驮队遭遇袭击的地点，在两山对峙之间峡谷地。这里的地势算不上险要，但是身在明处的马帮们，完全暴露在躲藏于暗处的劫匪的视线之下，就是马帮有三头六臂，也无法躲过劫匪的视线，稍有过分举动，都会遭来横祸——倒于劫匪的乱枪之下。

"大家小心，"田轩叮嘱大伙道，"保命要紧！"

劫匪又喊起话来："……马帮弟兄，你们听见了吗，我们只图财，不害命，留下财，就各行各的路——你们走你们的阳关道，我们过我们的独木桥……"

在劫匪的喊话声中，勇嘎、洛桑猫腰来到与劫匪相对峙的山头。当勇嘎往山下看去时，看见了田轩、赖三、扎西、汪堆……

"怎么，"洛桑问，"你认识这些马帮？"

"认识！"勇嘎说，"那个汉族领头的就是我给你提起过的田轩。"

洛桑听到"田轩"二字，惊疑地正要直起身时，被勇嘎呵斥道："趴下！"

洛桑的目光落在了田轩身上……

勇嘎继续道："看见了吗，那些驮着货物四处奔跑的牦牛都是我家的。"

洛桑惊异地："那他这是……"

"——去拉萨！"勇嘎不等洛桑把话问完，抢先回答说。

洛桑还要问勇嘎的话时，隐约传来田轩的话声："大家都听好，各自牵好自己的马，举起双手跟着赖三直往前走。"

占领山头的劫匪得意了，其头目"小鸦毛"情不自禁地直起身，俯身目视着山下，成一溜队形举着双手往前而行的马帮，自得地喊话道："对，这样好——成一溜队形，直接朝前走，不要回头！朝前走，直往前走！"

"妈的！什么马帮，"洛桑愤恨地道，"简直是一群窝囊废！"

"你不了解马帮，"勇嘎解释说，"他们这是没办法的办法。"

又传来劫匪的喊话声："直往前走，越快越好！就这样，不要回头！"

隐藏的劫匪见马帮远去了，七八个劫匪从隐蔽处直起身，目视着眼前一大群驮物的牦牛兴奋极了，一劫匪高兴地对"小鸦毛"道："头！我们发财啦！"

正当"小鸦毛"在得意时，洛桑扣动了扳机，一枪击在了头目的手臂上。与此同时，随着洛桑的枪响，勇嘎的快枪子弹如雨点直射向劫匪。受伤的劫匪头目，只得命令属下道："撤！撤！快撤……"

田轩率先跨上马，调转马头，抽出快枪，一边朝劫匪射击一边朝劫匪占领的山坡奔去……

紧随在田轩身后的是赖三、周胖子，以及其他汉族马帮兄弟。

扎西和他的藏族马帮兄弟也不甘示弱地，挥舞起腰间佩戴的大刀喊着："呃嘿嘿！"向劫匪发起了冲刺……

劫匪被打蒙了，仓皇逃命……

洛桑起身欲去与马帮兄弟见面时，勇嘎一声不吭地拉拽着洛桑离开了现场……

当田轩率领自己的马帮兄弟冲上劫匪占据的山头时，劫匪已策马逃离，只留下一溜尘埃……

——田轩的马帮驮队躲过了一劫。

当马帮在聚集逃窜的牦牛时，田轩对着四面的群山，疾呼道："英雄！请你露面，我田轩感谢你的搭救！"

可是只有山川大地的回音……

第十章
夜闯虎穴晓真相　迷途知返道实情

　　自洛桑被勇嘎拉拽离开了峡谷后，夫妻二人并未回废弃的挖金洞，而是尾随在劫匪"小鸦毛"的后面，去了劫匪的巢穴。

　　"小鸦毛"的巢穴离峡谷有一个时辰的路程。当勇嘎、洛桑跟踪"小鸦毛"翻过一座座山梁，刚爬上山头，隐约可见与之对峙的山头上有建筑物。洛桑连忙从怀里摸出随身携带的单孔望远镜观察起来，他从望远镜观察到对面山头的建筑物是一幢一楼一底用片石砌成的最简易的藏式建筑。建筑的楼顶，设有监察哨位，有两名持枪的劫匪横枪在楼顶来回走动。同时，在这简易宅楼的楼下，放养有两只恶犬。

　　洛桑断定，这里就是劫匪的巢穴。于是，洛桑和勇嘎就匍匐在这里监视劫匪行踪。

　　那两名在房顶横枪来回走动的劫匪，看见了对面山头返回的弟兄，高兴地连忙下楼前去迎接。

　　但是，令这两名劫匪所没想到的是：自己的弟兄不但空手而归，而且头目——"小鸦毛"差点还少了一只胳膊。

　　劫匪们将手臂缠绕着绷带的"小鸦毛"扶下马后，有的随"小鸦毛"登梯去了楼上，有牵马进了楼层的底层的马厩。楼下，只剩下两条藏獒跑来跑去地东嗅嗅西嗅嗅……

　　洛桑向勇嘎做了个离开的手势。

　　勇嘎问："去哪？"

　　"采蘑菇？"

　　"你疯啦！"勇嘎斥责洛桑说，"这个时候采什么蘑菇？"

　　"对面，"洛桑指着对面两条藏獒对勇嘎道，"狗！"

　　"咋办？"勇嘎问。

　　"我有办法，跟我来！"洛桑说着拉起勇嘎的手，夫妻俩钻进了密林。

　　洛桑是采蘑菇的行家，从他七八岁起，每年的夏季他都要随母亲上山采蘑菇，因此知道颜色鲜艳的蘑菇，是毒菌蘑菇，无论是人，还是牲畜，只要吃了都必然中毒。

　　洛桑和勇嘎采集蘑菇，足足花了一两个时辰，当两人回到挖金洞时，已经是太阳快落山的时候。为了毒死劫匪巢穴的那两条狗，洛桑不得不下狠手——用毒菌煮过的牛肉为诱饵。

洛桑和勇嘎再次来到劫匪巢穴的时候，夜空早已繁星密布。他俩匍匐着密切地注视着对面劫匪住宅透出的亮光。对他们来说，现在还不是他们向劫匪动手的时候，最佳时间，应该是劫匪放松警惕的下半夜。

夜，已经很深了，按说应该是进入了梦乡时候，然而劫匪是夜晚出动的夜猫子，所以屋子仍然透出忽明忽暗的火光。洛桑早已等得不耐烦了，他向身边的勇嘎耳语了几句后，二人便凭借着月色的光亮，一前一后地摸索着向劫匪巢穴走去。

二楼中间的屋子，是劫匪聚集的地方。这间屋子虽然宽敞，但是十分幽暗，片石块砌成的四壁棱角东突西兀。屋子的中间，磊着的取暖和熬茶的火塘燃着明火。

勇嘎、洛桑来到离劫匪宅楼不远的地方后，洛桑停下了脚步，将提在手上的枪背在身上，从怀里搜出用毒蘑菇煮熟的牛肉，向勇嘎做了个示意的手势后，便蹑手蹑脚地向劫匪巢穴的宅楼摸去。当洛桑快要接近宅楼时，趴伏在地上的两只藏獒直起身，竖起耳朵聆听一会儿后，便"汪汪"叫了起来。

二楼上，劫匪们还在相互劝酒。听见犬吠声后，两位抱枪饮酒的劫匪中年龄稍大一点的劫匪对身旁年龄稍小的劫匪道："出去看看！"

……

藏獒仍在不停地咬叫，在藏獒的咬叫声中，洛桑向藏獒掷去一大块"牛肉"，藏獒一个躲闪，待牛肉落地后，两犬相争起来。洛桑又再抛掷去一块，两犬各得了一块牛肉，便各自衔着牛肉跑到一处吃起牛肉来。

且说，那位年轻的劫匪下楼来后，端着枪四处巡查一遍，见一切如常，便走到溪水边，把原本端在手里的枪背在背上，匆忙地拉掉裤子，对着足下的溪水就撒起尿来。洛桑运气不好，他站立的地方正在劫匪的足下，劫匪撒下得尿液正好洒在洛桑的头上。洛桑用手抹去脸上的尿水，迅速地将劫匪双脚一抱，把劫匪从高处拉了下来。劫匪还没有反应过来时，勇嘎已将雪亮匕首顶在了劫匪的下颚，同时厉声道："别嚷！"

劫匪轻声求饶道："我不嚷，求求你们放过我，放过我！"

"只要你老实回答我的问话，"洛桑威严地说，"我们会放过你的！"

"卡著！卡著！（感谢）"劫匪连连感激说。

洛桑问："你们的头在哪？"

"头，头……"劫匪口吃起来。

勇嘎将匕首的刀尖再次顶向劫匪的下颚……

劫匪胆怯地注目着匕首，连连道："在，在，在喝酒。"

"他叫什么名字？"洛桑问。

"叫让甲！"劫匪继续补充道，"干我们这一行的，都叫他'小鸦毛'。"

"楼上有多少人？"洛桑问。

"十来个，就十来个人，"劫匪向洛桑求饶道，"大哥，我说的都是实话，你放了我吧。"

勇嘎掏出毛巾，对劫匪道："我们会放你的，先委屈一下。"说着将毛巾塞进劫匪嘴里。同时，洛桑也从怀里搜出绳索，将劫匪手脚捆绑成一团，让其躺在旁边的树丛里。随即便同勇嘎摸索着爬上高坎，蹑手蹑脚地沿楼梯向透出亮光的屋子摸去。

屋子里，绰号叫"小鸦毛"的劫匪头目，正在高谈阔论地道："今天自认倒霉——煮熟的鸭子给飞啦。兄弟们也没啥大不了的，过些日子大哥带弟兄们到龙灯坝子去发笔财……"

劫匪们高兴啦，一劫匪高兴地端起酒碗道："大哥，兄弟敬你！"

"来！兄弟们，""小鸦毛"起身端着酒对弟兄们道，"大哥敬各位！"

"……"

正当劫匪相互敬酒时，"砰"的一声，洛桑一脚拽开了房门，同勇嘎同时横枪出现在了门前。

洛桑呵斥道："都不许动！"

坐在紧靠墙壁的劫匪，欲伸手去取靠在墙壁处的枪，可是手还没触碰到枪，勇嘎即刻扣动扳机，一枪恰好射在枪的旁边。顿时吓得取枪的劫匪全身不由自主地颤抖起来。

勇嘎扫视了各个劫匪的模样后，厉声问："谁是'小鸦毛'？"

劫匪们偷偷斜眼看了"小鸦毛"一眼，但是谁也不敢声张。

端着枪的洛桑，走动着道："再问一遍，谁是'小鸦毛'？"

"小鸦毛"怯生地："我，我是'小鸦毛'。"

"你们谁都不要害怕，"勇嘎对众劫匪道，"冤有头，债有主，我是来寻找杀害我父亲的仇人的……"

劫匪们相互面面相觑起来……

勇嘎走到"小鸦毛"身边道："问你个事，必须实话回答我。骗了我，小心你的脑袋！"

"你尽管问，""小鸦毛"胆怯地说，"只要有半句假话，我的头，你随时拿去。"

"这道上有几股劫匪？"

"这……""小鸦毛"迟疑了一下回答道，"我知道的有三股。"

"哪三股？"洛桑紧紧逼问。

"我枪少、人少，势力单薄，""小鸦毛"回答，"在行道里排名老三，给我个取了个'小鸦毛'的绰号。"

"老大、老二呢？"

"老大是汉人，当兵出生，他人多枪多，行道里的人都叫他'草上飞'，""小鸦毛"嘘了口长气，继续道，"老二的脸上有三道疤痕，大家都叫他'刀疤'。"

"他说得没错，"勇嘎坚定地对洛桑道，"绰号'刀疤'的人，一定是仇人！"

洛桑威逼着"小鸦毛"道："'刀疤'的真名是什么？"

"这我不知道，""小鸦毛"回答，"干我们这行的都叫绰号，不称呼名字。"

勇嘎继续问"小鸦毛"道："你了解'刀疤'吗？"

"小鸦毛"坦诚地说："只知道他是犯了事被主子打昏死后，拖出去喂狼，被好心人救下后入行的。"

"老实告诉我，"勇嘎威逼着"小鸦毛"问，"'刀疤'的窝巢在哪儿？"

"只知道在大松林一带，""小鸦毛"回答，"具体在什么地方我真的不知道。"

"记住你说的话，"勇嘎用枪顶着"小鸦毛"的下颚道，"有半点假话，我饶不了你！"说着从身上掏出几个大洋，掷于地，继续对"小鸦毛"道，"这几个钱，给你的弟兄们买酒喝。"

"不用！不用！""小鸦毛"连连说，"你们放过我们，弟兄们就万幸啦。"

……

洛桑和勇嘎回到挖金洞，天色已经微明。夫妻俩虽然一夜未眠，但是却没有丝毫的睡意，因为毕竟知道了仇人是"刀疤"！

洛桑兴奋地对正在擦拭枪的勇嘎道："我的枪派上用场之日，就是'刀疤'的死期！"

勇嘎叹了口气，对洛桑道："你高兴，我可郁闷。"

"郁闷，"洛桑惊疑地问，"为啥？"

"子弹快没啦，"，勇嘎反问洛桑道，"能不郁闷吗？"

"这……"洛桑为难起来。

"你能搞到吗？"

"我，"洛桑坦诚地，"搞长枪子弹还行，手枪子弹……"说着便连连摇头。

"看来，这事还得……"勇嘎不便说下去了。

洛桑连忙追问道："莫非你要去找田轩？"

勇嘎哈哈一笑，对洛桑戏谑道："吃醋啦！"

……

昨天躲过一劫的马帮们，个个都兴奋不已。从下午到深夜，他们都还围坐在篝火边兴致勃勃地喝酒，庆幸好运。

田轩拿着一瓶酒朝欧阳慧敏居住的帐篷走来，他刚撩开帐篷的门帘，便遭到欧阳慧敏开玩笑般的训斥："都啥时候啦，还不休息，还跑来串门。"

"给你们送瓶酒来，"田轩笑着回答，"也分享分享今天的幸运。"

"你明明知道我不喝酒，"欧阳慧敏开着玩笑道，"是给羌月姐送来的吧。"

"姐，你在说你自己吧，"坐在地铺上的羌月泛笑道，"我可没这份福气。"

"你们多想啦，"田轩接着道："我就只图个大家高兴。"

欧阳慧敏笑着解嘲地道："我是开玩笑，笑一笑，乐一乐。"

田轩将手里的酒瓶递到欧阳慧敏手里后，问道："今天是你第二次遭遇劫匪吧……"

"岂止第二次，"欧阳慧敏打断田轩的话，更正道，"是第三次。"

田轩一拍了脑门道："对，三次，是三次！"

"田老板，"欧阳慧敏为田轩斟酒时，一本正经地问田轩道，"我历经了三次危险，应该算是历经风雨了吧。"

"别自吹啦，"田轩回答，"离历经风雨还早着呢。"

"什么还早，"欧阳慧敏不服气地道，"你知道吗，今天还有人差点还尿裤子哩。"

"你坏！"羌月从地铺起身，扬起手欲打欧阳慧敏，欧阳慧敏也随之站起来，以地脚火为屏障，围着地脚火转圈躲着羌月。就在欧阳慧敏躲着转圈的时候，自己的脚被皮箱绊了一下，立刻一个趔趄，倒在了田轩的怀里。羌月没有再追打欧阳慧敏了，而是笑得捂着肚子蹲在了地上。

……

次日，田轩的马帮又上路了。一路上，羌月始终和欧阳慧敏形影不离，就是休息的时候，两人也聚在一起闲聊。然而，对"金眼镜"来说，他看着羌月与欧阳慧敏又是说又是笑的样儿，心烦得几乎要崩了出来。因为他今天急需羌月替他办事，可是却总是没有和羌月私下谈话的机会。他忧心忡忡地犹豫了半晌后，只好硬着头皮去了欧阳慧敏居住的帐篷，喊着羌月道："羌月你过来一下，我有话要对你说。"

羌月厌恶地回答，"是啥不能见人的话，有话就说！"

"你来一下吧，""金眼镜"乞求般地道，"算我求你还不行吗？"

善解人意的欧阳慧敏，给"金眼镜"下台的台阶道："我有点事，你俩聊。"说着起身离开。

"欧阳小姐，""金眼镜"回头目视着离去的欧阳慧敏抱歉地道，"对不住啦！"

"瞧你，神神秘秘的样，"羌月没好气地斥责"金眼镜"道，"又有了啥鬼点子、馊主意？"

"金眼镜"四处瞧了瞧后，神秘地："是郎吉让我来找你的。"

"郎吉，"羌月惊诧地，"他找我干啥？"

"这……这……""金眼镜"吞吐地口吃起来。

羌月催促道："说呀！"

"郎吉的意思，""金眼镜"小心翼翼地，"想叫你把汪堆拉到我们这边来。只要田轩成了孤家寡人，这里的一切就由不了他——田轩啦！"

"别做梦啦，我不会帮你们的，"羌月冷冷地道，"再说……"

"再说什么？""金眼镜"急不可待地问。

"汪堆平时看我都不顺眼，"羌月质问"金眼镜"说，"他会听我的？"

"你不是说男人都是下身思考的动物吗？""金眼镜"反驳道，"汪堆好色，只要你略施女人的伎俩，""金眼镜"信誓旦旦地说，"别说才一个汪堆，就是十个汪堆也要躺在你的石榴裙下。"

羌月无言语了。

"天下谁不爱财呀，""金眼镜"屈指道："只要拿下汪堆，赖三、周胖子、富贵……你我何愁发不了财呀！"

"我说呀，"羌月冷冷地："你们这是痴人说梦！"

"管他是痴人说梦，还是啥，""金眼镜"厚着脸皮乞求羌月道，"只要你帮助我们拿下汪堆，就是谢天谢地！"

……

夜，已经很深了。劳累了一天的马帮伙计们都回帐篷睡觉去了。值班的汪堆正在给马添加饲料时，羌月出现在堆码货物的帐篷处，她做着娇滴滴的眉眼，细声低语地叫了声："汪堆哥！"

汪堆扭头问："有事？"

羌月勾着指头，示意汪堆到自己身边来。

汪堆丢下活，走到羌月身边。

"妹儿担心哥值班寂寞，"羌月媚态地说，"特意来陪你。"

"对不住啦，"汪堆回来句，"我忙！"说罢就转身离去。

"哥，"羌月娇滴滴的声音道，"你就不心疼妹吗？"

"谁心疼你，"汪堆鄙夷地道，"就找谁去。"

"呸！"羌月愤愤地小声道，"土包子！"

……

次日一早，马帮又上路了。

欧阳慧敏、小扎西同骑一匹快马，小跑着走在队伍的前面，羌月则因步行掉队落在了驮队的最后面。

这时，骑马的汪堆从羌月身边路过。

羌月连忙娇滴滴的声音喊道："汪堆大哥！"

汪堆勒住马的缰绳，回头注视着羌月问："又有事？"

"腿好疼啊，"羌月笑着娇声娇气地说，"能坐一程你的马吗？"

汪堆下马，等羌月到来。

羌月边走边说："汪堆哥，你真好！"

汪堆将马的缰绳递给羌月后，一边往前走着，一边回头对羌月道："这马性子有点烈，你小心点。"

"汪堆哥，"羌月撒娇道，"我，我……我害怕。"

汪堆转身返回到羌月身边，抚了抚马头，用手稳住马镫，向教练一样，对羌月道："将把脚放在马镫上。"

羌月抬脚伸向马镫时，故意身子一歪，倒在了汪堆的怀里，随即手搂着汪堆的脖子，娇滴滴地："哥，你真好。"

汪堆没做任何回答，拉开羌月抱着自己脖子的手，将羌月抱上马背，拍了马屁股一下，马就放开四蹄奔跑起来……

"呵……呵……"羌月在马背上惊叫起来。

马仍然在狂奔……

羌月在不停地惊叫："救命！救命呀！"

羌月的呼救声，把马帮兄弟们的目光全都吸引住了，只见羌月在惊恐的呼救喊声中摔下了马背。由于羌月的脚被套在马镫里,只得任凭马拉着,在草地奔跑……

汪堆打了声口哨,奔跑的马停了下来。

"羌月!"欧阳慧敏呼喊了一声后,随大伙一道,向羌月跑去。

羌月一只脚还套在马镫里,经过一段路的拖跑,她后背的衣服已经磨破,后脑勺也磨破了皮渗出了鲜血……

第一个赶到羌月倒地处的是汪堆,他从马镫里取下羌月被套的脚,欧阳慧敏和马帮们也赶过来了。

欧阳慧敏半跪在地上,将羌月扶起身靠在自己怀里,连声呼唤:"羌月!羌月……"

羌月微微睁开眼睛,看着欧阳慧敏,眼眶盈满了委屈的泪水。而站在一旁的汪堆,却若无其事地用手梳理着马的鬃毛。

赶过来的扎西,瞥了羌月一眼后,转身就要离开时,被田轩叫住了问:"会有事吗?"

"受到了点惊吓,"扎西蛮有把握地道,"出不了事。"

但是,田轩还是为羌月的安全担心,于是决定驮队停下来就地宿营,自己叫上长命,陪他和欧阳慧敏送羌月去临近的寨子,找藏医治伤。

扎西的判断是正确的,羌月的伤情并无大碍,只是受了惊吓而已。因此,藏医只简单处理了一下伤口,给了几包药粉。

田轩他们在藏医家处理好羌月的伤,回到马帮住地,已经是黄昏的时候了,大伙儿都围坐在篝火边,边喝着茶,边吃着糌粑。

羌月被欧阳慧敏搀扶着回到居住的帐篷后,便拿起欧阳慧敏的小圆镜照看起自己的面容来。当她看到头上缠着的绷带,恼怒地将小圆镜往地上一扔,愤愤地站起身骂道:"汪堆,你真不是人!"

"别生气,"欧阳慧敏拾起地上的小圆镜,安慰羌月道,"几天后就没事啦,影响不了你的漂亮。"

"欧阳姐,"羌月迟疑了一下,真诚地道,"有个天大的秘密,我得告诉你。"

"秘密?"欧阳慧敏惊疑地问,"啥秘密?"

这时,帐篷外传来了脚步声,羌月警惕地把涌到唇边的话咽进肚里,憋气聆听帐篷门外的动静。

脚步声消失后,羌月叮嘱欧阳慧敏道:"你要小心,有人在打你的皮箱主意。"

欧阳慧敏惊疑地脱口问:"你是说'金眼镜'?"

"对,就是他,"羌月认真地道,"'金眼镜'原本是想骗你的色、骗你的钱。"

欧阳慧敏冷冷一笑道:"'金眼镜'真是可恶,表面上光鲜,心灵却肮脏。"

"欧阳姐,你除了要提防'金眼镜'外,"羌月一本正经地道,"还得提防郎吉和长命。"

"郎吉和长命,"欧阳慧敏惊疑地问,"也参与了这事?"

"他们呀,一个需要偿还高利贷,一个需要筹钱结婚,"羌月严肃地对欧阳慧敏道,"各自都在打自己的如意算盘。"

欧阳慧敏自语般地道:"我终于明白啦……"

羌月打断欧阳慧敏的话问："明白了啥？"

"明白了'金眼镜'、郎吉、长命，"欧阳慧敏回答，"走得近的原因。"

"原本我也想替他们保密，"羌月坦诚地道，"但是你和田老板待我好，我不愿意做违背良心的事。"

"谢谢你！"欧阳慧敏感激地对羌月道，"我的好妹妹！"

……

由于羌月受伤，马帮驮队足足在草原休息了一个下午。吃罢了晚饭的马帮伙计们，便三三两两地邀约着散步去了。羌月和欧阳慧敏一道来到草原后，羌月忙碌着采集自己喜爱的鲜花，酷爱美景的欧阳慧敏贪恋着落日和晚霞。此时，一缕直射在贡嘎山的冰峰上的落日余晖，折射出耀眼的光环，映照在欧阳慧敏的脸颊上。她为了避过光芒，便手搭亮蓬，眺望这难得的贡嘎山美景。田轩受其感染，也走了过来仰头眺望。然而，好景不长，随着太阳的落山，贡嘎山冰峰，只剩下隐隐约约的轮廓。

欧阳慧敏转身回头问田轩道："美吗？"

"美是美，"田轩回答，"可是转瞬即逝。"

"是啊，"欧阳慧敏颇有同感地道，"时间是万能的，只有它能改变一切。"

"我也有同感，"田轩感叹道，"时间把我都磨砺得失去了棱角。"

欧阳慧敏微笑着称赞田轩道："看不出田老板还蛮懂哲理。"

"我就是个跟在马屁股后面的马帮，"田轩解嘲地道，"能懂啥哲理。"

"说正经的，"欧阳慧敏岔开话题道，"羌月告诉我，有人在打我那皮箱的主意。"

田轩满不在乎地道："我早有预料。"

欧阳慧敏追问道："那你说是这人是谁？"

"还用说吗？"田轩自问自答道，"——'金眼镜'！"

"你说，"欧阳慧敏惊疑地问，"他咋知道皮箱的事？"

"你同店小二不是从汇通银行拎着皮箱回到客栈的吗？"田轩提醒欧阳慧敏说，"就是这皮箱，招来了"金眼镜"随同我们去拉萨。"

"'金眼镜'是拉措老爷介绍来的，"欧阳慧敏惊疑地道："难道拉措老爷……"

"别错怪了拉措老爷，"田轩否定道，"一定是拉措老爷是顾及"金眼镜"的面子，迫不得已才给我写信，介绍"金眼镜"来的。"

"你知道吗？"欧阳慧敏紧接着道，"听羌月说，长命、郎吉也参与了这事。"

"这不足奇怪，"田轩淡淡一笑道，"臭味相投，一拍即合！"说罢就往前去了。

欧阳慧敏在后面大声道："你得有所防备！"

"没事！"田轩回头走着回答道，"兵来将挡，水来土掩！"

田轩离开不久，羌月赶了过来，目视着田轩的背影问欧阳慧敏道："他怎么说？"

欧阳慧敏重复田轩的话说："兵来将挡，水来土掩！"

羌月鄙夷地道："男人都一个德行——自信！"

第十一章
汪堆舍身救美女　欧阳感激生爱意

　　马帮伙计都围坐在篝火边吃晚餐的时候，田轩见欧阳慧敏和羌月各自拿着自己的饭碗向篝火处走来，连忙放下自己的碗，迎上前去，抱歉地对欧阳慧敏道："欧阳小姐，今天对不住啦。"

　　欧阳慧敏微笑着问，"啥事对不住呀？"

　　"没有了大米和面粉，"田轩无可奈何地，"只能凑合吃糌粑。"

　　欧阳慧敏为难地看了羌月一眼，硬着头皮跟着羌月坐了下来。

　　"你呀，光学会喝酥油茶还不行，"田轩往欧阳慧敏碗里舀着糌粑面，道，"还必须学会吃糌粑。"

　　一碗盛有糌粑的碗，摆在欧阳慧敏面前。然而，她却不知从何下手，只傻乎乎地看着。

　　田轩端过欧阳慧敏的碗，替她揉起糌粑来。当田轩把一块捏好的糌粑团子递给欧阳慧敏后，欧阳慧敏嗅了嗅后，又将揉好的糌粑团子放回到碗里。

　　"欧阳阿姨，"小扎西对欧阳慧敏道，"里面有酥油和奶渣子挺香的，好吃极了。"

　　"你慢慢吃。"欧阳慧敏说着起身要离开。

　　"别走，你不吃团子，"赖三叫住欧阳慧敏示范着道，"就像我这样舔'卡提'也行呀。"

　　"我的舌头没你的那么长，"欧阳慧敏开玩笑说，"舔不着。"

　　"这好办，"赖三玩笑道，"那你就练呗。"

　　"去你的，"欧阳慧敏推赖三一掌后对大伙歉意地道，"你们慢慢吃。"说完起身离开了。

　　欧阳慧敏回到帐篷，凭借着马灯昏暗的亮光，正在胡乱地翻弄画册时，小扎西端着盛有糌粑的小木碗喊着："欧阳阿姨！"便走进了帐篷。

　　"小扎西过来，"欧阳慧敏对小扎西亲切地道，"来，挨着阿姨坐。"

小扎西刚坐下，便对欧阳慧敏道："我的糌粑特好吃，你尝尝！"说着就要往欧阳慧敏嘴里塞。

欧阳慧敏连忙起身，对小扎西道："阿姨让给小扎西吃，小扎西乖，慢慢吃。"

"小扎西的糌粑可好吃——特香，"小扎西恳求地，"你吃点吧。"

"谢谢啦，"欧阳慧敏对小扎西道，"阿姨，不喜欢糌粑。"

"在我们这里是离不了糌粑的，"小扎西一本正经地，"欧阳阿姨你得学会吃糌粑。"

"好，阿姨听小扎西的，"欧阳慧敏笑着道，"一定学会吃糌粑。"

这时，汪堆拎着半袋面粉进了帐篷。

欧阳慧敏即刻对汪堆板起了面孔。

汪堆没有言语，将装面粉的口袋往地上一放，就低头出了帐篷。

欧阳慧敏拎起汪堆放在地上的面粉，追出帐篷目视着汪堆的背影，厉声道："把口袋拿走！"

汪堆宛如没听见一般，直往篝火处走。

欧阳慧敏恼怒地，将面粉一扔，只见面粉纷飞飘洒了一地。

欧阳慧敏像是受了颇大的委屈似的，脚刚迈进帐篷，止不住的两行热泪便顺着脸颊流下。

"欧阳阿姨，"小扎西劝慰着道，"其实汪堆叔叔是怕你饿啦，才给你送面粉来的。他是好人……"

"管他是好人、坏人，"欧阳慧敏愤愤地打断小扎西的话道，"我见到他就烦！就恶心！"

"欧阳阿姨，你别哭啦，"小扎西认错般地，"小扎西错啦，汪堆叔叔不好，是坏人！坏人！"

"小扎西你走吧，"欧阳慧敏淌着泪道，"阿姨想独自静会儿。"

小扎西离去了，帐篷里空荡荡的，顿时失落的感觉像一盆冰水，从她的头顶直泻而下，使她浑身战栗起来，同时也动摇了她去拉萨的意志。然而，现实早已告诉她，现在怎么也回不去了，只有硬着头皮随同马帮去拉萨。

欧阳慧敏出生在殷实富有的家庭，父亲是上海的纺织业的巨头，在上海、香港都有她家的纺织工厂。欧阳慧敏秉承了父亲以事业为重的信念，因此，在英国学习取得了新闻专业学士的学位后，便在香港《环球地理》杂志社做了摄影记者。

欧阳慧敏在杂志社工作的一年多时间里，编纂出版了自己的第一本摄影专辑——《上海和她的影星们》。这本专辑一出版，立刻引起了轰动：追捧明星的人以购买此书为荣；喜欢道听途说的好事者，为打探明星的绯闻而抢购此书；社会学家因研究上海的社会状况，对此书大加赞赏。因此，杂志社的社长英国人约翰先生非常器重欧阳慧敏的才华。

欧阳慧敏想到自己在事业上的初次成功，不由得想起自己来西藏前夕，接受工作任务时的情景……

欧阳慧敏还在上海休假，突然接到约翰先生的电话，叫他尽快返回香港，有重要的工作任务需要她回香港商谈。当她刚从上海赶回来，在杂志社的办公大楼门外，就受到了同僚们的热烈欢迎……

在欢迎的掌声中，一位男士捧着一大束鲜花，迎上欧阳慧敏道："祝贺你荣升！"

欧阳慧敏惊疑地问："咋啦？"

"社长正在等你，"男士回答，"去了就知道啦。"

当欧阳慧敏被同僚们簇拥着进了大楼，社长约翰先生已经在自己办公室的门前等候她的到来。

"您好！"约翰先生上前迎上欧阳慧敏道，"尊敬的欧阳小姐。"

"约翰先生好！"

"我衷心祝贺你，"约翰紧握着欧阳慧敏的手道，"祝贺你荣升为我们环球地理杂志社香港分社的副总编。"

欧阳慧敏兴奋地："谢谢社长的栽培和提携。"

欧阳慧敏被约翰先生邀请进入办公室落座后，约翰先生忧心忡忡地踱步道："这些年，我心里一直有个没有完成的夙愿……"

"啥夙愿？"

"说起来……"约翰先生顿了一下，才接上道，"——话长！"

"能说说吗？"欧阳慧敏坦然地一笑道，"我还真想听听。"

"我初到香港来的时候，"约翰先生傲慢地道，"我们大英帝国官方就给我谈过，希望我们社能出版一本反映西藏的画册……"

欧阳慧敏激动地打断约翰先生的话道："这是好事呀！"

"你不了解西藏的情况，那儿交通不便，路途遥远，"约翰先生转身面对欧阳慧敏接着道，"我年老啦，心有余而力不足，这事只有交给他人完成，但是，除了你以外，我对谁都不放心……"

"社长的意思？"

"我信任你，"约翰先生郑重地目视着欧阳慧敏道，"想请你去一趟西藏，以了帝国政府的嘱托，也完成我的夙愿。"

欧阳慧敏迟疑地问："我……"

"你才华出众，"约翰先生深信不疑地道，"我只信任你！"

"既然约翰社长这么信任我，"欧阳慧敏试着道，"那我试试。"

"西藏现在还是个需要拯救的奴隶制社会，"约翰社长走到自己的办公桌前，继续道，"这本画册一定要全面反映西藏社会的状况，除了有必不可少的自然风光，也少不了社会人文，尤其是民族信仰、军队、商业的内容。要通过这些内容，从侧面反映出大英帝国在西藏问题上，对西藏的政治、经济、经贸、军队的鼎力支持和援助。"

"我明白社长的意思。"

"这本画册暂时定名为《一个需要拯救的民族》。"

"社长你放心,"欧阳慧敏兴致勃勃地说,"我会努力的,也会给你一个意想不到的惊喜!"

"去拉萨搜集第一手资料,"约翰审视地注目着欧阳慧敏道,"不是去瑞士、美利坚度假旅行,很多事是意想不到的。"

"西藏是个神秘的地方,我还真想把它介绍给全世界,"欧阳慧敏兴奋地道,"社长你放心,哪怕困难再大,我也不会回头。"

"我就是欣赏你对工作的热情,"约翰泛着满意地笑,询问道,"打算什么时候出发?"

"我准备一下,"欧阳慧敏道,"还是得先回趟上海后,然后从上海取道去西藏。"

可是,让欧阳慧敏万万没料到的是实际的困难远远地超出了自己想象。想着自出炉城后所遭受的磨难,酸楚的泪水,像断了线的珠子顺着脸颊流淌……

这时,从篝火处传来马帮伙计们狂热的笑声。

——原来是马帮们被与羌月打情骂俏的话声给逗乐了。这笑声还没有停下时,又传来富贵的声音:"羌月小姐,问你一句不该问的话……"

羌月回答:"你呀,说句难听的——狗嘴里吐不出象牙!"

富贵接着又问道:"羌月小姐,你是不是也常同狗亲嘴呀?"

"要说亲嘴呀,姑奶奶就是同张狗、王狗亲,也不同你咬人的夹尾巴狗亲。"

马帮伙计们都兴奋了,指着富贵喊道,"夹尾巴巴狗!夹尾巴狗!"

富贵没有理睬旁人的起哄,继续道:"我看你,只要给你钱,八十岁的糟老狗,挨着个儿亲,都亲不过来。"

低俗的玩笑不时地引起一阵又一阵爽快的哄笑……

欧阳慧敏厌恶这些低俗的玩笑,拭去脸上挂满了的泪水,小心翼翼地出了帐篷。从欧阳慧敏东瞧瞧、西看看徘徊不定举止,可看出她是在找隐蔽的地方小解。

"汪汪!"拴在旁边的藏獒发出了叫声。

欧阳慧敏只好无奈地走出了栅栏。

今晚月光明媚,到处都是明晃晃的。欧阳慧敏几欲解裤蹲下时,看到篝火处的篝火的光焰,在不时地忽明忽暗地闪现,又打消了蹲下的念头,只好去离驻地较远的地方。

欧阳慧敏来到一棵大树下,举目四看,到处都是黑茫茫一片。于是,解开裤带蹲了下去。这时,蹲守在十多米开外觅食的大黑熊,眼里射出蓝幽幽的凶光,向欧阳慧敏咆哮一声,便张着前掌,直立着直向欧阳慧敏扑来……

欧阳慧敏连忙双手吊上树的分枝,惊恐地喊道:"救命!救命呀!救命呀……"

动作迟缓的老熊,一步一步地向欧阳慧敏逼近……

欧阳慧敏仍在抗争,她两手死死抓住树丫,吊在树上,一声更比一声强烈地呼喊:"救命!救命呀!救命呀……"

在篝火处的马帮们闻到呼救声，顿觉诧异，汪堆率先抽出佩刀冲出了栅栏。

动作迟缓的老熊，来到树下，便摇曳起树来……

树在老熊的摇曳之下，从根部晃动起来……

欧阳慧敏更胆怯了，呼喊"救命"的声音也逐渐弱小……

眼看树就要被摇倒时，汪堆赶来了。

老熊转身凶狠地目视着汪堆嘶叫起来……

汪堆毫无惧怕地逼向老熊，老熊转身直向汪堆扑了过来，就在这千钧一发的时刻，汪堆那明晃晃的佩刀刺进了老熊的腹部，当刀抽出来时，老熊的血喷了出来，有一股还喷在了汪堆脸上……

汪堆欲再刺第二刀时，老熊又一次向汪堆扑来。汪堆躲闪不及，左臂膀被老熊抓了一掌。这一掌，不但撕破了汪堆的皮衣，还抓伤了汪堆的左臂膀……

汪堆与老熊搏击时，马帮们赶来了，藏族兄弟亮出了佩刀；汉族兄弟抽出了盒子枪。老熊又一次扑向汪堆时，田轩的枪响了，子弹正好射中老熊胸部的白毛之处。然而，老熊直端端倒向汪堆，正在老熊抽搐时，汪堆的佩刀直插进了老熊的心脏……

欧阳慧敏已经筋疲力歇，当田轩把她从树上抱下来后，像死了一般躺在田轩怀里……

田轩把昏迷的欧阳慧敏抱回到帐篷，将她平放躺在床上，小扎西在旁边一声声呼唤着："你醒醒欧阳阿姨！欧阳阿姨你醒醒……"

在马帮住地的篝火处，兄弟们都围聚在汪堆的身边，协助扎西为汪堆清理被老熊抓伤的手臂伤口。

汪堆伤得不轻，手臂上的肌肉被老熊撕裂，露出了骨头。

赖三抱来了几大瓶酒，将酒递了一瓶给扎西。扎西接过酒，咬掉瓶盖，将酒直往汪堆的伤处倒……

"啊！……"汪堆声嘶力竭地大叫起来。

……

欧阳慧敏居住的帐篷内，小扎西仍在不停地呼唤："欧阳阿姨你醒醒！你醒醒欧阳阿姨！……"

田轩目视着在一旁掉泪的羌月，自己心烦极了，斥责羌月道："哭，哭，哭个啥呀！——烦死啦！"

"我咋不哭，"羌月自责地道，"是我不好，如果我陪在欧阳姐身边，就不会发生这事……"

田轩恼怒地叹了口气，出了帐篷。

小扎西仍在呼喊："欧阳阿姨你醒醒，你快睁开眼睛……"

"别再喊啦，"羌月走到欧阳慧敏旁边，替欧阳慧敏擦着额头沁出的汗珠，对小扎西道，"让你欧阳阿姨睡吧。"

小扎西刚停止呼叫，就看见欧阳慧敏喘了口长气……

"欧阳小姐！"羌月连声呼唤，"欧阳小姐！"

就在欧阳慧敏徐徐睁开眼睛时，她的耳畔传来了汪堆的大叫声："啊！……"

欧阳没什么可顾及了，她掀开被子，冲出了帐篷。

羌月连忙抓起欧阳慧敏的大衣，呼喊着："欧阳小姐！欧阳小姐！"追了出去。

欧阳慧敏来到篝火处，推开站立在周围的马帮，挤到汪堆的身边，蹲在地上，呼唤着："汪堆，汪堆……"啜泣起来。

汪堆强忍疼痛，微笑着小声安慰欧阳慧敏说："没事！没事……"汪堆说着泪水盈满这位刚毅男子汉的眼眶……

长命找来了一节木棍，推开旁边的田轩，在田轩蹲过的地方蹲了下来，对汪堆道："张开嘴！"

汪堆乖乖地将嘴张开后，长命就将木棍横着放进汪堆嘴里，并叮嘱道："咬紧！"

这时，羌月也挤着来到欧阳慧敏身边，将大衣披在了欧阳身上。与此同时，扎西从火堆取了根燃烧着的木棒，对汪堆说了声："忍着！"就将燃着的火往汪堆的伤处烙……

紧咬牙关汪堆，伸直脖子，捏紧拳头，双脚绷得笔直，与疼痛搏斗……

火烙着皮肉冒出了黑烟，同时散发出皮肉烧焦的味道……

汪堆的额头和脸上到处都淌着泪水和豆大的汗粒……

"汪堆哥，"欧阳慧敏啜泣道，"有泪，你就流吧……"

汪堆泪眼模糊地注目着欧阳慧敏……

月光躲进了云层，繁星也悄悄隐去，马帮因为明天还得赶路都回帐篷休息去了。今晚汪堆没有睡在马帮的帐篷里，而是躺在欧阳慧敏的行进床上。此间，躺着的汪堆不时地在轻声呻吟……

栅栏内，篝火还在燃烧，散放的藏獒，在栅栏内跑来跑去……

夜，已经很深了。躺卧在欧阳慧敏行军床上的汪堆已经被疼痛折磨得精疲力竭，进入了梦乡。欧阳慧敏为汪堆拭去额头沁出的汗珠后，也被睡意侵扰的伏在了床沿……

睡梦中的汪堆被疼痛折磨得一觉醒来，见伏在身边的欧阳慧敏依呼呼入睡，便强忍疼痛爬起，将覆盖在被子面上的欧阳慧敏的大衣，轻轻地搭在欧阳慧敏身上后，又才重新回到被窝。

天边露出了鱼肚色，马帮队伍又要再次出发赶路了。在欧阳慧敏收拾零乱东西的当儿，汪堆醒了，他欲下床时，欧阳慧敏问："今天能赶路吗？"

"没事！"汪堆淡淡地回答了一句，"挺好！"说着已经下床，打算出帐篷去了。

"你等等！"欧阳慧敏叫住汪堆。

汪堆回头注目着欧阳慧敏。

欧阳慧敏充满感激地轻声道，"谢谢你。"

汪堆的脸上浮现出了幸福的微笑。

欧阳慧敏抑制不住内心的感激，冲上前拥抱着汪堆，同时将自己的头紧紧地贴在汪堆的胸前，情不自禁地道："你强悍——牛！——真正的男人！"

汪堆脸上露出甜蜜的微笑道："别夸我，我是地道的傻瓜！"

欧阳慧敏依偎在汪堆的怀里，轻声道："我就喜欢你这个傻样。"

……

汪堆受伤的手臂，因为只伤及了皮肉，经欧阳慧敏精心照料了五六天的时间就已基本痊愈了。也就在欧阳慧敏照料汪堆的五六天的时间里，汪堆不但懂得了追求生活的意义，还感触到了有女人在身边的幸福。

高原的生活虽然单调简单，但是只要去挖掘，看是单调的生活，其实也自有乐趣。可不是吗？此时的汪堆正在教欧阳慧敏扔掷"溜子"。扔掷溜子是牧区藏民的一种驱赶牛羊的劳作技巧。即在一块不大的皮子两端各拴一根绳索。使用时，在皮子上置一块石子，然后像投掷链球一样，手臂不停地旋转发力后，松手丢出石块，飞出的石块只要击中目标，就达到驱赶牛羊的效果。

欧阳慧敏在汪堆的指导下，经过多次的失败，最终掌握了投掷的技巧，击中了远处的一头觅食的牦牛。

击中了目标的欧阳慧敏兴奋地跳跃高呼："我击中啦！我击中啦！"

欧阳慧敏激动的呼叫声吸引了在草原散步闲耍的众人，他们的目光都投向了欧阳慧敏和汪堆。

羌月见"金眼镜"向汪堆投去憎恨的目光，便奚落地问："是羡慕？还是嫉妒？"

"——是悔恨！""金眼镜"毫不掩饰地回答。

羌月爽朗地放声笑了。

"别笑我，""金眼镜"愤愤地，"你我都是笨蛋！远不如傻瓜汪堆！"

羌月理直气壮地问："你凭什么骂我？"

"别嚷！别闹！""金眼镜"求饶般地阻止发火的羌月说，"算我说错啦，给你道歉还不行吗？"

羌月厌恶地啐了口唾液，往前面去了。

且说，欧阳慧敏扔掷溜子的技巧愈加熟练，连续扔掷几次，次次都没有放空。欧阳慧敏兴奋极了，充满感激地拥在汪堆怀里。

"不要这样，"汪堆难为情地说，"别人看见对你不好。"

"有什么不好？"欧阳慧敏反问了一句道，"我什么都不在乎。"

汪堆泛着幸福的笑容诚挚地道："你是好人，欧阳小姐。我想过啦，我汪堆不能毁了你。"

"别说这些蠢话，"欧阳慧敏充满感激地，"你是我的恩人，你在我心里已经不是昨天的汪堆了，现在我对你有一种说不出的感觉。"

汪堆激动地快要热血沸腾了，但是理智告诉他，他没有占有欧阳慧敏的权利，自己只担当有护花惜花的责任。

第十一章 汪堆舍身救美女 欧阳感激生爱意

第十二章
勇嘎意深还玉镯　甲卡含情吐心声

　　勇嘎、洛桑在峡谷打了"小鸦毛"一个措手不及救下马帮，时间一晃就已过去十多天了。在这十多天的时间里，他俩几番遇见田轩的马帮，但是，每次勇嘎总都以躲避的方式，从田轩他们眼皮下溜过。

　　洛桑理解勇嘎躲避的原因，是碍于田轩和勇嘎曾是昔日的恋人。但是让洛桑不能理解的是，勇嘎和田轩的婚姻关系已经不复存在，田轩为什么还要执着地把勇嘎家货物送往拉萨。对于洛桑的不理解，勇嘎的回答极其简单，就是一句话：这是田轩做人的诚信！

　　"叮当、叮当……"山下传来有节奏的驼铃声。策马行走在山梁上的洛桑和勇嘎，不由自主地停下了前行的脚步。他俩俯身往山下看去，只见田轩的马帮，正在上山。

　　勇嘎掉头对洛桑道："走！不理他们。"

　　"怎么不理，"洛桑反问勇嘎道，"你不是要找田轩要子弹吗？"

　　"傻瓜，"勇嘎斥责洛桑道，"我能自己出面去找田轩吗？"

　　"那，"洛桑惊疑地道，"咋办？"

　　"不是说噶科在举行法会吗，"勇嘎回答："找甲卡去！"

　　"甲卡会在噶科？"

　　"法会场人多，"勇嘎回答，"甲卡绝不会放弃挣钱的机会。"

　　……

　　勇嘎的预料非常正确，甲卡和她的演出队正是在噶科法会场演出挣钱。正午时分，是法会午休的时候。这个时间也恰好是小贩和民间艺人挣钱的大好时机。因此，整个广场人山人海，到处是小贩艺人的叫卖声，以及观众的喝彩声……

　　洛桑和勇嘎来到法会场，在一个不显眼的地方拴好自己的坐骑后，便向观众的掌声和呼声最响亮的卖艺场走去。

　　卖艺场上，甲卡正在表演她拿手的热巴舞。可是，当勇嘎、洛桑刚挤到前排，甲卡的舞蹈演出就已结束，新开始了藏戏表演。谢幕了的甲卡没休息，即刻端起铜锣开始收费。观众为了不让收费的甲卡遮挡自己观看演出的视线，不等甲卡来到面前，就将准备好的铜板、银圆丢进了铜锣……

甲卡来到勇嘎和洛桑面前时，惊疑地道："是你们！"

"你的舞跳得真好。"洛桑说着向铜锣内投进了一枚银圆。

……

夕阳的余晖射在平静的湖面上，折射出粼粼的波光，大自然的一切都显得格外的恬静。就在这恬静的氛围下，勇嘎、甲卡私语着携手漫步在湖边的小径上……

勇嘎停下脚步问甲卡道："这段时间，你见过田轩吗？"

甲卡反问道："我有见他的必要吗？"

"我倒是见到过他几次，"勇嘎带有惋惜的情绪道，"可，都是擦肩而过……"

甲卡打断勇嘎的话，审视般地问："相互没有搭理？"

"已经是陌路人啦，"勇嘎淡淡地一笑道，"谁还搭理谁呀？"

"哟，瞧你这表情，"甲卡注视着勇嘎问，"莫非还惦念着田轩，放不下心来？"

"我恨他都恨不过来，"勇嘎苦笑道，"还惦念啥呀！"

"扑哧"一声，甲卡笑了说："别装啦，哄小孩去吧。心里没有惦念，能三番五次提到他！"

"说实话，"勇嘎认真地道，"对他，我是爱恨交加。爱的是他那份诚信与执着；恨的是他那对仇人的糊涂与善良。"

"你错怪他了，"甲卡责备地道，"田轩不是糊涂的人，他放走仇人，一定有他的理由。"

"别提了，提起他我心里就有一股说不出的怒火直往上冲，"勇嘎说着停顿了一下，羞涩而喜悦地接着道，"再说，洛桑也挺不错，我也已经有了……"

甲卡惊喜地连忙问："有了身孕？"

勇嘎幸福地笑了。

甲卡高兴地搂着勇嘎跳跃起来说："祝福你们！"

勇嘎不敢跳跃了，连忙蹲下捂着自己的肚子。

甲卡懊悔般地伸了伸舌头。

护着疼痛的勇嘎弯腰安慰甲卡说："没事！"

半晌，勇嘎直起身注视着甲卡道："说正经事，想托你，替我找一下田轩……"

"我知道，"甲卡抢先道，"告诉他，你已经有了洛桑的孩子。"

"去你的！"勇嘎向前走着道，"找他，是想请你替我向他索要子弹。"

甲卡连忙问："什么子弹？"

"说子弹他就知道啦。"

甲卡懵懂地问："你们之间还有暗语？"

"什么暗语呀，"勇嘎，"是枪的子弹。"

"为子弹，"甲卡疑惑地，"就想起了田轩？"

第十二章　勇嘎意深还玉镯　甲卡含情吐心声

"他们遇上劫匪，我和洛桑救了他们，打了劫匪一个措手不及，"勇嘎从怀中抽出手枪，继续道，"这枪，快成摆设了。"

"哟！"甲卡玩笑地说，"还在暗地里保护田轩！"

"谁保护他呀，"勇嘎笑道，"我是在帮我自己。"

甲卡偷偷地做了一个羞脸的动作，玩笑道："嘴硬！"

"去你的！"勇嘎说着，取下戴在手上的玉圈，对甲卡道，"还有件事麻烦你……"

甲卡的目光落在了勇嘎手拿的手镯上。

"——替我把这退还给田轩。"

"退还给田轩？"甲卡疑惑地，"为啥？"

"这是他给我的定情物，"勇嘎歉意地，"就算我求你——替我还给他。"

"事情都过去啦，"甲卡满不在乎地，"别当回事——收下！"

"事情不是你想的那么简单，"勇嘎苦涩地道，"我已经是洛桑的人啦，哪里还有再戴他的定情物的道理？"

甲卡同情地注目着勇嘎，小心翼翼地接过勇嘎递来的玉镯，半晌道："我一定替你转交给田轩。"

甲卡正翻来覆去地仔细查看玉镯时，勇嘎劝导地对甲卡道："田轩其实是个很不错的男人……"

甲卡打断勇嘎的话，满心喜悦地："莫非你要我夺你所爱——嫁给他？"

"就想你嫁给他，"勇嘎希冀的目光落在甲卡的脸上："——你能爱他吗？"

"我是个艺人，"甲卡羞涩地说，"只是他心中的过客。"

"男人都爱美女，"勇嘎鼓励说，"只要你勇敢迈出第一步，他就会把你珍藏在心底。"

甲卡疑惑了。

"女人聪明、漂亮，就是男人追寻的目标。"勇嘎说着从甲卡手里，拿过玉镯，戴在甲卡手腕上继续道，"你要自信，相信自己。"

甲卡注视着戴在自己手腕上的玉镯，脸上浮现出了甜蜜的笑容。

……

甲卡回到演出队时，演出还在进行。不知她是内心充满甜蜜的缘故，还是不想打扰演出队的演出，就直接回了自己居住的帐篷。

帐篷内幽暗极了，地角燃着的牛粪火吐着的蓝幽幽火苗。甲卡索性躺在地铺上，注目着戴在手腕上的玉镯，心里荡漾起了甜蜜的涟漪……

——甲卡在甜蜜的憧憬中，吐露出内心的心声：

马帮我的哥，
你用泪与汗谱写了通衢的传说。
日沐风雨行，

夜伴繁星落。
双脚丈量雪域大地，
换来民族同胞一片欢歌。

我爱你我的哥，
我的哥：马帮、马帮！
我的哥，我的哥！
……

甲卡和田轩拥抱在了一起，在拥抱中，甲卡迎来了与田轩的新婚之夜……

盖着红盖头的甲卡，羞涩而甜蜜地坐在床沿，几次三番地从盖头的缝隙间窥视新郎田轩的举手投足，她期待着心爱的人，为她揭下盖头……

田轩轻轻地揭下盖头，甲卡羞涩地垂下了头。田轩用食指轻轻抬起甲卡的下颚。在对眸中，两人的头越来越靠近了。这时，一位冒失的女艺人闯进了帐篷，惊醒了甲卡的憧憬美梦。

"你原来躲在这呀？"进帐篷来的演员，惊慌失措地对甲卡道，"白马少爷在到处找你。"

甲卡还没有回答女艺人的话，白马就已经走进了帐篷。

甲卡连忙起身叫了声："白马少爷！"

白马以手势示意其他女艺人离开帐篷。

甲卡故作热情地对白马道："真想不到二少爷也有雅兴，会到这小县城来。"

白马满不在乎地说："我是奉母亲之命，特意来请你的……"

甲卡疑惑地："请我？有啥事？"

"卓玛快回来啦，"白马欣喜地回答，"请你去我家演出呀。"

甲卡问："就为这事？"

"就为这事！"白马自得地说，"告诉你一个好消息，我白马马上就是扎脱土司的女婿啦。做了女婿，扎脱土司就是我了。"

"二少爷，"甲卡问白马道，"你做土司与我有关系吗？"

"有，当然有！"白马愈加激动了，"我当了土司，一定纳你为妾。"

"二少爷，"甲卡郑重地，"请你放尊重点！"

"你是人见人爱的小白鹤，"白马情不自禁地上前欲将甲卡拥入怀中道，"我要得到你！"

"二少爷！你别……"甲卡挣扎，"别……"

白马愈加放肆了。

"我要叫人啦！"甲卡挣扎着，"来人……"

甲卡在挣扎呼喊时，白马用手捂住了甲卡的口。

挣扎的甲卡用脚蹬翻了椅子上的木箱，顿时响起一阵"哗啦"的响声。白马只好住手，同时向甲卡恶狠狠地吐了一口沫，离开了帐篷……

……

夕阳快落下的时候，田轩的马帮再没有前行了，欧阳慧敏趁马帮搭建帐篷的当儿，便端着换下的衣服去溪边洗衣。

蹲在溪边洗罢衣物的欧阳慧敏刚直起身，猛然看见一骑快马的女子朝自己驰来，欧阳慧敏正感惊异时，传来了那女子的呼喊声："欧阳姐！"

欧阳慧敏惊喜地喊道："甲卡！"

甲卡快速来到欧阳慧敏面前，跳下马与欧阳慧敏紧紧地拥抱在一起。

"真是没想到，"欧阳慧敏激动地，"能在这见到你。"

"县城举行法会，我们是凑热闹赶来的，"甲卡兴致勃勃地说，"听说你们也到了这，想我姐呗——就特意赶来看你。"

"假话！"欧阳慧敏轻哼了一声，指着甲卡套在手腕上的手镯道，"它呀，把一切都告诉我啦！"

"姐，"甲卡噘着嘴唇道，"你坏！"

"别逗啦，"欧阳慧敏笑着说："问你件事……"

甲卡反问道："是勇嘎的事？"

"对！"欧阳慧敏回答，"勇嘎一走，我心里总憋得慌——总惦念着她。"

甲卡连忙问："田轩没告诉你？"

欧阳慧敏性急起来，道："告诉我啥？"

"勇嘎不但早已做了别人的新娘，"甲卡说，"而且现在已有了身孕，快做母亲啦！"

欧阳慧敏惊疑地问："这是真的？"

"当然是真的！"

"她为什么要这样，"欧阳慧敏不解地问，"对田轩太不公平啦。"

"她报仇心切，"甲卡坦率地说，"谁愿意为她报杀父之仇，她就甘愿为谁付出一切。"

"勇嘎错怪田轩啦，"欧阳慧敏认真地道，"据我所知，田轩所做的一切，都是在寻找杀害他父亲的真凶。"

"事情已经过去，"甲卡宽慰欧阳慧敏说，"已经没有争论谁对谁错的必要了。"

"结婚、怀孕，"欧阳慧敏心惋惜地说，"勇嘎太仓促了，令人难以理解。"

甲卡开玩笑道："你能理解，你就不是欧阳慧敏，她也就不是勇嘎啦。"

"是，"欧阳慧敏承认道，"理解不了，理解不了。"

"你慢慢理解吧，"甲卡告辞说，"我找田轩去。"

"你不是来看我吗？"欧阳慧敏玩笑地说，"露马脚了吧。"

甲卡笑了，拉起欧阳慧敏的手，就朝马帮驻地走去。

赖三今天和长命负责搭建围栏，还在干活时，就远远地看见了甲卡牵着马同欧阳慧敏和羌月一道走来。赖三顿时激动了，丢下手里的活，就向甲卡迎来。

"你是赖三心里的魔镜，"欧阳慧敏玩笑般地对甲卡道，"他只要看到你，心都快蹦出来啦。"

甲卡欲要辩驳时，见赖三已经临近，只好打消了原本的念头。

赖三厚着脸皮向甲卡道："今天刚一起床……"

甲卡紧接着赖三的话道："……就有喜鹊直朝着我一个劲地叫过不停，我就料到今天准有好事……"

赖三惊疑地问："你！……"

"你的这句话，我都能背啦，"甲卡往前走着扭头对赖三继续道，"换点新鲜的，要与时俱进！"

赖三笑着从甲卡手里抓过牵马的缰绳，替甲卡牵着马羞涩地道："我这也是表达爱情的一种方式。"

"呸，呸，呸，羞死人啦，"甲卡正儿八经地道，"别做梦，我早说过——对你没感觉！"说着一手抓过赖三手里的缰绳，一手挽起欧阳慧敏的胳膊，撇下赖三朝栅栏门走去。

欧阳慧敏笑着向赖三做了个鬼脸，同甲卡往前去了。赖三目视着二位女士的背影，大声道："甲卡，你现在对我没感觉，以后一定会有感觉！"

甲卡回头回答道："你就做梦去吧！"

二位女士刚走进栅栏时，恰遇田轩从帐篷出来，甲卡连忙喊了声："田轩！"

田轩喜出望外地回了声："甲卡！"

……

一抹落日的余晖直射着神山的冰峰，折射出耀眼的光芒。田轩和甲卡温馨地慢步于溪流边的小径上。

甲卡停下脚步，注目着田轩道："我是受勇嘎之托来找你的。"

"她不是结婚了吗？"田轩问，"还找我干啥？"

"找子弹呗！"甲卡回答。

田轩怒气地："她找错人啦！"

"英雄！请你露面，我田轩感谢你的搭救！"甲卡戏谑地模仿着田轩的声音，提醒说，"自己说过的话没忘吧？"

田轩惊疑地问："是她开枪救了我们？"

"不是他们小夫妻俩救你们，"甲卡反问道，"还会有谁？"

田轩无话可说了，答应甲卡道："行！作为感谢，这事我应啦。"

"我就知道，"甲卡俏皮地道，"只要勇嘎发话，你呀——不会不应允。"

"子弹的事就这么定啦，"田轩心灰意冷地，"以后你也别再给我提起她。提起她，我心烦！"

第十二章　勇嘎意深还玉镯　甲卡含情吐心声

"还有件事，"甲卡注目着田轩道，"更让你心烦呢。"

"啥事？"田轩连忙问。

甲卡从手腕取下玉镯，递向田轩道："这是她让我带给你的。"

田轩接过手镯看了看后，退回到甲卡手上，说："送出去的东西，我田轩是不会收回的。"

甲卡愤愤地说："你这是在为难我！"

"为难，"田轩满不在乎地道，"就自己戴。"

"你的定情物，"甲卡反问道，"我能戴吗？"

"什么也别说，"田轩向前走了几步，"喜欢就戴上。"

甲卡将手镯戴在手腕后，上前从身后抱住田轩深情地唤道："田——轩——！"

"对不起，"田轩松开甲卡的手，"我不能伤害你。"

"不管你什么想法，"甲卡再次上前抱住田轩道，"哪怕就是你所说的'伤害'，我也心甘情愿为你付出！"说着踮起脚尖深情地吻了田轩一下。

甲卡的吻，点燃了田轩心中的爱火，两人拥在一起。

这时在一旁觅食的马，突然长鸣起来，甲卡回头一看，只见四条野狼正撒开腿冲向马……

甲卡惊呼起来："狼！"

眼看狼就要威胁到马的安全，田轩连忙抽出驳壳枪，连续几个点射，只见即将扑向马的前狼，应着枪声躺在了地上。后狼迟疑时，也中弹倒地了。

"快！"田轩毫不忧虑地，"快离开这里！"

田轩的话音刚落，甲卡翻身跃上了马背。与此同时，还在射击的田轩，向后狼连续几个点射后，也上了马背，两人同乘一匹马，离开了这危险之地……

马撒开四蹄在前面奔跑，两只野狼在后面紧紧追逐……

第十三章

少女殒命露真相　危难相助感恩德

驮载着田轩和甲卡的快马，放开了四蹄在前面飞一般地奔跑，两狼在后面撒腿追逐……

快马的奔驰，田轩不时回头向追逐而来的野狼开枪，而两狼毫不惧怕地追逐不止。田轩开枪击中一狼，剩下的狼只好停止了追逐跑向山头，呼朋引伴地长声嚎叫起来。马儿在不停地驰骋中，驾驭坐骑的甲卡回头问田轩道："我们现在去哪？"

"你回不去啦，"田轩回答，"去我们住地一宿，明早我送你回去。"

且说，在住地的马帮伙计们，正围坐在篝火边喝茶闲聊，听到枪声，都不约而同地警觉起来，尤其是扎西"嚯"的一声站起，吩咐众人道："不要慌！按分工，守好自己的地方，决不让劫匪进入栅栏。"

扎西的话音刚落，马帮伙计们全都行动起来，分头去了驻地的正面、左面、右面三个可以隐蔽藏身的地方，做好了应战劫匪的准备。

汪堆提着"叉子枪"刚跑到欧阳慧敏居住的帐篷前，恰遇欧阳慧敏牵着小扎西出帐篷，汪堆连忙吩咐："快去堆货帐篷躲起来！"

"你去告诉扎西，"欧阳慧敏吩咐汪堆说，"田轩和甲卡去了外面还没回来。"

"放心，只是零星的枪声，"汪堆回答道，"有佛祖保佑，出不了事。"

欧阳慧敏牵着小扎西跑了几步后，回头对汪堆道："你的伤还没痊愈，要小心！"

"别管我，"汪堆性急地说，"快去帐篷！"

欧阳慧敏牵着小扎西刚进了帐篷，藏獒疯狂的吠声逐渐减弱，原来是田轩带着甲卡回来了。

扎西冲着田轩问："是你开的枪？"

"是我，"田轩回答，"遇上狼啦。"

"是狼群，"扎西问，"还是零星的一两只？"

"不是狼群，"田轩淡定地说，"只有四只，我打死了三只，一只给跑啦。"

马帮们也因为田轩的回来而解除了紧张气氛，又恢复了原有的喧嚷。

赖三走到甲卡身边，正要说话时，甲卡连忙模仿着赖三的声音抢话道："今天刚一起床，就有喜鹊直朝着我一个劲地叫过不停，我就料到今天准有好事……"

"别，别，别，"赖三阻止甲卡道，"我有新词！"

"啥新词？"甲卡笑着问。

"今天刚一起床，一只乌鸦朝我叫，"赖三颓废般地道，"我就料到——今天准倒霉，没好事……"

甲卡"扑哧"一声，笑出声来，连忙打断赖三的话说："别，别，别，再别说啦，要笑死我啦。"

甲卡笑得蹲在了地上，直不起身来时，欧阳慧敏牵着小扎西的手从堆货帐篷出来了。

"甲卡！"欧阳慧敏呼喊着，向甲卡走去。

甲卡正要对欧阳慧敏说话时，扎西向自己的马帮弟兄拍了下手，发话道："各位兄弟，——今晚太平不了，狼群会找上门来的。现在汉族兄弟留守住地，藏族弟兄都同我上山砍柴火！"

扎西的话极有号召力，即刻马帮兄弟们全都行动起来，留守人员分头去了各自的岗位，被分配的砍柴的人，都跟随在扎西身后去了密林。半道上，郎吉疑惑地问扎西道："野狼真的会来突袭我们？"

"狼是集群动物，"扎西胸有成竹地道，"定会嗅着气味成群结队地来复仇。"

……

动物都有自己的语言，那只没有被田轩击中的野狼，仍然还站在山坡上，伸长脖子一个劲地呼朋引伴般地嚎叫……

帐篷内，欧阳慧敏、羌月，乃至小扎西都在聚精会神地聆听甲卡向她们讲述遭遇狼袭击遇险的事，甲卡说："……田轩的枪法太好啦，四只狼就被他打死了三只。"

"真为你们捏把汗，"欧阳慧敏说，"如果田轩没带枪，别说是马，可能你们也成了野狼腹中食了。"

"真是危险，"甲卡心有余悸地道，"这十多年我到处辗转，还是第一次遇到这样的险况。"

……

夜幕降临到时候，上山砍柴的藏族兄弟们全都回来了。由于烧柴富足，住地新增添了几堆篝火。同时，篝火的光焰，把整个驻地映照得光亮极了。

田轩和扎西在检查防备情况时，恰巧碰上拿着铜锣从牛群集中处出来的长命，田轩叮嘱道："长命兄弟，今晚你得多留点神。"

"放心，"长命将手里的铜锣一扬说，"这家伙一敲，再厉害的狼，也要撒腿就逃。"

田轩会意地笑了。

"汪！汪！汪！"散放的藏獒对着栅栏门外狂咬起来。同时，伴着藏獒的咬叫声，也传来了"嗒嗒嗒"的马蹄声。随着马蹄声越来越清晰时，郎吉看清楚了骑马来人是仁青和巴桑。

藏獒仍在对着栅栏外的来人不停地咬叫，长命和汪堆上前牢牢地抓紧藏獒的耳朵，郎吉则为仁青和巴桑打开了栅栏门。

郎吉陪同仁青和巴桑去了拴马处的路上，郎吉目视着他俩坐骑驮着的鼓胀的牛皮口袋，不经意地问："装的啥呀？"

"没啥，"仁青搪塞地回答，"顺路给朋友带得乱七八糟的东西。"

郎吉带着仁青和巴桑来到堆码货物的帐篷后面，仁青将缰绳扔给了巴桑，对郎吉说了声："喝茶去！"便拉着郎吉去了篝火处。

巴桑是个心细的人，他等到郎吉和仁青走过了堆码货物的帐篷后，才从马背卸下驮载的长皮口袋，并将长皮口袋藏放到不易被人发现的地方。

郎吉和仁青快走到篝火边时，扎西和田轩从外面巡查回来。仁青连忙上前恭敬地叫了声："大哥！"

扎西向田轩介绍道："他叫仁青，是我的好兄弟！"

田轩与仁青握手时，巴桑赶过来了。

"大哥！"巴桑呼喊着扎西道。

"巴桑！"扎西兴奋地道，"——兄弟！"

"好几个月没见过大哥啦，"巴桑感叹地道，"想不到在这儿同大哥相见。"

扎西打量着仁青，又看看巴桑，拍着二人的肩头道："你俩的生意怎样？日子都过得还好吗？"

仁青尴尬地回答："马虎，马虎。"

扎西请仁青和巴桑坐下喝茶时，田轩吩咐赖三道："拿酒去！"

赖三取酒离开后，扎西内疚地向仁青和巴桑介绍田轩道："忘了介绍啦，他叫田轩，大哥的老板！"

热情和巴桑恭敬地喊了田轩一声："田老板！"

扎西在为仁青和巴桑斟茶时，对仁青道："大哥有句话问你。"

"大哥，"仁青笑着说，"有话，就只管问。"

扎西审视着仁青问："前些日子，见到我们怎么不打声招呼就走啦？"

"大哥，"仁青为难地回答，"不是不打招呼，是怕给大哥增加麻烦。就说今天，要不是在路上听到野狼呼朋引伴的嚎叫，也不会来麻烦大哥，麻烦田老板。"

"都是自家弟兄"扎西责备说，"啥叫麻烦？"

赖三取酒回来后，马帮们全都涌来了，扎西向各位弟兄斟上酒后，田轩端起酒，对仁青和巴桑道："今天在一块喝酒，大家就是朋友、兄弟，来，干一个！"

仁青端起碗，与田轩碰碗后，道了声："谢谢田老板！"便将酒一饮而尽。

马帮兄弟们都为仁青鼓起掌来……

马帮兄弟们喝酒正酣时，散放的藏獒又对着栅栏外狂叫起来……

夜色下，二十来只高原狼眼睛发着蓝绿色的光亮，一字排开也对着栅栏狂咬……

早就做好了准备的马帮兄弟们，按照预定分工，三人为一组，以篝火为据，端着枪扼守在篝火旁……

第十三章　少女殒命露真相　危难相助感恩德

当野狼发疯般地狂咬着欲冲进栅栏来时，马帮兄弟们开火了，顿时枪声和长命的敲打的铜锣声响彻了山谷、草原……

——野狼退却了。

赖三、汪堆、田轩同在一组，负责左侧的安全。野狼退缩后，一度紧张的情绪刚放松下来，汪堆看见横放在离自己不远的地方的两个牛皮口袋在不停地晃动，便疑惑地向牛皮口袋走去。当他的手刚触摸到牛皮口袋时，不由得震惊起来，连忙解开口袋，顿时口袋里装着的一位小姑娘露出了头。这小姑娘十四五岁年纪，脚手都被捆缚，嘴里还塞着毛巾。

汪堆连忙为小姑娘拉下皮口袋，去掉嘴塞的毛巾，解掉捆缚的绳索，又去解另一条口袋时，小姑娘用丹巴美人谷方言一个劲地哀求田轩道："救救我！救救我！……"

"她说啥？"田轩问旁边的汪堆。

"她说的是方言，"汪堆回答，"这种地方土话，我也听不懂。"

当汪堆解开另一根口袋，露出头是位十八九岁年纪的姑娘。这位姑娘同样也是被嘴塞毛巾，手脚捆绑。这女孩身材高挑，皮肤白皙，一副人见人爱的美人样。

"姑娘，"田轩问，"你叫啥名？"

"觉罗。"当姑娘用方言回答田轩时，那位十四五岁的小姑娘就三脚两步地跨过栅栏向夜幕下的旷野冲去……

"回来！"汪堆、田轩赖三同时惊叫起来，"危险！"

夜幕下，数只野狼撒腿冲向女孩……

田轩开枪了，连续几发点射，一条狼躺在了地上，然而另外的狼却咬住女孩的脖子，把女孩扑倒在地上……

名叫觉罗的女孩，欲冲出栅栏去拯救自己的同伴时，被赖三和汪堆死死地阻挡着。女孩只能歇斯底里地失声呼喊："雍卓！……雍卓！……"

马帮们全都开枪了，在四起枪声中，被击中的野狼倒地，没被击中的狼在分享女孩的躯体……

扎西忍无可忍地从篝火的火堆中拾起一根燃烧的柴棍，率先冲出了栅栏。继扎西冲出栅栏后，汪堆、富贵都相继从篝火的火堆中，拾起燃烧的柴棍，呼喊着："呃嘿嘿！……"奋勇地冲出了栅栏。同时，长命也敲响了铜锣。顿时，铜锣声和马帮们"呃嘿嘿"地嚷叫声以及藏獒的狂咬声响彻了整个山谷丛林……

——野狼群溃退了，四下里夺路逃窜。同时，小姑娘也去了，只留下残缺不全的尸体。

扎西铁青着脸，双目炯炯地怒视着仁青和巴桑问："这是怎回事？"

仁青和巴桑垂下了头，不敢有任何言语。

"你俩还是人吗？"扎西继续怒斥道，"你口口声声对我说，你在关外做小生意。这就是你做的小生意吗？"

仁青和巴桑只能耷拉着脑袋，一声不吭地听着扎西的责骂。

"可恶！"扎西继续怒斥道，"竟然干这伤天害理没良心的勾当！"

"大哥！"仁青欲为自己辩解说，"你听我解释，我……"

"别叫我大哥，"扎西憎恨地，"我没有你这样的畜生兄弟！"

"大哥，你消消气，"郎吉上前劝慰扎西说，"现在需要解决的是女孩的后事问题。"

"大哥，"汪堆也劝说道，"郎吉说得对，你不要发火，听仁青怎么说。"

扎西恼怒的情绪松弛了下来，耐着性子对仁青道："你说吧，我听你解释。"

"干这没良心的事，也是被逼出来的，"仁青辩解说，"家里……"

"别找理由搪塞我，"扎西打断仁青的话，愤愤地道，"说眼前，这烂摊子，你打算怎么办？"

"天一亮，"仁青瞥了巴桑一眼，回答道，"就把尸体和女孩送回去，对死去女孩的家人，给与赔偿。"

"这是人说的话，"汪堆目光炯炯地注视着仁青质问道，"还是畜生说的话吗？"

"二弟，"仁青哀求般地，"我欺骗谁都可以，绝不会欺骗自己弟兄。"

"大哥，你也别太过于强求啦，"郎吉替仁青求情道，"我们几兄弟都是光着屁股一块长大的，事情也已经出了，我看也就依从仁青所说，把尸体和女孩送回去，对死去女孩的家人，给予赔偿。"

田轩从衣袋搜出几枚银圆，递给仁青道："这是我对死者父母的一点心意，替我转交一下。"

仁青故作悲切地收下了田轩所赠的银圆。

扎西鄙夷地瞥了仁青一眼，拉起儿子回了自己住宿的帐篷。

……

夜风徐徐，繁星闪烁，野外到处是一派恬静。但是，在马帮的住地，今晚确是一个静寂不了的长夜。

欧阳慧敏居住的帐篷内，觉罗一碗又一碗地喝着水。欧阳慧敏怜悯地看着女孩，拿起梳子，边为姑娘梳头边问道："姑娘，你叫什么名字？"

姑娘用发音不准的音调，嘟哝地回答："觉罗！"

欧阳慧敏重复着，问姑娘道："是觉罗吗？"

姑娘一边应承着，一边"扑通"一声跪在欧阳慧敏面前，哀求地连连道："救救我！救救我！……求求你——救救我……"

"明天就送你回家，"欧阳慧敏搀扶着跪地的觉罗，连连道，"放心，我们会救你的。"

可是觉罗怎么也不起身，只是一个劲地哭喊："你是好人，你要救我，救我呀……"

这时，田轩、赖三周胖子都来到帐篷外，田轩掀开帐篷门帘，对帐篷内地欧阳慧敏和甲卡道："你们都休息吧，明天要早起。"

甲卡对田轩道："你也回去休息吧。"

跪在地上的觉罗抱着田轩的腿，用地脚话叽里呱啦地说了半天，可是田轩什么也没听懂，于是问甲卡道："她说的是啥？"

"大概意思，说她是丹巴美人谷人，名字叫觉罗，"甲卡回答，"求你救她。"

"觉罗，这名字怪兮兮的，"赖三开玩笑道，"究竟是觉罗？还是落脚？"

周胖子斥责赖三道："你能说句正经话吗？"

"我哪儿不正经，"赖三顶撞周胖子道："那你说句正经话我听听。"

田轩斥责赖三和周胖子道："废话少说两句行不行！"

赖三轻蔑地看着周胖子时，田轩对觉罗道："你好好休息，我们都会救你。"

……

不知怎的，藏獒今晚异常兴奋，一会儿跑到篝火处围着喝酒郎吉、长命、仁青、巴桑及"金眼镜"嗅嗅，一会儿又跑到栅栏处对着黑暗的旷野"汪汪"地咬叫几声。

月光躲进了云层，密林不时传来夜风拂过，发出的林涛的声响。

今夜是仁青最无地自容的一夜。几番愁苦地叹息说："没想到大哥的脾气还是这么倔强，二三十年的兄弟情谊就给葬送啦。"

"想这么多干啥，"郎吉端起酒碗，"没事！——喝酒！"

仁青与汪堆"碰"碗后，仁青大喝了口酒，发泄私愤道："一句话——钱害人呀！"

"发财各有其道——猫有猫道，鼠有鼠道，要说发财，"郎吉向仁青竖起拇指继续道，"兄弟，你是这个。"。

"郎吉兄，"仁青端起酒碗，"你我、巴桑，才是相互能理解的好兄弟！"

"见外了吧，"长命端起酒碗更正道，"我长命就不是你们的好兄弟喽？"

"对，对，对！""金眼镜"兴奋起来，"我们都是好兄弟！"

于是，喝酒的四人都端起酒碗"碰"了"碰"后，连声道："干！干！"

"兄弟，这儿能发大财，""金眼镜"用左右手肘分别拐了下仁青和巴桑一下，说，"二位敢吗？"

"人为财死，鸟为食亡，"仁青蔑视般地淡淡一笑，道："只要是为了发财，哪怕就是给天捅个窟窿的事，我仁青也是敢作敢为！"

"有种！"郎吉兴奋了，一拳擂在仁青肩头，"我要得就是你老兄的这句话。"

"那，"仁青性急地问："财在哪？"

郎吉用眼扫视着堆货物的帐篷回答道："就在那。"

仁青目视着堆码货物的帐篷，迟疑地道："这……"

"没有可犹豫的，"郎吉语气坚决地，"这是没主的货。"

"没主？"仁青疑惑地问，"田老板不是主？"

郎吉微微一笑道："他就是个非亲非故打屁都不沾胯的笨蛋主！"

仁青正感惊疑时，长命向仁青解释道："真正的货主老板已死于劫匪枪下，死鬼没儿子，唯一的女儿，急于报仇，找劫匪拼命去了。听说最近嫁给了一个名叫洛桑的笨蛋。"

"洛桑？"仁青的脑海即刻闪现出在茶楼见到洛桑时的情景，于是惊疑地问长命道，"那女的是不是叫勇嘎？"

"对！叫勇嘎，"郎吉抢险替长命回答后，问仁青道，"你认识？"

"他俩我都见过！"仁青回答，"我们还在一块喝过茶呢，"

郎吉不相信似的连忙问："啥时候的事情？"

"就在六七天前。"

"在哪？"

"打听这么多干啥？"仁青不想多说，搪塞郎吉道，"对你我都没作用。"

郎吉还是不放心地问："你们都说了些啥？"

"这两口子报仇心切，"仁青泛笑道，"打听劫匪藏身的地点呗。"

"你俩告诉他们了吗？"

"江湖上有句名言——话有三不说，揖有三不叩，"仁青自得地一笑，反问郎吉道，"我能说吗？"

郎吉竖起拇指称赞道："高人！高人！"

仁青喝了口酒，问郎吉道："大哥知道你们想干的事吗？"

"别提他，"汪堆鄙夷道，"不是一路人。"

"大哥不参与，"仁青为难地道，"这事难……"

"有啥难的，"郎吉打断仁青的话，鼓励道，"你满世界跑，难道没有一个打家劫舍的朋友？"

"朋友倒是有几个，"仁青面有难色地道，"还是那句话——大哥不参加，这事办起来——悬！"

"有什么悬的，"郎吉蛮有把握地道，"只要你搞定打家劫舍的朋友，到时来个里应外合，生米煮成熟饭，你说大哥还能怎样？"

仁青竖起拇指，赞赏道："高见！佩服！佩服！"

郎吉端起酒碗兴致勃勃地对众人道："为发财，干！"

……

次日，天刚发白。马帮们在做出发前的准备时，仁青、巴桑也要带觉罗出发了。就在这快出发到时候，觉罗"扑通"一声跪在了欧阳慧敏和甲卡面前，作揖哀求道："救救我！救救我！"

欧阳慧敏的眼眶噙满了泪水，掏出两块银圆塞到女孩觉罗的手里。然而觉罗却拒绝收下，只是连连作揖哀求说："救救我！救救我！"

"你已经没事啦，"欧阳慧敏安慰女孩说，"马上送你回家，送你回家！"

巴桑走进欧阳慧敏居住的帐篷，不容置疑地把觉罗从地上抱起出了帐篷。觉罗还是在一个劲地呼喊"你们救救我，救救我！"

觉罗呼喊的声音消失后，甲卡问欧阳慧敏道："你说仁青和巴桑会把女孩送回家吗？"

"应该会吧，"欧阳慧敏回答，"把女孩送回家，是仁青自己说的。"

甲卡反问欧阳慧敏说："乌鸦嘴里衍的肉会吐出来吗？"

欧阳慧敏责备甲卡说："那你干吗不早告诉我？"

"告诉了你，"甲卡反问说，"你能怎样？"

"我可以把那女孩买下来呀！"

第十三章　少女殒命露真相　危难相助感恩德　121

"我的大小姐，当着众人的面，仁青他会卖给你吗？"甲卡嗤笑说，"再说这样的故事天天都在发生，你救得了一个觉罗，救得了十个、百个甚至上千个觉罗吗？"

欧阳慧敏无言以答时，田轩走进帐篷催促着女士们道："抓紧时间，马上就要撤帐篷啦。"

正在说话间，赖三带着周胖子及其他撤帐篷的马帮来了，在甲卡帮着欧阳慧敏搬行李出帐篷时，田轩吩咐赖三和周胖子道："我送甲卡先走一步，驮队的事交给你和扎西。"

此时藏獒咬叫起来，出帐篷的田轩，见藏獒冲着栅栏外的三个大汉龇牙咧嘴地咬叫，于是喝住藏獒，打量着三位来客问："你们是……"

"我们是来找长命的！"名叫徐彪的大汉打断田轩的话，大大咧咧地回答。

田轩见三人一副来者不善的样儿，继续询问道："你们是有事找他？"

"废话！"徐彪冲着田轩道，"我们是来抓他抵债的。"

这时，长命出来了，他连忙劝慰田轩道："老板，是我的私事，你走吧，我会处理好的。"

"给我句实话，"田轩质问长命道，"究竟是怎么一回事？"

"老板，我老婆死的时候，借了高利贷，"长命怯生生地道，"按契约，还不了债，就得做奴隶偿还。"

欧阳慧敏、羌月、"金眼镜"，以及马帮伙计全都赶来了。

欧阳慧敏问徐彪道："他差你们多少钱？"

"不多，"徐彪回答，"就三十个大洋。"

"兄弟，"田轩喊着徐彪道，"你看能不能这样，我给你们四十个大洋，把这事给了结了行吗？"

徐彪将自己的左手伸向田轩，欧阳慧敏对赖三道："走，我俩取钱去！"

欧阳慧敏和赖三没走几步，羌月追着欧阳慧敏喊着道："欧阳姐，你犯傻呀——四十个大洋，能买好几头牦牛！"

欧阳慧敏不屑地道："马帮弟兄不是有句口头禅——在一口锅里搅食，就是一家人。——亲情重于金钱！"

羌月目视着欧阳慧敏的背影，呆站在原地。

……

当赖三把取来的大洋交给田轩，田轩转手交给了徐彪后，又从自己兜里搜出几枚大洋，对徐彪道："弟兄们一路辛苦，一点小意思——买杯酒喝！"

徐彪接过大洋，连连道了几声谢谢后，从怀里摸出长命的欠债条，交给了田轩。

田轩信手将欠债条撕成碎片，抛向空中，顿时碎片在空中飘飞起来……

三位索债的人刚离去，长命"扑通"一声，泪流满面地跪在了田轩面前。田轩一边搀扶长命，一边斥责地道："你这是在干啥呀？我们是兄弟！"

"好汉人，"扎西竖起自己的拇指称赞田轩道，"我扎西钦佩你！"

"钦佩啥呀，"田轩淡淡一笑道，"我们是一口锅搅食的弟兄！"

扎西拍着田轩的肩头，感叹地道，"我扎西跟定你啦！"

第十四章
流浪女易物遭拒　周胖子为爱离队

且说，田轩花钱替长命摆平了前来索债的徐彪后，田轩即刻送甲卡离开马帮住地，返回甲卡的演出队。

两人在策马驰骋中，甲卡问田轩道："今天咋啦——半天都不说话？"

田轩反问道："不是在急着赶路吗？"

"假话！"甲卡挥鞭抽打了马屁股一下，继续道，"你是在回避我——不愿意回答昨天的问话！"

田轩故作惊诧地在后面追着甲卡问："你问了什么话？我一点也不明白。"

"别装糊涂，"甲卡大声回答，"你心里比谁都清楚！"

"我清楚啥呀？"田轩追上甲卡道，"我就是个傻瓜！"

"你就装吧，看你能装到什么时候？"

……

田轩送甲卡回到县城快到演出队居住的地方时，迎面碰上白马率领的由十多个家丁组成的牦牛驮队。田轩连忙下马，恭敬地唤了声白马："二少爷！"

白马走向田轩，一把抓起田轩衣服领子，把田轩拉到一旁，威逼地警告说："我现在不想给你多说，记住我的话——别在甲卡面前跟我过不去，她是我白马少爷的女人！"说罢，撇下田轩，率领驮队离开了。

甲卡跑上前来，问田轩道："他给你说啥啦？"

田轩掩饰地回答："什么也没说。"

"不可能！"甲卡目视着白马远去的身影，愤愤地骂道："仗势欺人的东西！"

田轩奉劝甲卡道："为他生气，不值！"

这时，一女演员便急匆匆地跑到甲卡面前，向甲卡埋怨道："你总算回来啦！"

甲卡疑惑地问女演员道："有急事？"

"什么急事呀，"女演员回答，"是白马少爷找你。"

"白马少爷找我，"甲卡戏谑地问，"你生哪门子气呀？"

"我咋不生气，"女演员赌气说，"我说你不在，他就发火，拿我来撒气。"

"哟，受委屈啦，"甲卡逗着女演员道，"噘起小嘴多丑呀，当心没男人爱，嫁不出去咋办呀。"

"去你的！"女演员"扑哧"一声，笑出声来。

田轩对甲卡道："没什么事，我得走啦。"

"我也不留你，"甲卡泛笑说，"你走吧。"

田轩跨上马，轻抽了马一鞭子，马飞一般离去。

甲卡的父亲赶了过来，目视着田轩逐渐消失的背影问女儿道："他是谁呀？"

甲卡望着田轩消逝的背影回答父亲说："马帮——田轩！"

……

田轩和甲卡分手后，直到中午马帮休息准备吃午饭的时候，田轩才追上了大伙儿。

长命倒了碗茶递给田轩，田轩喝着茶问扎西："今晚我们住哪？"

"——卡巴！"扎西回答，"再翻两座山头就到啦。"

这时，欧阳慧敏招着手，呼喊着田轩道："田老板，你过来一下。"

"啥事呀？"田轩过去问。

欧阳慧敏笑着问："给我们带了什么好消息呀？"

田轩颇觉奇怪地道："我能有啥好消息？"

"才分别回来，"欧阳慧敏故作惊疑地，"不会没带回好消息吧。"

"想多啦，"田轩由衷地一笑，"我和甲卡只是说得上话的朋友。"

欧阳慧敏"扑哧"一笑，双手一摊道："拿来！"

"拿啥？"

"——玉镯呀！"

田轩思索着道："不明白你的意思？"

"别装，"欧阳慧敏道，"你比谁都清楚。"

"你是说那块——勇嘎退还的玉镯，"田轩满不在乎地回答，"不值钱的东西——扔啦！"

欧阳慧敏竖起拇指讥笑地道："潇洒！潇洒！"

这时，天空响起一声闷雷，汪堆仰望天空，只见一团黑云逐渐在遮掩太阳，他不由得呐喊起来："快下雨啦！快下雨啦！"

扎西的惊呼道："快！快给货搭上油布。"

扎西的话音刚落，只见汪堆、郎吉策马来到扎西面前，将一摞油布扔向扎西后，又赶往他处向其他马帮分发油布去了。

正当欧阳慧敏和小扎西手足无措时，汪堆赶了过来，他向欧阳慧敏扔去一张油布后，又匆匆地驰离……

如注的大雨倾盆而至……

头顶油布仰望着天空的田轩，对扎西道："这雨太大啦！"

"没事！这是过路雨，"扎西回答，"马上会晴的。"

扎西真像是操控着天空一样，不一会儿的时间，天空就乌云散去，挂起了一道彩虹。

欧阳慧敏拉下油布，举起相机对着彩虹连连拍照……

……

扎西所说的再翻两个山头就是到了驮队宿营的地方，这话说起来简单，可是马帮足足走了三个时辰，才爬上第二个山头的山顶，到达宿营地还得走很长一段山路。

这里山路崎岖，眺望远处，尽是连绵起伏的大山和纵横交错沟壑。这样的深山环境，为从奴隶主的庄园逃出来的奴隶，提供了生存的空间。此时，在山坳里，就有两位身着已失去本色的光皮皮袍，蓬头垢面的女子，正手搭帐篷眺望着马帮驮队。

这俩女子是姐妹，姐姐名叫尼玛，妹妹名叫桑珠，她们都是藏地最苦命的女子——流浪女奴。

桑珠聪明、乖巧，当她看到马帮驮队时，情不自禁地喊着姐姐道："姐！是马帮！"

姐姐尼玛激动了，催促妹妹道："快！换盐巴茶叶去！"说罢，拉起妹妹就往破旧帐篷跑去。

破旧帐篷就是姐妹俩的家。家里非常简陋，除了几件破旧的食物用具外，别无他物。姐妹俩跑进帐篷，各自抱起一桶储存酥油的木制桶，沿着崎岖不平的小道奋力奔跑。因为姐妹俩必须在马帮驮队没有到达峡口前，赶到峡口，才可能同马帮进行物资交换。

可是，事与愿违，姐妹俩还没有达到峡口，田轩的大部分马帮驮队就通过了峡口，只剩下郎吉和周胖子在后面负责收容掉队的牛群。

当郎吉和周胖子驱使着掉队牛群，走到峡口处时，尼玛和桑珠姐妹俩，已将盛满酥油的酥油桶摆放在地上，像乞求施舍似的，跪着地上向路过的郎吉乞求道："行行好，给换点茶叶、盐巴，换点茶叶盐巴……"

郎吉对两女子的乞求置若罔闻，依然驱使着牦牛，直往前行。

尼玛连忙抱起酥油桶，追上郎吉乞求着连连说："感谢老爷，行行好！行行好！"

郎吉仍然不予理睬，尼玛只好拉住对方的衣角，流着泪水跪下乞求："老爷，可怜可怜我们行行好吧。"

"我只是个赶马的，"郎吉指着后面的周胖子道，"找他去，他是头。"

尼玛舍去郎吉，迎上周胖子高举着酥油桶跪地乞求道："老爷，可怜可怜我们，换点茶和盐吧。"

周胖子也像郎吉一样直往前行，跪在地上的尼玛发出了最后的呐喊："老爷，你就可怜可怜苦命人吧！……"

周胖子回头瞥了乞求的女子一眼，驱赶着牦牛直往前行……

郎吉和周胖子已经远去，两女子仍木讷地跪在原地，以失望的目光注视着马帮消失

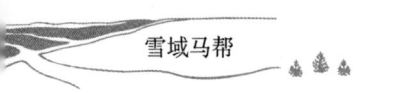

在原野的尽头……

郎吉和周胖子驱使着牛群抵达宿营地时，先期达到的马帮已经吃罢了晚饭，正围坐在篝火边喝茶聊天。郎吉刚在篝火边落座，以发泄着私愤的语气对藏族兄弟道："汉人真不是东西……"

"汉人咋啦？"田轩微微一笑，问郎吉道，"谁又惹你生气啦？"

"别问我，"郎吉一副大不咧咧的样儿回答道，"问周胖子去！"

田轩目视着周胖子问，"发生了啥事？"

"在峡口……"周胖子口吃地，"有，有……"

"有什么，"田轩急切催问，"说呀！"

"有两位藏族女子，用酥油换我们的茶和盐，"周胖子憋足劲继续道，"我没有答应。"

"就这么简单，"郎吉反唇相讥地顶了周胖子一句后，继续责问道，"你知道那俩女子是啥人吗？"

周胖子一副茫然的样儿道："我咋知道她们是啥人。"

"她们是值得同情的苦命人——流亡女奴！"郎吉鄙夷地看了周胖子一眼，对藏族兄弟道，"他就是个没同情心的种！"

周胖子怒不可遏地"嚯"地站起，青筋暴绽地说了声："你！……"

"发什么火？"田轩呵斥着周胖子，命令般地，"给我坐下！"

郎吉蔑视地瞥了周胖子一眼，得意地端起茶碗喝起茶来。

赖三为了缓解紧张气氛，堆起笑脸拍着郎吉肩头道："给我们讲讲——啥叫流浪女奴？"

郎吉用手肘拐了一下长命道，"给他说说。"

长命没有理睬郎吉的话，而是瞥了田轩一眼。

"没事，"田轩鼓励长命道，"说吧！"

"一句话，从主人家里逃跑出来的奴隶，叫逃亡奴隶。"长命不紧不慢地，"逃亡奴隶的后代，男孩叫流亡娃子；女孩叫流亡女奴。"

"这些流亡娃子、流亡女奴——都是苦命人，"郎吉颇有同情心地说，"没吃、没穿，说句有良心话——别说她们还是用酥油换茶叶盐巴，就是送，也应该送给她们。"

周胖子一骨碌直起身，便大步向堆货物的帐篷走去。

"别再说啦！"扎西瞪了郎吉一眼，斥责道，"你就是个四处找茬，挑动是非的种！"

"扎西大哥，你也别说啦，"田轩劝解道，"这事周胖子做得不对，郎吉说得在理。"

这时，周胖子牵着驮有两捆茶包的坐骑出现在了众人面前。

赖三关心地问周胖子道："你犯神经病啦，这是要去哪？"

"该去哪，就去哪，"周胖子大声回答，"谁也管不着！"

郎吉自得地一笑后，鄙夷地："准是良心发现，找那两个逃亡女奴去了！"

……

周胖子骑马出栅栏后，马儿一路小跑，不一会儿的工夫就到了峡口。周胖子抬头眺望，只见高耸的两山之间，有条天然的峡谷，这峡谷一直延伸到大山的尽头……

尼玛姐妹的"家"，就在峡谷尽头的山坡上。周胖子还没有走到峡谷尽头，姐妹俩远远就看到有人骑马沿峡谷走来。姐姐尼玛正在惊愕时，妹妹桑珠认出这来人就是先前姐妹俩乞求过交换盐和茶的马帮。姐妹俩相视一笑后，由衷地呼喊了声："啊罗！……"

周胖子抬眼也看见了姐妹俩，也由衷地呼喊起来："啊啰！"随之双腿一夹，加快了骏马前行的速度。

周胖子见到前来迎接他的姐妹俩，高兴地道："你们好！"

姐妹俩迎上来客，恭敬地回："你好！"

周胖子卸着马驮的茶包歉意地说，"刚才对不住你们，"继而将卸下的茶包递交给尼玛道，"我给你们赔不是来啦。"

尼玛接过茶包后，姐妹俩互看一眼，万分感激地："佛祖保佑！——谢谢！谢谢！"

此间，姐妹俩一门心思地感激这位汉族马帮伙计，在姐妹俩的盛情之下，周胖子被姐妹俩簇拥进了居住的帐篷。帐篷内虽然没有值钱的陈设，但是姐妹俩坦诚的心底和重情重义的行为却令周胖子由衷地感到欣慰。

姐姐尼玛取出茶碗洗了又洗，在自己失去本色的围裙上擦了又擦后，才尊敬地将茶碗摆放到客人面前，请客人喝茶。就在周胖子喝茶的当儿，妹妹桑珠取来一腿风干牛肉置于木板上，恭请客人品尝。

周胖子拱手连声对桑珠道："谢谢！谢谢！"

尼玛从腰间抽出只有五寸长的佩刀，递给周胖子道："你请！"

周胖子接过刀，看着刀柄精致的做工，赞许地道："这做工不错——精致！"

"阿爸是银匠，"尼玛高兴地继续说道，"他劳累了一辈子，就给我们姐妹每人留下一把刀。"

桑珠抽出自己的佩刀，欲削牛肉干时，周胖子伸手拦住桑珠道："能看看吗？"

桑珠泛笑把刀交给了周胖子，周胖子将两把刀据在手里仔细地端详刀的手柄上镶嵌的银质的凤凰图案，连连赞许："做工精致，式样一致！"

在周胖子端详刀时，尼玛向桑珠使了个脸色，桑珠即刻心领神会地去到帐篷的另一端，并拉上了破旧的帘子。

"汉人是我们藏族最好的朋友，"尼玛对周胖子说，"我们虽然是藏族，但我们的父亲是汉人。"

周胖子惊疑地："你的父亲是汉人？"

"是汉人，"尼玛接着道，"他原本是土司老爷家的银匠，为娶我阿妈，自愿做了

土司家奴隶。后来，我阿爸带着阿妈逃离了土司家，过起了逃亡奴隶生活。"

周胖子感触地说："真是一对真爱的夫妻！"

正当周胖子与尼玛在拉家常时，洗去脸上污垢，焕发出青春容颜的桑珠，撩开了帘子，赤身裸体地出现在了周胖子眼前。

周胖子惊愕地，连忙收回视线，垂下了头。

桑珠"扑通"一声，跪在周胖子面前，乞求地："求求你给我们一个孩子吧……"

"你是好人、恩人，"尼玛也跪在周胖子面前乞求地，"我们姐妹将来老了，需要孩子养活，求你啦——恩人！"

周胖子不知所措了。

"恩人，"尼玛泣不成声地道，"求你啦……你就可怜，可怜我们吧……"

周胖子目视着姐妹俩乞求的目光，毅然起身，抱起跪在地上的桑珠，向帘子后走去……

帐篷外，月光明媚，溪水流淌；帐篷内，酥油灯的光苗忽明忽暗。

在布帘隔着的帐篷里，裸着上身的周胖子，对头枕在自己胸上的桑珠道："我爱你！"

桑珠露出甜蜜的笑容。

"我带你们姐妹离开这雪域高原，"周胖子诚恳地，"去内地！"

桑珠甜蜜地笑着连连摇头。

周胖子追问道："为什么？"

桑珠脸上的笑容消失了，眼眶噙满了泪花。

"哭啥？"周胖子连忙问，"是我说错了话？"

"你什么也没错，"桑珠愈加伤心了，眼泪从眼眶溢出哽咽地，"是我……"

"桑珠，我知道你有委屈，"周胖子爱怜地说，"就把你心中的委屈告诉我吧。"

……

"提起去内地，我就想到我阿妈、阿爸……"桑珠仿佛回到了十五年前。那时候她才三岁……

隆冬季节，到处是白茫茫的一片，凛冽寒风夹着雪花飞扬……

桑珠父亲挑着藤条编制的箩筐，一头挑着三岁的桑珠，一头挑着几件家当，带领着年幼尼玛和病弱的妻子，正在艰难地赶路……

在行走中，身后传来命令般地呼喊声："停下！给我停下！"

父亲、母亲、尼玛回头看时，只见俩背着长枪的骑马家丁正向他们追逐而来……

当家丁追赶上来时，父亲作揖乞求道："老爷，你俩是善人，行行好，放过我们吧。"

"逃！——休想！"一家丁恶狠狠地，"回去！都给我回去！"

"杀了我吧，"父亲绝望地，"我回不去啦。"

"好！"家丁怒不可遏地，"我成全你。"说着拉了下枪的扳机，对着父亲就是一枪。

父亲中弹倒地，胸膛溢出殷红鲜血，凝聚在了雪地上……

母亲歇斯底里地喊了声："孩子他阿爸！……"便扑向丈夫的遗体。

"阿爸！……"年幼的尼玛斯喊着也扑在了父亲的身上。

坐在藤条筐里的桑珠，一个劲地"哇哇"大哭。

家丁恶狠狠地丢下一句："你们都会死在这里！"便驱马离开……

周胖子听完桑珠诉说完这悲戚的一段家史，愤愤地道："若我见到这两个家丁，我一定开枪毙了他俩，替你父母报仇！"说着为桑珠拭去脸上的泪水。

"我和姐姐虽说是奴隶命，"桑珠噙着眼泪，苦笑着，"我们毕竟是雪域的女儿，离不开这方土地。"

"你们现在的情况和你父亲的情况不一样啦，"周胖子鼓励着桑珠说，"我们有快马，没有人能追上我们，离开了藏区就自由啦。"

"谢谢你，"桑珠感激地，"让我做了次女人。"

"你是天下最美的女人，"周胖子充满激情地说，"我离不开你，我要娶你。"

桑珠微笑道："天色晚啦，你走吧，我会惦念你的。"

周胖子回到马帮住地，已经更阑夜静的时候，除了值班的伙计和田轩仍围坐在篝火处外，其他马帮早已进入梦乡。

周胖子见田轩还在等着自己，便内疚地："对不起，让你久等啦。"

"没事，"田轩朝周胖子肩头拍了下，"人回来就好啦。"

"老板，"周胖子迟疑了一下，硬着头皮道，"能借步说话吗？"

田轩惊疑地："有事？"

"你们别走，"值班伙计发话道，"我得去给马添草料。"说着便去马厩添草料去了。

周胖子难以启齿地闷坐着。

"啥事？"田轩催促地问，"有什么不好说的？"

周胖子鼓足勇气："我要离开你，不干马帮啦……"

"啥！"田轩不敢相信地问，"不干马帮，要离开？"

"对，"周胖子语气坚决地说，"不干马帮——离开！"

"为啥？"田轩猛然起身厉声地怒吼道，"你要撤我的台……"

田轩怒吼的声音很大，惊醒了熟睡的欧阳慧敏。她手肘支撑着身体的重量侧耳聆听，再次听见田轩发怒的声音："……周胖子，周师傅，我的周大哥，我田轩哪点对不起你，你要撤我的台！……"

欧阳慧敏为了息事宁人，只好起床，前去相劝田轩和周胖子。她刚出帐篷就听到周胖子的声音："老板，是我周胖子的不对，请你原谅。"

"这，这……"田轩怒不可遏地问，"这是能原谅的事吗？"说着抓起面前的茶碗，用力地扔在地上，茶碗被摔得粉碎。

欧阳慧敏来到篝火处，劝解田轩道："别发火，有事慢慢说。"

周胖子不停地叹气。

"具体是啥事？"欧阳慧敏问周胖子道，"我能听吗？"

"我爱上了那两位流浪姐妹，"周胖子无可奈何地小声道，"所以不得不离开……"

"才两个时辰的功夫，你就爱上了姐妹俩，"田轩强抑自己的火气愤愤地道，"胡闹！简直就是瞎胡闹！"

欧阳慧敏对田轩道："你冷静点，嚷闹解决不了问题。"

"冷静，冷静，"田轩歇斯底里地向欧阳慧敏诉说自己的委屈说，"他要撤我的台，我能冷静吗？"

欧阳慧敏转身问周胖子道："周师傅，给我说实话——你是同情她们姐妹俩，还是真心爱她们姐妹俩？"

"起初是同情，后来是爱，"周胖子毫不掩饰地说，"而且我们都以身相许了……"

田轩手指头指着周胖子憎恨地道，"周师傅啊，真没想到你会干出这种出格的事！"

"我是男人，"周胖子态度坚定地，"知道应该承担的责任！"

"你也消消气，"欧阳慧敏劝解田轩道，"依我看让周师傅走比较好，就是强留了下来，他也是人在曹营心在汉。"

田轩迟疑了半晌后，对周胖子道，"去把赖三叫来，就说我有急事找他。"

周胖子感激地说了声："谢谢老板！"就去了马帮居住的帐篷。

欧阳慧敏心情沉痛地拍了田轩肩头一下后，便转身回居住的帐篷去了。

欧阳慧敏走了不一会儿，赖三披着大衣睡眼蒙眬地随周胖子来到田轩面前。

"取封大洋，"田轩吩咐赖三说，"给周师傅。"

赖三诧异地看了看周胖子，欲问原因时，田轩阻止地："什么也别问，也别声张。"

赖三无可奈何地说了声："我取钱去。"说罢便去了帐篷。

周胖子从腰间抽出自己的配枪，递给田轩道："老板，你收下。"

"你带着，"田轩怜悯地，"一个人在外，用得着。"

周胖子眼眶盈满泪水，感激地："谢谢老板！"

"你的东西全都带上，"田轩吩咐说，"马也骑走。"

周胖子呜咽地："老板！……"

"记住我的话，"田轩最后叮嘱说，"——随时欢迎你回来。"

"老板对我好"，周胖子哽咽地，"是我对不起老板……"

田轩拍着周胖子肩头，安慰说："男儿有泪不轻弹。"

赖三取钱回来，将红纸包封的大洋交给了周胖子。

"今晚啥也别想，"田轩叮嘱周胖子说，"明儿一早你就离开，谁也不要惊动。"

周胖子点头应允说："我知道。"

……

次日一早，繁星还未隐去时，周胖子就趁值班的马帮伙计打盹的当儿，便摸索着从拴马处（马厩）牵出坐骑，在藏獒的送行下，悄悄离开了驮队。

且说，自昨晚周胖子与尼玛姐妹俩告别后，桑珠和姐姐一直都兴奋不已，姐妹俩一直以来都渴望有自己的孩子，哪怕姐妹共同拥有一个孩子，也是姐妹俩最大的满足。在姐妹俩兴奋的同时，内心也有几分担心。她俩担心，一旦没有怀上孩子，就前功尽弃。但是，在均衡的天平上，兴奋一端的砝码把担心一端的砝码压得高高抬起，兴奋使姐妹俩整宿没睡，天刚见亮，姐妹俩就收拾起家当来，准备举家搬迁了。

姐妹俩没有什么财产，全部生活就指望两条牦牛和四只白色的小羊羔。

姐妹俩正在撤卸帐篷时，突然听见从远处传来的喊声："尼玛——桑珠——"

姐妹俩吃惊地抬头眺望。

尼玛问妹妹道："看清了吗——是谁？"

"昨天晚上的那个汉人。"

尼玛疑惑地问："他来做甚？"

姐妹俩正在小声议论时，骑马驰来的周胖子来到了跟前。

尼玛诧异地目视着周胖子惊疑地问，"你有事？"

"我爱你们，"周胖子激情四溢地说，"不能离开你们，要同你们共同生活在一起。"

"不行！"尼玛断然拒绝，"我们是流浪女奴，不能连累你！"

"我决心已定，"周胖子诚恳地，"谁也阻止不了。"

"我们是随时都会遭到狼群袭击的羔羊，"桑珠上前推攘着周胖子道，"你走，你走吧！"

周胖子一边拴着马的缰绳，一边对姐妹俩道："能同你们生活在一起，就是死，也值！"

"这不是你待的地方，"尼玛催促乞求说，"求你——离开！快离开！"

"我说啦，"周胖子态度坚决地重复道，"就是死，也要同你们姐妹死在一起。"

尼玛目视着周胖子眼眶溢出了泪水，感激地："你真是好人！"说着抑制不住自己的感情，将自己的头靠在了周胖子肩头。

……

夏季是雪域高原最美的季节：农区，禾苗在茁壮成长；牧区，茵茵草原，鲜花盛开，觅食的牛羊，就像是点缀在绿草和鲜花丛中的黑白的宝石……

已经融入姐妹俩生活中的周胖子牵着马儿，紧随在姐妹俩身边，开始了流浪生活……

桑珠驱赶着牦牛和羊羔，眺望着眼前的山川放开歌喉，唱出自己心声：

雪域高原宽广无涯
没有我栖身的地方
沦落天涯，四处流浪。
——流浪！

第十四章　流浪女易物遭拒　周胖子为爱离队

——流浪！
双脚走完天涯路，
尝尽了痛苦与凄凉。
——流浪！
——流浪！
……

周胖子对桑珠道："你的歌声太凄楚。"
尼玛微微一笑，道："这是我们流浪奴隶的心声。"说罢接着接唱道：

雪域高原是花的天堂
质朴的爱就像花儿一样。
岁月的艰难，如淙淙流水，
不追究它曾有的过往。
只珍惜眼前的幸福，
不追究它曾有的过往。
……

时光就在这样的简单的幸福中，悄然地送走黑夜迎来黎明……
夜幕又降临了，破旧帐篷也已亮起了昏暗的酥油灯。周胖子和尼玛、桑珠姐妹俩围坐在牛粪火前，一边吃着糌粑，一边聊天。
"大姐，以后家就由你来管，"周胖子说着拿出那封田轩赠送的大洋，交给尼玛继续道，"这些钱足够我们添置好几头牦牛。"
姐妹俩幸福极了，尼玛把大洋紧紧地捧抱在胸前。
"姐姐！"桑珠露出满脸的甜蜜，"我们的苦难到头啦。"
连连点头的尼玛，眼眶盈满了幸福的泪花……

第十五章
姐妹饮恨命归西　额登护女赴黄泉

周胖子的来到，使尼玛和桑珠都看到了新生活的希望。家里不但新添了两头牦牛、六只羊，而且还新添置了生活的用具。现在两个流浪女奴的家终于有了家的样子，几乎可以吃穿不愁了。

周胖子没有和姐妹俩同去放牧，而是当起了木匠，在家里做随时都可以撤迁走的简易栅栏。

桑珠突然气吁吁地跑回来，对周胖子道："快！快去帮姐姐，她被劫匪掳走啦！"

周胖子二话没说，丢下手里的工具，就跟着桑珠追逐劫匪去了。

周胖子和桑珠跑上山头，要进入密林时，看见尼玛死死地拉拽着拴牛的绳索不肯松手，在同背枪的劫匪抗争。周胖子不顾一切地冲上前去，对劫匪道，"三位大哥，你们松手，有事好说，有事好说。"

持短枪的劫匪火了，一掌向周胖子推去，周胖子一个趔趄，差点跌倒。周胖子也火了，抽出别在腰间的快枪，指向了劫匪。

劫匪顿时一怔，反应过来后，也拔出枪将枪筒对着周胖子道："你……你要……干啥？"

"我不想干啥，"周胖子走向劫匪说，"只有一句话——有话好说，有事好商量。"

一劫匪打了声口哨后，威胁周胖子道："只要你敢开枪，这里就是你们的葬身之地！"

"死，"周胖子冷笑一声道，"没这么简单，我死你仨都得垫背！"周胖子话音刚落，就听见身后窸窸窣窣的响声，他斜眼一看，只见身后站满了端枪指向他的劫匪。

周胖子见劫匪人多势众，知道这样相持下去，对自己不利，便质问劫匪道："你们是要杀人，还是要越货？"

"你放下枪，"劫匪小头目，"老子就只越货不杀人！"

周胖子刚把枪放在地上，劫匪小头目便趾高气扬地走向周胖子道："你不是要我们弟兄仨给你垫背吗？"说着一脚踢飞周胖子放在地上的枪，继续道："老子倒要看看你究竟多有能耐！"

"你放了她们，"周胖子不甘示弱地道，"有啥事，冲我来！"

"放她们——狗屁！"小头目鄙夷地对周胖子一笑后，对手下的弟兄们道，"都给我带走！"

于是，劫匪驱赶着牛羊，推攘着周胖子和姐妹俩，去了劫匪巢穴。

劫匪的巢穴隐藏在这密林之中，其房舍三面被参天的古树掩映，面对大门的是宽敞的坝子。

周胖子和两姐妹被推攘着进大门后，迎面碰上劫匪"刀疤"同管事从巢穴的屋子出来。

"刀疤"就是在密林设伏杀害勇嘎父亲罗松泽仁的凶手。

"刀疤"看见被驱赶进坝子的牛和羊，以及被推攘着的一男两女，惊疑地问身边的管事道："这是咋回事？"

"我去看看。"

"慢！""刀疤"喝住管事道，"我去。"

"刀疤"刚走过来就认出被推攘的男子是昔日救过自己的周胖子，便惊喜地喊了声："胖子兄弟！"

周胖子回头一看也认出叫他的人，就自己和赖三同送去藏医所并且照顾过的劫匪，不由得喊道："'刀疤'兄弟！"

那位对周胖子气势汹汹小头目顿时傻眼了，痴呆呆地目视着自己的大哥迎上眼前这位男人，而且还称呼这男人是"好兄弟"。

管家也惊疑了问"刀疤"道："这是……"

他就是我常给你们提起——救过我命的马帮兄弟！"

小头目连忙将周胖子的枪，递还给周胖子，并抱拳对周胖子道："兄弟，小弟有眼无珠，得罪啦，得罪啦！"

"刀疤"呵斥小头目道："还不快去厨房招呼一声——我要为我的马帮兄弟接风！"

在"刀疤"为周胖子举行的接风宴上，周胖子向"刀疤"诉说了自己离开田轩的马帮驮队的原因，以及现在的情况。

"刀疤"拍着周胖子的肩头道："小弟不愧是马帮——有情有义。"继而端起酒碗向桑珠和尼玛道，"两位弟媳，我这个当哥的祝福你们幸福！"

……

日头快偏西的时候，周胖子怎么也要向"刀疤"告辞了。但是"刀疤"仍在一个劲地挽留周胖子全家留下。

"流浪女奴随时随地都有危险，""刀疤"挽留周胖子说，"住在我这——安全！我这个当大哥的既不要你去越货，更不要你去杀人！"

"大哥你的心意，我领啦，"周胖子无可奈何地道，"他姐妹俩执意要走，我也只好随她俩啦。"

"刀疤"见周胖子执意要走,只好让他们返回。同时,一再叮嘱周胖子,有什么大事小事,都要向他吱一声。

周胖子回答:"既然今天见到了大哥,以后我就是大哥这里的常客。"

"刀疤"安排两个自己最信任的兄弟——巴登和加措,护送周胖子和他的两位妻子下山回家。

但是,天有不测风云,人有旦夕祸福,当巴登、加措护送周胖子、尼玛、桑珠回到家,同周胖子握手告别后不久,巴登和加措刚爬山到半山腰,就看见有两位骑快马,背长枪的贵族人家的家丁,沿峡谷的山道向周胖子与桑珠姐妹俩流浪栖身的山坳驰去。

巴登惊疑地问加措道:"他俩是从哪冒出来的?"

"管它的,"加错回答,"都是些孽障,靠抓逃亡奴隶向主子讨要偿钱的奴才。"

巴登突然感悟地道:"不好!要出事!"说着转身就往回跑。

"咋啦!出啥事呀?"加措喋喋不休地问,"你说呀,究竟要出啥事?"

巴登和加措来到能俯身看到周胖子家居住的破旧帐篷的地方,只见那两位骑马背抢的家丁已经下了马,正横枪威逼着姐妹俩。周胖子从帐篷跑了出来,快步冲到姐妹俩的前面护着姐妹俩,对横枪的家丁道:"两位大哥,有事好商量。"

"谁是你大哥!"横枪的家丁趾高气扬地,"她俩是逃亡女奴隶,没有商量!"

周胖子火了,从腰间突然抽出快抢。

站在山坡头俯视山下的加措和巴登虽然没有听见山下的对话,但是看到周胖子大义凛然保护姐妹俩的举动,都打心眼里钦佩周胖子是真爷们。

在巴登和加措的视线下,山下那两个横枪的家丁不甘示弱地将枪筒指向周胖子,威逼地道:"把枪放下!不然你们一个也活不了!"

周胖子刚把枪放在地上时,家丁对着周胖子的胸膛开枪了。在这千钧一发的时候,尼玛上前,用自己的胸膛替周胖子挡住了子弹,自己则倒在了周胖子怀里。

"姐姐!"桑珠失声地哭喊起来。

就在这时只听两声枪响,俩家丁头戴的狐皮帽子被子弹击落在了地上。他俩顾不上拾起帽子,胆怯地瞥了子弹射来的方向后,连忙上马逃窜。

周胖子什么也没顾及了,他一手搂着尼玛,一手捂着尼玛还在涌鲜血胸膛,连声呼唤:"尼玛!尼玛!……"

桑珠也呜咽着连声呼唤道:"姐!你不能死,不能死呀!……"

尼玛微微睁眼看了妹妹最后一眼,便垂下了头。

"姐姐!……"

——桑珠歇斯底里的呼唤声,在旷野回响……

……

鲜水河畔,汹涌的波涛卷起浪头扑打着山崖……

"刀疤"和他的弟兄都前来为尼玛送葬。

尼玛的水葬仪式在鲜水河畔举行。在压抑的气氛中,"刀疤"手下的弟兄将裹着被子的尼玛尸体,平放在四周放满鲜花的木板上,让她带着对来世生活的向往,顺流而下……

滔滔的江水翻卷起的波涛打翻了木板,尼玛的尸体被波涛淹没……

降巴丹真走向周胖子,紧握周胖子的手,连连说:"节哀,节哀!"

周胖子感激地:"谢谢你们帮了我……"

"别说这些,"降巴丹真,"我们是朋友、兄弟!"

周胖子哽咽着重复着降巴丹真的话:"朋友、兄弟!……"

"今后,"降巴丹真关心地问,"你怎么打算?"

"能有什么打算,"周胖子瞥了身边的桑珠一眼,"——浪迹天涯!"

"到我这来吧,还是那句话,""刀疤"坦诚地道,"——不会让你去越货,更不会叫你去杀人。"

"大哥的好意,"周胖子欣慰地,"小弟心领啦!谢谢大哥!"

"你呀,""刀疤"拍着周胖子肩头,惋惜地道,"还是犟脾气!"

"弟妹,""刀疤"扭头对桑珠道,"这里你们再不能久待,打算朝哪搬?"

"山那边的草肥,"桑珠回答,"先去那边待几天再说。"

"挪了地点就行,我这个当大哥的会经常留意你们。"

桑珠羞涩地对"刀疤"道:"谢谢大哥。"

……

几天后的一个早晨,"刀疤"还躺在床上时,管事拿着一封信,急匆匆地来到"刀疤"的住室门前,焦急地敲着门,连声呼喊着"刀疤":"大哥!大哥……"

从屋里传出"刀疤"懒洋洋的问话声:"有事?"说着欠起身,拉开了门闩。管事进屋后,向"刀疤"呈信道:"陈老板送来的信。"

"说啥?"

"次郎尼玛派人从拉萨来啦。"管事回答。

"刀疤"惊疑地一怔,直起身问,"派的又是那个泽郎桑珠?"

"大哥说得对,"管事回答,"就是泽郎桑珠!"

"那五百大洋咋个说?""刀疤"问。

"陈老板在信上说,泽郎桑珠带来了封次郎尼玛的信,泽郎桑珠要把这信亲自交给大哥,"管事停顿了会儿继续道,"所以,要请大哥下山一趟。"

"次郎尼玛是在给老子耍死皮,""刀疤"愤愤地道,"叫老陈转告次郎尼玛,就说是我说的,不给那五百大洋,老子就是追到拉萨也要去杀了他次郎尼玛!"

"好,我照大哥的吩咐回话。"管事说罢,刚要转身出门。

"等等!""刀疤"叫住管事道,"我还是下山跑一趟。"

"刀疤"在劫匪行道非常精明,他手下的弟兄每次下山行事,几乎都是满载而归。

究其原因，就是他在进县城外的道上设有一个杂货店，凡是来往的商贾和有钱的士绅路过杂货店，通常总要下马来歇一歇脚。陈老板就利用这些商贾和有钱的士绅"歇脚"的当儿，旁敲侧击地打探到有益于劫匪行动的消息。说白了，杂货店就是"刀疤"设在山下打探消息的联络站。

杂货店陈老板的手下有个名叫茨玛的店员。茨玛也是"刀疤"手下的小兄弟，是"刀疤"派他来以店员的身份，配合陈老板打探消息并往返于山上和山下传递消息的小劫匪。

茨玛刚打开店铺的门，泽郎桑珠就来到店铺。他掀开店铺的门帘，茨玛连忙迎上前惊喜地躬身拱手道："大老板光临，小店蓬荜生辉，蓬荜生辉呀！"

"你们老板在吗？"泽郎桑珠问。

"在，在！"店员茨玛恭敬地道，"楼上请，楼上请！"

泽郎桑珠正要上楼时，陈老板已站在楼口对客人道："泽郎桑珠，——老朋友！欢迎！欢迎！"

陈老板和泽郎桑珠彼此间一番寒暄后，泽郎桑珠被邀请进了客厅落座后，陈老板拎起茶壶欲为客人斟茶时，泽郎桑珠迫不及待地问陈老板道："你们大哥还没来？"

"信已带上山，"陈老板斟着茶回答，"我想，应该快啦。"

泽郎桑珠坐着无聊，掏出香烟，抽出一支向陈老板递去。陈老板接过香烟惊喜地道："洋烟，好货，好货！"

泽郎桑珠自得地道："——英国货。"

"这里没人抽这洋玩意，"陈老板遗憾地道，"我也就入乡随俗——抽旱烟。"

泽郎桑珠掏出打火机，"啪"的一声，打燃火，陈老板倾身凑上前，点燃烟后，吐着浓浓的烟雾夸奖泽郎桑珠道："你玩得都是洋派头——稀奇货。"

"这算不上是洋派头，要说洋派头，那就多啦，"泽郎桑珠炫耀地道，"说起来是我们老板在拉萨名气大，同他交往的都是英国和印度的高官、商人。"

"我知道，"陈老板笑道，"你所说的英国高官，就是理查德！"

"对对对对，就是他，"泽郎桑珠自得地重复道，"——英国人——理查德！"

陈老板同泽郎桑珠闲聊的起劲的时候，茨玛陪同管事出现在了大门口。陈老板欲向管家寒暄时，管事抢先对他吩咐道，"大哥在后门。"

当"刀疤"来到客厅门前，陈老板、泽郎桑珠连忙起身拱手招呼着道："大哥！"

"刀疤"示意二人坐下后，问泽郎桑珠道："次郎尼玛老板没来？"

"拉萨的生意忙，"泽郎桑珠解释道，"老板忙不过来，派我专程来的。"

"刀疤"伸出手朝泽郎桑珠面前一摊，泽郎桑珠惊疑地瞥了陈老板一眼，笑着问"刀疤"道："大哥的意思……"

"没意思，""刀疤"回答，"五百大洋！"

"不就是欠五百大洋吗？"泽郎桑珠满不在乎地道，"区区小事，区区小事！"

"那，"陈老板不卑不亢地说，"我就代我们大哥谢谢你——泽郎桑珠兄弟！"

第十五章　姐妹饮恨命归西　额登护女赴黄泉

"不急，不急，"泽郎桑珠不慌不忙地从怀里取出一信，递向"刀疤"时，夸奖"刀疤"道，"大哥办事——干净利落！我们老板非常满意……"

"满意那就，""刀疤"将泽郎桑珠递给他的信，往桌上一放，将手再次伸到泽郎桑珠面前，"大洋！"

泽郎桑珠把"刀疤"伸向自己的手，推了回去，笑着道："我们老板还有事烦请大哥……"

"刀疤"不耐烦地问："又是啥事？"

"请大哥……"泽郎桑珠在自己脖子是比画了个杀的动作。

"刀疤"连忙问："又杀谁？"

"——田轩！"

"刀疤"哼了一声，铁青着脸道："回去告诉次郎尼玛，我已经金盆洗手，现在只越货，不杀人！"

"我们老板下得是大血本，"泽郎桑珠故作神秘地诱惑"刀疤"道，"酬金打个滚——翻倍！"

"还给我打滚——翻倍，""刀疤"轻蔑地一笑又将手伸向泽郎桑珠道，"说眼前！"

"我们老板是见水脱鞋，"陈老板打着圆场，对泽郎桑珠道，"我看还是先了结上次的账，再说这次的事。"

"不就是五百大洋吗？"泽郎桑珠振振有词地道，"把要谈的事谈妥，明天我就给你们送一千大洋来。"

"别给我耍花招，""刀疤"一针见血地道，"还是那句话，告诉次郎尼玛不给那五百大洋，老子追到拉萨也要去杀了他！""刀疤"话音刚落，便起身要走了。

"大哥，"陈老板连忙拦着"刀疤"道，"慢慢商量，慢慢商量。"

"刀疤"推开陈老板道："——没商量！"说罢匆匆下楼离开了杂货店。

在返回山寨道路上，"刀疤"问管家道："你说泽郎桑珠是一个人来的，还是同次郎尼玛一块来的。"

"这，"管事为难地回答，"这有点不好说。"

"次郎尼玛肯定是同泽郎桑珠一道来的，""刀疤"蛮有把握地道，"他是在给我玩手段、耍花招！"

"给大哥玩伎俩，"管事轻蔑地一笑道，"次郎尼玛太小看我们大哥啦！"

"玩就玩吧，看谁玩得过谁。""刀疤"说着，在马屁股抽了一鞭，马儿"嗒嗒"地跑了起来。

回山寨"刀疤"和管事，刚来到山寨大门处，见老二、老三已等候在了门口。老二、老三迎上"刀疤"问："大哥，你亲自出马，那五百大洋应该说……"

"刀疤"恼怒地道："白跑了一趟。"

"为啥？"

管事替"刀疤"回答道："次郎尼玛贼心不小，要大哥再杀一人。"

老二连忙问："杀谁？"

"田轩，"管事回答，"那个救大哥的马帮——田老板？"

"呸！"老二狠狠地往地上啐了一口唾液道："我看他是活腻啦！"

"刀疤"、管事、老二、老三进了大门后，在去大厅的路上，管事对"刀疤"道："大哥，我有个不祥预感……"

"刀疤"连忙问："什么不祥预感？"

"——田老板和他的马帮驮队一定有危险！"

"你的意思是……"

"大哥没有答应次郎尼玛，"管事回答，"次郎尼玛绝不会善罢甘休，一定会另请他人对田老板动手。"

"你说得对，""刀疤"应承着道，"次郎尼玛不会善罢甘休！"

"大哥，"管事急切地对"刀疤"道："事不宜迟，应该把这消息尽快告诉田老板，让他有所提防。"

"刀疤"回头喊着老二、老三道："你俩去给我跑一趟。"

"去哪？"

"把周胖子给我请来。"

老三迟疑地道："周胖子？"

老二向老三解释道："就是那个娶流浪女奴的马帮。"

"那，没问题，"老三回答，"我一个人去就行啦。"

……

老三花了两个时辰的时间，就把周胖子请回到了山寨。可是，刚踏进山寨的大门，老三顿时惊诧了——只看见几个留守山寨的小兄弟，大哥、二哥，和其他兄弟都不在山寨。老三正纳闷时，一留守在山寨的小喽啰，喊着："三哥"从大厅跑到老三跟前，正要欲向老三报告情况时，老三抢先问小喽啰道："山寨的人都去哪啦？"

"我正要向三哥报告，"小喽啰回答，"陈老板带信来说是来了只'肥羊'，大哥、二哥带弟兄们劫'肥羊'去啦。大哥留下话说，他们晚上回来，叫三哥哪也别去，就在山上陪马帮兄弟。"

"知道啦，"老三扫兴地对小喽啰道，"你去吧。"

其实，劫匪所说的"下山"，就是抢劫；所谓"肥羊"，就是所打劫货物的代名词。

"刀疤"和老二带着弟兄们来到"肥羊"的必经之地，选择在高坡地方设下埋伏后，就一声不吭地等着"肥羊"自投罗网。

"刀疤"今天打劫的肥羊是当地土司的货物。此时，土司家的白马少爷正率领着十多名家丁，驱赶着六条驮着物资的牦牛，大摇大摆地朝高坡走来。

当白马率领的驮队，进入"刀疤"和老二设下的埋伏圈后，"刀疤"站起身朝天放

第十五章　姐妹饮恨命归西　额登护女赴黄泉

了一枪，对眼下的白马驮队发话道："下面的弟兄都给我听好，我们只图财，不害命，只要你们乖乖放下武器，我保证你们全身而退。"

白马抽出枪，趾高气扬地说："老子是远近闻名的白马少爷，谁敢……"

老二没等白马把话说完，就一枪击在白马足下，顿时扬起尘土。

白马胆怯地连忙道："别开枪！别开枪！……"随即，蹲下身将自己的枪乖乖放在地上。同时其他护院，也各自将枪放于地。

老二继续指令白马和护院道："都给我听好……排成一排，直往前走！"

白马及护院只好听从指令，灰溜溜地朝前而去……

"刀疤"将手一挥，其弟兄们便高呼"呃嘿嘿！……"兴奋地冲下山头……

"刀疤"和老二的枪声，早已把驮物的牦牛惊吓得四处逃窜。冲下高坡的"刀疤"兄弟，有的在集合跑散了的牦牛，有的在以枪威逼着白马驼队人员。劫匪老二走到白马跟前，用奚落的语调对白马少爷说："二少爷，你不是挺凶吗，今天怎么怂啦？"

不敢言语的白马以蔑视的目光，瞪了老二一眼。

"还认识我吗，二少爷，"老二继续道，"我就是你家逃跑出来的奴隶——旺措。"

"今天认栽啦，"白马怒不可遏道，"记住，落到我的手上，我要剥你的皮，喝你的血！"

老二哈哈一笑，向手下吩咐道："给我绑起来！"

白马慌张地挣扎着强辩道："你们不守信用，不是说只劫财不害命吗？"

老二哈哈大笑起来。

……

"刀疤"和他的弟兄今天满载而归，他们回到山寨时，已暮色降临。

周胖子和老三迎上"刀疤"，"刀疤"歉意地对周胖子道："兄弟，对不起，让你久等啦。"

"大哥，"周胖子笑着斥责"刀疤"道，"你说这话，把我周胖子当外人看啦。"

"对对对，""刀疤"笑着道，"大哥说错话啦，说错话啦！"

这时，"刀疤"手下的两位兄弟把被捆着双手，蒙着双眼的白马，从马上拉拽下来，取掉眼罩后，周胖子一眼认出白马少爷，不由得疑惑起来，便对"刀疤"道："这人像是土司家二少爷？"

"就是他，是个可恶的种！""刀疤"扭头对弟兄们发话道，"拉下去，宰啦！"

白马连连乞求："大爷饶命！大爷饶命！"

"刀疤"的两个弟兄，像拖死猪一般，架着白马直往大门外的树林里拖。

"大哥，"周胖子向"刀疤"求情般地道，"能不能看在我周胖子的面子，饶了白马，不要杀他。"

"替他求情，""刀疤"目视着周胖子问，"是有什么交情？"

"白马也算是对马帮有情义，"周胖子回答，"他曾放过田老板一码。"

"既然放过田老板,""刀疤"应允着道,"我也就不杀他,听你的——饶他一命!"

"老二!""刀疤"大声呼喊起来。

老二跑了过来问:"大哥,有事……"

"白马的命暂时留着,""刀疤"吩咐说,"叫几个弟兄,按规矩扔得远远的。"

"听大哥的。"老二应允了"刀疤"的话后,便转身去追逐已经拖拽着白马进了密林的弟兄去了。

周胖子随同"刀疤"去了"刀疤"的住室。"刀疤"请周胖子在床沿落座后,便开门见山地对周胖子道:"急着请你来,是有一件重要的事,只有你去办,我才放心。"

"大哥,"周胖子率直地道,"有事你尽管吩咐。"

"这事又重要,又急。"

周胖子急切地问:"究竟是啥事?"

"次郎尼玛从拉萨来啦……"

周胖子惊疑地打断"刀疤"的话问:"次郎尼玛是谁?"

"——雇我杀害勇嘎父亲的拉萨老板。"

"他又来干啥?"

"他要杀田老板,""刀疤"一字一句地回答,"特意来雇我的。"

"大哥打算怎样?"

"我拒绝了次郎尼玛,但他不是善人,绝不会善罢甘休,一定会雇其他人对田老板动手。"

"大哥,你说得对,"周胖子应承道,"次郎尼玛一定会雇其他人对田老板动手。"

"所以,这消息一定要尽快告诉田老板,""刀疤"回答,"让他有所提防!"

"大哥的意思,"周胖子试探地问,"是想……"

"请你替大哥跑一趟,""刀疤"回答,"找到田老板把这消息告诉他。"

"行!"周胖子干脆地回答,"我一定把这消息告诉田老板。"

"刀疤"询问道:"打算几时走?"

"——明天!"

"好!""刀疤"拍着周胖子肩头道,"你回家和妻子商量一下,出发前来我这一趟,我还有事给你交代。"

"大哥,"周胖子站起身道,"那明儿见!我走啦。"

"刀疤"向周胖子挥了挥手。

回到家的周胖子,性急地对桑珠道:"我要出趟远门……"

"出远门?"桑珠惊疑地问,"去哪?"

"——找我的马帮兄弟!"

"莫非……"桑珠鼻子一酸,眼泪滚了出来。

第十五章　姐妹饮恨命归西　额登护女赴黄泉

"我很快就要回来，"周胖子替桑珠拭着眼泪解释道，"有人要杀田老板，我是去给田老板报信的。"周胖子把桑珠拥在怀里继续道，"耽误几天就赶回来，我周胖子有天下最美、最美的妻子，你说我咋舍得离开你？"

桑珠的泪脸上露出了甜蜜的笑容，轻轻地在周胖子脸上打了一下道："讨厌！"

周胖子高兴地道："那我俩说定啦，明天你就搬到山上大哥那里住几天。"

"不，"桑珠态度坚决地说，"我就在这等你，哪也不去！"

"大哥人好，"周胖子劝导说，"住几天没关系。"

"他人好人坏我管不着，"桑珠坦率地，"一句话，我是不会去匪窝的。"

"桑珠，"周胖子性急地解释，"田老板对我好，我必须去帮他！"

"你去吧，"桑珠态度和缓地，"我在这等你。"

"你一个人住在这，"周胖子焦虑地，"我不放心。"

"没事，"桑珠苦笑着道，"我等你回来！"

"你呀，"周胖子连连摇头无可奈何地道，"固执！"

……

次日一早，周胖子就来到山寨，他在"刀疤"的住室见到"刀疤"后，"刀疤"将一张藏文书写的纸条交给周胖子，特别叮嘱说："这是次郎尼玛为雇我杀害勇嘎父亲而写给我的欠条，这张欠条对田老板很重要，你一定要保管好，亲手交到田老板手上。"

周胖子一边回答："我知道！"一边将欠条折叠好，放在自己贴身的衣袋里。

"记住，""刀疤"再次叮嘱周胖子说，"一定要告诉田老板次郎尼玛不是善人，一定会雇人杀害他，要他一定要提防！"

"大哥，你放心，你交代的事，我都会一一办好。"

"弟妹安排好了吗？"

"大哥放心，都安排好啦！"

"只要安排好啦，""刀疤"高兴地道，"大哥也就放心啦。"

"大哥，没有其他的事，"周胖子道，"我就告辞啦。"说着，脚以迈出了门槛。

"等等！""刀疤"叫住周胖子道，"你人生地不熟，我已经安排好了两个弟兄给你做伴同行。"

周胖子连声感谢道："谢谢！谢谢！"

周胖子同"刀疤"刚走到大厅门外的台阶，"刀疤"所安排的两个弟兄背着行囊，牵着马，正朝他俩走来。

巴登一见到周胖子便道："还认识吗？"

"认识！"周胖子笑着分别指着二人道，"你叫巴登，你叫加措！"

三人说笑着跨上马后，"刀疤"最后叮嘱道："路上一定要小心！"

周胖子、巴登、加措策马出了大门后，马儿放开了四蹄飞奔般地驰骋起来。

繁星闪烁，明月在云层里穿行。已是更深夜静的时候，跑了一天路，十分疲乏的巴登、加错，都面对着篝火，背靠着大树进入了梦乡，唯有周胖子还在惦念相隔百里之外的桑珠。周胖子在惦念中，朦胧地觉得桑珠一会儿依偎在自己的怀里，一会儿又觉得桑珠坐在家的地脚火边，抚摸着趴在自己足下的藏獒，问藏獒道："狗儿呀，今晚的夜为什么这么长呀？"

狗儿像听懂了主人的话似的，愈加乖巧地贴近自己的主人。

桑珠用手抬起藏獒的下颚，继续问："告诉我，什么时候才天亮呀？"

……

突然，马的嘶鸣声打破了密林的宁静惊醒了周胖子。周胖子连忙摇醒身边的巴登和加措，巴登和加措睡眼蒙眬地朝拴在不远处的马匹看去，只见一只熊正虎视眈眈地注视着马儿。周胖子、巴登、加措都来不及多想，拔出手枪，便朝熊胡乱地连连开枪。熊，掉头逃窜了。

朝霞弥漫天际时，周胖子、巴登、加措策马翻过一座座山头，涉过一条条小溪，淌过一条条河流，路过无数的村寨，足足赶了两天的路，在鲜花盛开的草原，追上了田轩的马帮。

富贵是第一个看见周胖子的人。他高兴地呼叫起来："兄弟们，新郎官给我们送喜糖来咯！"

富贵的话音刚落，大伙儿都涌向了周胖子。

周胖子下马后，赖三上前问周胖子道："你娶了两个妹子，晚上怎么睡呀？"

富贵开玩笑地对赖三道："你说想当面看，还是想在床下听呀？"

"我听也好，看也罢，"赖三质问富贵道，"与你有相干吗？"

"说点正经的，"欧阳慧敏斥责富贵和赖三道。

周胖子见田轩打量着巴登和加措，周胖子连忙向田轩介绍道："他们是'刀疤'大哥的兄弟。"

"你们辛苦啦，"田轩拉着两人的手，热情地道，"欢迎你们！"

"田老板，"周胖子对田轩道，"我是有重要的事情，特意赶来通知你的。"

"看到你和这两位兄弟，"田轩泛笑道，"我就知道你们一定是有事而来。"

田轩转身喊着扎西道："扎西兄弟，胖子回来弟兄们都高兴，我看我们就原地休息，你的意见呢？"

"我没意见有，"扎西回答，"休息就休息呗。"

马帮兄弟都乐了，他们抬起周胖子就一股劲地往空中抛。

田轩回头对巴登和加措道："二位兄弟，我们认识了，就是弟兄，二位随意。"

"我俩知道，"巴登回答田轩说，"谢谢田老板。"

"羌月，"田轩对羌月道，"你看长命和汪堆在干啥？"

羌月顺着田轩手指的方向扭头看去，只见长命和汪堆一人在搬石头，一人在磊灶。

"别愣着啦，"田轩吩咐羌月道，"升火熬茶去。"

羌月拉起欧阳慧敏的手，欲去长命垒灶的地方，田轩叫住欧阳慧敏道："你别走呀，胖子和这两位兄弟不会无缘无故赶来，他们一定为要事而来。"

欧阳慧敏反问田轩道:"你们谈的事,我能听吗?"

"不但能听,"田轩道,"还得给我当高参。"

"你找错人了吧,"欧阳慧敏笑着道,"当心有人拧你耳朵。"

田轩身子转了一圈道,故作惊疑地道:"拧耳朵的人在哪呀?"

欧阳慧敏"扑哧"一声,笑出声来。

……

天空仿佛被蒙上了一层薄薄的轻纱,晚霞为周边的云彩披上了绯红的霓裳,夕阳的余晖毫不吝啬地撒在草原上……

这美景对朝沐薄雾行,晚聆鸟雀鸣的马帮来说早已司空见惯,他们最惬意的还是喝酒吹牛。但是,今晚对田轩来说,喝酒吹牛都是奢侈,因为他已得到了周胖子带给他的那张次郎尼玛写给"刀疤"的欠条,知道了次郎尼玛要下狠手杀他的消息。田轩并不怕死,他担心的是:一是他送往拉萨的货,能不能安全地送抵拉萨;二是怎么向勇嘎揭穿次郎尼玛杀害勇嘎父亲的秘密。

田轩在忧愁的困境下,内心只感到忐忑不安,脑海有说不出的迷茫。为了驱除内心的烦闷,他抬头往远处看去,只见欧阳慧敏和周胖子沐浴着落日的余晖,漫步在草原。

欧阳慧敏得知尼玛已经离世,周胖子的三口之家,现在只有周胖子和桑珠在过日子。周胖子和桑珠的日子虽然过得充满了危险,但是,在危险的缝隙中,也有夫妻俩的甜蜜和幸福。

次日,天边刚露出鱼肚色马帮们就已围在篝火边喝茶吃糌粑,准备启程出发了。周胖子以及随同而来的巴登和加措也在忙着整理行装,准备返回了。

田轩和欧阳慧敏来到了帐篷。

周胖子和小劫匪异口同声地叫了声:"田老板!"

田轩点头作答后,拍着周胖子的肩头道:"你的情况我已经知道啦……"

周胖子感动地:"老板……"

田轩以手阻止周胖子把话说完,以命令的口气道:"我给你几天的时间,回去把嫂子给我接来。"

"我……"周胖子为难起来。

"你什么呀,"田轩打断周胖子的话道,"照我说的话去做!"

"老板,"周胖子为难地说,"这事我得同桑珠商量。"

"没商量,"田轩不容反驳道,"就这么定啦。"

周胖子难以启齿地,"万一桑珠她……"

"没有讨价还价,"田轩态度坚决地,"嫂子必须带回来!"

"这……"

"就这么定啦,"田轩命令似的,"去把赖三叫来。"

周胖子离开后,欧阳慧敏问田轩道,"你想叫赖三陪周师傅回去?"

"昨晚我想了一宿,"田轩回答,"最后终于想明白如果次郎尼玛杀不了我,就会去杀勇嘎！"

欧阳慧敏惊疑地问："为啥？"

"无论是杀了我，还是杀了勇嘎，"田轩回答说，"次郎尼玛都可以名正言顺地得到勇嘎家的财产。"

"次郎尼玛真是不择手段，"欧阳慧敏憎恨地道，"穷凶极恶！"

周胖子叫来赖三，田轩对赖三道："有件重要的事，需要你跑一趟。"

赖三惊疑地问："啥事，急吗？"

"——找甲卡！"

"甲卡来无踪，去无影的，"赖三诧异地问，"我上哪儿找她去？"

"往回走！"田轩回答，"她的演出队在白马家演出。"

"往回走？"赖三退了一步上下打量着田轩问，"老板——你没吃错药吧。"

"别说废话啦，"田轩一本正经地说，"我在给你说正事。"

赖三不解地问："往回赶几天的路是正事？"

"正事！"田轩肯定道，"必须你亲自跑一趟。"

赖三连忙问："究竟是啥事？"

"请甲卡转告勇嘎，叫勇嘎提防她表哥……"

赖三打断田轩的话，惊疑地问："提防次郎尼玛？"

"对！提防次郎尼玛，"田轩严肃地道，"次郎尼玛动了杀心，要杀勇嘎！"

"妈的！"赖三来了火气，愤愤地骂了一句道，"次郎尼玛简直不是人，老子遇见他，一枪把他狗日的给毙啦！"

"事不宜迟，你得马上找到甲卡！"

"放心，"赖三态度坚决地，"这事我一定办妥！"

……

周胖子、赖三、巴登、加措驱马驰骋在草原。他们翻过一座座山冈，涉过一条条河湾小道。快马整整跑了两天，才到了分手的地方——峡谷处。

临分手时，赖三叮嘱周胖子道："胖子兄弟，不要忘了老板交代的话——嫂子一定要带回驮队！"

"放心，"周胖子笑着回答，"一定带回！"

就在周胖子和赖三在分手道别的时候，在家里的桑珠出事了……

桑珠在家忙着挤奶时，匍匐在身边的藏獒，突然起身，"汪汪"地叫了起来。桑珠抬头一看，只见了四个"巡查"的家丁正朝她家策马驰来。在这四位家丁中，其中有两位曾来过桑珠的家——尼玛就倒在他们的枪下。

四位家丁中的小头目观察了四周的情况后，带头下了马后向破旧帐篷走去。

护家的藏獒咬叫起来，手持驳壳枪的家丁小头目，抬手一枪就把藏獒击毙了。桑珠胆怯地丢下手里的活，退至帐篷门处。小头目逼近桑珠问道："告诉我，同伙在哪？"

"我，我不知道大人在说什么，"桑珠心惊胆胆战心惊地，"我没……没有同伙。"

"汉人在哪儿？"小头目上前一步威逼地道，"说！"

"我不知道，"桑珠颤抖着道，"我真不知道。"桑珠一边说，一边向小头目跪下哀求道，"求求你——放过我。"

小头目抬起桑珠的下颚，奸笑着道："小脸蛋不错。"说着抱起桑珠，扛在肩上就往帐篷内走去。

桑珠在小头目肩头拼命挣扎，用手擂着小头目的背，连声哀求说："我有男人，放过我！我有男人！……"

小头目将拼命挣扎的桑珠扛进帐篷扔在地上后，便急不可待地解开自己衣袍的纽扣。桑珠畏惧地跪在地上，一边哀求地道："我有男人，你放过我！求你，放过我！放过我！"一边用手撑着身体连连后退。

小头目脱掉皮袍，凶狠地将桑珠摁在地上，欲要撩起桑珠的藏袍，桑珠猛然爆发了反抗的力量，从腰间抽出佩带的刀，从小头目腰部直刺了进去。小头目，一声惨叫："啊……"血便从进刀处涌出……

桑珠顾不上多想，连忙掀开帐篷一角，拔腿就朝密林方向逃遁。在门外的三个家丁，听到帐篷内小头目的惨叫，冲进帐篷只看见躺在血泊中的小头目，即刻冲出帐篷。

逃遁的桑珠刚要跑进森林时，家丁的枪声响了，中弹桑珠跟跄了几步，倒在了地上……

——桑珠去了，帐篷也被火焰吞噬。

目视着燃烧殆尽废墟和被枪杀死去了的藏獒的尸体，赶回家的周胖子绝望地发出撕裂般地呼喊："桑——珠——！桑——珠——！"

……

"刀疤"听到桑珠去世的噩耗，愤然地带着自己的弟兄赶来了。当他目视着蹲在地上抱着桑珠尸体凄楚地呼喊的周胖子时，也被周胖子对桑珠的情义感动了，眼眶盈满了泪水，他走到周胖子身边，拍着周胖子肩头愧疚地道："你怨恨我吧，我没有尽到当哥的责任，没有保护好弟妹。"

周胖子一滴硕大的眼泪滴在了桑珠的脸颊上，周胖子拭去桑珠脸上的泪痕后，怒不可遏拔出枪，怒喊道："老子跟你们拼啦！"说着对着天空打完了一梭子弹。

……

周胖子在"刀疤"和他的弟兄的帮助下，安葬了桑珠，"刀疤"对周胖子道："兄弟，你现在什么牵挂已没有了，就留在大哥门下，给大哥出出主意吧。"

"谢谢大哥，"周胖子回答，"田老板还等着我，我怎么也得回去干马帮！"

"大哥留不下你，""刀疤"遗憾地拍着周胖子肩头痛心地道："你走吧……"

"大哥保重，"周胖子眼眶噙满了眼泪，哽咽地说，"我会来看望大哥的……"

"你回去后，带句话给田老板，""刀疤"叮嘱周胖子道，"叫他一定要小心，现在的次郎尼玛是有恃无恐，有英国人在他的背后为他伸腰！"

"英国人为何要给他次郎尼玛撑腰？"周胖子质疑道，"我看呀——次郎尼玛是在狐假虎威地吹牛！"

"昨天山下的杂货店给我捎来了次郎尼玛给我的信，""刀疤"道，"次郎尼玛在信里告诉我，要杀田轩的是英国人，只要我杀了田轩，英国人马上给我配备二十支毛瑟枪，一万发子弹。"

"二十支毛瑟枪，一万发子弹？！"周胖子肯定道，"英国人不会有这么慷慨！"

……

周胖子告别了"刀疤"，策马足足跑了两天，才追上了田轩马帮。他刚牵马走进栅栏，田轩迎上前劈头就他问道："你带的人呢？"

周胖子的眼眶盈满了泪水，凄楚地回答："人——没啦……"

"人死不能复生，"田轩拍着周胖子肩头，同情地道，"节哀吧。"

……

当周胖子把"刀疤"托他带给田轩的话，以及英国人在次郎尼玛身后为次郎尼玛伸腰的消息都通通告诉了田轩和欧阳慧敏后，欧阳慧敏颇感诧异，不由得问田轩道："次郎尼玛要杀你——可以理解。可是你和英国人没有个人恩怨，他们这样做的目的是为了啥？"

"不管他，"田轩满不在乎地，"兵来将挡，水来土掩！"

……

且说，自赖三与周胖子分别后，足足赶了一天路，才来到甲卡演出队的驻地。甲卡和演员都去土司府演出去了，赖三只好牵着马在搭建的帐篷前来回徘徊。这时，留下来为演员们做后勤的额登挑水回来。当他看到在帐篷前有徘徊的人时，不由得质问道："干啥的？"

"不干啥，"赖三回答，"找人！"

额登一见是赖三，愤愤地道："是你！"

"是我，"赖三笑呵呵地，"赖三！"

"癞皮狗！"额登愤愤地骂了一句后，呵斥说，"你走，甲卡不见你！"

"大叔！"赖三欲作解释。

"别套近乎，我不是你大叔，"额登放下肩上的担子，不容赖三解释，厉声地，"我说啦，甲卡不见你！"

"你老别生气，"赖三依然笑呵呵地说，"是田老板叫我来传话的。"

"管他田老板还是苦老板，"额登一个劲地驱逐赖三道，"你都给我走！"

赖三领教过额登的厉害，至今他还清楚地记得第一次见到额登时，额登对他板起面孔双手叉腰，瞪着眼睛的那副凶狠模样。

其实，额登并不凶狠，他心地善良乐于助人，无论是对熟人还是朋友，乃至自己讨厌和敌对的人，额登都能坦诚相待。就拿白马被"刀疤"的手下抓上山寨，被放了的那

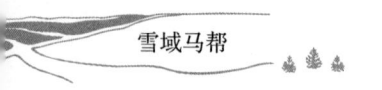

天来说，幸好甲卡的演出队路过这里，是额登救了白马，不然，白马早就成了野兽的腹中食了。

……

那天，傍晚时，甲卡的演出队还行进在丛林。突然从远处传来呼救声："救命！救命！救命呀！……"

额登闻声后，连忙吩咐众人道："快，救人！"

演员们循声来到呼救者面前，见呼救的人是白马少爷，额登颇感诧异地问："少爷，这是咋回事呀？"说着，连忙蹲在地上，替白马解捆绑手脚的绳索。

白马用微弱的声音，问额登："有吃的吗？"

"回二少爷，"父亲额登小心地小声回答，"只有糌粑。"

白马微弱的声音回答："给我糌粑……给我糌粑……"

"快，升火，"额登吩咐众人道，"给二少爷熬茶！"

演出队队员们，即刻忙碌起来，有的忙着在行囊取炊具；有的忙着搬石磊灶；有的忙着提壶打水。

……

茶熬好后，白马狼吞虎咽地吃着糌粑，额登关心地对白马道："二少爷，慢慢吃别噎着。"

"没……"白马只顾着往嘴里塞着糌粑团子，含糊而急促地回答，"没事！"

"白马少爷，你是不是遇到了劫匪！"一演员关心地问白马道。

"对，对……"白马狼吞虎咽地吃着糌粑，含糊不清地回答道，"劫匪！"

"这些劫匪也真够胆大，"一演员故作气愤地巴结着白马道，"敢在二少爷头上动土！"

"他们总有落到我手上的时候，"白马咬牙切齿地道，"到时，一个个都千刀万剐！"。

——这以后，白马就随同甲卡的演出队，回到了家——卡江土司府邸。

……

赖三遭到额登的冷对后，心里很不是滋味，准备牵马离开演出队住地。

"过来！"额登远远地招呼赖三道，"外面冷，进帐篷来烤火！"

赖三极不相信地回头问额登道："你叫我？"

额登的态度缓和下来，对赖三道："跟我来吧。"

赖三随额登进帐篷后，悬着的心总算有了着落。他趁额登为他倒茶的机会，打听道："现在一不年，二不节，土司家为哪门子演出呀？"

"是扎脱土司的女儿，从成都回来路过这里，"额登解释说，"有钱有势的人家图喜庆热闹呗。"

……

就在赖三和额登拉话的当儿，甲卡和演员正在土司府邸进行精彩的演出。土司老爷及老夫人、卓玛和府邸上上下下的人，都在为演出连连喝彩……

在喝彩声中，白马走至母亲身边耳语。

母亲怒目视着儿子。

"下人报告说，牛场已被抢走了几条牦牛，"白马向母亲解释道，"我得去看看。"

母亲无奈应允道："快去快回。"

得到母亲的应允白马高兴地连声道："孩儿知道，孩儿知道！"

白马正欲转身离去时，面具舞已进入高潮。当演员们取下戴着的面具谢幕时，顿时掌声雷动……

激情的音乐又再次响起，手持手鼓的甲卡，在欢快的音乐声中，快速地旋转舞蹈……

台下，土司夫人和卓玛小姐为甲卡精湛的舞技连连鼓掌，尤其是土司夫人，在鼓掌中还不时与身旁的卓玛感叹道："甲卡姑娘的舞跳得真是不错！"

"伯母，"卓玛唤着夫人道，"您年轻的时候，一定喜欢跳舞。"

"喜欢！"夫人高兴地说，"就是现在偶尔也要对着镜子比画比画。"夫人说着高兴地起身，拉起卓玛的手接着问，"去台上，也比画比画？"

"不好吧，"卓玛微笑着道，"还是别了……"

"这是在自己家里——没事！"夫人说着拉起卓玛就往台上而去。

甲卡看见小姐和夫人走上台来，连忙停止舞蹈，将老夫人搀扶上舞台。乐师也随即换了音乐，夫人和甲卡随着音乐的节奏跳起了巴塘弦子。同时演出队的演员们及府邸的侍女也上了舞台，与老妇人和小姐共舞起来。

欢快的气氛弥漫了整个土司府邸。

土司府的欢歌笑语，一直延至深夜。当甲卡的演出队离开土司府邸时，已是下半夜了。演员们凭借月光，一路上说笑着返回驻地。突然，半道上出现一个晃动的人影，顿时，演员们都不由得停下了前行的脚步。白马少爷大声地对演员们道："别怕，是我——白马少爷！"

当演员们放下心从白马身边走过时，白马拦住甲卡道："等等，我有话对你说。"

演员们在离甲卡只相隔几步远的地方停下了脚步，白马少爷回头呵斥演员们道："走，你们全都给我离开！"

"二少爷，有什么话明天说，"甲卡不冷不热地对白马道，"明儿一早我去府上找你。"

"都没听见吗？"白马发火地对演员们嚷道，"叫你们离开！"

演员们不敢不服从白马的话，只好往前而行。甲卡欲要前行时，自己的手腕却被白马紧紧地拉住了。

"白马少爷，"甲卡反抗着道，"你不能这样，再这样我要喊啦。"

"喊啊，"白马少爷死死拉着甲卡的手腕道，"你喊呀！"

……

第十五章 姐妹饮恨命归西 额登护女赴黄泉

这里离演出队的住地大约只有五六十丈的距离，演员们尽快回到住地，把这一情况告诉甲卡的父亲——额登。

当额登知道白马少爷拦下女儿的消息后，即刻跑出了帐篷，往出事的地方跑去。与此同时，赖三也跟着追了出来。额登火冒三丈地斥责赖三道："你就别再给我添乱啦，我家里的事，不要你管！"

赖三只好停下脚步，目送额登消失在夜色之中。当赖三返回帐篷时，就听到从帐篷内传出来的演员们的议论声：

"二少爷不是个东西，"一女演员的声音，"早就心怀鬼胎，在打甲卡的主意。"

一男演员的话声："今晚一定会出大事。"

另一男演员的声音，"我们人多，应该去给额登大叔助助威。"

"事不宜迟，"男演员鼓动大伙道，"我们快走吧！"

演员们出帐篷时，额登已经来到了出事地，并目睹了白马少爷死死地纠缠着甲卡，不但强拉着甲卡的手，而且还恬不知耻地对甲卡道："你要相信我，我是真心爱你的。"

"别给我说这些，放开我！"甲卡愤愤地对白马道，"我什么也不想听。"

"甲卡，你要理解我，"白马乞求般地，"对卓玛小姐，我只爱土司的头衔和她家的财产。"

"你对卓玛小姐怎么样，"甲卡极力挣脱着被白马强拉着的手说："别对我说，你自己对卓玛小姐说去！"

"我正告你，"白马忍无可忍地道，"你别敬酒不吃，吃罚酒！"

就在甲卡挣扎之际，额登出现在了白马面前。白马恼怒地瞪了额登一眼，悻悻地松开了甲卡的手。

额登将女儿护在自己身后，瞪着白马道："二少爷，我们是敬重你的，你不能这样，不能这样。"

"这是我和甲卡之间的事，"白马眼睛喷射着凶光，挪步逼向额登咬牙切齿道，"你滚！给我滚！"

额登看着气势汹汹的白马，在权势面前，态度软弱下来，他张开双臂，护着甲卡一步一步地向后退步说："二少爷，我们主仆之间是有情谊的，我给你跪下，你放过甲卡吧。"

"这里是我家的地盘，"白马逼近额登愈加恶狠地道，"在这地盘上，我二少爷想要得到的东西，没有得不到的。"

"白马少爷，"甲卡厉声地道，"你欺人太甚！"

"欺人，"白马肉笑皮不笑地，"我欺人了吗？"

"甲卡，"额登无能为力地，"走，我们走。"

"走，去哪？"白马嚣张地，"能走出我家的地盘吗？"

额登无言以对，老泪噙满了眼眶。

正当白马伸手拉甲卡时，赖三和演员们赶来了。赖三第一个冲上前，强压着怒火，铁青着脸，喊着白马少爷道："白马少爷我们又见面啦。"

"你……"白马少爷一怔，脱口道，"马——帮——！"

"对，是我马帮的赖三！"

白马软弱下来了，但仍用憎恨的目光盯着额登咬牙切齿地道："你给我记住，再别落在我的手上！"说罢，转身离去。

赖三即刻上前询问甲卡道："没出事吧？"

甲卡的眼眶盈满了委屈的泪水，看着赖三羞涩地道，"让你见笑啦。"

"别这么说，"赖三傻笑着道，"只要没出事，就是不幸中的万幸。"

甲卡向赖三鞠着躬道："我谢谢你……"

赖三连忙阻止着甲卡的鞠躬道："别，别……"

"今天发生的事，"甲卡目视着赖三恳求地道，"我希望你别告诉任何人。"

赖三连忙点头应允回答："我知道，我会守口如瓶的。"

……

甲卡、赖三、额登随同演出队的演员们回到住地时，天边的启明星已经升起，甲卡强忍着内心的痛苦，一再叮嘱演员们别为自己担心，都回帐篷去睡觉。同时，甲卡也叮嘱赖三，好好地睡一觉，有什么话明儿再说。

次日一早，当演员们还在喝茶吃糌粑时，土司府老夫人的侍女就受老妇人的差遣来到了演出队驻地。

"甲卡姑娘，"下人喊着甲卡道，"老夫人有事请你。"

"是啥事？"甲卡有礼地道，"能告诉我吗？"

"我只是受老夫人差遣，啥事，我也不清楚，"下人为难地乞求道，"甲卡姑娘，你就快去吧。"

"好！"甲卡应声回答，"我随你去。"

"等等！"额登叫住甲卡，发话道，"我陪你去！"

当甲卡、额登随下人来到大门后，守门的家丁横枪拦住额登道："你不能进。"

"为啥？"额登理直气壮地对家道，"我是她的父亲！"

家丁强硬地说，"说不能进，就不能进！"

"阿爸你等我，"甲卡劝父亲道，"大白天的出不了事。"

额登叹了口气，无可奈何地应允了。

甲卡随同侍女进了土司府邸在客厅见到了老妇人，老夫人便开门见山地问甲卡道："叫你来，就问你句话——昨晚的演出该付多少钱？"

"多少都行，"甲卡回答，"听凭老夫人吩咐。"

老夫人吩咐身边的侍女道："通知管家，付十个大洋。"

"老夫人，"甲卡连忙道，"五个就足够了。"

"卓玛对演出很满意，"老夫人不容置疑地说，"我高兴，另偿你们五个。"

第十五章　姐妹饮恨命归西　额登护女赴黄泉

甲卡连连感激地道："谢谢夫人！谢谢夫人！"

当甲卡在账房从管家手里接过十个大洋，出了账房迎面碰上了卓玛。卓玛一见到甲卡，高兴地拉起甲卡的手问甲卡道："去扎脱的事忘了吗？"

"哪儿能忘啊，"甲卡乐呵呵地，"小姐吩咐的事，甲卡铭记在心，绝不会让小姐失望。"

"那我代表我阿爸谢谢你啦！"

"谢什么呀，"甲卡笑道，"要感谢的人是我们，感谢小姐给了我们饭吃。"

……

且说，在土司府邸大门外等候女儿的额登，自女儿进了大门后，心里一直都在默念着经文，祈盼着菩萨能护佑女儿平安无事。正当额登在万分着急时，甲卡出门来了。

额登高兴地迎上女儿，急切地询问道："没为难你吧？"

"老夫人对演出非常满意，"甲卡回答父亲说，"另偿了五个大洋。"

"佛祖保佑，"额登高兴地连连道："没受为难就好，没受为难就好！"

天性乖巧的甲卡挽起父亲的手臂，父女俩有说有笑地就往回走。然而白马早已等候在半道上。额登看见白马，连忙拉起女儿的手，避开前面的白马，改道从侧面而行。然而，白马却不依不饶地又横插过去，再次阻挡在路上。这样，三番五次后，甲卡挣脱掉被父亲拉着的手，上前厉声质问白马道："二少爷，你有完没完？再这样胡搅蛮缠，我告诉老夫人去！"

"好！"白马死皮赖脸地，以手势请着甲卡上马道，"甲卡姑娘，你请啊！"

"二少爷，"额登愤愤地，"你是我们敬重的少爷，求你放过我们。"

"老东西！"白马恶狠狠地注目着额登，"这里没你说话的份！"说着伸手就要拉甲卡。

额登连忙上前一步用自己的身体护着女儿，将女儿拉至自己身后，怒不可遏道："我是她父亲！"

白马抽出枪，熟练地将子弹推上膛，枪筒顶着额登脑门，恼羞成怒地道："滚！给我滚！"

额登双手紧握白马顶在自己脑门的枪筒，厉声呵斥道："开枪，你开枪呀！"

白马横下心，扣动了扳机，一声枪响额登应声倒地。

"阿爸！……"甲卡撕胸肺裂地哭喊着，扑向父亲……

第十六章
额登屈死成冤魂　虚情假意掩真相

土司府邸客厅，老夫人半闭着眼睛坐在椅上，双手拿着佛珠默默转动念珠，土司老爷则在一旁逗弄鸟笼里的画眉鸟，一下人慌慌张张地跑来禀报道："老爷不好啦！不好啦！"

"放肆！"老爷呵斥责下人道，"不懂规矩的东西！"

"老爷！"下人连忙跪地道，"少爷开枪打死人啦！"

"慌里慌张地，"老爷斥责地，"打死谁啦？"

"甲卡的父亲，"下人回答，"——额登"

"什么时候发生的事？"老爷问。

"回禀老爷，"下人回答，"刚发生的事。"

"为啥？"

"为……为……"下人口吃地吞吐起来，用眼睛窥视着老夫人不敢回答下去。

"看我做啥！"老夫人也斥责地说，"回老爷的话。"

"为……"下人鼓足勇气道，"为甲卡姑娘！"

"这个孽障！"老爷愤愤地，"府里上上下下的下人、奴隶还嫌不够……"老爷长叹一口气，继续道，"气死我啦！"

"老爷你得想办法，"老夫人也慌张起来，来回走动着焦急地道，"这事要是让卓玛知道了，他和卓玛的婚事还能成吗？"

老爷愤愤地道："孽障，真是个孽障东西！"

"骂，有什么用，"夫人催促道，"你的快想办法，拿主意呀！"

"急个啥，不就是花钱买封口费的事吗？"老爷呵斥老夫人后，喊了声，"管家！"

候在门外的管家里面进门，躬身道："老爷，老奴在。"

"传我的话，"老人吩咐说，"额登在我家草场放马，少爷同额登发生了口角，少爷不慎走火误杀了额登。"

"回老爷，"管家连忙道，"奴才马上传话，马上传话。"说罢欲退步离开。

"等等！"老爷有发话道，"给甲卡送二十个大洋去，按我的意思把事情给办妥。"

管家连连道："一定办妥！一定办妥！"

……

额登的尸体已送回了演出队住地，悲痛欲绝的甲卡伏在父亲的遗体上，哀号地哭诉道："阿爸，你死得惨啊……老天爷你睁眼看看，我们活不下去啦！……"

赖三悲痛地淌着泪，强把甲卡从父亲尸体上拉起身，连连道："节哀，你一定要节哀。"

被拉起身的甲卡，仍在不停地号啕大哭："这哀怎么节呀？活生生的人，就这样离我而去啦！……"

"白马——狗杂种！"赖三"嚯"地抽出枪咬牙切齿地道，"老子跟你来个鱼死网破！"

"赖三兄弟！"演员们连忙上前拦住赖三阻止道，"你不能这样，不能这样！"

另一演员也阻止赖三说："你杀不了白马！只会去送命！"

赖三痛苦地一拳砸在桌上后，又用拳头擂着自己的胸膛，自责地呼喊道："老天爷，为啥我赖三这么无能，无能呀！"

天空响起一声闷雷，紧接着如注的大雨"哗哗"而至。

土司府邸的管家是对老爷唯命是从的人，只要是老爷吩咐的事，一点也不敢怠慢。虽然大雨如注，他还是冒着雨带着老爷下达的命令，前来演出队住地慰问甲卡来了。

管家进了帐篷，向死者深深鞠了一躬后，对演员们道："你们都回避回避，我有话要对甲卡说。"

演员们离开帐篷后，管家打量了甲卡一番后，劝慰甲卡道："甲卡姑娘，人死不能复生，你一定要节哀。土司老爷和老夫人都非常关心这事，托老奴转告姑娘，一定要把丧事办的体体面面的，算是尽他们一番心意。"说着，从怀里拿出封好大洋放在甲卡面前。

"管家大人，"甲卡悲戚地，"难道钱就能买我父亲的命吗？"

"甲卡姑娘，"管家劝慰着道，"你莫不是还要让老爷和夫人杀了白马少爷不成？再说，老夫人待你不薄，甲卡姑娘，你就不看金面看佛面吧。"

甲卡无言可说，只能紧紧地咬着自己的嘴唇，悲戚地流泪。

"甲卡姑娘，这方圆数百里的地盘，是你们演出队的衣食父母，"管家柔中带刚地道，"你可要三思啊！"

甲卡仍在无言地流泪。

"甲卡姑娘，"管家絮叨地劝解道，"老夫人说啦，以后她要照看你，把你当成干女儿看待。"

"替我回复老夫人，"甲卡对管家道，"她的心意，甲卡领啦。"

管家见自己的目的已经达到，改变话题道："如果以后有人问起你父亲去死的事，你一定说是你父亲在土司家草场放马，与少爷发生争执，少爷一时性急，拔枪走火造成了不幸。"

"管家！"甲卡怒吼道，"这不是颠倒黑白吗？我父亲反倒成了该死的罪人。"

"话怎能这么说哩，"管家和颜悦色地，"这样说只是为顾全土司家的名誉，也是为了你干娘的名声嘛。"管家向随行来的下人打了个手势，下人赶忙将扛来的糌粑面粉置桌上，管家接着道，"你干娘听说你们粮食不济，差老奴给你们送来了两袋糌粑面，你干娘真好，替你想得多周到呀！"

管家见甲卡无言以对，便将桌上置放的大洋推到甲卡面前叮嘱甲卡道："记住老爷的话，丧事一定要办得体面。"

管家走后，赖三和演员们回到帐篷，当赖三看见桌上放着的大洋和面粉时，顿时气急地就要抓起大洋往外扔，就在赖三抓大洋的一瞬间，甲卡伸手捂住了桌上的大洋，淌着泪对大伙道："管家说得对，这方圆数百里的地盘，是我们演出队的衣食父母，我们得罪不起土司府……"

"管家给你还说了啥？"一女演员们问甲卡道。

"要顾全土司家的名誉，"甲卡转述管家的话说，"如果有人问起我父亲遭枪杀的事，就说是我父亲在土司家草场放马与少爷发生了争执，少爷一时性急拔枪走火，造成了不幸。"

"这真是颠倒黑白的瞎说一气，"一男演员愤愤地道，"明明是白马少爷对你图谋不轨，现在反倒成了大叔不在理，管家真是个混账东西！"

"什么也别说啦，"甲卡劝演员们道，"管家说得对，难道我们还能要求土司老爷和夫人杀了白马不成？"

"大叔死得冤，"那演员继续道，"我不服！"

"不服能怎样？"另一演员问不服气的演员道，"在土司老爷的地盘上讨生活，土司老爷我们得罪不起！"

"这是什么世道啊！"赖三咬牙切齿地道："我赖三也是血性男儿，总有一天，我要亲手杀了白马！"

正当演员们在住地帐篷七嘴八舌地议论土司府卑劣的下流行为时，土司全家却正在给卓玛演戏。

"甲卡父亲不就是在我家草场放马吗？"土司责骂着儿子道，"这有什么了不起，值得你掏出枪来吓唬人吗？"

白马懊悔地解释道："我也是一时性急，不慎枪走火了嘛。"

"混账东西！"土司老爷怒骂道，"你知道死得是谁吗？死的是你阿妈的干女儿的父亲！"

"你呀！"母亲责备儿子道，"性急的毛病一犯再犯，老改不了。"

"我错啦，"白马悔恨地说，"我改还不行吗？"

"阿爸、阿妈，"大哥替弟弟向父母亲求情道，"就给弟弟一次改错的机会吧。"

"既然知道是误杀了额登，"老夫人严厉地对儿子道，"还不赶快去给甲卡赔罪！"

"我一个土司家少爷，给她一个戏子赔罪，"白马嘟哝着态度强硬地道，"我不去！"

"这样吧，"卓玛插话道，"我去看望甲卡，替白马向甲卡赔个不是。"

第十六章　额登屈死成冤魂　虚情假意掩真相

"这样也好，"老夫人叮嘱说，"叫个下人陪你去，记住别两手空空，顺便给甲卡捎些风干牛肉去。"

"我替甲卡谢谢伯母！"卓玛说着就要起身告辞了。

"还有件事，"土司老爷叮嘱道，"一定要甲卡把葬礼办得体面一些。"

卓玛来到演出队住地，已是下午时分。卓玛一见到甲卡，连忙真诚地劝解甲卡道："我一是来劝你节哀，二是来替白马向你赔罪的。"

"赔罪，"甲卡冷冷一笑道，"我担当不起。"

"甲卡妹妹，"卓玛坦诚地，"给姐一个面子——原谅白马吧。"

甲卡无语了，两行泪水夺眶而出。

……

甲卡父亲的火葬仪式在喇嘛寺举行，在法号声和喇嘛背诵安息经文的诵经声中，覆盖着白布的额登的尸体被抬上了火葬台……

额登的安葬仪式结束后，赖三再也不敢在演出队耽搁时间了，他必须马上去追赶田轩的马帮。就在赖三向甲卡道别的时候，甲卡内疚地对赖三道："这几天耽误了你，让你费心啦。"

"不不不，没……没费心，"赖三口吃地说，"只埋怨我赖三无能，帮不上你……"

"说正事，"甲卡打断赖三的话问，"啥事来找我？"

"这事很重要，"赖三回答，"是关于勇嘎的事。"

甲卡惊疑地连忙问，"勇嘎啥事？"

"次郎尼玛要杀她！"

"次郎尼玛是她表哥，"甲卡不相信似的，"她表哥要杀她？"

"千真万确，"赖三回答，"次郎尼玛心狠手辣，你一定要转告勇嘎，让她有所提防！"

"勇嘎是不会相信自己的表哥会起歹意杀她的。"

"不管勇嘎她相信还是不相信，"赖三惋惜地道，"这是我们田老板的一番心意，你一定要把这话带给勇嘎。"

"你放心，"甲卡回答道，"话，一定带到。"

"我离开驮队好几天啦，"赖三歉意道，"得马上回。"

"我也不留你，"甲卡性急地催促道，"你回吧。"

"离开说起来容易，"赖三苦笑着说，"可这心里真不是滋味。"

甲卡微笑道："傻样！"

"我心里知道，"赖三甜蜜地笑着回复道，"你就喜欢我这傻样。"

"去你的，"甲卡抿嘴一笑道，"别自以为是！"

赖三离开了演出队，离开了甲卡，驱马上路了。

……

赖三策马足足赶了三天的路，才追上了田轩的马帮。那天，赖三回来已是夜幕降临时候。田轩一见到赖三连忙上前迎握着赖三的手道："赖三兄弟，你一路劳顿——辛苦啦！"

长命也忙着赶来，接过赖三牵马的缰绳。

欧阳慧敏端着盛满水的茶碗也走过来，将茶碗递给赖三道："喝点水！"

赖三"咕噜咕噜"地大口喝水时，田轩问："见到甲卡了吗？"

赖三喝干了碗里的水，用袖子拭自己的嘴角回答："见到了，你的话也带到啦。"

田轩满意地拍了拍赖三的肩头泛笑道："你办事，我放心！"

赖三分别看了欧阳慧敏和田轩一眼后，说："有个不好的消息……"

田轩连忙问："啥不好的消息？"

"两腿不听使唤啦，"赖三道，"去欧阳小姐的帐篷说。"说着瘸腿向欧阳慧敏居住的帐篷走去。

在欧阳慧敏居住的帐篷内，赖三刚在行军床上落座，田轩就急不可待地催促着赖三问："说呀！——啥不好的消息？"

赖三回答："甲卡父亲出事啦。"

欧阳慧敏性急起来问："出了啥事？"

"白马对甲卡起了歹意，甲卡父亲为了保护她，"赖三痛心地回答，"被白马开枪打死啦。"

"这不是草菅人命吗？"欧阳慧敏愤愤道，"白马仗势欺人，嚣张得太没有王法了！"

田轩安慰欧阳慧敏道，"在他家的地盘上，谁也阻止不了。"

"那，"欧阳慧敏理直气壮地问田轩道，"照你这么说，甲卡父亲不是就白死啦？"

"这是你我无法改变的现实，"田轩叹了口气道，"我担心的是勇嘎。"

"勇嘎！勇嘎！"赖三嘟哝着道，"你在关心她，还不知她买不买你的账！"

……

勇嘎是个性格固执的人，只要她坚信了的事，就是九条牛也是休想拉回来。就拿上午发生在县城粮店门外的事来说，勇嘎和洛桑从粮店买粮出来，在粮店门外正好与次郎尼玛和泽郎桑珠相遇。次郎尼玛一见到勇嘎，就颇感惊奇，不由得惊异地喊了声："勇嘎妹妹！"

勇嘎闻声惊疑了半晌才反应过来，喊了声："表哥！"

次郎尼玛又惊又喜地拉着勇嘎的手说："佛祖保佑！总算找到你啦。"

"介绍一下；"勇嘎向次郎尼玛介绍洛桑道，"他是你妹妹夫——洛桑！"

"妹夫？"次郎尼玛打量着洛桑惊疑地道，"田轩他……"

"别提他！"勇嘎恼怒地阻止次郎尼玛道，"就是他伙同劫匪杀害了我父亲。"

"田轩，"次郎尼玛愤愤地道，"我早就知道汉人就是骗子！"

洛桑上前握着次郎尼玛的手安慰道："表哥，田轩不值得你为他生气，自己的身体要紧。"

次郎尼玛尴尬地连连道："不生气！不生气！"

勇嘎急不可耐地问次郎尼玛道："表哥，我阿妈身体还好吗？"

"听说姨父遇害后,姨妈大病了一场……"

勇嘎性急地问:"现在怎样?"

"病是痊愈了,"次郎尼玛垂下头伤感地回答,"就是天天都念着你。"

"我舅舅呢?"勇嘎问,"他好吗?"

"表叔关心姨妈,总要三天两头地去看姨妈,"次郎尼玛像变色龙似的,即刻改变面色,笑着回答,"今天见你安然无恙,表哥这颗悬着的心,总算踏实了。"

勇嘎愧疚地道:"让大家都为我操心啦。"

"我心里有许多话要对你说,"次郎尼玛对勇嘎道,"找个清静的地方我们好好聊聊。"

"这样,"泽郎桑珠插话道,"去我们住宿的客栈,那里清净。"

"行!"勇嘎应承道,"去客栈。"

到了客栈,大伙落座后,次郎尼玛为勇嘎斟茶时道:"表妹,姨妈每时每刻都在盼你回家,你应该随我回拉萨。"

"我一心报仇,"勇嘎停顿了一下,继续道,"你回去后转告阿妈,就说我为阿爸报了仇,就带着她的女婿一块回家侍奉她老人家。"

"姨妈知道了你和妹弟的事,不知心里有多高兴呀!"次郎尼玛高兴地端起茶碗对勇嘎和洛桑道,"来,我以茶代酒,为你们的幸福祝福!"

勇嘎和洛桑都露出幸福的笑脸,一同向次郎尼玛声了道:"谢谢表哥!"便将满满的一碗茶一饮而尽。

次郎尼玛从怀里拿出两封红纸封好了的大洋,放到桌上,然后将大洋推倒勇嘎的面前关心地道:"你在外面啥事都得花钱,我出门时也没带多少,只能表示一点心意。"

"我正差钱呢,"勇嘎笑了,感激道,"表哥,你真是雪中送炭!"

勇嘎和洛桑告辞离开了客栈后,次郎尼玛恼怒地抓起桌上的茶碗狠狠地一扔,茶碗被摔得粉碎。

……

勇嘎和洛桑回到居住的挖金洞,已是午饭时分。洛桑草草地捏了个糌粑团子咽下肚后,对勇嘎道:"下午你就哪别去了,我一个人去到处看看,有情况就马上回来告诉你。"

洛桑走后,勇嘎颇感无聊,就从腰间抽出自己的快抢擦拭起来……

突然,从洞外的山下传来女人尖利的喊叫声:"勇——嘎——!"

勇嘎闻声连忙拎枪以洞壁为掩体静观着洞外山下的动静……

又传来尖利的喊声:"勇——嘎——!"

勇嘎微微探头,看清楚了在洞外喊她的人是自己的姐妹——甲卡时,才收起枪出洞招着手向甲卡回复地喊道:"甲——卡——!"

甲卡看见了勇嘎,喜出望外地直奔勇嘎而来。

甲卡随勇嘎进洞内后,见洞内除怪石外,就是一堆火和一条铺在地上的毡子,她不由得问:"你小两口住这里,我都为你寒碜。"

"有什么可寒碜的，"勇嘎态度坚决地说，"只要能报仇，受苦遭罪值！"

"你的洛桑去哪啦？"甲卡问。

"找仇人呗，"勇嘎玩笑地，"你不会是为找洛桑来的吧？"

"去你的，"甲卡笑着道，"是你的老情人叫我来找你的。"

"什么老情人，"勇嘎发火地，"别给我提田轩！"

"他是心里放不下你，"甲卡玩笑地，"还惦记着甜蜜的日子。"

"别开玩笑，"勇嘎性急地，"说，啥事找我？"

"有人要杀你！"

勇嘎惊疑地："谁要杀我？"

"次郎尼玛！"

勇嘎"扑哧"地笑出声来道："太离谱了吧，一个时辰前，我才从次郎尼玛哪儿回来呢。"

"真的？"甲卡极不相信地问。

"我骗你做啥？"勇嘎回答，"我和洛桑去县城粮店买粮，在粮店门外见到了次郎尼玛和泽郎桑珠。"

"泽郎桑珠是谁？"甲卡连忙问。

"协助次郎尼玛打理我家生意的助手。"

"他们到这来干啥？"

"我阿爸被杀害以后，"勇嘎回答，"我阿妈放心不下我，特意叫次郎尼玛来找我回家的。"

"那你打算几时回去？"

"我已经叫次郎尼玛捎信啦，叫他回去告诉我阿妈，女儿不亲手杀了杀害父亲的凶手，是不会回拉萨的。"

"田轩托我带给你的话，不管你是相信还是不相信，"甲卡开导勇嘎说，"你都得要有所提防——小心能驶万年船嘛。"

"田轩编的故事太离谱啦，"勇嘎嘲讽地一笑，问甲卡道，"你说刚还在为表妹祝福的表哥，会杀自己的表妹吗？"

这时，传来了洛桑的喊声："勇嘎！勇嘎！"

勇嘎惊喜地道："是洛桑！"

山下传来洛桑的呼喊声："勇嘎你在吗？"

勇嘎跑出洞外的，俯视着山下的洛桑回答道："上来吧，来客人啦！"

洛桑调转马头，对勇嘎道："那，你就别去啦，我一人去！"

"是急事吗？"

"急事！——我找到劫匪啦！"

"你等等！"勇嘎急切地，"我跟你去！"

……

草原上，勇嘎、洛桑、甲卡各骑着自己的快马在飞快地驰骋……

第十七章

遇红军马帮脱险　　受启发田轩醒悟

洛桑、勇嘎、甲卡还没有赶到出事地点，远远地就听见了激烈的枪声……

今天袭击田轩的马帮的是"草上飞"的土匪队伍。"草上飞"这支土匪队伍，对田轩来说并不陌生，从马帮驮队从炉城出发到现在，今天是第二次与这支土匪队伍相遇。第一次是在驮队刚出炉城不久，在云关草原相遇，那时，"草上飞"的土匪队伍刚抢了白马少爷家的牛场，遭到白马少爷率领的家丁的追击，在半道上遇到了田轩的马帮。虽然那次遭遇没有威胁到马帮，但是，田轩在搭救卓玛的过程中，"草上飞"还射出一颗子弹擦伤了田轩手臂。然而，这一次田轩的马帮驮队遭遇"草上飞"的袭击，就不同于第一次了。这次"草上飞"是为直取田轩的头颅而来。

"草上飞"这次直取田轩头颅的行动，也是受雇于次郎尼玛。虽然"草上飞"不认识次郎尼玛，但是其间有个替"草上飞"牵线搭桥的人，这人就是杂货店的陈老板。

且说，那天"刀疤"在杂货店见到泽郎桑珠，没有拿到次郎尼玛所欠的五百大洋，撂下狠话离开杂货店后，次日，次郎尼玛不得不亲自出面，随同泽郎桑珠在杂货店面见了陈老板。

当时郎尼玛主仆二人进店后，陈老板连忙拱手相迎道："大老板光临！欢迎！欢迎呀！"

"陈老板春风得意，"次郎尼玛拱手回敬道，"恭喜发财！恭喜发财！"

"发什么财呀，"陈老板苦笑着道，"几天没开张，已经是无米下锅啦！"

"你是在我面前装穷，"次郎尼玛一针见血地道，"是在惦记那五百大洋？"

"我惦记它干啥，"陈老板道，"我是在替你担心——我大哥说啦，你不了结了那五百大洋，就是追到拉萨，也要亲手杀了你。"

"告诉你大哥，我次郎尼玛不是想杀就杀得了的，"泽郎桑珠满不在乎地道，"再说，不就是区区的五百大洋嘛，何必呢！"

"我那大哥是说一不二的人，"陈老板道，"五百大洋真没拿到，他肯定会去拉萨。"

"放心，"次郎尼玛笑着回答，"少不了你大哥一个铜板。"

陈老板招呼店里的伙计道："给二位老板倒茶！"

"不必，不必，你忙你忙，"泽郎桑珠阻止店员茨玛后，脸上堆满笑容对陈老板道："陈老板，我们借步说话。"

陈老板有礼地道："那，楼上请。"

次郎尼玛落座后，对陈老板道："今天我来，目的就是一个——请陈老板务必帮忙。"

"难啊！"陈老板忧心地道，"我大哥发了毒誓——不杀人啦！"

"你大哥不杀人，"泽郎桑珠厚着脸皮反问道，"难道就再也没有不杀人的大哥？"说着从怀里摸出一封大洋推放道陈老板面前，继续道，"陈老板你在贵地是熟人熟道，你就好事做到底，再帮兄弟一把！"

陈老板长叹了一声，故作为难地踱步道，"容我想想，容我想想。"

其实，陈老板心里早已打好了利用"草上飞"的主意。因为陈老板早悉知"草上飞"的底细，知道"草上飞"人多枪多有三十几号弟兄，但是，在这藏族地区由于语言不通，几乎是两眼抹黑，只能干些小打小闹偷鸡摸狗的勾当。在这窘境之下，"草上飞"一门心思就是发一笔横财，让弟兄们过几天舒心的日子。

"陈老板是能人，"次郎尼玛夸奖着道，"办法一定有！。"

"人，我可以给你找，"陈老板狡黠地道，"可是这酬劳……"

"一千大洋，"次郎尼玛爽快地道，"分文不少！"

……

且说，整天为弟兄们的吃喝拉撒操心操劳的"草上飞"正在饭堂同几个自己信得过的弟兄商量去龙灯坝子干一票抢劫的事时，看守大门的小兄弟前来报道："大哥，有人要见你。"

"草上飞"抬头问："谁？"

"你的老朋友，"陈老板走进饭堂大门回答道，"——我呀！"

"哟！""草上飞"惊喜地连忙从坐的位置上起身抱拳紧接着道，"陈老板！"

陈老板被请入座后，"草上飞"客套地道："老朋友上山之前怎么也该打声招呼——我也好提前叫兄弟们下山接你呀！"

"老朋友啦，还客气个啥呀，"陈老板对旁边的几个土匪道，"兄弟们你们说是不是这个理？"

几个土匪附和着道："陈老板说的是。"

"对，对对！是这理，是这理。"

……

"大司令，"陈老板对"草上飞"道，"知道我今天为啥到这来吗？"

"这……""草上飞"露出尴尬的笑容道，"一定有好事，好事！"

"当然是好事，"陈老板笑着对"草上飞"道，"我是特意来给司令和弟兄们送大礼的。"

"大礼！""草上飞"高兴地连忙问，"是杀人？还是越货？"

陈老板泛笑指着"草上飞"称赞道："真不愧是司令，一语就戳破了天机。"

"说呀，""草上飞"伸长脖子，凑上前飞急不可待地道，"是杀人？还是越货？"

"既要杀人，"陈老板注目着"草上飞"道，"又要越货！"

"草上飞"兴奋地一拍大腿狡诈地问，"礼有多大？"

"杀人赏金就是个吉祥数——八百大洋，至于越货嘛，"陈老板故作神秘地停顿了一下，狡黠地道，"就更不用说了，单是牦牛就六十多头，你说货值多少大洋？"

"草上飞"迫不及待地连忙追问，"值多少？"

陈老板伸出两指头道："少说也值这个数。"

"这个数是多少？""草上飞"脸上浮出笑容猜疑地道，"两百？"

陈老板摇头。

"草上飞"高兴地："两千！"

陈老板摇着头兴奋地大声道："两万！"

"我的妈呀！""草上飞"心动了，情不自禁地摩挲起自己的手问："杀什么人？越谁的货？"

"马帮！"陈老板强调道，"去拉萨的马帮！"说着从褡裢拿出五六封红纸封的大洋置于桌上继续道，"这是杀人的定金。"

"草上飞"高兴地连忙撕开大洋的红纸封皮，抓起一枚大洋吹了口气，听了听震动声后，心花怒放地拍着陈老板肩头，赞许地道："陈老板，你真是我的好兄弟呀！"

"司令！"陈老板自得地泛笑道，"这好事，才是其一……"

"草上飞"急切地问："还有啥好事？"

"司令，"陈老板，"你傍上大腿啦！"

"谁的大腿？""草上飞"迫不及待地问。

"——英国人——理查德！"

"草上飞"摇头道："不认识。"

"我也没见过，"陈老板道，"只叫我传话。"

"什么话？"

"只要你甘愿为英国人效劳，"陈老板道，"司令，你就发啦——好—事—连—连—！"

"草上飞"情不自禁地吩咐手下道："弟兄们，你们都给我都把眼睛睁大，耳朵放尖死死地给我盯住马帮驮队！"

……

当洛桑、勇嘎甲卡赶到出事地点时，土匪的枪声愈加激烈了。在密集的枪声中，勇嘎目睹到田轩拉着欧阳慧敏共同躲在大石头的后面，同时也看见周胖子在猫腰行进中中弹倒地……

赖三惊呼一声："胖子！"欲冲向周胖子时，躲在大石头后面的田轩呵斥道："趴下！"田轩话音刚落，回头就朝着土匪占据的山头连续开枪还击……

随着田轩的枪响，汉族马帮兄弟的快枪，以及藏族马帮兄弟的"架子枪"全都开火了，马帮和土匪展开了你死我活的枪战……

洛桑和勇嘎选择好了有利地形，正要协助马帮向土匪射击时，突然传来了冲锋号声，只见几百号红军战士，在机枪的掩护下，向土匪的阵地发起了冲锋。

——这是一支红四方面军的长征先遣营队伍。

这支队伍在急行军途中突听到枪声时，营长一个手势，战士们便伏在了地上，做好了战斗准备。营长从望远镜看到了正面身着破旧黄军服的兵痞在和民间藏汉马帮武装交战，不由得问身边的教导员道："这些都是些什么人呀？"

教导员接过望远镜观察到了驮着物资四处奔窜的牦牛，以及被锁定在狭小空间内向穿黄军服兵痞还击的民间武装时，肯定地道："是马帮，遭到了兵匪的伏击。"

"司号员，"营长下达作战命令道，"发起冲锋！"

在冲锋号声中，红军战士像猛虎一般冲向土匪占据的山头……

"草上飞"和他的土匪队伍，哪里经历过这样的阵势，连忙丢盔弃甲仓皇逃命……

红军便占领了整个山头，有几个来不及逃跑的土匪，成为红军的俘虏。

田轩的马帮再次获救了，田轩以疑惑地目光注视着飘扬在山头上的镰刀锤子的旗帜。

甲卡看到了自己熟悉的一个个马帮的面容，惊喜地对勇嘎道："你看——田轩！"

勇嘎脸上滑过一丝笑容后，调转马头对洛桑道，"我们走！"

甲卡目视着勇嘎和洛桑驱马离去的背影，大声问道："你们去哪？"

没有回答声，只留下快马驰过后的风尘。

且说，中弹的周胖子是腹部受伤，正当田轩和欧阳慧敏蹲在地上为他止血的时候，甲卡出现在了他们的面前，他惊疑地问："你什么时候来的？"

甲卡没有回答田轩的话，蹲下身子惊讶地对欧阳慧敏道："伤得可不轻呀！"

红军营长和教导员走了过来，一见到有人受伤，便大声地喊道："卫生员！"

卫生员跑了过来，连忙为周胖子进行止血急救……

田轩疑惑地注目着眼前的营长和教导员。

"老乡，"营长向田轩解释道，"我们是红军……"

田轩疑惑道："红军？"

红军教导员解释道："红军是保护老百姓的军队，也是保护你们马帮的军队"。

田轩感激地上前一手拉着营长，一手拉着教导员连连道，"谢谢你们！谢谢你们！"

"报告营长，"卫生员汇报情况说，"伤员的伤势很重，必须手术！"

"通知三排，"营长命令说，"送伤员去总部医院！"

两战士抬来了担架，周胖子被战士抬着离开了现场。

……

红军总部医院离这里只有五六华里的路程，周胖子被抬到医院，即刻就送进了手术室。

随同周胖子而来的赖三、欧阳慧敏、甲卡、羌月都紧张地等候在手术室门外。甲卡焦急地问欧阳慧敏道："欧阳姐，你说胖子他会出事吗？"

"到了医院，"欧阳慧敏回答，"我想不会有事。"

手术室里，大夫为周胖子取出腹部的子弹头……

……

由于马帮突遭变故，马帮其余人也只好停息下来，就地搭建帐篷等候。

帐篷已经搭建好，跑散了的驮物牦牛也聚集起来圈在了一起，同时日头也已偏西，但是仍然不见欧阳慧敏他们回归的人影。田轩着急地只好自己亲自去一趟红军总部医院了。

当田轩赶到医院时，周胖子已经被抬出了手术室，躺在了用木板铺成的简易的病床上。欧阳慧敏正在小心翼翼地为周胖子拭去额头的汗珠时，田轩随同赖三进了病室，欧阳慧敏向田轩做了个不要说话的手势。田轩放轻脚步走到床沿，俯身看了周胖子一眼后，就被欧阳慧敏拉着衣角出了病室，并对田轩介绍周胖子的伤势道："刚做完手术，医生说，需要留下来观察。"

田轩想了想后道："就按医生的吩咐，驮队也留下来，等候几天。"

赖三走了过来，对田轩道："胖子既然要留住在这里，我们回吧。"

"大伙忙活了一天啦，"田轩对欧阳慧敏道，"我们都回吧。"

在返回住地的路上，沿途所见到的都是三三两两的红军战士在挖掘野菜，田轩好奇地询问欧阳慧敏道："你见多识广，了解红军吗？"

"不甚了解，"欧阳慧敏回答，"只是从报纸上知道红军是共产党领导的为穷苦大众打天下革命队伍。"欧阳慧敏停顿了下接着说道，"听说搭救我们是红军的北上抗日的先遣部队。"

"北上抗日，"田轩疑惑地问，"啥意思？"

"日本是个岛国，"欧阳慧敏解释说，"他们已经侵占了我国东三省，现在企图侵占全中国，共产党领导的红军队伍，就是去北方前线消灭小日本的。"

甲卡插言道："我在红军医院还听说红军纪律严明，不拿群众一针一线。"

"这么说来，"田轩疑惑地自语道，"红军真是救国救民的军队！"

欧阳慧敏回答："应该是这样！"

……

夜晚，红军露营地，战士们都以排为单位，围坐在篝火边拉歌……

红军所唱的歌曲都是当时革命根据地最流行的《红军歌》《红军行军歌》《红军纪律歌》。

紧邻红军宿营地不远的马帮住地，不时地飘来红军拉歌的歌声。围坐在篝火边的马帮在喝茶时，长命提来糌粑面粉，往地上一扔后，便挤坐在扎西和富贵中间，率先从怀里取出木制的碗，抓了两把糌粑后，欲要把装面粉的皮口袋递给富贵时，郎吉一把抓过长命手里的皮口袋，扔到一旁，发泄着怨气道："吃什么糌粑呀——喝酒！"

富贵在田轩的示意下去取酒时，郎吉煽动马帮们的道："各位弟兄都是把脑袋拴在裤腰上的人，该吃得吃，该喝得喝。今天周胖子算是命大，阎王没收他的命，明天就不知道霉运会落到哪位弟兄头上。"

"今天真是命悬一线，""金眼镜"接着郎吉的话说，"要不是红军的搭救，各位兄弟的小命都得上阎王爷哪儿报到啦！"

这时富贵取酒过来，正当马帮在富贵手里争拿酒时，田轩离开了大伙，向欧阳慧敏居住的帐篷走去。

欧阳慧敏、羌月、甲卡正忙着在火堆旁做刀削面，小扎西则正在欧阳慧敏睡的行军床上手舞足蹈地表演今天红军突袭土匪的情景。

"红军叔叔太厉害啦，"小扎西表演着说，"只听见嘟嘟嘟的号声一响，劫匪就不敢再开枪啦，一个个都把枪举过头顶，跪在地上向红军叔叔投降、求饶……"

欧阳慧敏问："我们的小扎西怕了吗？"

"我才不怕哩！"小扎西一副勇敢样说，"小扎西长大后，也要当红军，叫坏蛋都跪在地上向小扎西举枪投降。"

"我们的小扎西真有能耐，"欧阳慧敏夸奖小扎西说，"以后欧阳阿姨同小扎西去拉萨就再也不用怕啦。"

小扎西自信地说："我就像红军叔叔一样——保护好欧阳阿姨。"

"小扎西就不保护羌月阿姨和甲卡阿姨吗？"羌月插言问小扎西说。

"只要是同欧阳阿姨同行的，"小扎西回答，"小扎西都保护！"

这时田轩掀开门帘出现在了帐篷门前。

羌月亲切地叫了声："田老板！"

田轩进帐篷后，欧阳慧敏问田轩道："吃饭了没？"

"啥也不想吃，"田轩回答欧阳慧敏的话说，"有件事想同你们商量。"

"啥事呀？"欧阳慧敏问田轩道，"这么神秘？"

……

次日。

马帮的住地格外喜庆和热闹，欧阳慧敏和羌月特意在几条驮物的牦牛头上扎上象征吉祥的红绸花，同时甲卡的演出队一路吹打着鼓乐也来到了马帮住地。

甲卡问欧阳慧敏道："准备得怎样啦？"

刚为驮物牦牛扎完花的欧阳慧敏回答甲卡道："你自己看吧。"

……

独具民族特色的鼓乐在旷野的上空回响……

扎西和赖三牵着驮物的牦牛，昂首阔步地率先走在队伍的最前面，紧跟在他们后面的是甲卡的鼓乐队。在欢快的鼓乐声中，演出队的演员们载歌载舞地直向红军总部走去。这千年难遇的场面，吸引了无数来自四面八方的围观的藏族同胞，这些同胞都激情难抑地加入到舞蹈的行列，组成了一支载歌载舞的拥军队伍。

……

民间的拥军队伍的到来，令红军指战员激动不已，一阵集合的号令，指战员都列队走向了开阔的草原，夹道欢迎。

百姓自发举行的拥军活动非常隆重，红军师部的两位首长也特意前来参加了活动，同时在欢迎会上，两位红军首长还不失时机地向藏族同胞和马帮兄弟们做了政治宣传讲话。首长在讲话中说："……同胞兄弟姐妹们，我们是中国共产党领导的工农武装，人民武装，你们的军队。……现在日本帝国主义正在入侵我国的领土，他们勾结国民党中的反动派，在经济上恣意盘剥我们，在人权上蔑视我们，妄图变我们为他们的奴隶。我们这支共产党领导的工农武装，就是一支打倒帝国主义、打倒封建主义，打倒官僚资本主义为天下穷苦百姓翻身解放的革命武装！……"

在红军首长的讲话声中，身着红军军装的周胖子在女卫生员的搀扶下，来到了会场。田轩一见到周胖子连忙迎上前去，上下打量着周胖子道："帅气！让要我刮目相看啦。"

周胖子向田轩敬了个军礼，愧疚地道："老板，对不起，拉萨我去不了啦，我要留下来当红军！"

"我理解你……"田轩认可地点了点头，脑海闪现出桑珠、尼玛俩姐妹俩惨死时的事情，接着对周胖子道："你选择的是条漫长而又艰辛的路，一定要保重！"

"这条路虽然漫长艰辛，"周胖子感动地眼圈湿润了，回答田轩道，"但是为了千百万个像尼玛、桑珠一样的劳苦大众脱离苦难——就是死，也值！"

……

夜。

军民联欢篝火晚会在红军驻地举行。在蹁跹的起舞的舞者中，既有红军战士，更有众多的藏族男女老少。甲卡放开歌喉，为舞者高歌助兴：

> 巍巍的贡嘎山，
> 美丽的雪域高原。
> 跳起欢快的玄子，
> 抒发藏族儿女对红军弟兄的挚爱。
>
> 捧起洁白的哈达，舞起欢快的玄子，
> 感谢红军把春的种子播撒在雪域高原。
> 跳起欢快的玄子，
> 抒发藏族儿女对红军弟兄的挚爱。
> ……

在歌声中，起舞的欧阳慧敏看到了站在围观的人群中的田轩，便不停地向田轩招手，希望他参加到跳舞的行列中来。

田轩正欲加入锅庄舞蹈行列时，一位红军通信员战士，来到田轩跟前，行毕军礼对田轩道："老乡同志，我们首长请你去趟总部。"

田轩诧异地反问战士道："你们首长请我？"

……

田轩、欧阳慧敏随同通信员来到红军师部时，两位首长已经等候在门外。

田轩握着首长乙的手道："长官好！"

首长乙一手握着田轩的手，一手笑盈盈地拍着田轩肩头更正道："我们没有长官，都是朋友、同志。"

当首长甲握着田轩的手，便问道："你叫田轩！"

田轩惊疑地问："首长怎知道我的名字？"

"我不但知道你的名字，"首长甲微笑着指着欧阳慧敏道，"还知道这位女同志名叫欧阳慧敏，是香港《环球地理》杂志社的副总编，是随同马帮去拉萨搜集资料，主编大型画册——《一个需要拯救的民族》。"

欧阳慧敏谦逊地道："让首长见笑啦。"

"哪里的话，"首长乙邀请田轩和欧阳慧敏去屋里时，边走边说道，"请你们来，主要是向你们通报一个情况。"

"啥情况？"田轩性急地问。

首长继续道，"根据我掌握的信息以及从周凯同志那里了解到的情况——综合分析来看，你们去拉萨一路不畅的原因，是有英美帝国主义的特务或间谍在其中作梗。"

欧阳慧敏和田轩都惊疑了，田轩疑惑地道："不会吧？"

"同志，"首长乙道："英帝国主义企图将西藏从祖国大家庭中分裂出去，因而他们就根据英国政府强迫拉萨政府签订的《拉萨条约》，在西藏实施经济入侵，企图断绝一切内地与西藏的贸易，让英国和印度的货品充斥西藏的市场，从而在意识形态领域，形成西藏是英国附属的氛围。"

欧阳慧敏问："真有首长所说的这么严重吗？"

"就拿你去拉萨搜集资料，主编《一个需要拯救的民族》的事来说，英帝国的政治目的，就是把自己打扮成西藏的救世主，达到他们分裂西藏的政治目的。"

欧阳慧敏顿时惊呆了，眼前闪现出在香港接受总编安排来西藏前夕，总编约翰先生曾对她叮嘱的那句话"这本画册除了有必不可少的自然风光外，最少不了的是西藏的人文文化，尤其是民族信仰、军队、商业的内容。目的就是要通过这些内容，从侧面反映出大英帝国在西藏问题上，对西藏的政治、经济、经贸、军队的鼎力支持和援助"。

欧阳慧敏恍然大悟地道："真没有想到——我在不经意间竟然成了分裂西藏的帮凶！"

"能认识道这一点很不错，"首长甲继续对欧阳慧敏道，"我建议你主编一册揭露美英帝国主义在西藏玩弄伎俩分裂中国的画册。"

欧阳慧敏道："听了首长的一席话，我是茅塞顿开——我一定根据我搜集的资料，重新命题编一册让全世界人民关注的画册！"

首长颇有兴趣地问："能提前告诉我们，新命题是……"

欧阳慧敏打断首长的话，抢过话头道："——《西藏：一方被虎视眈眈的神奇土地》！"

"虎视眈眈、神奇土地，"首长乙赞叹地，"这书名好！这书名好！不但含蓄，而且颇具内涵。"

"田老板，"首长甲对田轩道，"说完了欧阳小姐，现在我们来说说你。"

"首长，我就是个马帮，"田轩笑着道，"没什么好说的。"

"事情没有你想得这么简单，"首长甲道，"你知道绰号叫'草上飞'的土匪袭击你的原因吗？"

"我知道，'草上飞'就是个受雇于人的傀儡，"田轩回答，"幕后真凶是次郎尼玛。"

"除了次郎尼玛外，"首长甲补充道，"还另有其人！"

"另有其人？"田轩深感疑惑地道，"能告诉我，这人是谁吗？"

首长甲回答，"英国人——理查德！"

田轩惊疑地脱口道："理查德？"

"你认识？"首长甲问。

"不认识，"田轩迟疑了一下，极力回想后回答，"听说过这名字。"

欧阳慧敏连忙问田轩道，"你听谁说的？"

"勇嘎父亲！"

首长乙问："勇嘎父亲是谁？"

"一个爱国藏族商人。"田轩说着眼前即刻浮现出几年前理查德去勇嘎家拜见罗松泽仁时的画面，继而田轩讲起了发生在勇嘎家里的故事……

理查德踏进勇嘎家客厅，便热情地拥抱着罗松泽仁道："我的老朋友，见到你真让我格外激动！"

"理查德先生，"罗松泽仁泛笑握着理查德的手，"你不是单纯来见老朋友的吧？"

"先生真幽默，"理查德对罗松泽仁道，"一句话就说中了我理查德来府上的目的。"

罗松泽仁邀请理查德落座道："先生，请！"

理查德在火盆桌旁落座后，刚把自己的礼帽摘下放于桌上，勇嘎母亲便上前来为客人沏茶。

理查德起身，道了声："谢谢！"

"不必拘礼，"罗松泽仁对理查德介绍说，"她是我夫人——巴姆！"

理查德有礼地对巴姆道："谢谢夫人！"

巴姆沏好茶，恭请理查德道："先生请慢用！"说着便退出了客厅。

巴姆刚出了客厅，女儿勇嘎大声嚷着："谁是英国人理查德？谁是英国人理查德？"好奇地跑下楼来。

"瞧你，心急火燎的样儿，"母亲责备女儿道，"文静点，你阿爸他们在谈事。"

勇嘎没有理睬母亲的责备，依然我行我素地嚷着："谁是英国人理查德？"便将门推开站立在客厅门前。

"小姐，"理查德有礼地起身道，"我就是英国人理查德！"

"哟！"勇嘎大不咧咧地打量着理查德上前问，"你就是英国人呀？"

"我就是英国人，"理查德笑问，"小姐感到奇怪？"

"勇嘎，"罗松泽仁斥责女儿道，"要懂礼貌！"

"这么说，"勇嘎蔑视地道，"黄头发、蓝眼睛的人都是英国人。"

"小姐，"理查德更正道，"你只说对了一半，黄头发蓝眼睛属于白种人范围，不能一概而论。"

勇嘎似是而非地道："明白，明白！"

理查德唤罗松泽仁道："罗松泽仁先生，这位小姐是……"

"让你见笑啦，"罗松泽仁抱歉地道，"她是我女儿，被她母亲宠爱坏啦。"

"小姐聪明漂亮，"理查德对罗松泽仁道，"先生，你女儿应该去我们大英帝国接受良好的教育。"

"不必啦，谢谢理查德先生，"罗松泽仁回答道，"她就要结婚啦。"

理查德颇感遗憾地问勇嘎道，"小姐，能告诉我你未来的丈夫是谁吗？"

"他和我阿爸一样——马帮！"勇嘎爽快地回答道，"名叫田轩！"

"马帮好啊，"理查德兴奋地对罗松泽仁道，"罗松泽仁先生，你女婿既是马帮，那我们彼此间的合作就更有前景啦！"

"你出去，"罗松泽仁对女儿道，"我和理查德先生有事要谈。"

勇嘎只好噘着小嘴离开了客厅。

"理查德先生，"罗松泽仁道："我们就闲话少说，言归正传。"

"尊敬的罗松泽仁先生，"理查德抿了口茶道，"我理查德就快人快语啦。"

罗松泽仁颇有礼节地："你请讲。"

"罗松泽仁先生，你是最受我理查德钦佩的藏商，"理查德兴致勃勃地道，"你应该为了自身的利益和未来的西藏的商业发展，与我们一道共同携手谋划西藏的商业前途……"

"理查德先生，"罗松泽仁打断理查德的话问道，"恕我冒昧，我记得先生是英政府要员，怎么关心起了西藏的商业？"

"忘了告诉你，我尊敬的朋友，"理查德淡淡一笑道，"根据英国政府与拉萨政府签订的《拉萨条约》，我现在承担管理西藏商业事务之职。"

罗松泽仁故作恍然大悟一般地"哦"了一声后，问，"先生的意思……"

"非常简单！"理查德潇洒地双手一摊，打断罗松泽仁的话道，"我们共同携手为西藏的商业经济的繁荣，贡献力量。"

"请问先生，"罗松泽仁道，"我们如何携手？"

理查德滔滔不绝起来："我们以最优惠的价额向先生提供一切销售货源，西藏由此成为大英帝国商业物资的集散地，阁下就成为大英帝国在西藏最信赖的合作伙伴。"

理查德之所以来找罗松泽仁商谈合作事宜，一是因为罗松泽仁是拉萨有名的藏商，二是罗松泽仁的妻子的娘舅是噶厦政府的官员，与他合作能得到利益的最大化。

理查德见罗松泽仁迟迟不予作答，继续鼓动说道："罗松泽仁先生，我们合作的前景非常光明，是一缕西藏商业繁荣的曙光。"

"理查德先生，你错啦！"罗松泽仁冷冷一笑驳斥道，"西藏是中国的西藏，拉萨的商业销售是以国货为主导，舶来品只是补充——附属！"

"NO，NO，NO！"理查德改变话题道，"尊敬的阁下，我们是商人，只言商，不谈政治。"

"先生，"罗松泽仁反唇相讥地问，"你没谈政治吗？"

理查德踱步道："我们所谈的都是商业——利益！"

"对不起理查德先生，"罗松泽仁淡淡一笑，道，"恕我直言，西藏人需要的是雅安的黑茶，南充的丝绸，重庆的布匹，自贡和乐山的盐巴。从商人追求的利润的角度来说，我要做得的是——投顾客所好！"

"尊敬的罗松泽仁先生，"理查德强压自己的怒气说，"也许你对我所说的最优惠缺乏正确理解。所谓'优惠'，就是最大限度地让你赚钱！"

"对不起理查德先生，"罗松泽仁不紧不慢地说，"我作为中国商人，繁荣本国的商业是我必须担当的社会道义。"

理查德愤愤地："真是不可理喻！不可理喻！"说着抓起放在火盆桌的礼帽，匆匆离开罗松泽仁家。

"这样看来，"欧阳慧敏打断田轩的回忆道，"罗松泽仁大伯遇害，也与理查德有关。"

"肯定有关，"首长乙对田轩道，"自1908年英国发动新的侵藏战争以来，英国企图将西藏变为英属殖民地的贼心始终不已，现在只是把武装入侵变成了经济侵略。"

田轩惊诧地道："经济侵略！"

首长乙解释道："所谓经济侵略，一是掠夺西藏人民的经济财富，二是让藏族同胞对印度和英国的货品产生依赖性，淡漠西藏与祖国、藏民族与汉民族及其他兄弟民族之间的关系，以此达到将西藏从祖国版图分裂出去。"

"这么说吧，"首长甲，"你们在茶马古道上几番遇险，其实幕后始作俑者就是英国人理查德。而次郎尼玛只是个站在台前表演的木偶。理查德利用次郎尼玛贪婪的本性杀害罗松泽仁的目的和用意，就是企图截断内地与拉萨这条有两千多年历史的茶马古道运输线，让英国和印度的货品充斥拉萨整个市场，从而淡化西藏的藏族同胞对祖国的依赖，达到分裂西藏的企图。"

"田老板，"首长乙对田轩委以信任地道，"为了祖国这个大家庭，我希望你，不要放弃茶马古道，一定要坚持把这条道一直走下去！"

"我的父亲就死在分裂分子的手上。"田轩感慨道，"我与分裂分子的仇恨不共戴天，通往茶马古道我不会放弃，一定一直走下去！"

……

第十八章
自以为是成泡影　兄弟相逢夜难眠

　　田轩、欧阳慧敏同两位首长谈话结束后，回到锅庄篝火晚会现场，甲卡一见到欧阳慧敏和田轩，连忙拉起二人进入到舞蹈行列。
　　熊熊的篝火在升腾、燃烧，光焰映照下的是舞者们一张张幸福而欢乐的笑脸……
　　次日一早，田轩的马帮驮队又要出发登程了。就在马帮们撤卸帐篷时，田轩同甲卡又见面了（昨晚因为欧阳慧敏强留甲卡陪自己住宿一宿，甲卡就没有回演出队住地）。
　　田轩询问甲卡道："昨晚睡得好吗？"
　　"你说呢？"甲卡反问田轩道。
　　"你搞错啦吧，"田轩惊诧地道，"我咋知道你睡得好还是不好？"
　　"紧张啥？我是在同你闹着玩，"甲卡笑着回答道，"睡得好，这下行了吧。"
　　田轩微微一笑道："又要分别啦，这次分别后，不知什么时候才能见面？"
　　甲卡泛着笑俏皮地偏头看着田轩问："是心里有我啦？"
　　"别自作多情，"田轩一笑回答，"你怎么总爱顺着竹竿往上爬呀！"
　　"哟！还真是猪八戒，倒打一钉耙，"甲卡用手做着羞的动作继续道，"丑死啦，只敢想，不敢承认。"
　　"算啦，"田轩自甘认输地举起双手道，"我说不过你。"
　　"扑哧"一声，甲卡笑出声来后道："那你回答——心里是不是有我？"
　　田轩左右看了看后，敷衍地道："有你，有你！"
　　甲卡脸上露出了甜蜜的笑容……
　　且说，被红军冲锋而仓皇溃逃的"草上飞"，回到自己巢穴下了马，便气喘吁吁地一屁股坐在用泥土临时夯建的房舍的台阶上，对随他回来的几个弟兄发泄着私愤道："妈的，红军真是厉害，一个冲锋，二十来个弟兄就没啦！"
　　"大哥，这怨不了你，"手下的王奎安慰"草上飞"道，"只怨时运不济！"
　　"唉……""草上飞"颓丧地长叹了一口气道，"看来当土匪的日子到头啦。"说着起身就朝房舍里走。

"大哥，你不能泄气呀，"王奎追着"草上飞"道，"你泄了气，我们几个兄弟们咋办呀！"

"别跟着我！""草上飞"叱责王奎道，"我这心里堵得慌！"

"草上飞"因为偷鸡不成反赊一把米，损失了二十多个弟兄，自己是万分懊悔。然而，作为雇请"草上飞"杀害田轩的次郎尼玛来说，更是忧心不已。因为自己在离开拉萨之前，曾向理查德信誓旦旦地保证：在通往拉萨的茶马古道上，再也没有马帮从炉城把物资送往拉萨。可是，眼下田轩非但没有被除掉，而且田轩的马帮驮队还在向拉萨挺进。

……

就在次郎尼玛忧心如焚的时候，英国人理查德先生乘坐着马车也从拉萨赶来了。

理查德走进客栈大门时，负责柜台管理的账房先生，抬头见是洋人前来，连忙出柜台，躬身施礼道："小店欢迎大人光临！"

理查德傲慢地道："向你打听个人。"

"打听人，"账房先生堆着笑脸问，"谁呀？"

"次郎尼玛！"

"在！在！"账房满口应承着说，"次郎尼玛就住小店。"

理查德直接上楼时，账房先生在后面喊着理查德道："大人！是207房。"

理查德在207房的门外敲起了门。

房内的泽郎桑珠闻声问："谁呀？"

门外的回答声音："我——理查德！"

泽郎桑珠将门打开，恭敬地说："是洋大人！"

"次郎尼玛在哪？"理查德问，"我要见他。"

泽郎桑珠不敢怠慢，堆着笑脸告诉对方："大人稍等，我马上去叫，马上去叫。"说着胆怯地从理查德身旁侧着身子出门叫次郎尼玛去了。

次郎尼玛住在与泽郎桑珠相隔四间房的廊道尾端。此间，次郎尼玛刚起了床正在穿衣时，听见了门外的敲门声。

次郎尼玛警惕地问："谁？"

"我，——泽郎桑珠！"

次郎尼玛将门打开，出现在门前的泽郎桑珠连忙道："有位洋人找你。"

"洋人？"次郎尼玛疑惑道，"未必是他……"

"是他，"泽郎桑珠回答，"英国人——理查德。"

次郎尼玛随泽郎桑珠来到207号房时，见理查德正站在窗户前，举目远眺视野范围内的山川、河流，以及觅食的牦牛……

进门来的次郎尼玛抱歉地对理查德道："尊敬的理查德先生，让你久等啦。"

"这里的景色太美啦，"理查德陶醉地目视着远方赞叹道，"阿尔卑斯山与之媲美也会自愧不如！"

"这里风景如画，"次郎尼玛恭敬地道，"先生如有雅兴，我做向导，随先生去神山一饱眼福。"

理查德询问道："你办的事有眉目了吧？"

"唉……"次郎尼玛叹了口气，满腹怨言地道，"时运不济，次郎尼玛辜负了先生的厚望。"

理查德回头以审视的目光注视着次郎尼玛。

"先生，"次郎尼玛避开理查德的目光，胆怯地，"请再给我一些时间……"

"你的意思，"理查德轻蔑地一笑道，"让我就这样无休止地等？"

"尊敬的理查德先生"泽郎桑珠替次郎尼玛解围道，"罗松泽仁已经除掉了，这就像雄鹰折断了翅膀，田轩也逃脱不了同样的厄运！"

"除掉什么人对我并不重要，"理查德告诫次郎尼玛道，"我需要的是大英帝国的利益！"

"理查德先生，"次郎尼玛信誓旦旦道，"我会努力！"

"我再给你几天时间，"理查德抓起放在桌上的礼帽，走到门前转身对次郎尼玛郑重道，"记住，就几天时间！"

"先生，"次郎尼玛怯生生地问，"您多住两天，我们去看神山的风景。"

"我不是为看神山风景而来！"理查德出门后，顺手"嘭"的一声将门关上。

次郎尼玛像泄了气皮球，焦虑地一屁股坐在床沿。

"老板，"泽郎桑珠宽慰次郎尼玛道，"你为理查德也算是尽职尽责了，给洋人办事——能拖就拖——别伤了自己身体。"

次郎尼玛更忐忑不安起来，因为他明白如果自己不能在理查德规定的限期前除掉田轩，自己是无法再向理查德交代的。为此，他"嚯"地起身吩咐泽郎桑珠道："备马！"

泽郎桑珠疑惑地问："去哪？"

"——杂货店！"

次郎尼玛随同泽郎桑珠来到陈老板的杂货店已经是下午时分。当次郎尼玛和泽郎桑珠在大门处下马时，陈老板已出门来迎接客人了。

"二位驾到，"陈老板笑脸相迎道，"里面请！里面请！。"

在楼上的客厅里，陈老板一边为客人斟茶，一边对客人惋惜道："'草上飞'现在飞不起来咯，自己非但没有伤到田轩一根汗毛，自己损失不小啊。"

泽郎桑珠谢着陈老板斟好的茶，接上陈老板的话道："我就是为这事特意来同陈老板商量的。"

"我的大老板，"陈老板对次郎尼玛道，"'草上飞'都成了光杆司令，还有啥可商量？"

"只要他'草上飞'傍上了英国人的大腿，"次郎尼玛向嗤笑陈老板似的道，"我的老朋友，何愁飞不起来！"

第十八章　自以为是成泡影　兄弟相逢夜难眠

"啥意思？"陈老板惊疑地问。

"理查德先生表态啦，"次郎尼玛得意地说，"谁愿意为他服务，他就愿意为谁配备三十条毛瑟枪，一万发子弹！"

"理查德先生不是在拉萨吗？"陈老板微微一笑，注视着次郎尼玛道，"大老板，你是在给'草上飞'——画饼充饥？"

"什么画饼充饥呀，"次郎尼玛驳斥道，"这话是理查德先生刚对我说的。"

"理查德刚对你说的，"陈老板将信将疑地问，"理查德是坐飞机来的？"

"先生是去成都，"次郎尼玛不耐烦地回答，"路过这里，顺便来对我说的。"

泽郎桑珠将一沓银圆推到陈老板面前。

陈老板佯装没看见似的问次郎尼玛道："大老板莫非是想让我再当一次说客。"

次郎尼玛手指着陈老板道："真是狡诈至极！"

"什么狡诈至极呀，"陈老板泛笑道，"彼此！彼此！"

……

在大洋的驱使下，陈老板再次来到"草上飞"占领的山头充当说客。当陈老板驱马来到山寨时，大门处连个守卫都没有，他们就直接驱马进了山寨。此时，"草上飞"正在和仅剩下的七八个弟兄喝着闷酒，商议散伙之事。

"草上飞"端起酒碗起身向弟兄们抱歉地敬酒道："弟兄们，自从你们跟随我'草上飞'以来，我这个当大哥的对不起你们，这碗酒大哥我一口干了，算是给兄弟们赔罪。"

"大哥，"王奎乞求地道，"散了的话，你叫弟兄们去哪呀？"

"草上飞"喝干了酒碗里的酒，拭着嘴唇道："我也不想散呀，可是就剩下你我几个弟兄，还能干啥呀！"

这时，从房外传来马的嘶鸣声，"草上飞"和他的弟兄熟练地拔出枪，猫腰躲在桌子下面。

传来屋外来客的问话声："有人吗？"

"是谁呀？"一土匪轻声对"草上飞"道，"这声音很熟。"

"草上飞"两眼警惕地注视着门处呵斥道："别管他！"

门被推开了，出现在门前的是陈老板。

"草上飞"一见到陈老板顿时火冒三丈，从桌子下钻出愤愤地骂了一句："丧门星！"

陈老板淡淡一笑，道，"我知道你有怨气，"说着走到椅子边落座后，跷起二郎腿继续道，"骂！尽管骂，我老陈洗耳恭听。"

"奶奶的！""草上飞"恼怒地揭下头上的帽子，恨恨地扔在桌上。

陈老板从椅子上起身，踱步到"草上飞"身边，泛笑道："司令宏才大略，难道……"

"去，去，去！""草上飞"打断陈老板的话道，"什么司令？什么宏才大略？老子是落难的凤凰不如鸡！"

陈老板不经意地道："难道司令就不想东山再起？"

"东山再起，""草上飞"像泄气的皮球，一屁股坐在椅上，垂头丧气道，"谈何容易？"

"别悲观失望，"陈老板轻拍"草上飞"肩头道，"兄弟我有好消息告诉你。"

"除了杀人越货，""草上飞"冷冷一笑道："你还有啥好消息？"

"危难之中见真情嘛，"陈老板皮笑肉不笑地道，"我老陈今天是为助兄弟东山再起而来呀。"

"别吹牛，""草上飞"轻蔑地道，"还是那句话——谈何容易？"

"次郎尼玛托我捎信给你，"陈老板故作神秘地在"草上飞"耳畔小声道，"英国人理查德要扶持司令东山再起——给司令配备二十支毛瑟枪，一万发子弹。"

"草上飞"惊喜地道："靠谱？"

陈老板踱着步反问"草上飞"道："我老陈什么时候骗过司令？"

"那，""草上飞"急不可耐地问，"啥时候兑现？"

"啥时候兑现，我老陈不敢保证，"陈老板故作神秘道，"这得看司令同理查德作何商量咯。"

"草上飞"迫不及待地问："什么时候商量？"

"今天晚上！"

"在哪？"

"'喜多'客栈！"

……

夜幕降临时，"草上飞"就赴约来到了喜多客栈。当他在207号门外敲了两下门后，室内就传来了问话的声音："谁呀？"

屋外"草上飞"回答道："我——'草上飞'！"

次郎尼玛将门打开后，"草上飞"连忙问："不是说有个洋人要见我吗？"

次郎尼玛反问道："你是问理查德先生？"

"对对对！""草上飞"兴致勃勃地回答道，"理查德先生，理查德先生！"

"是陈老板叫你来的吧？"次郎尼玛问。

"对，""草上飞"回答说，"是陈老板叫我来的。"

"我叫次郎尼玛，"次郎尼玛自我介绍后，示意"草上飞"进屋道，"屋里谈，屋里谈！"

"草上飞"进屋后，次郎尼玛为之斟茶道："理查德先生急着回拉萨给你搞武器去啦，他托我转告你，要扶持你东山再起，给你提供三十支毛瑟枪，一万发子弹。"

"草上飞"惊疑地问："陈老板不是说枪是二十支吗，怎么又成了三十支？"

次郎尼玛微微一笑道："藤条框装沙，哪有不漏沙的道理。再说，枪不塞牙，经陈老板的手，哪有不占点便宜。"

"这个陈老板，""草上飞"愤愤地道，"就是个占便宜的种！"

"司令也别生气，"次郎尼玛潇洒地道，"不就是十支枪——认啦！"

"感激理查德先生！""草上飞"惊喜地连声道，"感激次郎尼玛先生！"

"感激的话就不说啦，"次郎尼玛话锋一转道，"理查德留有一句话……"

"我知道是啥话，""草上飞"打断次郎尼玛的话，满不在乎地道，"——堵死马帮通往拉萨的路，截断一切运往拉萨的货！"

"这话说起来容易，"次郎尼玛提醒地道，"做起来难。"

"放心！""草上飞"眉飞色舞地道，"有这二十条枪，别说是小小的马帮，就是刘文辉的二十四军辎重队伍，也要被我拿下！""草上飞"停顿了一下，接着道，"前些日子，不是红军的突然出现，田轩和他的那些马帮早就小命不保啦。"

"好样的！"次郎尼玛兴奋地"嚯"地起身，拍着"草上飞"肩头道，"理查德先生没看错人！"

"只是，""草上飞"变了面色，试探性地问，"不知道这武器……"

"英国人爽直，"次郎尼玛信誓旦旦地道，"理查德先生绝不食言。"

"草上飞"兴奋地在桌上拍了一掌道，"我'草上飞'信得过你，信得过理查德！"

次郎尼玛长叹一口气，忧心忡忡地诉苦道，"眼下田轩的马帮，正一天天逼近拉萨，我是忧心如焚呀！"

"我又何曾不想立马就把田轩的马帮斩尽杀绝，""草上飞"为难地道，"可眼下缺枪、缺人……""草上飞"停顿了一下后接着道，"我总不能让自己的弟兄，赤手空拳地去和马帮一决雌雄呀！"

"我理解，我理解，"次郎尼玛轻拍"草上飞"肩头，示意"草上飞"入座后继续道，"理查德把武器从印度运过来，至少也需两三个月的时间。"

"那，""草上飞"为难地叹了一口气道，"我不能让我弟兄——做飞蛾扑灯的事。"

次郎尼玛目视着"草上飞"道："司令是在撂挑子？"

"撂什么挑子呀，""草上飞"的态度强硬起来道，"是巧妇难为无米之炊！"

"司令，人多有人多的办法，人少有人少的主意，"次郎尼玛从桌子抽屉取出两封大洋放桌上道，"不是有句古话——'明枪易躲暗箭难防'吗？"

"草上飞"看着桌上置放的大洋，脸上露出了喜色，趁次郎尼玛踱步时，便伸手去桌上拿取大洋，而次郎尼玛则故作不经意地敲了敲"草上飞"伸向桌子取钱的手，继续道，"兔子也有打盹的时候，只要司令暗地里跟踪田轩，准能寻找到灭掉田轩的机会。灭掉田轩，马帮就群龙无首，司令既可得到理查德的信任，也可得到丰厚的回报，可谓一箭双雕。"

"草上飞"脸上堆着笑容，眼睛睨视着桌上的大洋，干笑着连连道："灭，灭掉田轩！一箭双雕，一箭双雕！"

……

"草上飞"拿到次郎尼玛所给两封大洋回到山寨已是午夜，当他把那两封大洋置放在桌上时，王奎便急不可耐地问"草上飞"道："大哥，枪的事，洋人咋说？"

"枪、洋人，都是子虚乌有，""草上飞"愤愤地道，"次郎尼玛想给我玩空手套白狼，他打错算盘——飞蛾扑灯的事，我'草上飞'是不会干的。"

"那，"王奎指着桌上的大洋问，"这大洋是……"

"他次郎尼玛能出招，我就能应招，""草上飞"得意地道，"——骗来的！"说着撕开银圆的纸封，顿时白花花的银圆撒满了一桌。

土匪们激动地抓起银圆，聆听银圆的声响……

"草上飞"激动地对弟兄们道："有钱啦，今天就分钱散伙！"

"就这点钱，"一手下的弟兄鄙夷地道，"分到各位手上能有多少？"

"忘啦，""草上飞"提醒弟兄们道，"不是还有陈老板送来的大洋没动吗？"

"对！"土匪们高兴起来，异口同声地道"没动！没动！"

……

次日一早，"草上飞"及他的手下的弟兄就散伙离开了山寨。由于"草上飞"离开山寨时悄无声息，所以直到午饭时候，陈老板才探听到"草上飞"散伙逃离的消息。陈老板颇感惊讶，正打算去喜多客栈告知次郎尼玛时，次郎尼玛随泽郎桑珠就上门来了。

"你来得正好，"陈老板对次郎尼玛道，"刚探听到不好的消息，正打算去客栈告诉你。"

次郎尼玛紧张地问："啥不好消息？"

"'草上飞'和他的兄弟跑啦！"

次郎尼玛顿时火冒三丈，一把抓起桌上的茶碗，狠狠地往地上一扔，愤愤地骂道："'草上飞'！你这个骗子！"

……

就在次郎尼玛痛骂"草上飞"的时候，"草上飞"和他的几个兄弟正在策马一路狂奔……

且说，自仁青在马帮住地应允了郎吉，找"草上飞"里应外合共同拿下田轩驮队的物资的那天起，他始终都在权衡这件事的得与失。但是权衡的结果，还是需要找到"草上飞"商量以后，才能作最后的定夺。于是只好亲自去了"草上飞"的山寨，但是，在山寨所见到的是一派狼藉，除了未烧尽的柴火还冒着缕缕的余烟外，余下的不是缺胳膊的桌子，便是断了腿的椅子。仁青即刻判断出"草上飞"一定是在藏区混不下去，带着弟兄们去汉地另立山头去了。同时，从还冒着烟的柴火，也判断出"草上飞"也是刚跑不久，最多用两三个时辰，定能追上。

劫匪也好，土匪也罢，偷鸡摸狗是固有的本性。所以，自"草上飞"和他的弟兄从离开山寨那一刻起，一路上都在东瞧西看，渴望最后再发一笔小财。这样一路上的耽误了许多时间，仁青只用了一个时辰，就追赶上了"草上飞"和他手下的弟兄。

当"草上飞"和他的弟兄，发现身后有人追来时，他们立马调转马头，横枪站在道路中间，拦住追来的人去路。

第十八章　自以为是成泡影　兄弟相逢夜难眠

仁青高声喊着：" '草上飞'大哥，我是仁青！"

"好一个仁青，""草上飞"拦下仁青后，枪威逼着仁青道："打你我认识，老子'草上飞'没有做过亏待过你的事……"

"大哥，"仁青打断"草上飞"的话懵懂地问，"什么意思？我不明白……"

"你装，""草上飞"冷冷地威逼着仁青道，"说！谁叫你来充当说客。"

"大哥，什么说客呀，"仁青近似乞求地道，"我什么也不知道，真的什么也不知道。"

"那你说，""草上飞"性急地道，"为啥事来追我？"

"两字，"仁青泛笑道，"——发财！"

"草上飞"睨视仁青道："别给我提杀田轩的事。"

"不提田轩，"仁青狡黠地一笑道，"只告诉司令有人惦记田轩的货。"

"草上飞"脱口问："谁在惦记田轩的货？"

"——驮队里的马帮伙计！"

"马帮伙计也要胳膊肘往外拐，""草上飞"不相信似的惊疑地道，"做背叛主人的事？"

"油水大，"仁青淡淡一笑道，"谁不眼馋啊！"

"草上飞"逼视着仁青问："那些马帮靠得住吗？"

"人为财死，鸟为食亡，"仁青蔑视般地道，"你说能靠得住吗？"

"草上飞"兴奋地回头征求弟兄们意见道："兄弟们拿个主意——这到嘴边的肉，是吞，还是不吞？"

弟兄们异口同声地回答："吞！"

"草上飞"拍了仁青肩头一下，坦率地道："我现在势单力薄，只能敲边鼓配合，诸事都得靠你们出手！"

"大哥，"仁青竖起大拇指道，"爽快人！"

"草上飞"迫不及待地问："啥时候动手？"

"不急，"仁青回答道，"这事重大，我同马帮兄弟商量以后再做决定。"

"好，""草上飞"眉开色舞地道，"我'草上飞'也沾一回兄弟的财气，发笔小财！"

……

自从那天勇嘎、洛桑、甲卡亲眼看见了红军救下田轩，时间一晃就半月过去了。在这半月的时间里，勇嘎和洛桑每天都在着急地四处打探劫匪"刀疤"的消息。可是，这"刀疤"仿佛在人间蒸发了一样，一点消息也没有。

"我们整天东走西游的，不是办法呀，"洛桑埋怨勇嘎道，"我看我们该回去啦。"

"要回，你回吧，"勇嘎态度坚决地道，"找不到'刀疤'报不了仇，我是不会回去的。"

"我是为你好，"洛桑劝解地道，"担心你肚子里的孩子。"

"别拿孩子搪塞，"勇嘎语气强硬地阻止洛桑道，"你的心思我知道！"

洛桑只好无可奈何地问勇嘎道："我们现在去哪？"

"尼玛金珠家！"

……

"咚咚咚！"尼玛金珠家的院门外响起了敲门声。这敲门的人非常令人意外，是尼玛金珠昼思夜盼的降巴丹真。

大门内的藏獒对着门在不停地咬叫……

尼玛金珠抱着孩子从宅楼下来问："谁呀？"

从院门外敲门的人回答："是我，嫂子——降巴丹真！"

尼玛金珠惊喜地转身对着宅楼大声喊叫道："卡玛！你弟弟——降巴丹真来啦！"

卧床不起的卡玛在住室听说降巴丹真兄弟来了，几欲起身，但身子却总是不听使唤，当降巴丹真来到了他的住室，他连忙伸出手拉着降巴丹真的手关心地问："你去哪啦？哥想你都好有几月了。"

"忙！"降巴丹真内疚地回答，"去了趟成都，耽误了来看哥啦。"

"干正事好，"卡玛高兴地笑着安慰降巴丹真说，"没耽误，没耽误！"

"哥，"降巴丹真喊着卡玛道，"我给你带来了你最喜欢的汉人的面条。"

卡玛高兴地连连道："好，好，好！"

当降巴丹真把带来的一件件当地稀缺的食品：面条、糕点、糖果，一一放在桌上后，尼玛金珠问降巴丹真道："这都是些啥？"

"汉人喜欢吃的玩意，"降巴丹真说着，打开一包点心，递了一个给尼玛金珠道，"嫂子，你尝尝，挺好吃的。"

尼玛金珠咬了一口，赞叹地道："好吃，真好吃！"便把剩下的点心给了孩子。

"嫂子，"降巴丹真愧疚地问尼玛金珠道，"这几月家里的日子过得不好吧。"

"还好，"尼玛金珠回答，"真是有佛祖保佑——正舀水不上锅的时候，来了一对夫妻接济了我们……"尼玛金珠叹了口气，继续道，"总算熬过来了。"

降巴丹真疑惑地问："这对夫妻留下姓名了吗？"

"留下啦，"尼玛金珠回答，"男的叫洛桑；女的……"

降巴丹真打断尼玛金珠的话，惊疑地重复道："洛桑！"

"这小伙真不错，"尼玛金珠赞不绝口地道，"又给钱，又给糌粑、酥油……"

"嫂子，"降巴丹真问，"那女的叫啥名？"

"——勇嘎！"尼玛金珠回答。

降巴丹真惊愕了。

"降巴丹真兄弟，"尼玛诧异地问，"怎么啦……"

"没什么，没什么，"降巴丹真连忙掩饰地道，"只觉得这两人来得突然，有点奇怪。"

"左右邻舍都说是你哥他心肠好，"尼玛金珠笑道，"遇上这小两口，是你哥好人有好报。"

"嫂子，"降巴丹真道，"以后他们再来，就再也不要理睬他们。"

"他们是好人，"尼玛金珠反驳道，"为啥呀？"

"我的意思是，"降巴丹真顿了一下后回答道，"人情债欠多了，不好还啊。"

"行！"尼玛金珠笑着回答，"嫂子啥事都听你的。"

"嫂子，"降巴丹真为难地，"照顾好大哥，我得走啦。"

"今天怎啦？"尼玛金珠惊异地问，"刚来就要走？"

"驮队刚从成都回来，"降巴丹真内疚地说，"有许多烦心事还没有处理呢。"说着从怀抱摸出一沓大洋置于桌上。

尼玛金珠收起脸上的笑容，以低沉的声音，对降巴丹真道，"住一宿，明儿走。"

"必须走，"降巴丹真安慰尼玛金珠说，"下次来一定多住几天。"

……

在藏地的农区，藏家的住房通常都是依山而建，一家挨着一家。供人畜出行的过道，间隔距离也狭窄，仅够一般的马车通行。

骑马沿寨子通道的高处下山坡的勇嘎和洛桑在离尼玛金珠家的很远处，就看见有一壮汉牵着马，出了尼玛金珠家院门。

——这位出门的壮汉，就是勇嘎和洛桑极力寻找的仇人——绰号"刀疤"，唤名降巴丹真！

出门来的降巴丹真在整理马鞍欲要上马时，在抬头的瞬间瞥见了洛桑和勇嘎。他惊愕一瞬后，即刻跨上马，狠狠地抽了马屁股一鞭，马便"突突"地沿狭窄的巷道往山下跑去。

勇嘎目视着降巴丹真远去的背影，惊疑地问洛桑道："那人是谁？"

洛桑没有回答勇嘎的话，即刻驱马前去追赶。洛桑的异常行为，令勇嘎颇感诧异，随之也驱马也跟随在洛桑身后，追赶那位壮汉——降巴丹真去了。

洛桑和勇嘎直接追到巷道的尽头，到了山下仍然不见降巴丹真的踪影，唯见地里随风吹拂的青稞禾苗。

勇嘎见洛桑异样的表情，惊疑地问："那人你认识？"

"像是我哥——登竺。"

"你哥不是死了吗？"勇嘎惊疑地问洛桑后随即关心地道，"是眼睛看花了吧。"

洛桑倍觉遗憾地道了声："真是奇怪。"说着调转马头，从原路回走。

勇嘎大声询问道："这是去哪？"

"你忘啦，"洛桑回头道，"不是说去尼玛金珠家吗！"

尼玛金珠还没有来得及收拾降巴丹真放在桌上的大洋和食品时，勇嘎和洛桑就进屋来了。

勇嘎见火盆桌上乱七八糟的摆满了东西，便喊着尼玛金珠问："大姐，家里有客人来过？"

"啥客人呀，"尼玛金珠将孩子放在地上，收拾着桌上的东西，一副喜悦的样儿，回答说，"是卡玛的兄弟——降巴丹真！"

勇嘎欲要再问尼玛金珠的话时，隔壁的卡玛喊着妻子道："尼玛金珠你瞎折腾个啥，给你妹妹倒茶呀！"

"我知道，我知道，"尼玛金珠不耐烦地回答丈夫的话道，"不碍你的事，你别瞎操心！"

……

降巴丹真是个非常机灵的人，当他看见自己的弟弟和勇嘎朝他追来时，他便选择了改走小道，从侧面反方向朝山上而去，躲过了洛桑和勇嘎的追踪，去了杂货店。

陈老板在为降巴丹真斟着茶时，见降巴丹真愁眉紧锁，便询问道："谁惹大哥生气啦？"

"你猜，"降巴丹真问，"我遇见谁啦？"

"大哥，你是什么人呀——朋友遍天下，"陈老板脸上堆着笑容道，"我孤陋寡闻能猜得着吗？"

"遇见了我弟弟，"降巴丹真忧心忡忡地道，"你说我是高兴，还是愁苦？"

"——当然是高兴！"

降巴丹真叹了一口气，起身道："高兴不起来呀！"

陈老板连忙问："为啥？"

降巴丹真又兴冲冲地道："我弟弟有女人啦。"

"那好啊！"陈老板高兴地道，"你不是担心你阿妈没人照顾吗？你弟弟有了女人，大哥不就省心了吗？"

降巴丹真懊悔不及地道："可这女人不省心呀！"

陈老板愈加惊疑地问："这女人你认识？"

"岂止认识，"降巴丹真懊悔不及地，"应了一句老话——冤家路窄！"

陈老板愈加惊疑地问："她是谁？"

降巴丹真苦恼地道："你也知道。"

"大哥，"陈老板淡淡一笑道，"你在开玩笑吧。"

"没开玩笑，"降巴丹真回答，"她是罗松泽仁的女儿——勇嘎！"

陈老板吃惊地"哦"了一声。

……

今晚既是降巴丹真的不眠之夜，也是洛桑的不眠之夜。

降巴丹真双手枕着自己的头，心里在默默地叨念着自己弟弟洛桑的名字的同时，眼前梦幻般地出现了弟弟与勇嘎结婚的情景……

洛桑走进了新婚的新房，看着羞涩的新娘，紧挨在新娘身边坐下，将新娘依偎在自己怀里……

"洛桑真有好福气呀，"降巴丹真由衷地为弟弟高兴道，"娶了个漂亮的贵族小姐。"

一丝幸福的笑容从降巴丹真的脸上掠过后，他又再次陷入遐想……

贤惠的儿媳——勇嘎，为躺在病榻上的老阿妈（洛桑的母亲）喂药……

降巴丹真自语地遐想着道："阿妈有了自己儿媳的照料，我就是死在勇嘎的枪下也不后悔！"

……

月光皎洁，夜风徐徐，一切都显得格外地恬静。躺在尼玛金珠家地铺上的洛桑，今晚也翻来覆去也不能入眠，每当他闭上眼睛，哥哥登竺的形象，总是浮现在眼前。洛桑反复翻身，将睡梦中的勇嘎惊醒，勇嘎不由得对丈夫道："快睡吧，明天的事多着呢。"

"不知道咋啦，"洛桑不解地道，"怎么也睡不着。"

"是不是还在想傍晚见过的那个大汉？"勇嘎问。

"是啊，"洛桑坦诚地道，"他像是我哥。"

"尼玛金珠大姐不是说了吗，"勇嘎郑重地道，"他是降巴丹真！不是你哥——登竺！"

洛桑默默都叨念起来："降巴丹真，降巴丹真……"

第十九章
唯利是图终受损　同胞兄弟甘献身

且说，杂货店陈老板把"草上飞"逃离的事告诉了次郎尼玛和泽郎桑珠后，次郎尼玛只好自认倒霉地发泄了几句内心的愤怒后，便垂头丧气地出了杂货店的门。

泽郎桑珠问次郎尼玛道："我们现在去哪？"

"还能去哪？"次郎尼玛忧心地道，"回拉萨！"

在次郎尼玛同泽郎桑珠回拉萨的路上，次郎尼玛突然勒住马头，来不及停步的快马嘶鸣着直起了前蹄，紧随其后的泽郎桑珠勒住缰绳问："出啥事啦？"

"没事！"次郎尼玛命令般地，"回去！"说完调转了马头。

"咋啦？"泽郎桑珠纳闷地问，"不是说回拉萨吗？"

次郎尼玛果断地道："不回啦！"

"为啥？"

"勇嘎才是祸根！"次郎尼玛闪着凶狠的目光道，"勇嘎必除！"

"啥！"泽郎桑珠惊疑地，"你不是爱勇嘎吗？"

"二手货啦，我次郎尼玛还会娶她吗？"次郎尼玛冷冷地一笑道，"说白啦，我爱的是她家的家产，不是爱她勇嘎这个人！"说罢，两腿一夹，马便"噔噔噔"地跑了起来。

紧跟在后面的泽郎桑珠追着次郎尼玛问："我们现在去哪？"

"去了你就知道啦！"

次郎尼玛和泽郎桑珠再次来到了陈老板杂货店。当次郎尼玛刚走进店门，陈老板便笑眯眯迎上次郎尼玛道："我早料到你还会回头来找我。"

次郎尼玛问："为啥？"

"你心知肚明，"陈老板淡淡一笑道，"还需要问我吗？"

"你真是个人精，"次郎尼玛泛笑道，"我次郎尼玛如今也成了你掌控之中的人啦。"

陈老板"哈哈"一笑，玩笑般地道，"高看我啦，我能掌控你，那我不就成了第二个理查德了。"

在一片戏谑的笑声中，泽郎桑珠插言道："陈老板真是风趣幽默！"

"说，"陈老板问次郎尼玛道，"是不是又想我给你再当说客？"

次郎尼玛兴致勃勃地："陈老板，你真是……"

"别，别，别给我戴高帽，"陈老板打断次郎尼玛的话，"说客的事——别找我。"

"陈老板，"次郎尼玛将头凑近陈老板道，"你不帮我，总得要帮你大哥吧。"

"啥意思？"

"勇嘎正在四处寻找杀害她父亲的凶手，"次郎尼玛故作神秘地说，"一旦她找到了你大哥……"

陈老板嗤笑次郎尼玛道："你这消息早已老掉牙——不新鲜！"

次郎尼玛连忙问："你大哥已经知道？"

"我都知道，"陈老板反问说，"你说我大哥还能不知？"

"陈老板，"次郎尼玛提醒地道，"你总不能看着你大哥倒在勇嘎的枪下而无动于衷吧？"

陈老板满不在乎地反问说："我一个跑腿的，管得了大哥吗？"

次郎尼玛提醒陈老板道："没有了你大哥，就没有了山寨，更没有了你这杂货店，那你……"

"不必说啦，"陈老板打断次郎尼玛的话道，"道理我都懂。"

"那你更就应该，"次郎尼玛将自己的身子凑到陈老板跟前接着道，"好言劝你大哥。"

"徒劳！"陈老板跺步道，"我大哥说啦——'宁愿坐以待毙，让勇嘎杀了我，我也不会伤及勇嘎一根汗毛！'"

次郎尼玛不解地问："这是为啥呀？"

"一句话，"陈老板回答，"勇嘎是我大哥的兄弟媳妇！"

次郎尼玛颓废地一屁股坐在椅上连连地摇头。

"陈老板，你朋友多，人缘又好，"泽郎桑珠插话道，"你只要同意帮我们老板，无论你提什么条件，我们都答应，绝无二话。"

"对对对，"次郎尼玛接上泽郎桑珠话道，"你只要同意帮我们，无论你提什么条件，绝无二话，绝无二话！"

陈老板为难地连连摇头道："我是心有余而力不足呀！"

"陈老板，人缘就是财富，"次郎尼玛急切地道，"财富不能闲置呀！"

陈老板犹豫了半晌，回答道："还有个叫'小鸦毛'的人可以找……"

"'小鸦毛'是谁？"次郎尼玛性急地问，"是刀客？还是响马？"

"刀客、响马——都沾边，"陈老板回答，"就是个干小打小闹事的行家里手。"

"陈老板——我的大哥，"次郎尼玛兴奋地，"你快去找呀！"

"对不住，"陈老板为难地，"我大哥瞧不起'小鸦毛'，我们相互间向来没有来往。"

"陈老板，"次郎尼玛连连拱手道，"你得帮我呀！"

"你去找一个叫仁青的人,"陈老板思考着踱步道,"找到仁青,就能找到'小鸦毛'。"

"仁青?"次郎尼玛像是抓到了救命稻草,催促陈老板道,"仁青又是谁?"

陈老板回到桌前落座后道:"道上的一个小混混!"

次郎尼玛从抽屉褡裢取出一封银圆,掰了半封置桌上推到陈老板面前。

陈老板反把银圆推向次郎尼玛后,不紧不慢地道:"这事你得亲自出马。"

次郎尼玛目视着陈老板连忙问:"我怎么出马?"

"仁青向来出没不定,"陈老板指点迷津道,"你得去翁达庄园找到庄园的管家,才能打听到仁青的出没的地方。"

……

次郎尼玛办事也是个干净利落的人,他同泽郎桑珠离开了杂货店后,就直接去了翁达庄园,并在庄园的大门处见到了庄园的管家。

"我是特意从拉萨赶来的,"次郎尼玛自我介绍说,"叫次郎尼玛。"

"找我有啥事?"管家开门见山地道,"但说无妨。"

"想请管家大人,"次郎尼玛回答,"引荐一下仁青。"

管家问,"是为买奴隶的事?"

"对!"次郎尼玛连连回答,"买奴隶的事,买奴隶的事!"

管家犹豫了一下道:"那明天下午你们在扎日德茶楼见。"

次郎尼玛连连感激地道:"谢谢大人!谢谢大人!"

……

次日,吃罢了午饭,次郎尼玛邀约上陈老板,按照昨天与翁达庄园管家的约定,提前去了扎日德茶楼。

陈老板走后不久,降巴丹真和手下的老二兄弟就驱马来到了杂货店。

今天杂货店歇业,店员茨玛没事可做,只好在后院躺在平板车上跷着二郎腿晒太阳。

"咚咚"响起了敲门声。

茨玛警惕地问:"谁呀?"

敲门的老二回答:"卖山货的!"

悉知暗语的茨玛连忙起身前去开门。当降巴丹真和老二牵着马出现在门前时,茨玛和颜悦色地招呼降巴丹真和老二道:"大哥!二哥!"

降巴丹真和老二进院后,老二问店员道:"今天没开门,老陈去哪啦?"

"出门,"店员结巴起来道,"出门办事,出门办事!"

老二欲继续问话时,降巴丹真给他使了个脸色,止住了老二的问话。

店员茨玛恭敬地对老大和老二道:"大哥、二哥请到楼上喝茶。"

当降巴丹真和老二随同茨玛上了楼,在客厅落座后,降巴丹真便对茨玛道:"你也坐,我有话问你。"

茨玛不由得紧张起来……

第十九章　唯利是图终受损　同胞兄弟甘献身

"告诉我，"降巴丹真表情严肃，语气和缓地问，"老陈办什么事去啦？"

"大哥，"店员连忙避过降巴丹真的目光，胆怯地回答道，"老陈做的事，我一点也不知道……真的，我一点都不知道。"

"别紧张，"降巴丹真随和地道，"告诉我真实情况？"

"老陈他……"店员说话吞吐起来。

"——他咋啦？"老二问。

店员鼓足勇气道："他在给次郎尼玛办事。"

"办什么事？"

"具体办什么事，我也弄不明白，"茨玛回答，"只知道在替次郎尼玛办事。"

"这个老陈，"老二愤愤地道，"真是条豢养不顺的狗！"

"大哥！这不关我的事，"店员哀求着说，"老陈做的事，我就知道这些。"

"老实说，"老二发话问，"老陈现在去哪啦？"

"扎日德茶楼，"茨玛目视着老二轻声回答，"是次郎尼玛亲自来，叫他去的，说是去见一个叫仁青的人。"

"老陈真是个吃里扒外的东西，"老二恼怒地道，"今天老子非要他的命不可！"

"冷静！"降巴丹真叮嘱道，"就是让老陈死，也要他死得明白。"

老二强抑内心的愤恨，连连叹气。

降巴丹真回头问店员道："你家里们还有些什么人？"

"一个老妈，两个妹妹。"茨玛回答。

"大哥以前对你关心不够，"降巴丹真内疚地道，"以后大哥会多替你多关心你老妈和妹妹的。"

"大哥，"店员连忙跪地乞求地道，"我茨玛是忠诚大哥的，对大哥我没有二心，没有二心！"

"我知道，我知道，"降巴丹真把茨玛搀扶起身后，叮嘱他道，"今天来的事一定替大哥保密，千万不能让老陈知道。"

"大哥你放心，"店员信誓旦旦地回答，"女人肚子能装孩子，我一个大男人，难道还装不下一句话？"

降巴丹真满意地拍着店员肩头吩咐道："以后你就和你二哥单线联系，不管发生什么事情，都要告诉你二哥。"

"我知道！"店员高兴地道，"谢谢大哥的信任！"

……

查日德茶楼今天是宾朋满座，陈老板和次郎尼玛进门后，各自寻了一张桌子落座不久，仁青就随翁达庄园管家来到了茶楼。次郎尼玛连忙拱手上前迎上管家道："管家大人真是爽快——按时赴约！"

管家向次郎尼玛介绍仁青道："次郎尼玛先生，这就是仁青先生。"

次郎尼玛边打量着仁青，边伸手向仁青握手道："仁青先生器宇轩昂，果然不凡！"

管家拱手向次郎尼玛告辞道:"你们慢聊,你们慢聊!"

次郎尼玛拱手回敬了管家后,对仁青道:"请坐!请坐!"

店小二为仁青沏好茶,离去后,仁青问次郎尼玛道:"听说老板是从拉萨特意过来买奴隶的。"

次郎尼玛淡淡一笑,反问仁青道:"我像是买奴隶的吗?"

仁青惊疑地起来,欲起身离开。

"事情还没谈,"次郎尼玛目视着仁青道,"就要走人?"

这时,坐在远处座位上的陈老板走了过来,拍了下仁青肩头。

仁青回头一见是熟人,惊喜地说:"哟!陈老板!"

"怎么,不赏脸,"陈老板问仁青道,"刚来就要走?"

仁青尴尬地连连道:"陈老板在,哪敢走呀。"

陈老板示意仁青落座后,次郎尼玛从衣兜摸出一沓银圆置放在桌上后,推至仁青面前。

仁青不解地看了看陈老板,又看了看眼前这位不认识的外地人,问:"这是……"

"拜托你引荐一个人,"次郎尼玛指着桌上的大洋,"这是辛苦费。"

仁青看了看陈老板后,问次郎尼玛道:"引荐谁?"

"——小鸦毛!"

仁青惊疑地打量着次郎尼玛,将银圆推到次郎尼玛面前道:"什么小鸦毛、大鸦毛的,我不认识。"

"仁青老弟,你就别装啦,"陈老板将大洋推至道仁青面前,笑道,"你的底细我老陈还不知道吗?"

仁青无言以答了,用猜疑的目光注视着次郎尼玛。

老陈倾身靠近仁青道:"只是请'小鸦毛'办桩小事。"

"——杀人越货?"仁青问。

次郎尼玛微笑着道:"只杀人,不越货。"

仁青眼睛发出了亮光,问:"杀什么人?"

陈老板替次郎尼玛回答说,"——女人!"

……

仁青和"小鸦毛"的见面地点是在一家汉人开的小酒馆里。为投其所好,仁青特意点了卤牛肉、卤猪蹄一系列好酒好菜招待"小鸦毛"。"小鸦毛"一看到满桌的好酒好菜,就不管三七二十一,抓起一只猪蹄狼吞虎咽地啃了起来。"小鸦毛"啃完了一只,用衣袖拭着嘴角流出的油,连声赞叹说:"真香!好吃,好吃!"

仁青笑着叮嘱"小鸦毛"道:"慢慢吃,慢慢吃!"

"小鸦毛"抓起第二只猪蹄大大地啃了一口,在咀嚼着嘟哝道:"仁青兄弟,今天不是专门请我来吃肉喝酒的吧?"

"当然不是,"次郎尼玛从衣兜拿出两封红纸封包的银圆,放在桌上后推至给"小鸦毛"道,"我有个兄弟请你办件事。"

"小鸦毛"的眼睛发亮了，迫不及待地抓起红纸封着的银圆，露出满意的笑脸，对仁青道："我应允啦，你吩咐——杀什么人？越什么货？"

"——杀女人！"

"杀女人？""小鸦毛"嗤笑着问，"这女人是骗了你兄弟的钱财，还是……"

次郎尼玛故作轻松地回答，"当然是骗了钱财。"

"杀女人我'小鸦毛'最在行，""小鸦毛"兴奋地道："先好好玩一玩，""小鸦毛"停顿了片刻，比画了个杀的动作接着道，"然后才——咔嚓！"

仁青极其满意地点头应允说："目的是杀了她，至于玩，你想怎么玩，就怎么玩。"

"仁青兄，你在我'小鸦毛'心中，""小鸦毛"高兴地竖起拇指道，"——就是这个！"

"老哥过奖啦，"仁青也对"小鸦毛"竖起拇指道，"你才是这个。"

"小鸦毛"接着问道："这女人家居何处？姓啥名谁？"

"拉萨人，"仁青回答，"名叫——勇嘎！"

"小鸦毛"，一听说"勇嘎"的名字，即刻惊疑了。

"怎么，"仁青连忙问，"兄弟认识？"

"岂止认识，""小鸦毛"撩起衣袖，让仁青看着手腕上留下的伤痕道，"我还挨过她枪子。"

"这女人更应该杀，"仁青将头凑近"小鸦毛"道，"是老天给兄弟报仇的机会。"

"这女人不是一般的女人。""小鸦毛"的脑海即刻闪现出勇嘎、洛桑闯进自己巢穴时，勇嘎用枪顶着自己的头时的情景。

仁青见"小鸦毛"神魂不定的样儿，问："咋，怕啦？"

"我怕啥呀，""小鸦毛"感叹地道，"我是在想这女人也算厚道——重情讲义，没伤害我弟兄。"

"鬼话，"仁青将面前的大洋推倒"小鸦毛"面前道，"这世上哪有什么情义，只有利益！"

"小鸦毛"目视着门前的大洋为难起来，几欲将面前的大洋推至仁青面前，就在"小鸦毛"犹豫不决的时候，仁青继续诱惑"小鸦毛"道："我那兄弟叫我转告你，只要你为他除掉那女人，再给兄弟五百大洋，十支毛瑟枪，一万发子弹——如何？"

"小鸦毛"将信将疑地问："此话当真？"

"我那兄弟叫次郎尼玛，是拉萨……"仁青竖起大拇指继续道，"有名有姓的大人物。"

"小鸦毛"附和着连连道："不简单！不简单！"

仁青炫耀着道："他的身后，还有英国人为他撑腰！"

"英国人还为他撑腰，""小鸦毛"似信非信地道，"这话是真，还是假？"

仁青从怀里摸出香烟盒和打火机置桌上后，问"小鸦毛"道："知道是啥吗？"

"小鸦毛"傻乎乎地目视着烟盒和打火机摇头道："不知道。"

仁青打开烟盒取出烟,叼在嘴边,然后拿起火机,"啪"的一声打燃火苗,将香烟点燃,喷出烟雾,派头十足地问"小鸦毛"道:"洋玩意——咋样?"

"小鸦毛"钦佩地竖起拇指。

仁青炫耀地将烟盒和打火机推向"小鸦毛"道:"好好瞅瞅——次郎尼玛送我的——英国货!"

"兄弟!""小鸦毛"喜露于色地双手一拍,坚定地道,"你的事,当哥的应承啦!"

"好!"仁青激动地一掌击在桌上,站了起来,端起酒碗对"小鸦毛"道,"兄弟,我敬你!"

"小鸦毛"也端起酒碗,站立起来,与仁青碰了一下酒碗后,二人都将碗里的酒一饮而尽。

饮罢落座后,"小鸦毛"面有难色地对仁青道:"事情我倒是应承下来啦,可是……"

"别吞吞吐吐的,"仁青催促道,"有话直说!"

"勇嘎是个出没不定的女人,""小鸦毛"为难地道,"行踪难寻啊。"

"小事,小事,"仁青满不在乎地道,"出城去找到陈老板,我保准你就能打听到这女人行踪。"

"小鸦毛"为难地道:"这陈老板……"

"放心,"仁青拍着"小鸦毛"肩头道:"不是外人!"仁青说着从怀里又摸出一条封好的银圆一分为二,一半放到"小鸦毛"面前,一半递向"小鸦毛"道,"用它开路。"

"那好!""小鸦毛"接过银圆,兴奋地道,"下次见面,哥们儿一定拎着勇嘎的人头见你!"

……

日头快要落山的时候,吃罢晚饭的陈老板和店员茨玛正在后院劈柴,"小鸦毛"找上门来了。

"咚咚"门外响起了敲门声,陈老板颇警惕地向茨玛使了个脸色,茨玛便问道:"谁呀?"

门外的回答声:"陈老板是我。"

"你是谁呀?"

门外的"小鸦毛"回答:"开了门就知道我是谁啦。"

老陈即刻抽出枪,躲藏至一旁并示意店员去开门。

店员把门打开,用躯体挡着门问:"你谁呀?"

"小鸦毛"泛笑回答:"我找陈老板。"

陈老板收藏好手枪,从躲藏处走了出来,故作惊喜地拱手对"小鸦毛"道:"哟,是老朋友,幸会!幸会!"

店员凑近陈老板问:"他是谁呀?"

陈老板小声回答："没你的事。"

店员只好目送陈老板和来客去了楼上。

……

"小鸦毛"随陈老板上了楼后，陈老板边请"小鸦毛"入座，边为"小鸦毛"斟着茶道："光临舍下，是有事找我？"

"你们汉人就是能掐会算，""小鸦毛"笑着道，"我不开口，就知道我是有事而来。"

"不妨直说，"陈老板斟好茶坐下后，问"小鸦毛"道，"啥事找我？"

"——打听个人！"

"老朋友真会说笑，"刚落座的陈老板起身踱着步对"小鸦毛"道，"我孤陋寡闻的，除了生意场上的朋友，还是生意场上的朋友。"

"小鸦毛"从怀里摸出一沓银圆置桌上道，"都打了好多年的交道啦，你我之间就别掖着瞒着啦……"

陈老板微微一笑道问："打听的是男还是女？"

"小鸦毛"斜眼睨视着陈老板回答道："女人——勇嘎！"

陈老板没有直接回答"小鸦毛"的话，而是走到窗户前，推开窗户，唤着店员道："茨玛！"

在楼下劈柴火的茨玛，抬头往楼上看去，见陈老板向自己招着手，茨玛只好丢下斧头，往楼上跑去。

"小鸦毛"不接地问："陈老板，你这是……"

陈老板一手势刚阻止了"小鸦毛"的问话，茨玛就来到了门前。陈老板向茨玛介绍"小鸦毛"道："这是我的老朋友，"说着从桌上拿起"小鸦毛"放置的银圆，递给茨玛道，"我朋友听说你是孝子——特意赏你的。"

茨玛接过大洋感激地向"小鸦毛"鞠着躬连声道："谢谢！谢谢！"

陈老板笑问茨玛道："这些日子在我这得到的不少了吧？"

"不少，不少，"茨玛感激地回答，"足够我阿妈买几条牛啦。"

"知道就好，"陈老板拍着茨玛肩头道，"知道就好！"

"老板，"茨玛胆怯地问，"我想回家去一趟，把大洋……"

"别说啦，"陈老板打断茨玛的话道，"我明白你的意思，记住——快去快回！"茨玛感激地回答道："谢谢老板！谢谢老板！"说着向"小鸦毛"鞠了一躬，便下楼去了。

就在茨玛下楼的当儿，陈老板故意大声地对"小鸦毛"道："我这个小兄弟不但是孝子，还是个知恩图报的人！"

茨玛也是个聪明的小伙子，他为了不让陈老板看出破绽，下楼后特意去了自己的住室一趟，以取东西的假象迷惑了陈老板，然后才到马厩房牵出自己的坐骑，不慌不忙地从后院出门离开了杂货店。

……

今天是降巴丹真的生日，山寨的弟兄们都在忙里忙外地为降巴丹真的生日做着准备。可是寿星却把自己的生日给忘了，正同老二伫立在山头，颇有雅兴地俯视着隐藏于密林深处的巢穴，以及周围的山山水水……

"大哥，"老二唤着降巴丹真道，"天快黑啦，我们该回了。"

"真想把这里多看上一眼，"降巴丹真颇有感慨地道，"离开这里，心里还真不是滋味。"

"大哥，"老二连忙问，"你这话是啥意思？"

"我打算离开山寨，"降巴丹真回答，"由你来做弟兄们的大哥。"

"大哥！不能这样，"老二急切地道，"兄弟们离不开你呀！"

降巴丹真果断地道："我必须离开！"

"为啥？！"

"眼下勇嘎为报父仇正在四处找我，次郎尼玛为得到勇嘎家的财产在到处部下杀机要杀勇嘎，"降巴丹真回答，"我在这里多待一天，就要给次郎尼玛多一天杀勇嘎的机会。"

"大哥，你担心个啥，"老二安慰降巴丹真道，"仁青不就是个小混混吗，明天我就去把这混混给灭啦！"

"杀了一个仁青，还有第二个仁青，"降巴丹真忧心地道，"像仁青一样的人多得很呀！"

"再多也不怕，有一个杀一个。"

"没这么容易，"降巴丹真叹了口气道，"尤其是有陈老板在里面搅和，就更防不胜防啊。"

"那我今晚就……"老二说着比画了一个杀的动作。

"不不不，"降巴丹真连忙阻止道，"现在不是时候。"

"唉！"老二愤愤地道，"老陈真是个吃里扒外的狗杂种！"

"为他生气——不值！"降巴丹真对老二道，"我们还是回吧。"

降巴丹真和老二回到山寨，已是暮色快要降临的时候。当山寨管事在巢穴的大门处迎上降巴丹真和老二时，不由得埋怨道："大哥、二哥，你们这是去哪啦？兄弟们都在到处找你们。"

降巴丹真连忙问："有事？"

"大哥忘啦，"管事提醒地道，"今天是你的生日！"

"对，对对对，"降巴丹真恍然大悟地，"是我的生日！我的生日！"

……

降巴丹真的生日宴会在饭厅举行。一张长长的桌子的左右两边围坐着降巴丹真手下的几十个弟兄。在一片欢闹声和掌声中，降巴丹真被弟兄们簇拥着走进了饭厅。当降巴丹真走到首席座位时，掌声更激烈了。降巴丹真站在位置上，露出真诚的笑容，双手不停地示意弟兄们入座。

老二端着盛满酒的酒碗，对弟兄们道："兄弟们，我提议大家端起碗来，共敬寿星大哥一碗！"

劫匪们共同举起酒碗。

老二领头道："祝福大哥安康吉祥！"

劫匪们齐声道："祝福大哥安康吉祥！"

……

就在劫匪们狂欢饮酒时，杂货店的店员茨玛策马赶来了。当茨玛将马的缰绳扔给大门处的卫兵，急匆匆跑进饭堂时，降巴丹真一眼就看见了茨玛，他连忙向茨玛迎去。

茨玛的突然到来，使饭厅的喧闹声戛然而止。降巴丹真手下的弟兄们都把目光聚集到了茨玛身上。

"大哥，"店员气喘吁吁地道，"可能要出大事！"

"别急，"降巴丹真回答道，"慢慢说。"

老二性急地跟了过来问茨玛道："出啥事啦？"

"具体要出啥事，我也不知道，"茨玛回答，"只是看到有个大个子来找陈老板，陈老板只是对我说，这人是他的老朋友，我也不敢多问，"茨玛从怀里搜出陈老板给他的那叠银圆后继续道，"最后，陈老板就给了这些大洋，把我支走了。"

"大哥，"老二问，"这人会不会是仁青？"

"不是，"降巴丹真肯定地回答，"仁青个儿不大。"

"那，"老二惊疑地，"不是仁青，是谁呢？"

管事插话道："我想现在还敢在这道上闹事的，就只有'小鸦毛'！"

"对，'小鸦毛'，"降巴丹真肯定地道，"一定是'小鸦毛'！"

"大哥，"性急的老二道，"我带两个兄弟马上下山，把'小鸦毛'和老陈给宰啦！"

"慢！"管家道，"首先要弄清楚'小鸦毛'找老陈的原因，杀与不杀，由大哥再做定夺。"

"这个办法好，"降巴丹真对老二道，"我下山去一趟。"

"杀鸡用不了宰牛刀，"老二反对道，"你就在家里陪弟兄们喝酒，完事我就回来。"

"不对，'小鸦毛'突然去找老陈，"降巴丹真团醒悟地道，"今晚一定要出大事！"

"大哥，"老二惊疑地问，"还会出啥大事？"

"'小鸦毛'去找老陈，"降巴丹真怀疑地分析道，"一定是为了找我弟弟和弟媳！"

"老陈知道你大哥和嫂子的住处，"管事道，"'小鸦毛'一定是为打探你大哥和嫂子的住处去找老陈！"

"大哥，"老二急切地，"事不宜迟，我们得分头行动，三哥带几个弟兄马上去杂货店，我带几个弟媳去保护你大哥大嫂！"

降巴丹真问："那我……"

"你是寿星，就在家和兄弟们喝酒"管家回答，"我随老三去杂货店。"

"那好，"降巴丹真决定道，"这事就这么定啦！"

老二、老三正要分头行动时，降巴丹真道："慢！"

老二回头问降巴丹真道："大哥，还有啥事？"

降巴丹真拍着老二、老三的肩头叮嘱道："一路上都得要小心——快去快回！"

……

老二、老三带兄弟们走后，山寨没有了先前的热闹，到处都显得空空荡荡的。降巴丹真也没有了喝酒的兴趣，既担心着自己山寨兄弟一家的安危，又担心着自己的弟弟和弟媳的安危……

且说，带着四五个弟兄去杂货店的老三和管事都是做事小心的人，他们在离杂货店还有一段路程的地方，就提前下了马，他俩向随同的弟兄吩咐了几句话后，便随茨玛去了杂货店。

老陈今天很高兴，独自待在家自得地哼唱着京剧《空城计》的唱段："我正在城楼观山景，耳闻得城外乱纷纷。我连忙差人去打听，原来是司马懿发来的兵……"

"咚咚咚"从后门连续传来了有节奏的敲门声，终止了老陈的唱段，他仔细地聆听了后，半晌才推开窗户大声地问："谁？"

传来茨玛回答的声音："老板，是我——茨玛！"

"都什么时候啦才回来？"

"阿妈病啦，"茨玛回答，"本打算在家住一宿，我怕老板担心，所以回来迟啦。"

"下次再这样，"老陈边下楼，边嘟哝着道，"我就叫大哥换人，你给我回山里去。"

一阵脚步声后，响起了拉动门闩的声音。老陈把门打开，老三的枪已顶在了他的胸前。

"三哥，"老陈惊慌地退步道，"你，你……这是……"

管事上前从老陈的腰间抽出老陈的配枪。

"说！"老三威逼着老陈道，"'小鸦毛'在哪？"

"三哥，"老陈狡辩道，"你把老陈给说糊涂啦。"

老三将自己顶着老陈的枪，用枪柄在老陈额头上猛击了一下，顿时老陈的额头冒出血来。老三并没罢手，一手抓起老陈衣服的领口，欲再打时，老陈连忙应承道："别打！我说，我说……"

老三威逼着道："说！"

老陈被迫如实交代说："'小鸦毛'找我是来打听卡玛大哥家的住址的。"

老三厉声问："'小鸦毛'现在去了哪？"

"去，去，"老陈怯生生地道，"去了卡玛家，卡玛家！"

这时，老三所带来的几个弟兄都进院子来了。

"你这个吃里扒外的狗弟兄，"老三愤愤地道，"留他个全尸，拉下去——沉河！"

"三哥！"老陈跪在地上乞求地道，"我这都是为了大哥，只要'小鸦毛'杀了勇嘎，就再没有人找大哥的麻烦啦。"

"呸！"老三狠狠地朝老陈脸上啐了口唾液。

这时，拿绳索的弟兄走上前来，老陈苦苦哀求道："三哥，我的三爷，饶命呀！饶……"老陈话还没说完，一快木塞就塞进到了老陈的嘴里，他再也说不出话来了。

……

且说自洛桑那天在卡玛家宅院门前，见到降巴丹真起，洛桑一直深信降巴丹真就是自己一奶同胞的哥哥——登竺！可是勇嘎总是持否定态度，认为洛桑是想哥心切，自己看花了眼。多日来，洛桑都在为降巴丹真究竟是不是登竺而纠结。同时，洛桑再也没有了留住在废弃的挖金洞的心情，迫切地能再一次在卡玛家见到降巴丹真。

"天快黑了，再傻的劫匪也不会来了，"洛桑心怀怨气地对勇嘎道，"今天又白忙活了一整天。"

勇嘎也无可奈何地道："回吧！"

洛桑直起身，活动了下筋骨对勇嘎道："是回挖金洞，还是去……"

勇嘎打断洛桑的话回答道："去你想去的地方——尼玛金珠家！"

天色完全黑了，高挂在夜空中一弯残月，透出了淡淡的亮光。勇嘎和洛桑沿着山路，还没有到达寨子时，远远地就听见从寨子传来的"汪汪"的犬吠声。

洛桑惊异地勒住马头，扭头问勇嘎道："今天咋啦？"

犬吠声一声更比一声迅猛和强烈了，勇嘎也预感到情况有异常，即刻下马叮嘱洛桑道："可能有情况——小心点！"

一切都如勇嘎所料。此间，"小鸦毛"在一个小兄弟的带领下，正带着四个弟兄，摸索着向卡玛家行进……

当小兄弟带领着"小鸦毛"及其手下的那几个劫匪来到卡玛家的院子门前时，院子内拴在柱子上藏獒的咬叫声愈加疯狂了。这咬叫声引得全寨子圈养的狗都跟着咬叫起来。同时，各家各户的犬主人，也都上了自家楼房的平台，查看犬吠的原因。当卡玛家左邻右舍的邻居，看到横枪站在尼玛金珠家门前的劫匪时，男人们都抽出自己的佩刀，欲前去帮助残疾的卡玛家，可是都遭到女人的阻止，一家家的女人都近似哀求地告诫男人说："不能去，劫匪有枪！"

就在邻舍的女人规劝自家男人的时候，"小鸦毛"再也按捺不住心中的急切了，他一脚拽开院门，继而对着向他扑来的藏獒就是一枪，藏獒顿时被击毙倒地。

枪声就是危险的警报，勇嘎和洛桑连忙丢掉牵马的缰绳，将枪的子弹上膛，猫腰沿着寨子狭窄的巷道摸索着赶往卡玛家。

冲进卡玛院子的"小鸦毛"和他的弟兄，横枪威胁着抱着的孩子的尼玛金珠。

这时，从楼上传来卡玛的痛骂声："畜生！你们都是不得好死的畜生！"

"小鸦毛"奸笑着对尼玛金珠道："我不会为难你，告诉我——勇嘎她在哪里？"

"谁是勇嘎,"尼玛金珠语气和缓地回答,"不认识!"

"小鸦毛"淡淡一笑道:"不认识勇嘎,总认识降巴丹真吧?"

"你什么都清楚,还问我干啥?自己问降巴丹真去!"

"你这婆娘嘴巴厉害,""小鸦毛"威胁的道,"我再说一遍,勇嘎她在哪里?"

"不认识!"尼玛金珠不卑不亢地回答,"你问降巴丹真去!"

"小鸦毛"一个耳光向尼玛金珠打去,顿时尼玛金珠怀抱的孩子"哇"的一声大哭起来,"小鸦毛"欲从尼玛金珠怀里抢下孩子时,率先摸索到院门处的勇嘎抢枪就射出两发子弹,两个横枪守候在门前的劫匪应声倒地。

"小鸦毛"眼疾手快地以尼玛金珠为人质,用枪顶着尼玛金珠的头,威逼着勇嘎和洛桑道:"把枪都放下!不然我毙了她!"

"不要管我!"尼玛金珠呵斥勇嘎道,"你们快走!快走呀!"

"没听见吗?""小鸦毛"越来越凶狠地用枪顶着尼玛金珠的头,威逼勇嘎和洛桑道,"把枪给我放下!"

在邻舍的楼顶上,名叫呷登的男子问身边的女人道:"那女的是什么人?"

女人回答:"听说是尼玛金珠的妹妹!"

小孩仍在一个劲地"哇哇"啼哭,"小鸦毛"则仍以枪顶着尼玛金珠的头,一步一步逼近勇嘎,眼看"小鸦毛"和他手下的三位弟兄,已对勇嘎和洛桑形成三角包围的态势。在这样的境况之下,勇嘎和洛桑只好按"小鸦毛"的要求,俯下身子将枪放在了地上。

就在勇嘎和洛桑往地上放枪的时候,"小鸦毛"一掌推开尼玛金珠,一个跨步上前踢飞了勇嘎的枪后,得意地嗤笑道:"对不起了勇嘎小姐,不是我'小鸦毛'不讲义气,我是受雇于人,没办法的事。"

"'小鸦毛',"勇嘎道,"你我前世无冤,今世无仇,你放了我,你要多少钱,我都一个铜板不少地给你。"

"别给我玩小孩子的把戏,""小鸦毛"皮笑脸地走近勇嘎接着道,"说,想马上死,还是明儿死?明儿死,今晚……"就在"小鸦毛"自鸣得意的时候,邻舍楼顶名叫呷登的汉子,拾起一块片石子向"小鸦毛"脑门扔去,这石子在"小鸦毛"的脑门砸了个窟窿,顿时血液从窟窿涌出。

就在"小鸦毛"呻吟的瞬间,洛桑一个箭步冲上前去,飞起一脚踢在"小鸦毛"的小肚腹上,"小鸦毛"的威风顿时泯灭,蹲在地上"哇哇"直叫。

勇嘎没等劫匪反应过来时,已夺过"小鸦毛"的枪,连续两枪击毙了两劫匪。但就在勇嘎向第三位劫匪开枪的瞬间,那劫匪提前开枪了,在慌乱中,一枪击在了勇嘎前胸……

勇嘎跟跄了几步,就要倒地时,洛桑声嘶力竭地喊了声:"勇——嘎——!"连忙箭步上前将勇嘎拦腰抱住。也就在洛桑顾及勇嘎时刻,老二率弟兄们赶来了,"小鸦毛"同自己的弟兄逾墙而逃。老二欲去追"小鸦毛"时,管事呵斥道:"别追啦——救弟媳要紧！"

在管事向老二发话的当儿，尼玛金珠蹲在地上，连声呼唤被洛桑抱在怀里勇嘎："妹妹！妹妹！"

勇嘎微微睁开眼睛，苦笑着安慰尼玛金珠说："没事！"又疼痛难忍地合上双眼。

管家走到尼玛金边问："嫂子，这里有大夫吗？"

"有！有！"尼玛桑珠连声回答道："我去请大夫，我去请大夫！"

尼玛金珠出院门后，管事对洛桑道："兄弟，快把弟妹抱到屋里去！"

洛桑抱着勇嘎去宅楼后，老二在率弟兄们离开时，顺便抬走了横摊在地上的尸体。

那些站在自己家楼顶平台是的左邻右舍，相互打听问："抬尸体的都是些什么人呀？"

"不是说卡玛那个结拜弟兄降巴丹真是马帮吗？"一女人回答，"应该是降巴丹真的马帮弟兄。"

……

经大夫诊断，勇嘎受伤的部位离心脏甚远，子弹只是从左肩胛骨缝隙对穿而过，危及不了生命，只要静心修养一段时间，伤口就会愈合。

洛桑着急地问大夫道："她肚子里的孩子……"

"——平安，"大夫回答，"一切都好！"

洛桑双手合十连连道："扎西德勒！扎西德勒！"

……

次日，泽郎桑珠按次郎尼玛的盼咐一早就去了杂货店。可是叫了半天的门，都没有任何回音，最后才从旁人的口中打听到杂货店再不开门了，赚了钱的老板，已经回内地了。

至于，陈老板回内地，还是没回内地，泽郎桑珠十分清楚，为了避免不必要的麻烦，他连忙返回住所，不但将陈老板失踪的消息告诉了次郎尼玛，而且还反复向次郎尼玛强调：一旦"刀疤"打探到你我的消息，你我的性命就难保啦！

"我不甘心呀，"次郎尼玛唉声叹气地道，"我花出去的大洋，不就都打水漂了吗！"

"强龙压不了地头蛇，"泽郎桑珠劝解地，"我俩就是找到了仁青、'小鸦毛'也是百搭——奈何不了他们！"

且说，自"小鸦毛"取勇嘎人头失手后，这些天来一直都躲藏在人迹罕至的山洞忧心忡忡地打发日子。事过数日后，手下的贴心的弟兄才向他送来仁青请他去县城酒馆喝酒的消息。

在酒馆里，仁青瞧着"小鸦毛"萎靡不振的样儿，安慰着道："别垂头丧气啦，不就损失了两兄弟吗，只要你大哥这根旗杆在，怀里揣有大洋，还愁没有人来入伙？"

"不是为损失弟兄的事，""小鸦毛"愧疚地道，"是不能拎勇嘎的人头来见你，我'小鸦毛'是脸上无光啊！"

"勇嘎的头不是那么好拎的，"仁青为"小鸦毛"斟酒道，"她的头好拎，次郎尼玛还会花钱雇人？"

"小鸦毛"内疚地道："我担心你不好向次郎尼玛交代。"

"交代个屁，"仁青睨视着"小鸦毛"道，"今天请兄弟来，是有大买卖要同兄弟商量。"

"算啦，""小鸦毛"连忙向仁青拱手道，"你的事，我应承不了。"

仁青为"小鸦毛"斟着酒道："你呀，就是一朝遭蛇咬，十年怕井绳。"

"小鸦毛"端起酒杯，喝了口酒连连应承道："我胆小，胆小。"

"我们就啥也不说，"仁青端起酒杯，对"小鸦毛"道，"来，走一个。"

仁青与"小鸦毛"碰杯把酒咽下肚，拭自己嘴问"小鸦毛"道："听说过田轩的马帮驮队吗？"

"小鸦毛"将手握的筷子，往桌上一放，斥责仁青道："你又在引诱我！"

"我引诱你个啥，"仁青不耐烦样儿道，"只想打听那批货怎样？"

"一个字——肥！""小鸦毛"遗憾地指着自己的嘴道，"这个小啦——咽不下。"

"只要听我的，"仁青自负地道，"就没有咽不下的肥肉。"

"别吹啦，""小鸦毛"嗤笑地道，"马帮不是孬种！"

"错啦！"仁青鄙夷地道，"这年头谁不想发财，马帮不是完人，个个都在打主意——发财！"

"不可能，""小鸦毛"道，"马帮耿直，对主人都是说一不二！"

仁青冷冷地一笑问："认识'草上飞'吗？"

"咋不认识，以前是这条道上的老大，""小鸦毛"眉颓废地道："现在同我一样吃了打不出喷嚏的亏，成了飞不起来的落难凤凰。"

"认识就好，"仁青漫不经心地，"你去问问'草上飞'，现在的马帮是说一不二的人，还是背后捅刀子的人。"

"小鸦毛"不解地问，"啥意思？"

"前两天'草上飞'见过马帮，"仁青回答，"同马帮商量过里应外合吃下这批货的事。"

"哟哟哟，""小鸦毛"嗤笑着道，"'草上飞'这个落难的凤凰，还敢出手？"

"他已经同马帮的内线商量好啦，"仁青漫不经心地比画着道，"只要马帮驮队一达到扎脱就……"

"小鸦毛"惊疑地问："马帮里面有内线？"

仁青反问"小鸦毛"道："我仁青什么时候对兄弟们说过假话？"

"我'小鸦毛'虽说刚吃了亏，""小鸦毛"一拍桌子，站起来道："现在就是伸出一只胳膊，也比他'草上飞'的腿粗，你，你……你啥也别说，只要有马帮的内线，这事——我揽啦！"

仁青示意"小鸦毛"坐下后，道："我希望的是共同联手……"

"小鸦毛"打断仁青的话，惊疑地问："联什么手？"

"别急，别急，"仁青漫不经心地道，"你、'草上飞'、马帮内应共同联手……"

"小鸦毛"竖起拇指兴奋地连连道："高见！高见！真是高见！"

……

勇嘎住在尼玛金珠家，经过半个多月的调养，现在伤已基本痊愈。但是尼玛金珠仍把她视为病人，每天都精心侍奉着她。正当勇嘎和洛桑夫妻俩正在逗弄尼玛金珠的小孩时，尼玛金珠给勇嘎端来了煎熬好了的药汤。

"姐！"勇嘎难为情地唤了声尼玛金珠。

尼玛金珠笑盈盈地在床沿坐下欲喂勇嘎服药时，勇嘎对尼玛金珠说："我自己来。"

"别逞强啦，"尼玛金珠责备了勇嘎一句后，便用勺喂起勇嘎药来。

勇嘎咽下药后，对尼玛金珠道："姐，你真好！"

"你为姐受了伤，"尼玛金珠愧疚地，"姐欠你太多啦。"

"你说到哪去啦，"勇嘎一字一语地道，"你我姐妹谁也不欠谁。"

"有你这个妹妹，"尼玛金珠高兴地，"姐开心极啦！"

"姐，"勇嘎认真地道，"问你个事。"

"啥事呀，"尼玛金珠笑着问，"这么神秘？"

"你知道那个扔礌子（石片或石头）的人是谁吗？"

"对门的呷登呗，"尼玛金珠回答，"他呀，扔礌子一扔一个准。"

"你去谢他了吗？"

"去啦，"尼玛金珠回答，"可他不承认有这事。"

"不承认，"勇嘎惊疑地问，"这是为啥呀？"

"怕招惹是非，"尼玛金珠拾捡着孩子扔在地板上的东西回答，"引来劫匪的报复。"

"那，"勇嘎只好改口道，"你买点东西去感谢感谢人家。"

门外传来藏獒的咬叫声。

"好好躺着休息，我去去就来。"尼玛金珠叮嘱了勇嘎后，便出门去了。

勇嘎拭着下床时，洛桑连忙阻止道："别动！"

"别大惊小怪啦，"勇嘎对洛桑道，"天天吃了躺着，再不活动，成了胖子你还要我吗？"

"你是我洛桑的女人，"洛桑得意地，"我不要，谁要！"

勇嘎笑道："去你的！"说着试着下了床，手叉着腰试着步子刚走出卧室，尼玛金珠肩头扛着牛皮口袋，手拎竹篮进屋来了。

"不是叫你好好休息吗？"尼玛金珠来不及放下肩头所扛的牛皮口袋，便责怨勇嘎道，"怎么下床来啦？"

"姐，"勇嘎笑答，"别担心——没事！"

尼玛金珠卸下肩扛的口袋。

"姐，你又是扛，又是提的，"勇嘎惊疑地问，"都是些啥呀？"

"我也不知道，"尼玛金珠回答，"是你大哥的弟弟——降巴丹真托人捎来的，说是给你大哥补身子。"

尼玛金珠收拾起袋里的东西来，顿时桌子上摆满了从口袋取出的货物：牛肉、酥油、糖果……

洛桑打开竹篮的盖子，只见篮子里装的是两只活鸡，不由得对尼玛金珠道："大嫂，我看降巴丹真不像是在给大哥补身子，倒像是在给勇嘎补身子。"

"管它是给你大哥，还是给我妹妹，"尼玛金珠爽快回答，"给谁都一样！"

洛桑无话可说了，只好尴尬地剥了颗水果糖放进尼玛金珠孩子的嘴里，问："好吃吗？"

"好吃，"孩子高兴地回答，"——甜！"

尼玛金珠拿了两甜饼，去了卡玛卧室，将甜饼递给卡玛道："尝尝，是你兄弟降巴丹真托人给你送来的。"

卡玛接过甜饼道："一晃又有好些日子没见过我的这个兄弟啦，真想知道他的情况。"

"他带信说啦，"尼玛金珠回答，"他很好，叫你安心养病。"

……

且说，降巴丹真自从知道"小鸦毛"逃走的消息，一直以来，内心都是忐忑不安的。虽然老二和管家几番告诉他次郎尼玛已经黔驴技穷回拉萨去了，"小鸦毛"也已成了一条困在干旱地的小泥鳅，但是他总是觉得次郎尼玛不会善罢甘休，一定会卷土重来。因此，降巴丹真决定：与其这样坐以待毙，不如亲自去趟拉萨杀了次郎尼玛一了百了。当降巴丹真整理好行装，打算出门的时候，管家、老二、老三前来送行来了。

"大哥，"管家声音哽咽地问，"你这样一走，就真的再不回来啦？"

降巴丹真拍了管家肩头一下叮嘱道，"记住，一定要辅佐好二哥，在兄弟们面前处处为你二哥树立威信。"

"大哥，兄弟们都跟着你好些年啦，"老三不舍地道，"还是给弟兄们打声招呼再走吧？"

"这样走了好，"降巴丹真道，"免得大家都悲悲切切的娘们样。"

"大哥，"管家的眼眶盈满泪水道，"你用心良苦呀！"

眼看大哥就要离开了，老二最后双手紧握降巴丹真的手道，"这山寨是你的家，你什么时候回来，都是我们的大哥。"

"好！好！"降巴丹真拍了拍老二、老三的肩头后道，"你们都是我的好兄弟！"

……

降巴丹真被管家和老二老三送出山寨的大门，一眼就看见自己最亲信的两位弟兄——巴登和加措早已候在这里。

老二吩咐巴登和加措道："一路上一定要照顾好大哥。"

"二哥放心，"巴登回答道，"我和加措会照顾好大哥的。"

老二拍着巴登和加措的肩头道:"二哥,谢你们啦!"

降巴丹真、巴登、加措下山后没有直接去拉萨,而是去了卡玛的家。

……

卡玛家里,尼玛金珠正在楼下院子扯刚杀罢了鸡的鸡毛,洛桑则站在一旁哄尼玛金珠的孩子。

牵马而来的巴登,敲门喊道:"大嫂!大嫂!"

尼玛金珠从喊声辨别出是巴登的声音,惊喜地对洛桑道:"是降巴丹真的弟兄——巴登!"说着便前去开门。

门刚被打开,巴登一见到尼玛金珠,露着笑脸叫了声:"大嫂!"

尼玛金珠伸手去接巴登手里的缰绳时,巴登拒绝地说道:"不进去啦,我是来叫洛桑的。"

"叫洛桑?"尼玛金珠惊疑地问,"啥事呀?"

"大哥要见他。"

"大哥来啦,"洛惊喜地问,"他在哪?"

"河边——老榆树!"

洛桑激动地连忙将抱着的孩子,交给尼玛金珠后,从巴登手里一把抓过缰绳,便跨上马"突突"地驱马离开了。

巴登所说的老地方,其实就是寨子山下靠近小溪边的一棵老树下。

洛桑在很远的地方就看见了降巴丹真——自己的哥哥,便情不自禁地喊道:"登竺!——哥!"

降巴丹真也激动地:"弟弟!——洛桑!"

洛桑刚跳下马,兄弟俩就紧密地拥抱在了一起。

在拥抱中兄弟俩的眼眶都盈满了泪水。

"哥,"洛桑呜咽道,"五年啦,我和阿妈都认为你死啦……"

"弟弟,"降巴丹真问,"阿妈她好吗?"

"阿妈好,"洛桑回答,"就是天天都在念你。"

即刻,降巴丹真眼前闪现出母亲倚在大门前盼儿归的凄楚情景……

"哥,这么多年啦,"洛桑问降巴丹真道,"你为什么不回家呀?"

"不是不回家,"降巴丹真凄楚地道,"是回不了家……"

"为什么?"洛桑连忙问。

"五年前,在运货的路上遇到了劫匪,货被抢劫一空,"降巴丹真回忆说,"回到土司府,哥被打得几乎死去,还是管家发话,把哥拖出去喂狼,这才遇上了卡玛,哥才捡了这条性命。"

"别说啦,"洛桑淌着泪道,"卡玛大哥救你的事我全知道。"

"弟弟,哥是有家回不去的人,"降巴丹真痛心痛心疾首地道,"实在是走投无路,最后只好选择了去做劫匪。"

"你都是劫匪的受害者,"洛桑泪流满面地斥责哥哥道,"你为啥还要去做劫匪?"

"做劫匪不是哥甘愿的,"降巴丹真后悔不已地道,"哥是身不由己呀!"

"我最气愤的是杀害了勇嘎父亲——罗松泽仁!"

"原谅哥,"降巴丹真泪流满面地道,"哥错啦,是哥糊涂啊!"

……

且说,午睡的勇嘎一觉醒来,没见洛桑的人影,便颇感奇怪地下楼来找洛桑。当她刚出底楼房门,一眼就看见在清扫院子的尼玛金珠,不由地问:"大姐,你看见洛桑了吗?"

"去河边啦,"尼玛金珠笑道,"你大哥的弟弟降巴丹真带话来要见他。"

勇嘎惊疑地重复了一句:"河边——降巴丹真?"即刻返回宅楼牵马去了。

尼玛金珠惊诧看着牵马出来的勇嘎,不解地问:"你上哪去?"

"河边!"勇嘎回答,"见降巴丹真!"

勇嘎牵马出了院门,翻身上马,双腿一夹马肚,马便"突突突"地疾跑起来……

勇嘎驱马驰过寨子,越过绿油油的青稞地,直向河边驰去。

洛桑和降巴丹真正在拉话时,洛桑听见了"突突突"的马蹄声,他回头望去,见是勇嘎正朝自己奔驰而来,便连忙对降巴丹真道:"哥,你快走,快走呀!"说着上前去阻拦勇嘎。

可是,洛桑没跑几步,勇嘎就已经来到洛桑面前,也清楚看见降巴丹真脸上的三道疤痕。即刻,父亲在密林遭到袭击中弹时的情景,以及"刀疤"赤裸着上身,解着裤带一步一步地逼近自己时的情景都一一地浮现在勇嘎的眼前……

勇嘎愤怒地抽出枪,洛桑连忙阻拦着勇嘎道:"他是我哥——登竺!登竺!"

愤怒至极的勇嘎一掌将洛桑推倒于地,大步走向降巴丹真。降巴丹真闭着自己的眼睛,等待着勇嘎的开枪……

就在勇嘎开枪时,洛桑箭步飞上用自己的身体护着降巴丹真。可是勇嘎的扳机已经扣动,只听见一声枪响,子弹击中了洛桑的胸膛。降巴丹真伸手抱住自己弟弟,大声呼唤道:"弟——弟!——洛——桑!"只见殷红的血液从伤口涌出……

勇嘎丢下手中的枪,发出了撕裂肺腑的呼喊:"洛——桑——!"

——这呼喊声,在天地间回响。

勇嘎上前悲痛欲绝地抱着洛桑的遗体,悲切地哭喊道:"洛桑啊……"

降巴丹真拾起地上的枪,向勇嘎递去痛心疾首地说:"你打吧,你打死我吧!……"

此时,勇嘎脑海闪现出躺在地上无助卡玛,以及抱着孩子的尼玛金珠,都在向她伸出近似绝望了的求助之手……

……

第二十章

勇嘎赎罪做觉姆　格桑拉姆遇仁青

勇嘎为洛桑操办了水葬仪式……

在肃穆的气氛和经幡的"呼呼"飘飞声,以及喇嘛诵念的超度经文的祈祷声中,洛桑的尸体缓缓地从水葬台滑下,被卷入到汹涌的波涛……

尼玛金珠走到悲痛至极的勇嘎身边道:"我们回吧,你大哥还在家等你呢。"

"我要赎罪,"勇嘎淌着泪道,"再见啦,姐……"

"你身怀六甲,"尼玛金珠阻止道,"哪儿也不能去!"

"姐,别劝我啦,"勇嘎坚定地道,"我决定了的事,是不会改变的。"

勇嘎固执地走了,只留下眼眶盈满惜别泪水的尼玛金珠孤零零地伫立在荒野。降巴丹真来到尼玛金珠的身边问:"她这是去哪?"

"只说去赎罪……"尼玛金珠悲戚地说不下去了。

"嫂子,回吧,"降巴丹真为难地道,"哥在家等你呢。"

尼玛金珠转身看见了巴登和加措牵着马,在等候着降巴丹真,顿时惊疑地问:"你们要去哪?"

"去拉萨!"降巴丹真铁青着脸道,"我要亲手杀了次郎尼玛,才解我心中之恨。"

"杀来杀去的,"尼玛金珠泪流满面地道,"什么时候才是头呀!"

降巴丹真坚决地回答道:"不杀了次郎尼玛,我对不起死去的弟弟。"

"你们执意要去?"

"必须去,"降巴丹真双目喷射着怒火道,"此仇非报不可!"

"记住嫂子的话,"尼玛金珠只好最后叮嘱道,"去了人生地不熟的地方,该忍得忍,要平安回来。"

"嫂子,"降巴丹真回答,"放心,不会有事。"

尼玛金珠悲戚地道:"嫂子和你大哥在家等你……"

……

佛教悠扬的钟声和法号声,在空旷的草原回荡……

——赎罪的勇嘎，做了修行的觉姆（女尼）。

修行的生活是十分清苦的，觉姆们的修行和生活起居都在依山搭建的小木屋里。这小木屋的高度，只够打坐，倘若夜间瞌睡来袭，只能蜷缩着身子打盹。然而，觉姆们为了赎去自己犯下的罪孽，甘愿承受常人难以承受的清苦。

伴着晨间的钟声和"呼呼"飘飞的经幡声，身着藏红色僧袍的勇嘎，随同修行的姐妹，沿着山道，下山前往喇嘛寺殿堂。

这里的喇嘛寺是藏传佛教神圣的地方之一，在它的周围到处是飘忽的五色经幡，在它的广场，到处是虔诚的信徒。这些信徒，有的手摇转经桶，有的一步一匍匐叩长头……

且说，自格桑拉姆伴随母亲从炉城出发，叩长头来到了达科喇嘛寺。她们围绕喇嘛寺叩长头绕行一周后，又继续叩着长头前往拉萨。格桑拉姆的母亲在前面一步一叩的行进，而格桑拉姆则牵着马紧随在的母亲身后。在行进中，格桑拉姆看见了背着柴火返回小木屋的觉姆队伍，并认出了行列中的勇嘎。格桑拉姆顿时惊疑了，她几乎不敢相信自己的眼睛，然而她确信这位觉姆，一定是自己曾在炉城磨坊磨面见过富贵人家的勇嘎小姐。于是，格桑拉姆鼓足勇气，扔下手里牵马的缰绳，上前喊着道："小姐——勇嘎！"

"对不起，施主你认错人啦，"勇嘎依然双手合十回答道，"我是觉慧。"

"小姐，"格桑拉姆提醒对方道，"你忘啦——炉城磨坊，你，扎西大哥、汪堆你们来找郎吉去拉萨。我是郎吉的未婚妻——格桑拉姆呀！"

"对不起，"勇嘎坚持说，"你认错人啦。"然后转身随觉姆们的队伍离去了……

格桑拉姆目视着背柴火的觉姆队伍逐渐从自己的视线中消失……

夜，空旷的草原，除了偶尔能听到远处传来的犬吠声外，大自然的一切都显得格外的静谧和空旷。然而，就在这静谧而空旷的原野，搭建有一顶低矮的帐篷。居住在帐篷里的人，是劳累了一天，停息下来的格桑拉姆和她的母亲。

明月在云层里穿行，繁星在夜空中眨着眼睑……

夜，已很深了，"呼呼"的寒风早已刮灭了低矮帐篷内酥油灯的光亮。漆黑的帐篷内，依稀可见格桑拉姆母女俩，紧紧地相拥在一起相互取暖。

格桑拉姆拥抱着母亲，兴奋地对母亲道："再过些日子，我们就要到金沙江了。过了金沙江离拉萨就不远啦。"

母亲甜蜜地问女儿道："你说，我们到了拉萨，阿妈能洗清犯下的罪孽吗？能得到佛祖的宽恕吗？"

"阿妈，"女儿回答母亲道，"你对佛祖的虔诚，一定会得到佛祖的宽恕。"

心灵得到慰藉的老阿妈苍老的脸上露出了幸福的笑容。

繁星悄然隐去，即刻一道雪亮的闪电划过后，在雷声中"哗哗"的大雨倾泻而来。由于帐篷搭建在平坝，一会儿的工夫，雨水就涌进了帐篷。为了避免身着的衣物被涌进的雨水打湿，格桑拉姆只好坐在片石板上，搂抱着浑身颤抖母亲……

一阵强风刮来，掀翻了帐篷。格桑拉姆只好撇下母亲，追赶被风掠走的帐篷……

格桑拉姆年迈的老母亲，已被雨水淋成了"落汤鸡"，本就冷得浑身颤抖的母亲，现在愈加冷得厉害了，上牙不停地打着下牙……

老天像是在捉弄人似的，格桑拉姆刚重新搭好帐篷，雨停了，繁星也凑热闹地在夜空中眨起了眼睛……

为了给母亲御寒，格桑拉姆在帐篷内，燃起了牛粪火。然而牛粪火散发的热能，并没有替母亲抵御住寒冷，她瑟缩着不停地颤抖。格桑拉姆只好解开自己的衣服，用自己的体温温暖母亲。

然而，母亲的呼吸越来越急促，格桑拉姆紧张地连声呼唤："阿妈！阿妈！……"

母亲从死亡的边缘挣扎过来后，呆滞地看着女儿低微的语音道："阿妈去不了拉萨啦……"

"阿妈，离拉萨已经不远啦，"格桑拉姆淌着泪道，"你一定能到拉萨，能到拉萨！"

母亲摆着头断续地道："告诉阿妈，去不了拉萨，阿妈犯下的罪孽能得到佛祖饶恕吗？"

"阿妈，"格桑拉姆流着泪安慰母亲道，"你的虔诚佛祖是知道的，你的虔诚一定能洗清罪孽，佛祖是宽容的，佛祖一定会宽恕你！"

母亲的心灵得到了宽慰，露出了难得地微笑……

黑暗又让给了黎明，整理好行装的格桑拉姆母女俩又要上路了……

母亲仍在艰难的一步一匍匐的叩首中，最终以手指着拉萨的方向而再也不能站起身来了……

"阿妈！……"格桑拉姆的哭喊声在旷野回响。

汹涌的波涛拍打着江边的岩石，格桑拉姆把用棉絮裹着的母亲的遗体，放入了江水，目送着母亲的遗体被江水淹没直至卷走……

母亲去了，格桑拉姆孤零零地伫立在岸边，泪流满面的发出了心底的呼喊："郎吉——你在哪里呀？！"

——这呼喊声响遍了山谷，在天宇间回响。

时间过得真快，屈指算来自那天"小鸦毛"在小酒馆应允了仁青，同意出手拿下田轩的事被定下来后，一晃已经过去有六七天了。此后他们又与"草上飞"结下了联手拿下田轩的同盟。于是，"草上飞"所剩的四五个兄弟全都换成了藏装和"小鸦毛"手下的七八个弟兄，合并组成了一支劫匪武装，朝着目的地扎脱开拔。

当这支劫匪队伍爬上山头时，"草上飞"从单孔望远镜瞭望到山下有一位女人牵着马正向山头缓缓走来。"草上飞"兴奋地道了声："女人！"便将望远镜塞到仁青手里，自己双腿一夹马肚，就"噔噔噔"地策马向山下驰去。

接过望远镜的仁青，从望远镜中看见了牵马缓缓行走的女人，惊奇地道："怎么会是她？"

"小鸦毛"从仁青手里一把抓过望远镜，瞭望着问："她是谁呀？"

仁青没有回答"小鸦毛"的问话，便驱马追赶"草上飞"去了。

"这，这……""小鸦毛"像丈二和尚摸不着头脑，惊诧地驱马追着仁青问："你们这是干啥呀？"

仁青追逐着"草上飞"，大声呼喊："'草上飞'你停下！停下！"

可是"草上飞"置若罔闻，愈加加快了骑行的速度。

仁青掏出枪朝天扣动了扳机，枪的响声，迫使"草上飞"勒住马头，停下了奔跑，怒目注视着仁青，恶狠狠地质问道："想要内讧是吗？"

"什么内讧啊，"仁青道，"你要坏大事！"

"老子好几年没尝女人味啦，""草上飞"蛮横地道，"老子今天玩女人玩定啦！"说完，又驱马直朝格桑拉姆奔去。

"停下！"仁青发怒地，"你给我停下！"

"草上飞"仍在一个劲地奔跑……

仁青在追逐"草上飞"中，再次抽出枪朝天放了一枪。

"草上飞"停了下来，骑在马上转着圈，厉声对临近的仁青道："老子说啦，这女人老子今天玩定啦！"

"我的兄弟，"仁青大声地呵斥"草上飞"道，"你别坏了大事！"

"坏什么大事？""草上飞"不甘示弱地道，"有什么大不了的，不就是搞搞女人吗！"

仁青大声地斥责"草上飞"道："她是郎吉的老婆！"

"谁的老婆我也管不了！""草上飞"撂下一句，"这女人我搞定啦！"便双脚一夹马肚，马儿就"突突突"地跑离了。

仁青急切地在"草上飞"身后大声道："你不就是要女人吗？我答应你，到了玛丽干戈我一定给你一个年轻漂亮的女人！"

"草上飞"勒住马头停了下来，回头问："你说什么？"

"给你一个漂亮的女人！"仁青回答。

"草上飞"不相信地道："你都是光棍一个，能给我女人？"

"我保证，"仁青发誓地道，"我用脑袋向你担保！"

且说，格桑拉姆自水葬了母亲之后，无助和孤独使她的意志几乎到了崩溃的边缘。此时，她最渴望的是自己的未婚夫——郎吉就在自己的身边，哪怕就是对自己说一句安慰的话语。就在格桑拉姆边走边默念着郎吉的时候，突然传来的枪声，顿时使她紧张起来。她心有余悸地抬头往枪声传来的方向望去，只见十多个疑似劫匪的人，正朝她策马驰来。此时，格桑拉姆意志反而坚定了，且打定了主意——如果劫匪是为抢劫她的马而来，那么尽管牵去就是；如果为了非分之想，大不了就是以死相拼。

劫匪离格桑拉姆越来越近了，驱马跑在前面的仁青，喊了一声："嫂子！"格桑拉姆仿佛觉得有人在叫自己，可是仔细一想，在这荒野之地应该是不会有人认识自己的，莫非自己认识的人中，也有做劫匪的人。格桑拉姆正疑惑时，她看清楚了，朝她驰骋而来的人是自己未婚夫郎吉的兄弟——仁青。格桑拉姆仿佛像溺水的人抓住了救命的稻草似的，情不自禁地呐喊了声："仁青！"便扔下牵马的缰绳，向仁青迎上前去。

格桑拉姆迎上跳下马的仁青，感激地连声道："佛祖保佑！佛祖保佑！……"

"什么也别说啦，"仁青关心地问格桑拉姆道，"怎么只有你一个人？伯母呢？"

格桑拉姆的眼眶溢出泪水，呜咽地道："阿妈走啦……"

"别难过，"仁青安慰说，"伯母去世在朝圣路上就洗清了罪孽，成了得到佛祖宽恕的人。"

"对！阿妈她洗清了罪孽，"格桑拉姆含着泪眼，坚定地道，"佛祖会宽恕她，佛祖一定会宽恕她！"

巴桑随同劫匪都赶来了。

格桑拉姆惊喜地唤着巴桑道："巴桑兄弟！"

巴桑亲昵地叫了声："嫂子！"

仁青向格桑拉姆介绍说："他们都是我的伴——朋友！"

格桑拉姆笑盈盈地称赞仁青道："你能耐！人缘好！"

"嫂子，"仁青问，"你这是要去哪儿？"

"——回炉城！"

"不能回去，你单身一人路上不安全，"仁青劝解格桑拉姆说，"就是要回去，也得同郎吉商量商量才决定吧。"

"你见过郎吉？"格桑拉姆性急地连忙问，"他现在在哪？"

"我和他约定好了的，"仁青回答说，"如果没有特殊原因，他们马帮驮队今天应该到了玛丽干戈。"

格桑拉姆兴奋地连连道："我要见郎吉！我要见郎吉！"

……

玛丽干戈是个美丽的地方，四围的青山把县城紧紧地拥抱在怀里。同时，这里民风淳朴，人们能歌善舞。

当田轩的马帮路过劳作的地头时，欧阳慧敏看着众多的男女边唱着欢悦的劳动歌，边在欢快地舞蹈，欣赏和羡慕极了，端起相机就在不停地为舞蹈的人们拍照……

赖三兴奋地对田轩道："这地方真好！"

一男士向马帮们招着手道："过路的朋友，来呀，一起来唱歌跳舞吧！"

扎西摆手回答："不行啊！赶路要紧！"

……

格桑拉姆随同仁青、"草上飞"、"小鸦毛"一行来到玛丽干戈的地界，仁青俯视着足下一马平川的草场和庄稼地，情不自禁地道："玛丽干戈真的个美丽的地方！"

"仁青，"格桑拉姆问，"你说今天我们能见到马帮兄弟吗？"

"嫂子，"仁青开玩笑道，"你是急着见到马帮兄弟，还是急着见到郎吉呀？"

格桑拉姆兴奋地回答道："马帮、郎吉我都急着见！"

"我和马帮兄弟也有些日子没见面啦，"仁青叹气道，"只是……"

"啥？"格桑拉姆催促道，"说呀！"

仁青憋了半晌道："扎西大哥不肯待见我。"

"你们都是光着屁股一块长大的弟兄，"格桑拉姆直率地道，"有什么不可待见的？"

"他呀，"仁青愤愤地道，"早就把兄弟情分给忘啦！"

"你扎西大哥的脾气我知道，"格桑拉姆道，"他是个直肠子，就是天大的事，只要说清楚——没事！"

"没这么简单，"仁青惋惜地道，"嫂子有句话想请你带给郎吉兄弟……"

"你是他弟弟，"格桑拉姆打断仁青的话问，"直接对他说不就行啦。"

"嫂子，"仁青回答道，"郎吉哥插在我和扎西大哥的中间，有些话不好说，我不想难为郎吉哥。"

"没事！"格桑拉姆大咧咧地道，"你和扎西大哥的事，我出面替你俩摆平。"

"嫂子，"仁青内疚地道，"什么也别说啦，你就给郎吉兄弟带句话，晚些时候我见他一面。"

"行！"格桑拉姆爽快地回答，"这话我一定带到。"

……

马帮今晚的宿营地选在临近小溪的地方，马帮们按照明确的分工，有的在忙着搭建帐篷，有的在忙着打着木桩安装临时围栏。"金眼镜"在负责用石块磊灶；欧阳慧敏和羌月则拎着茶壶去溪水边打水。

打水的羌月，打满水直起身时，看见一女子朝着自己驱马而来，惊疑地问旁边的欧阳慧敏道："那女子是谁呀？"

"管她是谁，"欧阳慧敏抬头看了一眼道，"不就是一女子吗？"

羌月正纳闷时，传来那女子的呼喊声："欧阳小姐！"

"听见了吗？"羌月对欧阳慧敏道，"在叫你。"

欧阳慧敏倍觉奇异，像是自语般地道："谁呀？"

欧阳慧敏颇感疑惑地注目着朝她走来的人时，来到跟前的格桑拉姆提醒欧阳慧敏道："欧阳小姐，忘啦，磨坊、郎吉、磕长头……"

欧阳慧敏想起来了，惊喜地："——格桑拉姆！"

格桑拉姆笑了。

马帮们已在休息地搭建好了帐篷及围栏，郎吉、长命刚坐在地上喘息，散放的藏獒便冲到围栏门处狂咬起来。郎吉不经意地向狗咬的处看去，只见格桑拉姆随同欧阳慧敏、羌月出现在了围栏门处。

郎吉惊喜地喊了声："格桑拉姆！"连忙起身迎上前去。

郎吉见到久别了未婚妻，内心真有说不出的喜悦，炯炯的目光落在格桑拉姆身上，一副拥抱不能的窘态……

欧阳慧敏用眼神示意羌月离开，与此同时，格桑拉姆羞涩而甜蜜地对郎吉道："看你，傻样！"

……

在落日的余晖下，格桑拉姆和郎吉漫步在草原……

格桑拉姆突然问郎吉道："你猜我在达科看见谁啦？"

"达科是修行的地方，除了僧人，还是僧人，"郎吉不屑地反问道，"能见到谁呀？"

"——勇嘎小姐！"

"勇嘎小姐做了觉姆，"郎吉惊疑地问，"在达科修行？"

"正是！"

"她为什么去做觉姆？"郎吉愈加惊疑了问，"为啥修行？"

"谁知道呀，"格桑拉姆回答道，"她什么也不说。"

"这事千万不能再提，"郎吉叮嘱说，"你来驮队是客人，不能给田老板添乱。"

"放心，"格桑拉姆回答道，"孰轻孰重我知道。"

郎吉夸奖格桑拉姆道："还是我老婆聪明。"

格桑拉姆由衷地道，"勇嘎小姐真是幸福，做了觉姆还有人惦念、心疼。"

"有啥幸福的，"郎吉不屑地道，"做僧人表面光鲜，受人尊敬，内心的苦衷只有自己知道。"

"你没听懂我的意思，"格桑拉姆解释说，"我的意思是有男人珍惜的女人，才是幸福的女人。"格桑拉姆接着指着郎吉的鼻子笑着道，"你呀，就是个不知道珍惜女人，傻不溜丘男人！"说完拔腿就往前跑。

郎吉在后面追逐着道："给我站住！"

郎吉和格桑拉姆在嬉闹的追逐中，双双倒地，紧拥着在草地翻滚……

正当格桑拉姆和郎吉嬉闹时，仁青出现了，并拍手道："亲密！亲密！"

郎吉扫兴地怒视着仁青。

仁青自我解嘲地道："你们两口子秀恩爱真叫我眼馋。"

"眼馋也去找个弟妹，"格桑拉姆笑着道，"自己开心就不眼馋啦。"

"我呀，没那福分，"仁青继而问郎吉道，"是我把嫂子给你带来的，你说是该怎么谢我？"

"两字，"郎吉感激道，"——喝酒！"

"嫂子，"仁青对格桑拉姆道，"我有话问郎吉兄弟，能回避一下吗？"

格桑拉姆道："我走，我走。"说罢，起身往回走。

郎吉见格桑拉姆走远后，问仁青道："你那边准备得怎样啦？"

"一切妥当，"仁青回答，"万事俱备！"

"人都可靠吗？"

"都是干抢劫行当的，"仁青反问郎吉道，"能不可靠？"

"有多少人？"

"不多，"仁青回答，"连同我和巴桑也就十四五个。"

"现在情况变啦，"郎吉道，"看来一时动不了手。"

仁青连忙问："啥意思？"

"长命那小子变卦了，"郎吉沮丧地道，"想要撤我的台。"

"郎吉兄，"仁青慌张地道，"在弦上绷紧了的箭发不出去，我无法向'草上飞'和'小鸦毛'交代呀！"

"放心，"郎吉蛮有把握地道，"再等几天，保证这箭一射一个准！"

仁青哭丧着脸，叹着气为难地道："说起来轻巧——别说几天，就是一天也难熬啊。"

"忍一忍，"郎吉毫不在意地，"咬咬牙一天就过去啦。"

"你不知道我的苦衷，"仁青忧心忡忡地道，"十多口人吃饭每天的开销大不说，'草上飞'那个好色之徒整天为了女人在我的面前唠叨，我担心'草上飞'为了女人，坏了我们的大事。"

"女人的事好办，"郎吉满不在乎地道，"'金眼镜'有办法！"

"只要稳住了'草上飞'，"仁青激动起来道，"事情就成功了一半！"

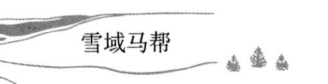

第二十一章
富贵喜获姑娘爱　羌月幼稚入狼穴

格桑拉姆的到来，使欧阳慧敏不但新增了朋友，而且整个马帮住地又多了几分热闹。

夜已经很深了，随欧阳慧敏居住在同一帐篷内的两个女伴——羌月、格桑拉姆都已进入了梦乡。然而，在篝火旁的马帮兄弟都还聚在一起谈笑风生地喝着酒。格桑拉姆一觉醒来，听见篝火处传来的戏谑的说笑声，便披上棉衣，轻轻地出了帐篷。

格桑拉姆刚出帐篷，就远远地看见"金眼镜"端起酒碗，对郎吉道："郎吉兄弟，为嫂子的到来，我敬你！"

郎吉端起酒碗同"金眼镜"碰了碗，正要饮酒时，见自己的未婚妻已站在自己身边，怒视着自己，便连忙把酒碗放下。

"瞧你们一个个都醉醺醺的，都别再喝啦，"格桑拉姆对大伙道，"听嫂子的，把碗里的酒干了睡觉去！"

马帮兄弟们一个个都端起了酒碗，饮干了碗里的酒后，回帐篷去了，篝火旁只剩下了值班的长命和郎吉。

"你喝呀，"格桑拉姆斥责郎吉道，"你再喝呀！"

"听你的，"郎吉嬉皮笑脸回答，"不喝啦——睡觉，睡觉！"说着，便起身欲回帐篷了。

格桑拉姆目视着郎吉，给了郎吉一个甜蜜的微笑，便转身去了居住的帐篷。

……

马帮住地到处都是静悄悄的，值班守夜的长命，背着自己的架子枪在四处巡查。突然，传来了细微的脚步声，长命立刻拉动枪栓问："谁？"

"我——'金眼镜'！"随着回答声，黑暗中的"金眼镜"和郎吉已来到长命跟前。

"今天弟妹来，我就猜想到你俩肯定要来找我，"长命语重心长地对郎吉道："郎吉兄弟，我只想说一句——昧良心的事，不能做呀！"

"好一个长命，"郎吉两目直视长命愤愤地道，"到了关键时候就撤我的台！"

"你骂我，打我，啥都行，"长命告辞道，"一句话——我不参与！"说罢便提着马灯离开了拴马处。

"金眼镜"连忙上前拦住长命道："长命兄弟,有话好说,我们商量商量啊!"

在和"金眼镜"推搡中,长命向"金眼镜"发怒道："别推搡,要不我跟你急!"

……

月儿移进了云层,满天的星星不时地眨着眼睑。夜是寂静的,然而此刻马帮住地篝火边的气氛却是沉闷的。郎吉苦闷地吸着旱烟,"金眼镜"愤愤地道,"这个长命真他妈不是东西,一盘好棋,就让他给搅黄啦!"

郎吉磕掉烟杆里的烟灰愤愤地道："我就不信离了红萝卜,做不出满汉全席!"

"郎吉兄,""金眼镜"兴奋地道,"有你这句话,小弟就是拼命也跟着你干!"

郎吉拍了"金眼镜"肩头一下道："有件事得同你商量。"

"不是外人,""金眼镜"性急地问,"啥事需要我出手,你尽管吩咐!"

"'草上飞'是个好色之徒,"郎吉的眼睛瞅着欧阳慧敏居住地帐篷道,"想办法给他弄个女人。"

"找女人的事好解决,""金眼镜"满不在乎地道,"我有办法!"

今天是马帮放假休息的日子,一早,格桑拉姆就起床在打酥油茶为马帮准备早餐,欧阳慧敏和羌月,都为了外出,在帐篷里打扮。身着猎装的欧阳慧敏正对镜子整理着头饰时,在一旁的羌月因挑选不出符合自己心意的服饰而生气地将衣服包袱狠狠地扔在了地上。

欧阳慧敏打开皮箱盖,对羌月道："咱俩身材差不多,你挑吧"。

羌月笑了,在皮箱里挑选起衣服来。

小扎西在一旁喊着欧阳慧敏道："欧阳阿姨,你们都打扮得漂漂亮亮的,这是要去哪呀?"

欧阳慧敏转过身,逗着小扎西："不告诉你!"

当欧阳慧敏从箱子里取出相机时,小扎西明白了,便拍着手道："我知道啦,你们要去照相!你们要去照相!"

这时,"金眼镜"走进帐篷。今天的"金眼镜"西装革履,尤其是脚蹬的皮鞋油光铮亮。

"哟!是金先生,"欧阳慧敏惊异地打量着"金眼镜"道,"今天不会是去县城相亲吧。"

"别取笑我,""金眼镜"尴尬地笑着道,"是去县城会个生意上的朋友。"

欧阳慧敏的脑海即刻闪现出在拉措老爷寿辰时,与"金眼镜"见面时的情景……

——"金眼镜"从兜里掏出名片,恭敬地递给田轩和勇嘎道："鄙人姓金,是宏发皮革公司的业务经理,请多关照。"

欧阳慧敏的回忆一闪而过后,打趣般地道："瞧我这记性,把金先生是宏发皮革公司的业务经理的头衔都给忘啦。"

"金眼镜"连忙对欧阳慧敏拱手道："再别取笑我。"

挑选好了衣服的羌月向"金眼镜"下逐客令道："出去！我要换衣服。"

"金眼镜"连忙向后退几步连连道："好好好，我出去，出去！"

"金眼镜"离开帐篷后，羌月对着小圆镜打扮着自己问欧阳慧敏道："欧阳姐听说这儿的县城挺热闹，你不去逛逛？"

"有什么热闹的，不就是多几个人，"欧阳慧敏收拾着皮箱回答，"闲逛，还不如去摄影。"

"欧阳姐，求你啦，"羌月撒娇地道，"来个例外——陪我去趟县城。"

"有'金眼镜'陪你，"欧阳慧敏叮嘱道，"你快去快回，我等你回来。"说罢，牵起小扎西的手就要出帐篷。

"欧阳姐，"羌月叫住欧阳慧敏，严肃地道，"想给你句箴言……"

欧阳慧敏回头笑着问："啥箴言？"

羌月回答："——得乐且乐！"

欧阳慧敏笑道："你就乐你的去吧！"说着拉起小扎西的手出了帐篷。

帐篷外的"金眼镜"看着肩挎着相机的欧阳慧敏从帐篷出来，竖起拇指奉承欧阳慧敏道："欧阳小姐——雅兴！"

欧阳慧敏微微一笑道："进去吧，她没事啦。"

"金眼镜"刚走到帐篷门处，就遭到羌月劈头盖脸的指责："不是叫你在外面等吗？想占便宜呀？"

"别说得这么难听，""金眼镜"叱责地回答，"一个大男人守在女人住的帐篷外，像啥，我这是在维护男人的尊严！"

"哟！还尊严哩，"羌月讥笑道，"你有几斤几两，我羌月还不了解？"

"闭住金口，""金眼镜"乞求地道，"难听的话少说两句不行吗？"

羌月得意地一笑后问："给我句实话——去县城究竟干啥？"

"金眼镜"故作神秘地道，"见个有钱的主——司令！"

"司令，"羌月鄙视地问，"是红军司令、国军司令，还是土匪司令？"

"别管是啥司令，""金眼镜"凑上前，将头靠近羌月道，"能给大洋就是司令！"

"你别把我给卖啦，"羌月目视着"金眼镜"道，"我还替你数钱。"

"你难道还不了解我？""金眼镜"振振有词地道，"我金某是这样的人吗？"

……

欧阳慧敏牵着小扎西刚出了栅栏门，就见田轩拿着梳洗工具回来，欧阳慧敏叫住田轩道："走，溜达去！"

"去不了，"田轩回答，"要断炊了，有事要和扎西商量。"

欧阳慧敏没有多说，只向田轩做了个"再见"的手势。

今天因为是马帮放假的日子，马帮兄弟们都改变昔日邋遢的模样，一个个都在拴马处用凉水露天冲澡。

赖三上嘴唇打着下嘴唇，瑟缩着身子，对富贵道："这水真他妈凉。"

212

"我看你呀，"富贵开着玩笑对赖三道，"是想甲卡，想肾虚啦。"

"别坏我名声，"赖三斥责了富贵一句后，故作健壮的样儿，拍了下自己的胸口，对大伙道，"哥们，都看看我赖三像肾虚的人吗？"

在众人的哄笑声中，一马帮兄弟接上赖三的话道："赖三哥不肾虚，就是每天晚上一个劲地喊，'甲卡！甲卡！……'"

赖三瑟缩着用毛巾擦着身子，蹬了接话的马帮弟兄一脚。

……

拿着梳洗工具回到帐篷的田轩，见扎西正在一丝不苟擦拭自己的"架子枪"，他不想打扰扎西刚要出帐篷，扎西叫住他问："你不是有事要找我商量吗？"

田轩歉意地笑着道："要断炊了，想商量一下换粮食的事。"

"有啥商量的，"扎西直截了当地道，"不就是换粮吗，叫上富贵、赖三同我去一趟村寨就解决了。"

赖三听说要去村寨换粮食，知道自己去县城的打算又落空了，心里挺不是滋味在驱赶着驮着茶叶、盐巴、丝绸之类货品的牦牛去村寨的路上，赖三都锁着眉头嘀咕埋怨。

快到村寨时，看见西装革履"金眼镜"和花枝招展的羌月，富贵玩笑着对赖三道："瞧你耷拉着脑袋，没有好脸色，要不我去把羌月给你叫来，开心开心？"

"去你的，她是啥人？"赖三拍着胸口道，"我赖三咋个也是正儿八经的处男！"

"哟，"富贵咧着嘴道，"瞧你假正经的样儿——还自称是处男。"

"咋啦？"赖三奚落富贵道，"总不像某些人，看见藏族美女就像条哈巴狗。"

富贵弯腰瞄着赖三道："你是在说自己吧。"

赖三火了，欲向富贵抡拳头时，富贵连忙改口道，"说错啦，说错啦，你不是哈巴狗……是癞皮狗！"

就在赖三和富贵的争执中，"金眼镜"和羌月已来到大伙跟前。

"三位师傅，"羌月喊着扎西和富贵、赖三道，"你们这是去哪呀？"

"就去这附近，换点粮食！"扎西边说着，边往前去了。

没走的赖三咧嘴笑着问羌月道："羌月小姐，打扮得漂漂亮亮的，不会是去县城相会心上人吧。"

"我相会谁，"羌月上前一步，两手叉腰质问道，"跟你有关系吗？"

"没关系！没关系！"赖三一边说着，一边趁机离开去追扎西和富贵去了。

……

"金眼镜"和羌月来到县城，羌月一眼就看见仁青站在一家客栈的大门前。她颇感诧异地问"金眼镜"道："仁青怎么也在这里？"

"他呀，满世界跑的人，""金眼镜"淡淡一笑回答道："十处打锣九处有他。"

"二位驾到，"仁青满脸笑容，"欢迎！欢迎！"说着用动作邀请二位去客栈。

"我有点事就不去啦，"羌月对"金眼镜"道，"去商店逛逛。"

"羌月小姐，"仁青堆着笑脸道，"茶都泡好了，赏个脸，喝两口茶再去也不迟。"

羌月不好意思推托，只好硬着头皮随"金眼镜"和仁青进了客栈。

……

羌月、"金眼镜"随仁青上了客栈三楼后，仁青刚推开一房间的门时，羌月一眼就看见了坐在床沿的"草上飞"。即刻，羌月的脑海闪现出"草上飞"在遭到红军发起冲锋时，率领几个弟兄狼狈逃窜的情景。

"草上飞"连忙起身色迷迷地注视着羌月连连赞叹道："真是美人坯子——漂亮！漂亮！"

羌月欲转身离去时，"金眼镜"用力将羌月推进了屋里，并介绍道："他就是司令——江湖上豪称的'草上飞'！"

羌月看也没看"草上飞"一眼，转身就要离开，"草上飞"从腰间抽出枪，"啪"的一声，扔在桌上。

"羌月姑娘，明智点，"仁青劝解羌月道，"到了这，就没有你选择的路啦。"

羌月狠狠地瞪了"金眼镜"一眼后，即刻转怒为喜，笑盈盈地走向"草上飞"道："不就是玩玩吗？司令，小女子给你赔个不是。"

"哎哟，我的小乖乖，""草上飞"一把将羌月搂在怀里道，"这小嘴真是甜呀！"

……

且说，扎西、赖三、富贵来到了村寨后，在一块空地上卸下牦牛驮来的茶叶、盐巴，及其他居家的必需货物，摆起了地摊。只一会儿的时间，寨子里的男女老少，都像是赶集似的聚在地摊周围。

扎西大声地喊着："来呀！来呀！上等的茶叶、雪白的大盐换粮食、酥油啦！……快来呀！快来呀！用酥油、粮食换茶叶、盐巴啦！"

"大姐，"富贵对一位中年女人道，"换点茶叶、盐巴吧"

"庄家都还在地里，"中年女人回答，"正是缺粮的时候，拿啥换呀。"

这时，名叫"拉姆"的女人和小姑子绒佳挤到摊位前，拉姆拿起一柄茶嗅了嗅，对小姑子道："这茶挺不错。"

"掌柜的，"绒佳性急地唤着扎西问，"这怎么换呀？"

"妹子，"富贵抢先回答道，"放心！不会让你吃亏。"

绒佳回头对拉姆道："嫂子，我们换点。"

"行，"拉姆回答，"嫂子依你！"

正当拉姆和绒佳要挤出摊位时，一位满脸写着沧桑的老女人用颤巍巍的手端着一碗糌粑面粉挤到摊位前，向富贵乞求般地道："行行好，可怜可怜我，给我点茶叶，多少都行。"

"老阿妈，不用换啦，"富贵向老阿妈递去一柄茶道，"你拿去吧。"

老阿妈将自己端着的盛面粉的碗放在地上，双手接过茶，感激涕零地连连道："菩萨！菩萨呀！"说罢转身离开了摊位。

绒佳正要随嫂子挤出摊位时，富贵一手端起老阿妈放在地上盛有面粉的碗，一手抓了块岩盐,叫住绒佳道:"妹子,麻烦你给老人家送去。"

绒佳惊疑地注视着富贵问:"这?"

"没啥,"富贵道,"就说是马帮孝敬她的。"

绒佳接过东西后,随嫂子挤出了摊位。又一中年女人挤上前问扎西道:"我家没有酥油和糌粑,能用大洋买吗?"

"大姐,对不起,"扎西回答,"我们马帮半道上没粮啦,就只换粮食和酥油。"

女人叹了口气道:"这不是叫我高兴而来,扫兴而归吗?"

"对不起,"扎西赔着笑道,"实在对不起。"

中年男女连连叹气时,又一中年女人抱着一坨封存好了的酥油挤进摊位前,扎西连忙问:"大姐,换啥呀?"

女人连声回答:"茶叶!茶叶!"

扎西从女人手里接过酥油,掂了掂重量后,对富贵吆喝着道:"茶叶两条!"

……

且说,拉姆和绒佳回到家后,拉姆从橱室拎一装满糌粑的皮口袋出来,对绒佳道:"换茶去!"

绒佳羞涩地:"我想……"

"想啥?"拉姆连忙问。

"再换点丝绸。"

"想换啥都行!"拉姆爽快地道,"嫂子啥都依你。"

……

围观的人逐渐散去,摊位刚冷清下来时,拉姆扛着糌粑,绒佳提着风干牛肉来到了摊位前,拉姆将糌粑往地上一放问扎西道:"老板,能换啥?"

扎西琢磨了一下重量后,回答:"茶叶、盐巴,丝绸啥都行。"

"主要换一身丝绸料,"拉姆道,"剩下的换啥都行。"

富贵问:"大姐,丝绸料换多少?"

拉姆指着绒佳对富贵道:"她穿的!"

富贵问绒佳道:"打算做啥?"

绒佳回答:"你们汉族女人爱穿的……"

富贵问道:"姑娘是要做旗袍吗?"

绒佳高兴连连道:"旗袍!旗袍!"

富贵估量了绒佳的身高后,以建议的口吻对拉姆道:"五尺足够啦。"

拉姆高兴地道:"依你——五尺!五尺!"

富贵扯下绸缎递给绒佳后,绒佳兴奋地将丝绸在自己身上比试。

拉姆问绒佳道:"满意吗?"

绒佳兴奋地连连道:"满意!满意!"

"大姐,"富贵喊着拉姆道:"你俩是姐妹?"

"不，"拉姆回答，"她是我小姑子——绒佳！"

富贵有礼地说："绒佳小姐，你真会选料，这花色陪你，简直就是绝配！"

绒佳不好意思回答富贵的话，只好以低头抿嘴一笑，以示回答。

"掌柜的，"拉姆称赞富贵道，"你仁义，叫啥名？"

"家里穷，"富贵泛笑道，"父母亲对我寄予了希望，取名叫富贵。"

"富贵，"拉姆赞叹道，"这名好啊！"

"大姐，"富贵微笑道，"别奉承啦，我就是个穷命！"

"什么也别说啦，"拉姆邀请富贵道，"待会儿叫上你的伙伴，到我家来喝茶。"

"这，"富贵为难起来道，"不好吧。"

"有啥不好，我刚听说你们断粮啦，"拉姆落落大方地道，"到我家来，我替你们想点办法。"

"大姐，"富贵感激地道，"这怎么感谢你呀！"

"没事，"拉姆笑着道，"我叫拉姆，只要提我的名字，寨子里的人都会带你们上我家来的。"

"谢谢，"富贵连声应承道，"谢谢啦！"

……

绒佳和嫂子回到家后，整个上午都心神不定，一会儿跑上楼房的平台看看日头；一会儿又跑回自己的住室，抓起那节换回了的丝绸在自己身上比试；一会儿又回忆起富贵托她给满脸沧桑的老太婆送去盐巴的情景，以及在摊位前，自己拿着丝绸在身上比试时，富贵所说的那句："绒佳小姐，你真会选料，这花色陪你，简直就是绝配！"回忆着这一切，绒佳漂亮的脸蛋露出了青春少女怀春的红晕。

当绒佳站在平台以急切期盼的心情仰望日头，盼望马帮不要失约，尽快上自己家来喝茶。

拉姆含笑来到平台，目视着绒佳，玩笑地以手指刮着绒佳的脸。

"嫂子，"绒佳撒娇地扬起自己的手对翁姆道，"你坏！"

"告诉嫂子，"拉姆问绒佳道，"是不是真心喜欢上了马帮的富贵。"

绒佳羞涩地点了点头低声回答："真心喜欢！"

"如果他同意了婚事，"拉姆问绒佳道，"你会离开嫂子吗？"

"叫他入赘我家，"绒佳一副女主人派头道，"做上门女婿！"

"哟！"拉姆逗着小姑子道，"这事还悬挂在半空中，就已经安排好啦。"

"你坏！"绒佳扭动着身躯，再次扬起手，欲打拉姆道，"你戏弄我！"

"好啦，好啦，"拉姆哄着绒佳道，"不开玩笑啦，嫂子给马帮客人做饭去。"

拉姆离开后，绒佳抬头仰望天空，只见在蓝天白云之下，一群鸟儿在自由翱翔。待鸟儿消失在天空尽头后，绒佳低头向巷道抬眼看去，这一次，他看见了富贵、赖三、扎西正驱赶着驮着物资的牦牛，朝自己家走来，便兴奋不已地跑到楼梯口处，双手做喇叭状，唤着嫂子道："嫂子！马帮客人来啦！"

"瞧你高兴的样儿，"拉姆在屋里探出头，笑对小姑子道，"心急的兔子吃不到草。"

……

院子里，用铁链拴着的藏獒狂咬起来，拉姆没等敲门，就把门打开笑对三位客人道："里面请！里面请！"

扎西走进院内，趁富贵和赖三拴牦牛的当儿，环顾四周后，感叹地对拉姆道："妹子，你家富裕，宅子不错！。"

"我的仨男人都勤劳，"拉姆流露着幸福的笑脸道，"不瞒大哥说，我家在整个寨子也算得上是数一数二的人家。"

富贵惊疑地问："大姐，你有三个男人。"

"对呀，他们都是亲弟兄。"拉姆回答，"老大在家做农活；老二在牧场放牧；老三是木匠一年到头都在外做工。"

"你真会操持家务，"扎西羡慕地夸奖拉姆说，"把家安排得井井有条。"

绒佳从屋里出来对大伙道："都请进屋喝茶吧。"

"妹子，"扎西感激地说，"劳累你啦——谢谢！"

拉姆家的客厅干净明亮，扎西、赖三、富贵进屋后，紧挨着席地坐在火盆桌旁。绒佳为客人斟好酥油茶，双手一一奉到客人面前。

拉姆在一旁介绍自己的小姑子道："我这小姑子心眼高，这寨子里的青年小伙，一个也看不上，让我这个当嫂子的整天都在为她的婚事犯愁。"

"嫂子，"绒佳羞涩地斥责拉姆说，"你在说些什么呀？——羞死人啦。"

"绒佳漂亮，"扎西笑着对拉姆说，"你费不着为她犯愁，好人家在等着她。"

"大哥，借你这句吉言，"拉姆高兴地道，"你们就是我家的贵客，这两天哪也别去，在我家住两天，我给你们做好吃的。"

"大姐，不行呀，"扎西回答，"我们得赶往拉萨，明天一早就得出发。"

我们惊疑地问："有这么急？"

"马帮出了门，就得急着赶路，"扎西回答，"要不是缺粮，今天得赶路去扎脱。"

……

扎西、富贵、赖三在拉姆家吃过午饭回到住地时，马帮们也刚吃罢了午饭，格桑拉姆端着锅盆之类的厨具去溪水边清洗，她刚出栅栏就看见扎西他们驱赶着牦牛回来了。格桑拉姆见驮回来的物资甚微，不由得道："就这么一点酥油、糌粑怎么够吃呀？"

"没事！"扎西回答，"到了扎脱老板会有办法。"

马帮兄弟们便都涌上前来，帮忙卸粮食的当儿，格桑拉姆和郎吉则去溪边洗厨具去了。

……

郎吉看着蹲在溪边埋头清洗餐具的格桑拉姆，心里挺不是滋味，便内疚地对格桑拉姆道："你跟着我受累啦。"

"累啥呀，"格桑拉姆抬头泛起笑脸头看了郎吉一眼道，"每天都见到你，高兴还高兴不过来呢。"

郎吉愤愤地道："我不愿意看见自己的女人在这里伺候人！"

"什么伺候人呀？"格桑拉姆谴责郎吉道，"他们都是你的马帮弟兄！再说……"

郎吉打断格桑拉姆道话问："再说什么？"

"扎西大哥给我说啦，"格桑拉姆沾沾自喜地道，"田老板让我留下来为你们煮煮饭、熬熬茶，随同你们去拉萨，到时还要给我工钱哩。"

郎吉冷冷地"哼"了一声，继而和颜悦色地道："我郎吉马上就要发财啦，我要让你像贵族一样，过有钱人的日子。"

"发财？贵族？过有钱人的日子，"格桑拉姆嗤笑道，"别做梦啦，还是踏踏实实地做你的马帮。"说着低头洗起盆来。

"实话给你说吧，"郎吉情不自禁地说，"拉萨——去不了啦！"

"去不了拉萨，"格桑拉姆连忙起身惊疑地问，"为啥？"

郎吉浮现出笑容回答："到时你就知道啦。"

"我现在就要知道！"

"别打破砂锅问到底啦，"郎吉连忙推卸说，"我也是道听途说。"

"你在搪塞我，"格桑拉姆严肃道，"郎吉我告诉你，你要是做了丧尽天良的事，别怨我格桑拉姆给你翻脸！"说罢，格桑拉姆瞥了郎吉一眼端起藤条筐就要回了。

郎吉连忙上前道："让我来吧。"正当二人在拉扯时，从远处传来喧天的鼓乐声和悠扬的歌声：

> 在美丽的地方，
> 有个像花儿一样的姑娘，
> 她那动人的眸子，
> 闪耀着青春靓丽的光华，
> 多少个良辰夜晚，
> 几多少年徘徊在她的窗下，
> 然而姑娘的心早已飞翔，
> 马帮哥才是她心灵栖息的地方。
> ……

——这是支拉姆聘请来的喜佲说唱队伍。

喜佲队伍的到来，令马帮们一个个兴奋不已，恨不得马上知道这支喜佲队伍来住地的原因。田轩惊异地问扎西道："这是咋回事？"

"是当地的婚姻习俗，"扎西回答，"是来提亲的喜佲队伍。"

"提亲！"田轩惊疑地问，"给谁提亲？"

扎西目视着富贵，向田轩努了努嘴。

田轩惊喜地道:"你是说富贵!"

……

喜倌们又再次放开歌喉,唱起了提亲歌:

> 白云离不开蓝天,
> 格桑花离不开草原,
> 雪域的女儿哟,
> 潜藏有对马帮哥深深眷爱。
> 把最美的格桑花献给马帮哥,
> 伴随哥(你)行走遍辽阔的雪原高原。

在歌声中,马帮弟兄几番将富贵抬起抛向空中……

在马帮们一个劲欢快时,扎西对田轩道:"前面的那位大姐,名叫拉姆,是姑娘的嫂子。她人好,今天换回的粮食,就是她帮忙换到的,你得去见见人家!"

田轩刚出栅栏门,拉姆就主动上前自报姓名道:"我叫拉姆,"继而指着喜倌们接着道,"他们都是我聘请的喜倌。"

马帮兄弟们把富贵推到拉姆的面前。

拉姆微笑着对羞涩的富贵道:"我妹子看上了富贵,愿意嫁给他。老板恳请你做个主成全了他们的姻缘吧。"

田轩问富贵道:"你说呀,愿不愿意?"

富贵兴奋地回答:"愿意!我愿意!"

……

日头西斜时分,富贵和绒佳这一对情侣情意绵绵地漫步在开满格桑的草原……

富贵拥抱着绒佳难舍地道:"明晨我们就要分别了,真舍不得离开你。"

"你放心去吧,"绒佳甜蜜地说,"我等你回来。"

"你喜欢啥?"富贵问,"我在拉萨给你买。"

"你喜欢的,"绒佳羞涩地道,"我都喜欢。"

……

夕阳已经落下,马帮兄弟们围坐在一起吃晚饭的时候,欧阳慧敏拿着饭碗来到吃饭的地方坐下,见"金眼镜"正在埋头吃饭,不由得问:"羌月不是同你一道进城去了吗?她怎么没回来?"

"欧阳小姐,你再别替她担心啦,""金眼镜"冷冷地一笑道,"她呀,遇上了好事——再也不回来啦!"

欧阳慧敏颇感诧异地问:"什么好事?"

"见到老情人——皮货商张老板,""金眼镜"鄙夷地轻哼了一声,继续道,"说不准现在正和张老板搂着不是撒娇,就是亲嘴呢!"

且说，自"金眼镜"、仁青把羌月带进客栈后，"草上飞"没有让羌月离开过自己半步。此时，起床穿衣的羌月，问赤裸着上身躺在床上的"草上飞"道："司令，该满意了吧？"

"草上飞"反问羌月道："啥意思？"

"能有啥意思，"羌月起身踱着步回答，"总不能每天都穿这身衣服陪司令呀。"

"别给我转弯抹角，""草上飞"语气坚决地说，"你走不了！"

"不走就不走，"羌月一屁股坐在凳上，生气地道，"没衣服换，你得给买呀！"

"几件衣服——小事！""草上飞"哄着羌月道，"就是你要天上的星星，我也要去给你摘。"

"别捡好听的话说，"羌月将手一摊道，"拿来呀！"

"拿啥？"

"别装糊涂，"羌月厉声道，"大洋！"

"哎哟，我的祖宗，""草上飞"为难地道，"你这是在逼牯牛下崽呀，大洋都在山寨，这手头是……"

"那，"羌月一骨碌站起，撂下话道，"我走啦！"

"你敢！""草上飞"猛然从枕头下取出枪，指向羌月威逼着道，"再在我面前提走的事，我一枪毙了你！"

"你毙呀！"羌月走向"草上飞"，将枪头放在自己脑门上，一声更比一声猛烈地道，"你毙呀！"

"草上飞"即刻赔上笑脸，收起枪伸长脖子凑近羌月和颜悦色地道："你是我的心肝宝贝，哪怕就是毙一千个女人，也舍不得毙你呀！"

羌月推开"草上飞"，狠狠地回了一句："别把我当三岁小孩！"

"不就是买几件破衣服吗？""草上飞"哀求说，"坚持几天，我杀了田轩，你就是穿金戴银——我一概都认！"

羌月惊疑地问，"你要杀田轩？"

"怎么，""草上飞"厚颜地道，"心疼啦？"

"田轩是好人，"羌月目视着"草上飞"道，"你不能杀他！"

"草上飞"将手枪扳机套在食指上，转着圈道，"不杀他，我发不了财，你也穿不了金，戴不了银。"

"穿金戴银我不稀罕，"羌月乞求地道，"你只要不杀田轩，你就是穷我也跟着你。"

"再别替田轩讲情啦，""草上飞"轻蔑一笑接着道，"田轩，非杀不可！"

羌月无可奈何地问，"啥时候动手？"

"想通风报信，""草上飞"厉声质问道，"还是想……"

"你想多啦，"羌月不屑地踱步道，"只是随便问问。"

"我正告你——别瞎费心思，""草上飞"目视着羌月，哼了一声继续道，"落在我手心的鸟，别想飞出我的手心！"

第二十二章
"草上飞"自取灭亡　"金眼镜"尸横荒野

羌月是喜欢说笑的女人，欧阳慧敏居住的帐篷因为少了羌月的说笑，显得非常冷清。

欧阳慧敏、格桑拉姆各自在默默地整理自己的铺位时，格桑拉姆道："你半天没出声，闷闷不乐的，在想啥呀？"

欧阳慧敏回答："想羌月呗。"

"少了羌月的说笑，"格桑拉姆道，"还真有点不习惯。"

欧阳慧敏犹豫地道："我是担心羌月妹妹的处境。"

格桑拉姆劝慰着欧阳慧敏道，"'金眼镜'不是说她和皮货商张老板在一起吗？"

"'金眼镜'的话，"欧阳慧敏轻蔑地一笑后道，"半句也不能相信。"

格桑拉姆惊疑地问："为啥？"

"羌月是憎恨张老板的，"欧阳慧敏肯定地道，"她就是见到了张老板，也绝不会留下和张老板在一起。"

"为啥？"格桑拉姆惊疑地问。

欧阳慧敏的眼前即刻闪现出一月前，见到蓬头垢面的羌月时，她那步履艰难地踉跄样儿，同情地道："她是随同张老板去色达的，没想到，走到半道被张老板给扔啦，只好流浪返回炉城，一个身无分文的女人怎么回呀，在她奄奄一息时候，马帮遇见了她，是田老板收留了她，才随同马帮去拉萨的。"

"张老板在半道把她给扔啦，"格桑拉姆愤愤地道："张老板真不是人！"

"所以我说'金眼镜'的话不能相信，"欧阳慧敏肯定地道，"全都是瞎编的故事。"

"那，"格桑拉姆继续问道，"羌月会去哪？"

"如果我没猜错的话，"欧阳慧敏回答，"已经给卖啦。"

"卖啦！"格桑拉姆瞪大了眼睛，问，"卖给谁？"

"究竟是谁，"欧阳慧敏回答，"只有'金眼镜'和仁青清楚。"

格桑拉姆惊疑地问："怎么扯上了仁青？"

"仁青就是个贩卖人口的主！"

"不会吧，"格桑拉姆疑惑地，"仁青他不会干丧尽天良的事。"

"大姐，只能说你对仁青了解不够，"欧阳慧敏道，"他是什么人，马帮都知道。"

格桑拉姆撇下欧阳慧敏欲出帐篷时，欧阳慧敏连忙问："你去哪？"

"——找郎吉！"

"这么晚啦，"欧阳慧敏阻止道，"就是有急事，明天找也不迟！"

"不把这事弄清楚，"格桑拉姆解释道，"心里不踏实，整晚也睡不着。"说着急匆匆地出了帐篷。

格桑拉姆来到马帮兄弟居住的帐篷门帘前，撩起门帘的一角，见横七竖八躺在地铺的马帮兄弟都熟睡了，格桑拉姆不便惊动他们，只好放弃找郎吉的念头，转身欲返回时，值班守夜的富贵走了过来问她道："嫂子，你有事？"

"麻烦你，"格桑拉姆歉意地道，"帮我叫一下郎吉。"

富贵应声进了帐篷，摇动着熟睡了的郎吉的身子，郎吉被摇醒后，睡眼蒙眬地注视着富贵。

"快去！"富贵催促郎吉道，"嫂子在外面等你。"

就在郎吉伸着懒腰出帐篷时，睡在角落的长命也从睡梦中醒来。

出帐篷来的郎吉，以责备的语气问格桑拉姆道："深更半夜的，啥事这么急呀？"

"告诉我，"格桑拉姆炯炯有神的目光注视着郎吉问，"仁青是什么人？"

"你又不是不知道，"郎吉微笑着回答，"打小我们就光着屁股一块长大——兄弟呗！"

格桑拉姆目光炯炯地注视着郎吉道："告诉我，郎吉是不是在做缺德事？"

"缺德事，"郎吉故作惊异地问："啥缺德事？"

"——贩卖人口！"

郎吉矜持地道："是欧阳小姐告诉你的？"

"别管是谁告诉我的，"格桑拉姆严厉地说，"回答我——仁青是不是在做贩卖人口的买卖？"

"我不清楚，"郎吉推卸说，"要问，你自己去问仁青。"

"郎吉，我格桑拉姆的男人是守本分，踏实做人的人，"格桑拉义正词严地继续道，"你只要做了伤天害理的事，别怨我给你翻脸！"说罢，转身气冲冲地朝居住的帐篷走去。

格桑拉姆撩开门帘刚进门，欧阳慧敏便欠起身，对她道："安心睡觉吧，明晨还要早起呢。"

格桑拉姆深深地叹了口气，钻进了被窝……

新的一天又来临，驮队又再次上路了……

欧阳慧敏同小扎西同乘一匹马缓慢地行进，富贵骑着快马从欧阳慧敏身边超前过去时，欧阳慧敏叫了声："富贵兄弟！"

富贵勒住马头，回头对欧阳慧敏道："欧阳小姐，你有事？"

"也没啥事，"欧阳慧敏开玩笑道，"满面春风的，只想问你，惦记绒佳吗？"

"欧阳小姐，你就别奚落我啦，"富贵羞涩地道，"我就是嘴笨——呆头呆脑的！"

"富贵叔叔，"小扎西问，"你怎不带上绒佳阿姨同我们一道去拉萨呀？"

"我回答不了，"富贵一边驱马向前一边回头对小扎西道，"你欧阳阿姨能回答你！"

"欧阳阿姨，"小扎西天真地问，"富贵叔叔为啥不带上绒佳阿姨同我们一道去拉萨？"

"你傻呀，"欧阳慧敏回答说，"这是你富贵叔叔的事，我咋知道。"

"富贵叔叔，"小扎西为自己辩解说，"不是让你回答我吗？"

欧阳慧敏笑了，道："你富贵叔叔在捉弄你。"

"富贵叔叔不是好人，"小扎西挣扎着要下马道，"我要去报复他！"

田轩驱马赶来喊着小扎西道："我们的小扎西报复谁呀？"

欧阳慧敏笑道："他要去报复富贵。"

"怎么，"田轩逗小扎西问，"富贵欺负小扎西啦？"

小扎西噘着小嘴道："就是！"

"别生气啦，"田轩哄道，"叔叔替你报仇！"

欧阳慧敏问田轩道："你有事？"

田轩问："你把怀疑仁青的事告诉格桑拉姆啦？"

欧阳慧敏问："你咋知道？"

田轩扭头回答："你看后面！"

欧阳慧敏扭头看去，只见牵着马，驱赶着牦牛的格桑拉姆，回头对跟在身后的郎吉恼怒地道："对你说啦多少遍啦——别跟着我，看见你——我烦！"

欧阳慧敏称赞格桑拉姆道："格桑拉姆人不错——正直！"

"天老爷不公，"田轩玩笑般地说了声，"正直的女人往往遇上的都是不争气的渣男！"说罢，就策马往前面去了。

欧阳慧敏斥责田轩道："你不等我？"

"我等你啥呀，"田轩回答，"后面一男一女不也是一前一后吗？"

"你坏，"欧阳慧敏笑着叱责田轩道，"你占我便宜！"

……

郎吉仍在耐着性子跟随在格桑拉姆的身后走着时，格桑拉姆再次回头呵斥郎吉道："没听见吗——叫你别跟着我！"说着加快了速度，甩掉了郎吉。

长命赶上了郎吉，见郎吉一副愁眉苦脸的样儿，便奚落道："兄弟，咋啦——患上'气管炎'啦？"

"别给我说这些，"郎吉向长命泄着心中的怒火道，"我郎吉不会出卖朋友，也不

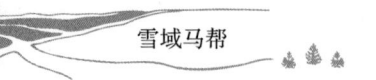

会干撤台的事！"

"兄弟，拉姆妹子说的话——句句在理，"长命奉劝般地感叹道，"你要珍惜妹子——过了这村，再没有这店啦！"

郎吉诧异地连忙问："啥意思？"

"昨天晚上妹子对你说的话，我全都听见啦，"长命颇有感触地道，"做人要守本分，踏实做人！"

"妇人的话，"郎吉不屑地道，"不能当回事。"

长命叹了口气，拍两下郎吉肩头道："兄弟，拉姆妹子你一定要珍惜啊！"说着大步地离开了郎吉。

"你别杞人忧天，"郎吉回答道，"当金钱摆放在面前，金钱的诱惑力就能改变人的态度。"

……

正午是马帮喝茶吃糌粑的时候，田轩起身离开大伙，来到荆棘树藤下躲避阳光的欧阳慧敏跟前，对欧阳慧敏道："你不饿吗？就是不吃糌粑，喝点茶也行。"

"你去吃吧，"欧阳慧敏回答，"我歇歇，躲躲太阳。"

这时，从篝火边传来扎西的讲话声："兄弟们，给大家说个事，下午抓紧赶路，再坚持走三十里地就到扎脱了。老板说啦，到了扎脱，放几天假，让弟兄们痛痛快快玩几天！"

马帮兄弟高兴地齐呼了："好！"有的兄弟甚至高呼："老板万岁！"

欧阳慧敏开玩笑地对田轩道："你成皇上啦，在高呼你'万岁'。"

"我能当皇上，——一定在这茶马古道上修条铁路，"田轩自得地道，"再不让大小姐跟着马帮受这份罪。"

欧阳慧敏欲要说什么时，格桑拉姆端着一碗面条，朝欧阳慧敏走来。欧阳慧敏连忙起身迎上格桑拉姆歉意道："拉姆姐，不好意思——给你添麻烦啦。"

"说什么，"格桑拉姆斥责欧阳慧敏道，"我是你姐，应该的！"

欧阳慧敏感动地从格桑拉姆手里接过面碗。

"你吃吧。"田轩向欧阳慧敏道了声后，刚转身欲离去，格桑拉姆叫住了田轩："田老板！"

田轩回转身，对格桑拉姆道："你有事？"

格桑拉姆问："你就不想办法救救羌月？"

"怎么救呀？"田轩为难地道，"别说没有羌月被贩卖的证据，就是有证据，又有何用？能奈何'金眼镜'，还是奈何仁青。"

"你就不要再顾及情面啦，"格桑拉姆性急地道，"一定要让'金眼镜'说出羌月真实的下落！"

"枉然！"田轩无奈道，"做坏事的人是不会说真话的。"

"那，"格桑拉姆一脸茫然问田轩道，"就什么办法也没有了吗？"

"羌月只能怨恨自己，"田轩回答，"——交往了不该交往的朋友！"

……

马帮足足赶了三个时辰的路，傍晚时分才抵达扎脱。

当晚，吃的是刀削面。格桑拉姆用大勺为大伙儿盛面，轮到郎吉时，格桑拉姆将勺一扔，给了郎吉一个白眼。

郎吉只好抡起勺自己舀起锅里的面条来。

……

欧阳慧敏和格桑拉姆在帐篷吃面条时，田轩也端着面条，进了帐篷。

格桑拉姆礼貌地连忙起身给田轩让座。

"你坐，你坐，"田轩对格桑拉姆道，"我说两句话就走。"

"啥事，"欧阳慧敏问，"这么急？"

"明天除了富贵和长命值班留下来外，大伙都要去县城，"田轩问欧阳慧敏道，"你是去县城，还是……？"

欧阳慧敏打断田轩的话问："你打算去哪？"

"甲卡也许已经到了扎脱，"田轩回答，"我和赖三上午去找甲卡。"

"下午呢？"

"去趟土司府，"田轩回答，"求土司老爷帮帮忙，给我们解决一些粮食。"

欧阳慧敏问格桑拉姆道："拉姆，你怎么安排？"

"我能有啥安排，"格桑拉姆笑着回答道，"哪也不去！"

"这样吧，"欧阳慧敏回答田轩道，"你去找甲卡，我就不当多余的人啦，去土司府我陪你！"

"什么多余的人呀，"田轩争辩说，"我和甲卡就是普通朋友。"

"别争辩啦，"欧阳慧敏微笑着道，"不是'电灯泡'，是'路灯'总行了吧。"

"电灯泡和路灯不是一个意思吗？"

"是不是一个意思，"欧阳慧敏开玩笑道，"别问我，我不知道。"

且说，自羌月陷入狼窝，她无时无刻不想逃离狼窝，回到马帮驮队。然而，"草上飞"始终不让羌月离开自己半步。羌月无计可施，只好随同"草上飞""小鸦毛"、仁青来到了扎脱。

这一夜，羌月一觉醒来，见同床的"草上飞"还在"呼呼"入睡，便轻脚轻手地下床摸索着走至门边，她正要开门时，睡梦中的"草上飞"，欲将自己的手，搭往身边的女人，却因手落空而醒。他连忙直起身，向站在门边的羌月厉声呵斥道："想跑？"

"你就不关心人，"羌月故作娇滴滴地回答，"人家要小解嘛。"

"那，""草上飞"理解地回了一句道，"我叫人陪你去。"

"陪！"羌月生气地斥责问，"你们都是男人，咋陪呀？"

"不碍事，""草上飞"大大咧咧地道，"他们都是我的弟兄。"说着擂起板壁，喊着住在隔壁的弟兄："王奎！王奎！"

隔壁的王奎从梦在醒来，懒洋洋地问："大哥，啥事呀？"
"你来一下！"
王奎不耐烦地问声："有啥事呀？"
"草上飞"不耐烦地道："你来，陪你嫂子撒尿去！"
王奎只好嘟哝着应了一声。
……
客栈的院内一派漆黑，在黑暗中摸索行走的羌月娇滴滴地对王奎道："我看不清，牵牵我呀！"
王奎拉起羌月的手，他一触碰到羌月的手，即刻像触电了一般，心痒了起来，色情地注目着羌月。
羌月微笑着问："你叫王奎？"
王奎应承着道："小姐你真漂亮，是男人喜欢的女人。"
"你喜欢我吗？"
"喜欢，"王奎即刻改口道，"但是我不敢。"
"怕啥？"
"司令知道啦，"王奎胆怯地小声道，"会一枪崩了我。"
"你傻呀！"羌月用手指戳了王奎脑门一下道，"就是给司令戴了绿帽子，你不说，我不提，也就只有天知地知……"
王奎兴奋地补充道："你知，我知！"说着将羌月拥入怀中，像饿狼一样，不是吻羌月的唇，就是吻羌月的脖子，同时一手滑动着，撩开衣服，将手伸向羌月的胸部……
……
今天是马帮到达扎脱后放假的日子，除长命和富贵因为值班留守在住地外，其他的马帮都各有安排。赖三听说自己要随同田老板去找甲卡，别提心里是有多么高兴。一早起来除了冲了个冷水浴外，还特意对穿着做了改观——外套是件皱巴巴西装，脖子上系了条白色的围巾。
欧阳慧敏向赖三开玩笑道："赖师傅，你这身打扮——是去相亲吧？"
"相啥亲呀，"赖三回答，"是潇洒走一回！"
小扎西随父亲出帐篷后，跑到欧阳慧敏身旁，喊着问："欧阳阿姨，你不去县城吗？"
"阿姨去不了，"欧阳慧敏回答道，"小扎西听话，就乖乖地同你阿爸进城去好好玩。"
"不，"小扎西回答，"小扎西哪也不去，小扎西要同你在一起。"
扎西走了过来对欧阳慧敏道："这孩子离不开你啦。"
"这孩子乖巧，"欧阳慧敏回答，"我挺喜欢"
这时，换了装的郎吉从帐篷出来，扎西问："你也要去县城？"
郎吉将扎西拉到一旁，神秘地道："你没见拉姆这些日子不高兴吗？"郎吉故意停顿下来，继而才无可奈何地接着道，"去城里扯几尺布做个门帘，也……"郎吉再没有往下说了，便嘻嘻地傻笑起来。

"这，"扎西拍着郎吉的肩头笑着道，"好事！好事！"

且说，昨晚王奎陪同羌月小解，在羌月身上尝到了女人味后，整晚都沉醉在幸福的回忆和遐想之中。王奎在这急切地盼望中整整饱受了一晚煎熬，直至快要天明的时候，睡意才向他袭来。

劫匪都习惯睡懒觉，次日的早晨，太阳已经快爬到山头的时候，"草上飞"仍搂着羌月在熟睡时，手下名叫李老四的小兄弟，在门外急促地敲起门来。

"草上飞"闻声连忙从枕头下抽出枪，极有警惕地问："谁？"

"大哥，"敲门的人回答，"我——李老四！"

"草上飞"不耐烦地问："啥事呀？"

李老四回答："仁青捎信来，叫司令去茶楼商量事。"

"去茶楼，""草上飞"极不乐意地骂着问，"商量事咋不到这来。"

"仁青说啦，"李老四回答，"有马帮参加，怕羌月小姐瞎闹起来误了大事。"

"对对对，""草上飞"连忙改口应承道，"应该在茶楼，应该在茶楼！"

"事情紧急，"门外的李老四催促道，"大哥，你的快一点！"

"知道，知道！"

"草上飞"穿衣时，羌月故作不高兴地道："一大早的，再睡会儿。"

"我得马上走，""草上飞"回答，"事情紧急——得赶去商量！"

羌月娇滴滴地道，"商量啥事呀？"

"告诉你吧，""草上飞"得意地，"好事！"

"啥好事？"

"草上飞"神秘地道："——秘密！"

"那我，"羌月撒娇道，"我跟你去。"

"你哪也不能去，""草上飞"命令般地，"就在床上给我待着。"

"我怎么呆呀，"羌月赌气地反驳道，"总得要吃要喝啊！"

"有啥事，""草上飞"回答道，"叫王奎就行啦。"

羌月赌气地拉过被子蒙头躺下，而"草上飞"穿好藏装后，撩开被子吻了下羌月的额头，便出了住室的门。

其实，羌月的赌气是假赌气，她真实的内心就一个字——乐！因为老天给了她逃出狼窝的机会。

羌月用耳朵监听着"草上飞"的一举一动，当听到"草上飞"的脚步声完全消逝后，羌月便撩开被子，直起身子敲起了隔壁房间的板壁。

王奎闻声，回敲了一下半壁后，一会儿的时间，就做贼似的溜进了羌月的住室。

"沾了花，尝了鲜，"羌月质问王奎道，"就把姑奶奶给忘啦？"

"忘啥呀！"王奎连忙将门掩上回答，"想你都快想疯啦！"说着搂抱住羌月就要

第二十二章　"草上飞"自取灭亡　"金眼镜"尸横荒野

动手动脚。

"忙啥，"羌月推开王奎道，"我有事问你。"

"啥事？"王奎迫不及待地催促道，"快说！快说！"

"给我个实话，"羌月严肃地道，"你究竟是嘴上爱我，还是心里爱我？"

"爱！"王奎回答，"从头到脚都爱。"

羌月一本正经地道："本小姐决定嫁给你！"

"嫁给我？"王奎胆怯了道，"我不敢，我不敢！大哥知道了，会毙了我的。"

"我俩的事你大哥知道了，"羌月提醒般地道，"你说他会毙你吗？"

"羌小姐你是在给我下套呀？"王奎胆怯道，"你不能这样，我不想死，我不想死！"

"死是你迟早的事，"羌月目视着王奎道，"要想不死，除非……"

王奎连忙问："除非怎么？"

"离开你大哥，"羌月回答，"我俩去'草上飞'找不到的地方。"

"那，"王奎怯生地问，"去哪？"

"去你老家，"羌月回答，"或是成都、邛崃、雅安，哪都行。"

"可我手头……"王奎遗憾地停顿了一下道，"没钱呀！"

"本小姐在江湖是闯荡了四五年，"羌月自得地微笑着道，"虽说没有百宝箱，但是买几亩地过小日子的钱也是有的。"

"那，"王奎面带喜色地问，"我们几时走？"

"趁现在的机会，"羌月回答，"——马上！"

"行！我就去备马，"王奎干脆地说，"你做好准备！"

羌月将食指放在唇边，"嘘"了一下，便同王奎轻脚轻步地溜出了房门……

羌月和王奎同乘一匹马，在旷野上一路狂奔……

且说，"草上飞"还没有来到茶楼之前，仁青、"小鸦毛"、郎吉、"金眼镜"就已经在茶楼等候"草上飞"的到来了。"草上飞"来到茶楼刚落座，郎吉便对大伙道：

"现在还不是我们动手的时候，扎西和其他马帮都死心塌地地跟定了田轩，我们难以下手。哪怕现在就是杀了田轩，那几十条牦牛和货物也到不了我们的手。"

"为啥？""小鸦毛"问。

"得了手，"郎吉反问"小鸦毛"道，"那几十条牦牛我们赶到哪去？"

"说去说来，""小鸦毛"愤愤地道："这不是瞎忙活，白跑了几百里路了吗？"

"妈的！""草上飞"脾气暴躁地一拳击在桌上，愤愤地对仁青道，"你干得是啥事呀——煮熟的鸭子都会飞！"

"大哥，消消火气，消消火气，"仁青安慰着"草上飞"和"小鸦毛"道，"多的时间都已经等啦，再等几天也算不了啥，郎吉办事一向小心，相信郎吉——这事一定办成，一定办成！"

"两位大哥，""金眼镜"也在一旁劝解"草上飞"和"小鸦毛"道，"办法，总是想出来的，常言不是说——三个臭皮匠，赛过诸葛亮吗？我就不信我们当不了一个诸葛亮。有办法，一定有办法！"

"有啥办法？""草上飞"愤怒地骂道，"有屁的办法！"

这时，"草上飞"手下名叫李老四的气喘吁吁地跑来对"草上飞"道："大哥，不好啦……"

"草上飞"紧张地催问，"出啥事啦？"

"王……王……"李老四喘气道，"王奎带……带羌月……带羌月小姐跑啦！"

"——跑哪啦？""草上飞"连忙问。

"我，我，"李老四口吃地道，"我咋知道啊！"

"王奎！""草上飞"恼怒地掀翻桌子，愤愤地骂道，"敢在太岁头上动土！"说着抽出枪，向门外大步走去。

"金眼镜"追上前去，阻拦"草上飞"说，"司令，你冷静，这时候千万出不得差错，千万出不得差错！"

"让开！""草上飞"推了"金眼镜"一个趔趄，大步出了茶楼。

"完啦！""金眼镜"沮丧道，"这事要坏在羌月这个女人身上！"

郎吉连忙急切地问仁青道："这，这，这咋办呀？"

"羌月一定还没跑远，"仁青催促郎吉和"金眼镜"道，"快，快去追羌月！"

……

羌月和王奎没跑多远，就快被"草上飞"和李老四快要追赶上了。羌月疾驰中对王奎道："快！过了山坳往北走！"

"往北，路就错啦！"

"错了好！'草上飞'才追不上我们。"

"听你的！"驱马在前的王奎，过了山坳后，就改变了前行的方向。

……

当"草上飞"和李老四追赶至山头时，不见了羌月和王奎的人影，李老四喊着"草上飞"道："大哥，人不见啦！"

"奶奶的！""草上飞"恨恨地骂了一句后道，"跑得了和尚，跑不了庙！"

"大哥，"李老四劝解"草上飞"道，"我们还是回吧。"

"回，回个屁！""草上飞"恼怒地道，"去马帮住地！"

……

今天多数的马帮都去了县城，住地除留有值班的富贵和长命外，另外就是欧阳慧敏、格桑拉姆和小扎西了。此间，富贵在拴马给马添加饲料，长命在堆码货物的帐篷，清点货品的数量，格桑拉姆和小扎西则陪着欧阳慧敏在帐篷内闲聊。

"草上飞"和李老四来到马帮住地的栅栏门处时，被铁链拴在树上的藏獒一个劲地狂咬。长命闻声，撩起帐篷门帘的一角，往外望去时，见富贵正向栅栏门处走去，于是长命便放下撩起的门帘，继续清理起货品来。

栅栏外的"草上飞"和李老四下了马，欲进门时，富贵连忙阻止问："你们要干啥？"

"草上飞"大大咧咧地回答:"找人!"

"老乡,这里是马帮的货场,"富贵上前阻止着道,"没有你们要找的人。"

"草上飞"推了富贵一掌,呵斥道:"让开!"

就在富贵与"草上飞"相互推搡中,欧阳慧敏牵着小扎西和格桑拉姆一道出了帐篷,"草上飞"看见格桑拉姆便向富贵道:"我们就找她——格桑拉姆!"

富贵看了格桑拉姆一眼便住了手,让"草上飞"和李老四进了栅栏,自己则去了拴马处。

"草上飞"走到格桑拉姆身边,吊儿郎当地拖长声音叫了声:"格桑拉姆!"

格桑拉姆厉声道:"出去!这儿不是闹事的地方!"

"闹啥事呀,""草上飞"嬉皮笑脸地道,"我是来找人的。"

"仁青没在这,"格桑拉姆厉声道,"你还找谁?"

"不找仁青,""草上飞"嬉皮笑脸地上前道,"找羌月!"

"羌月没在这里,"格桑拉姆厌恶地回来一句,"已经走好几天啦。"

"草上飞"冷笑一声后,向李老四使了个去帐篷的眼神。李老四进帐篷四处看了看后出帐篷对"草上飞"道:"没人!"

"草上飞"愤愤地骂了声:"奶奶的!"便走到小扎西身边,装着笑脸问小扎西道:"小朋友你叫羌月啥呀?"

小扎西回答:"羌月阿姨!"

"给叔叔说个实话,""草上飞"继续问小扎西道,"羌月阿姨在哪?"

"拉姆阿姨不是给你说了吗,"小扎西回答,"——羌月阿姨几天前就走啦,没在这里。"

"草上飞"拉下笑脸,恶狠狠地一把抓住小扎西胸前的衣服。

"你要干啥?"欧阳慧敏护住孩子厉声道,"他是个孩子!"

"草上飞"一掌推开欧阳慧敏,掏出枪指着小扎西道:"不说实话,老子一枪崩了你!"

格桑拉姆冲上前,从"草上飞"手里夺过小扎西,把小扎西护在自己身后,厉声对"草上飞"道:"有事冲我来,不要吓唬孩子!"

"那你告诉我,""草上飞"上前一步,用枪头顶着格桑拉姆的腮帮威逼道,"羌月在哪儿?"

"问我干啥!"格桑拉姆厉声质问道,"问仁青,问'金眼镜'去!"

"别给老子胡搅蛮缠!""草上飞"威逼着说,"找不到羌月,你就顶替羌月,做我的老婆!"

"呸!"格桑拉姆憎恨地骂道,"下流东西!"

"你信不信,""草上飞"厉声道,"老子崩了你!"

"别以为你穿上藏装就认不出你,你是'草上飞'!"欧阳慧敏鄙夷地道,"别再女人面前逞能,有本事找红军逞能去!"

"草上飞"恼怒了，愤愤地骂道："你这个骚婆娘！"说着开了枪，就在这千钧一发之际，格桑拉姆奋身上前，用自己的躯体为欧阳慧敏挡住了子弹。

　　欧阳慧敏两手扶住格桑拉姆，失声地呼唤道："拉——姆——！"

　　枪声和欧阳慧敏呼唤声，惊动了还在为牲口添加饲料的富贵。即刻，富贵丢下手拎的装饲料的口袋，抽出枪跑向出事地点。与此同时，长命端起架子枪，瞄准了"草上飞"就是一枪。"草上飞"手捂住涌血的伤处，回头瞥了长命一眼，踉跄了两步后倒在了地上。李老四惊呆了，回过神欲要向长命开枪还击时，富贵的枪响了，李老四应枪声倒地。

　　……

　　且说，策马返回的郎吉和"金眼镜"听到枪声后，郎吉回头对"金眼镜"道："不好啦！"

　　在疾驰中，"金眼镜"狠狠地骂道："'草上飞'真是个成事不足败事有余的东西！"

　　在格桑拉姆倒地的地方，富贵扶着格桑拉姆紧张地连连道："嫂子，坚持住，马上送你去找大夫！"

　　欧阳慧敏连忙吩咐小扎西道："快去拿毛巾！"

　　小扎西去帐篷时郎吉、"金眼镜"赶回来了。

　　格桑拉姆微弱的声音喊道："郎——吉——"

　　郎吉的眼眶盈满泪水，哽咽的声音喊道："拉姆，你不能死！不能死呀！……"

　　格桑拉姆拉过郎吉的手，握在自己手里，微微地苦笑了一下，便晕厥过去了。

　　郎吉悲切地喊了声："拉——姆——！"

　　这时，躺在地上的"草上飞"，伸出颤抖的手，以微弱的声音喊着郎吉道："救救我，救救我……"

　　郎吉从地上拾起"草上飞"的枪，发泄怒气般地将枪膛里子弹全部射向"草上飞"。顿时，"草上飞"的胸部被打成了筛子。

　　……

　　格桑拉姆被直接送去了教堂。神父一见到格桑拉姆的伤势，即刻叫自己的助手把伤者抬进了手术室。不一会儿，神父出手术室，对守候在门外的田轩、欧阳慧敏、郎吉及其他马帮兄弟道："病人需要输血。"

　　大伙儿都挽起衣袖，露出胳膊争先恐后地道：

　　"输我的！"

　　"输我的！"

　　……

　　"NO，NO，NO！"神父解释道："血不是随便输的，需要血型匹配。"

　　"我是O型血，"欧阳慧敏挽起衣袖对神父道，"输我的！"

　　随神父进手术室后，欧阳慧敏平躺在手术床上，让护士用大针筒抽自己的血液。

　　……

欧阳慧敏的血，一滴一滴地通过输液器，流进了格桑拉姆的血管……

在手术室门外的郎吉焦急不安地在过道上走来走去……

田轩对马帮兄弟道："大伙都回吧，这儿没啥事啦。"

扎西走到郎吉身边，拍了下郎吉肩头，安慰道："相信神父，拉姆会没事的。"

"老板！"郎吉的眼眶盈满泪水，愧疚地道，"我对不起你，对不起拉姆，对不起马帮兄弟……"

"别自责啦，"田轩拍着郎吉肩头道，"你我是兄弟！"

就在这时，羌月和王奎驱马赶到了，羌月一见到田轩便内疚地道："田老板！"

田轩惊喜地："羌月！"

羌月愧疚地泣不成声地道，"对不起，我来晚啦，拉姆姐她才……"

"别自责啦，"田轩安慰羌月道，"我知道你心眼好——善良！"

"我逃出来，本想是回来给你报信，"羌月抽泣着道，"没想到'草上飞'追了来，为躲避'草上飞'，把时间给耽误了……"

"拉姆不会有事，"田轩劝慰道，"会好起来的。"

羌月淌着泪水的脸上，连连点头。

当田轩的视线落到王奎身上时，羌月连忙介绍道："他叫王奎，是他帮助我逃出来的。"

田轩上前握住王奎的手道："谢谢你！谢谢你！"

"吱"的一声，手术室的门开了，面色苍白的欧阳慧敏走了出来。

羌月迎上前，亲昵地叫了声："欧阳姐！"

田轩关心地问欧阳慧敏道："你没事吧？"

欧阳慧敏泛笑回答："没事，好着呢！"

田轩继续问道："拉姆她怎么样了？"

"放心，"欧阳慧敏回答，"会没事！"

田轩激动地唤着郎吉道："郎吉你听见欧阳小姐的话了吗——格桑拉姆没事！没事！"

郎吉走到欧阳慧敏跟前，"扑通"一声跪下，感激涕零地道："欧阳小姐，你是我郎吉的大恩人！"

"郎吉大哥，"欧阳慧敏搀扶郎吉起身道，"马帮们不是常说——在一锅捞食就是一家人，咱是一家人，不说两家话。"

郎吉由衷地呜咽道："一家人！我们是一家人！"

这时，突然传来一声枪响。

田轩惊疑地问："枪声！"

"住地！"郎吉回答了一声后拔腿就往教堂大门外跑。郎吉跑到大门外，解掉柱桩上拴马的缰绳，便翻身上马往住地跑去。

马帮住地，"金眼镜"拎着皮箱策马刚跑出了栅栏，长命便提着"叉子枪"，追出了栅栏门对着"金眼镜"的背影疾呼:"停下!你给我停下!"

"金眼镜"没有理睬,躬着背策马在飞快地驰骋……

长命端起架子枪,朝天再次放了一枪……

拎着皮箱策马驰骋的"金眼镜"仍在不顾一切地驱使着马儿加速疾驰……

长命没有放弃对"金眼镜"的追逐,他在"金眼镜"的后面,一边挥鞭催马,一边大声疾呼,"停下!你给我停下!"

但是闻声的"金眼镜"仍然置若罔闻,我行我素地挥鞭驱马……

长命追上了"金眼镜",在与"金眼镜"并驾齐驱中,长命的坐骑刚超过"金眼镜"的坐骑,长命猛然紧勒缰绳,奔驰的坐骑因突然止步而嘶鸣着前蹄离地,高高直立起来。与此同时,"金眼镜"的坐骑因前行受阻,也在嘶鸣中前蹄离地,"金眼镜"从马背上摔下,同时手拎的皮箱也落在了地上……

长命下马后向倒在地上的"金眼镜"走去时,"金眼镜"连忙直起身,跪在地上面对着长命,两手撑着地面,以手代足不停地往后挪动身躯说:"别过来!别过来!"

长命走到"金眼镜"跟前,一把抓住"金眼镜"的衣领,狠狠地呵斥道:"你跑得了吗?"说罢,用力一推,将"金眼镜"推倒在地后,便转身背向"金眼镜"去拾地上的皮箱。正在这时,"金眼镜"猛然起身,抽出佩戴在腰间的匕首,冲向长命。猝不及防,"金眼镜"将匕首刺进了长命的腰间……

长命圆睁仇恨的双眼瞪了"金眼镜"半响后,口吐鲜血而倒地……

"金眼镜"捡起地上的皮箱,正要上马逃离时,郎吉赶来了。

"郎吉大哥,""金眼镜"向郎吉晃动着手拎的皮箱,报告喜讯似地道,"皮箱!皮箱——得手啦!"

郎吉见长命已躺在地上,顾不及理睬"金眼镜",直呼着:"长命兄弟!"连忙跳下马,扶起长命半截身子,一个劲地失声呼喊起来:"长命兄弟!长命兄弟!"

就在郎吉悲切呼喊长命的时候,"金眼镜"趁机拎着皮箱跨上马,策马逃离。悲痛欲绝的郎吉,抽出那支毙过"草上飞"的快枪,对着"金眼镜"扣动了扳机,只听得一声枪响,"金眼镜"便从马背坠下。郎吉走到"金眼镜"坠马的地方,拎起地上的皮箱,向横在地上的"金眼镜"的尸体愤愤地啐了一口唾液,牵起"金眼镜"遗留下的马,扬长而去……

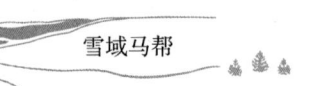

第二十三章
图报复觉罗纵火　救田轩拉姆献计

长命的去世给马帮住地平添了忧伤,马帮兄弟们没有了平日的欢悦嬉闹,一个个都为长命的不幸而痛惜。田轩撩起覆盖在长命遗体上的白色的绸缎,看着长命的遗容,眼眶溢出了痛心疾首的眼泪。就在田轩悲切地告别长命的时候,欧阳慧敏捧着一大束采集来的鲜花,轻轻地放在长命的遗体旁边,让鲜花带着马帮的思念,陪伴着这位知恩图报的大哥去另一个世界寻觅自己的幸福。

自仁青听闻"草上飞"和李老四,以及"金眼镜"毙命的消息后,他把内心的怒火都归结到"草上飞"和李老四的身上,认为"草上飞"不但毁了自己发财的好事,而且还使自己偷鸡不成,反蚀了一把米——花光了这些年积攒下来的全部积蓄。

"小鸦毛"颓废地对仁青道,"眼下,是说鼻子底下的这一横。"

"小鸦毛"不阴不阳的话语,更让仁青气不打一处来,他将内心的火气,全都发泄到"小鸦毛"身上,厉声回击道:"那一横又咋了?我仁青没让你们少吃了一顿饭!"

"你少拿我撒气,""小鸦毛"冒火地呵斥仁青道,"我'小鸦毛'不是你的出气筒!"

"小鸦毛"的呵斥镇住了仁青,他冷静下来后,拍了下"小鸦毛"的肩头道:"兄弟,对不住啦,我这也是心里憋有火啊!"

"小鸦毛"的火气也消了下来,压低了声音道:"弟兄们吃了这顿,就没下顿啦,你是老板,总得拿出主意。"

"放心!"仁青安抚"小鸦毛"道,"就是砸锅卖铁,也不会让弟兄们饿肚子。"

"我的弟兄跟着你从东跑到西,""小鸦毛"问,"总不能就这么两手空空回去吧?"

"我知道,"仁青信誓旦旦地道,"就是鱼死网破,也非拿下马帮的货不可!"

"做梦!""小鸦毛"嗤笑地道:"没有马帮的策应,就你我几个,拿下马帮——痴心妄想!"

"你去过雀儿山吗?"

"小鸦毛"摇头道:"没去过!"

"雀儿山垭口是通往拉萨的必经之地，那里地势险要——一夫当关万夫莫开，"仁青信心满满地道，"只要在那里设伏，别说只有十多个人马帮，就是十多个二十四军的丘八（士兵），也休想越雷池一步！"

"那，""小鸦毛"疑惑地问，"为啥当初不在哪里设伏？"

"我只想到与马帮来一个里应外合，"仁青懊悔地道，"没想到'草上飞'是个要女人不要命的种！"

"给你办事，我都是被你算计——没占过便宜，""小鸦毛"道颇有感触地道，"这次不见水，我绝不脱鞋！"

"行！依你，"仁青回答道，"去了雀儿山，看了地形再做决定！"

……

由于长命的去世和格桑拉姆受伤，田轩的马帮驮队在扎脱已经住下来好几天了，同时驮队的余粮也已所剩无几，田轩不得不趁今天的闲暇叫上欧阳慧敏同去土司府求土司老爷帮忙解决粮食的事。

田轩撩起欧阳慧敏居住的帐篷的门帘，见欧阳慧敏正在为躺在行军床上养伤的格桑拉姆压肩头的被子，自感不便进去欲转身离去，格桑拉姆喊着道："田老板没事，你进来吧。"

田轩只好硬着头皮进了帐篷。田轩刚要同欧阳慧敏商量时，羌月便端着熬制的马鸡（当地的野鸡）的鸡汤进帐篷来了。欧阳慧敏连忙起身，让羌月坐在床沿，以便喂格桑拉姆的鸡汤。

格桑拉姆泛着笑，对羌月道："我自己来吧！"

"不行！"羌月泛笑道，"我的责任是要精心照顾你，让你早日康复。"

"我五大三粗——身体壮，"格桑拉姆爽快地道，"一点小伤算不了啥！"

欧阳慧敏问田轩道："找我有事？"

田轩回答："约你去土司府！"

"现在就走？"欧阳慧敏问。

"都准备好啦，"田轩回答，"我们早去早回！"

去土司府拜见土司的礼物准备得相当丰富，除了有必不可少的雅安黑茶外，还有丝绸及其他价值昂贵的货品。此时，赖三已牵着驮着礼物的牦牛，候在栅栏门外，等待欧阳慧敏和田轩的到来。

欧阳慧敏随同田轩刚出帐篷，就传来小扎西的喊声："欧阳阿姨！"

欧阳慧敏扭头问小扎西道："调皮蛋，你也想跟着阿姨去土司府？"

"你去哪，"小扎西回答，"小扎西就去哪。"

扎西从帐篷出来，大声呼唤道："小扎西，你给我回来！"

"就不回来，"小扎西倔强地回答父亲说，"我要和欧阳阿姨去土司府。"

"扎西大哥，"欧阳慧敏替小扎西解围道，"没事的，就让小扎西跟我去吧。"

扎西只得同意。

……

田轩、欧阳慧敏、赖三、小扎西刚来到土司府大门处，就被两名家丁横枪拦下。

田轩从腰间取出佩戴的"腰牌"递给家丁道："我们是来拜见土司老爷的。"

从田轩手里接过腰牌的家丁，惊疑地看了看田轩一眼后，连忙将腰牌递给另一家丁，并吩咐说道："快！禀报管家，有老爷驾到！"

去禀报管家的家丁刚离开，站在田轩面前的家丁便"扑通"一声跪在田轩面前，向田轩哀求道："老爷饶恕，小人有眼不识泰山！"

田轩连忙一边扶跪在地上的丁起身，一边对家丁道："礼大啦！礼大啦！我不是什么老爷，只是过客，过客！"

管家随那位禀报家丁小跑着来到大门处后，管家半跪着向田轩施礼道："老爷，有请！"

田轩向管家奉上带来的礼物后，对赖三道："你回吧。"

赖三悻悻离开，田轩、欧阳慧敏和小扎西便随管家进了大门。

土司府偌大无比，除了有花园、楼阁外，还有供小孩玩耍的秋千。

小扎西一见到秋千，便向秋千处跑去……

欧阳慧敏呵斥道："小扎西，回来！"

小扎西不舍地瞥了秋千一眼，只好返回。

田轩、欧阳慧敏随管家来到会客大厅时，土司老爷已站在大门前迎接贵客。

土司老爷热情道："贵客光临，有失远迎，有失远迎！"

田轩和欧阳慧敏躬身道："土司老爷吉祥！"

土司老爷拱手到道："吉祥！吉祥！"

田轩和欧阳慧敏被邀请进大厅入座后，侍女随之为他们奉上茶，同时土司老爷向二位客人做了个"请"的手势，且田轩和欧阳慧敏礼貌地回敬道："谢谢！"

"请问贵客，"土司老爷问田轩道，"作何称呼？"。

"姓田，名轩，"田轩谦恭道，"让老爷见笑啦。"

"那，"土司老爷手指欧阳慧敏问田轩道，"这位就是尊夫人？"

"老爷，你误会啦，"田轩微笑着解释说，"她是随同我们去拉萨的朋友。"

"对不起，对不起，"土司老爷抱歉地对欧阳慧敏道，"误会！误会！"说着，从桌上拿起我们熟悉的那枚"腰牌"对田轩道："我女儿能把她随身佩戴的腰牌赠予田先生，你就是我土司府最尊贵的客人。"

"土司老爷高看我啦，"田轩微笑回答道，"我只是个微不足道的马帮——路过贵地的过客。"

土司老爷起身踱步道："过谦啦，过谦啦！"

"卓玛小姐把这腰牌赐予我，是小姐重情重义，"田轩站起恭敬地继续道，"也是我田轩能拜见土司老爷的缘分！"

"能告诉我，认识我女儿缘由吗？"土司老爷笑道，"只是随便聊聊，随便聊聊。"

田轩回答，"——也是缘分！"

"田先生真会说话，"土司老爷微微一笑道，"有人会告诉我的。"

管家躬身进门禀报道："禀报老爷，锡第活佛到了！"

"——请！"

田轩和欧阳慧敏听说锡第活佛到了，都连忙起身恭候。活佛踏进门，双手合十向土司道安后，田轩和欧阳慧敏共同向活佛道了声祝福的话语："活佛吉祥！"

"哟！"锡第活佛惊喜地叫了声，"田老板！欧阳小姐！"便双手合十口。

活佛被邀请入座，侍女为之敬上茶后，田轩迫不及待地问道："卓玛小姐她……"

"我也是昨天晚上急着赶回来的，"锡第抱歉地道，"卓玛小姐随同白马少爷和演出队的甲卡姑娘过两三天就能回府。"

"活佛大人，"土司老爷唤道，"告诉我，小姐是怎么认识田先生的？"

"禀报老爷，"锡第起身上前对土司老爷道，"田先生是小姐的救命恩人。"

"救命恩人，"土司老爷诧异地道，"有这事？"

锡第禀报道："在我和小姐去成都的路上突遭劫匪，幸遇田老板冒死相救，小姐有幸才躲过劫难，田老板为救小姐还负了伤。"

土司老爷感激地上前，紧握田轩的手道："田先生，你让老夫感激不尽呀！"

"土司老爷，言重啦，"田轩谦恭地道，"这都是佛祖赐给我田轩能认识土司老爷的缘分。"

"田先生，"锡第活佛道，"小姐吩咐，一定要恩人留住府上几天，等她回来，方可离去。"

田轩为难了，语无伦次起来道："这，这……"

"田先生不必客套，"土司老爷诚恳地道，"就按我女儿的意思住两日，等我女儿回来。"

"这土司府占地偌大，走动的地方多，"锡第活佛对田轩道，"闲暇时到处转转时间就打发了。"

田轩连声回答："谢谢！谢谢！"

……

这土司府正如锡第活佛所说占地偌大，且大小院落一个连着一个。欧阳慧敏和田轩手牵着小扎西溜达了数个院落后，来到奴隶劳动和生活区。这里的房舍全都用泥土夯成低矮而破旧。此间，劳作的男女奴隶，有的在旱磨磨面（用人力推动石磨）；有的在扬场（翻晒和脱粒豆类）；有的在炉火前打制农具，有的在背水……

突然，从扬场工地传来女人的喊声："小扎西！"

田轩和欧阳慧敏顿时惊疑了回头望去，只见一位三十岁出头，身着破旧衣衫，蓬头垢面的女人，丢下劳动工具，直向他们跑来。

监工头立刻上前，举起鞭子拦住那垢面女人道："干啥！回去！"

垢面女人像疯了一样，大声疾呼道："我要见我孩子！我要见我孩子！"

小扎西认出了垢面女人，疾呼："阿妈！"便向垢面女人跑了过去。

顿时，田轩和欧阳慧敏都惊诧不已。监工头扭头看见站在远处的田轩和欧阳慧敏后，也不敢再阻拦蓬头垢面的女人了。

"小扎西，"垢面女人紧搂小扎西，眼眶涌出泪水，悲切地道，"我的儿啊……"

田轩和欧阳慧敏相互交换了下眼色后，向垢面女人走去。监工头见二位来者气度不凡，恭敬地让道到一边去了。

垢面女人"扑通"地跪在田轩和欧阳慧敏面前："老爷，夫人！"

欧阳慧敏一边搀扶垢面女人起身，一边亲切地唤道："大姐！"

"阿妈！"小扎西唤着垢面女人道，"她是欧阳阿姨。"

田轩疑惑地问："大姐，你是……"

"我是小扎西的母亲，"垢面女人回答，"——降央！"

"嫂子，不说你被汉人拐骗去内地了吗？"欧阳慧敏问，"怎么在这做奴隶？"

"我是受了扎西朋友的骗，"降央泪如雨下地哭诉道，"被卖到这来为奴的……"

"扎西朋友，"欧阳慧敏惊疑地问，"是仁青吗？"

降央淌着泪连连点头，悲戚地道："仁青不是人，扎西去巴塘送货，没走几天……仁青来我家对我说……扎西病倒在了路上，要我赶快去接他回家……谁想到……他竟然把我卖到了这里做了奴隶……"

"嫂子，"田轩唤着降央道，"我是扎西的兄弟，我会救你出去。"

"老爷！"降央再次跪地道，"只要你救我出去，我们一家团聚，我愿意给老爷当牛做马！"

"嫂子，别说见外话，"田轩搀扶降央起身后，接着道，"两天后，府里的小姐回来，我向小姐求情，你们一家人准会团聚！"

降央双手合十，感动地连连道："谢谢！谢谢！谢谢！"

"大姐，"欧阳慧敏对降央道，"这事你对谁也别讲，两天后我们来接你。"

"活菩萨！活菩萨！……"降央感激地连连磕着头道，"谢谢你们！谢谢你们！"

欧阳慧敏前去拉起小扎西的小手，欲要离开。小扎西挣扎着大声地道："我不走！我要和阿妈在一起！"

降央强忍心中的痛楚，推开了紧抱在怀里的孩子。

"我不走，我就不走！"小扎西挣扎着，哭泣着哀求道，"我要和阿妈在一起！"

"小扎西听话，"欧阳慧敏劝解地道，"阿姨向你保证——两天后，你一定每天都同你阿妈在一起，永不分开！"

"你们骗人！"小扎西挣扎着道，"我不走！我要和我阿妈在一起！"

降央更伤心难过了，泪水像断了的线的珠子从眼眶涌出……

欧阳慧敏只能强拉着小扎西离开。

"你们回吧，"田轩叮嘱欧阳慧敏道，"记住，除了把见到降央的事告诉扎西外，还要告诉扎西一定要沉住气，我会想办法让他们全家团聚的。"

"你唠叨起来，"欧阳慧敏微笑着道，"就像个女人！"

田轩没有作答，只是傻笑。

欧阳慧敏弯腰，握着小扎西挥动的小手，教小扎西道："给叔叔说'再见'！"

小扎西抽泣着不情愿地道了声："叔叔再见。"

欧阳慧敏牵着小扎西走了几步后，回头叮嘱田轩道："记住，别忘了粮食的事！"

田轩挥手回答道："放心，忘不了！"

——欧阳慧敏和小扎西越走越远了，最后从田轩的视线中消失……

送走了欧阳慧敏和小扎西后，田轩进了府邸大门，漫无目的地四处闲逛。当他来到花园时，迎面便遇上了管家，管家谦恭地招呼田轩道："老爷！"

"管家大人，"田轩笑对管家道，"别再叫我老爷，叫我田轩好了。"

"老爷，规矩是不能坏的。"管家回答。

田轩正要说什么时，一个由十多个女人组成的背水队伍从旁边经过。田轩从背水队伍里看见了一个身材高挑的女孩，觉得这女孩的面容十分面熟。田轩突然想起觉罗的名字，"遇狼之夜"觉罗向他苦苦哀求时的情景闪现在他眼前，他情不自禁脱口喊了一声："觉罗！"

背水队伍中那身材高挑的女孩，停下脚步回头瞥了田轩一眼，欲又前行时，田轩大声道："你等等！"说罢，大步向觉罗走去。

站在原地的管家，见田轩一幅冲动的样儿，自感这里不是自己久留的地方，也没向田轩招呼，就转身离去。

田轩打量着觉罗，惊诧地问："你怎么在这里，仁青不是送你回家了吗？"

觉罗狠狠地瞪了田轩一眼，愤愤地转身，一边骂着："伪君子！假善人！"一边大步离开这里。

田轩茫然地注视着觉罗从自己的视线中消失……

且说，管家在花圃园亲眼看见府邸的贵客招呼了奴隶觉罗后，便离开花园直接去了老爷的住室。

老爷正在住室逗弄笼子里的小鸟时，进门来的管家恭敬地叫了声："老爷！"

老爷不耐烦地问："有事？"

"老爷，"管家笑容满满地道，"小的发现了个重要秘密。"

土司老爷不经意地问："啥秘密？"

管家回答道："田轩老爷爱上了家里的女奴。"

土司老爷惊疑地扭头注视着管家问："真有此事？"

"小的我，"管家回答，"——亲眼所见！"

"女奴是谁？"

"回禀老爷，"管家上前一步道，"——觉罗！"

"年轻人就好这口，"土司老爷捋着胡须自叹不如地道，"廉颇老也！"继而转身对管家吩咐道，"为觉罗洗浴！"

……

木制的浴桶里，已注满了热水。同时，水面上漂浮着红色的花瓣。浴桶一侧，赤裸的觉罗在两侍女的侍候下，向浴桶走去……

且说，被土司老爷留宿在土司府的田轩，被安排在了土司府最豪华的宾客楼下榻。

田轩住的是一间装饰得金碧辉煌的屋子，虽然是夜间，但是在酥油灯的光亮下，无不显示着土司的富有和气派。

田轩四处看了看居室是陈设后，伫立在窗户前，仰望着当空的明月，勾起了对勇嘎的思念。说真的，勇嘎虽然已经嫁人，还有了身孕，但是他始终忘不了自己和徐大伯在西藏陷入绝境时，如果没有勇嘎父亲的相救，自己和徐大伯早就横尸拉萨。同时，他也感激勇嘎不嫌弃自己的穷困，一如既往的相爱情义。想着勇嘎，田轩为自己为查明杀害勇嘎父亲的元凶而失去勇嘎的行为而热泪潸然……

"吱"的一声，客房门开了，两侍女送觉罗进了房后，自行带上房门离开了客房。

今晚觉罗被打扮得特别漂亮，高挑的身材在白色绣花的晚服的陪衬下，愈加显得端庄而靓丽。

"觉罗！"田轩诧异地打量着觉罗问，"这是……"

觉罗冷冰冰地道，"这不是你梦寐以求的吗？"

"胡扯！"田轩烦躁地踱着步斥责道，"这土司府的人，把我田轩看成什么人啦，胡扯，简直是胡扯！"

觉罗蔑视地一笑，走至离床不远处动手自解起晚服的纽扣来。

田轩回到窗户前，背对觉罗道："你走吧！我们的认识，就算是了结啦。"

觉罗没有搭理田轩的话，脱下晚服露出赤裸的躯体后，顺手将晚服一扔，然而这一扔，却把晚服扔在了酥油灯的火苗上。即刻，油灯火苗吞噬起晚服来。同时，着火晚服的火苗直往上蹿，引燃了窗户旁边的挂帘，继而板壁、窗户……

——整间屋子被浓烟和火焰所笼罩。

顿时，整个土司府邸一派慌乱，又是在敲锣，又是在呼喊："着火啦！着火啦……"

准备上床就寝的土司老爷，惊疑地问身边的侍女道："是哪里着火？"

"回禀老爷，"侍女回答，"宾客楼！"

土司老爷惊讶地问："这是咋回事？"

……

大火已经蹿上房顶，整个楼宇正在被熊熊的火焰吞噬。虽然无论是府里奴隶，还是府邸的其他人员，都投入到灭火之中，但是靠端来的水，毕竟有限，在风的助推下，火势越来越猛……

田轩居住的客房，早已浓烟弥漫，只穿着条裤衩的觉罗，在弯着腰不停地咳嗽。田轩脱下自己的外衣，扔给觉罗道："快走！再不走，走不了啦！"

觉罗仍在一个劲地咳嗽，田轩只好将衣服三下五除二地替觉罗披上，抱起觉罗冲出便冲出房门。一根燃烧着的房柱从高处倒塌下来，阻拦的田轩前行的路，他只好转身去寻觅另外的逃生楼道。田轩抱着觉罗刚跑到楼梯口时，只听见一声轰响——楼梯在烈焰下坍塌。田轩只好打定与死一搏的主意，抱着觉罗奋身从楼梯口跳下。就在田轩落地的瞬间，两奴隶冲向火焰，将田轩和觉罗救出……

田轩身着的中式衬衣已经又黑又破，而且脸部和双臂已经伤痕累累。坐在木制的逍遥椅上的土司老爷，以凶狠的目光注视着躺在地上的田轩，愤愤地骂道："狼心狗肺的东西！"继而，土司老爷对管家道："给我绑起来！"

老爷的话音刚落，分别上来几位大汉，将田轩拖到行刑台上的木桩上捆绑起来。

锡第活佛匆匆赶来，对土司老爷道："请老爷对田先生网开一面。"

"尊敬的活佛，"土司老爷痛心地道，"我家两代人的心血，只剩下了眼前这残垣瓦砾，我心疼呀！"

"老爷"锡第活佛哀求道，"可田老板毕竟是小姐的……"

"什么也别说啦！"土司老爷愤怒地打断锡第活佛的话，起身恼怒地道，"我决定的事，谁也更改不了！"

"老爷，"锡第活佛请求地，"请您三思。"

土司老爷没有回答锡第活佛的话，而是从椅子上起身，走到田轩的身旁怒目瞪了田轩一眼，鄙夷地"哼"了一声，便转身离开了现场。

管家有礼地对锡第活佛道："活佛大人请回吧！"

锡第活佛瞥了田轩一眼，无赖之下只好驱马赶往马帮住地将这一情况告诉欧阳小姐。

土司老爷刚回到自己的居室，府邸管家就前来禀报："老爷，寺院堪布来看望老爷来啦。"

土司老爷惊疑地："他来干啥？"

管家思索着回答，"或许为火焚的事而来……"

……

寺院管家堪布进门后，双手合十对土司老爷道："佛祖保佑，老爷安康就是万福！"

"谢谢管家！"土司老爷双手合十，"感恩佛祖！"

侍女为管家送上茶水，管家小抿了一口对土司老爷道："我为老爷蒙受损失深感不幸，汉人都缺少佛法教化，老爷的仁爱之心，换得的不是感恩，而是恶报！"

土司老爷叹了口气，自我埋怨道："老爷我也是瞎了眼，才摊上了这倒霉事！"

"老爷，"堪布狡猾地说，"对不知感恩的恶人，绝不能心慈手软。"

堪布是扎脱大金寺的大管家，在大金寺的寺庙里，除桑雀活佛外，他就是整个大金寺说一不二的人物，掌管着寺庙的山林、草原、耕地、奴隶。

……

且说，锡第活佛驱马来到马帮住地已是半夜时分。当锡第活佛把宾客楼遭火焚，田轩面临砍头危险的消息告诉了欧阳慧敏和马帮后，欧阳慧敏吩咐大伙道："大家都要冷静，我和扎西现在去土司府，其他弟兄不能盲动，就待在驻地，哪也不能去。"

"不，我随你们去土司府，"格桑拉姆态度坚决地，"我要见田老板！"

"安心养伤吧，"欧阳慧敏劝阻格桑拉姆道，"你的心情我理解。"

第二十三章　图报复觉罗纵火　救田轩拉姆献计　241

"救老板要紧，"格桑拉姆性急地道，"欧阳小姐你就让我去吧！"
……

欧阳慧敏、扎西、格桑拉姆随同锡第活佛到了土司府后，直接去了行刑场。当欧阳慧敏见被捆缚在"十"字形木柱上的田轩已伤痕累累时，不由自主地叫了一声："田轩……"便泣不成声了。

同时，也被绑缚在另一"十"字形木柱上的觉罗，已精疲力竭地耷拉着脑袋，且被冻得浑身发抖。

管家向随行来的壮汉使一眼色，壮汉立马为田轩解起捆缚的绳索来。

捆缚田轩的绳索解开后，扎西把他抱到行刑场台阶的石级坐了下来。

"管家大人，"欧阳慧敏迫不及待地问管家道，"这究竟是咋回事？"

田轩喘息着断续地道："水……水……"

管家向壮汉使一眼色，格桑拉姆便同壮汉去打水去了。在去打水的路上，格桑拉姆问壮汉道："大哥，告诉我，这事究竟是咋回事？"

"田老板，是个狼心狗肺的东西，"壮汉愤愤地道，"他想强奸府邸的丫鬟，丫鬟不从，就纵火烧了宾客楼。"

"强奸丫鬟，"格桑拉姆迟疑地道，"不可能！田老板不是这样的人。"

"这话别对我说，"大汉回答道，"去给管家老爷说。"

格桑拉姆再没往下问了，默默地随大汉去了厨房。

格桑拉姆取水回来了时，欧阳慧敏正在为田轩擦拭脸上的血迹，格桑拉姆一见到被捆缚在木柱上的觉罗，厌恶地朝她脸上吐了一唾液，然后才在田轩身边蹲下，为田轩喂起水来。

田轩咽下几口水后，精神稍微有所恢复，并能从朦胧的视线，分辨出了眼前的欧阳慧敏、扎西、格桑拉姆、管家、锡第活佛……

田轩有气无力地喊了声："扎——西——"

"老板！"扎西这个强悍的汉子的眼眶也盈满了眼泪。

田轩的视线移至被绑缚在"十"字形架上的觉罗身上后，又移至格桑拉姆后停顿下来，用眼神示意格桑拉姆给觉罗水喝。

格桑拉姆极不情愿地去给觉罗喂水去后，田轩泛着一丝微笑对欧阳慧敏道："托你件事。"

欧阳慧敏回答，"什么事我都会替你办的。"

"见到卓玛，"田轩嘱托说，"就说我托付她，一定要帮降央、扎西全家团聚。"

欧阳慧敏眼眶的泪水像断了的线的珠子似的涌出，悲戚地连声道："你不会有事！不会有事……"

锡第活佛对欧阳慧敏道："欧阳小姐，你该去见土司老爷，求老爷放过田老板。"

欧阳慧敏拭着泪连连点头。

欧阳慧敏随管家来到老爷的住室，土司老爷沉思了半晌，对欧阳慧敏道："欧阳小姐，我知道田老板对我女儿有恩，所以才特意留下他，不但让他住在宾客楼，还安排他喜欢的美女陪伴他，我有错吗？"

"我知道老爷是恩德齐备，"欧阳慧敏解释道，"田老板也是知恩报德的人，他会报答老爷的恩德。"

"我这宾客楼花了上万两的银子不说，还是我家两代人的心血呀！"土司老爷冷冷一笑后伤感地道，"一把火就只剩下断壁残垣。"

"老爷，"欧阳慧敏恳求地道，"求您高抬贵手，放过田老板。"

土司老爷轻蔑一笑道："就你一句话，就要我放人？"

"土司老爷，"欧阳慧敏请求道，"至于府邸的损失，我欧阳慧敏向你保证，一定如数赔付给老爷。"

"欧阳小姐，"土司老爷奚落的口气，注目着欧阳慧敏道，"别自不量力。"

"老爷放心，"欧阳慧敏道，"我本人没钱，但家里有钱，在香港、上海都有我家的棉纺织厂。"

"欧阳小姐莫开玩笑啦，"土司老爷哈哈一笑问，"我是去香港、上海讨债的人吗？"

"老爷，"欧阳慧敏乞求道："你看这样行吗？"

土司老爷冷笑道："小姐还有要求？"

"我们把六十条牦牛和价值二三万大洋的货物抵押给老爷，"欧阳慧敏回答，"二十天后，一定把府邸损失的全部银两如数奉还。"

"那，"土司老爷不想再纠缠下去了，沉思了少许后道，"只要田老板立据为凭，我立马放人！"

欧阳慧敏连忙感激地："谢谢老爷！谢谢老爷！"

当欧阳慧敏将拟好的契约文书，递给田轩道："签个名吧。"

"签什么名？"田轩惊疑地问。

欧阳慧敏回答，"抵押文书！"

田轩惊疑地问："什么抵押文书？"

"暂时把驮队的牛和货品抵押给土司老爷，"欧阳慧敏回答，"你就没事啦。"

"马帮有马帮的帮规，"田轩摇头道，"违背道义的事——死也不能做！"

欧阳慧敏急了，责怨道："只是抵押！"

"这不是我的货，"田轩语气坚定地道，"我没有抵押的权利！"

"你知道吗，"欧阳慧敏抽泣道，"不作抵押，土司老爷要杀你！"

"杀就杀呗，"田轩无可奈何地道，"一切都是上天的安排，我田轩命该如此。"

"你傻呀！"欧阳慧敏急切地道，"只要卓玛小姐回来，也许情况就会出现转机。"

"什么转机也不行，"田轩明确地道，"五尺男儿，吐一口唾沫，就是钉在地上的钉子。"说着目光移至扎西，断续地叮嘱道，"扎西兄弟……拜托你……货，一定要送到拉萨……"

扎西含泪连连点头。

管家向壮汉使了个眼色，两壮汉欲架田轩去行刑的木柱时，欧阳慧敏问管家道："你们这是……"

第二十三章　图报复觉罗纵火　救田轩拉姆献计　243

"欧阳小姐，"管家为难地道，"我是按规矩办事。"

两壮汉将田轩绑缚在木柱上的时候，管家叮嘱道："别捆绑紧啦——松一点！"

欧阳慧敏再次来到土司老爷住室，向土司老爷再次恳求，希望老爷放过田轩。而土司老爷却回答说："欧阳小姐，老朽折腾了半宿啦，对不住——我需要休息。"

"土司老爷，"欧阳慧敏乞求地道，"求你——宽限我们几天。"

"我知道你的意思——是想等我女儿回来，让我收回成命，"土司老爷直截了当地道，"废话就别说啦，明日午时三刻以后，你们来收尸吧。"

欧阳慧敏急切地："土司老爷……"

"什么也别再说啦，"土司老爷打断欧阳慧敏的话，下逐客令道，"我老啦，需要休息。"

……

欧阳慧敏、扎西、格桑拉姆三人愁苦地回到住地时，已是更阑夜静的时候了。闷坐在篝火边的马帮兄弟，见欧阳慧敏他们三人回来，连忙迎上前去，欲从他们口中得到田轩的消息。

赖三急切地问欧阳慧敏道："情况咋样啦？"

欧阳慧敏什么也没说，把自己牵马的缰绳扔给了赖三后，就回了自己居住的帐篷。

欧阳慧敏回到帐篷刚落座，汪堆就提着装牛粪的口袋，来到帐篷。为火堆添加燃料来了。

汪堆添完牛粪，起身对欧阳慧敏道："我知道你愁苦，注意也别伤了身体。"汪堆惋惜地叹了口气后继续道，"田老板就是被砍了头，也是自己的命，怨不了谁。"

欧阳慧敏眼眶噙满眼泪，连连点头应承道："我知道，我知道。"继而对汪堆道，"你坐！陪陪我。"

汪堆刚坐下，格桑拉姆就走进了帐篷。

"欧阳妹子，"格桑拉姆对欧阳慧敏道，"我有个想法，你看行不？"

"啥想法？"欧阳慧敏连忙问。

"——找勇嘎呗！"格桑拉姆回答，"我想向勇嘎小姐说明了情况，勇嘎小姐准会同意签名救田老板。"

"办法倒是好办法，"欧阳慧敏为难地道，"上哪找勇嘎？"

"勇嘎小姐在达科，"格桑拉姆性急地道，"我叫上郎吉，准能把小姐给请来！"

"拉姆姐，谢谢你，"欧阳慧敏的眼眶滚出激动的泪花道，"你解决难题啦！"

"欧阳妹妹，"格桑拉姆连忙问，"你算是同意啦？"

欧阳慧敏点头道："同意！同意！"

格桑拉姆兴奋地转身就要出帐篷时，欧阳慧敏叫住格桑拉姆道："等等！"

格桑拉姆回转身问："还有事？"

"叫上富贵，"欧阳慧敏叮嘱道，"多个人，多份照应。"

……

夜色中，富贵、郎吉、格桑拉姆各自骑一匹快马，牵一匹备用马，在草原上驰骋……

第二十四章
勇嘎闻讯赐金簪　甲卡忍辱救田轩

次日。天刚黎明，汪堆、赖三就随同欧阳慧敏来到土司府的大门前，然而却被值班的家丁横枪拦在了门外。

家丁对欧阳慧敏道："对不起，老爷有令午时三刻前不许人员进出。"

"为啥？"汪堆质问家丁道，"就是马上砍头，也得要允许我们见最后一面呀！"

"别争啦，"欧阳慧敏阻止汪堆道，"我们去趟国民政府，请县长想想办法。"

扎脱县国民政府的驻地，离土司府不远，如果没挂"扎脱县国民政府"的牌子，根本不会有人相信这里是县国民政府。因为除房舍破旧不堪外，院落也不大，房舍四周的围墙如果没有木柱支撑，围墙随时都有坍塌的危险。

欧阳慧敏看了看悬挂在墙上，用毛笔书写的"扎脱县国民政府"字样的牌子，便摇起门来。

半响，一个抱着孩子的女人开了门后，以惊疑的目光，打量着站在门外的欧阳慧敏及赖三和汪堆问："你们……"

"大姐，"欧阳慧敏微笑道，"我们是来找县长的。"

开门的女人质问赖三和汪堆道："是你们两个臭男人，欺负一个弱女子吧。"

欧阳慧敏连忙解释道："大姐，你误会啦，我们是来请县长办事的，不是为男女方面的事。"

"你一个女人和这些大男人在一起，"开门的女人惊疑地问，"还不是为男女方面的事？"

"真的不是男女方面的事，"欧阳慧敏请求道，"大姐，麻烦你通禀一下，我们有急事见县长。"

开门女人回头呼喊着院内屋子里的县长道："老周，出来一下，有人找！"

一会儿工夫，头戴狐皮帽，身着长衫的县长便来到门前，打量着欧阳慧敏、赖三及汪堆道："我就是本县的县长，你们这是……"

"他俩是路过贵地的马帮，"欧阳慧敏从挎包取出名片，递给县长道，"我是香港

《环球地理》杂志社的摄影记者……"

"记者小姐?"县长再次打量着欧阳慧敏惊疑地问:"从香港来?"

欧阳慧敏解释说:"我是随同马帮去拉萨的拍摄自然风光的。"

"小姐去拉萨,"县长不解地问,"这与本县有关系吗?"

"县长大人,"欧阳慧敏请求道,"想借县长的威望,请县长去土司府救人一命。"

"记者小姐,你找错地方啦,按地方管理权限,"县长遗憾地道,"本县长没有管理地方事务的权力,地方上的事务,一概由地方自行解决。"

"你是县长,"欧阳慧敏惊疑地问,"还管不了地方事务?"

县长嗤笑道:"这里是土司管理的地区!"

欧阳慧敏无言以对了,只好扫兴离去。

在往回走的路上,赖三问欧阳慧敏道:"处处无门,我们该去哪呀?"

"我也不知道。"

"那,"赖三问,"我们就只能眼睁睁地等到午时三刻田老板砍头吗?"

"最后的希望寄托在格桑拉姆身上,"欧阳慧敏无可奈何地回答:"只有等她的消息。"

且说,从昨晚格桑拉姆、郎吉、富贵离开马帮住地后,他们一路策马狂奔,黎明就抵达了达科,来到了觉姆修行居住的小木屋的山下。

富贵看着沿山而建的层层叠叠的小木屋,问格桑拉姆道:"你知道是哪间小木屋吗?"

"不知道,"格桑拉姆回答,"就知道住在小木屋。"

富贵目视着层层叠叠的小木屋,为难地叹了口气。

"你俩就站在这路上候着,"格桑拉姆嘱咐富贵和郎吉道,"我去小木屋一间间寻找。"

喇嘛寺的钟鼓声响了,觉姆们一一出了小木屋,很有秩序地沿下山的小路列队赶往喇嘛寺。

格桑拉姆离开富贵和郎吉后,没走多远,就看见勇嘎迎面而来。格桑拉姆连忙迎上前招呼勇嘎道道:"勇嘎小姐!"

"对不起,你找错人啦,"勇嘎回答,"我是觉慧!"

"不管你是勇嘎,还是觉慧,"格桑拉姆请求道,"请你听我把话说完。"

"对不起,我是修行之人,"勇嘎回答,"尘世的事一概不知。"说着就要从格桑拉姆旁边侧身离去。

富贵突然窜出,"扑通"一声跪在勇嘎面前,泪流满面道:"勇嘎小姐,你就发发慈悲,救救田老板吧。"

勇嘎为难地道,"你起来,起来呀!"

"你不答应,"富贵哽咽地道,"哪怕就是跪死在你面前,我富贵也认啦。"

"你起来,"勇嘎无可奈何地,"我答应你。"

富贵站起身来……

达科喇嘛寺在藏区是有名的喇嘛寺，每天都有众多的男女信徒前来朝拜……

当勇嘎从格桑拉姆和富贵的口述中知道了田轩面临的境遇后，从衣袍的内兜里取出金簪交给富贵道："你们把这枚金簪交给土司老爷，土司老爷见到金簪，就不会杀田轩。"

"勇嘎小姐救田老板要紧，"格桑拉姆乞求地道，"求你随我们去趟土司府吧。"

"我是修行之身，不会跟你们走的，"勇嘎态度坚决地，"你们快走吧，相信我的话——只要土司老爷见到金簪，别说不会杀田轩，就是你们提什么要求，土司老爷都会应允。"

格桑拉姆从富贵手里拿过金簪，瞪大眼睛看了看后，惊疑地注目着勇嘎再次问："这金簪真有这么大能耐？"

"我不会拿田轩的命作儿戏的，"勇嘎诚恳地道，"你们快回吧，时间晚啦就来不及了。"

看着勇嘎诚恳的样儿，格桑拉姆对富贵和郎吉道："我们回吧！"

……

欧阳慧敏、赖三、汪堆离开国民政府后，又来到土司府的大门处。由于受到家丁的横枪阻拦，他们只能守候在土司府的大门外，以便随时能得到田轩的消息。

中午是太阳最火辣的时候，坐在树荫下躲避阳光欧阳慧敏，因为长时间没喝水，嘴唇已经干裂地起了皮。她目视着在阳光下不时地朝府邸内张望的汪堆道："别再张望啦，都过来遮遮阳光歇歇吧。"

汪堆来到树下，见欧阳慧敏嘴干裂的样儿，便转身离去。

"你这是去哪？"欧阳慧敏问。

"江边，"汪堆回答，"给你打点凉水！"

汪堆所说的江边，其实是鲜水河的河边。鲜水河也是条流水湍急的河流，涌起的波涛随时都在拍打着对岸突兀的岩石……

汪堆蹲在岩石上，反复地清洗了自己的木制小碗后，打满了水刚上岸，看见了有策马的，有驱使驮物牦牛的，有步行的男女正迎面而来。汪堆正感好奇时，传来了女子的喊声："汪堆大哥！"

汪堆颇感惊异寻声望去，才看清，喊他的女子是甲卡，汪堆回应道："甲卡！"

"汪堆大哥，"甲卡来到汪堆身旁，惊疑地问，"你怎么在这呀？"

汪堆垂下头道："出事啦！"

甲卡急切地催问："出了啥事？"

汪堆正要回答甲卡的问话时，见卓玛、白马走来过来，他厌恶地瞥了白马一眼，即刻把涌到唇边的话咽进肚里。

"不碍事，"卓玛也催促道，"你说！"

"听说田老板强奸土司府的女奴不成，"汪堆不情愿地道，"纵火把土司老爷的宾客楼给烧啦。"

"强奸女奴？烧了宾客楼？"甲卡的心急促地跳动起来连连道，"不会，一定不会，田轩不是这样的人，不是这样的人……"

白马幸灾乐祸地："我早就知道，田轩——不是只好鸟！——杀了他也是死有余辜——活该！"

卓玛愤愤地瞪了白马一眼，拉起甲卡就往府邸大步走去。

在土司府大门处，欧阳慧敏迎上卓玛，眼泪滚了出来，乞求般道："卓玛小姐，救救田轩……"

"别难过了，"卓玛安慰欧阳慧敏道，"田轩不会有事。"

这时，传来长长的关门声，卓玛扭头看去，只见府邸的双扇大门已经被关上。卓玛恼怒地走到大门处，使劲地擂起了门。

"门是不会开的，"赖三对卓玛道，"老爷早已发话，谁也不许进出！"

卓玛伸手对白马道："把枪给我！"

白马为难地道："这……"

卓玛怒不可遏地道："给我！"

白马只好把自己的枪交给了卓玛。卓玛接过枪，朝天放了一枪。

枪声震惊了土司老爷，他询问管家道："哪里放枪？"

"大门外，"管家回答，"是小姐回来啦。"

土司老爷斥责管家道："你不是说小姐明天才回来吗？为啥今天就到家啦？"

"老爷，"管家推卸责任道，"小姐做事，谁也说不准呀。"

"离午时三刻还有一个时辰，"老爷焦躁不安起来道，"这，这咋办呀？"

"老爷，"管家回答，"我有办法。"

"啥办法？"老爷催促道，"快说，你快说呀！"

"只要小姐见不到老爷，见不到田老板，"管家回答，"这事不就解决了吗？"

"我管不了啦，"老爷急切地来回踱步道，"你想怎么做，就怎么做。"

……

大门处，卓玛欲要再次开枪时，门"吱"的一声开了，管家笑盈盈地出现在门前弓腰道："老奴有失远迎，小姐赎罪，赎罪！"

"我得从侧门进，"甲卡抱歉地对卓玛和欧阳慧敏道，"我们一会见。"

甲卡微微点了一下头后，将自己的手一挥，就率领自己的演出队，去了府邸的侧门。卓玛则挽起欧阳慧敏的手欲去大门时，家丁横枪挡住了欧阳慧敏的去路。

"咋啦！"卓玛愤愤地呵斥管家道，"是要反啦，还是要咋？"

"小姐，"管家堆着笑脸对卓玛道，"下人也是奉老爷之命行事。"

"卓玛小姐，"欧阳慧敏只好乞求地对卓玛道，"现在只有你能救田轩啦！"

"田轩没事！"卓玛安慰说，"我知道该怎么做。"说罢，转身厉声呵斥家丁道："滚开！"拉起欧阳慧敏就要往大门里面走。

"小姐，"管家连忙以商量的语气对卓玛道，"你看能不能这样，瞒着老爷，让欧阳小姐暂且去'小姐楼'避一避……"

"好，"卓玛应允道，"去小姐楼！"

横枪的家丁只好让出通行的道路，让卓玛和欧阳慧敏通过。当汪堆和赖三跟在白马身后也要通过时，却被家丁横枪拦下。

管家连忙上前向汪堆和赖三解释道："二位，委屈啦，请在此等候。"

卓玛回头呵斥管家道："他们是我的客人！"

"小姐，"管家提醒卓玛道，"老奴也是按规矩——小姐楼是任何男人不许进出。"

欧阳慧敏以和事的态度，劝解卓玛道："小姐，我能进就不错啦。"

卓玛瞪了管家一眼后，挽起欧阳慧敏的手大步走进了大门，同时，管家手一挥，招呼随同而来的三个家丁紧随在卓玛和欧阳慧敏身后。

欧阳慧敏、卓玛、白马进大门后，管家上前拦住白马，请白马留步道："老爷请姑爷去客房休息。"

白马只好与卓玛分手，改道去了客房。

卓玛手挽着欧阳慧敏走到廊道的转弯处时，跟在身后的家丁抢步上前，拦住去行刑场的去路，对卓玛道："小姐，这条道去不了小姐楼。"

"呸！"卓玛愤恨地向说话的家丁啐了口唾液，只好去自己居住的"小姐楼"。

负责管理小姐楼的女佣，早已候在庭院的门外，恭候小姐的到来了。

小姐和欧阳慧敏进了庭院，沿着扶梯一前一后地拾级上楼时，管家对管事的女佣道："把门锁好，没有老爷吩咐，就是小姐也不许开门！"

女佣连连躬身应答道："热！热！（是）"

管家目视着庭院大门上锁后，转身对跟随而来的家丁道："就在这给我守好大门，任何人都不许进出！。"

家丁恭敬回答："热！热！"

……

欧阳慧敏随同卓玛进了小姐的卧室，侍奉丫鬟便为欧阳慧敏奉上茶，欧阳慧敏正要对丫鬟表示感谢时，卓玛微笑着对欧阳慧敏道："你先休息，我去见我阿爸。"

欧阳慧敏高兴地回答道："等你的好消息！"

"放心！"卓玛蛮有把握地对欧阳慧敏道，"在这我是主人！"

欧阳慧敏连连道："谢谢！谢谢！"

卓玛叮嘱丫鬟道："侍奉好欧阳小姐。"

"小姐放心，"丫鬟回答，"我会侍奉好欧阳小姐。"

卓玛下楼来到庭院大门处，见大门紧锁，愤愤地连声呼喊："开门！给我开门！"

管理庭院的女佣，通过院墙大门两边的镂空花墙，向小姐欲作解释时，卓玛抢先斥责女佣道："大白天的，谁叫你锁门？我是囚犯呀！"

"小姐，"女佣解释说，"这是老爷吩咐，我是按吩咐行事。"

卓玛怒不可遏地命令道："给我开门！"

女佣为难地道："小姐，是老爷的吩咐——小的不敢！"

卓玛愤怒极了，抱起院里的花盆恨恨地砸向大门。

……

且说，管家叮嘱负责管理小姐楼的女佣锁好小姐楼大门，又吩咐护院家丁守好大门，不许任何人进出后，就急匆匆地跑到老爷居住的客厅。老爷没等管家禀报，就问管家道："小姐都安顿好了？"

"回老爷的话，"管家道，"小姐已回了自己的闺房，庭院也已上锁。"

"好，"土司老爷满意地捋着胡须道，"不错！不错！"

"老爷，没有其他的事，"管家恭敬地说，"老奴……"

"等等，"土司老爷叫住管家问，"其他的准备得如何？"

"老爷放心，"管家信誓旦旦地道，"刽子手那里都已准备妥当。"

土司老爷淡淡地说了声："忙你的去吧。"

……

甲卡与卓玛暂别后，从侧门进了府邸，即刻指挥演员们把道具搬进了暂居的住室，便匆匆赶到行刑场。

甲卡在行刑场，见田轩和一女子被分别捆绑在十字形的刑架上，顿时怜悯与憎恨像一盆凉水从头直倾而下，凉透了她的心。她怜悯的是田轩被捆绑在行刑架上的惨样，憎恨的是田轩竟然背叛自己，做不要脸的苟且之事。然而，最终还是怜悯战胜了憎恨，身不由己地走到田轩身边，淌着泪为田轩拭着额头沁出的汗珠。田轩微微睁开眼睛，微弱的声音连连道："水——水——"

甲卡愤慨地对看守的家丁呵斥道："你没听见了吗？——他要喝水！"

不敢怠慢的家丁，只好在旁边的水桶里舀了碗水递给甲卡。甲卡接过碗，便蹲着为田轩喂起水来。

田轩迫不及待地一口气喝下了整碗水后，看着甲卡露出了一丝惨淡的微笑。

甲卡既心疼，又愤怒地质问道："为了一个女人，你值吗？"

田轩半闭着眼睛微弱的声音道："不怨谁，命……"

甲卡愤愤地道："死都临近啦，你还不怨谁！"甲卡痛骂了田轩一句后，走到旁边被捆绑的女人身边，朝那女人的脸上狠狠地啐了一口唾沫后，用手抬起觉罗的下颚正欲臭骂时，顿时惊诧了，万万没想到眼前这位女人竟然是觉罗。于是，惊异地道："觉——罗——！"

觉罗没有言语，只微睁眼睛看了甲卡一眼便耷拉着脑袋微弱地喘着气。

"快！"甲卡扭头吩咐家丁道，"水！"

家丁再次舀了碗水递给了甲卡，甲卡喂完觉罗的水后，见觉罗的呼吸逐渐平缓，便压低声音问："告诉我是不是田老板强奸你，你不服从，他就……"

觉罗否认地摇了摇头。

"那，"甲卡用手抬起觉罗的头问，"究竟是咋回事？"

觉罗以极其微弱的声音，挤出了两字："报——复——"

"是谁报复？"甲卡性急地问。

"我……"觉罗喘息道，"我……"

"告诉我，"甲卡急切地问，"你报复谁？"

"田……"觉罗费力地回答，"田……田……老……板……"

"田老板没有做对不起你的事，"甲卡恼怒地质问道，"你报复他啥呀？"

"狼，"觉罗喘息着以微弱的声音断续地道，"遇……遇狼的……夜晚……他……人面……兽心……答应救我……却……"觉罗喘息得接不上气了。

"你是不是认为田老板不但没有救你，"甲卡问觉罗道，"反让你成了奴隶。"

觉罗应承地连连点头。

田轩又喘息着连声道："水，水……"

甲卡舀起水正在喂田轩时，白马少爷出现在了行刑场。那两位守候行刑场的家丁，连忙恭敬地喊道："姑爷！"

白马理也没理，走到行刑架处，瞪着田轩鄙夷地道："我没杀你，也有人杀你，你就是个该砍头的死鬼！"

甲卡恼怒地，将盛水的碗往地上一放，起身就要离开。

白马跨步上前，挡住甲卡的路，阴阳怪气地道："心疼啦，还是……"

"心不心疼是我的事，"甲卡转身背向白马准备离开，"碍不了二少爷！"

"我知道你要去哪，"白马在甲卡身后大声道，"告诉你——卓玛小姐不是救命稻草——你见不着！"

果不其然，甲卡还没有走到小姐楼，就被管理小姐楼的女佣，拦住去路道："姑娘，老爷有吩咐——小姐楼谁也不许进出。"

甲卡解释说："我是卓玛小姐的朋友。"

"姑娘，"女佣不耐烦地道，"我说过了——老爷吩咐——小姐楼谁也不许进出！"

甲卡质问道："为啥？"

女佣回答："小的是按老爷吩咐办事。"

甲卡失望了，转身返回时，白马出现在了面前。

甲卡白了白马一眼，垂头从白马身边侧身而过。

白马在甲卡身后喝道："站住！"

甲卡转身怒目注视着白马。

白马似笑非笑地走到甲卡身旁问："看到田轩要被砍头啦——心疼？"

甲卡怒视着白马，欲言又止……

白马阴阳怪气道："只要本姑爷出面向岳父大人求情，田轩的脑袋，就可以保住。"

甲卡轻蔑地一笑，便转身离去。

白马在身后愤愤地道："我今天是这府邸的姑爷，明天就是扎脱的土司！你别狗眼看人低！"

甲卡蔑视地道："土司老爷会听你的？"

"听不听我这姑爷的，"白马得意地道，"试一下就知道啦！"

"那，你去试吧，"甲卡不冷不热地道，"我等你回话。"

白马走到甲卡身旁，亲昵地问："真要我去试？"

甲卡语气坚决地道："真要！"

白马转身走了几步后，回转身来问："就这么简单？"

甲卡不解地问："啥意思？"

"还用我说吗，"白马走近甲卡，用手指抬起甲卡下颚，"你心知肚明！"

甲卡手一扬，将白马抬自己下颚的手打开，便侧身往前而行。

白马在甲卡身后大声道："现在只有我能救田轩！"

即刻，甲卡的眼前闪现出被绑缚在木柱上的田轩，衣衫褴褛，遍体鳞伤一副无助的模样……

甲卡转过身，目视着白马问："只要你救下田轩，你提什么条件我都答应你。"

白马走了过来，四处瞧了瞧后，将甲卡搂在怀里。

"你不能骗我，"甲卡依从着白马道，"一定要救下田轩！"

"能！"白马将自己的脸，紧贴着甲卡的脸道，"相信我，一定救下田轩！"说着弯腰将甲卡抱起……

甲卡挣扎着问："你抱我去哪？"

……

白马把甲卡抱到自己卧室，白马的欲望得到满足后，仍然裸着身子躺在床上。甲卡穿着自己的衣袍催促白马道："还赖什么床啊——时间不等人啦！"

"啥事呀？"白马装着糊涂问，"有这么忙吗？"

"别装糊涂，"甲卡厉声道，"说定了的——救田轩！"

"幼稚！"白马哈哈一笑，反问甲卡道，"土司老爷决定了的事，能说改就改吗？"

"你自己说的，"甲卡反驳道，"——你以府邸姑爷的身份，向土司老爷求情，老爷就会放过田轩！"

白马恬不知耻地笑问："这话我说过吗？"

甲卡怒不可遏地骂了一句："你这个骗子！"

"别说得这么难听，"躺着的白马伸手去拉甲卡道，"能得到本少爷喜欢，是你的福气！"

甲卡挣脱掉白马伸向她的手，怒目圆睁地注视着白马，仿佛看见白马抽出枪，枪筒顶着父亲的脑门，恼羞成怒地道："滚！给我滚！"

怒火灼热着甲卡的胸膛，愤怒驱使她猛然抽出腰间佩戴的匕首，高举着向白马狠狠扎去。然而眼明手快的白马，夺下甲卡刺向自己的匕首，恶狠狠地对甲卡道："胆子不小，胆敢向本少爷动粗！"说着将匕首尖部，顶着甲卡的咽喉，威胁道，"本少爷杀你，就如同杀一只小羊羔。"

"你杀！"甲卡毫不畏惧地大声道，"你杀呀！"

白马收回顶在甲卡咽喉上的匕首，狠狠地扔到屋子的角落道："不是本少爷要娶你做二房，今天非杀了你不可！"

"呸！"甲卡愤愤地啐了一口唾液。

"我正告你，"白马眼睛冒着凶光，威胁着道，"今天的事，你只要敢向卓玛吐露了半句，哪怕我做不了扎脱的土司，你和你的那些演员都休想逃出我的手心！"说罢，将甲卡推搡出门外愤愤骂了声："滚！"

肉体和心灵都受到了伤害的甲卡，呜咽着刚出府邸大门，赖三惊疑地迎上前，拦住甲卡问："咋啦，田老板他……"

"赖三！……"甲卡伤心地伏在赖三肩头一个劲地抽泣。

"这，这究竟……"赖三伸展着自己的双臂不知如何是好。

"我受骗啦，"甲卡哭泣着道，"遭人欺负啦……"

"告诉我，"赖三怒不可遏地问，"受了谁的骗？遭了谁的欺负？"

甲卡抬起泪眼，注目着赖三道："枪！把枪给我！"

赖三惊奇地问："你要干啥？"

"你有什么委屈，"汪堆性急地道，"告诉我，我给你报仇！"

甲卡发泄着内心的委屈，哭喊着对赖三道："把枪给我！"

"我给，我给，"赖三不敢正视甲卡的目光，手握腰间的枪柄，小声道，"告诉我，你要杀谁？"

甲卡一个劲地呜咽抽泣……

"甲卡姑娘，"汪堆劝解说，"你要冷静，在这土司府你能杀谁呀？现在最重要的是救田老板！"

甲卡愈加伤心地呜咽着道："我尽力啦……"说完委屈地急转身直向江边跑去。

赖三在甲卡身后傻乎乎地大声问："你去哪？"

汪堆性急地对催促赖三道："还愣着干啥？快追呀！"

……

浪花飞溅的鲜水河，涌起的波涛不时地拍打着堤岸。甲卡伫立在延伸至河中心的岩板石上，面对波涛翻滚的江面，呜咽地哭喊道："田轩，对不起，我甲卡只是个弱女子！没有救你的能耐……"

追到河畔的赖三直呼喊道："甲——卡——！"

甲卡回头看着赖三大声道："你别过来！"

"你听我说，"赖三劝慰道，"没有过不去的坎，只有回不了头的路。"

甲卡回头瞥了赖三一眼，硕大的泪珠从眼眶滚下……

"你不为自己着想，"赖三继续劝解道，"也得为你那些弟兄姐妹着想呀！"

"阿爸！"甲卡哭泣着道，"你女儿是肮脏女人啦……"

"你不肮脏，"赖三缓慢地走向甲卡道，"你永远都是纯洁的姑娘！"

赖三刚来到甲卡身旁，甲卡喊了声："赖三！……"便一头伏在赖三肩头。

汹涌的波涛冲击着堤岸……

第二十五章

见金簪田轩被放　对老爷欧阳释疑

且说，卓玛小姐悉知庭院的大门上锁是父亲的安排，于是，卓玛发怒地抱起花盆一盆接一盆地砸向大门……

下楼来的欧阳慧敏连忙阻止卓玛道："别砸啦！"

"欧阳姐！……"卓玛伏在欧阳慧敏肩头哭泣起来。

"我知道你心里难过，"欧阳慧敏安慰说，"就是没有救下田轩，你也尽力了。"

卓玛哭泣着道："我怎么这么无能啊……"

"别自责啦，"欧阳慧敏劝慰着道，"老爷毕竟是土司，决定了的事不会轻易改变。"

"欧阳姐，"卓玛悲戚地道，"我不能眼睁睁看着田老板死在我的家啊！"

"别太难过啦，"欧阳慧敏撩起手腕的袖子，看了一下表道，"离午时三刻还有一个小时，我想勇嘎会赶来救田轩的。"

"你认识勇嘎？"卓玛连忙问，"是哪里的勇嘎？"

"拉萨商人，"欧阳慧敏回答，"罗松泽仁大伯的女儿。"

"你认识我大伯？"卓玛惊异地连忙问，"也认识勇嘎？"

欧阳慧敏惊疑地问："罗松泽仁是你大伯？"

"是我大伯，"卓玛回答，"他年轻的时候去了拉萨，我爷爷才把土司的位置传给了我的阿爸。"

"那，"欧阳慧敏催促卓玛道，"你快叫人传信给土司老爷，田轩是罗松泽仁的女婿，是你的表姐夫！"

"欧阳姐，"卓玛兴奋地拭着脸上的泪水问，"真是这样？"

"真是这样！"

卓玛激动地去到镂空的花墙，唤着在门外的家丁道，"快去禀报老爷，田轩是我的大伯的女婿，我的表姐夫！你快，你快呀！"

家丁用眼神征求了另一家丁的意见后，便跑离了小姐楼。

离午时三刻只有不到半小时的时间了，土司老爷在白马的陪同下来到行刑场，老爷刚在太师椅落座，守候在小姐楼的那位报信的家丁就跑了来跪在老爷面前道："老爷，小姐让小的转告老爷，田轩是小姐的大伯的女婿，她的表姐夫，你不能杀他！"

老爷哈哈笑着，对管家道："小姐用心良苦，给我瞎编了个我大哥的故事。"

"小姐是重情重义的人，"管家笑着道，"她这样做，也是为了救田老板。"

老爷笑着回答道："我是堂堂的土司老爷，能朝令夕改吗？"

"老爷，"管家恭敬地道，"午时三刻已到。"

土司老爷怒目瞥了捆缚在行刑架的田轩一眼，愤愤地道："掏出他的心肝，我要看看这狼心狗肺的东西——心有多黑，肺有多烂！"

俩刽子手，敞开着衣衫，袒露出胸部的胸毛，嘴里咬着雪亮的匕首，肩扛大刀，一前一后地昂着头沿行刑台的台阶一步一步走上行刑台……

"老爷！"田轩憋足劲，微弱的声音道，"我有话说……"

扛着大刀站立在田轩旁边的刽子手恶狠狠地回答："有什么话留到阴间去对阎王爷说！"刽子手说着将大刀置地，双手"唰"的一声，撕开田轩的衬衣，田轩佩戴的红宝石镶边的银质饰物，袒露在了胸前。刽子手惊讶地喊了声："老爷！……"便"扑通"一声跪在田轩面前。

管家和土司老爷，以及其他的家丁仆人顿时全都惊疑了，管家连忙向行刑架跑去……

当管家看到田轩胸前佩戴的饰物，也不由自主地嘴里说着："老爷饶恕……"也跪在了田轩面前。

在场的人都惊异了。

土司老爷连忙问身边的人道："咋啦？这是咋啦？"

当土司老爷来到了田轩跟前时，管家指着田轩佩戴的饰物对土司老爷道："老爷，你看他胸前的红宝石镶边的银质饰物。"

土司老爷目视着饰物，惊诧地道："家族饰物！"说着也从自己脖子上取下自己佩戴的饰物进行比对。

管家凑上前，在一旁仔细观看后，对土司老爷道："一模一样，假不了。"

土司老爷指着田轩胸前的饰物厉声问田轩道："这是哪来的？"

田轩几欲抬头，但却无力抬起，只微微地白了土司老爷一眼，断续地道："水……水……"

土司老爷对身边的仆人道："给他水喝！"

田轩喝了几口水后，稍微有了点精神，管家连忙上前指着田轩佩戴的饰物问："老爷问你，你佩戴的饰物是从哪来的？"

"我……"田轩以低微的声音断续回答，"我的……"

土司老爷质问道："你是从哪里得来的"

"老……爷，"田轩仍断续回答，"我说啦……我的……"

"这！"土司老爷正束手无策地叹气时，守候大门的家丁，拿着金簪喊着："老爷！"跑上台来，跪在老爷面前，双手将金簪向老爷奉上。

土司老爷接过金簪，仔细看后，诧异地问家丁道："哪来的？"

家丁回答："——马帮刚送来的！"

"人呢？"土司老爷问。

"回老爷的话，"家丁回答，"——在大门外！"

"快，"土司老爷吩咐说，"把送簪的人给我叫来。"

家丁离去后，管家看着金簪，惊异地道："老爷，这金簪我见过是勇嘎小姐的。"

土司老爷仔细辨认后，视线又落到田轩身上，管家提醒土司老爷道："这金簪是在勇嘎小姐成人礼仪式上，老爷亲手为勇嘎小姐戴在头上的……"

"我知道！"土司老爷惊疑地道，"难道这田先生，真是我大哥的女婿，我女儿的表姐夫？"

土司老爷走到田轩身旁，俯身问田轩道："这金簪是怎么回事？"

田轩只微微地摇了摇头。

土司老爷正束手无策的时候，格桑拉姆随家丁赶来了。

家丁正要禀报老爷时，格桑拉姆已经"扑通"一声，跪在土司老爷面前，向土司老爷哀求道："老爷，田老板再也经受不起折腾啦，求你放过田老板！"

土司老爷以审视的目光注视着格桑拉姆问："你也是马帮？"

"回老爷的话，"格桑拉姆回答道，"我男人是马帮，我只是随同马帮去拉萨的厨娘。"

土司老爷接着问道："你认识勇嘎？"

格桑拉姆回答："小的与勇嘎小姐有一面之缘。"

土司老爷掂着手拿的金簪问："告诉我这金簪是咋回事？"

"老爷，"格桑拉姆回答道，"金簪是我去达科请勇嘎小姐前来为抵押之事签名的，没想到勇嘎小姐不同我来，只给了我这枚金簪，她告诉我，只要老爷见到金簪就会放过田轩。"格桑拉姆嗓音哽咽了，眼眶盈满泪水，向土司老爷磕着头哀求道，"老爷，金簪已在您手里，求老爷放过田老板……"

"放下，把人给我放下，"土司老爷懊悔的双手拍了下自己的双腿道："老夫的眼睛花啦，真是花了！"

家丁上前替田轩解捆缚的绳索时，田轩向土司老爷乞求道："老爷，田轩有……有事……求……求老爷……"

土司老爷上前好言问田轩道："给我个实话，你这红宝石镶边的银质饰物究竟是从哪来的？"

田轩微微点了一下头道："是我岳父给我的。"

老爷问："你真是罗松泽仁的女婿？"

田轩点头应承。

土司老爷懊悔地道，"我的侄女婿呀，二伯委屈你啦！"

田轩诧异地注视着土司老爷。

"罗松泽仁是我大哥，"土司老爷眼眶盈出泪水道，"我是你二伯呀！"

田轩脸色浮现出一丝淡淡的笑意道："老爷……"

管家搬来了椅子，土司老爷亲自扶田轩落座后，眼眶溢出泪水："别再叫老爷，叫二伯。"

眼眶也溢出泪水的田轩，扬起笑脸，亲切地唤了声："二伯……"

土司老爷激动地紧紧地拥抱着田轩……

"二伯，"田轩断续道，"田轩……有……有事相求……"

"有事只管说，"土司老爷回答，"二伯啥都应承你。"

"降央、觉罗都是我的朋友，"田轩断续地道，"求二伯饶恕她们，放了她们。"

"放！"土司老爷连连说，"二伯一定放，马上就放！"

管家呵斥身边的人道："老爷叫放人，你们没听见吗！"

下人们即刻涌到觉罗被捆缚的刑架，把觉罗从刑架放下……

土司老爷见从十字形刑架放下来的觉罗已经站立不稳，连忙吩咐身边的仆人道："快！快去请锡第活佛！"

"老爷，"管家对土司老爷道，"是不是先让姑爷和……"

"这是你的事，"土司老爷打断管家的话道，"还需要问我吗？"

……

田轩和觉罗被管家分别安排在了与老爷相邻的两间居室。下人们侍奉田轩躺下后，管家又吩咐一下人道："快，去请小姐！"

小姐楼的大门打开了，卓玛拉着欧阳慧敏的手，匆匆地赶往田轩暂时栖息的卧室。候在门外的侍女连忙躬身为之让道，卓玛和欧阳慧敏刚进卧室的门，见锡第活佛双手合十刚刚为躺在床上的田轩祈祷完平安经文……

锡第活佛见卓玛和欧阳小姐都以担心的目光，注视着田轩，便对二人道："有佛祖护佑，田先生没有大碍。"

管家吩咐下人道："去给姑老爷备好热水，姑老爷醒后，舒舒服服洗个热水澡。"

"是！"下人们回答后，都离开了住室。

"阿爸，"卓玛对父亲道，"女儿有事相求。"

土司老爷和颜悦色地道："我是你父亲，这土司府是你的家，有事你只管吩咐下人就是啦。"

"阿爸，降央和觉罗都是田轩的朋友，"卓玛道，"女儿求你放了她俩。"

"小姐，"管家连忙抢先替土司老爷回答道："老奴已按老爷吩咐，早已了却了小姐的心愿，现在觉罗正在休息，降央正被下人送去沐浴室沐浴。"

……

沐浴室离田轩现在的住室也不远，当颇感诧异的降央随同两侍女进了热气腾腾浴室后，两位随行而来的侍女便为降央解发脱衣。

第二十五章　见金簪田轩被放　对老爷欧阳释疑

降央退了两步，避过脱衣和解发辫的侍女诧异地问侍女道："姐妹们，你们这是……"

俩侍女连忙恭敬地施着礼道："夫人！现在我们已经不是姐妹，你是土司府尊贵的客人。"

降央愈加莫名其妙了，诧异地看了看身边的侍女道："我是什么尊贵的客人啊，姐妹们告诉我，这究竟是咋回事？"

"对不起，"一侍女恭敬地回答，"我们是按管家大人吩咐侍奉夫人。"

侍女没有回答降央的问话，为降央解下发辫，脱去衣服后，恭请降央沐浴。

降央犹豫不决，迟迟没有进入沐浴桶，侍女蹲下身，恭敬地对降央道："请夫人不要为难下人。"

降央只好顺从地听候侍女的摆布。

……

在田轩临时住室里，侍女为欧阳慧敏和格桑拉姆奉上茶后，在室内踱步的土司老爷对欧阳慧敏道："欧阳小姐，我们能借步说话吗？"

欧阳慧敏笑着回答："听凭老爷吩咐。"

"那，"土司老爷示意欧阳慧敏出门道，"我们客厅谈。"

"阿爸，"卓玛喊着父亲道，"你又要为难欧阳小姐？"

"阿爸已经得罪了欧阳小姐一次啦，"土司老爷抱歉地道，"哪还有第二次！"

欧阳慧敏随同土司老爷来到客厅后，土司老爷在室内来回踱步，反复思考谈话应该从何谈起。欧阳慧敏打破沉默问："老爷，有什么话不妨直说，也好让晚辈替老爷分忧呀。"

土司老爷忧心道："只看见金簪之物，不见勇嘎其人，令老朽费解啊！"

"老爷只见到勇嘎的金簪，没见到勇嘎本人，"欧阳慧敏回答道，"那是因为……"

土司老爷催促着问："因为什么？"

欧阳慧敏为难地矜持道，"晚辈不便告诉老爷……"

"没有不便的，"土司老爷迫切地问，"——实话实说！"

"老爷，别逼晚辈！"欧阳慧敏为难地道，"晚辈一旦说出来，老爷定会痛心不已……"

土司老爷催促道："别犹豫啦——说吧。"

欧阳慧敏回答："这已经是几月前发生的事啦……"

土司老爷连忙问："发生的什么事？"

"勇嘎的父亲，"欧阳慧敏回答，"罗松泽仁大伯被劫匪给杀害了。"

"啥？"土司老爷惊疑道，"我大哥被劫匪杀害啦。"

"老爷你别着急，"欧阳慧敏连忙上前搀扶着土司老爷道，"你老的身体要紧！"

"劫匪万……万……万恶……"土司老爷断续地说着，呼吸急促起来，欧阳慧敏紧张地呼喊起来："老爷！老爷……"

侍女第一个跑进客厅，抬了把椅子随同欧阳慧敏刚把老爷扶坐在椅上，卓玛和锡第活佛也跑来到客厅。卓玛不知所措地紧拉着父亲的手，淌泪呼唤："阿爸！阿爸！"锡第活佛则双手合十，微闭双眼为老爷祈祷起经文来。

半晌，土司老爷微微睁开眼睛，眼眶噙满了泪水对女儿道："卓玛，你大伯没啦！……"

"我知道，"卓玛淌着泪对父亲道，"阿爸，您需要休息，需要静养……"

土司老爷老泪纵横地道："阿爸放心不下你婶婶和你姐呀！"

"老爷，您老别担心，"锡第活佛安抚着土司老爷道，"有佛祖护佑，一切都会如愿——都会如愿！"

"活佛，劳累您，"土司老爷说话又断续起来，他鼓足劲叮嘱道，"多……多为我大哥祈……祈福……让亡……亡灵……早……早日升……升天……"

——土司老爷的呼吸又急促起来。

卓玛急切地连声呼唤："阿爸！阿爸……"

管家赶来了，他见老爷呼吸急促的样儿，着急地斥责侍女道："还站着干啥，快把老爷抬到床上！"

……

老爷被抬到卧室安顿下来后，欧阳慧敏将卓玛拉出老爷的卧室，在客厅对卓玛道："老爷的病是因担忧勇嘎而起，老爷见到勇嘎妹妹，也许……"

"你是想说，"卓玛性急地打断欧阳慧敏的话道，"只要我阿爸见到了勇嘎姐，病就能痊愈！"

"对，就是这样，"欧阳慧敏道，"我现在就去达科，把老爷患病的事告诉勇嘎妹妹，勇嘎妹妹一定会随我来扎脱看望老爷。"

"欧阳姐，"卓玛兴奋地道，"——我俩一道去达科！"

"你哪也别去，"欧阳慧敏道，"就在府邸照顾老爷！"

"欧阳姐……"卓玛感动地眼眶涌出了泪水。

欧阳慧敏为卓玛拭去眼泪，叮嘱道："照顾好老爷！"说罢泛着笑，向卓玛挥着手，退步离开了客厅。

……

欧阳慧敏走后，卓玛刚回到父亲的卧室，突然传来了一声枪响，卓玛、管家，以及在场的人全都惊愕了。土司老爷微微睁开眼睛，喘着气对女儿道："枪……枪声……"

"阿爸，您安心休息，"卓玛对父亲道，"女儿这就去详查情况。"

"小姐，"管家连忙阻止卓玛道，"危险——你不能去——老奴我去！"

管家自行处理看他们后，卓玛倏然离开了卧室，快步追上管家问："枪声是从哪传来的。"

"大门外，"管家重复着道，"一定是大门外！"

……

第二十五章　见金簪田轩被放　对老爷欧阳释疑　　259

第二十六章
卓玛一语道心声　觉罗报恩身相许

土司府的大门处正在闹事，刚才那一枪，也是在闹事时赖三所放。

原来，甲卡遭受到白马的欺辱后，痛心地感受到扎脱土司府不是自己该留在这里的地方，同时赖三也为甲卡鸣不平，一边诅咒白马，一边怂恿甲卡别自讨没趣地为土司老爷的寿辰演出，应该马上率演出队离开土司府。

甲卡应允了赖三的怂恿后，率演出队刚来到府邸的大门处，就被五六个守卫大门的家丁横枪拦下，当班的小头目呵斥甲卡道："没有管家大人的应允，谁也不准离开土司府！"

甲卡怒不可遏地斥责家丁道："我们不是土司府的奴隶，你们无理由拦下我们！"

小头目凶狠地看着甲卡道："我再说一遍——没有管家大人的应允，谁也不准离开土司府！"

演员们将目光转向了甲卡。

小头轻蔑地对甲卡道："甲卡姑娘，请回吧！"

甲卡索性一屁股坐在了地上，小头目向其他家丁努了努嘴，两家丁上前来，架起甲卡的胳膊，就要将甲卡强行架进大门。

"强盗！"甲卡一边挣扎，一边反复不停地骂，"土匪！土匪！"

赖三怒了，为了阻止家丁对甲卡的横行，倏然抽出佩枪，朝天就是一枪。

家丁即刻调转枪头，齐刷刷地将枪管对准了赖三……

情况正紧急时，卓玛和管家出现在了大门口，管家厉声呵斥家丁道："放肆！把枪都给我放下！"

家丁一个个都不敢怠慢，将对准赖三的枪筒收起……

卓玛走到甲卡身边，呵斥家丁说："都给我退下！"

家丁都灰溜溜进了大门后，卓玛俯下身欲对甲卡说话时，看见了甲卡腰间的佩饰五寸长的佩刀，只有白银镶嵌的刀鞘，而没有佩刀，但是卓玛没有多问，只对甲卡道："告诉姐，究竟发生了什么事？"

"卓玛姐……"甲卡伤心地说不出话来，泪水像断了线的珠子似的，沿着脸颊直往下淌。

赖三愤愤不平地道："你们土司府有人欺负了她！"

卓玛"嚯"地站起身怒不可遏地道："告诉我，谁欺负了你，我立马毙了他！"

泪流满面的甲卡，紧咬着自己的嘴唇，无声地哭泣……

"妹妹，你说呀，"卓玛着急地催促甲卡道，"憋在心里难受！"

甲卡呜咽着道："不要逼我……"

"姐不问啦，"卓玛安慰着道，"你不是急着要见田轩吗？走，看田轩去！"

"对不起，"甲卡呜咽着道，"土司府不是我甲卡应该进出的地方，我……"

"究竟发生了什么事？"卓玛压抑着心里的怒火，再次俯身对甲卡道，"告诉姐！"

"别问啦，"甲卡回答道，"我不会告诉你。"

卓玛蹲在甲卡身边道："妹妹，给姐，一个面子——回府吧，有什么委屈，我们都回府去说，姐一定替你做主。"

"甲卡姐，"一女演员劝慰甲卡道，"卓玛小姐话都说到了这份上了，我们就留下来吧。"

"甲卡姐，"演员们愤愤劝解甲卡道，"我们留下来吧！"

甲卡目视着众演员，委屈的眼泪夺眶而出。卓玛扶起甲卡，两姐妹手挽手地走进了府邸大门。演员们也紧跟其后地驱赶着驮载道具的牦牛，从侧门进入了土司府邸。

卓玛、甲卡来到演出队住地，甲卡因为要忙着指挥演员们将道具搬回住室，卓玛向甲卡告别道："你先忙，我在客厅等你，待会儿我们一道去看田轩！"

甲卡点头后，向卓玛小姐挥手作别。

卓玛刚出了演出队居住的宅院，迎面碰上一个端着盛有银质佩刀的托盘的女奴，朝自己迎面而来。女奴怯生从卓玛身边走过时，卓玛叫住女奴道："站住！"

女奴连忙胆怯地回道："小姐！"

卓玛上前从女奴端着的托盘里拿起佩刀询问女奴道："哪来的？"

"回禀小姐，"女奴回答，"奴婢在打扫姑爷住室时在房间角落拾到的。"

卓玛再没有多问，拿着刀直朝白马居住的房间走去。卓玛走到住室门前，一脚踢开住室门冲到白马面前，将刀扔在桌上，质问白马道："这是怎回事？"

白马扑通跪地道："我，我错啦，"

卓玛扬手给了白马一个耳光后，恨恨地骂了一句："不要脸的东西！——给我滚——滚回卡江去！"

白马拉着卓玛的衣角哀求道："原谅我——我再也不敢啦……原谅我……"

"听见了吗，我叫你滚！"卓玛怒气冲冲地，"滚回你的卡江！"卓玛发罢怒气，抓起桌上的刀出了住室。

白马目送卓玛离开后，恼怒地一巴掌击在了桌上……

第二十六章　卓玛一语道心声　觉罗报恩身相许

拿着刀的卓玛返回到演出队居住的宅院，甲卡连忙迎上前唤了声："姐！"

卓玛啥也没说，将手拿的刀，插进了甲卡的刀鞘愧疚地道："姐对不起你，总有一天，姐会替你报仇。"

"姐，别提报仇的事，"甲卡感动地说，"妹妹只想姐一辈子幸福！"

……

且说，白马垂头丧气的出了府邸大门后，并没有回卡江，而是去了大金寺求堪布在土司老爷面前为自己求情。

堪布与白马父亲关系密切。因为大金寺有一支自己的商业驮队，这支驮队只要到炉城进货，来去都要途经卡江——白马家的辖地，且驮队来去都得在土司府住宿一宿。因此，大金寺的管家堪布与白马的父亲有密切往来。

白马来到大金寺，向寺里的管家堪布，添油加醋地诉说了自己憋在心里的委屈后，堪布安慰白马道："土司老爷重情重义，我去向老爷替你说几句好话，就没事啦。"

管家带着一小喇嘛来到土司府邸大门处，守门的家丁连忙前去府邸客厅通秉管家。

管家闻讯后，连忙询问卓玛道："小姐，大金寺堪布受桑雀活佛之托，前来拜望老爷来了。"

卓玛沉思了一会儿，回答管家道："堪布既然是受桑雀活佛之托，那就有请堪布。"

管家刚出客厅，见堪布已经候在门外，管家便迎上前去施礼道："堪布大人吉祥！"

"大人吉祥，"堪布还礼后道，"听说老爷病啦，桑雀活佛差遣我前来拜望老爷。"

"谢谢管家大人，谢谢桑雀活佛！"

堪布受邀刚踏进客厅门，见土司老爷有卓玛和侍女搀扶着从卧室走来出来，他唤了声："老爷！"连忙迎上前将红色的哈达双手奉向老爷道："这是桑雀活佛亲自为老爷开了光的哈达——能护佑老爷福体安康。"说着，将哈达替老爷围在脖子上。

老爷感激道："谢谢桑雀活佛，谢谢堪布！"

……

卓玛和侍女搀扶老爷落座后，老爷也请堪布落座道："你也坐、坐！"

堪布落座后，侍女在为他斟茶时，土司老爷见堪布几番欲言又止的样儿，便询问堪布道："桑雀活佛还另有嘱托？"

堪布尴尬地泛着笑道："真让老爷说中啦。"

"不必拘礼，"土司老爷笑眯眯地道，"请讲！"

"老爷爽快，老爷爽快，"堪布泛笑道，"昨晚寺里的商队从炉城回来，捎来消息，卡江的土司老爷已经备好了贺礼，将前来为老爷祝寿。"

土司老爷试探地问："管家的意思……"

"活佛大人的意思，"堪布更正道，"你们两亲家应和睦相处，不必为儿女之事闹僵了矛盾。"

土司老爷慎思了一会儿道："请管家转告桑雀活佛——活佛所言极是——我一定规劝小女。"

"老爷保重，"管家恭敬地起身向老爷告别道，"小的就不打扰老爷啦。"

堪布正要退下时，土司老爷发话道："等等！"

堪布询问道："老爷有话吩咐？"

"请管家顺便告诉白马一声，"土司老爷吩咐道，"就说我叫他回府！"

"老爷放心，"堪布泛笑道，"老爷的话——堪布一定带到，一定带到！"

……

田轩在与老爷相邻的卧室躺下后，一觉醒来已是寅时。当他双眼紧闭，正舒适地在浴桶泡澡的时候，管家抱着一套藏装来到了田轩面前，恭敬地对田轩道："姑爷，府里没有汉装，只有委屈姑爷穿藏装啦。"

"藏装好！"田轩感激地回答道，"麻烦你啦。"

"姑爷不必拘礼，"管家回答，"这是我分内的事。"

……

田轩泡浴完毕，回到住室正对镜梳头时，降央和觉罗进了屋门，喊了声："老爷！"便跪在了地上。

降央和觉罗各着色泽靓丽的藏式长袍，佩戴着珊瑚和银质的饰物颇显得端庄俊俏，令田轩差点认不出她俩，半天反应过来，田轩惊喜地道："是你们！"

跪在田轩面前的降央和觉罗感激地道："谢谢老爷的搭救！"

"这是干啥呀，"田轩连忙催促二人道，"快起来！快起来！"

二人起身后，田轩对二人道："我不是你们老爷，叫我田轩、田老板啥都行。"

"老爷就是老爷，"降央感激地道，"没有老爷您——就没有降央的今天。"

"说的啥呀，"田轩斥责降央说，"我和扎西是朋友、兄弟，你是我嫂子！"

"田老板，不，老爷，"降央扑通跪在田轩面前，"您是我的恩人，降央我没齿难忘。"

"嫂子，这些话别再说啦，"田轩搀扶降央起身后以责备的语气对降央道，"我说啦——我和扎西是朋友、兄弟！你是我嫂子！"

降央的眼眶盈满了感激的泪水涟涟道："嫂子再不说啦，再不说啦。"

田轩懊悔地对觉罗道："对不起，让你受了委屈、受了苦……"

"不，"觉罗内疚地，"是觉罗让老板遭了委屈、受了苦。"

"你现在是自由身啦，"田轩关心地道，"休息几天，到时我请土司老爷派人送你回家。"

"我不回家，"觉罗扑通跪在田轩面前道，"哪怕你去天南海北我要跟随老爷——您！"

"别说傻话啦，"田轩搀扶觉罗起身道，"回家吧，你的父母亲在家盼着你呢。"

"老爷对觉罗恩深似海，觉罗无可报答，"觉罗眼眶滚出泪花道，"只能用自己的贱身报答老爷的恩情。"

"说的啥呀，"田轩搀扶起觉罗说，"快起来，快起来！"

第二十六章　卓玛一语道心声　觉罗报恩身相许

觉罗执意不肯起身，坚决地道："哪怕觉罗是做不了老爷的女人，觉罗也要一辈子跟随在你的身边侍奉老爷。"

"别说傻话啦，"田轩斥责地道，"回家！"

觉罗跪地哽咽着道："你不要我……"

"什么要不要呀，"田轩搀扶觉罗起身道，"起来，我们坐下说。"

"你不答应，"觉罗挣脱着田轩搀扶的手，恳切地道，"就是跪死在这里，我也心甘情愿。"

"妹妹，"降央也前来搀扶觉罗起身说，"姐答应你，你跟着姐，随同马帮去拉萨！"

觉罗淌泪的脸颊露出笑容瞥了田轩一眼，对降央道："谢谢姐姐！"

田轩正感为难时，管家来了。他是来请田轩及降央、觉罗赴宴的。

宴会是土司老爷吩咐管家为田轩举行的，目的是弥补自己的过失，向田轩致歉，同时也顺便招待赶来为自己寿辰演出的甲卡的演出队。

宴会在藏式风格的宴会厅举行，宾客每两人为一桌，且都背靠墙壁而坐。当田轩、卓玛、降央、觉罗步入宴会厅时，演员们都兴致勃勃地鼓起掌来，就在演员们的鼓掌时刻，一男演员轻声地问旁边的演员道："不是说宴会是为田老板举办的，田老板怎么没来呢？"

"别问我，"被问话的演员回答道，"自己问田老板去。"

问话的男演员看着觉罗对旁边的演员继续道："瞧，那年轻女子真够漂亮。"

被问的演员瞥了觉罗一眼后，对问话的演员继续道："她叫觉罗，听说田老板就为那女子纵火烧了老爷的宾客楼。"

"男人嘛，"问话的演员羡慕道，"看见漂亮女人哪有不动心的，就是我，别说纵火，就是杀人我也敢做！"

被问话的演员反问说："你怎么越说越离谱啦。"

"你不懂，"问话的演员道，"这叫为情所愿！"

被问话的演员顶撞道："这叫不知羞耻！"

二人还要你一言，我一语地斗嘴时，在座位上就座的土司老爷起身端起酒盅，向各位敬酒道："我感谢大家，为我的生日远道而来。在此，以此酒为敬感谢诸位！"说罢将酒一饮而尽后，接着道，"请各位自便。"

就在各位尽情用餐时，田轩端着酒，来到甲卡身边，很随意地道："来我们干一个！"

甲卡冷冷地问："有必要吗？"

"你对我的关心够多啦，"田轩真诚道，"谢谢你！"

"知道就对，"甲卡没跟田轩碰杯，将碗里的酒一饮而尽后，对田轩道，"你随意！"

田轩疑惑的目光落在了甲卡身上。

"眼睛犯邪啦，"卓玛向田轩开玩笑道，"——看我！"

甲卡捂嘴一笑，田轩尴尬地道："犯什么邪呀，我总觉得你们今天对我都是怪兮兮的。"

"我们是为你高兴，"卓玛端起酒盅对田轩道，"来，以酒为敬，我喝了这盅酒，以表替我父亲向你道歉……"

"卓……卓玛，"田轩语无伦次地结巴起来道，"你……你这不是见外了吗？"

"甲卡，"卓玛喊着问，"你说我这是见外吗？"

"别问我，"甲卡笑着道："你问你自己呀！"

宴会就在这你一言我一语的欢乐气氛中进行……

宴会结束已是夜幕降临的时候。照说田轩今晚本该留宿在府邸，但是考虑到应让扎西一家早些团聚，所以最终还是放弃了留宿的念头。

卓玛送田轩、降央、觉罗刚出大门，就看见赖三牵着田轩的坐骑，已经候在大门外。卓玛在请降央、觉罗上马车时，田轩向赖三道："怎么只有一匹马？你的马呢？"

"老板，"赖三羞涩地道，"甲卡挺忙，我想留下来给她搭搭手。"

田轩无话可说地回答："行！你忙去吧。"

赖三去了，田轩顿时感到心里空落落的，卓玛玩笑般地问："咋啦？"

"什么咋啦，"田轩回答，"啥事也没有啊！"

"啥事也没有，"卓玛俏皮地道，"就是心里酸溜溜的。"

田轩反问道，"我酸了吗？"

"你问你自己！"卓玛瘪嘴向田轩做了个"羞"的动作。

……

马车刚抵达马帮驻地，马帮兄弟们都涌出栅栏门外。当小扎西看见母亲从车山下来，连忙喊着："阿妈！"直向母亲扑去……

降央抱起儿子，连连在儿子脸上亲吻。扎西傻笑着目视着妻子道："回来啦！"

降央则责备扎西道："别傻乎乎地一眼不眨地老看我。"

"快一年没见到你，"扎西爽快地说，"想你呗！"

降央心里甜丝丝地责备扎西道："不害臊！"

扎西兴奋地猛然从降央身后拦腰抱起降央，一家人幸福地转起圈来……

第二十六章　卓玛一语道心声　觉罗报恩身相许

第二十七章
锡第箴言起微澜　田轩尴尬遭冷遇

且说，自欧阳慧敏邀约着汪堆、富贵离开了马帮住地后，便策马翻过山岭，越过沟渠，日夜兼程，抵达达科已是天边露出鱼肚色的时候。

达科是藏传佛教的圣地，沿神山而建的修行者的小木屋早已透出星星点点的亮光，一间间的小木屋里，修行者都在做晨间的功课——打坐诵经。

按照宗教的礼仪，修行者在诵经的时候，是不容许被打扰的，因此欧阳慧敏他们三人只好待修行者完成了晨间的功课，才能去见他们所要见到的人——勇嘎。

打坐在小木屋里的勇嘎，正双手合十微闭着双眼，吟诵着经文……

虽说现在是盛夏季节，但是高原的早晨仍然是寒气袭人。欧阳慧敏双手合在一起放在唇边不时地哈着热气。

汪堆走了过来问："都啥时候了，还得等多久啊？"

"急也没用，"欧阳慧敏强抑自己内心的烦躁，安慰汪堆道，"耐心点——等呗！"

在等待中，从喇嘛寺不时地传来了僧侣的诵经声，以及宗教礼仪特有的法器的击打声……

日上三竿的时候，修行的人才出了小木屋，也就在这时，出小木屋的勇嘎看见了站在离自己不远处的欧阳慧敏，勇嘎欲要躲闪，返回小木屋时，传来了欧阳慧敏喊声："勇嘎妹妹！"

勇嘎再也躲闪不及了，只好硬着头皮朝欧阳慧敏迎去。

欧阳慧敏和勇嘎两姐妹相见了，两姐妹虽然没有相拥，但是彼此都感慨不已，眼眶都盈满了激动的泪花。

……

微风习习，朝霞满天，在祥和的气氛下，勇嘎已忘却了自己觉姆的身份，与欧阳慧敏手牵手地漫步在鲜花盛开的草原。

习习的和风送来了佛教的钟鼓声和僧侣们的梵呗声。欧阳慧敏遥闻着温馨而悦耳的梵音，再看看身边身着僧袍的勇嘎，不由得感叹道："没想到性格开朗的妹妹，俨然成了佛门弟子。"

"我犯下了罪孽，"勇嘎懊悔道，"只有归顺佛门，修行赎罪，才能求得佛祖的宽恕。"

"妹妹，"欧阳慧敏询问道，"能告诉我赎罪的缘由吗？"

"说来话长，"勇嘎叹息道，"离开田轩后，我在无助之下，滋生了一个念头，无论是什么男人，哪怕就是个丑八怪，只要甘愿为我报仇，我就愿意嫁给他。可是没想到，所嫁的男人竟然是杀害我父亲凶手的弟弟……"勇嘎说着出事那天的情景即刻浮现在了她的眼前……

在尼玛金珠家养伤的勇嘎午睡醒来，没见洛桑的人影，便颇感奇怪地下楼来询问在打扫院子的尼玛金珠道："大姐，看见洛桑了吗？"

"去河边啦，"尼玛金珠笑道，"你大哥的弟弟降巴丹真带话来要见他。"

勇嘎惊疑地重复了一句："河边——降巴丹真？"即刻返回宅楼牵马去了。

尼玛金珠惊诧看着牵马出来的勇嘎，不由得问："你上哪去？"

"河边！"勇嘎回答，"见降巴丹真！"

勇嘎牵马出了院门，翻身上马，双腿一夹马肚，马便"突突突"地疾跑起来……

勇嘎驱马驰过寨子，越过绿油油的禾苗地，直向河边驰去。

洛桑和降巴丹真正在拉话时，洛桑听见了"突突突"的马蹄声，他回头望去，见是勇嘎正朝自己奔驰而来，便连忙对降巴丹真道："哥，你快走，快走呀！"说着上前去阻拦勇嘎。

可是，洛桑没跑几步，勇嘎就已经来到洛桑面前，也清楚看见降巴丹真脸上的三道疤痕。即刻，父亲在密林遭到袭击中弹时的情景，以及"刀疤"赤裸着上身，解着裤带一步一步地逼近自己时的情景——出现在了她的眼前……

勇嘎愤怒地抽出枪，洛桑连忙阻拦着勇嘎道："他是我哥——登竺！登竺！"

愤怒至极的勇嘎一掌将洛桑推倒于地，大步走向降巴丹真。降巴丹真闭着自己的眼睛，等待着勇嘎的开枪……

就在勇嘎开枪时，洛桑箭步冲来用自己的身体护着降巴丹真。可是勇嘎的扳机已经扣动，只听见一声枪响子弹击中了洛桑的胸膛。降巴丹真伸手抱住自己弟弟，大声呼唤道："弟——弟！——洛——桑！"只见殷红的血液从击中的伤处涌出……

勇嘎丢下手中的枪，发出了撕裂肺腑的呼喊："洛——桑——！"

——这呼喊声，在天地间回响。

勇嘎上前悲痛欲绝地抱着洛桑的遗体，悲切地哭喊道："洛桑啊……"

降巴丹真拾起地上的枪，向勇嘎递去痛心疾首地说："你打吧，你打死我呀！……"

勇嘎懊悔地结束回忆说："我犯下了罪孽——亲手杀害了自己的丈夫。"

"别再懊悔啦，"欧阳慧敏劝慰道，"无论怎样懊悔，洛桑也不能复生。"

"唉……"勇嘎痛心不已地长叹了口气道,"我的余生只有在忏悔中度过。"

"别悲观,振作起来"欧阳慧敏劝慰道,"你的亲人都在盼望着你,渴望你回到他们身边。"

"我是戴罪之身,失去了对人世间的奢望,"勇嘎悲切地道,"只能服务于佛祖,以赎罪求得佛祖的宽恕。"

"勇嘎,"欧阳慧敏苦口婆心道,"你不能因为了赎罪而抛弃白发苍苍的老母亲,断绝同亲人的来往。"

勇嘎悲戚的哭喊道:"我的罪孽已把我逼上了远离家人的道路!……"

倏然,天空阴云密布,雷声乍起。这雷声犹如尖利的长矛,深深地刺进了勇嘎的心脏,使她也抑制不住内心的纠结的情绪,蓦地像疯了一般向栖身的小木屋奔跑而去……

"勇嘎!你去哪呀?"欧阳慧敏追逐着呼喊起来。然而,欧阳慧敏的喊声,却被"隆隆"的雷声所淹没。

大雨倾盆而至,霎时间哗哗的雨声,夹杂着隆隆的雷声和呼呼的风声,把大地搅得一派混沌。

……

已经被雨水淋成了落汤鸡的勇嘎仍在疯狂奔跑。在奔跑中,她仿佛看见了老母亲孤苦伶仃地倚在门前,眺望着远方,期盼着女儿归来……

勇嘎不禁深切地呼喊:"阿妈!……"同时奔跑的速度逐渐减缓下来,双手由叉腰,改换成弯腰支撑着膝盖,最后倒在了地上……

欧阳慧敏及富贵、汪堆追上前来,欧阳慧敏跪在地上,扶起勇嘎半截身子,失声地呼唤:"勇嘎!勇嘎!"

半响,勇嘎喘息过来,喃喃地道:"我要回拉萨,回拉萨……"

勇嘎随同欧阳慧敏他们回到扎脱已是次日的下午。当卓玛、甲卡、管家,以及府邸的下人在大门见到归来的勇嘎时,大伙都激动不已,卓玛和甲卡连忙上前亲切地唤了声:"姐!"

勇嘎紧紧地拥着卓玛和甲卡道,"姐想死你们啦!"

"姐,再别走啦,"卓玛唤着勇嘎道,"我们姐妹永远在一起。"

勇嘎一脸的苦笑,说:"姐是戴罪之身……"

"小姐,"管家打断勇嘎的话道,"老爷还等着你呢。"

在管家的提醒下,大伙只好簇拥着勇嘎进了府邸的大门,去了老爷的卧室。老爷一见到勇嘎即刻来了精神,倏然坐起拉着勇嘎的手,眼眶盈满了泪水。

"二伯!"勇嘎扑在土司老爷怀里,抽泣起来。

欧阳慧敏不忍看见眼前这悲切的一幕,与卓玛和甲卡悄然地离开了客厅。

且说,汪堆、富贵回到马帮住地,把勇嘎回府的事告诉田轩后,田轩便马不停蹄地赶去了土司府邸。田轩在客厅见到勇嘎的刹那间,激动地热泪涌了出来,从内心发出亲切的喊声:"勇——嘎——!"

勇嘎即刻背向田轩，回到道："你认错人啦。"

勇嘎的话犹如一盆凉水，浇灭了田轩心中的激情。田轩在窘境下，不知如何是好，土司老爷连忙示意田轩退出客厅后，对勇嘎道："侄女呀，田轩是个不错的男人，你错怪他啦。"土司老爷说着从自己藏袍里搜出那张次郎尼玛打给降巴丹真的欠条，递给侄女道："你看看这个。"

勇嘎看罢欠条，惊疑地问："二伯，这是怎回事？"

土司老爷问："看清楚了吗？"

"看清楚了。"

"既然看清楚了，"土司老爷道，"你就应该明白杀害你父亲的幕后真凶是谁啦！"

"不，不可能，"勇嘎为次郎尼玛辩解道，"我阿爸、阿妈待次郎尼玛像亲儿子一样，他不会杀害阿爸。"

"次郎尼玛不是一心想做你家的女婿吗？"

"是的，"勇嘎回答，"从我俩懂事起，他总是对我说，我是他心目中最美的女人，要娶我，做我家的上门女婿。"

"他并不是爱你，"土司老爷义正词严地道，"爱的是你家的财产！所以，当他希望破灭以后，对你父亲就动了杀心。他的目的非常明确——杀了你父亲就可以迫使你阿妈同意他入赘到你家。"

勇嘎咬牙切齿地道："次郎尼玛真是个狼心狗肺的东西！"

"其实，幕后真凶除了次郎尼玛外，"土司老爷愤愤地道，"还另有其人。"

"是谁？"勇嘎连忙问。

土司老爷一字一句地道："英国人理查德！"

勇嘎惊疑地道："理查德！"

勇嘎愤愤地道："理查德、次郎尼玛，你们都是佛祖的罪人——不得好死！"

"侄女呀，过去了的一切，"土司老爷规劝勇嘎道，"都成了生命中的记忆，还俗吧——新的道路就在足下！"

勇嘎内疚地道："我是戴罪之人，唯一的渴望就是赎罪——渴求佛主的宽恕。"

这时，侍女进门禀报道："老爷，锡第活佛求见！"

"快请！快请！"土司老爷连忙回答。

土司老爷的话音刚落，锡第活佛已经进门来了。

勇嘎连忙从座位起身，以佛教的礼仪施礼道："上师吉祥！"

锡第活佛还礼道："吉祥！"

锡第活佛示意勇嘎坐下后道："看弟子面带愁容，想必是有心事。"

"上师所言极是，"勇嘎回答道，"小尼初入佛门，尚有恩怨难以忘却。"

"佛门乃是弘扬佛的大法普救众生之地，而非赎罪之地，"锡第活佛道，"看来你入佛门之心未净，暂且还与我佛门无缘。"

勇嘎惊疑地："上师……"

锡第活佛以手势阻止勇嘎说下去后，接着道："还俗吧。"

勇嘎为难地道："这……"

"你是你母亲唯一的依靠和期盼，"土司老爷打断勇嘎的话，劝慰着道，"再说你身怀六甲，也不可带着孩子修行呀。"

"诚然你是戴罪之身，"锡第活佛开解道，"可你腹内之子乃是洁净之人，总不能让为出世的人，也随你赎罪吧。"

"上师箴言，"勇嘎回答道，"小尼一定铭记于心。"

土司老爷正要说什么时，出现在门前的管家打断了老爷的思路，老爷只好问管家道："你有事？"

"已为小姐备好了热水，"管家回答，"请小姐沐浴。"

勇嘎来到浴室门前，侍女刚把门打开，浓郁的花香味扑面而来。这熟悉的香味顿时像一股暖流从头顶倾斜而下，勇嘎浑身热乎乎的舒适极了。当侍女为她解散了盘在头顶的发辫，脱掉了身着的藏袍，勇嘎浸泡在浴桶里用手拨弄着漂浮在水面上的花瓣的时候，她感到无比的惬意。

且说，自田轩在客厅遭到勇嘎的冷遇尴尬地离开了客厅，但没有离开土司府，而是独自在花园思考徘徊。作为心胸大度的田轩来说，从心底没有一点责备勇嘎的意思，他只悔恨自己当初不应该对勇嘎隐瞒救治降巴丹真的实情。如果把救治降巴丹真的事告诉了勇嘎，也许就不会有勇嘎的离开，也就不会落下今天尴尬的结局。为了给勇嘎解释清楚事情发生的原委，他候在浴室门外，耐着性子等待与勇嘎的相见。

"吱"的一声，浴室门开了，勇嘎出现在了门前。

"勇嘎！"田轩迎上前去，"有很多事，需要向你解释。"

"我们之间没事可说，无话可谈。"勇嘎冷冷地回答着直往前走。

田轩在勇嘎身后大声道："你能不能耐心听我说一句话？"

"说什么？"勇嘎回头问，"是说我丈夫——洛桑，还是说我肚子里未出生的孩子？"

"勇嘎，"田轩羞怒地道，"你……"

"别自作多情啦，"勇嘎鄙夷地道，"我还有事！"说罢就扬长而去。

再次碰了一鼻子灰的田轩往回走时，迎面而来的卓玛见田轩一副沮丧的模样，微笑着问："又碰钉子啦？"

沮丧的田轩只能以苦笑作为回答。

"原谅她，"卓玛劝慰着道，"她需要重新考虑人生，你要给她考虑的时间。"

田轩什么也没说，低头从卓玛身边走过。

卓玛在田轩的身后，大声地问："你去哪？"

"我——里外不是人，"田轩顿足回答，"还有留在这里的必要吗？"

"明天就是我父亲寿辰，"卓玛问，"很多事还得同你商量。"

"你高看我啦，"田轩问，"我只是马帮——过客，不是与你们比肩的人！"

"我姐是爱你的，"卓玛鼓励说，"你是府邸姑爷——我的姐夫！"

田轩苦笑着一字一音地："姐——夫——？"

第二十八章
恋人重逢寿辰日　勇嘎真情取玉镯

今天是土司老爷的寿辰，到处都洋溢着欢快的气氛。土司老爷管辖的地盘上的男女老少都身着节日的盛装，载歌载舞，为土司老爷祝福。

随着鼓点声的响起，以甲卡为代表的演出队戴着面具，舞蹈着出现在了广场。

观礼台上，坐满了各地前来为土司老爷祝寿的头人、土司，以及老爷的亲朋好友。卓玛指着台下舞蹈的演出队向父亲介绍说："阿爸，跳舞的就是甲卡的演出队。"

台下，甲卡演出队的演员们正载歌载舞地表演着格萨尔王在与魔怪争斗的故事剧目。演员们精湛的演艺不时地赢得台上和台下观众的掌声……

演出刚罢，千人的锅庄舞即刻在草原展开，在载歌载舞中，男女老少共同唱起了祈福的民歌：

　　祥云缭绕着神山，
　　佛祖护佑着扎脱草原。
　　驱走魔怪，驱走瘟疫，
　　幸福与吉祥降临家园。
　　……

同富贵在一起观看演出的赖三，指着跳舞的绒佳对富贵道："你看！绒佳！"
此间，绒佳也看见了富贵，且向富贵招着手。然而不会跳舞的富贵却连连摆着手。
绒佳旁边的嫂子拉姆对小姑子道："还不快去，富贵在叫你！"
绒佳羞涩地瞥了嫂子一眼，直向富贵奔去……
　……
富贵和绒佳满怀喜悦地沿小溪漫步，在漫步中，绒佳问富贵道："这些天，想我吗？"
"咋不想，"富贵率直回答，"每当夜静的时候，总是惦念着你，那时候是多么希望你就在我的身边，哪怕就是说上几句话，心情也是格外地舒畅！"

"你呀，"绒佳甜蜜地微笑着道，"就会哄弄人。"

"我像是哄骗你的人吗？"富贵泛笑反问后道，"我说的都是实话。"

心灵得到满足的绒佳，情不自禁地挽起富贵的手臂，两人甜蜜地漫步在冰雪覆盖的神山之下……

绒佳停下脚步，认真地对富贵道："想同你商量个事。"

"这么认真，"富贵问，"啥事呀？"

绒佳注目着富贵道，"想随同你们去拉萨。"

"别天真啦，"富贵泛笑道，"嫂子是不会同意的。"

"我的事，"绒佳回答，"我做主！"

富贵笑着道："你能做主？"

"当然能，"绒佳骄傲地说道，"我嫂子待我特好，啥事都听我的。"

"就是你嫂子听你的，"富贵态度坚决地道，"也不能去。"

绒佳连忙问："为啥？"

"危险！"富贵回答。

"你不是说欧阳小姐是上海的堂堂的大小姐吗？她都不怕危险，"绒佳语气坚决地道，"我怕啥？拉萨——我去定啦！"

富贵问："你确定？"

"——确定！"绒佳回答。

……

降央、格桑拉姆、觉罗、羌月正忙着在篝火处做饭时，富贵带着绒佳回到了驻地。当做饭的四位女人的目光齐刷刷聚在绒佳身上时，富贵上前向她们介绍道："她叫绒佳。"

"富贵兄弟，"格桑拉姆开着玩笑道，"平时看你老实巴交的，没想到找媳妇还真有能耐——还找了个我们漂亮的藏族姑娘！"

"嫂子，别取笑啦，"富贵羞涩地道，"再取笑，我富贵就得钻地缝啦。"

"你钻呀，"羌月也跟着起哄，玩笑地道，"也让我们开开眼界，看看你们男人是怎么钻地缝的。"说罢，向姐妹们使了个脸色，几女人即刻上前以猝不及防之势，将富贵摁倒在地上，猛按着富贵的头，嘴里嚷着"钻呀！钻呀……"直把富贵的头往地下摁。

顿时，"富贵钻地"的玩笑，把站在一旁的觉罗和绒佳都被逗乐得笑弯了腰。

这时，田轩、欧阳慧敏从帐篷出来，泛笑问："你们这是在欺负谁呀？"

女人们住手后，尘土满面的富贵也狼狈地从地上爬起。格桑拉姆对田轩道："不是欺负，是惩戒，让他知道藏族女人的厉害，以后就不敢欺负我们的绒佳妹妹。"

"田老板，"羌月插话道，"你也要小心，你要是欺负了觉罗妹妹，也是这样的下场。"

"你说的啥呀，"田轩责备羌月道，"我不是富贵，觉罗也不是绒佳。"

"田老板，"格桑拉姆开玩笑道，"别把话说早啦。"

……

土司老爷的寿诞庆典活动，进行了三天后，从各地来的客人都陆续离开了扎脱，土司府的贵客只剩下了白马的父亲——卡江的土司。

卡江土司还没有离开扎脱的原因，是为了儿子白马与卓玛的婚事。

"亲家，犬子与小姐的年龄都不小啦，"白马父亲问卓玛父亲道，"婚礼的事该定下来啦。"

"我已经请活佛打卦测算过啦，"卓玛父亲回答，"明年是我女儿的本命之年不宜结婚，这婚期只能定在后年的八月举行。"

"那好，"白马父亲满意地，"一切就按亲家的安排。"

……

当天下午，土司老爷父女，以及勇嘎、欧阳慧敏送别了白马父亲，刚回到客厅，田轩也从住地赶来到土司府向土司老爷辞行来了。

田轩向土司老爷说明来意后，土司老爷惊疑地问："啥，明天就要去拉萨？"

"在扎脱已经耽误了好些天了，"田轩回答，"拉萨急需这批货，一天也不能再耽误啦。"

"那，"土司老爷问，"勇嘎的意思……"

"拉萨的情况她是知道的，"田轩回答，"我想她也应该是这样的想法。"

"管家！"土司老爷向站在门边的管家吩咐道，"去把勇嘎小姐给我请来，就说我有事要同她商量。"

"是，是！"管家连连应承着退出了客厅。

管家赶来到花园，恰遇欧阳慧敏正在为勇嘎和卓玛姐妹俩拍照。卓玛怨气十足地问赶来到管家道："又是什么事呀？"

"受老爷吩咐，"管家恭敬地回答，"老奴是来请勇嘎小姐的。"

勇嘎正在迟疑时，卓玛对勇嘎道："没事，我和欧阳姐陪你去。"

……

侍女掀开门帘，第一个进门的勇嘎，一眼就瞥见坐在茶几旁的田轩，她转身就要退出时，土司老爷发话道："坐下，我有话要对你说。"

勇嘎只好顺从地被卓玛推到田轩的身旁坐了下来。

"田轩明天就要去拉萨，"土司老爷对勇嘎道，"你也应该回拉萨去看看你阿妈——你就随田轩回拉萨去吧。"

"我习惯了独来独往，"勇嘎态度坚决地道，"一个人就能回到拉萨！"

"阿爸，"卓玛唤着父亲道，"我想去趟拉萨——看看婶婶。"

"好，"土司老爷高兴地，"顺便把你婶子接到扎脱来散散心。"

"姐，"卓玛走到勇嘎身边问："姐，我陪你去拉萨，你同意吗？"

勇嘎瞥了田轩一眼，对卓玛耳语道："只要我姐妹单独行动——没有他——咋都行！"

欧阳慧敏故作惊疑地问勇嘎道："他是谁呀？"

第二十八章　恋人重逢寿辰日　勇嘎真情取玉镯

"欧阳姐，"勇嘎站起身，扬手欲打欧阳慧敏道，"你坏！"

在卓玛、欧阳慧敏、勇嘎闹着玩的当儿，田轩站起身，对土司老爷道："老爷，田轩有事相求。"

"别说相求，"土司老爷爽快地道，"有事只管说。"

田轩难为情地道："想向老爷讨要点粮食。"

"这算什么事呀，"土司老爷回答道，"需要啥，告诉管家就行啦。"

"谢谢老爷！"田轩说着，欲告辞时，甲卡进门来了，并恭敬地对土司老爷道："老爷，甲卡是来向老爷辞行的。"

"这就要走？"土司老爷问。

"在府上麻烦老爷好几天啦，"甲卡愧疚地回答，"昌都那边有法会，我们得马上赶去演出。"

卓玛惊喜上前，握着甲卡的手道："你要去昌都，我们姐妹又可同行啦。"

"同行不了，"甲卡坦率地回答，"流浪艺人，沿途都得走走停停演出挣钱。"

几位姑娘正你一言我一语地拉话时，土司老爷朝门外呐喊道："管家！"

门外的管家连忙进门来，回答道："老爷，老奴在。"

"甲卡姑娘要走啦，"土司老爷吩咐说，"把账给结了。"

管家回答，"老奴马上去办。"说着欲要离开。

"等等！"土司老爷叫住管家道，"他们要去昌都，给他们配备些糌粑、酥油。"

"是！是！"管家回答着，退出了客厅。

管家离开后，田轩向土司老爷告辞道："老爷，我得回住地，准备启程的事啦。"

"行，不挽留你，"土司老爷回答说，"粮食的事，我会叫管家给你送去。"

"谢谢二伯！"田轩起身向土司老爷深深地鞠了一躬，出客厅门后，回头问欧阳慧敏道："欧阳小姐，你是随我们走？还是……"

"咋，目的没有达到，"卓玛质问田轩道，"——就想撤散我们姐妹？"

田轩连忙抱歉地："我多问啦，多问啦。"

田轩走后，勇嘎对甲卡道："我家在昌都有贸易货栈，你去了昌都到'吉祥货栈'找名叫邓珠的管事，你只要告诉他我们是姐妹，邓珠会热情接待你的。"

"那，说定啦，"甲卡爽快地道，"——我们昌都见！"

几位姑娘正在高兴地议论时，管家拿着一沓大洋进门来，对甲卡道："甲卡姑娘二十块大洋，你认为怎样。"

"够多啦，"甲卡接过管家递给的大洋后，起身感激地对土司老爷和管家道，"谢谢老爷！谢谢管家大人！"

"另外给姑娘的糌粑、酥油，"管家继续道，"已叫下人，送到演出队去了。"

甲卡连声："谢谢！谢谢！"

……

在演出队的住地，演员们正在卸着府邸下人送来的糌粑和酥油时，甲卡回来了。

一女演员高兴地对甲卡道："土司老爷真是慷慨，又给酥油，又给糌粑，来扎脱——值！"

这时，赖三气喘吁吁地赶来了。他见到甲卡，激动地憋出一句："听说你们要离开托脱啦，我就急匆匆地赶来了。"

"刚得到消息，说昌都那边有场大型的法会，"甲卡解释说，"我也是临时决定的。"

"要和你分别，"赖三嗓子哽咽着道，"心里真不是滋味……"

"别傻乎乎的，"甲卡斥责赖三道，"没瞧见大伙都在看着我们吗？"

"我豁出去了，要瞧就瞧，要看就看呗，"赖三泛笑道，"我马帮也不想干啦，想和你在一起。"

"别傻啦，"甲卡笑着问道，"你能唱歌？还是能跳舞？"

"我……"赖三无言以答。

"干好你的马帮，"甲卡羞涩地低下头道，"我会嫁给你的。"

赖三激动地握着甲卡的手问，"你确定？"

甲卡羞涩地点头应允道："确定！"

赖三激动地上前抱起甲卡转起圈来，演员们看着甲卡和赖三幸福的样儿，全都为他两鼓起掌来。

……

马帮正在吃午饭的时候，赖三带着甲卡回到了住地。田轩见甲卡来了，连忙迎上前道："吃饭吧，我去给你拿碗。"

"我不是来吃饭的，"甲卡回答道，"我们借步说话。"

"行！"田轩说完，大口大口地将碗里的饭扒完，丢下碗跟在甲卡的身后出了栅栏。

走到半道，走在后面的田轩问甲卡道："这是要去哪呀？有话就说呗。"

甲卡放慢了脚步，等田轩上前来后，从手上取下玉镯，递给田轩。

田轩惊疑地问："啥意思？"

"没意思，"甲卡回答，"我俩之间只是朋友，我不能接受你的爱情信物！"

田轩问："是因为勇嘎？还是赖三？"

"谁也别提，"甲卡态度坚决地回答，"一句话，我不能接受你的信物！"

"它早已失去信物的价值，"田轩冷冷一笑道，"只是廉价的饰物。还是那句话——我是不会收回的。"田轩说罢转身离去。

"田轩，"甲卡在后面大声呼喊道，"田老板！"

可是，田轩没有回转身，直往前而去了。

甲卡圆睁愤怒的眼睛，愤愤地"哼"了一声。

因为田轩没有接受退回的玉镯，甲卡恼怒极了。只好急匆匆地去土司府邸的小姐楼，将玉镯退回给原来的主人。

甲卡来到小姐楼前正要进门时，女佣拦住她道："姑娘请不要为难下人，这里是不能随便进出。"

"你让我进去！"甲卡愤愤地道，"我找勇嘎小姐有事！"

"你请等一下，"女佣回答，"我去通报小姐。"

甲卡强行推开阻拦的女佣，进了大门。

"你不能这样，"女佣在甲卡身后大声嚷着道，"你不能这样呀！"

卓玛小姐在闺房闻声，问丫鬟道："楼下在嚷啥？"

丫鬟从窗户探出头，看见正在和女佣推搡的甲卡，连忙大声对女佣道："让她上来！"

卓玛、勇嘎、欧阳慧敏刚出了闺房门迎接，甲卡已经上楼来了。卓玛见甲卡满脸怒气样，便逗趣道："小嘴都快挂亮油灯啦，为下人生气，你值吗？"

"我才不为鸡毛蒜皮的事生气呢？"甲卡回答，"我是生……"

欧阳慧敏打断甲卡的话，戏谑地对甲卡道，"是为田老板，还是为赖三？"

"别提他俩，"甲卡怒气冲冲地道，"提起我就心烦。"

"言不由衷！"欧阳慧敏插话道，"莫非既爱田轩，又爱赖三，做不了抉择？"

甲卡笑了，抡起拳头欲要追打欧阳慧敏，欧阳慧敏则躲到了勇嘎的身后。

"告诉姐，"卓玛严肃地问甲卡道，"谁惹你啦？"

甲卡似笑非笑地指着勇嘎。

勇嘎惊疑地问："我咋啦？"

甲卡取下戴在手腕的手镯，递向勇嘎道："物归原主！"

"手镯，"卓玛惊疑地问，"这是咋回事？"

"卓玛妹妹，你不知道，"欧阳慧敏戏谑地道，"这手镯藏有故事！"

"手镯藏有故事，"卓玛惊疑地注目着勇嘎催促道，"勇嘎姐，你给讲讲啊！"

"手镯能藏什么故事？"勇嘎不屑地回答，"欧阳姐蒙你的。"

卓玛正疑惑时，欧阳慧敏解释道："我没有蒙你，这原本是田轩给你勇嘎妹的定情物……"

卓玛目视着甲卡手拿的手镯惊疑地道："奇啦！定情物也会易人？"

欧阳慧敏得意地对卓玛道："我说这手镯藏有故事——没说错吧？"

"勇嘎姐，我想听手镯的故事，"卓玛扭着勇嘎道，"求你啦——讲一下吧。"

"已经是几年前的事啦，"勇嘎回忆说，"那天正好是炉城举办跑马山转山会的日子，我俩在转山中，田轩突然跪在我面前，双手捧着手镯，对我说，'勇嘎我爱你，嫁给我吧……'"

卓玛好奇地打断勇嘎的讲述问："你是怎么回答的？"

"我能怎么说，"勇嘎回答，"就伸出手，让他戴在了我的手上。"

"勇嘎姐，你的爱情信物，"卓玛疑惑地问，"怎么又到了甲卡妹妹的手里？"

"我嫁给了洛桑，"勇嘎坦诚地回答，"你说我还能戴田轩给我的爱情信物吗？"

"我明白了，"卓玛对甲卡做着"羞"的动作道，"一定是甲卡暗地里爱着田轩，所以我姐把玉镯交给了你。"

"什么暗地里爱呀，"甲卡为自己争辩道，"是勇嘎姐托我转交给田老板。"

"不能自圆其说了吧，"卓玛戏谑地问，"既然是转交，怎会戴在你的手腕上？"

"你们在耍弄我！"甲卡向姐姐们撒着娇道，"根本就不是这回事，是田老板作为馈赠赠予我的。"

"行啦，行啦，"卓玛笑着道，"是馈赠！馈赠！"

"不行！"甲卡赌气道，"你们是在欺负我！"

"给我一个实话，"卓玛严肃地对甲卡道，"你爱田轩吗？"

"这……"甲卡为难地道，"这叫我怎么说呀？"

"有什么不好说，"卓玛道，"一句话——你究竟爱不爱田轩？"

"说实话，"甲卡内疚地道，"从认识他第一天起，我就深爱着他。"

"那你现在是因为勇嘎回来，"欧阳慧敏惊疑地问，"你不愿意伤害勇嘎？"

"是，"甲卡模棱两可地回答，"也不是。"

"哟，"欧阳慧敏惊疑地，"还模棱两可？"

"你们别再问啦，"甲卡的眼眶在噙满泪水的同时，眼前闪现出陷入绝望时，自己企图投江的情景……

鲜水河畔浪花飞溅，涌起的波涛不时地拍打着堤岸……

满脸泪痕的甲卡伫立在延伸至河中心的礁石上，面对波涛翻滚的河水，呜咽地哭喊道："阿爸！你看见了吗——你女儿受骗啦，成肮脏女人啦！"

追到河畔的赖三直呼其名地呼喊道："甲——卡——！"

甲卡回头看着赖三大声道："你别过来！"

"甲卡，你是干净的，永远是纯洁的女神！"

甲卡满腹的委屈全都写在了脸上，盈满眼眶泪水，像断了线的珠子顺着脸颊往下流淌……

江水在奔腾，浪花拍着岸边的礁石……

甲卡结束自己的回忆道："在我生死抉择的时候，是赖三闯入我的心田，我对他有了说不出的感觉。"

"好妹妹，别再难过啦，姐知道你心里的委屈。"卓玛慰藉着甲卡，同时从甲卡手里拿过手镯递还给勇嘎道，"拿着，甲卡说得对，应该物归原主。"

勇嘎像是拿着烫手的山芋似的道："这不是更为难我吗？"

"不为难，"甲卡对勇嘎道，"交给觉罗不就得了吗！"

……

勇嘎来到马帮住地已是落日的时候，当她同觉罗迎着落日的余晖漫步在草原时，觉罗问勇嘎道："小姐你叫我出来，不是为了散步吧？"

"是的，"勇嘎回答道，"我有话要对你说。"

觉罗注视着勇嘎问："是有关田老板的事吗？"

"也可以说有关于他，"勇嘎回答，"也可以说不关于他。"

"小姐，"觉罗问，"这话什么意思？"

勇嘎直截了当地问："你爱田轩吗？"

"小姐，"觉罗慌张地道，"觉罗从没有非分之想，我这辈子只想在小姐和老板身边侍奉小姐和老板。"

勇嘎什么也没说，从手上取下那枚手镯，拉过觉罗的手，欲戴在觉罗手上。

觉罗挣脱着自己的手，连连说："小姐，你不能这样，不能这样呀！"

"这是姐送你的礼物，"勇嘎道，"别辜负姐对你的盛情。"

"这是田老板给你的定情物，"觉罗连连退步道，"我不能收！我不能收！"

"田轩是个可信赖的男人，"勇嘎郑重地道，"姐希望你大胆地去爱他，他会喜欢上你的。"

"不，"觉罗心有余悸地道，"我没有夺姐所爱的奢望。"

"姐已经嫁过人啦，"勇嘎愧疚地道，"再也不配做田轩的女人。"

"姐，你别辜负了田老板，"觉罗的眼眶盈满了感激的泪水，乞求地道，"他心里只有你呀！"

"从姐嫁给洛桑的那一天起，"勇嘎坦诚地道，"我心里再也容不下任何一个男人。"

觉罗试探着问："那你以后……"

"生下孩子，"勇嘎回答，"不遗余力地把孩子抚养成人。"说着再次拉过觉罗的手，把手镯戴在了觉罗手上。

……

田轩这几天没睡好一夜的觉，天黑下来不久，马帮们都还在喝酒聊天的时候，他就回到了帐篷，打算好好地睡上一觉。他正在拾掇床铺时，觉罗端着一盆热气腾腾的热水进门来了。

田轩惊疑地注视着觉罗问："你……"

觉罗什么也没说走到床沿前，将水放在地上，就要为田轩洗脚。

"不行，"田轩阻止道，"你这是干啥呀？"

觉罗没理睬田轩的话，抱起田轩的腿，就要为之脱鞋……

"不能这样！"田轩连忙站起身拒绝道，"我不需要，我不需要……"

觉罗的眼眶盈满了委屈的泪水，将田轩推回到床沿坐下……

"觉罗，"田轩的态度和蔼地解释道，"我们是平等的，你不能这样。"

觉罗抬手擦拭自己的脸颊泪痕时，田轩看见了觉罗戴在手腕上的手镯。

"手镯！"田轩惊疑地问："是甲卡给你的？"

"不是！"觉罗的泪脸上露出浅浅的笑容回答道，"是勇嘎小姐给我的。"

田轩一脚踢翻了洗脚盆，发怒般地愤愤吼道："你们都把我田轩看成什么人啦！"

"觉罗知道自己的身份，"觉罗惊吓地淌泪解释道，"我没有非分之想，只想一辈子侍奉你。"

"我说啦，我们是平等的，"田轩恼怒地掀开门帘，转身面对觉罗撂下一句，"请你自尊自重，不要作践自己！"说罢便怒气冲冲地出了帐篷。

觉罗追至帐篷边，撩起帐篷门帘，对着田轩的背影问："你要去哪？"

田轩什么话也没说，便消失在了夜幕之中。顿时，委屈的泪水从觉罗的脸颊滚下⋯⋯

马帮居住的帐篷不是觉罗久待的地方，她只好一声不响地回到女士们居住的帐篷。由于这些天欧阳慧敏一直住在土司府，帐篷内，只有格桑拉姆和羌月。回到帐篷的觉罗谁也没有招呼，独自躲在一旁暗自神伤。

"掉什么泪呀，"羌月劝解觉罗道，"我是你呀，高兴还高兴不过来呢。"

觉罗在拭泪时，羌月看见了觉罗手腕戴的手镯，顿时惊异地惊呼道："哟！戴上了定情手镯啦！"

同帐篷居住的降央和格桑拉姆赶了过来，争着看觉罗手腕戴的手镯。

降央满怀喜悦地称赞道："全绿的，真漂亮！"

格桑拉姆问："谁给你的？"

"这还要问吗！"羌月自作聪明地道，"觉罗真不简单，和田老板有戏咯！"

"羌月姐，什么有戏没戏，"觉罗解释道，"我就知道感恩，想一辈子侍奉老板。"

羌月嗤笑道："看不出我们的觉罗妹妹还真是高尚？"

"我说不过你们！"觉罗赌气地说了一句，便离开了帐篷。

降央惊疑地对大伙道："她这是去哪呀？"

"还能去哪，"羌月笑道，"找老板呗！"

⋯⋯

夜空繁星密布，明月高挂。田轩顶着呼呼的夜风，眺望着远处依稀可见的山峦的轮廓⋯⋯

觉罗走了过来向田轩认错道："田老板，原谅我的过错吧，明天我就去找勇嘎小姐，把手镯退还给她。"

"别退啦，"田轩道，"喜欢就戴上。"

觉罗撩起自己的衣袖，目视着自己手腕上戴的手镯，流露出了甜蜜的笑容。

⋯⋯

第二十九章
郎吉孤身入匪巢　"刀疤"攀崖灭劫匪

　　今天是马帮驮队离开扎脱赶往拉萨的日子，天边刚露出鱼肚色，马帮驻地就热闹起来，男士在忙着撤帐篷，女士们在忙着收拾被褥，土司府邸的两家丁就为降央和觉罗送马来了。田轩收下送来的马，交给降央和觉罗后，问送马来的家的家丁道："小姐都出发了吗？"

　　"回姑爷的话，"家丁回答，"小姐出发快有一个时辰了。"

　　"你们去了多少人保护小姐？"田轩问。

　　"回姑爷的话，"家丁回答，"连同我俩在内，老爷派了十六个人保护小姐。"

　　"没事啦，"田轩吩咐两家的道，"你们回吧。"

　　两家丁离开后，田轩斥责降央和觉罗道："还愣着干啥，该干啥就干啥去！"

　　……

　　由于勇嘎不与田轩同行去拉萨，因此在行进的过程中，形成了一前一后两支队伍。有家丁护卫着行进在前面的小姐，一路上始终与后面田马帮，保持着一两百米的距离。

　　且说，前往拉萨刺杀次郎尼玛的降巴丹真、巴登、加措，在抵达甘孜后就再没有继续前行了，而是在甘孜等候马帮的到来。

　　这天，栖息在小山头的降巴丹真，吃罢晚饭在擦拭手枪时，在一旁玩弄单筒望远镜的巴登，无意间瞭望到欧阳慧敏在为勇嘎和卓玛拍摄照片，不由得惊喜地喊着降巴丹真道："大哥，马帮！"

　　降巴丹真一把抓过巴登手里的望远镜瞭望起来，不由得问："马帮在哪？"

　　"大哥，"巴登问降巴丹真道，"你看见三个小姐了吗？"

　　"看见啦，看见啦！"降巴丹真高兴地说，"勇嘎小姐也在，勇嘎小姐也在！"

　　"看见了勇嘎小姐，"巴登蛮有把握地，"那马帮就一定在附近！"

　　"大哥，"加措对降巴丹真道，"我们应该去和马帮弟兄聚一聚，一块喝喝酒，高兴，高兴！"

　　"现在还不是聚的时候，"降巴丹真回答，"翻过雀儿山再说。"

"翻过雀儿山，"加措扫兴地，"那不是我们还得再等好几天。"

"咋啦，"巴登开玩笑说，"我看你是想看美女等不及啦？"

"说的啥呀，我加措是好色的人吗？"加措争辩道，"我是急着去拉萨，杀了次郎尼玛！"

"杀次郎尼玛是迟早的事，"降巴丹真蔑视地说，"大不了让他多活几天！"

……

田轩的马帮，离开扎脱到了甘孜，又足足赶了三天的路，才到达地名叫欧普隆的地方。欧普隆地处雀儿山山麓，举目远眺，由冰雪融水形成的湖泊，在阳光的映照下波光潋滟。抬头仰望沟壑纵横满山挺拔的云杉、冷杉及灌木丛林，将整座山，染成了深黛色。其顶峰，由于海拔增高植被全无，裸露的山岩直插云霄。在劫匪眼里，这里的纵横的沟壑和荫可蔽日的森林，以及寸草不生的开阔地，都是供自己出没的天然屏障。行走在黑道上的仁青，对这里的地形和劫匪出没情况了如指掌，于是与"小鸦毛"商量以后，决意在山顶视线开阔的垭口处设伏，袭击田轩的马帮。

"小鸦毛"也算狡猾，他为了不让弟兄们因为忍受寒冷，而产生厌倦和抵触情绪，在设伏的垭口前沿面对开阔地那地方设立了观察哨位，让弟兄们两人为一组，轮流在哨位当班。至于没有轮班值哨的弟兄，既可以在山背面搭建的窝棚内睡觉，也可在窝棚外燃火取暖。

这天，正当小喽啰们聚在篝火旁猜拳喝酒时，仁青和"小鸦毛"来到篝火处。"小鸦毛"拍了下手，集中了喽啰们的注意力后，对喽啰们道："弟兄们，你们说大哥选择设伏的地方好不好？"

喽啰们异口同声地道："好！大哥因明！"

"弟兄们，你们都辛苦了几天了，""小鸦毛"鼓舞士气般地道，"我盘算了一下，顶多再过两天，马帮驮队一定从这里经过，到时只要弟兄们齐心协力，我们的发财梦就成真啦！"

小喽啰们兴奋得又是嚷叫，又是鼓掌。

"小鸦毛"示意停息掌声后，继续道："我'小鸦毛'是个直肠人，对自己的弟兄决不食言——拿下这票，我'小鸦毛'一定把所得财物均分给各位弟兄，自己不多占弟兄们丝毫便宜！"

劫匪们兴奋地呼嚷着鼓掌道："我们的大哥好，是好大哥！"

仁青示意弟兄们停止起哄后接着道，"我提醒各位弟兄，这两天弟兄们一定要把眼睛睁得大大的，决不能让马帮从我们眼皮底下溜掉。"

劫匪们乐开花了，七嘴八舌地议论起来……

且说宿营在欧普隆的马帮，吃罢了晚饭后，马帮还围坐在篝火边喝酒时，扎西就将田轩叫到一旁，商量起明天翻越雀儿山的事了。

"雀儿山是劫匪出没地方，"扎西对田轩道，"无论小姐她们，还是我们都不能有丝毫的大意。"

田轩问:"你的意思?"

"应该把雀儿山劫匪出没的情况告诉小姐,"扎西回答,"她们再不能和驮队拉开距离,明天得一块翻山。"

"行,"田轩道,"赖三办事可靠,叫他跑一趟,把你的意见告诉卓玛。"

当赖三来到小姐们的住地,将田轩、扎西商量的结果,转告给卓玛后,勇嘎出于对卓玛、欧阳慧敏的安全考虑,同意了两队人马合在一起一块翻山。

赖三在小姐住地吹了极长时间的牛,直至深夜才回到住地。当赖三牵着马走进栅栏,见富贵和绒佳相拥着坐在篝火边,便开玩笑道:"哟,这么迟啦,还在秀恩爱呀!"

"秀什么恩爱,"富贵回答道,"我当班,能睡觉吗?"

"不耽误你们,"赖三朝住宿的帐篷走去,回头笑着道,"继续!继续!"

月光如华,星星闪烁,这恬静的夜晚,为富贵和绒佳的亲昵格外增添了几分浪漫。富贵搂抱着绒佳问:"你知道嫦娥的故事吗?"

"听我嫂子讲过,"绒佳深情地回答,"说嫦娥是从人间飞到月亮去的仙女,一个人孤零零地在月亮上生活。"

"我想,"富贵兴奋地道,"要是嫦娥看见我们拥抱在一起的样儿,一定羡慕死啦。"

"谢谢你给了我幸福,"绒佳温柔地依偎在富贵怀里道,"我绒佳现在是世界上最幸福的女人!"

富贵激动而深情地说:"绒佳,我们结婚吧?"

"你说啥,就啥,"绒佳幸福地,"我什么都依从你。"

"结婚后,"富贵憧憬地道,"我们紧挨着你嫂子家,盖一幢大楼房。"

"不,"绒佳兴致勃勃地反对道,"我才不做嫦娥,孤零零地守空房呢,我要整天陪着你,你去哪,我也去哪!"

"行,"富贵用指头刮着荣佳的鼻子道,"我也啥都依从你!"

……

次日一早,天刚蒙蒙亮,田轩的马帮就出发了。因为他们务必在天明之前赶到勇嘎她们昨晚宿营的住地,与之会合,然后共同翻山。

田轩的马帮赶到勇嘎她们的住地时,勇嘎、卓玛、欧阳慧敏及卓玛家的家丁和随行的卓玛的侍女,全都做好了出发的准备。扎西向大家简单地交代了一下注意事项后,这支三十多号人的队伍,就驱赶着驮物的牦牛,浩浩荡荡地踏上了翻越雀儿山的征程……

今天特别奇异,这支队伍刚一出发,就有两只秃鹫不离不弃地盘旋在驮队的头顶。郎吉在仰望盘旋的秃鹫时,扎西从后面赶了上来,拍了他肩头一下问:"看啥呀?"

郎吉仰视着盘旋的秃鹫对扎西道:"看天上——秃鹫!"

扎西抬头仰望盘旋的秃鹫时,郎吉继续道:"像是有不祥的预兆。"

"没事!"扎西满不在乎地往前走来几步,回头对郎吉道,"秃鹫是来给我们报平安的。"

"今天准没好事,"郎吉提醒扎西道,"一定得小心!"

"我有安排，"扎西泛笑道，"翻过山头，我和赖三就去前面探路。"

"探路是我的强项，"郎吉自告奋勇地道"我去！"

"这里是雀儿山，"扎西严厉地道，"你去，我不放心！"

"有啥不放心的，"郎吉蛮有把握地道，"什么样的小毛贼我没见过？"

扎西正要说什么时，从后面传来绒佳悦耳的歌声：

> 为了情爱，为了生活，
> 我的马帮哥，
> 你在茶马道上：
> 充饥糌粑面，
> 山泉解干渴。
> 日伴太阳行，
> 夜数繁星落。
> 双脚丈量雪域大地，
> 用辛劳换取民族和睦。
> 我爱你，马帮
> ——我的哥，我的哥！
> ……

"妹子，不错，"格桑拉姆称赞绒佳道："唱得真好听。"

"我打小就喜欢唱歌。"绒佳回答。

这时，身背叉子枪的郎吉来到格桑拉姆身边，格桑拉姆惊疑地问郎吉道："有事？"

"翻过山头，我要去前面探路，"郎吉叮嘱格桑拉姆道，"你照顾好自己。"

"别管我，"格桑拉姆大咧咧地笑道，"你放心去吧。"

"那我去前面啦。"郎吉回答着往前行时，格桑拉姆在后面大声叮嘱道，"你要小心！"

郎吉回头，笑着向格桑拉姆挥了挥手后，就直往前去了。

雀儿山是由一一座座起伏的山头连绵形成的横亘山脉。田轩、扎西率先出了密林爬上半山腰的山头，扎西目视着展现在眼前的开阔地，已经裸露的岩层和怪石嶙峋的山峰，对田轩道："驮队不能前行了，就在这生火做饭。"

田轩还在四下查看时，扎西吹响了休息的口哨。

扎西的哨音刚响罢，马帮和卓玛家的家丁，以及同行的格桑拉姆、降央、羌月、觉罗全都忙活起来，按照分工分管牛群的管理牛群；搭建围栏的搭建围栏；生火做饭的生火做饭。郎吉来到负责分管牛群的汪堆身边，把自己身背的叉子枪，递给汪堆道："替我背着，我得去前面探路。"

"你一人去不行，"汪堆严肃道，"我陪你去！"

"人多目标大，我去就行啦。"郎吉说着将枪塞到汪堆手里，就转身往山顶去了。

汪堆在郎吉身后大声呼喊道："把枪带上好一点！"

郎吉没有回答，抽出怀里的手枪，转身向汪堆扬了扬。

……

且说，降巴丹真和他的两位弟兄，从甘孜到欧普隆，一路上都一直在暗中保护马帮。因为今天马帮要翻越雀儿山，降巴丹真和他的弟兄清晨就赶来到雀儿山半山腰，躲藏于密林深处，做好了应对劫匪偷袭的准备。

当降巴丹真见马帮安全地出了密林，悬在心头的石子落下了一半；另一半则要等到马帮驮队通过雀儿山顶才能完全落下。为此，降巴丹真向两位弟兄做了个上山的手势，便带头绕道从侧面的沟壑向山顶爬去。

降巴丹真和他的弟兄在向山顶攀爬时，劫匪观察哨里的当班的两喽啰看见了半山腰升腾的炊烟。顿时，两小喽啰兴奋地什么也没顾及，丢下枪就直往山顶跑去，将这一喜讯禀报给"小鸦毛"和仁青。

劫匪们听闻马帮到来时，个个都兴奋地摩拳擦掌，即刻赶赴垭口，按照事先安排，进入了各自伏击位置。

"小鸦毛"用望远镜瞭望到上山来的郎吉，顿时惊疑地脱口道："他来干啥？"

"谁？"仁青脱口问了一声后，从"小鸦毛"手里夺过望远镜瞭望起来。当他看到上山来的郎吉时，不由得道："是郎吉！是郎吉！"

"我提醒你，""小鸦毛"从容地道，"郎吉来不是好事！"

"瞎操心，"仁青斥责"小鸦毛"道，"郎吉我了解——是个图财的种！"

"没这么简单，""小鸦毛"狡诈地道，"郎吉一定是为探路而来。"

仁青问："你肯定？"

"马帮的雕虫小技，""小鸦毛"自以为是地道，"我见得多。"

"妈的！"仁青骂了一句后，扭头问"小鸦毛"道，"那我们怎么办？"

"能怎么办，""小鸦毛"狡诈地说，"一不做二不休，把郎吉抓起来作为人质。"

"行！"仁青说着从匍匐的地上站起身来，走道山顶边大声呼喊起来："郎——吉——兄——弟！"

仁青的喊声，被从侧面的沟壑绕道已到悬崖峭壁处的降巴丹真和他的弟兄听得清清楚楚。于是，降巴丹真小声地叮嘱两弟兄道："小心——垭口有埋伏！"

巴登连忙问："那我们……"

降巴丹真打断巴登的话："跟我来！"说着，就要往峰顶攀爬，巴登目视着眼前的悬崖峭壁胆怯地喊着降巴丹真道："大哥，我不行——上不去！"

"你不是吹嘘自己爬过房吗，"降巴丹真反问巴登道，"爬过房，就有攀爬悬崖峭壁的本事。"

降巴丹真提到的爬房子其实是有些地方的走婚习俗。男子遇到自己喜爱的女子后，男子可以趁夜色爬上女子家的楼房，若能得到这女子的爱慕，便可与之相好。就爬房子来说，男子要徒手爬上人居的二楼，除了需要有胆识外，更需要掌握一定的技巧。所以，凡是走过婚的男子，早在爬房之前，就利用过悬崖峭壁练就出了一套自己的攀爬技巧。

"我爬什么房呀，"巴登心有余悸地说，"那都是在弟兄们面前吹牛的话。"

"那你就别上去啦，"降巴丹真吩咐巴登道，"在这接应我们！"说着，率加措向峰顶爬去……

巴登独待在崖旁，难受极了，便沿降巴丹真的路径，向上攀爬。

降巴丹真回头看见巴登攀爬上来了，便斥责道："不是叫你待在原地吗？"

"大哥，"巴登道，"没跟着你，我心不甘呀！"

……

且说，沿山道向山顶攀爬的郎吉，猛听到仁青的喊声，抬头就看见站在垭口处的仁青在向自己招手，便回复了一句："仁青兄弟！"

仁青热情地迎上郎吉，喊着道："二哥，累坏了吧？给小弟带啥好消息来啦？"

郎吉喘着气半天说不出话，仁青连忙道："歇会儿，歇会儿，有话慢慢说，慢慢说。"

郎吉一屁股坐在地上，喘着气对仁青和"小鸦毛"道："我是来奉劝二位兄弟收手的。"

"二哥，你就别充当说客啦，"仁青嗤笑着道，"我仁青是轻易放弃发财机会的人吗？"

"你我自打光屁股起就是弟兄，"郎吉苦口婆心地对仁青道，"二哥我是好心相劝呀！"

"郎吉，你别把我们对你的客气，""小鸦毛"斥责郎吉道，"当成是软弱！"

"大家都是兄弟，"郎吉对"小鸦毛"道，"我郎吉才好心来相劝。"

"二哥，"仁青冷冷地道，"对不住啦！"说着向"小鸦毛"使了个动手的眼色。

"小鸦毛"对身边的喽啰道："给我捆起来！"

郎吉正要反抗时，"小鸦毛"的枪头已经指顶在了他的头上。

"老子郎吉不是怕死的人。"郎吉毫无畏惧地吼嚷道，"有种——你开枪啊！"而"小鸦毛"懒得多说，命人将其五花大绑。

且说，自郎吉离开田轩和扎西去探路。眼看一个时辰快要过去了，仍不见郎吉回来，田轩不由得为郎吉的安全担心起来。于是田轩派赖三去通知卓玛和勇嘎，叫她们待在原地等候通知，自己和扎西沿郎吉上山的路猫腰向山顶爬去。

田轩和扎西爬了一半山道，快到山顶的垭口便停止了前行，在一处可以观察到山顶动静的岩石旁边躲避起来。也就在这时，有四个劫匪从山顶朝田轩和扎西躲藏的岩石处走来。田轩小心地掏出枪，做好了射击准备，四个劫匪停下了脚步，向山下喊话道："山下的马帮弟兄们，你们被包围啦，我们人多枪多，垭口你们是过不去的。再说你们的郎吉弟兄也在我们的手里，我们司令说啦，我们只图财不害命，只要你们把装有银圆的皮箱送上山来，我们马上放回你们的郎吉兄弟，并且让你们安全通过垭口……"

欧阳慧敏陪着格桑拉姆从后面赶来田轩和扎西的身边，扎西呵斥她俩道："退下去！这里不是逞能的地方！"

"扎西哥，"格桑拉姆的眼眶噙满了泪水，呜咽着道，"我不是逞能，郎吉他危险啊！"

第二十九章　郎吉孤身入匪巢　"刀疤"攀崖灭劫匪

欧阳慧敏目视着喊话的劫匪，对田轩道："劫匪不就是要皮箱吗？给他们！"

"不行！"扎西斩钉截铁道，"劫匪都是喂不饱的狗！"

"怎么也得试一下，"欧阳慧敏满不在乎地说，"救郎吉比啥都重要！"

"我了解劫匪，"扎西斥责欧阳慧敏道，"该怎么做我知道！"

扎西的话刚罢，劫匪又开始喊话："田老板，你听好——仁青大哥叫我传话给你，叫你掂量一下——是大洋贵重，还是你的兄弟——郎吉的脑袋贵重？"

"扎西兄，我们该咋办？"田轩性急地对扎西道，"我们总不能眼睁睁看着郎吉……"

"田老板，"劫匪又喊话道，"我们司令是出了名的杀人不眨眼——郎吉的命就握在你的手上，两炷香的时间内，你不把皮箱送上山来，你们的郎吉兄弟，就成了第一个躺在这荒山野岭的死鬼！"

"救郎吉要紧，"田轩以商量的口气对扎西道，"不能再等啦，我去山顶，按劫匪的要求，把皮箱交给劫匪——换回郎吉！"

扎西质问田轩道："你去了山顶，还能回得来吗？"

"劫匪怎么也不会杀我，"田轩解释说，"大不了就是胁迫我交出驮队运送的货品。"

"不行！"扎西断然道，"劫匪都是心黑歹毒的，你去只能是鸡飞蛋打，你和郎吉谁也回不来。"

"还是那句话，"田轩性急地重复道，"总不能眼睁睁看着郎吉……"

扎西仰望着山顶道："我有办法！"

田轩随着扎西的视线望向扎西道："什么办法？"

扎西回答："我去卓玛家的家丁中挑选几个爬过房子的家丁，随我绕道去山顶！"

田轩田轩目视着山顶的嶙峋的怪石对山顶道："山顶全是悬崖峭壁，除了能飞，还能做啥？"

"没事！"扎西回答，"只要爬过房子，就有攀登悬崖峭壁的本事，一定能爬上山顶。"

田轩连忙问："什么叫爬房子？"

"一时半会我也给你说不清楚，"扎西回答，"这么说吧——爬房子是有些地方的走婚习俗。"

田轩没有去追问扎西是否有爬房的经历，只是问扎西道："你真能肯定——爬过房就掌握了攀登悬崖峭壁的技巧？"

"我能肯定！"

"扎西大哥，"格桑拉姆叮嘱扎西道，"你要小心呀！"

扎西扭头对田轩道："我挑人去啦！"

"等等！"田轩叫住扎西道，"我还是拎皮箱山顶，从正面吸引劫匪的注意力，掩护你们绕道从侧面攀爬。"

扎西拍了田轩肩头一下道："好主意——山顶见！"

扎西、田轩、欧阳慧敏、格桑拉姆返回到住地，扎西在卓玛家的家丁中挑选到四个爬过房子的家丁后，就带着这四个家丁从侧面的沟壑绕道往山顶攀爬。

与此同时，赖三拎着皮箱随欧阳慧敏走来过来，赖三刚把皮箱交到田轩手里，汪堆赶来过来，挡住田轩的道问："你这是要干啥？"

"去山顶换回郎吉！"

"傻呀，"汪堆一把夺过田轩手里的皮箱，斥责田轩道，"你去山顶——就是羊投狼群！"

"救郎吉要紧。"田轩厉声道，"把皮箱给我！"

"由不得你，"汪堆态度坚决地，"我去！"

"逞什么强啊！"田轩斥责道，"你去就不是羊投狼群吗？"

"劫匪都是见钱眼开的东西，"汪堆坦然回答，"我有办法对付劫匪！"

"兄弟——好样的！"赖三抽出自己的配枪，递给汪堆道，"今天看你啦！"

汪堆自得地接过赖三的配枪，就要往前行时，田轩叫住汪堆道："你等等！我俩一道去！"

……

且说，降巴丹真和加措攀爬上悬崖的顶峰，俯身看到了匍匐在自己视线下的"小鸦毛"、仁青，以及被捆绑着的郎吉。

这时，传来汪堆的喊话声："仁青兄弟，我送皮箱来啦！"

降巴丹真和加措闻声，往山下看去，见背着叉子枪手拎着皮箱的汪堆和田老板一前一后地朝山上爬来。

"田老板傻呀，"加措对降巴丹真道，"劫匪的话也相信。"

"田老板不是傻，"降巴丹真更正道，"他是为了救自己的弟兄而迫不得已。"

降巴丹真同两个兄弟拉话间，田轩和汪堆已经来到山顶。仁青向田轩和汪堆发话道："站住！"

田轩和汪堆刚停下脚步，提着手枪的"小鸦毛"上前恶狠狠瞪着眼道："把枪都给我交出来放在地上！"

汪堆顺从地将手拎的皮箱放在地上后，在慢悠悠地取自己身背的叉子枪时，"小鸦毛"斥责田轩道："没有听见吗？——把枪拿出来——放在地上！"

田轩按"小鸦毛"要求，从腰间抽出配枪置放在地上后，"小鸦毛"向汪堆呵斥道："把皮箱打开！"

汪堆弯下腰慢腾腾地打开箱子，"小鸦毛"看见满箱白花花的银圆，眼睛都发绿了，伸出双手去抓捧银圆时，眼疾手快的汪堆抽出藏在怀里的快枪，一枪击毙了"小鸦毛"。这时占据着有利地形的降巴丹真和加措开火了。攀爬上悬崖的扎西和四个家丁也及时赶到，向匍匐的劫匪开枪射击起来。霎时，骤雨般的枪声响彻山谷，匍匐在垭口的劫匪慌张地弃枪逃命……

与此同时，随着山顶响起的枪声，赖三、富贵以及卓玛家的家丁打着"呃嘿嘿"的口哨向山顶冲来——劫匪的发财梦就此泯灭。马帮则为胜利而兴奋不已。

第二十九章　郎吉孤身入匪巢　"刀疤"攀崖灭劫匪

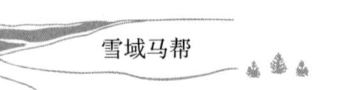

当大伙将汪堆抬起抛向空中庆祝时，格桑拉姆一头扑在郎吉怀里亲昵地称赞："牛！——是我格桑拉姆的男人！"

降巴丹真和他的兄弟从山顶下来时，田轩迎上前握着降巴丹真的手感激地道："谢谢你——我的好兄弟！"

无路可逃的仁青目视着牵着小扎西向自己走来的降央，"扑通"一声跪在降央足下哀求道："嫂子，我不是人，我给你赔罪！……"

"呸！"降央愤恨地朝仁青脸上啐了一口唾沫骂了声："畜生！"

这时，扎西走了过来，"嗖"的一声抽出雪亮的佩刀，逼向仁青……

跪在地上的仁青往后挪动身子退着步求饶道："大哥，看在兄弟的情分上，不要杀我！不要杀我……"

扎西正在迟疑时，郎吉握着自己的佩刀铁青着脸走了过来，一刀刺向了仁青……

为庆贺驮队胜利通过垭口，田轩嘱托格桑拉姆晚饭多做几个菜，让弟兄们痛痛快快喝台好酒。当格桑拉姆、降央、绒佳、羌月、觉罗还在忙着做菜的时候，男人们都早已围坐在一块开怀畅饮。

扎西端着酒碗走到降巴丹真面前，向降巴丹真敬酒道，"兄弟，够朋友，来，走一个！"

降巴丹真起身，端起自己的酒碗，与扎西碰了一下。

富贵端起酒碗起身，对大伙说："兄弟们，你们说郎吉兄弟牛不牛呀？"

众人回答："牛！"

富贵继续道："彪不彪悍？"

"彪悍！"众人回答。

"兄弟们举起酒碗，"富贵激情四溢地道，"我们同敬郎吉兄弟！"

郎吉连忙起身，连连道："兄弟们干杯！干杯！干杯！"

……

这边，马帮弟兄们在开怀畅饮，那边格桑拉姆、降央，及卓玛的侍女们在忙厨。格桑拉姆将一盘起锅的菜递给绒佳道："给小姐送去。"

绒佳端着菜来到小姐居住的帐篷门外刚撩开门帘，勇嘎迎上前去，从绒佳手里接过菜盘，泛笑道："绒佳妹妹，麻烦你去把觉罗叫来。"

绒佳应声正要退出帐篷时，觉罗为小姐们送酥油茶来了。

"觉罗！"勇嘎惊喜地喊了一声，将手里的菜盘递给卓玛后，伸手接过觉罗手里的茶壶道："你来得正好，正要去叫你呢。"

觉罗诧异地注视着勇嘎时，勇嘎拉起她的手道："来！挨着姐坐。"

"小姐，觉罗不敢，"觉罗胆怯道，"觉罗是侍奉小姐的下人。"

"什么下人呀，"勇嘎拉觉罗坐下后斥责道，"从你带上玉镯的那一天起，你就是我勇嘎的妹妹！"

觉罗的眼睛湿润了，眼眶盈满了感激的泪水……

第三十章
甲卡商铺解为难　勇嘎只身回故里

　　天刚微明，马帮住地就闹腾起来，马帮们都在忙着做出发前的准备。临近出发时，勇嘎询问富贵道："怎么不见降巴丹真和他的弟兄？"

　　"两个时辰前就走了，"富贵回答，"说是去拉萨办件大事。"

　　"田老板知道吗？"

　　"我想，"富贵迟疑了一下回答，"应该知道吧。"

　　"你忙去吧。"勇嘎若无其事地说，"我随便问问。"

　　……

　　就在应该询问富贵的当儿，驰骋狂奔赶往拉萨的降巴丹真和他的生死弟兄，已经远离马帮住地有好几十里地了。

　　兄弟三人在狂奔驰骋路上，巴登对降巴丹真道："大哥，我们应该随同马帮去拉萨，不应该自己单独行动！"

　　"我们的名声不好，"降巴丹真回答，"不能坏了马帮的名声！"

　　"妈的！"巴登愤愤地骂道，"我们金盆洗手啦，还不受人待见！"

　　"怨不了谁，只愿自己当初的选择！"降巴丹真说着在马屁股狠抽了一鞭，马儿加快了驰骋的速度……

　　且说自甲卡和她的演出队离开扎脱后，只用了五天的时间就抵达了昌都。演出队到达昌都那天，勇嘎家设在昌都的"吉祥货栈"的商铺的门前聚集了许多手持债单，向货栈讨要货款的债主。这些债主原本是吉祥货栈以物易物的主顾，所谓"以物易物"，就是这些债主用自己家的土特产，诸如羊皮、牛皮、药材，及其他的手工制品换取货栈的物资。如果所换取的物资多，货栈就给他们一张既可在货栈换取物资又可以领取现金的"凭据"，该凭据随时可用。近几月来，由于货栈关门歇业，这些手握凭据的主顾，全都来到货栈的门前闹事，向货栈索要欠款。

　　"各位主顾，各位主顾，"货栈管事邓珠站在高处，声嘶力竭地对债主们道，"我们吉祥货栈是诚信的货栈，这次货栈没有兑现承诺实属例外。为了保证各位的利益，货栈已经派人去拉萨提款去啦。我恳请各位再宽容几天，货栈一定兑现承诺！"

债主们喧嚷起来："我们已经等了好几个几天啦，不能再等啦！"

人群不满地呐喊声有节奏地响了起来："还债！还债！还债……"

甲卡注视着货栈门前的闹事情景，深感惊诧，连忙向一位手持"凭据"的男士询问道："请问大哥，这是怎么回事呀？"

"这是个骗子货栈，他们骗，骗……"男士气愤地喘息起来。

"大哥你别急，慢慢说。"

"我咋不急，"男士愤怒道，"我那二十多张羊皮，换来的就是这张废纸呀！"

"大哥……"甲卡话未出口，就被涌来的人潮推向了一边。同时，有肇事者在人群中嘶声呼喊："放火！放火！放火烧掉骗人货栈！"

在肇事者的教唆声中，债主一边喧嚷着："放火！放火！"一边你推我攘地涌向大门。

甲卡在债主愤怒的喧嚷声中，挤到大门的台阶向债主大声呼喊道："父老乡亲，兄弟姐妹们，你们听我说两句……"

债主们的嚷叫声稍稍平息后，甲卡讲道："我了解吉祥货栈，吉祥货栈没有兑现承诺的原因，是因为货栈遇到了不幸，在运送货物的途中，遭到了劫匪的抢劫。在这里，我替货栈向各位父老乡亲、兄弟姐妹保证，最迟在后天，吉祥货栈一定兑现承诺——分文不少地付清欠你们的欠款。"

人群又骚动起来，有人质问甲卡道："你是谁呀？你拿什么向我们保证？""我是民间艺人甲卡，我用我的人格向你们担保……"

"你拿什么担保？"挑起事端的债主煽动着众人嚷闹着道，"——啃你的脑壳硬，咬你的屁股臭！"

"请大家放心，后天兑现不了承诺，除了我一头撞死在这大门外，"甲卡振振有词地说，"你们就名正言顺地放火烧了这货栈！"

债主们纷纷认同了甲卡的话，三三两两的议论起来。

"请大家散了吧，"甲卡劝解债主们道，"后天一定兑现承诺——你们会拿到所有的欠款！"

债主们三三两两地散离商铺后，邓珠心有余悸地询问甲卡道："甲卡姑娘，你真能保证后天能兑现承诺？"

"邓叔，你放心，"甲卡安慰邓珠道，"后天马帮准能抵达昌都！"

"马帮抵达昌都，"邓珠喜出望外地说，"你能保证？"

"我是勇嘎小姐的朋友，"甲卡笑着回答，"后天是我和小姐约定好在昌都见面的日子。"

邓珠双手合十如释重负地叨念道："佛祖保佑！嘛呢边哞嗡！嘛呢边哞嗡（阿弥陀佛）！"

……

田轩的马帮驮队正在赶往昌都的路上，天空突然转阴，黑云滚滚袭来……

马帮顿时忙碌起来，汪堆驱马分发着油布，其他马帮兄弟则忙着将油布覆盖在牛背上，以保牛群驮的物资不被大雨淋湿。

田轩追上扎西，询问道："我们是不是停下来休息一会儿？"

"这是场过路雨，"扎西回答，"再鼓把劲，争取天黑之前赶到昌都。"

一道闪电划过，雷声响起，继而滂沱的大雨倾泻而至，倏然之间雨水就浇透了勇嘎、卓玛身着的藏装，湿透了欧阳慧敏身着的猎装。顿时，三位小姐都因寒冷而瑟缩起来。

卓玛见身怀六甲的勇嘎因寒冷而上牙不停地打着下牙，便关心地唤勇嘎道："姐，休息一会儿吧？"

"坚持，"勇嘎摇着头回答，"赶路要紧！"

这场突如其来的暴雨，已经足足下了有半个时辰了。在这半个时辰的时间里，邓珠一直都忧心如焚。因为一旦马帮驮队在后天之前不能赶到昌都，那么，不但甲卡姑娘性命难保，而且货栈也将遭到火焚之灾。

就在邓珠着急地在客厅走来走去时，甲卡安慰道："邓珠叔，别伤了身子，再着急也没用啊！"

邓珠沮丧地叹了口气后，跪在了"唐卡"的佛像的面前，乞求佛祖道："佛祖啊，求你别再下雨啦，护佑马帮，护佑客栈！……"

说来也非常神奇，邓珠刚向佛祖乞求完毕，如注的大雨戛然而止。邓珠兴奋地推开窗户，仰望着湛蓝的天空和朵朵的祥云，激动地像小孩一般跳跃着放声欢呼："天晴啦！天晴啦！"

……

田轩率领的马帮抵达昌都已是夜幕降临的时候，当邓珠和店里的名叫汪洁的伙计将驮队迎进大门后，而勇嘎随后在客厅落座，邓珠"扑通"一声，跪在勇嘎面前老泪横流地对勇嘎道："小姐，老奴对不起东家老爷，好端端的昌都货栈，被我给毁啦……"

勇嘎搀扶起年迈的邓珠，关心地说："老人家，你坐下——有话慢慢，慢慢说……"

"小姐，次郎尼玛不是东西呀！"邓珠凄楚道，"三月前，次郎尼玛、泽仁桑珠来到货栈，说东家老爷出事啦，小姐也被劫匪掳去成了绑票。我们只有按劫匪的要求，给劫匪一万块藏大洋，匪才不撕票放回小姐。老奴按照次郎尼玛要求筹集到一万块藏大洋交给他。可是没过几天，次郎尼玛又来到货栈，说劫匪说话不算数，从一万的要价，增加到两万，要求货栈再凑一万块大洋。货栈无钱可凑，次郎尼玛就派驮队运走了货栈库房所有货品……"

"老人家，"勇嘎问，"其他地方货栈的情况你知道吗？"

邓珠拉开火盆桌的抽屉，取出《西陲宣化公署月刊》和《戍声周报》两本杂志递给勇嘎道："小姐，你看看书就知道了。"

勇嘎接过书，邓珠接着道："小姐，你慢慢看，老奴就不打扰了。"

邓珠离去后，勇嘎翻开书的扉页，硕大的文章标题——《走向衰败的吉祥货栈》呈现在了她的眼前，她从杂志里看到了债主们举着火把，冲进货栈，货栈被浓烟吞噬的情景……

"咚咚"门外传来敲门声，勇嘎闻声问："谁呀？"

"小姐，"门外邓珠的声音，"吃饭啦。"

"你们吃吧，"勇嘎回答，"我什么也吃不下。"

"不行呀，"邓珠关心地道，"小姐你不吃，可肚子里的孩子总得要吃呀！"

勇嘎起身拉开门，对邓珠道："老人家，你知道我阿妈的情况吗？"

"这，这……"邓珠迟疑了下，改口道，"小姐，还是先吃饭，先吃饭。"

"老人家，"勇嘎恳切地，"我就想知道我阿妈的情况——告诉我吧。"

"唉！"邓珠叹了一口气，"小姐，对不起——东家老夫人的情况，我也不甚了解……"

"老人家，勇嘎求你啦，你就把你知道的告诉我。"

"小姐，"邓珠长叹了口气道，"东家老夫人的情况可能不太好啊……"邓珠说着，嗓音哽咽起来。

"老人家，"勇嘎急切地，"你慢慢说，慢慢说……"

"次郎尼玛拿走货栈的资金，运走货栈的货物，货栈歇业后，我几次派汪洁去拉萨向东家老夫人汇报的情况，可是每次去拉萨，"邓珠拭了下眼眶溢出的泪水，继续道，"都没有见到东家老夫人，而被守门的家丁拦在大门外，说现在是特殊时期，没有次郎尼玛的准许谁也不准出入府邸……"

"次郎尼玛——忘恩负义的东西，"勇嘎咬牙切齿地，"我要杀了你！"

"小姐，你的肚子里有孩子，"邓珠关心地说，"自己的身体要紧，千万不能伤着啦。"

"老人家，你去吧，"勇嘎对邓珠道，"我想单独待一会儿。"

邓珠只好拉上门，离开了房间。

勇嘎独自待在屋里，十多年前的事浮现在了她的眼前……

那天是罗松泽仁带领自己家的马帮驮队从炉城返回拉萨的日子，翁姆带着年幼的勇嘎与幼小的次郎尼玛在府邸的大门外刚迎接丈夫，罗松泽仁看到次郎尼玛惊疑地问妻子道："这小孩是谁呀？"

"我娘家的远房亲戚，他家破产已经好些年啦，"翁姆回答，"去年他父母亲都去世了，孩子怪可怜的，我就叫娘家的人把他送来，也好给勇嘎做个伴。"说着催促年幼的次郎尼玛道："快，快叫姨父！"

次郎尼玛胆怯地叫了声："姨父！"

……

次郎尼玛是个聪明乖巧的孩子，自来到勇嘎家后，由于事事都谦让着勇嘎，很快就成了勇嘎最亲密的小伙伴。同时，勇嘎也非常顾及自己的这个哥哥，哪怕是母亲给她的一点小零食，她都要分一半给次郎尼玛，从来不自己独自受用。

有一天早晨，勇嘎因为睡懒觉没有吃上早饭，翁姆只好给女儿两个萨其玛。勇嘎从母亲手里接过萨琪玛后，首先想到的就是次郎尼玛。二话不说，便跑出客厅给次郎尼玛送萨其玛去了。

当次郎尼玛看到勇嘎递给自己的萨其玛时，傻乎乎地问勇嘎道："这是啥呀？"

"萨其玛！"勇嘎回答，"可好吃啦！"

次郎尼玛仿效着勇嘎撕开萨其玛的封皮，咬了一口在嘴里咀嚼时，勇嘎问："好吃吗？"

"真好吃！"

勇嘎炫耀地说："这是我内地的哥哥，给我捎来的。"

次郎尼玛惊疑地问："你在内地有哥哥？"

"当然有，"勇嘎骄傲地回答，"我哥名叫田轩，现在在内地上学，他长大了也要像我阿爸一样——做马帮！"

……

发源于唐古拉山的拉萨河，流经拉萨后就像乖顺的羊羔，泛起的波纹不时地吻着岸边的沙滩。每到夏天，这沙滩就成了孩子们玩耍的乐园。这天，次郎尼玛在沙滩用沙垒砌着城堡，垒砌好了一座城堡后，问："城堡漂亮吗？"

"漂亮！"勇嘎回答。

次郎尼玛："喜欢吗？"

勇嘎："喜欢！"

"我长大了要在拉萨建一座自己的城堡，"次郎尼玛兴致勃勃地憧憬着未来，"你就是城堡里的公主。"

勇嘎天真地问："你呢？"

次郎尼玛趾高气扬地道："我就是城堡的王子！"

"你骗我！"

"我不骗你，"次郎尼玛着回答，"我会挣很多很多的大洋，为你建城堡、买土地……"

传来翁姆的呼喊声："勇嘎！次郎尼玛！"

勇嘎回头："阿妈！"向母亲飞跑而去。

"江边危险！"翁姆斥责次郎尼玛道，"以后不许再带妹妹到江边去玩！"

"姨妈，"次郎尼玛垂头承认错误道，"次郎尼玛错啦。"

……

勇嘎成长为楚楚动人的少女后，一天勇嘎随同父亲从炉城返回府邸，勇嘎进了大门，就迫不及待地大声呼喊起来道："次郎尼玛！我回来啦！"

已是帅气小伙的次郎尼玛闻声推开窗户，探出头兴奋地喊："妹妹！"

勇嘎将马的缰绳扔给下人后，跑进了宅楼……

次郎尼玛兴奋极了，刚拉打开住室门，勇嘎就上楼来了。

"妹妹，"次郎尼玛笑盈盈地将勇嘎迎进住室道，"这次随姨夫去炉城玩得好吗？"

"好极啦！"

"见到你田轩哥了吗？"

"见到了！"勇嘎幸福地亮出手腕戴的玉镯，炫耀地，"这是他跪在我面前，亲手戴在我手腕上的手镯。"

次郎尼玛惊疑地问："他向你求婚啦？"

勇嘎点头回应。

"你不能嫁给田轩，"次郎尼玛乞求道，"妹妹，我爱你！我要娶你！"

"我打小就喜欢田轩哥，"勇嘎坦诚地回答，"我爱他，非他不嫁！"

"勇嘎妹，我也是打小就惦着你、爱着你呀，"次郎尼玛紧张地申辩道，"忘了吗——在沙滩磊城堡的时候，我对你说过——你是公主，我是王子……"

"表哥，你太逗啦，我们都啥年龄啦，"勇嘎嗤笑次郎尼玛道，"现在还提孩提时代过家家的话。"

"我一辈子都忘不了，"次郎尼玛"扑通"跪在了勇嘎的足下发誓道，"勇嘎妹妹，我一定要娶你，给你幸福，让你一辈子都是幸福的公主！"

"你别这样——"勇嘎拉着跪在地上的次郎尼玛起身道，"我不会嫁给你的。"

"我这辈子一定要娶你，"次郎尼玛仍跪在地上信誓旦旦地，"非娶你不可！"

"你别这样，"勇嘎重申道，"我敬重你——你永远是我最亲近最亲近的哥哥！"

"我找姨妈去，"次郎尼玛感伤地说，"哪怕我就是入赘在你家，我也要做你的丈夫！"

……

次郎尼玛知道姨妈是心疼自己的，自来到这个家里，姨妈都百般依从自己。因此，次郎尼玛来到翁姆住室，"扑通"一声就跪在翁姆面前哭喊着道："姨妈，你要给侄儿做主啊！"

翁姆惊异地问："咋啦？"

"姨妈，"次郎尼玛悲泣地道，"勇嘎不能嫁给汉人，我爱勇嘎，我要入赘在这家里，做你的上门女婿！"

"傻孩子，别这样，"翁姆搀扶次郎尼玛起身道，"勇嘎的婚事是你姨父定下的，谁也改变不了。"

"我爱勇嘎！"次郎尼玛一个劲地坚持道，"我愿意做你的上门女婿，一辈子侍奉你和姨夫！"

当翁姆替次郎尼玛向丈夫求情，请求丈夫同意次郎尼玛入赘在家做女婿时，罗松泽仁斥责妻子道:"我看你是老眼昏花了——女儿的婚事是我同田轩父亲定下的,谁也改变不了!"

……

"咚咚"门外的敲门声打断了勇嘎的回忆。她将门打开,见站在门前的是田轩,随即将门关上。

"勇嘎,你开门,"门外传来田轩的声音,"我有话对你说。"

"你走!"勇嘎背转身,身子贴着门,眼眶溢出泪水回复道,"我不想见到你。"

田轩正要转身离去时,旁边的屋门开了,欧阳慧敏叫住他道:"站住!我有话要对你说。"

田轩转过身,目视着欧阳慧敏等待着她的发话。

"现在不是你退缩的时候,"欧阳慧敏鼓励地田轩道,"勇嘎需要你的帮助!"

"我知道!"田轩回答了一声后,便沿楼道下楼去了。

勇嘎聆听着田轩的脚步声消逝后,顿时感到惆怅与纠结像把利剑刺穿了自己的心脏,疼痛不已。

"咚咚"又传来敲门声。

勇嘎宛若没有听见敲门的声音似的,仍然在自我神伤时,门外传来卓玛的声音:"勇嘎姐,是我——卓玛!"

勇嘎移动了一下自己的身子,门被推开后,卓玛目视着勇嘎质问道:"田轩一直都爱着你,你不应该还把他拒之门外?"

"我不需要施舍,"勇嘎身子贴着门,淌着眼泪回答,"更不需要怜悯的爱!"

"姐,别太固执啦,"卓玛劝解勇嘎道,"田轩对你的爱是真诚的——没有施舍!没有怜悯!"

勇嘎头靠板壁,硕大的泪珠顺着脸颊流淌着,"我心里只有洛桑,除了洛桑再容不下任何男人。"

……

次日早晨,卓玛、欧阳慧敏拿着梳洗工具刚从各自的住室出来,卓玛问欧阳慧敏道:"昨晚休息得好吗?"

"好久没上过床啦,"欧阳慧敏回答,"躺下就呼呼地睡着了,这不——醒来,天都大亮啦。"

楼下传来响动声,欧阳慧敏探头俯身望去,只见田轩正站在院子中间,指挥着马帮兄弟将堆码在库房的货物搬运到营业厅。

"时间不早啦,"欧阳慧敏对卓玛道,"去叫醒勇嘎,她也该起床啦。"

卓玛在勇嘎居住的住室门外"咚咚"地敲起了门。

室内没有回声,卓玛索性将门推开,进屋后未见勇嘎人影,连忙惊呼道:"勇嘎不见啦!"

欧阳慧敏惊疑地进了住室，看见桌上的茶杯下压着一张用藏文书写的纸条。连忙将纸条递给卓玛，卓玛看后对欧阳慧敏说："她去拉萨啦！"

"快，"欧阳慧敏紧张地对卓玛道，"这事得马上告诉田轩。"

……

田轩、邓珠、欧阳慧敏、卓玛、甲卡共同聚在货栈客厅里，商议勇嘎出走的事。

大伙对勇嘎的突然离去都感到意外。田轩在静心思考时，邓珠急切地对田轩道："田老板，你快拿主意呀——小姐有孕，独自在外会出事！"

"甲卡，"田轩叫甲卡道，"去把扎西叫来。"

甲卡应声出门后，田轩对卓玛和欧阳慧敏道："我想勇嘎最多提前走了两个时辰，就是几十里地的路程，我和赖三跑一趟，一定能追上！"

"你俩懂藏语吗？"卓玛数落田轩道，"去拉萨的道熟悉吗？"

"卓玛说得对，"欧阳慧敏道，"我看叫上汪堆，让他陪你俩去。"

田轩正在犹豫时，扎西随甲卡进屋来了，并接上欧阳慧敏的话道："汪堆是最佳人选，我同意让汪堆陪你俩去——。"

田轩感激地对扎西道："驮队就拜托你啦！"

扎西走上前，拍着田轩的肩头道："放心去吧，驮队的事，我们会打理好的。"

这时，格桑拉姆、郎吉进门来了。格桑拉姆对田轩道："老板，郎吉熟悉道，让他同随你一道去。"

"郎吉去是好事，"扎西高兴地对田轩道，"多一个人，多一个帮手，多一分安全！"

田轩上前握着郎吉的手道："谢谢你——郎吉兄弟！"

……

田轩、赖三、汪堆、郎吉被大伙送出大门，田轩跨在上马，分手时，觉罗叮嘱田轩道："路上一定要小心，照顾好自己！"

田轩、赖三、汪堆、郎吉策马一路狂奔……

第三十一章
为钱财图穷匕见　雪深仇府邸枪响

　　田轩、汪堆、朗吉策马离开吉祥货栈追逐不辞而别的勇嘎后不久，货栈的债主们又涌到货栈的大门外嚷闹着催促货栈还款。甲卡挺身而出，站在台阶上，高声对债主们道："各位父老乡亲，请大家静一静，静一静！"

　　嚷闹声稍稍停息后，甲卡继续道："今天一定把欠款一分不少的兑付给各位。我要强调的是——无论是兑付大洋，还是兑付物资都必须排好队，依次进入营业厅，不得哄抢哄闹！"

　　债主们听到今天就能兑付物资和现金，都兴奋地鼓起掌来。在债主们的掌声中，营业厅的大门开了，同时维护营业厅秩序的卓玛家的家丁也出现在了大门的两侧。

　　营业大厅内，柜台和货架都摆满了各类货品，尤其是茶叶堆码得像小山似的。店里的伙计汪洁，及扎西、富贵、绒佳、降央、格桑拉姆都忙着在柜台前为债主兑付货品。先期兑付到茶叶的债主，扛着茶包心满意足；同时，兑换布匹、丝绸之类货品的债主，也不例外地美滋滋地出了营业厅。在现金兑付处，欧阳慧敏那口装满大洋的皮箱，发挥出了巨大的作用。只见邓珠和欧阳慧敏一个在向债主收回账单，一个在为债主付款。

　　……

　　且说，前去追逐勇嘎的田轩、汪堆、赖三、郎吉一路狂奔，足足跑了八九十里路，也不见勇嘎的踪影。眼看夜幕就要降临，四人只好就在附近栖止一宿。

　　……

　　自那天降巴丹真和他所带的两位弟兄，在雀儿山山麓与马帮分别后，在两天前就抵达了拉萨。他们在拉萨城里足足耗费了一天时间，花了一个大洋，才打听到勇嘎家开设城里的"吉祥货栈"的确切位置。同时还打听到商铺已经歇业，几乎是人去楼空。降巴丹真同巴登、加措经过一番商议，最后还是决意亲自去趟商铺，具体摸清商铺的情况。于是，当天晚上降巴丹真、巴登、加措便趁着月色逾墙进了商铺的院子。

　　商铺的院子里静悄悄的，没有光亮，那一底两楼的营业楼孤零零地耸立在月色下。降巴丹真和他的弟兄摸索着溜进楼层，整座楼层都像是遭到过劫洗一般，除了在三楼的一间屋子摆放着一张床和一些简易床褥外,其余的屋子不是乱七八糟,就是空空荡荡。降巴丹真和他的兄弟查看完三楼的各房间,打算下楼离开时,传来了院门的开门声。降巴丹真即刻打消了离去的念头,一屁股坐在了那间放有被褥的屋子的木椅上。同时,巴登和加措则持枪静候候在屋的两侧。

泽仁桑珠吹着口哨上楼来了。他推门进了屋,刚把打火机点亮,顿时吓得呼叫起来:"鬼!鬼!"转身欲往回跑时,巴登、加措双手叉腰堵在了门处,泽仁桑珠恐惧地道:"你们是什么人?"

降巴丹真用手电筒的光柱,直射在泽仁桑珠的脸上,从椅子上起身不紧不慢地反问道:"你说我是什么人?"

巴登一把从泽仁桑珠手里夺过打火机,点亮了屋子里的酥油灯。泽仁桑珠见是降巴丹真,即刻堆着笑脸道:"我还以为是谁呢?原来是降巴丹真大哥呀!"

"说!"降巴丹真坐下后问,"次郎尼玛在哪?"

"降巴丹真大哥,不就是五百大洋吗?"泽仁桑珠毫无畏惧地道,"大哥既然来啦,明天大哥打个滚——给一千!"

降巴丹真冷冷一笑,泽仁桑珠连忙改口道:"两千!两千!"

降巴丹真从怀里抽出枪,拍放在桌上道威逼着道,"我是来取次郎尼玛的人头的!"

泽仁桑珠扑通一声跪在地板上道:"大哥,次郎尼玛也是无知,惹怒了大哥,小弟一定叫他给大哥当面赔罪,当面赔罪!"

"说!"降巴丹真发怒道,"次郎尼玛他在哪?"

"大哥,"泽仁桑珠赔着笑,厚着脸皮道,"息怒,息怒,次郎尼玛神出鬼没的,要说他具体在哪,我也不清楚。"

降巴丹真轻蔑地一笑道:"看来你是不知道马王爷有三只眼?"降巴丹真的话音刚落,巴登和拉措即刻上前,各自伸出双手,一手搭在泽仁桑珠的肩上,一手抓紧泽仁桑珠手腕,用力抬上抬,顿时泽仁桑珠被疼痛折腾地"哇哇"大叫,连连说道:"我说!我说!"

巴登威逼道:"快说!"

泽仁桑珠无可奈何地道:"他去了雍丹觉姆家。"

降巴丹真严厉地审问道:"雍丹觉姆是谁?"

泽仁桑珠回答:"他还没有结婚的女人。"

泽仁桑珠所说的次郎尼玛的未婚妻雍丹觉姆,是达桑占堆府邸的卫士队长卡玛次仁的妹妹。达桑占堆原本也是平民出生,民国初年,因为在"驱逐川军"战斗中建有所谓功劳,被噶厦政府受封荣升为噶伦。同时达桑占堆分得不少奴隶和庄园,一举成为噶厦地方政府中的显赫人物。而府邸卫队长卡玛次仁就是凭借达桑占堆的威望而狐假虎威,欺负一方百姓。

当泽仁桑珠带着降巴丹真来到卡玛次仁的宅院门前,见宅院虽然算不上气派,但也略显豪华。降巴丹真示意泽仁桑珠前去敲门,泽仁桑珠迟疑起来,加措用枪顶了顶泽仁桑珠的腰部,泽仁桑珠只好颤抖着手敲起门来。院子里拴着的藏獒叫了起来,随之传来了女人的问话声："谁呀？"

"我——泽仁桑珠！"

前来开门的是卡玛次仁家的女佣。女佣刚把门拉开，做好准备的巴登就上前捂住了女佣的嘴。降巴丹真对女人道："我们是来找次郎尼玛的，不会伤害你！"

今晚卡玛次仁在达桑占堆府邸当班，家里除了有几个女佣和三个放牧的小伙外，再没有其他的人。当降巴丹真他们随同女佣上楼之后，住在二楼的雍丹觉姆问："是谁叫门？"

"小姐，"女佣回答，"是老爷的朋友——泽仁桑珠！"

小姐刚把门拉开，巴登的枪筒已对准了她。她惊恐地语无伦次起来："这，这……"

降巴丹真没有解释，直接进屋四处查看。见屋里没有次郎尼玛的人影，对雍丹觉姆厉声道："次郎尼玛人在哪？"

雍丹觉姆胆怯回答："我不知道。"

巴登将指向她的枪管顶在她的脑门上，她只好回答："一个时辰前就走啦。"

"他去了哪儿了？"降巴丹真逼问道。

"他说上他姨妈家，"雍丹觉姆回答，"办事去了。"

降巴丹真威逼泽仁桑珠道："他姨妈住在哪？"

"我，我，"泽仁桑珠假装糊涂道，"我不知道。"

加措用枪管顶了下泽仁桑珠，泽仁桑珠只好道："我知道，知道！"

次郎尼玛的姨妈，其实就是勇嘎的母亲。次郎尼玛为了恢复自己家的祖业，打算赎回父亲早已变卖掉府邸，以及草场。所以他现在正不惜掠夺勇嘎家的资产，凑钱为自己恢复祖业。

做事谨慎的降巴丹真，为了防备走漏消息，便将雍丹觉姆及宅子里所有的人，全都口塞毛巾，手脚捆绑关进了柴房。然后，才强迫泽仁桑珠带他们去勇嘎家。

现在虽然时近深更，可是次郎尼玛并没有放弃对勇嘎母亲翁姆的折磨，仍在一个劲地哄骗道："姨妈，劫匪一个个都手黑心狠，我们只能花大洋为勇嘎买命，舍不得拿出大洋，劫匪就会杀了她！"

勇嘎是翁姆的心头肉，从她得知丈夫死在劫匪枪下，女儿被劫匪绑票后，她就打定了哪怕耗去家里所有的资产，也要从劫匪手中救出女儿的主意。所以，揣摩透了翁姆心思的次郎尼玛，张开狮子口从翁姆手里索取走了两万大洋没过几天，又来到府邸，流着鳄鱼的眼泪对翁姆道："姨妈，劫匪不守信用，送去了两万大洋还不肯放人，还要再增加一万大洋。"

翁姆对次郎尼玛编造的谎言深信不疑，尤其是次郎尼玛流泪的神态令翁姆感动，她反而安慰侄子道："不就是大洋吗，没什么可痛惜的，劫匪要就给呗！"

在次郎尼玛的谎言之下，翁姆不但被次郎尼玛前前后后被骗去了六七万块大洋，而且允许次郎尼玛掳走了商铺周转资金，降价处理了商铺的所有货物，致使商铺被迫凋敝歇业。

半月前，次郎尼玛从前藏回拉萨后愈加丧心病狂了，这些日子他三番五次地来到府邸再次向翁姆索要一万块大洋。可是，翁姆的回答总是这么一句："家里的大洋你都全拿走啦，现在家里别说没有了大洋，就是小钱也所剩无几啦。"

"姨妈，"次郎尼玛恳切地对翁姆道，"拿不出大洋，就给劫匪'黄鱼'（金条）吧！"

"家里的大小事都是你姨夫在管，"翁姆推说道，"家里有没有'黄鱼'我不知道。"

次郎尼玛对于翁姆的解释，抱以嗤之以鼻的态度。因为他在这个家，负责管理生意上的事务已经两三年了，每年年底结算，经他的手交到姨夫手里的"黄鱼"就不下二十来条。这些"黄鱼"姨夫全都要交给姨妈保管。

"姨妈，满足不了劫匪的需求，"次郎尼玛以略带威胁口气道，"勇嘎妹妹就再也回不来啦！"

其实，翁姆是愿意拿出"黄鱼"换回勇嘎的，但是勇嘎的舅舅——旺竺卡玛已经对次郎尼玛产生了怀疑，不止一次叮嘱过妹妹，再不能由次郎尼玛恣意花钱了，一定要见水脱鞋，不见到勇嘎本人一个铜板也不能给。对于哥哥的叮嘱，翁姆觉得颇有道理，于是把攒储的"黄鱼"交给了哥哥代管。

次郎尼玛骗取"黄鱼"不成，便撕掉了伪善的面具，不择手段地对翁姆精神和肉体施以折磨和摧残，以逼迫翁姆拿出家里的全部攒储。

今晚，次郎尼玛来到府邸，就赤裸裸地假以勇嘎身处险境为由胁迫姆道；"姨妈，劫匪又捎来了话——限我们十天之内，交付十根黄鱼，不然逾期就去收尸！"

"那你给劫匪回话，"翁姆回答，"只要见到勇嘎，别说十根黄鱼，就是二十根，我绝不少他们一根半条。"

"姨妈，十天时间是短暂的，"次郎尼玛解释地道，"一旦耽误了时间，就是筹足了二十条黄鱼，勇嘎妹妹也性命难保啊！姨妈，侄儿求你啦——你就拿出'黄鱼'吧！"

正当翁姆与次郎尼玛争执时，勇嘎驱马回到府邸。大门是敞开着的，勇嘎下马时，拴在大门旁边的爱犬轻声叫了两声后，便摇起了向主人献殷勤的尾巴。勇嘎牵马进了大门，她将牵马的缰绳，往马背一放，轻拍了一下马屁股，马儿就自行朝马厩跑去。今晚，整个宅院除了二楼亮着灯光外，其他宅楼都是黑漆漆的，勇嘎只好朝亮有灯光的宅楼走去。

勇嘎上了二楼，在廊道恰好与母亲最亲近的侍女伽玛相遇，伽玛见到勇嘎先是一怔，继而连忙示意她，赶快离开。勇嘎正诧异时，从屋里出来了三位大汉的声音。这三位大汉，其实都是次郎尼玛临时聘请的保镖。

一保镖厉声问勇嘎道："什么人？干啥的？"

勇嘎掏枪已经来不及了，于是回答道："借宿的！"

问话的保镖气势汹汹地走向勇嘎时，另一大汉厉声问伽玛道："她是谁？"

"不认识。"伽玛回答。

在廊道旁边屋里向翁姆索要"黄鱼"的次郎尼玛，听见屋外楼道保镖的问话声，连忙撇下翁姆疾步出了屋门,当次郎尼玛见是勇嘎倏然一愣,继而发怒般地大声呼喊道:"她是勇嘎!快抓起来!"

与此同时,勇嘎迅速从怀里掏出枪,刚要朝次郎尼玛射击时,自己就被身边的大汉制服——枪被大汉夺下,人被大汉摁在了地上。

闻声从屋里赶出屋门来的翁姆,刚出屋门就被廊道上的保镖紧紧抱住阻拦在屋门口的廊道上。年迈的翁姆不顾一切地挣扎着哭喊道:"勇嘎!我的女儿!"

被擒获摁在地上的勇嘎,抬起头苦涩地喊了声:"阿妈!"

次郎尼玛恨恨地瞪了勇嘎一眼,对大汉道:"捆起来!"

就在大汉拖拽勇嘎进屋的时候,次郎尼玛呵斥伽玛道:"去把大门给我关上!"

次郎尼玛目视着伽玛下楼去后,回到屋里,踱步到勇嘎跟前对勇嘎道:"勇嘎妹妹,你不要怨恨我心狠手毒,这一切都是你父亲,我那姨夫——是他一手造成,如果他同意了我俩结为夫妻,他就不会死,我也不会向你和姨妈动手!"

"呸!"勇嘎朝次郎尼玛脸上啐了一口唾沫,愤愤地骂了一句:"畜生!骗子!"

次郎尼玛恼怒极了,扬手狠狠地给了勇嘎一个耳光,打得勇嘎在眼冒金星的同时,鼻子、嘴角都溜出了鲜血。

翁姆"扑通"一声跪在次郎尼玛面前,拉着次郎尼玛的手悲戚地哀求道:"姨妈求你——看在这十多年的时间里,姨妈待你不薄的情分上放过勇嘎!"

"只要你交出'黄鱼',"次郎尼玛笑道,"不用你说我立马放人,决不让勇嘎妹妹受半点委屈!"

"你现在放了勇嘎,"翁姆语气坚决地道,"明天我准给你'黄鱼'!"

"我不是傻子,"次郎尼玛冷笑着轻蔑地道,"别给我玩鬼把戏!"

"我说的是实话,"翁姆回答,"'黄鱼'没在家里,在勇嘎舅舅家。"

"别装啦,"次郎尼玛阴阳怪气地道,"今晚不交出'黄鱼',别说是勇嘎的命保不了,就是你的命也难保住!"

"你不是想要这宅子吗?"翁姆道,"你放了勇嘎,我立马给你立据——把宅子给你!"

次郎尼玛环视着屋子冷笑了一声道:"现在想给我迟啦,杀了你母女,这宅子难道不属于我次郎尼玛?"继而走进翁姆,阴阳怪气地接着说道,"姨妈,我现在要的是'黄鱼'!"

这时关大门的伽玛回来了,她正要向次郎尼玛禀报情况,豢养的藏獒又"汪汪"地咬叫起来。

"又有啥事啦,"次郎尼玛吩咐伽玛道,"快去看看!"

藏獒的咬叫声一声更比一声猛烈,次郎尼玛顿时有了不祥的预感,刚要出门去查看时,传来了伽玛问话声:"谁呀?"

"我,"叫门的回答,"——泽仁桑珠!"

次郎尼玛连忙走到廊道大声问:"这么晚啦,你来做甚?"

大门外，降巴丹真小声对泽仁桑珠道："就说有急事找你。"

泽仁桑珠只好按照降巴丹真的话回答："有急事找你！"

"有啥了不起的急事，"次郎尼玛不屑地道，"明天再说！"

降巴丹真对泽仁桑珠道："说是理查德找他。"

"理查德带信来说，有急事找你！"

次郎尼玛简单地回了一句："我知道啦！"说罢，便转身回屋去了。

泽仁桑珠还是挺明智，知道自己已被降巴丹真推向了风口浪尖，现在自己的处境宛若海洋里的一叶扁舟，为了防备厄运的降来，便小声地对前来开门的伽玛道："伽玛！你开门呀。"

"次郎尼玛少爷没吩咐，"伽玛为难地道，"我不敢开。"

"我这有理查德的信，"泽仁桑珠语气和缓地道，"请你替我转交一下。"

"吱"的一声伽玛刚把门打开，降巴丹真连忙上前手捂伽玛的嘴道："别嚷，我们是勇嘎的朋友。"

被捂着嘴的伽玛连连点头。

拴在大门旁的狗一声紧接一声地咬起来了，

降巴丹真放下捂在伽玛嘴上的手，问伽玛道："楼上除了次郎尼玛还有什么人？"

"快，快去救小姐，"伽玛慌张地道，"次郎尼玛就要动手杀小姐啦！"

降巴丹真急切地对伽玛道："快去躲起来！"

……

由于狗的咬叫声不绝于耳，次郎尼玛吩咐身边一保镖道，"你下楼去看看！"

哼着民歌小调下楼来到保镖，除了听见狗在狂叫外，没有发现异样。保镖正欲转身返回宅楼时，巴登"嗖"的一声，蹿到大汉身后，一把勒住保镖的脖子，欲将大汉放倒在地上。出乎巴登预料的是巴登不但没有摔倒保镖，反而被身强力壮的保镖一个反手摔在了地上。降巴丹真眼疾手快地冲上前，与保镖搏打起来。

楼下的搏打声，被楼上屋里的次郎尼玛及另外两名保镖听见，他们出屋门欲探究竟时，加措抢起枪，一枪击毙了其中一大汉。另一的大汉开枪还击时，加措及躺地的巴登随之开枪射击起来。就在双方交火中，降巴丹真一刀捅翻了与之搏打的保镖，随后也抡起枪向楼上射击起来。次郎尼玛从来没有见过这样的枪战阵势，吓得转身就朝廊道最末方向跑。与此同时，那位还击的保镖，也不顾一切地紧跟随在次郎尼玛身后逃命去了……

降巴丹真和他弟兄冲上楼层，次郎尼玛和那位随他逃遁的保镖，已不见了人影，廊道上只留下一具尸体和满地的弹壳。

翁姆刚替女儿解下捆缚的绳索，降巴丹真、巴登、加措进屋来了。

勇嘎惊疑地对降巴丹真道："是你？"

降巴丹真没有回答勇嘎的话，而是在室内四处查看，翁姆惊异地问女儿道："你认识他们？他们是谁？"

"阿妈，别问啦，"勇嘎对母亲道，"你会知道的。"

进屋来的伽玛，喜出望外地喊了一声："小姐！"

降巴丹真从内屋出来对勇嘎道，"这里不能久留，得马上离开！"

"深更半夜的，"翁姆问女儿道，"能去哪呀？"

"阿妈，"勇嘎回答母亲道，"我们去舅舅家！"

翁姆问降巴丹真道："难道这宅子就不要啦？"

"你们外出待不了几天，"降巴丹真回答，"我杀了次郎尼玛，你们就能回家。"

"次郎尼玛就是个该杀的东西，"翁姆愤愤地道，"杀他，是他应得的报应！"

"阿妈，"勇嘎催促母亲道，"快走吧，再不走就来不及啦。"

勇嘎母女及伽玛在降巴丹真及他的弟兄的护送下，离开了府邸，前往勇嘎舅舅——旺竺卡玛府邸去了。

且说，次郎尼玛从降巴丹真枪下逃出勇嘎家府邸后，除了懊悔自己糊涂，在见到勇嘎时，没有一枪毙了她外，更担心自己日后的处境。因为勇嘎的身后，有位地位显赫能随意进出大昭寺的贵族舅舅——旺竺卡玛。一旦旺竺卡玛知晓了是自己雇人杀害了他的弟妹，自己不但在拉萨，就是在西藏都找不到栖身的地方。为了能尽快除掉勇嘎，除掉降巴丹真，次郎尼玛不得不赶往卡玛次仁家，请这位准娘舅伸出援手，为他除掉心腹之患。

当次郎尼玛赶到卡玛次仁宅院大门，见大门敞开，整个宅院像死尸般沉寂时，本就心存余悸的次郎尼玛没有了进院的勇气，只好对身边的保镖道："走，去达桑占堆府，找我舅子去！"

次郎尼玛在达桑占堆府邸找到卡玛次仁，告知其在家里看见的异常情况后，卡玛次仁二话不说，便带上十多个手下的弟兄，就直往家赶。

行至半道，次郎尼玛忧心忡忡地唤卡玛次仁道："哥，有件最要紧的事，我还没来得及告诉你……"

"什么要紧事？"卡玛次仁连忙问。

"勇嘎回拉萨来啦！"

"什么时候的事？"

"一个时辰前。"

"你见过？"

"见过！"

"你没有杀了她？"

"我是想杀她，"次郎尼玛难言地，"可……"

"你呀，就是个做事不牢的废物！"卡玛心急火燎地质问次郎尼玛道，"你知道勇嘎没有除掉的后果吗？"

"我知道，"次郎尼玛懊悔地，"可……"

"可，可个屁！"卡玛次仁愤愤地道，"还在这慢条斯理的做啥？快去把勇嘎除掉！"

第三十一章 为钱财图穷匕见 雪深仇府邸枪响

次郎尼玛为难地："我……"

卡玛次仁连忙将手下的弟兄，分了八个给次郎尼玛去截杀勇嘎。自己则带着余下的六个弟兄马不停蹄地往自己的府邸赶去。

卡玛次仁带领着弟兄回到自家宅院门前，见大门不但敞开，而且整个宅院没有光亮。卡玛次仁只好在院门外高声呼喊："妹妹——雍丹觉姆！"

卡玛次仁连续呼唤了几次，都没有回答的声音，最后只好壮着胆子，带领弟兄们进了院门。卡玛次仁带领弟兄们小心翼翼地上了楼后，认认真真地巡边了每间屋子都没有见到自己的妹妹和佣人的人影。卡玛次仁颇感惊异时，从楼下传来一随行兄弟的呼喊声："柴房有人！"

柴房里黑漆漆的，雍丹觉姆和佣人都被同关在一起。卡玛次仁连忙上前为妹妹拉掉塞在嘴里的毛巾，解掉捆缚的绳索，心疼地问道："告诉哥，这是谁干的？"

"不认识，"尼玛回答"是泽仁桑珠带来的人。"

"妈的，不知好歹的东西，"次郎尼玛愤愤骂道，"竟敢欺负到了老子的头上！"

……

且说，次郎尼玛带领着卡玛次仁给他的八个弟兄赶到勇嘎家府邸，把府邸每个角落都巡查了好几遍，都不见勇嘎母女和劫匪的人影。次郎尼玛着急起来，双手合十，乞求佛主道："佛祖，求你护佑我——一定让勇嘎母女随同降巴丹真去前藏，不能由着她们的性子去到旺竺卡玛家呀！"

次郎尼玛深信佛祖是会显灵护佑自己的，于是决定赶往去前藏的路上除掉自己的心腹之患！

……

且说，勇嘎母女及侍女伽玛在降巴丹真、巴登、加措的护送下来到勇嘎舅舅旺竺卡玛家的大门处，天就快明了。降巴丹真等不及勇嘎叫门，抢先向勇嘎辞行道："我们得走啦。"

"忙了一宿，"勇嘎回答道，"你们也得休息会儿，喝了茶再走。"

"来不及啦，我们必须马上赶去昌都，"降巴丹真回答，"田老板他们不了解现在拉萨的情况，一旦冒失赶来，会出事的。"

降巴丹真的话提醒了勇嘎，她即刻对降巴丹真道："那你们等等，我把阿妈安顿好后，同你们一块去。"

"你身子不方便就别去啦，"降巴丹真真诚地说，"我们三个弟兄相互照顾——出不了事！"说着，率先策马离开了勇嘎母女俩。

降巴丹真与勇嘎母女俩分手后，率手下的巴登和加措沿通往昌都的道一路狂奔，直至天明时，因饥肠辘辘才停下来，就地生火熬茶用糌粑充饥。就在降巴丹真和他的弟兄在喝茶吃糌粑的当儿，突然从远处传来急促的马蹄声，三人闻声望去，见多个武装马队向他们驰来。降巴丹真他们顾不了收拾熬茶的茶壶，及装糌粑面的口袋，立刻跃上马一路狂奔。

在后面追逐的马队,在驰骋的追逐中,向降巴丹真他们开枪射击起来。

……

前面说过,田轩带着汪堆、郎吉、赖三离开昌都货栈前去追逐寻找勇嘎,他们一路上马不停蹄地跑了几十里地,也不见勇嘎的踪影。在夜幕来临的时候选择在小山头栖止一宿。

一觉醒来,已是黎明时分。他们按照惯例喝茶吃糌粑时,突然,传来骤雨般的枪声。田轩、赖三、汪堆、郎吉都惊疑地循声望去,见远处尘土飞扬,降巴丹真及巴登和加措被十多人的马队追逐着正朝自己正面驰来。

田轩连忙吩咐汪堆和郎吉道:"散开!阻击后面的马队!"

赖三和其他弟兄刚做好阻击准备,田轩叮嘱他们道:"抬高枪头,不要伤人!"说罢,率先朝追杀降巴丹真的马队开枪了。随着田轩的枪声响起,赖三、汪堆、郎吉扣动了扳机,子弹的呼啸声,使追杀马队的马立起了前蹄,嘶鸣起来……

次郎尼玛所带领的追杀马队,因遭到阻击而却步了,只好调转了马头。

……

降巴丹真和他的弟兄充满感激地连连道:"谢谢你们!谢谢你们!"

"自家弟兄用不着谢,"田轩转换话题问,"追杀你们的都是些什么人?"

"我想,"降巴丹真回答,"一定是次郎尼玛和他舅子手下的卫士。"

"卫士?"田轩惊疑地道。"他舅子是干啥的?"

"听说是达桑占堆府里的卫士队的小队长。"

"达桑占堆是谁?"

"达桑占堆原本也是一介平民,"降巴丹真回答,"民国初年的时候,在'驱逐川军'战斗中,达桑占堆因建有功劳,被噶厦政府受封荣升为噶伦,分得到奴隶和庄园,一举成为噶厦地方政府中的显赫人物。"

"我明白啦,"田轩道,"次郎尼玛就是因为仗势舅子是达桑占堆府邸的小队长,所以敢在光天化日之下行凶。"

当降巴丹真把昨晚救下勇嘎和翁姆的事告诉田轩后,田轩急切地问:"勇嘎她母女俩还有危险吗?"

"我护送他们去了她舅舅家,"降巴丹真回答,"肯定不会再有危险!"

"谢谢你兄弟,"田轩感激地道,"你帮了田轩大忙啦!"

降巴丹真羞涩地回答:"我不也是在帮自己呀。"

田轩恍然大悟地道:"勇嘎是你的弟妹,你是帮你自己人,是帮自己人!"

"还有件事,"降巴丹真对田轩道,"得同你商量。"

"啥事?"田轩惊疑地问。

"现在是危险时期,拉萨暂时去不了,"降巴丹真回答,"你们得待在昌都,等我的消息。"

"昌都我就不回啦,"田轩果断地,"随你们去拉萨!"

"不行！你怎么也不能去，"降巴丹真道，"人去多啦，目标大——危险也大。"

最后，田轩只好叮嘱降巴丹真和他的弟兄道："你们一定要小心，保护好自己！"

……

田轩、汪堆、郎吉回到昌都吉祥货栈已是日照当头的时候，他们刚进院门，迎面碰上从饭堂出来的卓玛。卓玛一见到田轩，便冲着田轩问："你带回来的人呢？"

田轩正要回答卓玛的问话时，赖三抢先道："勇嘎已经送去他舅舅家了——安全！"说罢，抓过田轩手里的缰绳，随同汪堆、郎吉就要去马厩。

卓玛呵斥道："你着急啥呀——甲卡已经走啦！"

赖三连忙问："她去哪啦？"

"怎么，"卓玛笑着问，"还想去追？"

"这甲卡，"赖三跺着脚抱怨道，"咋不告诉我一声就走啦！"说罢，便去追已经离去的汪堆和郎吉去了。

"待在昌都心烦死啦，"卓玛问田轩道，"告诉我在昌都还得待多久？"

"待多久是小事，"田轩道，"现在担心的是降巴丹真他们的安全！"

"我告诉你，"卓玛严厉地道，"你不准去拉萨——危险！"

"我命大……"田轩欲说下去时，卓玛伸手捂住了他的嘴巴。

恰巧，从营业厅出来的欧阳慧敏看见了这一幕玩笑道："哟，好亲热！"

"哪是亲热，"卓玛辩解道，"我是不让他说不吉利的话！"

"那，"欧阳慧敏笑着问，"脸红啥呀？"

卓玛问田轩道："我脸红了吗？"

"好事，"田轩大度地笑着道，"红就红呗！"

"好个田轩，"卓玛笑着斥责道，"你占我便宜！"

且说，次郎尼玛率领的前去追杀勇嘎母女和降巴丹真的马队，因遭阻击被迫停止了追击。在返回拉萨的路上，次郎尼玛除痛恨降巴丹真外，他更怨恨泽仁桑珠——因为是泽仁桑珠背叛了自己，才使勇嘎母女从自己掌控中逃脱，才使自己的重振家业的发财梦泯灭，才使自己落到今天这种无地自容的地步。顿时，郁积在次郎尼玛心中的愤懑，像一团火焰，灼伤着他的内心，使他下定了除掉恶棍——泽仁桑珠的决心。

泽仁桑珠也不是次郎尼玛想杀就杀的傻子。昨晚，他带降巴丹真去了勇嘎家，叫开了大门，发生了枪战后，他便急转身逃离了现场。在回家的路上，泽仁桑珠除了庆幸自己保住了命外，也下定了带上妻子迁居到一个陌生的地方居住的决心。于是，泽仁桑珠回到家，二话不说，便将搬迁的决议告诉了妻子才旦茨玛，妻子一听说搬迁的事，即刻惊疑地问泽仁桑珠道："这家好端端的，为什么要搬迁？"

"别问这么多啦，"泽仁桑珠催促道，"你快收拾东西！"

"你不告诉我原因，"才旦茨玛固执地，"我哪也不去！"

"再不走，天一亮，"泽仁桑珠火急地道，"次郎尼玛找上门来，不但我没命，你也没命啦！"

"你不是次郎尼玛的跟班吗？"才旦茨玛问，"他为啥要杀你？"

"一两句话说不清楚，"泽仁桑珠不耐烦地，"老婆，走啊，再不走，就真的来不及啦！"

才旦茨玛埋怨了一句："我咋遇上了这种倒霉男人呀！"就无可奈何地收拾起东西来。

……

当次郎尼玛带着卡玛次仁手下的卫士赶来到泽仁桑珠的家时，泽仁桑珠早已带着自己的妻子离家走了，住屋里除剩有几样不能搬走的家具外，余下的便是一些不值钱的瓶瓶罐罐。次郎尼玛歇斯底里地发怒道："给我烧——放火烧掉房子！……"

次郎尼玛的话音刚落，浓烟腾空而起……

次郎尼玛重回到拉萨，将卡玛次仁手下的卫士打发回达桑占堆府邸后，自己便去英国住西藏的办事处找理查德先生。因为对次郎尼玛来说，理查德现在是拯救自己命运的希望，只要理查德在噶厦政府为他说几句话，拉萨的高僧、官员、贵族都要对他另眼相看。

次郎尼玛来到英国住拉萨的办事处的大门处，见这里已没有了往日的威严——不但大门处撤去了背着毛瑟枪耀武扬威的守门卫兵，而且还撤去了悬挂的"英国住藏办事处"牌匾。次郎尼玛正颇感诧异时，一印度女子从办公楼出来用印度语询问道："你找谁？"

次郎尼玛傻乎乎地注视着女子。女子骂了一句："傻瓜！"转身回了办公楼。

次郎尼玛因为急着见理查德，也就顾及不了礼数了，便紧随在印度女子的身后进了办公楼。在楼梯处，女子瞪眼用印语斥责次郎尼玛道："这里不是你随便进出的地方！"

"我是来找理查德，"次郎尼玛打着手势解释道，"理——查——德！"

听说理查德，女子明白了次郎尼玛画的意思，便做了个请上楼的手势。

对理查德的办公室，次郎尼玛非常熟悉。因而便直接走了进去。

理查德正在办公室清理文件，准备撤离拉萨。当次郎尼玛向理查德说明了自己的来意：请他以勇嘎母女勾结前藏劫匪潜伏在拉萨，胁迫英国住西藏的官员为由，请噶厦政府派兵剿杀劫匪降巴丹真和幕后黑手——勇嘎母女。

理查德自顾不暇地道："No，No，No。"

次郎尼玛连忙道："理查德先生，我是你最忠实的朋友，你无论如何也得帮我呀！"

"对不起，我的朋友，"理查德回答，"大英政府已经照会了噶厦政府，大英帝国在西藏的一切事务已经委托印度住西藏代表处全权处理。我马上就要返回英国，你自己去找噶厦政府吧。"

"什么，"次郎尼玛惊疑地问，"你们英国人说走就走，西藏的事务你就不管啦？"

"我的朋友，"理查德爽朗一笑道，"不是不管，大英帝国是暂时不能顾及，由印度办事处代为管理。"

"这是为什么？"次郎尼玛像疯了一般地问，"为什么呀？"

"经济危机已席卷我们日不落帝国，"理查德回答，"崛起的德国对整个欧洲虎视眈眈，英国国内矛盾重重迫使大英帝国不得不改变对西藏的策略。"

"理查德先生，"次郎尼玛乞求地道，"我在拉萨已无立足之地，我随你去英国。"

"你去了英国能干啥？"理查德鄙夷地笑着问，"没有特长？没有学问？就是你去了英国，不是流浪街头，也是饿死在贫民窟。"

次郎尼玛的如意算盘落空了，理查德令他失望。于是，没留下一句与理查德告别的言词，次郎尼玛便默默地离开了英国住西藏办事处。

行走在路上次郎尼玛，追思着过往懊悔极了。因为当初理查德不止一次向他承诺让他在拉萨主管英国在西藏的一切商业事务；不止一次向他许愿世界各国只要他愿意涉足，无论是定居，还是旅游，大英帝国都能满足他的一切要求。今日遭到理查德的拒绝，他才明白英国人的口是心非，理查德的承诺和许愿，只是五色的肥皂泡，自己只是理查德手里的一枚任意摆弄的棋子。现在肥皂泡已经的破灭，棋子也已遭摈弃，自己成了赌场失意的赌徒。次郎尼玛想着这一切，只能埋怨自己不该相信理查德的承诺，为充任英国在拉萨的商业总代理，而听凭理查德的暗示和摆布雇降巴丹真杀害了自己的姨父。如若当初在同降巴丹真狼狈为奸时，只单纯地联手劫获马帮驮队的货品，不下黑手杀害罗松泽仁，那么自己不但不会落到今天行街头的地步，还能得到一笔可观的资产。

次郎尼玛来到熟悉的拉萨河边，昔日，他常来河畔欣赏落日时，夕阳的余晖洒在河面，那波光粼粼的景致。然而，今天的次郎尼玛却没有这样的闲情逸致，一门心思都在思考面临的境遇。

次郎尼玛在拉萨河边足足待了一两个时辰，直至太阳落山后，才返回到未来的郎舅卡玛次仁家。

卡玛次仁见到次郎尼玛垂头丧气的样儿，便安慰次郎尼玛道："别耷拉着脑袋啦，劫匪回了前藏，也算了却一桩心事。"

"劫匪回没回前藏，已经并不重要，"次郎尼玛痛苦而颓丧地道，"我担心的我在拉萨还有没有立足的地方。"

"从现实情况来看，你得放弃你那重振家业的计划，"卡玛次仁振振有词地道，"隐姓埋名，住在我这，以我妹妹的名义买牛置地，过自己舒心的小日子。"

次郎尼玛也并非傻子，以雍丹觉姆的名义买牛置地，自己费九牛二虎之力掠夺到的资产，岂不是饿猫掀开了蒸笼盖为狗觅食吗？

卡玛次仁见次郎尼玛不予作答，便问次郎尼玛道："那你作何打算？"

次郎尼玛斩钉截铁地道："杀了勇嘎！"

"这个时候你杀不了勇嘎啦，"卡玛次仁道，"你别忘了——勇嘎的舅舅旺竺卡玛家是贵族，旺竺卡玛是随意进出大昭寺的人，他的胳膊肘比你我俩的腰还粗！"

……

第三十二章
勇嘎寻人闯虎穴　汪堆护人离拉萨

勇嘎母女及伽玛被降巴丹真和他的弟兄护送到勇嘎舅舅府邸的那天晚上，旺竺卡玛及府邸的下人、奴隶全都熟睡了，整个府邸没有光亮。门卫为他们点亮了酥油灯后，请勇嘎母女到客厅落座后，便去了管家住室，在门外"咚咚"地敲起门来。

"谁呀？"管家被叫醒后问。

"大人，"门卫回答，"老爷的妹妹——翁姆老太太有急事找老爷。"

"我知道啦。"管家回答着，划"洋火柴"点亮了屋里的酥油灯，然后便穿衣下床。

夜空繁星闪烁，风儿"呼呼"地吹拂，野外昆虫"吱吱"的叫声清晰可闻……

管家拉开门吩咐门卫道："我去请老爷，你快去叫醒下人，侍奉好老太太。"

……

经管家一阵喊话后，旺竺卡玛家府邸整个宅楼全都亮起了灯光，侍女赶来到客厅，刨开用炭灰保护起来的岗炭火，客厅顿时暖和起来。勇嘎母女在侍女的侍奉下喝着清茶，旺竺卡玛及儿子卡孜玛、儿媳多桑、孙子卡洛来到了客厅。

旺竺卡玛一见到起身迎自己的侄女，惊喜道："勇嘎——！"

"舅舅！"勇嘎哽咽了，泪如泉涌。

翁姆淌着泪呜咽道："哥，妹子打扰你来啦……"

旺竺卡玛连忙请妹妹和侄女入座道："坐，你们都坐，都坐！"

翁姆母女落座后，旺竺卡玛的儿子卡孜玛，唤翁姆道："姑妈！"

旺竺卡玛的小孙子，乖巧地唤了声翁姆："姑婆！"

侍女在为主人们一一斟茶时，旺竺卡玛问起了勇嘎父亲遇害的经过，以及今晚前来投靠舅舅的原因。当旺竺卡玛悉知所发生事情的原委后，满腔怒火地叱骂道："次郎尼玛——不得好死的东西！落到我的手上一定把他送到郎孜厦千刀万剐！"旺竺卡玛骂罢后，心脏急促地跳动起来。

"舅舅，"勇嘎连忙心疼地唤着旺竺卡玛道，"你的身体要紧，别伤了身子！"

旺竺卡玛急促跳动的心脏平复下来后，翁姆关心地询问旺竺卡玛道："哥，你没事吧？"

"没事，没事，"旺竺卡玛回答了妹妹后，斥责侍女道，"还站在这里干啥，还不打算让我妹妹去休息？"

侍女搀扶着翁姆离开客厅后，旺竺卡玛问起了勇嘎肚子里的孩子，以及今晚救下她母子俩的人是谁。勇嘎只如实回答了第一个问题，至于是谁救了她母女俩，勇嘎撒谎回答舅舅道："——马帮！"

"马帮人呢？"旺竺卡玛问，"他们去了哪？"

"驮队还在昌都，"勇嘎回答，"马帮赶回昌都去了。"

旺竺卡玛点了点头道："明晨我派护院去昌都把马帮接回到拉萨。"

……

次日一早，府邸管家就按照旺竺卡玛的吩咐，安排了六七个女佣前去勇嘎家打扫卫生去了，同时叫来负责管理护院人员的队长，吩咐他叫上十七八个护院，随他赶赴昌都接回马帮驮队。

一二十个身背架子枪的护院正列队出门时，旺竺卡玛前来叮嘱带队的队长道："记住我的话——快去快回！"

队长正要回答老爷的话时，勇嘎骑着自己的坐骑出现在大伙面前，旺竺卡玛厉声呵斥勇嘎道："你这是干啥？你身怀六甲——昌都不能去！"

"舅舅，侄女不娇气，"勇嘎道，"再说，护院和马帮都互不认识——我非去不可！"

"你呀，"旺竺卡玛愤愤地道，"就像你阿爸——固执！"

由贴身侍女搀扶着出门来的翁姆劝解旺竺卡玛道："哥，勇嘎说得是理——就让她去吧。"

旺竺卡玛怒不可遏地唤了一声："管家！"

"老爷，"管家回答，"奴才在！"

"备马车——送小姐去昌都！"

"舅舅，乘坐马车磨磨唧唧的，"勇嘎道，"耽误时间！"

管家为难地："老爷这……"

"哥，"翁姆对旺竺卡玛道，"就让勇嘎骑马去吧。"

勇嘎率护院出发了，一路上尘土飞扬……

……

马帮滞留在昌都已经好几天了，他们整天无所事事颇感烦躁和郁闷。扎西只好去找田轩，对田轩道："再不能待在昌都，我们得赶去拉萨！"

"不行，"田轩阻止道。"危险！"

"拉萨就是火焰山，"扎西振振有词地道，"我们也应该去闯！"

"你的意思，"田轩态度缓和了下来道，"非去拉萨不可？"

"今天做好准备，"扎西态度坚决地道，"明晨出发！"

……

且说，自降巴丹真、巴登、加措与田轩、赖三、汪堆、郎吉分手后，他们当晚就抵达了拉萨。降巴丹真知道,如果再猛然闯入卡玛次仁家,结果就是羊进狼窝。最终决定,故伎重演——去吉祥货栈引次郎尼玛现身。于是,降巴丹真和他的兄弟,趁夜色逾墙进入商铺,点亮了三楼上泽仁桑珠房间的酥油灯,然后,又逾墙出了院子,躲藏起来,以观动静。

与吉祥货栈商铺相对应的"怀远货栈"老板栗裴洪看见吉祥货栈三楼亮起灯后,立刻叫来店里的伙计,叮嘱伙计道:"你给我仔细观察好对面屋子的动静——一点也不能马虎!"栗裴洪叮嘱罢伙计,自己从后门溜出了宅院。

拉萨夜间的街头没有光亮,除偶尔能听到几声犬吠声外,一切都格外的寂静。栗裴洪摸黑来到卡玛次仁宅院的大门处擂了几下门后,听到门里传来拉枪栓的声音,随即大门的小窗户被打开来,半晌才传出问话声:"干啥?"

"我是怀远货栈的栗老板,"栗裴洪小心回答,"有重要的事来找次郎尼玛大人。"

"你等着,"卡玛次仁手下的一跟班弟兄道,"我叫人去!"

栗裴洪注意地聆听着院内的动静……

一会儿的时间,大门的侧门打开,栗裴洪被请进了院门。

"哟!是栗老板,"刚下楼来的次郎尼玛,客套道,"有失远迎,楼上请,楼上请!"

"我就不去楼上啦,"栗裴洪笑盈盈道,"我是特意给大人送信来的。"

次郎尼玛抱歉地笑着道:"为我的事,让栗老板费心啦!"

栗裴洪神秘地贴着次郎尼玛的耳朵道:"对门的三楼上亮灯啦!"

次郎尼玛性急地连忙问:"来了多少人?"

"弄不清楚,"栗裴洪回答,"没有丝毫动静!"

"你回去再仔细盯着,"次郎尼玛嘱托道,"有什么情况马上告诉我!"

栗裴洪回到自己家宅院,仍然在窗户前观察对门亮光的窗户动静的伙计,对栗裴洪道:"只有光亮,没有动静。"

当晚,一切如旧,没有发生异常。

次日,夜幕降临时,巴登故伎重演再次逾墙进入商铺院内,去三楼点亮了那间泽仁桑珠住宿屋子的酥油灯后不久,卡玛次仁就带着自己手下的十多个弟兄荷枪实弹地冲进了商铺的院子。躲藏在商铺外的降巴丹真原本打算,只要见到次郎尼玛,他就要不顾及一切,一枪将他送归西天。然而,在冲进大门的人中,却没有次郎尼玛的人影。

卡玛次仁带着弟兄冲进院门搜寻遍了整个商铺的每一个角落,都没有发现要捉拿的人,只好愤慨地骂了一句:"妈的!给老子玩空城计!"

在第三天夜晚,降巴丹真再次故伎重演点亮了酥油灯后不久,卡玛次仁又带人来了。躲藏在外的降巴丹真在卡玛次仁所带领的人中,没有见到次郎尼玛,便叮嘱巴登、加措道:"你俩就候在这里,任何时候也别管我,天亮后我还没回来,你俩就回山寨去。"降巴丹真叮嘱完后,就一声不响地离开了藏身之处。

巴登、加措都是可以为降巴丹真舍命的弟兄,降巴丹真离开后,他俩便尾随在降巴丹真身后跟踪而去。

降巴丹真所去的地方是卡玛次仁的家。来到大门处的降巴丹真在观察院内的动静时，巴登和拉措来到了他的身边。降巴丹真呵斥两人道："你俩跑来干啥，不是叫你两待在原地吗？"

"大哥，"巴登回答，"我们是弟兄，死活都要在一起！"

降巴丹真无话可说了，只好吩咐巴登和拉措道："你俩就待在这，我进去发生了意外也别管我，出来时接应我一下。"降巴丹真吩咐完后，便越墙进了院子。

今晚院子静得出奇，连犬吠的声音也没有。降巴丹真已经预感到院子内设有埋伏，欲逾墙回撤时，埋伏在院子四周的十多条枪同时响了，子弹击起的尘土几乎遮挡了降巴丹真的视线。为了摆脱窘境，降巴丹真胡乱地开枪还击起来。

匍匐在门外的巴登、拉措听见院内的枪声，同时奋不顾身地逾墙进入院内，开枪还击起来，以掩护降巴丹真越墙离走。然而，陷入包围的降巴丹真无法脱身，唯有以死相搏。一番射击后，降巴丹真、巴登、加措的子弹耗光了，躲藏在暗处射击的卡玛次仁手下的兄弟才全部现身，将降巴丹真和他的兄弟团团围住。降巴丹真和他的弟兄不约而同地抽出了佩刀，开始了肉搏。在肉搏中，巴登和加措被训练有素两个卫士逼至了死角，降巴丹真不顾自己的危险处境，冲上去救自己的弟兄时，次郎尼玛出现了，一枪击在了降巴丹真的小腿上。降巴丹真踉跄了两步，险些跌倒时，次郎尼玛拎着枪走近降巴丹真讥笑着问："是你杀我？还是我杀你？"

"呸！"降巴丹真狠狠地朝次郎尼玛脸上吐了口唾液道："要杀要剐随你的便，二十年后老子又是条好汉，还要来要你的命！"

这时，在军营闻到枪声的二十多个藏兵策马赶来了，当领头的正要询问次郎尼玛的事情发生的经过时，卡玛次仁指着降巴丹真和巴登道："两个都是从前藏跑到拉萨来的劫匪！"

"你两个够胆够大，"藏兵领头的头目上下打量着降巴丹真和巴登道，"敢到拉萨来骚扰肇事！"

卡玛次仁对藏兵小头目道："今晚我要好好收拾他们一下，然后都送到郎孜厦，抽筋剥皮！"

……

且说马帮驮队离开了昌都踏上了去拉萨的路后，赶了一天路都很顺畅。次日中午他们抵达地名叫"象鼻山"的峡谷时，带头走在前面的扎西停下了脚步。田轩赶了上来问扎西："咋啦？"

扎西指着前面的地形道："转弯过去就是一眼望不到头的峡谷。"

"那，"田轩连忙问，"咋办？"

扎西回答："通知格桑拉姆她们生火做饭，我带些弟兄抄远路去摸摸情况。"

扎西带着十多个卓玛家的家丁离开后，用了一个时辰的时间，才绕道上了山顶。扎西用望远镜四处瞭望时，看见一支武装队伍驱马驰来。扎西急忙吩咐众人道："准备迎敌！"

家丁们随之做好了迎敌准备……

然而，这支武装队伍不是劫匪，是勇嘎率领前去昌都接应马帮的队伍。扎西用望远镜透过滚滚尘埃，看到了策马驰骋在队伍前面的勇嘎，不由得起身惊喜地对身边的郎吉道："是勇嘎！"

郎吉一把抓过扎西手里的望远镜，瞭望着兴奋地连连道："是勇嘎小姐！是勇嘎小姐！"

……

勇嘎带领的护院武装与马帮相遇后，勇嘎没见到降巴丹真和甲卡，便惊疑地询问卓玛道："怎不见甲卡和降巴丹真的人影？他们去哪啦？"

"甲卡没来，"卓玛卖弄关子道，"至于降巴丹真——你得去问田轩。"

"别提他！"勇嘎赌气地回答，"不说拉倒——我也不问！"

觉罗走了过来，关心地对勇嘎道："姐，听说你受了苦……"

"没事，"勇嘎爽快回答，"现在挺好！"

田轩硬着头皮走近勇嘎问："这两天你在拉萨见过降巴丹真没有？"

勇嘎打量着田轩问："你是谁呀？"说罢转身就离开了。

勇嘎虽然在田轩面前摆出一副神气模样，但是内心却犹豫不安。因为她从田轩问她的话里，知道降巴丹真又回拉萨杀次郎尼玛去了。顿时，内心忐忑起来……

马帮驮队和护院武装，足足赶了三天路，才抵达拉萨。

……

今晚勇嘎家府邸非常敞亮，勇嘎母亲，按照旺竺卡玛的安排，于昨天下午在旺竺卡玛家的家丁陪同下回到了府邸。

勇嘎母亲在府邸大门处迎上率先回来的女儿、卓玛和欧阳慧敏时，翁姆顾及不了欧阳慧敏，惊喜地拥着卓玛道："卓玛，我的好侄女——婶婶想死你啦！"

勇嘎为了不让欧阳慧敏遭到冷遇，向母亲介绍欧阳慧敏道："阿妈，这就是我给你说过的欧阳小姐！"

欧阳慧敏唤翁姆道："伯母好！"

翁姆满怀喜悦地打量着欧阳慧敏道："漂亮！漂亮！"

翁姆在与卓玛、欧阳慧敏寒暄时，牵着马跟着驮队后面的田轩，来到大门前迎上翁姆连忙唤道："阿妈！"

"田轩！"翁姆拉起田轩的手，连连夸奖道："勇嘎父亲没有看错你，好样的！好样的！"

"老夫人，"伽玛喊着翁姆道，"姑爷和客人累了一天啦，你们都去客厅说话吧。"

"去客厅，去客厅！"翁姆连连说着，就要拉起田轩去客厅，田轩向翁姆道："阿妈，你们先去一步，我跟着就来。"

"那你别耽误久啦，"翁姆高兴地回了田轩一句，拉起卓玛和欧阳慧敏的手，便去了客厅。

第三十二章　勇嘎寻人闯虎穴　汪堆护人离拉萨

卓玛、欧阳慧敏随同翁姆来到客厅刚刚落座，卓玛的侍女就拎着卓玛的皮箱进屋来了。卓玛从侍女手里接过皮箱，从皮箱里取出件狐皮大衣，双手奉给翁姆道："婶婶，阿爸托我带给你老的礼物。"

翁姆从卓玛手里接过虎皮大衣，手抚了抚大衣的毛质，爽快地道，"替婶婶谢谢你阿爸！"

伽玛为欧阳慧敏斟好茶，正要给卓玛斟茶时，勇嘎出现在客厅门前，唤伽玛道："伽玛你出来一下，我有话问你。"

在客厅门外，勇嘎问伽玛道："你知道家里的仆人都去了哪吗？"

"能卖的都被次郎尼玛卖啦，"伽玛回答道，"不能卖的，被遣送回家了。"

勇嘎吩咐伽玛道："你想办法，把能请回来的，都请回来。"

"小姐放心，"伽玛高兴地道，"遣送回家的，没有一个不愿意回来的。"

……

夜已经很深了，劳累了一天的田轩刚进入梦乡，就被急促的敲门声惊醒。田轩披着大衣打开房门，问敲门的卓玛道："深更半夜的——什么事呀？"

"勇嘎不见啦，"卓玛着急地回答，"找遍了整个宅子都不见人！"

田轩挠着自己的头皮道："她会去哪呢？"

"废话！"卓玛斥责道，"我知道还会来问你！"

隔壁的房门开了，赖三出门来道："小姐一定是去找降巴丹真去了。"

田轩连忙问："你怎么知道她是去找降巴丹真？"

赖三回答："小姐向我打听过降巴丹真。"

"那你说，"田轩催问赖三道，"勇嘎会去哪里找降巴丹真？"

"这……"赖三为难地道，"我哪知道啊！"

田轩性急地催促赖三道："你快，快去叫上弟兄们进城去找！"

田轩、卓玛、扎西、郎吉、汪堆及勇嘎家的家丁赶来到勇嘎家设在城里的商铺，只见到孤零零地耸立在夜色下的商铺，没有勇嘎人影。

卓玛问田轩道："现在咋办？"

"去卡玛次仁家！"

且说，从勇嘎知道降巴丹真来拉萨的消息后，心里一直都在为降巴丹真和他的弟兄的安全担心，所以待卓玛和欧阳慧敏躺下后，自己便悄悄地溜出了府邸去了自己家开设在城里的商铺。勇嘎进了商铺的院门，巡查遍了整座营业楼，也没见到降巴丹真和他兄弟的人影，于是便策马去了卡玛次仁的宅院。

勇嘎来到卡玛次仁家的宅院大门前，见大门紧闭，整座宅院没有一点声响。她刚要逾墙进院时，院内豢养的狗就疯狂地咬叫起来，随即院门打开，七八个卡玛次仁手下的卫兵，在卡玛次仁的带领下随同狗冲出了院门。

狗充当了卡玛次仁的向导，在狗狂叫着直冲向勇嘎时，勇嘎开枪了，一枪将狗击毙。勇嘎的枪声，招来了卫兵的还击。勇嘎只好且战且退，当勇嘎快退至开阔地，自己将暴露无遗时，田轩他们赶来了。田轩他们一阵还击的枪声响罢，卡玛次仁及他手下的卫兵全都退缩回了宅院，并掩上了大门……

勇嘎随同田轩一行回到府邸后，田轩怒斥勇嘎道："难道你没去考虑独闯虎穴的后果！"

"事情都翻篇啦，"欧阳慧敏劝解田轩道，"再责怨也没有意义。"

伽玛为田轩斟好茶，唤田轩道："姑爷，请用茶。"田轩端起茶碗喝了口茶后缓了缓情绪，和颜悦色地对勇嘎道："你也半天没喝茶啦，喝点茶吧。"

……

次日一早，旺竺卡玛带领全家上勇嘎家来了。翁姆、勇嘎、欧阳慧敏、卓玛、田轩、小扎西在门外迎接到客人时，勇嘎向欧阳慧敏介绍旺竺卡玛的儿子、儿媳——卡孜玛和多桑，以及旺竺卡玛的孙子卡洛。同时，特意对卡洛道："她是小姨最尊贵的客人——快叫欧阳阿姨！"

卡洛甜甜地叫了欧阳慧敏一声："欧阳阿姨！"

卡洛同小扎西年龄相当，便不分彼此地拉起手跑到别处玩去了。

翁姆请哥哥和侄子和侄儿媳去客厅落座后，旺竺卡玛向欧阳慧敏问起了她来拉萨的原因，欧阳慧敏把编辑出版画册的事告诉旺竺卡玛后，旺竺卡玛提出自的见解道："现在拉萨的政治局势相当混乱，英国、美国都在拉萨干涉西藏的事务，他们在拉萨开办医院、建无线电技术学校，从表面看是在帮助拉萨建设，实质就是派大量特务在拉萨搞颠覆活动。妄图将西藏从祖国版图分裂出去！"

"老人家，"欧阳慧敏唤旺竺卡玛道，"你所说的情况，在我们来拉萨的路上，红军首长就向我和田老板谈起过。得道多助，失道寡助——美英帝国主义的阴谋一定不会得逞。"

旺竺卡玛坚定地道："我也深信——美英帝国主义的阴谋一定不会得逞！"

"我正在着手编纂一本揭露美英帝国的画册，"欧阳慧敏兴致勃勃道，"让全世界人民知道美英帝国在西藏玩弄的政治伎俩。"

"欧阳小姐，"旺竺卡玛充满感激地说，"你为西藏人民做了件大事——我代表热振活佛，代表西藏人民感谢你！"

……

旺竺卡玛全家在勇嘎家吃罢了午饭才告辞离开。大伙送走了来访的客人后，田轩打算去库房清点货品时，欧阳慧敏来到田轩身边笑着道："谢谢你照顾我来到拉萨……"

田轩惊疑地打断对方的话问："你这是辞行告别？"

"不是辞行，也不是告别，"欧阳慧敏笑着回答，"去趟英国住拉萨办事处，了解下情况。"

田轩自告奋勇地道："我陪你去！"

欧阳慧敏微微一笑道："我知道你想去见理查德！"

"不但想见他，"田轩愤愤地道，"真恨不得狠狠地揍他一顿！"

"我知道你对像理查德一样的英国人有切齿之恨，"欧阳慧敏认真地说，"像理查德一样分裂主义政策的帮凶，你就是杀了十个，也只能说了却一时的痛快，但是了却不了英帝国主义分裂西藏的企图。"

田轩试探地问："你的意思是不用我陪你去？"

"商铺不是要准备营业吗，够你忙的，"欧阳慧敏回答，"我已经和卓玛商量定了，卓玛陪我去！"

……

英国住西藏办事处已改换成印度驻拉萨代表处，门前还设立了门岗，背着毛瑟枪的印度士兵在大门处走来走去。欧阳慧敏和卓玛被门岗拦下，欧阳慧敏拿出证件后，门岗去了办公楼，唤来主事的官员，这位官员反复查看了欧阳慧敏的证件后，才带欧阳慧敏进了办公楼。

接见欧阳慧敏的印度官员随便看了下欧阳慧敏的证件，回答道："英国驻拉萨的办事机构，已经撤走，由我们印度驻拉萨代表处代为处理遗留问题。我要告诉你的是——英国《环球地理》杂志总社已经取消了出版《一个需要拯救的民族》。"说着从办公桌的抽屉拿出一份文件和一封由香港分社约翰总给欧阳慧敏个人拍发的电报。

欧阳慧敏看罢文件，悉知了总社取消编辑出版画册的原因，是因为英政府忙于解决国内经济危机，以及迫于冷战时期的军备竞赛，政府无法再顾及西藏问题。

欧阳慧敏早已不希冀画册的出版，从她与红军首长交谈后的那天起，她就坚定了以个人名义编纂并出版《西藏：一方被虎视眈眈的神奇土地》的决心。同时，依据自己这趟来拉萨的经历，以及搜集到的藏族风土人情资料，也足够她编纂出版书籍内容。

欧阳慧敏将文件退换给官员后，官员对欧阳慧敏道："过两天有支印度的商队返回印度，小姐可以随商队去孟买，然后再改乘邮轮去英国或是香港。"

"谢谢！谢谢！"欧阳慧敏回答。

卓玛和欧阳慧敏出了代表处的大门，卓玛惋惜地对欧阳慧敏道："你辛辛苦苦来了一趟拉萨，却一无所获，我都为你感到不平。"

"我的收获够多了，"欧阳慧敏笑着道，"我了解了马帮，认识了西藏，结识了诸多的同胞姐妹——值！"

"那，"卓玛道，"画册还编纂吗？"

"一定编纂，"欧阳慧敏信誓旦旦地说，"我要让全世界人民知道雪域高原是神奇的土地，藏民族和汉民族都是亲如一家的兄弟姐妹！"

且说，马帮将货品运送到市内的商铺后，马帮兄弟、勇嘎、格桑拉姆、降央、绒佳、觉罗全都忙碌起来，搬运货品的搬运货品；打扫卫生的打扫卫生。正当大伙忙碌不停时，卓玛和欧阳慧敏赶来到了商铺。勇嘎连忙丢下手里的扫帚，迎上欧阳慧敏询问道："你打听的情况怎样？"

"别提啦，"欧阳慧敏回答，"英国住西藏办事处已经撤离了拉萨。"

"那好啊！"勇嘎兴奋地，"没有了外货的入侵，拉萨的生意更好做啦。"

"这只是英国迫于国内矛盾和冷战的需要暂时放弃，"欧阳慧敏道，"帝国主义是不会放弃分裂西藏的企图的——狼走啦，还有狗啊！"

勇嘎正要说什么时，街上哄乱起来，遍体鳞伤的降巴丹真、巴登、拉措带着手铐和脚镣瘸着腿被押解着从商铺路过。

当勇嘎、田轩、卓玛、欧阳慧敏及马帮们看见被押解的降巴丹真、巴登和加措时，都惊愕了。勇嘎欲前去问个究竟，却被卓玛和欧阳慧敏死死拉住；而田轩则铁青着脸，握紧了拳头……

降巴丹真、巴登、加措苦笑着向马帮拱手告辞。勇嘎大声呼唤着降巴丹真道："登竺！我会救你的！"

……

夜，繁星密布，微风习习，汪堆和欧阳慧敏都心情沉重地漫步在草原。

"汪堆哥，你人好，"欧阳慧敏歉意地，"为救我你差点……"

"别说这些，"汪堆打断欧阳慧敏的话道，"一切都是我甘愿的。"

"我感激你，"欧阳慧敏道，"我会把你珍藏在自己心底。"

"这样的话不必再说，"汪堆固执地道，"我要送你去孟买！"

"不行，"态度坚决地道，"你一个人返回拉萨我不放心！"

"别争啦，"汪堆坦然地道，"就这么定啦！"

……

次日是欧阳慧敏和汪堆出发的日子，当欧阳慧敏向卓玛、勇嘎、田轩、翁姆、觉罗挥手作别时，小扎西追了出来，唤着欧阳慧敏道："欧阳阿姨，我不要你走！"

欧阳慧敏搂着上小扎西道："小扎西乖，阿姨也舍不得我们的小扎西，听阿姨的话，乖乖地和阿爸、阿妈在一起，阿姨还会来看你的。"

小扎西眼眶盈满泪水道："你骗人！"

"阿姨不会骗小扎西，"欧阳慧敏道，"汪堆叔叔回来时，阿姨让他给小扎西带很多很多的礼物。"

降央拉过孩子，欧阳慧敏再次与众人挥手作别……

欧阳慧敏随同印度商队前往孟买，也是一段艰难的行程。商队就两顶帐篷，一顶帐篷要堆码运回印度的货品，一顶为人员住宿。由于男女同宿在一帐篷内，汪堆为保护勇嘎的安全，每晚都将自己的地铺紧挨着欧阳慧敏的地铺。欧阳慧敏一路上都受到汪堆的保护，对汪堆愈加充满了感激。

当汪堆陪同欧阳慧敏抵达孟买后，汪堆便向欧阳慧敏辞别道："小姐，我回拉萨啦，你一路保重！"

"我不许你一个人回拉萨，"欧阳慧敏严厉地，"随我去上海！"

"这不好，"汪堆道，"要花很多钱，路太遥远啦。"

"别争啦，"欧阳慧敏坚决地说，"就这么定啦！"

……

随同欧阳慧敏登上邮轮那天，身着西装的汪堆迎风站在船头，惊喜地眺望着一望无际的海面，兴奋地对身旁的欧阳慧敏道："大海真是美丽、辽阔！"

船尾掀起的白色海浪渐行渐远……

第三十二章　勇嘎寻人闯虎穴　汪堆护人离拉萨

第三十三章
降巴丹真回府邸　田轩觉罗离拉萨

且说，自那天勇嘎在市区自己家的在商铺门前看见降巴丹真、巴登、加措戴着脚镣手铐被押着从街头走过时，就决心要救他们。

但勇嘎毕竟只是个刚踏入社会生活的女子，她根本不具备救登竺（降巴丹真）能耐，唯一能救登竺的人是她的舅舅——旺竺卡玛。

今天的天气极好，勇嘎的舅舅——旺竺卡玛吃罢早饭刚出门，管家就已经备好马车等候在宅楼门前。旺竺卡玛上了马车，车夫一声："驾！"马匹就"噔噔"地跑了起来。

旺竺卡玛去的地方是人称地狱的郎孜厦。他是为兑现对侄女的承诺，而特意去郎孜厦的。昨天，勇嘎来到舅舅家，告诉舅舅，降巴丹真是自己心爱丈夫的哥哥，自己失手已经打死了洛桑，如果降巴丹真再遭不幸，自己的婆婆就再没有了活路，自己也成了毁掉洛桑家的罪人。旺竺卡玛在为救降巴丹真的事犹豫时，勇嘎继续哀求舅舅道："舅舅，降巴丹真是侄女肚子里孩子的大伯，你救降巴丹真，就是救侄女啊！"旺竺卡玛在勇嘎的苦苦哀求下，只好答应了侄女的渴求，拉下脸面亲自去趟郎孜厦。

旺竺卡玛在拉萨是有脸面的人物，在拉萨政治领域中，他紧紧追随爱国的五世热振活佛，极力反对英帝国主义企图分裂西藏的阴谋，对西藏的分裂主义分子恨之入骨。所幸，当时是五世热振活佛执政，朝野中的亲英派势力，不敢轻举妄动。因此，那时的旺竺卡玛无论走到哪里，都受到执政官员的敬重，即使是亲英份子，也畏惧旺竺卡玛几分。

管家策马随同乘坐马车的旺竺卡玛来到郎孜厦的大门处时，郎孜厦监狱的管事已经等候在大门外。管事迎上旺竺卡玛恭敬道："大人请！"

旺竺卡玛在管事的引路下走到行刑室门前，一股恶心的恶臭扑鼻而来，旺竺卡玛倒退了一步后，掏出手绢，捂着鼻子才进了行刑室。

行刑室内潮湿幽暗，地上的血水散发着难闻的腥臭味。同时，行刑架上，还用铁链束缚着七八个受刑的人。在这些受刑的人中，就有降巴丹真和巴登。

"大人，"管事向旺竺卡玛介绍，"这两个就是卡玛次仁送来的罪犯——从康巴跑来拉萨的劫匪！"

旺竺卡玛环视着行刑室问："不是三个人吗？怎么只有两个？"

"回大人的话，"管事胆怯回答"一个已经剥皮死了。"

"死了的人就不追究啦，"旺竺卡玛向门外走着道，"剩下的两个我要带走！"

"老爷，"管事连忙跑到旺竺卡玛面前，跪在地上道，"没有得到达桑占堆老爷同意，小的不敢让老爷带走。"

旺竺卡玛愤怒地撂下一句："放肆！"说着大步出了屋门。

"大人！"管事扑通一声跪在地上，目视着将要走出门的旺竺卡玛，呼喊着哀求道："大人，小的只是个听命于人的人！"

旺竺卡玛没有理睬管事的呼喊，直接出门去了。

管事不敢惹怒旺竺卡玛，因为管事知道旺竺卡玛在西藏的上层中极有话语权。像自己这类小人物，得罪了大人物，结局就是解职回乡。最终管事只得求救于旺竺卡玛的管家，请他把人接走。

……

降巴丹真和巴登被接回到勇嘎家府邸已是中午时分。翁姆目视着马帮伙计从马车抬下降巴丹真和巴登，惊愕地把女儿叫到一旁问："告诉阿妈，这两个究竟是什么人？"

"阿妈，你就别管啦，"勇嘎回答，"都是朋友！"

"别忽悠阿妈"，翁姆呵斥女儿道，"给阿妈说句实话——究竟是什么人！"

勇嘎无可奈何地："是洛桑的哥哥。"

翁姆愤怒地大声道："劫匪！"

"阿妈！"勇嘎申辩道，"他们救过你，也救过女儿！"

翁姆怒不可遏地上前几步，呵斥马帮道，"把人给我扔出去！"

"阿妈，"勇嘎扑通一声跪在母亲面前道，"降巴丹真是女儿肚子里未出生孩子的大伯！"

翁姆惊愕了。

……

勇嘎和伽玛搀扶着翁姆回到客厅，翁姆对女儿道："我原以为你肚子里的孩子是田轩的孩子，告诉阿妈，这究竟是咋回事？"

"阿妈……"勇嘎眼眶滚出了泪水，哽塞地说不出话来。

"婶婶，"卓玛劝解道，"你就别逼问勇嘎姐啦，我会告诉你的。"

……

夜晚，翁姆来到女儿卧室，对女儿道："阿妈的好女儿，有事就别压抑自己，把心里的事都告诉阿妈，阿妈替你……"翁姆说话的声音哽塞了，眼泪像断了的线似的从眼眶滚出……

"阿妈，别为女儿难过，"勇嘎泛笑劝解母亲道，"女儿不是过得很好吗？"

翁姆拭着泪水问："阿妈担心的是你和田轩的婚事。"

"阿妈，"勇嘎安慰母亲道，"你就别操心啦，女儿再不嫁人，这辈子就陪着阿妈。"

第三十三章　降巴丹真回府邸　田轩觉罗离拉萨

"那，"翁姆为难地，"田轩怎么办？"

"田轩聪明，"勇嘎回答，"过了这阵子，他会理解我。"

……

格桑拉姆、降央、绒佳、觉罗来到勇嘎家府邸后，巡视了厨房后，主动承担起了做饭的事务。藏族的早餐通常都很简单，就是喝酥油茶、吃糌粑。不过贵族和有钱人家、穷人家所喝的酥油茶区别在于，穷人家喝的酥油茶就只在浆桶里放上酥油、茶、盐打成乳白的茶汤便谓之酥油茶了；而有钱人家的酥油茶，除了必不可少的茶、酥油、盐外，还要添加鸡蛋、核桃仁、芝麻、花生，以增加酥油茶的浓香和营养。当然，勇嘎家的酥油茶便是如此。降央将打制好了的酥油茶，从"浆桶"倒入茶壶后，递给觉罗道："给老夫人送去。"

觉罗拎着茶壶刚进翁姆卧室，遇上伽玛端着面盆出门，觉罗只好亲自去翁姆住室为坐在火盆桌边的翁姆斟茶。觉罗在斟茶时，无意间露出了戴在手腕上的手镯，翁姆便问道："你是觉罗？"

"回老夫人的话，"觉罗回答，"小的是觉罗。"

翁姆客气地对觉罗道："坐，坐！"

觉罗局促地不知如何是好。

"坐，"翁姆对觉罗道，"我有话问你。"

觉罗胆怯地慢慢坐下后，翁姆问："你家里还有什么人呀？"

"除母亲健在外，"觉罗回答，"还有一个哥哥。"

"能告诉我你不愿意回家，要侍奉田轩的原因吗？"

"田老板救了我，让我从奴隶成了平民，"觉罗回答，"觉罗感恩，甘愿一辈子在老板和小姐身边侍奉。"

翁姆泛笑对觉罗道："我想收你做我的女儿。"

"老夫人，"觉罗"扑通"一声，跪在老夫人面前道，"觉罗不敢，觉罗从来没有这样的奢望——只为感恩田老板，感恩小姐！"

"就这么定啦，"翁姆道，"我不想再听到从你口里老夫人、老夫人地叫我。"

觉罗看着翁姆连连口吃地："我……我……"

翁姆亲昵道："以后叫我阿妈！"

觉罗怯生生地应道："阿妈！"

"我的好女儿，"翁姆起身，连忙拉觉罗在自己的身边坐下后高兴地说，"我有俩女儿啦！"

觉罗羞涩地："阿妈……"

……

吃罢午饭，田轩对还在吃饭的赖三道："下午你就别去商铺，跟我去库房核对货物。"

"你别忙活啦，"同桌吃饭的卓玛神秘地对田轩道，"你岳母有好事告诉你。"

"别开玩笑啦，"田轩自嘲地，"我就是个孤人命，有啥岳母？"

"不是开玩笑,"卓玛泛笑道,"我婶婶有话对你说。"

……

田轩来到客厅,翁姆笑盈盈地对田轩道,"过来——挨着阿妈坐。"

"阿妈,"田轩坐下问翁姆道,"刚才卓玛对我说,您老有事找我?"

"给阿妈句实话,"翁姆亲昵问,"你爱觉罗吗?"

"阿妈,您老说到哪去啦,"田轩泛笑回答,"我和觉罗只是普通朋友,有啥爱与不爱。"

"觉罗是我的女儿,"翁姆道,"我打算把觉罗嫁给你,这样你永远都是我罗松泽仁家的女婿。"

"阿妈,觉罗我们就再不提啦,"田轩坦诚地,"阿爸,对我田轩有恩,对我田家有恩,相信我,我永远都是您老的儿子。"

翁姆苦恼地连连摇头。

……

田轩走后,翁姆向门外呼喊道:"伽玛!"

伽玛进门唤了声:"老夫人!"

翁姆对伽玛道:"觉罗现在是我的女儿,你去把裁缝师傅请来,给她做几身衣服。"

……

伽玛是个办事利索且又聪明的侍女,下午她就请来了拉萨城最有名的裁缝师傅。当裁缝师傅要为觉罗比量尺寸时,觉罗连连推辞说:"我的衣服都是新做的,不用再添啦。"

伽玛解释道:"你现在是府邸的小姐,这是老夫人的心意。"

觉罗矜持不住伽玛的劝说,只好让裁缝师傅为自己比量起尺寸来……

第二天,裁缝师傅就叫店小二送来赶制出来的衣服。当觉罗更装后,去饭堂打水时,降央惊异地问格桑拉姆:"那是谁呀?"

"不认识啦——觉罗呗,"降央高兴地说,"现在觉罗是府邸的二小姐!"

"我明白啦,"格桑拉姆兴致勃勃地说,"二小姐嫁给了田老板,田老板就是府上名正言顺的女婿!"

……

勇嘎家府邸一天比一天热闹起来,那些被次郎尼玛辞退了的下人(其中包括商铺的营业员)都陆续回到了府邸。翁姆看着家里的热闹气氛,心里痛快极了。掌灯的时候,伽玛把二三十个男女下人全都叫到客厅,翁姆向他们吩咐道:"你们都是我罗松泽仁家信赖的人,从今起,你们就按以前的分工各人做各人的事。"

下人们将要散去时,勇嘎唤伽玛道:"伽玛,你等等!"

伽玛转过身,勇嘎即刻向她吩咐道:"从今起你就是家里的管家,府邸的大凡小事以后都由你来管理。"

伽玛为难地:"我……"

勇嘎果断地道:"就这么定啦!"

第三十三章 降巴丹真回府邸 田轩觉罗离拉萨

"谢谢小姐！"伽玛欣然接受了勇嘎的安排。

……

夜，已经深了，明晃的月光洒在地上，仿佛给大地镀上了一层银。突然从大门处传来了嚷闹声，这嚷闹声打破了府邸原本的宁静，把府邸的主人、下人、马帮全都从睡梦中惊醒。

大门处，值守大门的家丁，横枪阻拦着两位驱马驰来的人。这两人不是别人，是炉城田轩家的马帮伙计。一个名叫汤祥福，外号汤巴子；一个名叫李德福，外号李二拐。

汤巴子向值守大门的家丁道："快让我进去！我是炉城田老板家的马帮，我有重要的事赶来到拉萨通知我们老板的！"

"不行！"值守大门的家丁回答道，"这么晚啦，主人们都睡下啦，有事，明天再来！"

"你再不让老子进去，"李二拐凶狠地叫道，"老子就不客气了！"说着就要抽出腰间的配枪。

值守大门的家丁"哗"的一声，也不甘示弱地拉动了手里长枪的机柄。

汤巴子拉住李二拐握枪的手，对值守大门的家丁解释道："误会，误会，大家都是兄弟，不是外人。"

被嚷闹声惊动了的田轩和其他马帮兄弟，披衣刚来到大门处，李二拐冲到田轩面前道："老板，徐大伯快不行啦，你得马上赶回去！"

田轩连忙问："这是咋回事？"

"你们离开炉城后，大伯一直都在惦念你，"汤巴子回答，"大伯他劳心劳累就一病不起啦。"

田轩着急起来，赖三安慰他道："老板你也别太急，大伯不会有事，吉人自有天相！"

听说徐大伯病得不轻，勇嘎、翁姆、卓玛都着急起来，府邸闹腾了一宿。勇嘎在客厅来回踱着步烦躁地连连道，"为啥是在这时候，这时候呀！"

卓玛劝解勇嘎道："你也别太着急，着急解决不了问题。"

"快，"勇嘎吩咐卓玛道，"你快去告诉田轩，叫他马上安排人管理商铺。"

卓玛来到田轩住室时，田轩和赖三正在住室商量启程赶回炉城的事。卓玛推开门走进门来，田轩连忙问："有事？"

"我是来传话的，"卓玛回答，"我姐叫我转告你，你回炉城之前，必须找一个能管理商铺的人留在拉萨，不然——你也别想离开拉萨！"

"这，"田轩一时丈二和尚摸不着头脑道，"这不是在为难我吗？"

"呆子，"卓玛泛笑道，"谁叫你是她家的女婿！"

田轩有苦难言地："我是哪门子女婿？"

"这话别对我说，"卓玛道，"自己去对我姐说！"

田轩无言以对，思索了会儿对赖三道："去把富贵给我叫来！"

……

伽玛带着富贵来到勇嘎的住室门前，伽玛敲着门："小姐！"

勇嘎闻声回答："门没关，进来吧。"

门被推开，勇嘎一见富贵连忙问："你有事？"

"回小姐的话，"富贵恭敬地说，"老板叫我留在拉萨，替小姐管理……"

勇嘎打断富贵的话，高兴地说："是你留下，这好啊！"

"我就想问小姐一句，"富贵道，"小姐信得过我富贵吗？"

"田轩信得过你，"勇嘎回答，"我勇嘎对你富贵放心！"

"那，"富贵难为情地，"绒佳也想留在拉萨，不知小姐……"

"绒佳留在拉萨好，"勇嘎高兴地，"好协助你打理商铺的事！"

富贵连连道："谢谢小姐，谢谢小姐！"

富贵走后，勇嘎叮嘱伽玛道："我明天要去炉城，你替我照顾好阿妈。"

"小姐放心，"伽玛回答，"我会照顾好老夫人的。"

……

当勇嘎把自己决定去炉城的事告诉阿妈后，翁姆指责女儿道："你挺着个肚子，哪也不能去！"

"老夫人说得对，"伽玛也劝解勇嘎道，"小姐，炉城你不能去！"

"万一徐大伯有个三长两短，"勇嘎着急地，"我就悔之不及啦。"

翁姆向伽玛吩咐道："你去把觉罗给我叫来。"

觉罗随伽玛刚进了客厅，翁姆就对觉罗直言道："你姐挺着个肚子，去不了炉城，阿妈想让你随田轩回炉城，替你姐为徐大伯尽孝。"

"阿妈，你和姐都放心，"觉罗回答，"你们不说，我也会回炉城替姐尽孝。"

勇嘎从里屋取出一金条递给觉罗道："你拿着，回到炉城后该操办的事，你自己拿主意操办。"

觉罗接过金条，回复道："姐，你放心，妹知道该怎么操办。"

……

田轩明儿一早就急赶回炉城，可是内心放不下降巴丹真和巴登，不知应该怎样安排他俩的去留。思来想去，最后还是决定由他俩自行决定。

降巴丹真和巴登的伤势也已好转，田轩刚踏进住室门，已经躺在床上的降巴丹真和巴登连忙起身坐起，田轩上前阻止着道："躺着，躺着！"

"老板，对不起，"降巴丹真愧疚地，"原谅我，不能随同你回炉城看望徐大伯……"

"什么都别说啦，"田轩道，"我是来给你们商量事的。"

"别说商量，"降巴丹真责备道，"有事你只管吩咐。"

田轩问："你和巴登兄弟伤养好后，有啥打算？"

"看来一时还杀不了次郎尼玛，"降巴丹真遗憾地，"回山寨呗。"

田轩郑重地："我本想留你们下来做马帮，既然要回山寨……"

"我们名声不好，"降巴丹真打断田轩的话，内疚地，"怕影响了老板的名声。"

第三十三章　降巴丹真回府邸　田轩觉罗离拉萨　323

"其他话就别说啦，"田轩直截了当地，"就留下来——跟着我做马帮！"
……
次日，天刚放亮，田轩和扎西一家就要出行返回炉城了。在府邸大门处，田轩叮嘱送行的郎吉、格桑拉姆、赖三、李二拐、汤巴子、富贵和绒佳道："拉萨的事，就拜托你们啦。"
其实，田轩所说的拉萨的事，说白了，就是要赖三、郎吉，及其他滞留在拉萨的马帮不能空手回到炉城，回炉城一定要将拉萨收购的诸如药材、皮毛及其他土特产运回到炉城。
"放心回吧，"赖三回答，"我们知道该怎么做。"
田轩和扎西一家，刚出了大门，卓玛、随同牵着坐骑的觉罗跟着走了出来，田轩惊疑地对觉罗道："我不是给你说好了吗，叫你留在拉萨。"
"别责怪觉罗，"卓玛替觉罗解释道，"你自己抬头看吧。"
田轩抬头往宅楼看去，只见勇嘎站在窗户前，目视着自己。
"看到了吗，"卓玛笑着道，"她安排的。"
田轩无话可说时，卓玛叮嘱觉罗道："记住——照顾好田轩。"
"姐，你放心，"觉罗微笑回答，"我知道！"
……
田轩、觉罗、扎西一家出发回炉城已经好几天了，在这几天的日子里，富贵为货栈的重新开张做好了充分准备。开张那天，货栈的新任掌柜富贵，头戴礼帽身着长衫，一副商人的派头。
在鞭炮声中，富贵、勇嘎刚剪断象征开门营业的彩带后，顾客就蜂拥地挤进了商铺……
商铺内货架上摆满了各类商品，顾客不是在用大洋购买商品，就是用药材或其他土特产兑换自己所需要的货品。
且说，田轩、觉罗和扎西一家离开拉萨后，足足赶了半月的路，才赶回到炉城。田轩刚进府邸院门，账房王耀祖老先生迎上田轩催促田轩道："老板快，大伯不行啦！"
田轩跑进室内，跪在床沿连声唤道："大伯！大伯！"
徐大伯的眼睛微微露出一丝微笑，憋足最后的一口气瞥了田轩一眼，便垂下了头。
"大伯，"田轩泪流满面哽咽地呼喊着，"大伯！……"
……
徐志富的灵堂就搭建在院内，披麻戴孝的田轩和觉罗分别跪在棺木的两侧，向前来凭吊的友人叩首致谢。降央和府里的其他女士则跪在一旁焚烧着纸钱。
徐大伯身前的好友纷纷前来凭吊，拉措老爷为亡者上香后，悲切地对田轩道："节哀……"
"会长，"田轩对拉措老爷道，"欧阳小姐……"
拉措老爷打断田轩的话："欧阳小姐的事以后谈，以后谈——节哀，节哀……"
……
徐大伯出殡那天，披麻戴孝的田轩手拄丧葬棍，一步一叩地跪行在棺木的前面，其后便是为徐大伯送行的队伍。扎西及府里的其他人员或是手执挽联、挽幛，或是向空中抛撒瞑钱……

徐大伯下葬后，账房先生王耀祖就按照汉族的习俗，把大伯原来居住的卧室，改做成了灵堂。按习俗，逝者下葬后，孝子还得尽孝为逝者守灵"七期"。所谓七期，即每七天为一期，田轩和觉罗得为大伯戴孝守灵七七四十九天。田轩和觉罗守灵都一个多月了。一天晚间时候，从雅安采办货品回到康定的扎西，同妻子一道前来看望田轩和觉罗。扎西劝解田轩道："田府的大凡小事都离不了你，你这么跪着不是办法呀——节哀顺变吧。"

降央搀扶着跪地的觉罗道："听姐的——起来！"

觉罗刚被搀扶起身，突感眩晕起来，降央紧紧地抱着觉罗连声呼唤："觉罗！觉罗！"

候在门外的女佣，闻声赶忙进门来，帮着降央把觉罗扶去了觉罗居住的房间。

觉罗被扶走后，扎西也把田轩扶坐在了椅上。一女佣在为田轩斟茶时，扎西对田轩道："你休息一会儿，我俩兄弟喝两杯——提提神！"

侍女为田轩端来茶，田轩刚端起茶杯欲喝茶时，王耀祖跑进灵堂，高兴地唤田轩道："老板，赖三、郎吉带驮队回来啦！"

田轩有气无力地问："人在哪？"

田轩话音刚落，赖三、郎吉、降巴丹真、巴登便走了进来。田轩起身刚欲站起，双脚却不由自主地颤抖，身子摇晃起来，赖三、降巴丹真连忙上前搀扶田轩坐下。

田轩问郎吉道："路上顺畅吗？"

郎吉回答："顺畅！"

田轩扭头问赖三："勇嘎她好吗？"

"小姐好！"赖三劝解道，"老板，听兄弟一句劝告——鸡毛蒜皮的事就别操心啦，身体要紧！"

田轩向降巴丹真和巴登微微一笑后，回头对大伙道："走，喝酒去！"

降巴丹真担心对田轩道："老板，你还是休息吧。"

"不碍事！"田轩说着，将手伸向扎西和赖三，自己憋着劲站了起来。

李二拐、汤巴子和其他马帮伙计早已围坐在桌前喝酒，大伙儿见老板由赖三、降巴丹真搀扶着连忙起身迎候老板。田轩被扶着落座便泛笑用手示意弟兄们道："坐，都坐，喝，喝酒，喝酒！"

年老的厨师为田轩端来银耳羹汤，对田轩道："少爷，你得先喝了银耳羹汤，才能喝酒。"

"刘叔，"田轩对厨师道，"谢啦！"

"谢啥呀，"厨师回复道，"是我的本分。"

田轩将桌上摆放的酒瓶递给扎西，对三人道："为弟兄们斟上！"

扎西在为弟兄们斟酒时，觉罗被降央和女佣搀扶着也来到饭堂。

觉罗在田轩身边落座后，厨师为她送上银耳羹汤，唤觉罗道："少夫人，你慢用！"

觉罗微笑时，田轩对厨师道："刘叔，别再叫少夫人，她叫觉罗！"

"少爷，我叫错了吗？"厨师解释道，"小姐手上戴的是你的定情物，我不叫少夫人，还能叫啥？"

田轩叹气道："以后也别再叫我少爷，叫我啥都行！"

"少爷你这是在为难你刘叔，"厨师道，"称呼你少爷都快二十年啦，我还真改不了口。"

"慢慢来吧，"田轩回复了刘叔一句后，端起酒杯对大伙道："弟兄们来，干一个！"

觉罗连忙抓过田轩手里酒杯，对诸位道："我替老板谢谢各位！"

"酒给我，"田轩斥责觉罗道，"你逞啥能呀！"

觉罗眼眶溢出泪水道："我不是逞能——你不能喝酒！"

田轩没有了言语，觉罗将酒杯伸向扎西、赖三、降巴丹真及巴登，与他们碰杯后，将酒一饮而尽。

……

今天是马帮们结算工资的日子，一早扎西全家三口从王耀祖那儿领到自己的和郎吉的工资后，就给郎吉送钱去了。

"咚咚"降央地敲了几下门后，格桑拉姆刚打开门，就得到了小扎西一声甜甜地呐喊："格桑拉姆阿姨！"

"调皮蛋！"格桑拉姆回了小扎西一声后，热情地对扎西两口道："快，屋里坐！屋里坐！"

在格桑拉姆和扎西两口说话时，郎吉也从屋里出来迎上扎西道："大哥，你真是贵客呀！"

扎西、降央被邀请进屋落座后，格桑拉姆在为客人斟茶时，扎西从怀里摸出一封银圆，置桌上对郎吉道："这是你去拉萨的工钱。"

格桑拉姆惊喜地从桌上拿起大洋，喜滋滋地对降央道："哟！这么多！"

降央兴致勃勃地对格桑拉姆道："里面有你的一份。"

格桑拉姆惊疑地问："我没做啥？老板也给工钱？"

"忘啦，"降央笑着道，"你是厨娘！"

格桑拉姆笑了，美滋滋地说："做马帮真好，跑趟拉萨就挣到这么多钱！"

扎西问郎吉道："兄弟，你还打算跟着田老板干吗？"

郎吉回答："大哥在哪，我郎吉就在哪。"

"老板叫我送小扎西去读书，"扎西解释说，"我得留下来随老板跑两趟雅安。"

"那，"郎吉迟疑地连忙问，"我……"

扎西回答："老板让你和赖三兄弟带队跑拉萨。"

"这……"郎吉为难地，"没和大哥在一块，这心里……"

"没事，"扎西拍着郎吉肩头道，"好好干！"

……

第三十四章

喜得贵子名洛桑　义结金兰识明华

田轩家商铺的生意向来很好，营业厅的各类货品琳琅满目。营业员们有的在忙着销售，有的在忙着从藏族老乡手里收购麝香、鹿角、虫草之类的贵重物资。在大伙忙的时候，觉罗随田轩走进店内，田轩走到收银台前，喊了年迈账房先生王耀祖一声："王叔！"

王耀祖抬头见是田轩，连忙起身："老板！"

田轩示意王耀祖坐下，向觉罗介绍道："王叔是看着我长大的，在这家里是长辈——要尊重王叔！"

觉罗礼貌地招呼道："王叔！"

王耀祖微笑着点头答应时，田轩对王耀祖道："王叔，以后你老只负责来往账目管理，乱七八糟的琐事，都交给觉罗管理。"

王耀祖高兴地连连道："好，好，好！"

觉罗正要说什么时，降巴丹真来到大门处直向她招手，觉罗以手势询问，是找田轩，还是找自己。田轩对觉罗的举动倍觉奇怪，扭头向外看去，见是降巴丹真，对觉罗道："他找你！"

觉罗出大门后，降巴丹真把她叫到一边道："我已有五六年没回家，想回家看一下老母亲。"

"降巴丹真大哥，你搞错了吧，"觉罗连忙道，"这事怎么问我，你自己对老板说不是更好吗？"

"你是管事，"降巴丹真道，"我对你说和对老板说不都一样吗？"

"你等等，"觉罗道，"我问问老板！"

觉罗回到营业厅，田轩问觉罗道："他啥事找你？"

觉罗回答："他想告几天假，回家去看老母亲。"

"他离开家有好些年啦，"田轩同意道，"是该回家看看老母亲。"

觉罗连忙问："你算同意啦？"

"我当然同意，"田轩叮嘱道，"转告他——快去快回！"
……

次日，降巴丹真策马跑了一整天的路，夜幕降临后，才赶回到自己家的门前。降巴丹真刚敲门，院子里的藏獒便咬叫起来。老阿妈提着盏马灯，走出宅楼问："谁呀？"

"阿妈，是我，"敲门的降巴丹真回答，"你儿子——登竺！"

老阿妈惊喜道："登—竺—！"丢掉了手里的马灯，忙去开门。

老阿妈将门打开，目视着儿子。降巴丹真亲昵地唤道："阿妈！"

老阿妈喜出望外地拥抱着儿子，眼眶溢出泪花道："儿——子——！"

降巴丹真被母亲搂着进院门后，在拴马时，对儿子道："你离家都快六年啦，阿妈想你想得眼泪都流干了。"

"阿妈，"降巴丹真安慰母亲道，"你看儿子不是挺好吗。"

老阿妈幸福地连连道："挺好！挺好！"

降巴丹真随同母亲上了二楼，在堂屋落座后，母亲为儿子斟着茶问："这些年你在外过得还好吗？"

"阿妈，"降巴丹真笑着回答，"好，很好！"

老阿妈斟好茶后，坐在儿子旁边，亲切地问："告诉阿妈，这些年去了哪？在干啥？"

"阿妈，"降巴丹真回答，"还是干自己的本行——马帮！"

"马帮好！"老阿妈兴奋地唠叨道，"听说你死啦，阿妈咋都不相信，我儿子福大命也大——咋也死不了！"

降巴丹真从褡裢取出两封银圆，递给母亲道："阿妈，这是弟媳托我带给你的。"

"弟媳？"老阿妈惊疑地问："你见过洛桑？"

"见过！"

"他好吗？"

降巴丹真苦笑着回答："他好！"

"他怎么不回家？阿妈天天都在盼他回家呀！"

"阿妈，你快有孙子啦，"降巴丹真避过洛桑的话题道，"听弟妹说，她生下小宝宝就要来接你去拉萨。"

"我快有孙子了，"老阿妈幸福地，"要做奶奶啦！"

降巴丹真被母亲的情绪感染，会同母亲幸福地笑了。

"告诉阿妈，"老阿妈急切问，"洛桑和勇嘎报仇了吗？"

降巴丹真沉默下来，低沉的声音回答，"没有。"

"没有就好，没有就好，"老阿妈唠叨地，"报仇是要付出代价的。"

降巴丹真顿时潸然泪下。

老阿妈惊异地连忙问："儿子，你咋啦？"

"没事！"

"没事，"老阿妈不相信似的问，"怎会流泪？"

"阿妈为儿子操心了五六年，"降巴丹真内疚地，"儿子心里有愧！"

"过去了的事不说了，"老阿妈笑道，"谈今天的幸福！"

"阿妈，"降巴丹真内疚地说，"明天儿子就要走……"

"不行！"老阿妈语气坚决地，"怎么也得在家陪阿妈住上三五天。"

"阿妈，儿子不能久留，"降巴丹真愤愤地，"一旦土司老爷知道儿子没死，他们会来抓儿子的。"

老阿妈苍老的脸上滚出硕大的泪珠。

……

时已初秋，再过几月就要过年了。过年前夕是商业销售的旺季，马帮必须赶在腊月之前把货品送往拉萨。于是由赖三、郎吉、李二拐等人十多人组成牦牛驮队就要远去拉萨了。在他们与田轩、扎西带队赶赴雅安的运输队临别时，田轩叮嘱郎吉和赖三道："一路上要小心，遇事要同弟兄们多商量。"

"放心，"郎吉回答，"我们一定安全去，安全回！"

在降央、格桑拉姆、觉罗及其田府其他人员的目送下，两支各奔东西的马帮相互挥手作别……

雪域高原离太阳最近，郎吉、赖三率领的马帮驮队驱使着驮物牦牛驮沐浴着阳光，驱使着牦牛向拉萨的行进时，远在拉萨的勇嘎临盆了。在接生婆的辅助下，一个"嗷嗷"直叫的男婴出世了。

接生婆兴奋地拉开房门，对翁姆道："恭喜老夫人，是个男孩！"

翁姆进屋，目视着睡在勇嘎身边的幼婴激动地双手合十道："佛祖保佑！佛祖保佑！"

勇嘎慈爱地为幼婴轻拭嘴角时，翁姆女儿问："给孩子起个啥名？"

勇嘎高兴地注目着婴儿道："——小洛桑！"

……

一晃小洛桑就"满月"了。这天，因为阳光明媚，勇嘎和母亲推着婴儿的童车，来到花园处享受初冬的阳光。勇嘎母女在逗弄小洛桑时，富贵驱马来到府邸，富贵将缰绳扔给值守大门的家丁，大步流星地走向勇嘎时，勇嘎劈头盖脸地问富贵道："打听到卓玛他们的消息了吗？"

"回小姐的话——打听到啦，"富贵回答，"两月前小姐就回到了扎脱。"

勇嘎询问富贵道："你还有事？"

"库房所有的货快售完啦，"富贵着急地，"不知道炉城的货，啥时才能送到拉萨。"

"别太着急，"勇嘎满不在乎地，"不出意外，这两三天就该到了。"

勇嘎的预料完全正确，当天傍晚，郎吉、赖三率领的驮队就抵达了拉萨。马帮在忙着卸货时，赖三、郎吉随伽玛来到了客厅。

翁姆高兴吩咐伽玛道："快去把姑爷给我叫来！"

"夫人，"伽玛为难地说，"姑爷——他没来。"

勇嘎一怔，起身将孩子递给旁边的女佣，女佣出门后，勇嘎热情地对赖三、郎吉

第三十四章　喜得贵子名洛桑　义结金兰识明华

道："站着干啥？坐下喝茶呀！"

赖三、郎吉坐下喝茶时，翁姆问郎吉："觉罗和田轩过得好吗？"

"回老夫人的话，"郎吉看了赖三一眼道，"觉罗小姐每天都跟随在老板身边，应该说——过得不错！"

"过得不错就好，"翁姆高兴地，"我也就不再为田轩操心啦！"

抱小洛桑出门去了的女佣又返回到客厅，对勇嘎道："小姐，小洛桑没见到你就一个劲地哭。"

勇嘎上前从女佣手里接过孩子抱在怀里。

赖三试探道："小姐，这孩子……"

勇嘎回答："是你的侄子——小洛桑！"

赖三上前一步逗弄孩子时，勇嘎问赖三道："你们老板为啥没来拉萨？"

"快过年啦，"赖三回答，"老板急着囤聚货品，在过年之前卖个好价——去雅安啦！"

……

且说，田轩、扎西率领的马帮，自从与赖三、郎吉率领的马帮驮队在康定分别后，已经在康定到雅安这条茶马古道上顺利地跑了两趟了。这次是田轩和扎西率驮队，第三次跑雅安。

那时，正值刘文辉修建"雅安至康定"的公路，沿途路上都是从雅安、天全、名山、邛崃、洪雅等地征调来的筑路民工。马帮驮队目视着沿途筑路的民工，田轩兴奋地对扎西道："这路修通啦，路就好走了。"

马帮驮队翻过二郎山，在山麓名叫"滥池"的地方，住宿了一夜，次日途经天全后，在雅安与天全、芦山三县的交界处，突然传来骤雨般地枪声。田轩用手势让队伍停下揣摩枪声响起的原因时，恰好一队由七八个男女组成的背夫队伍对枪声置若罔闻似的朝田轩他们迎面走来。

"老乡，"田轩叫住一个四十多岁男背夫问，"打听一下——前面发生了啥事？"

"能有啥事，"男背夫将背上的背夹倚在拐拐上，回答道："刘文辉的二十四军惹怒了地方势力，双方干仗呗！"

田轩不相信似的："地方势力也敢同正规军叫板？"

"有啥不敢？"背夫反问田轩道，"刘文辉要铲除路边的罂粟，侵犯了地方大爷的利益，地方大爷能答应吗？"

"刘文辉不是倡导种烟，用烟税补充军费收入吗？"田轩不解地问，"他为啥还要铲烟？"

"听说中央政府有大官要路过雅安，刘文辉担心泄露了种植鸦片的事，所以下令铲除路边的鸦片，这就得罪了地方大爷，"背夫愤慨道，"神仙打仗，百姓遭殃啊！"

……

青衣江两岸，二十四军下属的营长，指挥着麾下的士兵向对岸的地方势力射击……

隔江的地方势力中的一头目，嚷叫着对属下道："狠狠地打！大爷说啦，胜了这一仗，每人奖赏五个大洋！二两烟土！"

……

前面骤雨般地枪声，阻碍了马帮的行进。扎西问田轩道："我们咋办？"

"绕道去前面住一宿，"田轩回答，"明天赶到雅安。"

"大哥，"一位从后面赶来的着长衫的先生向田轩拱手道，"劳驾一下……"

田轩打量着问话的人道："有事？"

"我初来乍到，人生地不熟，"先生回答，"想同大哥随行一同绕道去雅安。"

"没事，"田轩爽快回答，"先生，你前面请！"

先生随同田轩的马帮驮队在翻山行时，枪声逐渐稀疏，日头也逐渐西沉……

田轩的马帮驮队来到他熟悉的专供马帮和背夫栖止的骡马客栈。马帮驮队刚进了院门，老板娘迎上前来，故作惊喜地唤田轩道："哟！田老板，你真不简单——又添了这么多马匹——恭喜发财！恭喜发财！"

"老板娘，"汤巴子嗤笑道，"你那小嘴还真甜——溜须拍马——一套接一套！"

"小兄弟，"老板娘教训般地对汤巴子道，"这不是溜须拍马，是恭维你们老板！"

……

那位同马帮一道绕路同行的先生也是个闲不住的人，见马帮个个都在忙卸货，便默不作声地帮着马帮将卸下的货搬运到店内。马帮卸完货后，田轩邀请先生一块共进晚餐。先生与马帮共同饮酒时，田轩向先生询问道："请问先生尊姓大名？"

"言重啦，言重啦，"先生拱手回答："我姓李——叫我李明华就行啦。"

"我叫田轩，"田轩道，"如果先生不嫌弃田轩是粗人——我俩义结金兰？"

"兄弟，"李明华高兴地道，"年庚几何？"

田轩回答："小弟生于民国五年。"

李明华爽快道："我大你三岁，是你大哥！"

田轩端起酒杯，起身道："大哥，小弟敬大哥一杯！"

李明华端起酒杯起身与田轩碰杯时，手臂佩带"纠察"字样袖套的军统武装人员闯进了客栈。

老板娘连忙笑着迎上前："长官，大驾光临，小店蓬荜生辉呀！"

"别装糊涂，"一长官厉声道，"我们是奉命搜查'共党'的！"

"什么共党、私党的"老板娘赔着笑脸道，"我这就是下人住的骡马店。"

长官目视着喝酒吃饭的马帮问老板娘道："他们都是些什么人？"

"让你长官见笑啦，"老板娘回答，"住骡马店的能是什么人——不是背夫，就是马帮！"

长官走到一张张饭桌前，冷目打量着一个个马帮兄弟，最后将目光落在了身着长衫的李明华身上，厉声问："你是什么人？"

"马帮，"田轩起身道，"我的账房先生。"

长官转身面对田轩，从头到脚打量了一遍。

田轩解释道："我是他们的老板。"

长官问："你有铺保吗？"

"当然有，"田轩回答，"铺保在炉城。"

"什么炉城火城，"长官气势汹汹地道，"不要搪塞我！"

"炉城是老地名，"田轩赔笑解释道，"现在叫康定——康定！"

"我问的是雅安，"长官恶狠狠地，"不是问你康定！"

"长官，"田轩道，"雅安我也有保人。"

"有保人？"长官不屑地，"保人？姓啥名谁？家住哪里？"

"二十四军刘元瑄师长手下的旅长，"田轩回答："杨纯成！"

长官傲慢地说："别拿二十四军吓唬我！"

"长官，我说的是实话，"田轩解释道，"杨纯成是我的同学，高中毕业后，我做了马帮，杨纯成去了河北保定讲武堂。"

一位与长官亲近的人，把长官拉到一旁道："这些人不像是共党，我们也别把同二十四军的关系搞得太僵。"

长官将手一挥，闯进客栈的"军统"人员全都随长官出了客栈。

……

吃罢晚饭，劳累了一天的马帮都回住宿的房间休息睡觉去了。由于田轩与李明华刚结拜为兄弟，彼此都希望相互有所了解，于是便同住在一间屋里相互聊起了各自的身世。躺在张床上的田轩对李明华道："大哥，小弟有句话不知该问不该问？"

"客气啦，"李明华道，"问呗！"

"大哥，"田轩愧疚地，"小弟想知道大哥是什么人？在哪里高就？"

李明华没有马上回答田轩的话，而是起身打开房门，见住宿房的廊道静悄悄的，掩上门后才回答田轩道："兄弟，你我既已义结金兰，大哥告诉你实话——大哥是中共党员，今年年初受中共川康特委派遣在康定开展抗日救亡宣传组织工作，因为党内出了叛徒，康定的党组织遭到破坏，我们在康定的十多个共产党员全遭到军统特务的逮捕，被关押在金汤监狱。军统的人想拿我们向蒋介石请功，要把我们送往成都。刘文辉以西康匪患为由，向蒋介石力争由二十四军押送去成都。就在这押送路上，把我们全都放了。我们十多个同志有的去了汉源、有的返回去了泸定，我被安排去雅安。今天算是幸运，结识了你这位兄弟，躲过了一劫！"

刘文辉在向国民党中央上报材料称，由于在押送途中，遭遇土匪袭击共党不知了去向。军统的人对刘文辉的上报材料报以怀疑，一致认为是刘文辉在背后搞"鬼"，为了获得刘文辉"勾结"共产党的确凿证据，于是便派军统的特务，在西康各地搜寻逃跑的共产党。

田轩虽然对共产党接触不多了解甚少，但是他知道共产党是为人民谋幸福的救星。

于是对李明华道:"大哥,我见过共产党,见过红军,知道共产党是为人民大众翻身解放的救星,红军是共产党领导的替人民打天下的军队!"

"你说得对,"李明华回答,"共产党从她成立的第一天起,就担负起让人民翻身做国家的主人的责任!"

……

窗外月儿在云层里穿行,除了偶尔有稀疏的蟋蟀和青蛙的叫声外,大自然显得格外的宁静。今晚是田轩的不眠之夜,躺在床上田轩不能入睡,耳畔回响着李明华的话:"共产党从她成立的第一天起,就是为了让人民翻身做国家的主人!"

田轩叨念着:"人民翻身,人民翻身,人民翻身……"即刻他的眼前闪现出自己父亲撞死在拉萨街头的情景,以及逃跑奴隶遭受鞭笞,尼玛、桑珠姐妹的惨死……最后想到了周胖子,想起了周胖子所说的那句话——"参加红军这条路虽然漫长艰辛,但是为了千百万个像尼玛、桑珠一样的劳苦大众脱离苦难——就是死,也值!"

……

田轩回想着自己所经历过和目睹过的一切,默默地感叹道:"这个社会该结束了——人民该成为国家的主人了!"

微风习习,更阑人静……

次日午后,马帮驮队来到雅安,在西康码头,田轩将要与李明华分别时,李明华握着田轩的手小声道:"兄弟,大哥现在安全啦——谢谢你!"

田轩不舍地对李明华道:"我们是匆匆见面,又匆匆分别。"

李明华拍了拍田轩的肩头道:"我现在的身份是明德中学的教师,有事到明德中学找我。"说完转身离去了。

田轩目送卓李明华大声道:"大哥,我会来看望你的!"

……

第三十五章
贺新婚田轩醉酒　怀身孕觉罗还家

西康茶厂是陕西人在雅安开的一家规模较大的茶厂,自徐大伯从拉萨出来做马帮起就一直都在这家茶厂进货,可以说徐大伯是这家茶厂的关系户,也是老主顾。田轩接替徐大伯继任马帮后,仍然延续着这样的关系。田轩为了把雅安的采购事宜交给扎西,这天,便带着扎西来到了西康茶厂。

扎西随同田轩来到西康茶厂,茶厂的熊老板连忙丢下手里的事务,迎上田轩陪同田轩去生产车间和库房查验茶的质量。

当时的黑茶的生产、制作、包装都是按传统的生产法进行,茶叶要经过蒸、溜、发酵、烘干系列过程,才进入包装车间,再由工人将烘干了的黑茶放到模具,用大锤夯实成饼,然后用防潮纸包裹,最后装进竹篾编制的长条竹篓内后,才算完成整个工序。

田轩和扎西在熊老板的陪同下,来到产品包装车间,田轩和扎西各拿起一饼茶嗅闻时,陪同的熊老板自夸地对田轩道:"不是我熊某人夸口,这茶质量和口感,可以说享誉西藏,田老板我敢保证,有质量问题——一赔偿,二包换。"

"我们两家有一二十年的交情了,"田轩爽快地回答,"我信得过你熊老板!"

"现在的生意越来越不好做啦,"熊老板为难地说,"田老板,这次我……"

田轩打断熊老板的话道:"熊老板的意思——要涨价?"

"雨城都快成罂粟国了,茶农都不种茶,改种了鸦片,"熊老板焦虑地拭着额头冒出的汗道,"原料涨价,我也是没办法呀。"

"茶农不种茶?"扎西不解地问,"为什么?"

"一斤茶卖不了几钱,"熊老板回答,"卖一两鸦片的收入是茶叶的好几倍!"

"老板,"扎西对田轩道,"总不能贴钱买吆喝吧?"

"藏族同胞一天都离不了茶,"田轩果断地,"就是买吆喝也得进!"

……

且说,从田轩率队出发去雅安进货的那一天起,觉罗几乎每天都要去一趟喇嘛寺,跪在佛像前祈求佛祖保佑马帮驮队平安返回炉城。田轩他们出门已有十多天了,按照惯例，今天应该是马帮驮队返回炉城的日子。觉罗早已在大门处翘首期盼驮队的归来了，天渐黑时，降央出大门劝说觉罗道："回去吃饭吧，明天老板他们准会回来！"

"降央姐，"觉罗担心地，"你说老板他们会出事吗？"

"有佛祖保佑，啥事都出不了，"降央道，"听姐的话，回去吃饭！"

觉罗随降央来到饭堂，格桑拉姆为觉罗端上饭菜，觉罗拿起筷子又放下……

降央劝慰道："听话，怎么也得吃几口。"

觉罗再次拿起筷子时，院门外传来了马蹄声，觉罗惊喜地："田轩他们回来啦！"丢下筷子就往门外跑……

田轩率领驮队刚进了院内，王耀祖迎上来连连道："辛苦啦，辛苦啦！"

觉罗见到田轩，拉起田轩的手就往饭堂走。

田轩惊疑地问："啥事呀？"

"啥时候啦，"觉罗关心地，"还没饿吗？"

"大伙还要忙着卸货，"田轩连忙解释道，"我就去吃饭——不好。"

觉罗不理睬田轩的解释，恣意要拉田轩去饭堂。

……

田轩同马帮弟兄喝足了酒、吃罢了饭，已是夜深人静的时候，他回到住室。觉罗就从饭堂为他打来热水，田轩即刻责备觉罗道："不是给你说过多少次了——我们是平等的，我个人的事——你别管！"

觉罗没有理睬田轩的话，推田轩坐在床沿，欲给田轩拖鞋时，田轩起身，走向窗户道："我不需要你的侍候，你走吧！"

觉罗的眼睛湿润了，走到田轩身后，拦腰抱着田轩，委屈的泪水夺眶而出……

次日，田轩在查看库房时，随同的王耀祖目视着库房堆积如山的货品对田轩道："再没有地方存放货啦，过完年送往拉萨的货也足够啦！不知道赖三、郎吉他们啥时候才能回来？"

"你用不着担心，"田轩劝慰王耀祖道，"他们一定回赶回来过年。"

……

瑞雪飘飞，炉城四围的群山都被白雪覆盖。但是，严寒并没有冷却人们迎接新年的热情，家家户户都不是贴上迎新的春联，就是在悬挂充满喜庆的大红灯笼。

除夕之夜，在辞旧迎新的爆竹声中，田轩和觉罗来到马帮宿舍，向每一位马帮一边发着红包，一边恭贺道："新年好！新年好！"

新年的早晨，吃罢"圆宝"的马帮，有的在晒太阳，有的在打长牌，田轩、赖三、李二拐、汤巴子在打麻将。

赖三高兴地推倒了牌嚷了声："满贯！"继而站起催促田轩、李二拐道："给钱！给钱！"

……

田轩他们玩得正兴致时，拉措老爷和他在上海做生意的弟弟——次仁丹真乘坐马车

第三十五章　贺新婚田轩醉酒　怀身孕觉罗还家

驶进大门来了。

田轩喜出望外地上前迎接："拉措老爷，新年好！新年好！"

下车的拉措老爷向弟弟介绍道："他就是田轩——田老板！"

田轩自谦道，"晚辈——田轩！"

拉措老爷对田轩道："这是我在上海做生意的弟弟————次仁丹真！"

田轩握着次仁丹真的手："久仰！久仰！"

过年是一年中最喜庆的日子，田府也按照藏族的习俗，以核桃、花生及油炸徽子之类的食品，招待客人。田轩请拉措老爷和次仁丹真在客厅落座后，觉罗上前敬茶，拉措老爷问觉罗道："你就是觉罗姑娘吧？"

"回老爷的话，"觉罗回答，"小女子是觉罗。"

拉措老爷向次仁丹真道："他就是田老板救出来的女奴。"

"我听欧阳小姐说过这事，"次仁丹真边说边向随同进门来的车夫挥了挥手，车夫忙将拎来的旅行包放在桌上。

田轩疑惑道："这……"

次仁丹真从兜里取出一封信，随桌上的旅行包一并推向田轩道："这是欧阳小姐请我带来的礼物。"

田轩感激地："欧阳小姐真是太客气啦。"

"欧阳小姐和他的父亲很感激你，"次仁丹真道，"她父亲托我转告你，请你和觉罗小姐去上海做客！"

"顺便问一句，"田轩问次仁丹真道，"老爷在上海见过汪堆吗？"

"见过！"次仁丹真高兴地说，"汪堆对电工感兴趣，在小姐父亲的纱厂学习电工——现在能独当一面啦！"

"汪堆平时给人的感觉——头脑简单，"田轩兴奋地，"真没想到还能成为电工师傅！"

拉措老爷撩起衣袖看了看手表，对田轩道："快中午啦，我们该回啦。"

"新年期间哪有来了就走的道理，"田轩道，"再说我和次仁丹真老爷是第一次见面，怎么也得吃了午饭再走。"

"不必啦，"拉措老爷起身道，"我弟弟还得去亲戚家拜年。"

田轩和觉罗将拉措老爷兄弟俩送出大门，回到麻将桌边欲坐下时，汤巴子对田轩道："赖三走啦，'三缺一'！"

田轩问："赖三去哪儿啦？"

"他能去哪？"汤巴子回答，"找甲卡呗！"

节日的街市行人熙攘，赖三和甲卡穿梭在人群中。当他俩来到人头攒动的地摊处时，见一位藏族商贩在高声叫卖："先生们、女士们，走过、路过，优质的瑞士名表不能错过，瑞士名表减价啦，任挑任选二十个大洋一只……"

赖三和甲卡来到地摊处，赖三看上了"瓦斯真"的女表，拾起来递给甲卡试戴。

"啥意思？"甲卡惊疑地问。

"——给你买呀！"

甲卡朝前走了几步，转过身前倾身子对赖三道："我不稀罕！"

"那，"赖三笑道，"我自己买，自己戴！"

"你一个马帮，"甲卡斥责赖三道，"戴什么表呀？"

"不就二十块大洋吗？"赖三嬉皮笑脸地，"洋盘洋盘。"于是花了二十块大洋，买了只"欧米茄"男士手表。

……

赖三戴着名表回到田府，得意地在马帮兄弟面前炫耀时，汤巴子讥讽他道：

"你呀，戴个表四不像，就像是个假洋鬼子"。

"你他妈就是个土包子，"赖三嗤笑汤巴子道："知道啥叫'赶时髦'吗？——呸，说我假洋鬼子，我看你是吃不上猪肉，说猪毛臭！"

……

且说，田轩送走了拉措会长和他的弟弟次仁丹真回到客厅，便将欧阳慧敏委托次仁丹真送来的信详看了一遍，然后打开旅行包，从包里取出一盒包装精致的衣服给觉罗道："你的！"

觉罗接过礼品盒兴奋道："真漂亮！"说着打开盒，甜蜜地对田轩道："我是沾你的光！"

"说的啥呀，"田轩斥责地，"欧阳小姐信上说啦，你、卓玛、勇嘎、甲卡、降央、格桑拉姆你们每人各有一件。"

"我太幸运啦，"觉罗激动地说，"天下的好事，怎么全都落在了我的头上！"

"别感叹啦，"田轩道，"快去试试！"

觉罗没有离开客厅，脱掉藏袍，穿好礼服，左右转动着身子问田轩道："漂亮吗？"

田轩目视着觉罗："漂亮！"

觉罗上前问："爱我吗？"

田轩激动地一把将觉罗拥入怀中。

觉罗微闭眼睛，等待着田轩的亲吻……

田轩犹豫了，推开觉罗连忙就要出客厅门。

"站住，"觉罗的眼眶噙出了泪水，"我知道你爱勇嘎姐，我不会夺走你心中的爱，只想报答、感恩……"

田轩心情沉重地出了客厅门。

……

田轩的心情纠结极了，他策马来到折多河畔，伫立在河滩，眺望着远处的贡嘎山雪峰，视线模糊了，仿佛勇嘎笑盈盈地向自己姗姗走来。他高兴地露出笑脸欲迎勇嘎时，勇嘎脸上的笑容消逝，即刻转换成了横眉冷眉……

田轩沉浸在痛苦的思绪中，觉罗赶来了。觉罗在田轩身后搂着田轩的腰，劝慰道：

"别这么沮丧，我们还得去参加郎吉的婚礼。"

……

郎吉因为没有住房，所以和格桑拉姆的婚礼不得不在格桑拉姆家举行。洞房里燃着红烛，身着新婚盛装的格桑拉姆羞涩地坐在床沿，郎吉走至他的身旁，给她送去深情的一吻……

传来甲卡甜美的歌声：

> 篝火映红了幸福的笑脸，
> 欢快的锅庄是衷心祝愿：
> 祝福新人新婚幸福，
> 祝福新夫妻幸福永伴。
> 跳呀，我们尽情地欢跳，
> 跳出衷心祝愿。
> ……

格桑拉姆和郎吉出洞房，来到宅楼前的院子。这里篝火熊熊，向格桑拉姆和郎吉祝福的人们，随着甲卡的歌声围着篝火翩翩起舞。

这边的舞者在尽情地舞蹈，那边田轩、扎西和其他马帮兄弟则在开怀畅饮……

坐在父亲旁边的小扎西喊着田轩问："田叔叔，大人都要结婚吗，你啥时结婚呀？"

田轩逗小扎西道："田叔明天就结婚好吗？"

"郎吉叔的新娘是格桑拉姆阿姨，"小扎西问，"你的新娘是谁呀？"

田轩反问："你想是谁？"

小扎西天真回答："——觉罗阿姨！"

田轩指着小扎西额头笑道："调皮蛋！"

小扎西翻着白眼球看了田轩一眼。

郎吉和格桑拉姆向各位敬酒时来到田轩和扎西的座位处，格桑拉姆感激地问："田老板谢谢你的光临！"

"谢啥呀，"田轩笑着回答，"你和郎吉兄弟的大喜事，我怎么也该来祝贺你们！"

"老板，"郎吉一手端着酒碗，一手拿着酒壶对田轩道，"我郎吉不会说话，我代表格桑拉姆敬你一碗。"

田轩起身将酒碗递到郎吉面前，郎吉为田轩斟上酒，两人相互亲昵地碰了下碗后，将酒一饮而尽。

……

欢悦的歌声在夜空回响，舞者还在尽情地舞蹈，饮酒的人们仍在开怀畅饮……

郎吉和格桑拉姆的婚礼还在高潮时，田轩就已经被马帮兄弟给灌醉了。赖三驾驭马车把田轩载回到家已是夜半时分。赖三、汤巴子把醉酒的田轩扶回到卧室放在床上，赖三向觉罗微微一笑后，同汤巴子离开了住室。

觉罗为昏睡的田轩脱掉衣裤鞋袜，站在床沿沉思了半晌后，毅然脱去了自己的衣物，灭掉了酥油灯与田轩同床共眠……

月儿羞涩地躲进了云层，星星欢快地眨着眼睑……

田轩从睡梦中一觉醒来，已是天边露曙的时候，当他看见躺在旁边的觉罗顿时惊呆了……

觉罗坐起来坦然地笑道："你再睡会儿，我去给你打水。"

田轩木讷地注视看着觉罗穿衣。觉罗穿好衣服，下床后吻了下傻乎乎地看着自己的田轩后，端着铜面盆要刚要离开屋子时，田轩叫住她道："等等！"

觉罗转身目视着田轩，田轩内疚地对觉罗道："对不起！"

觉罗泛笑反问道："有道歉的必要吗？"

田轩无言可答，觉罗"吱"的一声，打开房门出屋去了。

觉罗在厨房打了盆热水回到住室时，田轩已经下床，他尴尬地注视着觉罗，觉罗坦然地对田轩道："别为难自己，我感到的是幸福……"

"觉罗，"田轩上前一步搂着觉罗的双臂道，"我们结婚吧。"

觉罗幸福地依偎在田轩怀里，甜蜜道："过些日子我们才说结婚的事好吗？"

田轩爽快地："我依从你，什么时候都行！"

……

过完新年田轩的马帮驮队又得运送货物远赴拉萨。在他们出发时，觉罗叮嘱田轩："一路小心，照顾好自己！"

一晃田轩他们出发去拉萨已有一周的时间了。这些天来，觉罗一直都坐立不安，每时每刻都在惦念着田轩：更深夜静的时候，她担心寒风会不会使田轩着凉；烈日高挂的时候，她担心田轩会不会被烈日灼伤。格桑拉姆和降央看着觉罗整天忧心忡忡，饮食难咽的样儿，也在为觉罗着急。

一天，格桑拉姆在打扫客厅卫生时，坐在旁边的觉罗突然感到恶心，便跑出客厅呕吐起来。格桑拉姆连忙来到觉罗跟前，关心地为觉罗拍着背。觉罗呕吐完，在喘气时，格桑拉姆惊喜地对觉罗道："告诉姐——是不是怀孕啦！"

觉罗抑制不了内心的激动，看着降央露出了甜蜜的微笑。

"觉罗，"格桑拉姆高兴地说，"姐——恭喜你！为你高兴！"

"姐，"觉罗乞求道，"妹妹求你个事。"

"什么求不求的，"降央爽快地，"你现在是田府里的大宝贝，有啥事只管吩咐！"

"什么吩咐呀，"觉罗羞涩地说，"你和降央都是我最亲最亲的姐！"

"给姐说，"格桑拉满怀喜悦地问，"啥事？"

"姐，怀孕的事对谁也别说，"觉罗近似乞求地，"——行吗？"

"行！"降央高兴地，"姐替你保密，到时给老板一个惊喜！"

……

第三十五章　贺新婚田轩醉酒　怀身孕觉罗还家

时间一晃几天过去。

一天觉罗独自来到市区的街头，她左思右想地忧虑了半晌，最后拿出决心走到"代写书信"的摊桌前，对代写书信的老者道："大叔，请你代我写封信。"

五十多岁的老者打量着觉罗问："姑娘，打算写些啥？"

"简单，"甲卡回答，"就写几字。"

……

次日一早，当王耀祖从府邸女人那儿得知觉罗离开府邸出走的消息后，即刻将府邸所有的女佣都召集到院子，着急地斥责她们道："一个大活人，去了哪儿你们都不知道，老板回来，我怎么向老板交代！"

降央手拿一信从宅楼跑了来，对王耀祖道："王叔，我找到觉罗小姐留下的信和手镯！"说着便将信和手镯递给王耀祖。

王耀祖拿过信文，看完内容后脸色变了。

"王叔，"格桑拉姆惊疑地问，"写的啥呀？"

王耀祖将信塞道格桑拉姆手里忿忿道："觉罗姑娘回家啦！"

顿时，格桑拉姆和众人都惊呆了。

半晌格桑拉姆对王耀祖道："事不宜迟！得赶快去找呀！"

王耀祖走到降巴丹真身边，拍着他肩头道："带上巴登到处去找，必须把觉罗小姐带回来！"

"我知道！"降巴丹真回答着和巴登同去了马厩房。

"你们还在这里站着干啥？"王耀祖气愤地呵斥众人道，"都去做各自的事！"

众人离去后，格桑拉姆对王耀祖道："王叔，得把觉罗小姐回家的消息，马上通知田老板，一旦……"

"老板他们都走了八九天了，"王耀祖为难道："咋个通知呀！"

"我和降央跑一趟，"格桑拉姆信誓旦旦，"两三天准能追上他们。"

"你们两个出了事，"王耀祖着急地愤愤，"我……我……我更不好向老板交代！"

"王叔，你放心，"降央向王耀祖保证道，"我俩出不了事，就是出了事，我们也不会怨你。"

王耀祖思索了半晌，对降央和格桑拉姆道，"这样，你俩带上泽郎汪吉和巴桑同你们一道去！"

……

格桑拉姆、降央、泽郎汪吉、巴桑策马驰骋在草原……

且说，赴拉萨送货的马帮驮队，一路上都很顺畅，他们到了马丽干戈时，天就黑了，当晚就在马丽干戈宿营。吃罢饭的马帮在喝酒时，散放的藏獒对着栅栏门咬叫起来。马帮正感诧异时，藏獒也不咬叫了，格桑拉姆、降央、泽郎汪吉、巴桑牵马进了栅栏。马帮全都惊异了，一个个都从地上直起身来。田轩、扎西、郎吉迎上来人，田轩迫不及待地问："家里出事啦？"

格桑拉姆将带来的信文递给田轩道:"觉罗走啦!"

田轩展开信文,信文写道:

田轩:

　　请原谅我的不辞而别,我回家啦,我会铭记你对我的情谊。

爱你的觉罗
即日

田轩将信文塞到格桑拉姆手里冷笑了一声道:"人走啦,还说是爱我——真是岂有此理!"

"这是觉罗爱你的另一种方式,"格桑拉姆劝慰地,"她不愿意因为她让你失去勇嘎小姐。"

田轩像落魄的汉子,目视着夜色下朦胧的草原,格桑拉姆来到他的身旁,道:"别沮丧啦,觉罗会找到的。"

"告诉我,"田轩问,"觉罗离开的原因,就仅仅是为了勇嘎吗?"

"这别问我,"格桑拉姆回答,"你得亲自问觉罗!"

月儿在云层里穿行,繁星眨着眼睛……

今晚,郎吉、格桑拉姆夫妇俩睡在堆货帐篷内。格桑拉姆面对丈夫道:"你想知道觉罗离开田老板的真实原因吗?"

"啥原因?"郎吉连忙问。

"觉罗怀孕啦,"格桑拉姆回答,"她人好——不愿意夺走勇嘎小姐的爱!"

"老板知道觉罗怀孕的事了吗?"郎吉问。

格桑拉姆回答,"我不敢把这事告诉老板。"

郎吉连忙问:"为啥?"

"老板知道觉罗怀孕的事,一旦觉罗找不回来……"格桑拉姆反问郎吉道,"你说后果将是怎样?"

"你的意思,"郎吉迟疑地,"觉罗怀孕的事不能告诉老板?"

"随缘吧,"格桑拉姆叹了口气道,"但愿佛祖保佑找回觉罗!"

……

次日一早,马帮在忙着准备启程时,扎西、郎吉、赖三,送田轩、格桑拉姆、降央和那两位随同来的泽郎汪洁和巴桑出了栅栏,在分别的当儿,扎西对田轩道:"放心回吧,有这么多弟兄帮衬,去拉萨的事你不必操心。"

郎吉和赖三则叮嘱分手的田轩、格桑拉姆等人道:"注意安全!"

田轩、格桑拉姆他们策马驰离了……

且说,觉罗了离开田府后,策马赶了两天路,才赶回到自己的家里。当敲开家门,母亲看着面前这位身着丝绸藏袍，耳坠金质耳环，脖子上挂着玛瑙项链的贵族小姐惊疑了。

觉罗亲昵地唤母亲道："阿妈！"

母亲更感诧异时，觉罗再次唤母亲道，"阿妈，我是你女儿——觉罗！"

"觉罗！"母亲激动地将女儿拥入怀中，"阿妈的女儿！"

母亲激动地唤："泽巴，快出来，你妹妹回来啦！"

泽巴刚出现在门前，觉罗激动地唤道："哥！"

泽巴像不相信自己眼睛一样，打量了觉罗半晌，才惊喜地唤出声："妹妹！"

"快！"母亲惊喜地催促道，"进屋，进屋！"

觉罗随母亲和哥哥刚进了屋门，母亲急着给觉罗准备茶碗时，泽巴对觉罗道："哥到处找你，找了都快一年啦。"

"哥，"觉罗道，"难为你啦！"

母亲为觉罗斟着茶问："这一年你是怎么过来的？"

"阿妈，"觉罗道，"女儿遇到了个好人，日子都过得很好。"

母亲问："好人是谁呀？"

"他叫田轩，"女儿回答，"是马帮！"

"田轩？"母亲惊疑地重复道，"马帮？"

"女儿被骗卖到土司府做了奴隶，但女儿因祸得福——田轩救了女儿，女儿反倒成了土司府里的贵人，还和土司家的小姐互认了姐妹。"

"哟！"母亲惊喜地，"有这等好事？"

"在土司府里不管是土司老爷、管家，还是土司府上上下下的人，"觉罗兴奋地说，"都称呼我小姐……"

母亲赞许地："这马帮还真有能耐！"

"我感激他，为报答他的情谊，"觉罗道，"就随马帮去了拉萨。"

母亲惊喜地："你去了拉萨！"

觉罗正要回答母亲的话时，孕期的恶心感袭来，她连忙跑出客厅，呕吐起来。

母亲在女儿背上为女儿轻拍了几下后，问："你怀孕啦？"

觉罗幸福地点头应允道："感谢佛祖——是佛祖赐女儿的福分！"

母亲问："孩子是那马帮——田轩的？"

觉罗幸福地连连点头。

母亲问："那你俩打算什么时候结婚？"

"阿妈，"觉罗叹气道，"我爱田轩，可我不能嫁给他。"

母亲惊疑地："为啥？"

"他有心爱的女人，"觉罗回答，"——勇嘎小姐！"

母亲惊疑地问："勇嘎小姐又是谁？"

"她阿爸是拉萨著名的商人，也是土司老爷的亲侄女，"女儿回答，"小姐和田轩从小至今都深深相爱，没想到小姐的阿爸去炉城进货，在返回拉萨的路上给劫匪杀害啦。田轩一心要为勇嘎报仇，可是小姐误解了田轩，离开田轩，嫁给了愿意为她报仇的洛桑。小姐虽然嫁给了洛桑，但是田轩和小姐仍然相互惦念。"

"后来又怎样？"母亲问。

"没想到杀害小姐阿爸的仇人，"觉罗回答，"竟然是小姐丈夫的哥哥。"

"世上有这么巧的事？"母亲问"再后来呢？"

"小姐向劫匪开枪时，"觉罗回答，"洛桑为保护哥哥，被射出的子弹打死啦。"

"这么说来——现在小姐田轩又在了一起？"

"没在一起，"女儿回答，"可都在相互惦念。"

"那，你肚子里的孩子"母亲焦虑地问，"——打算怎么办？"

"孩子是天赐给女儿的福分，"觉罗幸福地说，"女儿要生下孩子，把孩子抚养成人！"

……

且说，田轩、格桑拉姆一行人离开马帮后，日夜兼程地返回到了炉城，王耀祖、降巴丹真刚迎上田轩，田轩便急不可待地问他俩道："有觉罗的消息了吗？"

"对不起老板，"降巴丹真愧疚地对田轩道，"我没有找到觉罗小姐，也没有打听到觉罗小姐一丁点消息。"

田轩颓废地在降巴丹真肩头拍了一下，将手里的缰绳递扔给降巴丹真后，便转身朝宅楼走去。

夜，已经很深了。田轩闲躺在床上拿着那只玉镯摩挲时，强烈的负罪感涌上心头，他把觉罗离开田府的原因，都归罪于自己在郎吉和格桑拉姆的新婚晚上因无度饮酒而毁了觉罗。于是，田轩为了弥补自己的过失，使自己的良心免遭谴责，决意要找回觉罗同她完婚。

次日。王耀祖将出门寻找觉罗的田轩、降巴丹真、格桑拉姆、降央送出田府大门后，便叮嘱降央和格桑拉姆道："照顾好老板！"

在去寻找觉罗的路上，因为有降央、格桑拉姆的同行，沿途方便极了，无论是到了农区的寨子，还是去了牧区的牛场，只要两位女士开口向路人打听都能得到路人的回复。

田轩他们足足寻找了觉罗三天逐渐失去信心时，打听到在名叫"少悟"的山寨，就有名叫觉罗的人。田轩、降央、降巴丹真、格桑拉姆都兴奋极了。当他们赶到少悟山寨，在山寨的大门处，降央询问吊捻线团的老妪这里有没有名叫觉罗的人时，老妪打爽快回答："有！前些日子才从拉萨朝圣回来。"

"老人家，"田轩惊喜问，"觉罗住在那里？您能带我们去吗？"

老妪爽快地回答："行！我这就带你们去！"

田轩也激动地感谢老妪道："谢谢你——老人家！"

老妪带田轩他们来到一低矮且简陋的宅院门外，老妪一边敲门，一边对田轩道："这就是觉罗的家。"

"吱"的一声，院门打开，出现在门前的是一位老态龙钟的老妇，老妪告诉田轩道："她就是觉罗！"

田轩一怔，茫然地对老态龙钟的妇人道："对不起，我们找错人啦！"

　　……

　　田轩、格桑拉姆、降央、降巴丹真扫兴地离开少悟山寨后，便马不停蹄地往炉城赶回——田轩和同他随行的人，都失去了寻找回觉罗的信心。

　　每年的春初和秋末都是藏传佛教的讲经时间，届时大活佛都要去各地巡回讲经。田轩他们在路过八美返回康定时，恰遇大活佛在八美讲经。田轩通过这一两年和甲卡的接触，基本知晓了甲卡演出队的行踪——凡是有讲经的地方，甲卡的演出队都要去演出。于是田轩便率格桑拉姆、降央、降巴丹真赶往讲经地方寻找甲卡。

　　田轩来到讲经的地方时，讲经法会已经结束。整个法会场除五色的经幡在随风飘扬外，一切都显得格外的空荡。于是，田轩他们只好去搭建的帐篷地方去寻找。当他们来到搭建的帐篷处时，恰好被出帐篷的女演员看见，女演员惊诧地："田老板！"

　　田轩、格桑拉姆、降央、降巴丹真随同女演员进了演出队的帐篷，见到甲卡后，甲卡颇感惊异地问田轩："是啥风把大老板都给吹来了？"

　　田轩回答，"我们是特意赶来请你帮忙的。"

　　"咋？"甲卡打量着田轩问，"是勇嘎姐又不待见你啦？"

　　"觉罗回家啦，"田轩回答，"我们找了几天没找到人，你见多识广认识的人又多，想请你帮忙找觉罗。"

　　"地广人稀的地方，"甲卡嗤笑道，"我上哪找呀，只能帮你打听。"

　　"能打听也是好事，"田轩感激地连连道，"谢谢！谢谢！"

　　"赖三不是你的跟屁虫吗，"甲卡改变话题问田轩道，"他怎么没来？"

　　田轩嘲讽地回答："让你失望啦——赖三去了拉萨！"

　　"你呀，"甲卡笑着质问田轩道，"总是欺负赖三！"

　　"别说不着边际的话，"田轩开玩笑地，"你是有意和我过不去！"

　　"田老板，"甲卡泛着笑振振有词地道，"我甲卡不是鸡肠小肚的人！"

　　……

　　田轩、格桑拉姆、降央、降巴丹真告别了甲卡后，风雨兼程地赶回到炉城。当王耀祖在大门处见田轩仍是愁眉不展的样儿时，便安慰道："你已经尽到了责任，就别再为难自己。"

　　……

第三十六章
身带残疾回故乡　转变态度对田轩

且说，自那天田轩将马帮托付给扎西和赖三，自己返回找觉罗后，扎西和赖三不负重托，带领着驮队翻山越岭，赶了一月的路，抵达了拉萨。

马帮在勇嘎家库房前忙着卸货时，勇嘎来到赖三身边问赖三道："你们老板咋又没来？"

"来是来了，"赖三回答，"走到半道被格桑拉姆和降央给叫回去啦。"

勇嘎惊疑地，"家里出了事？"

"觉罗回家啦。"赖三回答。

勇嘎惊疑："她回什么家？"

"能有啥家？"赖三回答，"她自己的家呗！"

勇嘎问："她为啥突然要回家？"

"她……她……"赖三口吃地，"你，你别……别问我，问扎西去！"

"那好，"勇嘎恼怒地指着赖三道，"赖三你给我记住！"

"小姐，我不是不告诉你，"赖三连忙为自己辩白道，"我怕说出来，你……"

"别吞吞吐吐的，"勇嘎激将赖三道，"要说就说，不说拉倒！"

"说就说，"赖三鼓足勇气道，"我知道的就是——觉罗小姐不想夺走你对老板的爱！"

勇嘎没言语了，彳亍地离开了库房……

勇嘎回到客厅，小洛桑哭嚷着要母亲抱，勇嘎愤愤地叱责儿子道："抱，抱，你烦不烦呀！"

佣人连忙哄弄着孩子出了客厅。

"告诉阿妈，"翁姆问女儿道，"马帮捎来了啥烦心的事？"

"觉罗离开了田府，"勇嘎回答母亲道，"回自己家去啦。"

翁姆闻知觉罗离开了田府后，即刻敏锐地感觉到田轩与自己家的亲缘关系已走向断裂的边缘。于是愤然道："觉罗啊，你竟然是只忘恩负义的狼！"

"阿妈，觉罗走就走了呗，"勇嘎安慰母亲道，"你可别为她伤了身子。"

"为她伤自己的身子，"翁姆轻蔑地，"她不配！"

"阿妈，"勇嘎改变话题，唤母亲道，"我要组建自己家的马帮驮队，像阿爸一样，带领自己家的马帮驮队，往返于拉萨和炉城……"

"阿妈明白你的心思，"翁姆打断女儿的话道，"可你毕竟是姑娘，天下只有男人做马帮……"

"阿妈，你别小看了女儿，"勇嘎理直气壮地，"女儿有男人的胸襟！男人能做的事，女儿也能做！"

"别说啦，你就是说破了天，"翁姆语气坚决地："——阿妈也是不同意！"

……

性格固执的勇嘎，只把母亲的阻止，当成是从耳畔掠过的一丝微风。最终，勇嘎依靠扎西和赖三的协助，招募了二十多人，组建起了自己家的马帮驮队。

在马帮驮队出发去炉城那天，马帮标志的旗帜迎风招展，肩头披着披风，腰间横插快枪的勇嘎站在神坛的台阶上，为台下骑在马上身背"架子枪"，腰间横插藏刀的彪汉出发壮行。勇嘎道了声："上酒！"姑娘们将一碗碗美酒送到了壮士手里。勇嘎高擎酒碗仰天道："神明的佛祖啊，请你用你的伟大的慈爱护佑我们平安出行，凯旋……"

迎风招展的马帮旗帜猎猎作响，由勇嘎家的马帮驮队和扎西、赖三率领的马帮驮队共同组成的运输队，驱使着驮物的牛群，踏上了赴炉城的征程……

且说，从上海回康定探亲的拉措老爷的弟弟——次仁丹真回炉城探亲也有好几个月了。最近听说自"七七事变"日军占领了北平后，又大踏步地南下侵犯。为了上海生意上的事和工厂的事，他得马上赶回上海。于是便乘坐马车来到田府，与田轩辞行。当马车驶进田府大院，田轩迎上拉措老爷和其弟次仁丹真道："欢迎两位老爷光临！"说着便和客人恭敬地握手。田轩在和次仁丹真握手时，拉措老爷对田轩道："我弟弟是来向你辞行的。"

田轩惊疑地问次仁丹真道："老爷马上就要回上海？"

"发生了卢沟桥事变，"次仁丹真道，"小日本亡我之心不死呀，上海大量的工厂都在往香港和武汉、重庆迁徙，我得赶回上海和欧阳慧敏父亲商量工厂迁徙的事。"

……

提起卢沟桥事变和欧阳慧敏父亲迁徙工厂的事，田轩即刻想到了汪堆，担心汪堆目前的情况……

自汪堆随欧阳慧敏到了上海后，由于见了大世面一改过去呆头傻脑的模样，虽然依然还是不善言谈，但是整天西装革履。此时，他正在客厅聆听收音机的广播，女播音员播报道：

"……卢沟桥事变爆发以来，日本侵略我国的嚣张气焰更加疯狂，继东北、华北沦陷以后，日本侵略的铁蹄又踏向上海。国军将领——张治中将军，已经做好了迎战日军的准备，淞沪之战将在上海打响……"

"啪"的一声，匆匆进客厅来的欧阳慧敏父亲，关掉收音机后对汪堆道："上海就要打仗啦，我和小姐已经商量好了——你随我们都去香港躲避这场战乱。"

"小姐现在在哪？"汪堆问。

"小姐已经去了轮船公司，我是回来接你的，"欧阳慧敏父亲道，"你准备一下，我们马上乘轮船去香港。"

"香港我就不去啦，"汪堆回答，"我惦记马帮弟兄，惦记家乡，我得回家乡！"

"小姐说啦——到处兵荒马乱的，"欧阳慧敏父亲转述女儿的话道，"你回炉城她不放心，叫你同我们一道去香港。"

"当初小姐一个人都能去炉城，"汪堆泛笑回答，"请老爷转告小姐——我一个大男人，没什么可担心的。"

"已经给你买好了去香港的船票，"欧阳慧敏父亲坚持道，"还是随我们去香港吧。"

汪堆坚持自己的意见道："我决定啦——回炉城！"

欧阳慧敏的父亲执拗不过汪堆，遗憾地对汪堆道："你保重！"说完便与汪堆匆匆一别。

欧阳慧敏和她父亲离开上海去香港后，汪堆去纱厂将自己使用过的电工工具移交给了工厂的留守人员，在上海耽搁了几天，处理好厂子的事务，才告别了府邸的佣人，拎起自己的皮箱离开了。

汪堆离开欧阳慧敏家府邸那天是1937年8月13日，历史铭记着这天是"淞沪之战"爆发的日子。汪堆手拎皮箱走在街上时，空中突然传来炮弹的爆炸声和骤雨般地枪声，即刻到处硝烟弥漫……

日军发射的迫击炮弹，连续不断地在国军阵地及街头巷尾巴爆炸。

在国军前沿阵地上，机枪手、步枪手在英勇地阻击日军的冲锋。同时，盘旋在上空的敌人的飞机或是在俯冲，或是在投弹。

——战争的烟云笼罩了整个上海。

面对日本帝国主义的侵略和野蛮的狂轰滥炸，由上海工人和青年学生组成的运送弹药队伍，冒着呼啸的弹雨，向国军前沿阵地或是运送弹药，或是运送食物……

拎箱行走在街上的汪堆，在一楼房下躲避炸弹时，见在运送弹药的队伍中，一女学生中弹后，抱着的弹药箱随之掉落在了地上。汪堆扔下手拎的皮箱，扛起落地的弹药箱，随运送弹药的学生，奔赴国军阵地……

阵地上，阻击敌人的国军士兵不时地倒在敌人的枪下……

汪堆肩扛弹药箱随青年学生来到阵地，拾起地上的枪，向敌人开枪射击。汪堆的枪法极准，一枪就能击毙一个敌人……

敌人的冲锋被打退了，国军连长将水壶递给汪堆道："老乡！好样的！"

汪堆接过水壶喝水时，连长问汪堆道："你是藏族？"

"是，"汪堆回答，"我是藏族！"

第三十六章　身带残疾回故乡　转变态度对田轩　347

连长拍着汪堆肩头道:"下去吧,这里危险!"

"怕死,"汪堆回答,"我就不来阵地!"

敌人又再次发起了冲锋……

汪堆又投入到阻击敌人的战斗之中……

机枪手倒下了,汪堆就丢下步枪,当起了机枪手……

汪堆在机枪扫射中,被敌人的飞机投下的炸弹炸断了左腿。昏迷了的汪堆被抬下了战场,送去了教会医院。

……

上海沦陷了成为"孤岛",一辆辆满载日军士兵的军车和巡逻车不时地从街头掠过……

拄着拐杖的从教会医院出来行走在街头的汪堆,怒视着从身边开过的一辆辆军车和巡逻车……

汪堆来到欧阳慧敏家的府邸,这儿因遭受轰炸,只剩下断壁残垣。在上海举目无亲的汪堆,只有去找同为藏族的家乡人——次仁丹真。

汪堆在次仁丹真府邸门前按响了门铃。

女佣打开门目视着眼前独腿的汪堆,惊诧道:"汪堆先生?"

汪堆问:"次仁丹真老爷在吗?"

"在!在!"佣人回答,"你请进!"

汪堆随女佣进入客厅落座后,次仁丹真颇感同情地对汪堆道:"你负伤的事我听说啦,去了几家医院都没有找到你。"

"老爷,"汪堆急切地问,"你有欧阳小姐的消息吗?"

"欧阳小姐和她父亲去了香港后,"次仁丹真回答,"欧阳小姐因为出版了《西藏:一方被虎视眈眈的神奇土地》画册,有特务要暗杀小姐,于是小姐父亲在香港变卖了全部家产,父女俩同去了延安。"

汪堆连忙问:"延安在哪?"

次仁丹真回答:"陕西!"说着扭头对佣人道:"张妈去把欧阳小姐的照片给我拿来。"

张妈打开抽屉,取来装有照片的信封递给了次仁丹真。

汪堆目视着照片上着八路军服的欧阳慧敏,既羡慕又自责地道:"我身子残啦——哪也去不了!"

"上海已成了孤岛,"次仁丹真劝解道,"你还是回家乡去吧。"

"可……"汪堆难以启齿地的话咽进了肚里。

次仁丹真从衣兜搜出皮匣,取出厚厚一沓钞票,递给汪堆道,"这钱你带着,一路上得花钱。"

"老爷,"汪堆感激地,"汪堆谢你啦!"

……

轮船码头到处是乱哄哄的一片，汪堆随同逃难的人，挤上了去重庆的轮船。

轮船的汽笛鸣响，站船舷的汪堆，随同搭乘轮船的各类逃难人士离开了码头……

汪堆搭乘的轮船行至途中，日本飞机呼啸而来向行进在江上的木船和轮船投下炸弹，一艘满载难民的木船被炸毁，船上的难民被卷入江涛之中……

——日本飞机仍在盘旋轰炸……

汪堆乘轮船到重庆后，改乘木帆船几经周折抵达了乐山，又从乐山搭乘运货的木船，抵达了雅安。汪堆在西康码头与船老大挥手告别后，沿石头砌成的台阶拄着拐杖蹬上码头，目视着岸上叫卖的小商小贩，踌躇起来，他真不知道此时应该去什么地方。因为次仁丹真给他的返回盘缠，已经所剩无几。

夜幕降临了，在城市的闹市区，维护城市秩序的警察点亮了照明的路灯……

拄着拐杖一步一步沿街走着的汪堆来到"蔷薇苑"门前，只见站在门前花枝招展的女人，在向过路的男士挤眉弄眼招揽着生意。一女子娇滴滴招呼汪堆道："哥，别走啊，陪妹玩会儿！"

汪堆里也没理睬只顾着朝前而去，那女子目视着汪堆的背影愤愤骂道："没人稀罕你这个四肢不全的土包子！"

在这些卖弄风骚的女子中的羌月，从背影看清楚拄着拐杖路过的人是汪堆，惊疑地喊道："汪堆大哥！"

汪堆回头见是羌月，惊疑地："羌月！"

羌月打量着汪堆问："你不是同欧阳小姐去上海了吗？你的腿……"

汪堆回答："小日本欠下的血债！"

"汪堆哥，"羌月关心地问，"你这是……"

汪堆忧郁地回答："回康定。"

羌月惊疑地："就这样拄着拐杖回康定？"

"不拄拐杖，"汪堆无可奈何地，"还能有啥办法。"

"你以后生活怎么办？"

"我也不知道，"汪堆心情沉重地说，"听天由命。"

"汪堆哥，"羌月同病相怜地道，"你我同是苦命人！"

"你不是随王奎去了他老家了吗？"汪堆关心地问，"怎么在雅安？"

"本想同王奎过安宁的日子，"羌月愤愤地，"哪想到——狗改不了吃屎，他整天不是赌牌九，就是抽大烟，把在他家乡置办的三亩地，都给变卖了，没法活啦，不得不回到雅安……"羌月悲戚地说不出话来。

"王奎，"汪堆愤愤地骂道，"真他妈不是个东西！"

"汪堆哥，"羌月关心地问，"你今晚住哪？"

"我简单，"汪堆乐观地回答，"哪能够避雨，就住哪。"

羌月从衣兜摸出一沓钱，递给汪堆道："汪堆哥，你拿着。"

"不不不，你的钱来得不易，"汪堆连忙推辞说，"我不能拿你的钱。"
　　"算我借给你的行吗？"
　　汪堆愧疚地接过钱道："我会还你的。"
　　汪堆正往怀里揣钱时，被扭动着屁股出门来的鸨母看见，便对路边的卖身的女人们奚落羌月道："姑娘们，羌月小姐真有能耐——正在倒嫖！"
　　汪堆转身怒目注视着鸨母，鸨母见汪堆一副凶悍的样儿不敢造次了。羌月怕汪堆惹出事端，连忙催促汪堆道："你快走，快走啊！"
　　汪堆离开了"蔷薇苑"，去了江边的小摊，吃了碗面条后，又去了一家十多个人共住一屋的鸡毛店住了一宿，次日一早便拄着拐杖踏上了返回康定之路。
　　汪堆在雨城偶遇羌月，得到羌月的资助算是幸运又幸运。他的心里充满了对羌月的感激和愧疚，感激的是羌月雪里送炭的资助，如果没有羌月的资助，那么汪堆只能流落在雅安乞讨；愧疚的是羌月随同马帮去拉萨时，自己蓄意制造过羌月坠马负伤的事端。
　　汪堆拄着拐杖，艰难地行走了七八天的路，才回到康定。汪堆虽说回到了家乡，但是，因为自己是无家可归的寡人，只好去了自己要好的弟兄扎西家。
　　当降央开门后，被眼前的残疾人顿时惊呆了，在她上下打量拄着拐杖的汪堆，汪堆喊她道："嫂子！"
　　"真是你？"降央惊疑惊诧地，"——汪堆兄弟！"
　　……
　　汪堆随降央进屋后，喝酒的扎西见汪堆沉痛的样儿，露出笑脸热情地对汪堆道："我的好兄弟，快快快，陪大哥喝两盏！"
　　"大哥，"汪堆坐下后对扎西道，"兄弟残啦……"
　　"扫兴的话就别说啦，"扎西宽慰汪堆道，"大哥有饭吃，兄弟就不会挨饿！"
　　"大哥，"汪堆难以启齿地，"我想……"
　　"啥也别想，"扎西斥责汪堆道，"我说过啦——大哥有饭吃，你就不会挨饿！"
　　"我知道大哥对我好，"汪堆为难地，"可我身板结实，还能干呀！"
　　"能干啥？"扎西斥责道，"还能跑雅安？还是能跑拉萨？"
　　汪堆辩解道："我不是这意思？"
　　"不是这意思，"扎西道，"还能有啥意思？"
　　"我不要工钱，"汪堆回答，"在田老板那里打杂——喂马、扫地——干啥都行——混口饭吃。"
　　……
　　次日，在田府的客厅，扎西告诉田轩道："老板，汪堆昨晚回来啦。"
　　"汪堆回来好啊！"田轩高兴地，"郎吉就再不用去拉萨，由汪堆顶替郎吉带驮队跑拉萨！"
　　"老板，让你失望啦，"扎西忧郁地道："汪堆干不了马帮，也去不了拉萨。"
　　田轩连忙问："为啥？"

"残疾啦,"扎西回答,"失去了左腿。"

"失去左腿?"田轩惊疑地:"这是咋回事?"

"小日本欠下的血债!"扎西说着向田轩讲起汪堆失去左腿的经过……

在大楼出躲避轰炸的汪堆,看见运送弹药的女学生抱着弹药箱倒下,连忙丢下自己手拎的皮箱,抱起躺在血泊中的女学生脱手在地的弹药箱,随同送弹药的队伍,去了国军阵地……

阵地上,敌人正在发起冲锋,国军士兵冒着敌人的枪炮在英勇的打击敌人。同时,打击敌人的士兵纷纷倒在敌人轰炸和如骤雨般的枪弹下。运送弹药的汪堆来到阵地,拾起地倒在血泊中的勇士的枪,向敌人射击……

敌人一个个在汪堆枪下倒下,也就在这时,飞机扔下的炸弹,炸断了汪堆的左腿……

田轩来到扎西家见汪堆愁眉不展沮丧的样儿,便安慰汪堆道:"沮丧个啥?你是抗战英雄,是我们的骄傲!"

"老板,"汪堆难以启齿地,"汪堆无能啦,想……"

"什么也别说,"田轩打断汪堆的话道,"我田轩不会亏待英雄,亏待自己弟兄!"

汪堆感激地连声:"谢谢老板!谢谢老板!"

自那天田轩同汪堆谈话以后,汪堆成了田府侍弄马匹的马夫。

……

且说勇嘎家的马帮驮队,在她的率领下离开拉萨,经过三十多天的跋涉,才抵达已更名为"康定"的炉城。所谓康定,取意为康区安定的意思。

勇嘎和驮队快来到田府大门时,田轩、降央、格桑拉姆、王耀祖以及田府的其他人已候在大门处等候驮队的到来。

田轩迎上勇嘎,欲从勇嘎手里接过马的缰绳时,却遭到冷遇,勇嘎看也没看田轩一眼,把缰绳直接递给降央后,自己就昂首进了大门。

在大门处,勇嘎看见了残疾的汪堆,顿时惊疑上前问:"你不是去上海了吗?这是咋回事?"

"小姐,别问啦,"汪堆颓废地,"一言难尽啊……"

"别搪塞,"勇嘎追问道,"告诉我,究竟是咋回事?"

汪堆忿忿地回答:"淞沪战场打小日本落下的。"

勇嘎惊疑地重复道:"打小日本落下的?"

汪堆解释道:"日本已经占领了半个中国,我和那些牺牲了的国军士兵比起来,还算幸运,只丢了一条腿。"

关于小日本入侵中国的事,勇嘎在半年前就听舅舅旺竺卡玛说起过。当时勇嘎对小日本的入侵也是似懂非懂,只听舅舅说,执政的热振活佛,对小日本的侵略行为愤慨极了，代表西藏人民电告民国中央政府，西藏是中央政府管辖下的西藏，中华各民族共同携手，我们的全民族抗战必将取得全面胜利。勇嘎今天看到汪堆缺失的腿，才理解了舅舅所说的"全民族抗战"意义——各民族人民团结起来，把小日本赶出中国！

"小姐，别为我担心，"汪堆目视着勇嘎沉闷的样儿，继而又感激地道，"田老板——好人——收留了我——给了我碗饭吃。"

勇嘎正要对汪堆说什么时，王耀祖走了过来，对勇嘎道："小姐你的住房给你收拾好啦。"

勇嘎对汪堆道了句："你保重！"便随王耀祖去了宅楼。

勇嘎刚来到住室的门外，候在门前的侍女为勇嘎撩开门帘，勇嘎解着肩头的披风随同王耀祖进了卧室后，在环视室内的陈设时，王耀祖向勇嘎道："小姐，屋里一直保持原来的模样，什么东西都没有挪动过。"

勇嘎解下的披风递给身边的侍女后，问道："王叔，运往拉萨的货准备好了吗？"

"小姐，"王耀祖回答，"早就准备齐备啦。"

"那好，那好，"勇嘎接着改变话题，对王耀祖道，"替我叫格桑拉姆来一下，我有事找她。"

王耀祖离去后，一会儿的工夫，格桑拉姆就来到卧室。勇嘎起身邀请格桑拉姆落座道："拉姆姐，坐呀！"

"小姐，你坐，"格桑拉姆笑着回答，"我习惯站着。"

"拉姆姐——你坐，"勇嘎道，"我有话问你。"

格桑拉姆落座后，勇嘎和颜悦色地对格桑拉姆道："拉姆姐，你把我勇嘎当成是自己的妹妹，就给我句实话——觉罗为啥离开田府？"

"觉罗是为了小姐，"格桑拉姆回答，"她不愿意因为她，毁了小姐和老板的幸福。"

勇嘎目视着格桑拉姆道："真是这样？"

"觉罗了解老板，知道老板爱着小姐，"格桑拉姆解释说，"她不愿意夺走老板对小姐的爱！"

……

觉罗回家后，因为怀有身孕，几月来母亲都在精心照顾她。今天是觉罗分娩的日子，她躺在床上，呻吟着在接生婆的辅助下正在疼痛难忍地呼喊着："田轩！田轩！……"

"哇哇"直叫的女婴出世了，接生婆抱起出生的幼婴，报喜般对觉罗道："恭喜，好福气——是个女孩！"

满头大汗的觉罗脸上露出了幸福的笑容……

……

且说，田轩虽说在府邸大门处遭到勇嘎的冷遇，但他并没有一丁点责备和埋怨勇嘎的意思。晚间时候，他去了勇嘎卧室，想了解一下拉萨的生意情况。可他刚把门敲开，勇嘎见是田轩连忙将门掩上。田轩无赖之下，扫兴地转身离去时，门又开了，勇嘎跨出门槛大声道："等等，我有话问你！"

田轩刚转过身，勇嘎对他道："进屋来吧。"

田轩进屋后，尴尬地问勇嘎道："我能坐吗？"

"问我干啥，"勇嘎回答，"这是你的家！"

田轩坐下后问勇嘎道："你不是要问我话吗？"

勇嘎问："对觉罗你是怎么想的？"

"翻篇啦，"田轩回答，"我不想再提起她。"

"觉罗是好姑娘，你却要辜负她，"勇嘎愤愤地，"你叫我怎么说你——不知好歹的东西！"

"我说啦——翻篇了，"田轩回答，"没有再提的必要。"

"我看你呀，"勇嘎骂道："笨得似条牦牛！"

勇嘎的随身侍女敲了几下门，进屋后对勇嘎道："小姐伙房开饭啦。"

勇嘎斥责侍女道："没看见我有事吗？"

侍女呆站在一旁不敢言语。

"通知伙房，"勇嘎吩咐道，"把饭送上楼来。"

田轩起身欲要离开，勇嘎斥责道："没听见吗——我叫伙房送饭啦！"

"我……"田轩鼓足勇气道，"我能留下？"

勇嘎态度强硬地说："要走就走吧！"

田轩受宠若惊地答道："不走，我不走！"

次日早晨，勇嘎对镜打扮自己时，田轩推门进屋。

勇嘎从镜内看见田轩问："有事？"

"有事！"田轩回答着走到勇嘎身旁。

勇嘎对镜带着头饰问："啥事？说呀！"

半响，田轩将玉镯递向勇嘎道："你还是收下吧。"

勇嘎泛笑道："都转了两圈啦，难道还要重回到我手上？"

"应该这样，"田轩回答，"有缘有分嘛。"

"我是有孩子的母亲，"勇嘎态度坚决地，"它不属于我，属于应该戴它的人。"

田轩什么也没说，将玉镯放在梳妆台上，趁勇嘎还没有反应过来时，就出了卧室。

……

第三十六章　身带残疾回故乡　转变态度对田轩

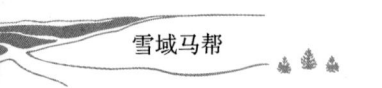

第三十七章
卓玛袒露内心怨　　勇嘎投怀暖田轩

勇嘎在康定住了几日，打算返回拉萨时，二伯给田轩发来电报，电文说：卓玛和白马的婚期在即，请速来扎脱。田轩将二伯发来电报交给勇嘎道："卓玛和白马快结婚啦。"

勇嘎不冷不热地回答："我知道。"

"我想……"田轩将涌到唇边的话咽进肚里。

勇嘎性急地："别吞吞吐吐的，有话直说！"

"我俩应该以夫妻身份去扎脱，"田轩硬着头皮道："不应该让二伯失望。"

"你打算几时动身出发？"勇嘎问。

"我听你安排。"

……

勇嘎、田轩两支马帮驮队同时出发了，勇嘎身披披风，腰间插着快枪，威风凛凛地率先策马行进在驮队的前面，其后是驱使着驮物牦牛的田轩、扎西、赖三、郎吉及其他马帮伙计。

……

卓玛和白马的婚期越来越临近了，扎脱土司府邸的管家在四处奔忙为婚典张罗……

白马来到小姐楼，见卓玛一副爱理不理的样儿，对卓玛道："再过两天我俩就要举行婚礼了，今天能聊几句吗？"

"聊啥，"卓玛讥讽地，"聊你继任土司，还是聊你家里的女奴隶？"

"卓玛，"白马强忍怒火道："请你尊重我，我马上就是你的丈夫！"

"别把自己高看啦，"卓玛怒目注视着白马，"我不稀罕你入赘我家——受不了气——拉倒！"

白马灰溜溜地叹了一口气，走出小姐楼。卓玛小姐还生气，土司老爷身边的侍女就跑来通知卓玛道："勇嘎小姐快到了，老爷请小姐去大门外迎接勇嘎小姐。"

卓玛得到消息跑到大门外时，管家正好迎上赶来到勇嘎、田轩及他俩率领的马帮驮队。

"小姐、姑爷辛苦，"管家迎接着勇嘎和田轩道，"欢迎！欢迎！"

家奴从田轩和勇嘎手里刚接过马的缰绳，卓玛就赶来了，勇嘎惊喜唤了声"卓玛妹妹！"

"勇嘎姐，我想你们了"姐妹俩亲密地相拥。

田轩随同姐妹俩来到客厅，土司老爷高兴地迎上勇嘎和田轩："你们来的时候正好，再过两天，你们妹妹就做新娘啦！"

"恭贺二伯，"勇嘎高兴地说，"恭喜妹妹！"

勇嘎在和土司老爷拉话的时候，锡第活佛进客厅来了，勇嘎连忙起身双手合十道："上师吉祥！"

锡第活佛回复道："吉祥！吉祥！"

土司老爷问锡第活佛道："活佛大人你……"

"老爷，"锡第双手合十对土司老爷道，"锡第这次外出讲经，所到之处亲眼所见——天旱又使牛场草料歉收，今年牲畜难以过冬；庄稼地青稞也收获甚微，到岁末家家户户都得断粮断炊……"

"断粮断炊，"土司老爷"哈哈"一笑，打断了锡第活佛的话，轻松而随意道，"活佛言过啦，我所见到的是莺歌燕舞喜事连连。"

"老爷，对府邸来说如老爷所言是莺歌燕舞喜事连连，"锡第活佛叹息道，"对牛场娃和佃农来说就是灾荒之年……"

土司老爷惊疑地："活佛大人的意思……"

"老爷应以你的菩萨之心，"锡第活佛道，"为牛场娃和佃农施以怜悯，以示老爷的仁爱。"

土司老爷迟疑了，思索了半晌才唤了声："管家！"

管家连忙进屋回答道："老爷，老朽在！"

"传我的话，"土司老爷吩咐道，"通知各地头人，今年奉供减免两成，粮食、牲畜减租两成！"

……

佃农和牛场娃得知老爷的命令，都感激极了，他们都跪地直呼："老爷吉祥！老爷吉祥！"

歌声起：

> 佛光普照雪域高原，
> 紫气升腾，恩泽无边。
> 顶礼佛祖的恩泽，
> 膜拜佛祖的慈爱。
> 感恩佛祖。

鞭炮声在扎脱上空回响……

——今天是卓玛和白马婚庆的日子。

饭堂内亲朋满座，白马向来宾鞠躬行礼后道："各位长辈、亲朋，我和卓玛感谢各位亲临我俩的婚礼庆典，卓玛本欲同我一道为各位亲朋敬酒以表感谢，遗憾的是新娘身体不适，不能前来向各位敬酒，我谨代表新娘向各位敬酒三杯……"

在小姐楼，勇嘎劝解卓玛道："今天是你的大喜日子，怎么也得去参加婚礼。"

"姐，别再劝我啦，"卓玛愤愤地道，"我都在为自己恶心，怎么同一个不爱的人同睡一张床呀！"

"凑合过日子吧，"勇嘎劝慰道，"会慢慢习惯的。"

卓玛眼眶噙着泪水道："我习惯不了！"

……

宴席散尽，夜半时白马才醉醺醺地呼喊着："卓玛，卓玛……"跌跌撞撞地回到洞房。

白马醉眼蒙眬地环视着屋子问侍女道："小姐去哪啦？"

"姑爷你休息吧，"侍女回答，"小姐已经回自己屋睡啦。"

"去，去，"白马醉醺醺地，"去吧小姐给我叫来。"白马说着跌跌撞撞地走到床沿，倒在了床上……

今晚除了能听见"呼呼"的夜风声外，大自然显得格外宁静。酒醉的白马一觉醒来，见洞房唯有亮着的红烛发出的"吱吱"声响外，余下的便是沉寂。

白马恼怒地嚷叫道："来人！"

——没有作答的回复声。

白马"碰"的一声，打开门，站在院内大声嚷叫道："你们都死了吗？"

——唯有"呼呼"的风声，在回答白马的嚷叫。

白马愈加恼怒了，返回到洞房内提出自己的配枪，在院内朝天放了一枪。

枪声响罢，整个土司府邸喧嚷起来，土司老爷翻身坐在床上，呼喊道："来人！"

老爷的话音刚落，住在隔壁的侍女扣着外衣的纽扣进屋唤了声："老爷，下人……"

老爷打断侍女的话问："是哪里放枪？"

"老爷饶恕，"侍女胆怯地，"下人不知道。"

"快！"老爷急切地吩咐道，"快去看看！"

侍女正要出门时，管家来了，回禀道："老爷，是小姐独自睡在闺房，姑爷恼怒开了枪。"

老爷愤怒地骂了一句："混账东西！"

……

洞房的院内，府邸的家丁和下人全都赶来了，白马恼怒地怒斥家丁和下人道："你们都给我滚！"

卓玛来了，见白马怒气冲冲的样儿斥责道："你发啥气，有气冲我来！"

"冲你又怎样，"白马忿忿地道，"从我认识你开始，我忍气吞声受气受够啦，你得明白——你是我白马的妻子，我是你男人！"

"你翅膀硬了，"卓玛不甘示弱地讥讽道，"你飞呀！"

白马无言以对正感到难堪的时候，勇嘎来了，她斥责围聚在旁边看热闹的下人和家丁："你们都下去！"然后劝解对白马道，"你也回屋去吧。"

白马进屋后，勇嘎劝慰卓玛道："妹妹，白马是有许多过错，可今晚是你俩的洞房花烛夜，做了妻子——就不该这样对待白马。"

卓玛愤怒地："看见他——我恶心！"

"什么恶心呀，"卓玛的父亲赶了来，劝解女儿道，"你再不是姑娘啦，你要尽妻子的本分！"

"本分，本分，"卓玛顶撞父亲道，"我做不到！"

……

卓玛是"门当户对"婚姻的牺牲品，她诅咒世俗的门当户对，崇尚浪漫且自由的婚姻。从她见到白马的第一天起，对白马那纨绔子弟的习气就感到厌恶；对白马对女色的贪婪更是感到恶心。但是，基于自己是土司的女儿，只有把厌恶和恶心深藏在心底，以迎合世俗的需要。不知卓玛是在责怨自己当初的懦弱，还是在悔恨自己草率的结婚行为，杂乱的心思，犹如滚滚的波涛在心中翻滚不息。

今晚又是白马独守空房，他伴着孤灯一杯又一杯地饮酒……

次日，白马独自在花园徘徊时，十多个背水的女奴拐弯出现在白马面前。背水的女奴，恭敬地唤了声："姑爷！"在离开时，白马拦住一位身体修长，皮肤白皙，五官端正的女奴。

女奴垂头不敢目视白马，白马用食指抬起女奴的头，色眯眯地道："美人！"

这女奴名叫加绒丹真。加绒丹真一家世世代代都在府邸为奴，同时，加绒丹真的夫婿也是府邸的奴隶，名字叫强巴。强巴一家同加绒丹真家庭一样，也是府邸世世代代的奴隶。加绒丹真同强巴在府邸出生，在府邸长大。自孩提到成人，一二十年的时间里，彼此之间结下了相互关心的友谊，这种友谊又衍生出了相依、相爱的男女之情。

强巴是府邸的铁匠，他正在挥锤锻铁时，背水的女奴金珠喊着打铁的强巴道：

"强巴，加绒丹真被姑爷拦下啦！"

强巴连忙问："现在在哪？"

"你别去，"金珠道，"姑爷厉害，会被打的！"

强巴丢下大锤，就循背水的路，找加绒丹真去了。

花园处，白马正在强拉加绒丹真去自己的住屋，加绒丹真则抱着廊道的柱子，连声呼叫："放过我——我有男人！我有男人！……"

强巴赶来"扑通"地跪在白马面前，苦苦哀求道："老爷，求你放过加绒丹真，求你啦，老爷求你放过加绒丹真！放过加绒丹真！……"

白马发怒地嚷道："滚！"

强巴跪地连连哀求："老爷，你是菩萨——发发善心！强巴求你，求你……"

白马丢下拉加绒丹真的手，抬起右腿朝强巴踢去。强巴倒地后，白马愈加疯狂地用脚猛踢强巴……

跪在地上的加绒丹真声嘶力竭地呼喊："强——巴——！强——巴——！"

田轩和管家见白马在暴力殴打强巴，在管家迟疑的时候，田轩上前拦住白马劝解地："别打啦，你是姑爷，不值得为下人生气。"

"狗东西，"白马愤愤地，"一个个都狗眼看人低，哪个把我看成是这府里的姑爷！"

"姑爷，"管家上前认错道，"是老朽的错，是老朽对下人管教不严，管教不严！"

田轩向强巴和加绒丹真呵斥道："还不快走！还想惹姑爷生气吗！"

加绒丹真连忙起身扶起地上的强巴一瘸一拐地向奴隶区走去……

在小姐楼，当卓玛得知白马为加绒丹真而暴打强巴的事后，恼怒地将放在桌上的茶碗狠狠地往地上一扔，转而骂道："白马他就不是人，是畜生！"

……

在婚房里，白马理屈词穷地对田轩道："我是男人，这都是卓玛她逼我这么做的！"

"兄弟，"田轩拍着白马肩头道："你是府邸的姑爷，在下人面前总得要有姑爷的样儿，姑爷的威望！"

……

傍晚，田轩来到奴隶区，在低矮而狭小的房子里见到强巴和加绒丹真，田轩从衣兜搜出几张膏药，递给强巴道："这是汉族治疗跌打损伤的膏药，用火烤一烤，药融化后贴在伤处，几天后伤就会痊愈。"

"老爷，你是菩萨！"强巴"扑通"一声跪在地上，连连向田轩叩头道："老爷万恩！老爷万恩！"

……

田轩离开奴隶区，半道上迎面遇见从小姐楼出来的勇嘎，勇嘎问田轩道："你去哪啦？"

"去了趟奴隶区，"田轩回答，"给叫强巴的奴隶送去了几张膏药。"

"你呀——管得宽，"勇嘎呵斥田轩道，"以后奴隶的事——少管！"

"我可怜他们，"田轩同情地，"他们同样是人，命运却不如狗。"

"瞎操心——几千年来沿袭下来墨守成规的事，"勇嘎鄙夷地，"你管得了吗？"

田轩只能为奴隶无赖地叹了一声气。

……

卓玛的婚期在不愉快的气氛中结束了，田轩和勇嘎为了拉萨的生意上的事务，不得不向二伯和卓玛告辞，率驮队离开扎脱去拉萨。

经过二十来天的长途跋涉，马帮驮队回到拉萨已是黄昏时候。勇嘎母亲带着四岁的小洛桑在院门外迎上田轩和勇嘎后，小洛桑喊着："阿妈！"就直扑向勇嘎。

勇嘎抱起儿子亲吻着道："阿妈的乖儿子！"勇嘎就这样抱着儿子随母亲去了客厅。

在客厅，翁姆看见女儿勇嘎在逗弄孩子时，手腕上露出的玉镯，连忙问女儿道："告诉阿妈，是不是和田轩和好啦？"

"阿妈，"勇嘎回答，"你想到哪去啦——女儿忘不了洛桑。"

"阿妈，"小洛桑问母亲道，"洛桑是我吗？"

"是你，"勇嘎回答，"我的小洛桑——阿妈的宝贝儿子！"

翁姆不解地问："那这手镯……"

"阿妈，"勇嘎打断母亲的话道，"你就别问啦。"

"女儿，"母亲苦口婆心地，"就嫁给田轩吧。"

"我说啦，"勇嘎不耐烦地说，"我忘记不了洛桑！"说着起身把孩子交给了侍女就要出门时，田轩走了进来。

田轩唤翁姆道："阿妈！"

"坐，"翁姆热情地招呼，"快坐！"

田轩回头瞥勇嘎时，翁姆唤女儿道："勇嘎，你也坐呀！"

勇嘎只好硬着头皮在田轩旁边坐下。

小洛桑再也不要侍女抱了，下地后就涌到翁姆在怀里问翁姆道："阿婆，他是谁呀？我不认识。"

翁姆瞥了女儿一眼回答："他是你阿爸！"

小洛桑惊疑地问："阿婆他真是小洛桑的阿爸？"

"是我乖孙——小洛桑的阿爸，"翁姆对孙子道，"快叫阿爸！"

小洛桑怯生生地喊田轩道："阿——爸——"

田轩瞥了勇嘎一眼，将孩子拉过孩子拥在自己胸前……

夜，翁姆同孙子同睡在一张床上，小洛桑问翁姆道："阿婆，小洛桑要给阿妈一块睡。"

"小洛桑乖，听话，"翁姆回答，"小洛桑哪也不去，就给阿婆一块睡。"

"阿婆，"小洛桑问翁姆道，"小洛桑的阿妈去哪啦？"

……

在田轩的住室，他已经整理好了床上的被子，正打算脱衣睡觉时，响起敲门声。

"谁呀？"田轩问。

门外的勇嘎回答道："我！"

田轩拉开门，注目着勇嘎惊疑地问："你……"

勇嘎进门后顺手将门关上，回答道："是阿妈逼我来的。"

田轩搂着勇嘎的双臂道："我永远都爱你，我们结婚吧！"

"别说爱我，"勇嘎推开田轩走到床沿，弯腰脱着马靴道，"我只希望你爱小洛桑。"

"我爱你，"田轩爽快地回答，"也爱小洛桑！"

勇嘎抬头问："是心里话？"

"心里话，"田轩态度坚定地，"相信我——绝没二心！"

勇嘎满意地微笑着，直起身为田轩宽衣……

次日早晨，勇嘎、小洛桑、翁姆在喝早茶时，小洛桑问母亲道："阿妈，小洛桑调皮，你不爱小洛桑吗？"

"小洛桑是阿妈的宝贝，"勇嘎回答，"阿妈就爱小洛桑！"

"你骗人！"小洛桑道，"爱小洛桑为啥不和小洛桑一块睡呀？"

勇嘎不好回答儿子的话，扭头瞥了母亲一眼。

翁姆哄弄孙子道："阿婆、阿妈都爱小洛桑，喝茶、喝茶！"

田轩走来进来，小洛桑乖巧地迎上田轩拉着衣角道："阿爸，陪小洛桑喝茶。"

田轩瞥了勇嘎一眼，被小洛桑拉着坐了下来。

田轩喝罢茶，向勇嘎告辞道："我的去趟商铺，同富贵商量进货的事。"

"快去快回，"勇嘎看也没看田轩，哄弄着儿子回答，"舅舅一家今天要上家里来。"

"我嘴笨，"田轩泛笑道，"舅舅来啦，我也没啥说的，你好好招待他们一家就行了。"

勇嘎将端在手里的茶碗重重地往桌上一放，指责田轩道："我给你说话都是白说吗？"

"知道啦，知道啦，"田轩连连认错道，"早去早回，早去早回！"

……

田轩离开府邸不久，勇嘎舅舅旺竺卡玛和儿子卡孜玛，儿媳多桑，以及孙子卡洛就来到了府邸。顿时，府邸上上下下的人都忙碌起来，侍女在忙着为客人削果皮，伙房师傅在忙着做菜，女佣在忙打制可口的酥油茶。

正午，快吃午饭的时候，田轩才回到府邸。田轩歉意地对舅舅一阵问候后，便与卡孜玛和多桑拉起了家常。

卡孜玛和多桑都双双都去过英国留学，学识渊博。但是夫妻俩在田轩面前从不谈出国留学的事，即使问起出国的事，夫妻俩也只是敷衍性的随便说两句，然后岔开话题，向田轩打听内地的所见所闻。

一会儿的时间，翁姆的贴身侍女伽玛来禀报道："夫人，是用午膳的时间啦。"

……

在膳席间，旺竺卡玛问田轩道："听说你明天就要赶回炉城？"

"再过几月藏历新年就要来啦，"田轩回答，"我想在新年前，再送批货来拉萨。"

"好事不在乎几天，"旺竺卡玛对田轩道，"我想耽误你几天，五天后才说离开拉萨的事。"

"舅舅，"田轩惊疑地问，"你的意思……"

旺竺卡玛问："你知道小日本侵我中华的事吗？"

"听是听说过，但是不甚了解。"田轩回答。

"小日本已经侵占了我大半个中华，"旺竺卡玛解释道，"五世热振活佛，要引领三大寺众僧举行重大的法会，为取得全民族抗战胜利祈福！"

"舅舅把话都说尽了，"勇嘎愤愤地对田轩道，"你爱自己的国家就留下，不爱自己的国家，你今天就走，我也不留你！"

"热振活佛要亲自主持法会，我不会走，"田轩兴奋地回答勇嘎道，"我要留下随你去参加这么重大的佛事活动！"

……

喇嘛寺广场上到处都是人山人海，低沉的铜号声在空中回响。广场中央，顶着日头跪地祈福的僧侣们，伴着宗教的器皿的敲打的声音，诵念着经文。田轩、勇嘎以及拉萨各界的民众，则围跪在广场四周，双手合十同僧侣一样为抗战胜利祷告祈福，至于热振活佛，遮着宝伞远坐在佛椅上，谁也看不清楚。

在佛事活动的最后一天，喇嘛寺广场排起了看不见头尾的队伍，只见热振活佛为信徒们一一摸顶后，信徒们将银圆、美钞、金条银锭、珊瑚玛瑙，以及值钱的饰物递奉给活佛身边的僧人，一会儿的时间，信徒们捐赠的银圆、美钞、金条银锭、珊瑚玛瑙，在热振活佛身边堆集得宛如小山丘一般。

法会结束的那天晚上，田轩正打算整理返回炉城的行装时，旺竺卡玛又来到府上，兴奋地对田轩道："告诉你个好消息，这次热振活佛举办的法会，为民国政府足足筹集到能购买五架飞机的款项，各民族兄弟全行动起来，抗战胜利是指日可待呀！"

旺竺卡玛离开府邸后，勇嘎回答道："把我的衣物也带上，我随你去炉城！"

"不行！"田轩打断勇嘎的话道，"你得留在拉萨陪阿妈和小洛桑，驮队的事以后别再管了，炉城也别再去了。"

"阿妈和小洛桑你不用担心，"勇嘎笑着反驳道，"我已经安排好啦！"

"你的意思，"田轩连忙问，"你还是要坚持去炉城？"

"我决定了的事，"勇嘎断然回答，"谁也改变不了。"

田轩叹气道："你真是叫我无语！"

……

第三十八章
慷慨解囊助抗战　　帐篷婚礼了心愿

田轩、勇嘎、扎西从拉萨出发，经过三十来天的长途跋涉，回到炉城时，正赶上吃晚饭的时候。吃罢晚饭，王耀祖赶紧安排降巴丹真、巴登、汤巴子、李老二及其他马帮兄弟，去库房将药材及土特产都准备好，以备明晨一早出发运往雅安。

田轩是个闲不住的人，他在库房协助降巴丹真、巴登、汤巴子等做完了出发前的准备后已是深夜时分。田轩回到宅楼，在勇嘎住室的门前敲起了房门。

"谁呀？"屋里的勇嘎问。

"我！"田轩回答。

"你回吧，我已经睡啦。"

田轩又敲起了门。

勇嘎下床，打开房门斥责田轩道："你烦不烦呀？"

"这又不是第一次。"

"这儿不是拉萨，"勇嘎蛮有理由地说，"没有阿妈逼我！"

田轩无赖地只好转身往回走。

勇嘎思索了一下道："回来！"敞开着门，自己回到了床上。

田轩微微一笑，进卧室在关门时勇嘎目视着田轩泛笑道："尝了甜头，就得步进尺。"

"我们还是举行个结婚仪式，"田轩以商量的口吻道，"我不想这样不明不白地在一起。"

勇嘎白了田轩一眼道："废话就别说啦——睡觉！"

田轩仍然穷追不舍地问："我们这辈子总不能就这样不明不白地在一起呀！"

"还是那句话，"勇嘎回答，"只要你对小洛桑像亲儿子一样，结婚——可以考虑！"

"我说了无数遍啦，"田轩不耐烦地，"我爱小洛桑，像爱你一样，绝无二心！"

"别把话说满啦，"勇嘎不冷不热地说："我需要的是你的表现！"

田轩的激情像遭到了凉水雾时泯灭，他说了句："你就慢慢看吧——我走啦。"说着转身就要去开门。

勇嘎呵斥道："回来！"

"你把我都搞糊涂了，"田轩无赖地说，"我还是回吧。"

"今晚走了，"勇嘎愤愤地，"以后就别再来！"

田轩转过身笑道："你呀，大小姐脾气——不好迁就！"

……

次日，繁星还没有落下，扎西和降央两口子就来到了田府。汪堆替他两口开了大门，两口子进门后，扎西见厨房亮着灯，对降央道："你去厨房帮厨，我去叫老板。"

"进我屋坐，"汪堆阻止扎西道，"别去打扰老板和勇嘎小姐。"

降央偷笑着问扎西："老板和小姐好上啦？"

"你絮叨啥，"扎西斥责妻子道："主子的事是你该絮叨的！"

降央高兴地"咻咻"地傻笑起来。

……

天明以后，田轩率驮队正要出发时，勇嘎一身戎装从宅楼追了出来，田轩斥责她道："不是说好了你留在家里吗？"

"你发啥火，"勇嘎质问田轩道，"我就要沾上你，非得和你去雅安！"

田轩没有了言语，只好对大伙道了声："出发！"

勇嘎随同马帮用了三天的时间，才赶到雅安。他们抵达雅安的那天，已是太阳快落山的时候。当田轩他们牵马走过"文辉桥"，见正对桥头的山壁上镌刻着刘文辉的题词："带砺河山"。

刘文辉的这幅题词，是激励和鼓舞民众团结抗日的题词。其意义：河如衣带山如砺石，祖国河山久长，抗战必胜！

田轩和他的弟兄，牵马走到市区的闹市口时，看见了李明华像其他游行的人一样手持纸质三角小旗，昂首阔步地走在游行队伍前面，领头高呼着口号："打倒日本帝国主义！"

"小日本从中国滚出去！"

"全民抗战，还我河山！"

……

田轩激奋了，他匆匆把驮队带到骡马客栈安顿下来后，刚吃罢晚饭便对勇嘎道："我得同扎西出门去见个朋友。"

"我也要去！"

"你就别去啦，"田轩劝解道，"你去了不方便。"

"嫌弃我生过孩子——黄脸婆，"勇嘎怒气地道，"伤你的面子？"

"我哪有你所说的意思，"田轩不得不应允道，"啥也别说啦——那你叫上降央，四个人一块去！"

田轩要去见的是自己的金兰兄长——李明华。当勇嘎、扎西、降央随同田轩来到明德中学见到李明华后，田轩除向李明华介绍了扎西和降央夫妻外，还向李明华介绍勇嘎说:"她叫勇嘎,是你弟媳——也是马帮!"

"田轩向我谈起过你,"李明华兴奋地夸奖勇嘎道,"幸会!幸会!"

李明华请各位在床沿落座后,田轩对李明华道:"大哥,我们在街上的游行队伍里看见你啦!"

"现在日本帝国主义已经侵占了大半个中国,"李明华道,"在这民族存亡时刻,只有唤起民众,全民抗战才能夺回被日本帝国主义侵占的领土,把日本帝国主义赶出中国!"

"我是个商人,看到的、想到的都是钱,"田轩自责地道:"我都为自己悲哀!"

"只要有民族自尊心,就不枉为中国人,"李明华鼓励田轩的同时,也鼓励扎西、降央和勇嘎道,"你们都是有民族自尊心的人!"

"你就别夸我们啦,"田轩内疚地道:"惭愧,惭愧呀!"

"爱国就是好样的,"李明华拍了下田轩的肩头,改变话题,对勇嘎和田轩道,"今晚学校有演出,我们看演出去!"

……

田轩、勇嘎、扎西、降央随同李明华来到学校礼堂,刚找到座位坐下,演出就开始了。演出的剧目是根据聂耳的电影插曲,改编的同名音乐剧《铁蹄下的歌女》。音乐剧演出非常成功,当演出到歌女受欺辱后随同逃难难群众离开东北时,歌女那如诉如泣的唱道:

> 九一八、九一八,
> 从那个悲惨的时候,
> 离开了我的家乡,
> 流浪,流浪,
> 哪年哪月才能够回到我可爱的家乡?
> ……

歌女的歌声,唤起了台下观众对日本帝国主义仇恨,顿时观众们义愤填膺地高呼:"打倒日本帝国主义!"

"还我大好河山!"

……

田轩、勇嘎、扎西、降央回到骡马客栈后,田轩的心情仍然没有平静下来,还在深深地自责自己掉进了钱眼,不能为抗战出力。由于心情不爽,他叫上扎西,向客栈老板娘要了一壶酒,两人就在大堂喝起酒来。

其实,不善言语的扎西,心情也同田轩一样不爽,两人的共同点都是憎恨日本帝国主义。田轩和扎西在闷着喝酒时,勇嘎劝解他俩道:"你俩都别自责啦,李先生不是说了吗——只要有民族自尊心,就不枉为中国人!"

田轩沉思了半晌后，对勇嘎道："想同你商量个事……"

"啥事，"勇嘎催问道，"说呀！"

田轩目光炯炯有神地："——捐钱！"

勇嘎不解地惊疑道："捐钱？"

田轩坚定地回答："为抗战捐钱！"

……

雅安城里的大街小巷，到处都拉有"还我河山""把小日本赶出去！"的横幅标语，同时在街头巷尾都设有"为抗战募捐"的捐赠处。田轩、勇嘎来到街头，见捐赠处人头攒动，一女生手持喇叭筒，站在台阶上，高声宣传道："同胞们，国难当头，为国家和民族尽一份责任——有钱出钱，无钱出力！"在女学生的呐喊声中，诸多的摩登女士取下佩戴的手镯、耳环交到了捐赠处；与此同时，诸多的男士也掏出随身所带的钞票，丢进了捐款箱。

勇嘎随同拎着半口袋银圆的田轩来到捐款处，田轩将口袋递给了收款的学生。

收款的学生瞥了田轩一眼，将口袋里的银圆倒出，只见白花花的银圆装满了捐款箱。

"先生，"收款的学生感激地说，"谢谢你为抗日做的贡献！"

勇嘎也从容地从手腕取下金手镯，从耳朵摘下硕大的珊瑚耳环一并递给了负责收款的女学生。

收款的学生感激道："谢谢你们为抗日做的贡献！谢谢你们！谢谢你们！"

……

田轩、勇嘎做了自己应该做的事，心情舒畅极了，勇嘎提议道："今天高兴，我们叫上李先生，去吃顿大餐！"

在餐桌上，李明华告诉田轩，共产党领导的八路军和新四军已经走在了抗日的前沿，在敌占区建立根据地打击日本帝国主义的嚣张气焰，小日本迟早都要滚出中国！

田轩疑惑地问李明华道："我只知道共产党领导的是红军，没听说过还有八路军、新四军……"

"当年的红军，就是现在的八路军和新四军！"

田轩不解地喃喃自语道："八路军和新四军是当年的红军？"

"为了全民抗战的需要，"李明华解释道，"红军接受了国民政府的改编，改编为中国革命第八路军和中国革命新四军。"

"有共产党领导的八路军和新四军，"田轩激动地，"我深信——小日本侵略中国的日子长不了！"

……

田轩和勇嘎可谓是在西康饭店吃了顿最丰富的大餐，在餐桌上，李明华给田轩和勇嘎讲了"平型关大捷""铁道游击队"和其他八路军、新四军杀敌的故事，通过这些故事田轩和勇嘎了解了真正意义上的共产党，知道了毛主席领导的八路军、新四军是一支为民族而奋勇抗日的人民军队。

田轩和勇嘎回到骡马客栈已是黄昏时候，当扎西向田轩和勇嘎汇报完自己去药材商行、茶厂、盐业公司，及百货商行交易货的情况后，勇嘎表扬扎西道："扎西大哥，你真行——办起事来井井有条！"

"小姐，别夸啦，"扎西道，"不是我扎西办事井井有条，是老板的人脉好，卖方老板知道我是为老板办事，他们是网开一面！"

"别把我扯进来，"田轩笑着对扎西道，"你俩说啥事就说啥事，不要拿我做挡箭牌。"

……

由于这次田轩他们在雅安进货顺利，前前后后只花了近半月的时间，就返回到康定。田轩他们还没有来得及卸货，赖三和郎吉带领的马帮驮队也从拉萨回来了。赖三格外高兴地将田轩叫到一旁，小声告诉田轩，甲卡同意了结婚的事，他要告半月的假，筹办婚礼。田轩拍着赖三肩头爽快地道："结婚是好事，放你一个月的假！"

赖三和甲卡的婚礼是帐篷婚礼，演出队的流浪帐篷就是他俩的结婚的新房。在赖三和甲卡结婚之前，田轩和勇嘎曾向甲卡建议，把新房设在田府，可是甲卡不愿意，并回复说——在流浪帐篷结婚是流浪艺人流传了两千多年的习俗。

田轩、勇嘎、降央、格桑拉姆及马帮弟兄全都去参加了婚礼，勇嘎还特意去商场，为甲卡买了一对特大的囡囡洋娃娃。

甲卡看着洋囡囡笑着责备道："姐，你干吗送我洋囡囡呀？"

"不懂吧，这是吉祥物！"勇嘎笑着回答，"祝福你们早生贵子！"

"我不要孩子，"甲卡羞涩地说，"我要漂亮！"

"别嘴硬，"勇嘎泛笑道，"要不要孩子由不了你！"

第三十九章
命运不济沦奴隶　事半功倍得千金

田轩和勇嘎带领马帮驮队回到拉萨，已是深秋季节。田轩为了在新年前再送一批货来拉萨，于是告诉勇嘎自己得马上返回康定。

勇嘎十分赞同田轩的意见，同时告诉田轩道："康定我就不去啦，得留在拉萨照顾阿妈和小洛桑。"

"好！"田轩欣然同意说，"有你在拉萨照顾阿妈和小洛桑，我在外也就放心啦！"

其实，勇嘎留在拉萨不随同田轩返回康定的原因，是自己有两月没来过"大姨妈"——怀上了田轩的孩子。勇嘎所说的留在拉萨照顾母亲和小洛桑，只是不愿意把怀孕的事告诉田轩的托词。

田轩带领马帮驮队赶回到康定，没有见到降巴丹真和巴登的人影，便颇感奇怪地问赖三道："你知道降巴丹真和巴登去了哪吗？"

"我哪知道呀，"赖三颇有理由地解释道："中秋节王叔放了大伙五天假，大家都各奔东西，谁知道谁会去哪。"

田轩又问汪堆道："你知道他俩去了哪吗？"

"我和降巴丹真和巴登虽然常在一块喝酒，但是相互难说一句掏心窝的话，"汪堆迟疑了一下道，"我想可能是趁假期，回山寨看望自家弟兄去了。"

"对对对！"赖三插言道，"我想也是回山寨看望他的那帮弟兄，被弟兄们留了下来，在山寨当他的老大——干起了老本行！"

"猜测的话就别再提啦！"田轩说罢就转身找王耀祖商谈去拉萨的事宜去了。

……

汪堆和赖三的猜测全都是错误的猜测，降巴丹真和巴登并没有回山寨，巴登随同降巴丹真去了降巴丹真家。

降巴丹真回到家的那天，年迈的老母亲却将要与人世长辞。降巴丹真在院门外敲门时，院里的藏獒不停地咬叫起来。在狗的咬叫声中，邻居老阿婆吉姆闻声出门，打量着敲门的人问："你是谁呀？"

降巴丹真认出问自己的人是吉姆老人，连忙回答："你老是吉姆婶子吧？我是你的侄子——登竺！"

"你是登竺？"吉姆想不相信似的，打量了降巴丹真半晌，认出来后连忙道，"是登竺！是登竺！……快，你阿妈不行啦！"

降巴丹真年迈的老母亲已奄奄一息，只剩下嘴唇在微微地上下翕动。降巴丹真跪在床沿，双手握着母亲的手呜咽地连声呼唤："阿妈，你睁睁眼，我是你儿子登竺——儿子登竺呀！……阿妈你睁睁眼……我是你儿子登竺！登竺！"

老阿妈的嘴唇停止了翕动，手也落下了……

"阿妈！……"降巴丹真声嘶力竭的呼唤声，在寨子上空回响……

降巴丹真在巴登和邻居的帮助下，把老母亲水葬后，降巴丹真原来头人老爷的管家带着六七个背枪的家丁赶来到降巴丹真的家，管家目视着降巴丹真阴阳怪气地道："你没死——命大，跟我走一趟。"

家丁手持绳索上前捆缚降巴丹真时，巴登箭步上前呵斥道："你们不能带走我大哥！"

管家奸笑着问巴登道："小伙子他是你什么人？"

巴登毫不畏惧地回答："——我大哥！"

管家恶狠狠地对家丁道："给我一起带走！"

降巴丹真和巴登被捆缚带到头人府邸，遭到毒打后，因为偿还不了当初被劫匪抢走的财物，被发送到奴隶区，做了头人家的奴隶。

……

且说，从勇嘎留在拉萨的那一天起，勇嘎总觉得自己身子越来越发胖，肚子也越来越隆了，于是三天两头地询问母亲道："阿妈，我是不是发胖啦？"

母亲四下打量女儿后，笑着回答，"哪也没胖，我女儿仍像夏天的格桑花越开越艳丽。"

勇嘎又问伽玛，伽玛露出幸福的笑脸回答："在我眼里——小姐就是朵开不败的格桑花！"

其实勇嘎知道无论是母亲，还是伽玛对她说的都是奉承的假话，因为"出怀"的征兆在自己身上已经显露——不但脸上长出了孕期的雀斑，而且肚子也日渐凸起。勇嘎正为自己的身子变形和肚子里的孩子犯愁时，又偏遇上富贵向田轩拍发了催促送货来拉萨的电报。这样，愈加使勇嘎犯愁了，思来想去还是决定将怀孕的事告诉母亲，请阿妈为自己拿定主意。

翁姆知道女儿怀上了田轩的孩子，为女儿高兴极了。她不但去喇嘛寺跪在佛像前焚香许愿，而且还派人去扎脱请来锡第活佛为勇嘎举办了"摸顶"和祈福的仪式。

勇嘎怀孕的消息在府邸流传开了后，绒佳成了府邸的常客（绒佳和富贵都住在商铺）。绒佳每次来到勇嘎住室，总是要求勇嘎卧床休息，就是吃喝拉撒也不要勇嘎下床，由自己为勇嘎亲手亲为。

勇嘎不是矫情的女子，对绒佳无微不至的关心很不习惯，但是碍于绒佳的热情，也只好甘受绒佳的摆布。对翁姆来说,她十分赞许绒佳为勇嘎所做的一切,每次绒佳夜回商铺的时候,翁姆一定要嘱托她,明儿一定要早来。

勇嘎因为整天躺在床上,身体真是发福胖了。当田轩和郎吉率驮队来到拉萨,田轩见一胖乎乎的妇人挺着个大肚子,倚靠在客厅的门前时,竟未认出勇嘎。

"咋,"妇人泛笑问,"不认识啦?"

田轩正纳闷时,伽玛走来过来对田轩道:"恭喜姑爷,我们小姐怀上姑爷的孩子啦!"

"你说啥?"田轩惊疑地问伽玛,"我有孩子?"

"咋?"勇嘎笑道,"不认账呀?"

田轩脱口道:"勇嘎!"继而兴奋地上前将勇嘎抱起转起着圈呼嚷道:"我有孩子啦!我有孩子啦!"

田轩抱着勇嘎还没有转上两圈,被勇嘎就"吁!吁"地直叫起来,田轩连忙停下,懊悔而胆怯地问:"你没事吧?"

"没事!"丑妇勇嘎笑着道,"傻样!"

夜晚,勇嘎和田轩准备就寝时,田轩对正在宽衣的勇嘎道:"我们结婚吧。"

"挺着肚子结婚,"勇嘎难为情地说,"你不觉得羞人,我觉得羞人!"

田轩以商量的口吻道:"我们总不能不明不白地长久下去呀!"

"我早想好了,生下孩子,"勇嘎道,"孩子满月的时候请亲朋好友来吃顿饭,让他们知道孩子是谁的就行啦。"

田轩嘟哝道:"这不成了……"田轩没有说下去,突然哽住了。

勇嘎连忙追问道:"成了啥?"

"先尝后买!"田轩回答。

"亏你说得出口,"勇嘎笑着道,"——不害臊!"

"那我听你的,"田轩高兴地,"结婚喜宴、满月酒一块办——双喜临门!"

……

田轩在拉萨待了几日后,与勇嘎商量返回康定的事时,勇嘎不同意田轩回康定,恣意说:"再过半月孩子就要出生,你得陪在我身边。"田轩执拗不过勇嘎,只好自己留在拉萨,叫郎吉带马帮驮队返回康定。

田轩在拉萨的日子里,整天都担心着康定的生意。所幸那时拉萨、康定已经有了电报局,可以互通电报。这样方便了田轩,他几乎每天都要与王耀祖互通电报,以知晓炉城的情况。从与王耀祖的电报联系中,田轩知道现在康定的生意清淡,诸多商家都已倒闭,就是还在营业的商铺,也是在收不抵支下硬撑着苟延残喘。田轩面对这样的境遇,几欲返回康定,但是勇嘎总是那句话:"你回到康定就能保证生意好起来吗?现实的选择就是协助富贵做好拉萨的生意,让拉萨的生意弥补康定的亏损!"

一天,田轩去拉萨城里给王耀祖拍发了电报,刚出电报局的大门,朝吉祥货栈走去时,旺竺卡玛乘坐的马车驶到田轩身边停了下来。旺竺卡玛打开马车的车门对田轩道:"上车!"

田轩惊喜地喊了声："舅舅！"

"上车，舅舅搭你一程。"

"就几步路的功夫，"田轩尴尬地道，"舅舅，您先行。"

"客套个啥？"旺竺卡玛斥责的语气对田轩道，"我叫你上车！"

田轩只好硬着头皮上了马车。

马车在行驶中，田轩问旺竺卡玛道："舅舅您这是去哪呀？"

旺竺卡玛撩起车窗的窗帘，对田轩道："瞧着大街上到处都有恣意乱串的洋人！"

田轩从车窗往外望去，只见头戴礼帽西装革履的洋人，有的单人在街上匆匆行走，有的手挽着妖娆的洋婆子在街上卖弄风骚。

"这些洋人都不是好人，"旺竺卡玛愤愤地道，"都是美英帝国主义派到西藏来的情报人员！"

田轩惊疑地脱口道："——特务？"

"特务！"旺竺卡玛解释道，"这些狗东西是来搜集和刺探噶厦政府和民国政府蒙藏委员会的情报而来拉萨。"

"舅舅，"田轩怒不可遏地道，"难道西藏地方政府就让这些狗东西在拉萨为所欲为？"

"这些洋人来西藏的目的，就是想分裂西藏、霸占西藏，"旺竺卡玛振振有词地道，"舅舅这就是奉热振活佛的政令，去英国驻西藏办事处，勒令这些狗东西滚出西藏，滚出拉萨！"

"舅舅您和热振活佛，都很了不起，"田轩激动地道，"你们都是了不起的民族英雄！"

——自那天以后，在拉萨城里出来能看到几个印度驻西藏的几个办事处的官员外，美英的情报人员全都滚出了西藏。

……

田轩在拉萨足足待了接近一月，勇嘎才有了临盆的动静。那天，天刚亮，勇嘎先是感到肚子有些疼痛，继而小便不断，伽玛赶忙把小姐的情况告诉翁姆，翁姆赶忙起身吩咐所有的下人，请接生婆的快去请接生婆；厨房人员赶快去准备热水……

接生婆赶来时，躺在床上的勇嘎已经疼痛难忍地在不断地呻吟。接生婆三下五除二地挽起衣服袖子，将田轩和翁姆请出住室后，就为勇嘎接起生来。

站在住室门外的田轩和翁姆，聆听着从室内传出的勇嘎呻吟声着急极了。田轩不时地透过门窗的缝隙，窥视和观察室内的动静。

伽玛对着急的田轩道："姑爷，有我和老夫人守在这里，小姐不会有事，你去忙你的事吧。"

"你别管我，"田轩焦急地敷衍伽玛道，"我没事，我没事！"

田轩和翁姆足足在门外等了两个时辰，才听到从室内传出的婴儿的啼哭声。翁姆欲推门去室内时，住室门开了，接生婆喜悦地对翁姆道："恭喜老夫人，是个千金！"

翁姆回头看田轩时，田轩兴奋地："千金好！千金好！"

翁姆感激地对接生婆道："谢谢你！谢谢你！"

田轩和翁姆来到勇嘎的床沿，田轩瞥了依偎在勇嘎身旁的女儿一眼，感激地拉着勇嘎的手，连连感激道："辛苦你啦，谢谢你！谢谢你！"

伽玛兴致勃勃地对翁姆道："老夫人，小乖乖的眼睛和小姐一样——又圆又大，小鼻子就像姑爷——愣极啦！"

翁姆高兴地："田轩起个名——叫啥呀？"

"阿妈，"田轩兴奋地，"叫田靓行吗？"

"行，行！"翁姆高兴地，"姑爷说叫啥就叫啥！"

勇嘎喜悦地拭着女儿的小嘴角，逗弄着女儿道："田靓——阿妈的小宝贝！"

……

田轩自有了女儿后，整日都高兴不已，沉浸在幸福之中。一晃女儿满月的日子就要到了。为了办好女儿的满月酒宴，田轩和勇嘎商量了好几天，最终决定酒宴按拉萨的结婚的习俗办五天，并且还要请来民间艺人为酒宴助兴。

酒宴那天，可谓是热闹非凡，喇嘛在宴会前为孩子举行摸顶的祈福仪式，继而才是酒宴和欢庆活动。

田靓满月的酒宴，热热闹闹地办了五天才告结束。结束那天，郎吉带着马帮驮队正好来到拉萨。在郎吉准备返回康定时，田轩趁机告诉勇嘎，自己再也不能留在拉萨，无论如何都要随同马帮驮队返回康定。然而，令田轩始料不及的是勇嘎提出自己要随驮队去康定。

田轩对勇嘎的突发奇想极为反对，坚决地阻止道："你走了，谁来照顾田靓？"

"我已经安排好了，"勇嘎辩解道，"已经为女儿请了两个奶妈，奶妈会照料好我们的女儿。"

田轩坚持自己的意见道："你就是请了五个奶妈也不行！"

勇嘎使出自己"杀手锏"，质问田轩道："你回答我降巴丹真回了山寨，小洛桑的奶奶由谁来赡养？我应不应该担当替洛桑尽孝敬老母亲的责任？"

田轩回答不了勇嘎的提问，只得屈服于勇嘎，允许她随同马帮去康定。

次日出发时，富贵又匆匆赶来，告诉田轩，返回拉萨时，多带些盐巴，尤其多带岩盐。

田轩知道，岩盐是贫困家庭最喜爱的食用物品。因为食用岩盐节约划算，只要用线拴在岩盐的一端，食用时，用吊线将吊着的盐放进锅里涮涮就有了咸味。这种"涮涮盐"的食用法，虽然盐味淡，但是耗费少，一年下来能省下一笔不小的开支。

"放心，"田轩回答富贵道，"一定多送盐，尤其是多送乐山的岩盐！"

……

第四十章
勇嘎罹难增仇恨　田轩决意跟党走

　　勇嘎随马帮驮队离开拉萨后，风雨兼程地赶了两月的路，回到康定后的第二天，田轩和勇嘎便去了降巴丹真家。当田轩和勇嘎来到降巴丹真家的院门前时，见院墙的有些地方已经坍塌，木框架的楼房已经倾斜，没有了人居的迹象。勇嘎惊疑地向邻居打听老阿妈的下落时，邻居告诉她，老阿妈已经去世。再向邻居打听登竺（降巴丹真）的下落时，邻居告诉她，登竺在家处理了母亲的后事后，就不知了去向。勇嘎、田轩只好惜别了邻居，惆怅地返回到康定。

　　田轩回到康定就迫不及待地同王耀祖商量送盐去拉萨的事。提起盐王耀祖长叹了一口气对田轩道："盐在现在是紧俏物资，赖三带驮队去雅安进盐，跑了两趟都是空手而回，向我们供货的商家都在叫苦——说断货啦！"

　　勇嘎着急地问田轩："那我们咋办？"

　　"我有办法，"田轩蛮有把握地对王耀祖道道，"我们去乐山！"

　　勇嘎惊疑地问田轩："真要去乐山？"

　　"去乐山！"田轩回答了勇嘎的话，对王耀祖道，"王叔，你通知一下扎西，明天随我去乐山！"

　　扎西回到家把自己要随同老板去乐山的事告诉妻子后，降央欣喜若狂对丈夫道："我要随同你们去乐山，去给大佛敬香，求佛祖护佑你父子平安！"

　　"我和老板去乐山是干正事，"扎西斥责妻子道，"你去乐山干啥？"

　　"我听说乐山的三江口有一尊世上最大、最高的佛！"降央兴致勃勃地说："这佛挺有灵气，只要世上要出现灾难，佛像都有预兆——提前流泪！"

　　扎西似信非信地问："大佛真有这灵气？"

　　"一点不假，"降央越说越带劲地，"没听说吗——就是我们藏地的大活佛每年去峨眉山交流讲经，都要去乐山为大佛敬香！"

　　"阿妈，"小扎西兴奋地唤母亲道，"小扎西也要去乐山！去给大佛敬香！"

　　"好！"扎西高兴地抱起儿子道，"带上我的乖儿子，我们一家三口去乐山！"

　　……

雅安是交通枢纽，从康定出发去乐山，无论是走旱路，还是走水路都得经过雅安。赖三和扎西一家随同田轩、勇嘎策马来到雅安已是第三天的午后。他们在骡马店落实了住宿后，田轩叮嘱了勇嘎几句吃晚饭的事后，独自去了二十四军军部，找他的那位在刘元瑄手下任旅长的同学杨纯成去了。

杨纯成是田轩高中时的同学，因为两人读书的地方都离家甚远，同时两人的家境都好——杨纯成的父亲不仅是乐山城里最大的盐商，而且在五通桥还有祖传的盐场。田轩的家境也不错——徐大伯在炉城做得生意也是风生水起。因此每到周末学校放假，两人便相约去西康饭店大鱼大肉地饱餐一顿。虽说田轩和杨纯成从学校毕业到现在已有七八年，但是两人一直保持着密切的联系。当杨纯成知道老同学来找他的原因后，当即回答道："你又不是不认识我的父亲，你去乐山直接找我父亲就行啦。"

"不行，"田轩强调说，"一旦你父亲把我忘啦，我不是白跑了一趟吗？"

杨纯成也觉得田轩说的在理，于是亲笔给父亲写了封信，请父亲无论如何为儿子的这位朋友解决盐的事。

田轩拿到杨纯成的亲笔信，马上赶往西康马头，找到船老大，谈妥了雇船去乐山的价钱，约定好明晨出发的时间，又去了趟仁德中学和自己的弟兄李明华简单闲聊了几句，才回到客栈，叫赖三和扎西，做好出发的准备，明晨一早出发去乐山。

雅安至乐山是沿青衣江顺流而下，因此只用了三个时辰，在下午就抵达了乐山。下船后，田轩带着勇嘎、赖三、扎西一家在市区的一家客栈落实了住宿后，就带着在雅安准备好了的两瓶五粮液和一盒糕点，乘滑竿去杨公馆拜见杨纯成的父亲去了。田轩曾在读书放暑假的时候，随同杨纯成去过他家公馆几次，对杨公馆的住址十分熟悉，一会儿的时间就到了坐落在较场坝的杨公馆，拜见到杨纯成的父亲。

当田轩拿出杨纯成给父亲的亲笔信，杨父看罢信为难地紧锁眉头，告诉田轩，自北平、上海、南京、武汉相继沦陷后，许多沦陷区的工厂、学校，以及逃难的人都涌到了四川，四川人口猛增，自贡、乐山每天产出的盐，无法满足需求。无法提供信上所说的五千斤盐的事，目前只能提供三千斤盐，而且还得等三五天才能在三江码头提到货。

田轩总算没有白跑一趟，他向杨父千恩万谢后，从杨公馆回到客栈，已是夜幕降临的时候。当田轩告诉扎西和赖三要在乐山等三五天才能提到货时，降央高兴极了，因为在这三天时间里，她和儿子有足够的时间去为大佛敬香。

次日一早，田轩他们在客栈吃罢早饭，勇嘎见天气很好，执意要随同扎西一家去为大佛敬香。田轩只好叫赖三陪同勇嘎和扎西一家前往。自己一个人去电报局给康定的王耀祖拍发电报去了。电文就是告诉王耀祖已经在乐山办妥了购盐事宜，请他速派驮队赶往雅安。

赖三带着勇嘎和扎西一家乘船去了对岸的大佛足下，为大佛焚香顶礼后，因为时间尚早，便又带着勇嘎和扎西一家去了"嘉定公园"。嘉定公园很大，有湖、有秋千。小扎西见到秋千就要玩耍，勇嘎正好累了想休息一会儿，于是就留了下来陪同小扎西玩秋千，扎西和降央则随同赖三去转悠去了。

中午许，乐山城突然响起警报声，一会儿数十架飞机飞临到城市的上空，小扎西好

第四十章　勇嘎罹难增仇恨　田轩决意跟党走

奇地问勇嘎道:"勇嘎阿姨,天上飞的是啥鸟?——好大呀!"

勇嘎仰望着天空盘旋的飞机回答小扎西道:"阿姨也不知道。"

"阿姨!你看——"小扎西天真地道,"大鸟拉屎啦!"

小扎西的话音刚落,从天上落下的炸弹爆炸了,顿时爆炸声四处响起,浓烟和大火冲天而起,席卷了乐山半个城市……

"大鸟"在嘉定公园上空"拉屎"时,勇嘎牵着小扎西在奔跑中,横飞如雨的弹片将勇嘎击倒,鲜血从勇嘎背部"咕咕"涌出……

小扎西跪在勇嘎身旁,歇斯底里的呼喊:"勇嘎阿姨!勇嘎阿姨!"

——田轩铭记了这刻骨仇恨的日子:1939年的8月19日。

这次日本对乐山城区惨绝人寰的轰炸,共有2050户人家被炸,3500幢房屋被毁,49家遭受"灭门之灾",死亡、重伤者5000多人,就是从武汉迁徙到乐山办学的武汉大学教职员家属就死7人、学生死15人伤10多人、校工死2人。除死伤者外,轰炸还造成上万余人无家可归,昔日繁华街道变为废墟,整个城市到处都弥漫难闻焦臭和血腥臭。

勇嘎无辜的罹难使田轩的精神几乎奔溃。他抱着勇嘎的遗体,泪流满面的悔恨不已。因为自己的女儿还不足一岁,小洛桑也只能蹒跚走路,没有了勇嘎以后的日子怎么过呀!同时,自己又怎么向年迈的丈母娘交代这不幸的消息?他后悔应该坚持自己的意见让勇嘎留在拉萨,不带她随同马帮到康定,不应该带她来乐山,更不应该自己一个人去电报局拍发电报……

扎西、降央、赖三,以及小扎西也为勇嘎的罹难懊悔不已,扎西懊悔不应该带妻子和儿子来乐山,如果降央不去为大佛敬香,就不会发生勇嘎罹难;降央懊悔自己的固执,如果当初听丈夫的话,不来乐山为大佛敬香,即使小姐随同老板来了乐山,小姐也不会一个人去为大佛敬香;赖三懊悔的是自己自作聪明,带小姐和扎西一家去"嘉定公园",如果为大佛敬了香,不去嘉定公园,直接回到客栈,也不会发生小姐罹难的事;小扎西也懊悔不已,若不是自己贪玩荡秋千,勇嘎阿姨就不会为陪自己留在事发地,是自己的贪玩,让勇嘎阿姨遭到不幸……

八月是炎热的夏季,扎西、赖三、降央不忍眼睁睁地看着勇嘎的尸体腐烂,与田轩商量后将勇嘎遗体送到峨眉山千佛寺,请高僧为勇嘎"往生"超度。千佛寺在藏地也是颇有名气佛教圣地,每年藏传佛教的大活佛都要来此与寺庙的高僧交流,向寺庙的晚辈讲经。可以说,千佛寺是藏传佛教和内地的宗教相互交融的寺庙。

在千佛寺处理完勇嘎的后事,田轩、扎西、降央、小扎西返回到原来住宿的客栈,客栈老板告诉田轩,上午有两个人来客栈找过他,其中一个姓李的先生留下话,请他晚些时候去迁址到乐山办学的武汉大学找他。

田轩在乐山既没有熟人,又没有朋友,谁会留下话请他想见呢?田轩正疑惑地纳闷时,赖三劝解他道:"别煞费心思啦,这李先生究竟是哪方和尚,晚上去了武汉大学不就知道了吗?"

由于离天黑还有两个时辰,田轩便叫赖三去三江码头看看船老大,顺便打听一下"货"的消息。

赖三来到码头，只看到几块漂浮在水面上的木船的舢板——从雅安雇来的船老大和船不知了去向。赖三又赶到校场坝杨公馆欲去询问盐的事，所见到的是校场坝一遍废墟——杨公馆及其他邻舍已被大伙吞噬，只剩下断壁残垣。

田轩从赖三嘴里得知情况后，连连叹息，默默地为船老大和杨家老太爷祈祷，求佛祖保佑船老大和杨老太爷一家平安。

太阳快落山的时候，田轩要离开客栈去武汉大学南迁地址去见李先生时，扎西将双手抄抱在怀里，站在门外，拦住田轩的去路道："要出门，就得让我和赖三陪你一块儿出门，否则哪也不许去！"

田轩在无赖之下，只好带上扎西和赖三同去找李先生了。

其实，留话的李先生是田轩的金兰弟兄——李明华。李明华是带"川康边民族剧团"来向遭受轰炸的乐山灾区人民作慰问演出的。通过慰问演出的节目内容，振奋灾区人民竭力抗战的激情。当时乐山的一些地方属于西康的地界，受西康管辖。当时刘文辉，在红军长征时期就与共产党有秘密接触，抗战爆发后，刘文辉还在重庆拜谒过周恩来。因此共产党在西康的活动，刘文辉除了睁一只眼闭一只眼外，还予以暗中保护。川康边民族剧团就是一支由川康边的共产党、民盟及民主人士共同组建，以民众团体为掩护，用文艺形式向民众揭露日本帝国主义的法西斯罪行，歌颂军民浴血奋战的英勇事迹，抨击国民党反动派妥协嘴脸的演出组织。这支组织常年活动在川康边包括乐山、峨眉山雅安、西昌，以及荣经、芦山、宝兴，乃至夹金山以北的大、小金一带。这支宣传抗日的演出队伍，后来被国民党政府勒令解散。

李明华从报纸上得知乐山遭轰炸后，一直都在为田轩一行人担心。所以抵达乐山后，便在乐山共产党组织的领导人王家成的陪同下四处打听田轩的下落。

扎西、赖三陪同田轩来到武汉大学迁址在乐山办学的学校大门处，恰好遇上李明华同王家成从宿舍出来，经过一番寒暄和介绍，李明华除对勇嘎的不幸感到痛心疾首外，向田轩表示了兄弟间诚挚的安慰，并真切地希望田轩走出痛苦的阴影，振奋起来为勇嘎报仇。

那天，川康边民族剧团的慰问演出在学校的操场举行，田轩、扎西、赖三同被李明华和王家成的邀请观看演出。李明华和王家成邀请田轩观看演出的目的，就是希望田轩通过观看演出的内容，走出悲痛的阴影振奋抗战的精神和力量。

当天川康边剧团的演出在演出开始前新增了一项欢送被选派到延安学习的川康边青年学子的内容。田轩、扎西、赖三随同李明华、王家成来到学校操场时，十多名被选派去延安学习的青年学子，已站在舞台上接受佩戴大红花仪式。

李明华、王家成、田轩、扎西、赖三都随同台下的观众为台上去延安学习的青年代表鼓掌，李明华在鼓掌时向田轩介绍说："戴花的青年都是我们川康边选送去延安学习的学生代表。"

田轩鼓着掌由衷地道："真是羡慕他们！"

这时戴着大红花的一女青年代表发言道："……我们向往延安，她是中国革命的圣地，我们代表川康边爱国青年去延安学习，是我们的骄傲！我们在延安一定认真学习革命的本领、经验，把宝贵经验带回到我们川康边，唤起我们的民众，紧密地团结在一起，跟着共产党把日本帝国主义赶出中国！"

在台下热烈的掌声中，田轩愧疚地道："我枉为五尺男儿，还不如小姑娘！"

"只要心里有共产党，"田轩劝导地，"人没在延安，心在延安就不枉为五尺男儿！"

"我心在延安，"田轩坚定地道，"跟共产党走的决心定啦！"

李明华称赞田轩道："不愧是我李明华的兄弟！"

舞台上音乐响起，振奋心灵的歌声响彻操场：

> 红日照遍了东方，
> 自由之子在纵情歌唱：
> 听吧，母亲叫儿打东洋，
> 妻子送郎上战场，
> ——我们在太行山上。
> 敌人从哪里进攻，
> 我们就要他在那里灭亡
> ——灭亡！
> ……

演出休息的时候，李明华告诉田轩共产党领导的八路军、新四军在前方狠狠打击日本侵略者，为勇嘎和千百万死难的民族同胞报仇。同时还告诉田轩、扎西、赖三现在全国人民的抗战情绪高涨，有共产党的领导，抗战一定胜利！

田轩激动地对李明华道："哥，我想加入你们共产党！"

"好！"李明华拍着田轩肩头高兴地道，"哥做你的入党介绍人！"

扎西接着问李明华道："我也能加入你们共产党吗？"

"只要自愿，"李明华笑着回答，"忠诚党的事业，敢于为党的事业奋斗和牺牲，就能得到党组织批准，成为中国共产党党员。"

赖三也坚定地向李明华道："我也想加入共产党！"

李明华激动地对田轩、扎西、赖三道："说定啦——我做你们共同的入党介绍人！"

……

演出结束，田轩、扎西、赖三回到客栈都心情激动，尤其是扎西仿佛如释去了内心负重似的连连对田轩道："有八路军、新四军为勇嘎报仇，这心里就像落下了石头似的。"

赖三情不自禁地田轩道："我们加入共产党不能说了就完事，总得要为党做事呀！"

"党组织需要活动经费，"田轩回答，"我们要节省开支，攒下钱支持党组织开展工作。"

扎西和赖三十分赞同田轩的主意，一致同意省下钱捐给党组织开展工作。

……

第四十一章
热血男铭记仇恨　痴情女自甘献身

田轩一行人去峨眉山千佛寺取回勇嘎的骨灰时，寺庙的住持双手合十告诉田轩道："亡灵与佛有缘——阿弥陀佛——往生极乐世界——善道哉！"

田轩聆听了方丈大师一番"往生轮回"的阐释后，心灵得到慰藉，相信勇嘎将重获新一轮的轮回。田轩向方丈作别后，与当天就带着勇嘎的骨灰盒，搭乘运货到雅安的商船，回到雅安。

且说，王耀祖在康定收到田轩在乐山发给他的电报，知道盐的事已经落实后，立即指派汤巴子率马帮驮队赶往雅安。田轩、扎西、赖三、降央、小扎西下船回到客栈，汤巴子和马帮弟兄都已候在大门外，心情压抑地迎候老板和扎西他们的归来。田轩简单地向兄弟们道了一番感谢的话语后，就匆匆地离开了客栈，去西康码头打听在乐山就不知了去向的船老大的消息去了。

田轩在西康码头向船工打听船老大消息时，船工告诉他，这些日子船老大没有来过码头。田轩再向船工询问起船老大的家庭情况时，船工告诉他，船老大有一双儿女，男孩已有三四岁，女孩还是襁褓中的婴孩。田轩得知船老大的家庭境况后，赶去了船老大家，把船老大抵达乐山后就不知了去向的消息告诉船老大妻子后，船老大的妻子就哭号起来道："孩子他爸，你丢下你的两个儿女就走啦，叫我们怎么活啊……"

紧跟着男孩也哭喊起来道："爸——爸——！……"

母子俩的哭喊声，惊醒了襁褓中的女孩，女孩也不知世事地一个劲啼哭……

田轩目视着船老大一家的惨状，远比自己失去妻子更为痛苦，于是在离开船老大家之前，田轩给船老大妻子留下一笔钱，叫她用这笔钱做个小生意，维持一家三口的生计。

田轩从船老大家出来后，仍然在为自己选择去乐山懊悔，因为这趟去乐山自己失去爱妻不说，还毁了一个家庭。田轩在懊悔的同时，对小日本愈加憎恨，心里几番咒骂道："小日本你欠下的血债必须偿还！"

对日本帝国主义仇恨的怒火在田轩的心境燃烧，他加快去仁德中学的脚步，决意马上找到李明华，向李明华倾吐心中怒火。

田轩来到仁德中学，正赶上中午吃饭的时候，为赶时间，李明华请田轩去学校附近的路边小摊各吃了一碗面，就算解决了午餐。吃罢午餐后，两人便沿小道上山去了夕辉亭。

夕辉亭坐落在城区的小山丘上，只需要几分钟的时间就能登上山顶。这夕辉亭在雅安颇有名气，眉山的"三苏"在雅安读书时，每到夕阳西沉总要来到夕辉亭，远眺青衣江"碧波满江红"的景致。夕辉亭虽历史悠久，但却人迹罕至。田轩就借这里的幽静，再次向李明华谈起了自己急切渴望——早日加入中国共产党！同时，从衣兜摸出一大沓钞票，递给李明华道："这是我向党交的党费。"

"你还没有正式入党，"李明华谢绝田轩道，"交什么党费呀。"

"那，"田轩为难地，"就算是我对党的工作的一点支持。"

"那好，"李明华思索了一下，欣然接受后道，"我替你转交给党组织。"

……

李明华因为下午还有课，便与田轩作别，回学校上课去了。田轩则赶往二十四军军部，去见自己的老同学。田轩见到杨纯成，欲把去乐山发生的事告诉杨纯成时，杨纯成反而以田轩的丧妻之痛先安慰起田轩来，告诉田轩人活一世要历经无数坎坷，敢于笑对坎坷才是英雄豪杰。当田轩向杨纯成谈起他家公馆的事时，杨纯成告诉他，自己已经知道了家里的情况，所幸父母那天双双去盐场为田轩筹办盐事去了，家里除公馆遭到火焚外，父母的身体都安然无恙。最后杨纯成为田轩的乐山之行蒙受损失表示歉意，并向田轩承诺一定在雅安为他搞三四千斤大盐。

雅安最大的盐商名叫彭财旺。彭财旺是个狡猾的奸商，当他看到自贡、乐山每天的盐产满足不了销售，就打起了囤货卖高价的主意。杨纯成认识彭财旺，同时彭财旺也知道杨纯成家在五通桥有最大的盐场，父亲是乐山最大的盐商。因此，当杨纯成开口向彭财旺买四千斤大盐时，彭财旺忧虑了半晌，回答杨纯成道："是你小老弟开口，我怎么也得答应，只是……"

"有什么为难处？"杨纯成催促道，"你是哥老倌，只管说！"

"就想托长官的福，"彭财旺堆着笑脸道，"日后可否向令尊大人买一两万斤盐。"

"两万斤我不敢保证，"杨纯成道，"一万斤少不了。"

"谢谢，谢谢，"彭财旺拱手恭维杨纯成道，"不愧是家丰财厚——爽快！爽快！"

杨纯成同彭财旺商谈好了互换条件后，当即通知田轩去彭财旺库房提货。

……

田轩的马帮在雅安提到货后，赶了三天路，在第三天的下午马帮驮队才返回到康定。在府邸大门处迎接马帮归来的除有王耀祖和格桑拉姆，及田府的其他人员外，更有一个从远方来的特殊客人——卓玛。

卓玛是得到王耀祖的电报，悉知勇嘎遇难的消息，与父亲商量后，匆匆带上自己的丫头及四个家丁赶来到康定凭吊勇嘎的。

王耀祖自得到赖三从乐山拍发回康定的电报,知道勇嘎不幸罹难的消息后,立刻将原来勇嘎的住室改设为祭奠的灵堂,并按照汉族的习俗,吩咐格桑拉姆和几个府上的闲杂人员昼夜在灵位前焚香和燃烧瞑钱。

田轩将勇嘎的骨灰摆放在勇嘎的灵位前后,跪地道:"勇嘎你回康定来了,你安心长眠吧,我会把小洛桑、田靓抚养成人,将阿妈养老送终……"

在一旁饮泣的卓玛悲戚地道:"姐姐你为啥要丢下妹妹就这么走啦……我的姐姐呀……"

与此同时,一旁的格桑拉姆、降央及田府另些女士也忍不住饮泣。

——田府上下的人都沉浸在肃穆和悲愤的气氛之中。

……

田轩在马帮和卓玛的帮助下,处理完勇嘎的后事,打算返回拉萨时,商会送来的通知,说明天是西康省建省的日子,省会城市设在康定,请各界人士务必参加庆典活动。

1939年9月12日,是西康建省的日子。太阳刚爬上山头,喇叭就一遍又一遍播放起来当时流行的歌曲《康定情歌》:

跑马溜溜的山上,
一朵溜溜的云哟,
太阳端端地照在,
康定溜溜的城哟。
……

田轩一早起来,在厨房盥漱时,卓玛也来盥漱来了。卓玛询问田轩道:"今天是大喜的日子,你去看热闹吗?"

田轩回答:"没有雅兴!"

"不行,"卓玛撒娇地道,"我要你陪我!"

……

今天既是西康建省的日子,也是雅康公路通车的日子,整个康定城到处都是一派欢腾,诸多的康定人在这一天第一次亲眼看到了小汽车和大卡车。

卓玛惊讶地对田轩道:"你说这大卡车多有能耐呀,一次装载的货,比你们用60条牦牛运载的货还多。"

"以后我也改换门庭,"田轩兴致勃勃地回答,"买几辆车,当汽车司机。"

"老板,"赖三不由得问,"你当了汽车司机,我们咋办?"

"什么咋办,"田轩爽快回答,"也当司机呀!"

当赖三随同田轩和勇嘎从街上回到田府,把老板要购买汽车大伙都当汽车司机的事告诉马帮兄弟时,汤巴子顶撞赖三道:"屁话!谁能保证我们这么多弟兄都当司机?一台汽车就值万两黄金,你说老板他能买几辆?——这是老板搪塞我们,给弟兄们吃得开

心丸！"

"兄弟，打住，"李二拐拍了下赖三肩头嗤笑道，"你那黄粱美梦别再做了。"

"你们都是群混账！"赖三手指众弟兄问，"背地里说三道四，老板他咋啦——是对不住你们，还是亏欠了你们！"

……

一晃四五天过去，那些为"庆典"飘浮在空中的气球，以及沿河两岸翻飞的彩旗都一一作古，康定城恢复了原有的模样。这天，田轩和他的马帮驮队，以及卓玛离开了康定，远赴拉萨。

卓玛随同马帮驮队在远赴拉萨的途中，一天吃罢晚饭，田轩和他的马帮弟兄围坐在篝火边喝酒时，卓玛的贴身侍女来到篝火处对田轩道："姑爷，我们小姐请姑爷去一下，小姐有话对你说。"

田轩去了卓玛和贴身侍女居住的帐篷，问坐在火边的卓玛道："啥事找我？"

"我话还没说就想走，"卓玛以质问的口吻对田轩道，"有这么忙吗？"

"忙啥呀，"田轩笑道，"只是觉得有点尴尬。"

"尴尬啥？"卓玛坦然地说，"你是我表姐夫！"

田轩在卓玛的邀请下，只好坐了下来。

卓玛为田轩斟着茶问："能给我说一下你以后的生活打算吗？"

"我能有啥打算，就是一心为你姐报仇——"田轩回答，"攒钱支持抗战，让小日本早日滚出中国！"

"就这么简单？"

"就这么简单！"

"那小洛桑和田靓呢？"

"这还需说吗，"田轩回答，"尽我做父亲的责任——把他俩抚养成人！"

卓玛不相信地问："就没有考虑续弦的事？"

"我人已中年，还有两个孩子，"田轩回答，"除了强买强卖的婚姻，没有姑娘会真心嫁给一个有两个孩子的鳏夫——我宁可孑然一身，也不需要无爱的婚姻。"

"我们有爱吗？"卓玛问。

"别开这样的玩笑，"田轩泛笑道，"这话让白马知道了，他会来找我拼命！"

"我和白马的婚姻已经死啦，"卓玛认真地说，"他已经回他自己的家寻欢去了。"

"对不起，我得走啦，"田轩起身欲离时叮嘱卓玛道，"闲暇的玩笑，以后别再说了。"

……

其实，卓玛对田轩所说的都是心里话。从卓玛同白马举行婚礼的第一天起，她就一直都不待见白马。白马也因为卓玛不与自己同房，而离开了扎脱回自己的家乡卡江去享受有女人陪伴的生活去了。白马是个渣男，在他心目中，女人是男性性需求的发泄工具。因此，白马从青春期到来时，就仗势自己是土司家的二少爷，在父亲管辖的领地为所欲为，只要是有姿色的女子和少妇都逃不出他的魔掌。卓玛了解到白马这种不知廉耻的行为后，对白马厌恶极了，但是迫于父亲的年迈，扎脱急需要有贵族身份的男人继任土司之位，她只好顺从了父亲，默许了与白马之间的无爱婚姻。但是自从那次卓玛遭到土匪袭击，认识了田轩的那一天起，卓玛心中除了感激外还泛起了一丝丝说不出的情愫。随着时间的推移，田轩在与勇嘎的爱情上的执着态度，更令卓玛钦佩不已，田轩犹如一枚无瑕的翡翠落入了卓玛的心潭，内心的亢奋使她荡起了对田轩暗恋的涟漪。然而，有碍于勇嘎是自己最亲最亲的表姐，亲情令她不敢有逾越雷池的轻率盲动，只能将涟漪深藏在心底。现在表姐已经去世，时间和机会告诉她，现在是自己向田轩敞开心扉的时候，可是令卓玛大失所望的是聪明的田轩，竟然长了个木鱼脑袋。

　　卓玛随同田轩的马帮驮队赶了十多天的路抵达扎脱后，驮队去了土司府邸。田轩拜见了二伯，同时二伯也关心地问起了田轩对以后生活的打算，田轩的回答也是非常干脆："尽做父亲的责任，一心将俩孩子抚养成人。"

　　土司老爷为田轩补足了去拉萨的给养，田轩要启程赶往拉萨时，卓玛向父亲提出，自己要随同田轩去拉萨看望和安慰姊姊。

　　且说，自富贵从电报得到的勇嘎去世的噩耗后，便将这不幸的消息告诉了翁姆，翁姆知道女儿的不幸遇难后即刻便晕厥倒地。所幸有翁姆的哥哥旺竺卡玛在身边劝慰，有绒佳在身边侍候，翁姆才才打起精神，为了女儿留下的一双儿女，重新站了起来。

　　翁姆深知田轩现在是自己家的顶梁柱，只要田轩还是这个家的女婿，哪怕自己离世，这个家依然垮不了，女儿留下的一对儿女，也能幸免孤儿的命运。于是，她几番对伽玛道："勇嘎去了，家里没有多的人，想收你做我的义女。"

　　"老夫人，"伽玛满心高兴地回答，"伽玛能做老夫人义女，是佛祖赐给伽玛的福分。可是伽玛命薄，不知道是不是真有这份福分。"

　　"你有这心思就好，"翁姆高兴地，"我和勇嘎舅舅商量一下再说。"

　　聪明的伽玛明白老夫人收她做义女的目的，是要她嫁给田轩，不让田轩离开这个家。其实，伽玛从知道小姐遇难的消息后，就有了给小姐填房，嫁给田轩的心思。

　　……

　　卓玛随同马帮驮队抵达拉萨后，见姊姊的精神没有预想的糟糕而感欣慰。吃罢晚饭，卓玛便邀约上田轩，说是去拉萨城拍封电报，把姊姊身体健康的消息告诉自己父亲。

　　伽玛目视着卓玛和田轩策马出府邸后，心里酸楚楚的挺不是滋味，以女人的敏锐直觉，觉察到卓玛小姐对田轩有超乎异常的爱。于是，伽玛便去客厅，佯装笑脸对正在哄弄孩子的翁姆道："卓玛小姐不知有啥事，邀约起姑爷到城里去了。"

　　"这事我知道，"翁姆回复伽玛道"她俩是去城里拍发电报。"

　　伽玛知道老夫人没有明白自己话都意思，有所失望地微微地叹了口气。

　　"咋啦，"翁姆连忙问，"不对吗？"

　　"这些小事卓玛小姐应该告诉我，"伽玛笑道，"我叫个下人去办不就得了，小姐和姑爷何必要亲自跑一趟呢。"

"你的肚里藏的小心思我知道，"翁姆指责伽玛道，"这样的话以后就别再说啦，卓玛小姐是结了婚，有老公的人！"

"老夫人，你误解伽玛了，"伽玛连忙解释道，"伽玛担心劳累了小姐和姑爷的身体。"

……

卓玛和田轩从城里回来后，田轩因疲惫是直接回了自己的住室。田轩正要掩门时，伽玛笑盈盈地出现在门外。

田轩惊疑地问："有事？"

"有事！"伽玛回答着问，"我可以进屋吗？"

田轩让开道，伽玛进门后，掩上门，泛笑道："有件事得同你商量。"

田轩连忙问："啥事？"

伽玛征求意见地询问道："我能坐吗？"

"你请！"

伽玛落座后，挪出位置反客为主地说："你也坐呀！"

田轩在伽玛旁边落座后问："商量啥事？"

伽玛脸上泛出红晕羞涩地道："我要做老夫人的义女啦，你为我高兴吗？"

"好事呀，"田轩兴致地道，"阿妈收你做了义女，有你这个当姑姑的照看小洛桑和田靓，我就放心啦！"

"相信我，"伽玛心里美滋滋地，"我会照顾好小洛桑和田靓的。"

田轩感激地连连道："我代表小洛桑和田靓谢谢你，谢谢你！"

伽玛那双蕴含着青春的激情的眼睛目视着田轩道："我爱你！"说着便欲将自己的头靠向田轩的肩头，田轩连忙伸手拦住伽玛的身子，站起身来拒绝道："这样不好，这样不好。"

"相信我，"伽玛乞求地，"我会侍奉好你的！"

"这事我们以后谈，以后谈，"田轩背转身道，"我累啦——得休息了。"

伽玛目视着田轩背转身的身子，眼眶涌出了失望而又酸楚的泪水。

……

田轩在拉萨休歇了两天，王耀祖发来了催促他返回康定的电报。就在田轩返回康定的前一天晚上，翁姆叫身边的侍女将田轩请到自己的住室，便询问起田轩对以后拉萨和康定两处生意的安排，以及自己的个人生活打算。

翁姆得到田轩的回答是，无论拉萨的生意，还是康定的生意，一切都按原来的安排进行，至于个人的生活，就是将一双儿女抚养成人。

翁姆问田轩道："你就不想再娶女人？"

"不想！"田轩回答，"只想把小洛桑和田靓抚养成人。"

"小洛桑和田靓都小，田靓才开始丫丫冒话，"翁姆道，"他俩都需要母爱！"

"阿妈，"田轩道，"我想的就是让俩孩子读书上学，将来各自有个好的前程。"

翁姆见女婿的态度坚决，猜想一定是女儿去世的阴影还没有从田轩心里抹掉，田轩还在惦念自己女儿。于是，翁姆打算缓一段时间，再向田轩提续弦的事。

田轩从岳母住室出来，便去了小洛桑和田靓住的房间看望两个孩子。聪明田靓一看田轩就"呀！呀！"地招呼起来，卓玛将自己抱在怀里的孩子，交给田轩道："田靓聪明，在招呼你。"

田轩欣慰地接过孩子，吻了吻孩子的脸蛋，逗弄孩子道："田靓乖，明天阿爸就要回康定，田靓要听姑姑和外婆的话……"

"怎么，"卓玛打断田轩的话问，"你明天就要回康定？"

"收到康定的电报，催我回去。"

"你就不能找个信赖的人，把康定的事全交给他吗？"

"我已经交给了王叔和扎西，"田轩回答，"可他们做啥事，都不能自作主张。"

"这样长久下去，"卓玛关心地，"你会累坏身体！"

"我身强力壮，"田轩泛笑回答，"有本钱——一时半会累不坏！"

……

由于明日要起早返回康定，田轩早早回到住室打算来一个早睡早起。他正脱衣时，响起了敲门声。田轩将门打开，出现在门前的是卓玛。

田轩惊疑地："你……"

卓玛进屋顺手将门掩上，眼眶闪烁着炽热的爱意依偎在田轩的怀里。

田轩诧异道："不能这样！不能这样！"

卓玛搂着田轩一双火辣辣的眼睛目视着田轩道："亲亲我……"

当情爱的魅力点燃了欲火，一切顾忌与制约都将软弱无力地被冲动者抛于脑后，于是，田轩和卓玛这对内心互有彼此的男女，便沉浸在了爱中。

……

次日，田轩率马帮驮队出发远赴康定时，卓玛从宅楼追了出来，叮嘱田轩道："一路小心，我在拉萨等你回来！"

田轩回头连连向卓玛挥手。

田轩和他的马帮驮队离开昌都的吉祥货栈，在金沙江边遇见了白马和他率领的家族武装。白马告诉田轩，他已知道了勇嘎去世的噩耗，特意去拉萨看望婶婶。田轩向白马说了一番感谢的话语后两人便分手各奔了东西。

白马来到拉萨，见到卓玛，阐释了自己来拉萨看望婶婶的理由后，卓玛强压自己心里的厌恶，对白马道："你自己回吧，在婶婶家我不与你争吵。"

"我是你丈夫，"白马理直气壮地顶撞卓玛道，"你在哪，我就在哪，是天经地义！"

卓玛为了避免在婶婶家发生争吵，在万般无赖之下，只好随同白马离开了拉萨，返回扎脱。

在返回扎脱的路上，令卓玛万万没有料到自己成了白马暴力的牺牲品——白马以卑鄙的手段暴力强奸了卓玛。

卓玛回到扎脱，土司老爷便在女儿面前夸奖起白马来，他盛赞白马去拉萨是知事晓理，希望女儿转变对白马的态度，安心同白马过日子。然而，卓玛向父亲亮出自己在返回扎脱路上遭白马暴力强奸留下的伤痕时，土司老爷叫来白马，当面呵斥道："你给我滚——滚回你的卡江！"

白马遭到岳父大人臭骂后，只好夹着尾巴灰溜溜地离开了扎脱。

土司老爷是个明智的人，他知道白马父母愿意自己儿子入赘到自己家的目的是为了让儿子日后继任为扎脱的土司。就土司位置的诱惑力来说，白马在任何时候对卓玛只能规规矩矩不敢有粗鲁的言辞，然而白马却超乎了土司老爷的所料竟然敢于对自己女儿动粗。

白马被驱赶离开扎脱后，土司老爷整日都在为女儿的婚姻担忧，期盼女儿有个疼爱自己的丈夫。管家看出了老爷的心思后，宽慰老爷道："老爷，你就不要为小姐操心操劳了，小姐自己有自己的打算。"

"小姐每天就只看到府里的四角天地，"土司老爷斥责管家道，"能有什么打算？"

"老爷，"管家笑道，"奴才猜想……"管家目视着老爷没有再说下去。

"猜想啥？"老爷逼问道，"说！"

"小姐像是……"管家观察着老爷的面色，停顿了会儿道，"喜欢上了姑爷。"

"放肆！"老爷斥责管家道，"哪来的姑爷！"

"马帮——田老板，"管家道，"田轩！"

其实，土司老爷早已从白马对田轩愤懑的态度，以及女儿对田轩热情的态度，就猜测到了一二。同时，土司老爷也从卓玛贴身侍女那儿了解到自那次田轩冒着弹雨救女儿的那天起，女儿就被田轩临危不惧的男子汉气概折服，之后又看到田轩对勇嘎的忠贞不渝，使女儿早就滋生出了对田轩钦佩和暗恋的情缘。

"女儿大了，"老爷暗自叹息说，"人也随心飞了！"

……

且说，田轩率马帮驮队离开拉萨赶赴康定已有二十多天了。在这些日子里，卓玛的心里只有对白马的无比憎恨，而对田轩的爱却更加深切了，如像洪水冲塌了防护的堤坝。

卓玛是向往自由的人，她厌恶在家孤单地享受衣来伸手，饭来张口的生活，于是告诉父亲，自己打算去康定散散心。老爷对女儿向来是百般迁就，得知女儿心意后便只好心领神会地叮嘱女儿路上小心。

第四十二章
卓玛怀孕土司喜　伽玛当妈玩心机

自田轩在拉萨同卓玛共眠了一夜后，田轩的内心一直为占有了别人的女人而感羞耻。尤其是在返回的路上遇见白马后，他更责恨和懊悔自己不应该图一时的痛快，做了伤害白马的事。田轩就在这种自我谴责和懊悔之中，返回了康定后，又率马帮赶赴去了雅安。

田轩在雅安见到李明华，请李明华将自己支持党组织的资金转交的党组织后，又率马帮驮运着在雅安采购的物资，返回到康定。令田轩没有想到的是在田府大门处又见到了卓玛。

卓玛的到来不但没有给田轩带来高兴和兴奋，反而使他心态处于彷徨失措之中。他深知由于自己在拉萨时的一时冲动，使卓玛产生对生活新的幻想。为了刹住卓玛对自己的幻想，他不得不去卓玛的住室，询问卓玛道："白马不是去了拉萨了吗？你怎么一个人来到了康定？"

卓玛告诉了田轩白马对她实施暴力的经过，以及白马遭到自己父亲的痛骂而被赶出土司府的全过程。

"你呀，"田轩责备卓玛道，"怎么不考虑白马的离开会带来的后果？"

"我考虑过，"卓玛回答，"后果就是分道扬镳！"

"你坚定了信心？"

"我心中只有你，"卓玛上前依偎在田轩怀里深情地说，"我爱你！"

田轩走至窗户，转身道："我不值得你爱，你不能为了我而毁了自己！毁了扎脱！"

"在拉萨你不是说过爱我吗？"卓玛问，"今天怎么说了这么多令人沮丧的托词？"

"你是土司的女儿，二伯需要女婿继任土司，"田轩解释道，"我只是个马帮，无论族别、门第我都做不了扎脱的土司。"

"别给我说门第，"卓玛气愤地反驳道，"勇嘎姐和你在一起，难道族别、门第就相称？"

"勇嘎与你极不相同，"田轩反驳道，"你是土司的女儿，勇嘎是商家的女儿。"

"别给我说这些，"卓玛再次上前依偎在田轩怀里道，"我就爱你！"

"白马是你门当户对的丈夫，"田轩叹了一口气道："扎脱需要白马做你家的女婿。"

卓玛推开田轩恨恨地骂道："没想到你竟然是个背叛爱情的懦夫！"

……

次日一早，起床后的田轩来到卓玛住室门前叫门时，女佣告诉他道："卓玛小姐昨晚就走啦。"

田轩连忙问："小姐去哪啦？"

"我问过小姐去哪，"女佣回答，"可她没有回答。"

……

田轩顿时心急火燎地找到王耀祖，说卓玛已经回扎脱去了，他担心卓玛的安全，得先行一步赶往扎脱，叫他通知扎西，率马帮驮队跟着就去扎脱，自己在扎脱等候驮队的到来。

"老板，"王耀祖思索了片刻，回答道，"老夫倒是有个建议……"

"建议？"田轩冷静地问，"啥建议？"

"马帮路过扎脱顺道去看望卓玛小姐是顺理成章的事，"王耀祖语重心长地说，"你一个人去扎脱，老夫认为有点唐突。"

田轩也认为王耀祖的所言颇有道理，于是连连回答王耀祖道："我想想，我想想！"

其实，有关田轩与卓玛的事，王耀祖已有耳闻，他对田轩所说的"建议"，是从侧面告诉田轩，要冷静地处理与卓玛间的男女私事，不要让闲言碎语淹没了自己。

且说，白马因殴打卓玛被岳父赶出府邸回卡江的自己家后，父母即刻询问儿子回家的原因，白马如实地说出了打卓玛的经过以及遭到岳父责骂和被赶出卓玛家的全部事实后，白马的父母不但没有责备儿子，母亲反而安慰儿子道："你是老东西名正言顺的女婿，你就住在家里，我倒要看看老不死，最后怎么收场！"

白马的母亲说话虽然硬气，但是经不起"土司"名号和权利的诱惑，最终还是准备了厚礼，在儿子陪同下去了扎脱，给亲家赔礼去了。

白马的母亲为了在亲家面前不失土司夫人和土司家族的身份，这次去扎脱可以说是浩浩荡荡，不但带了十多个护卫家丁，还带了厨子、佣人、丫鬟侍女、马夫，以及五六个驱赶牦牛的牛场娃。单说老夫人乘坐的马匹就格外的讲究，马镫是银质的，马鞍上还垫有从印度买来的毡毯。为了防晒，身边还配备了两位负责为老夫人遮阳的侍女。

虽然陪同老夫人出行的人多，但乘马的劳顿也让老夫人苦不堪言，尤其每到夜晚腰都疼痛得打不直，得靠丫鬟和侍女按摩才能缓解疼痛。每晚在侍女为老夫人按摩的当儿，老夫人都要责骂儿子，骂儿子不争气，才使自己遭这样的活罪。

老夫人在路上走走停停足足行了八天，才来到扎脱。当护卫土司府的家丁禀报管家，白马家的母亲来到大门处要拜见土司老爷时，管家自己都拿不定主意应该怎么办了，急忙前去禀报老爷。

土司老爷犹豫不决的时候，管家在旁边道："老夫人远道而来，出于礼节老爷怎么也应该请土司夫人进府。"

土司老爷叹了口气道："按你的意思——请他们进府吧。"

白马母亲来到客厅，先是一番称赞土司老爷身体康健的话，然后谴责儿子的不懂事，尤其对儿子打卓玛的事，连连向土司老爷赔礼道歉，自责自己对儿子管教不严，并保证以后再不会发生这样的事。当询问起卓玛时，土司老爷回答："卓玛姆姆病啦，府上没有多的人，卓玛代我去拉萨看望姆姆去了。"

"应该看望，"老夫人同情地道，"她姆姆老来丧夫、丧女，这命也够苦。"

……

白马母亲在土司府休息了三天，打算返回家时，再次向土司老爷提起起儿子和卓玛的婚姻之事道："亲家，白马知道错啦，我也拉下老脸给老爷赔礼啦，你就高抬贵手……"

"其他话不必说啦，"土司老爷打断白马母亲的话道，"就让白马留下，卓玛过几天就会回来，我好好劝劝女儿。"

……

白马母亲离开扎脱的第二天，卓玛从康定回到了家。当白马在大门处迎上卓玛时，卓玛气不打一处来，质问白马道："你不是回卡江了吗，还来扎脱干啥？"

"卓玛，我是来给你赔礼道歉的，"白马哀求地道，"我啥都错啦，你原谅我吧。"

"你马上给我消失，看见你我就烦！"卓玛说着，昂头疾步朝大门走去。

卓玛来到客厅，父亲从女儿写满怒气的脸上，就估计出女儿已经见过了白马。于是，土司老爷却故作不知地询问女儿道："你才去康定几天呀，怎么不在康定多待些日子？"

"我心里烦，"卓玛没有好气地回答，"哪也不想呆。"

"你表姐夫不待见你？"

"他有啥不待见我，"卓玛故作高傲地，"是我不想待见他！"

"是，是，是，"土司老爷笑着道，"是我女儿不想待见他。"

卓玛的脸上露出了笑容。

"天下做父母的都想自己的儿女好，"土司老爷叹了口气，颇有感触地道，"为了儿子，白马母亲不顾年迈赶了几百里路，特意带儿子来给你赔礼——可怜天下父母心啊！"

"白马的父母确实不错，"卓玛愤愤地，"可是白马他……"

"阿爸老啦，"土司老爷无可奈何地说，"女儿啊，你的日子还长啊——白马既已知错——得饶人时且饶人。"

"阿爸，你别劝我，"卓玛回答父亲道，"女儿知道该怎么做。"

"我不劝，我不劝，"土司老爷无可奈何地说，"你自己掂量，自己掂量。"

黄昏时分，白马候在小姐楼的院门外，当卓玛从院里出来时，白马拦住卓玛道："请你等等，我有话对你说。"

第四十二章　卓玛怀孕土司喜　伽玛当妈玩心机

"没什么话可说可谈的，"卓玛回答，"要说，就说离婚；要谈，也谈离婚！"

"卓玛，"白马欲再向卓玛认错时，卓玛昂头而去。

……

次日，卓玛在自己的小姐楼喝罢了早茶，就去到父亲宅楼的客厅，唤父亲道："阿爸，我要去拉萨看望姊姊。"

"白马在这，你哪也别去，"土司老爷为难地劝解女儿道，"哪怕你就是不理睬他，总比没在家好。"

卓玛气呼地顶撞父亲道："别给我再提白马——我烦！"说罢，突然感到心头恶心，头也眩晕，双脚也不听使唤，站立不稳。

就在卓玛要跌倒时，贴身侍女赶忙扶着卓玛连声呼唤："小姐！小姐！"土司老爷着急了，斥责候在门外的侍女道："还站着干啥——快去请大夫！"

……

大夫来到府邸时，卓玛小姐已被搀扶回到了小姐楼。但大夫随土司老爷去了小姐楼，细心查看了小姐的面容，观察了小姐的步态，以及小姐的尿液和大便后，兴奋地拱手对老爷道："恭喜老爷，贺喜老爷——小姐有身孕啦！"

"大夫，"土司老爷激动地反问大夫道，"小姐真是有了身孕？"

"老爷，"大夫高兴地回答，"你就宽心地等着做姥爷！"

土司老爷高兴地吩咐管家道："快，赏大夫五个大洋！"

"是！"管家应声回答后就要去账房时，老爷又叫住管家，改口吩咐道："赏十个——赏十个大洋！"

……

傍晚，白马从大金寺回到府邸，在客厅对岳父道："阿爸，我不想给卓玛增添烦恼，打算回卡江去待几天。"

"你哪也不能去，"土司老爷呵斥白马道："卓玛已经有了身孕，就给我老实待在府里。"

"阿爸，明天我要回卡江，"白马激动地，"把这喜讯告诉我阿爸、阿妈！"

……

白马策马赶了几天路回到卡江，把卓玛怀孕的消息告诉自己的兄长和父母亲后，大家都为白马高兴。同时，土司老爷做出了重要的决定：向各地的土司、头人，以及亲朋好友送去"请柬"——邀请各位前来府邸参加盛大的宴会，同时在请柬上附言说在宴会上，土司老爷将有重要的消息宣布。当这些受邀请的土司、头人及亲朋好友得到请柬后，都在相互打听和猜测土司老爷所说的重要消息，究竟是什么？

当卓玛家的管家收到请柬后，管家将白马家要举办宴会的消息禀报土司老爷，并询问道："老爷，一不是过年，二不是奉节，卡江土司老爷要举办宴会，而且还说有重要的消息在宴会上宣布，这葫芦里卖的是啥药？"

"白马父亲是在逼我上梁山！"土司老爷回答。

聪明的管家明白了老爷话里"上梁山"的含义，继续询问道："老爷，宴会的事，我们是去参加，还是不去参加？"

"怎么不去，"土司老爷回答，"怎么说两家也是亲家，你带些礼物去趟卡江。"

……

白马家的请柬发出去后的半月之后，宴会在土司府邸如期举行。那天，府邸到处都张灯结彩，并邀请了甲卡的演出队前来府邸助兴演出。同时，白马父亲对要发布的消息保密甚严，对任何人都只字不提，让前来参加宴会的宾客倍感好奇。

宴会按事先的安排，让宾客在府邸好吃好玩地过了三天后，临近宴会结束那天，土司老爷才向宾客们正式宣布重要的消息——扎脱土司老爷马上就要增加人丁了，他的女儿卓玛已经怀上了自己家白马少爷的孩子。

卓玛怀孕的消息一经土司老爷宣布，宾客们反觉得不以为然了，个个都心底都明了土司老爷的举办宴会的用意——自己的儿子将是扎脱土司无可非议的继任者！

白马父亲也是个极聪明的人，在宾客离去那天，他为了不让宾客们扫兴，特意为各位宾客赠送了一份厚礼，让宾客们都满载而归。

卓玛家的管家除了得到厚礼外，还被土司老爷邀请到客厅，进行了一番漫谈，白马父母感谢他在府邸对自己儿子关照。同时，请管家带话给亲家，自己将要前往扎脱，一是要拜望亲家，二是要去看望有身孕的卓玛。

白马父亲出发去扎脱那天，不但有白马陪同父亲随行，而且还带上了十多位家丁，以及用十多条牦牛驮载的酥油、干牛肉、丝绸、地毯等礼品。

……

且说，卓玛不辞而别离开康定后，田轩采纳了王耀祖的建议，决定这次去拉萨路过扎脱时，不再去土司府打扰二伯，同时也不去见卓玛，别再给她增添烦恼。

田轩抵达拉萨的那天晚上，翁姆又再次向田轩提起了续弦的事，田轩委婉地回答翁姆道："阿妈，我们不提续弦的事行吗？"

翁姆泛笑道："阿妈不提，阿妈不提！"

田轩落座后，伽玛在为他斟茶时，翁姆接着问田轩道："卓玛离开拉萨时不是说还要同你一道再来拉萨吗？她怎么没来？"

"我不知道，"田轩回答，"也许是家里有事脱不了身。"

翁姆是明白人，自女儿遇难卓玛随同田轩来到拉萨，她就从卓玛对田靓的态度，以及对田轩细致关心的态度上，猜测到侄女爱上了田轩。为了判断自己猜测的准确性，翁姆曾旁敲侧击地试探性地询问过卓玛对自己丈夫白马的态度。当翁姆得知侄女对白马的态度就是解除婚姻时，翁姆也为卓玛的选择暗自高兴。因为自己的亲侄女能为田轩填房是最好不过的好事，只要卓玛嫁给了田轩，自己也就不必为女儿丢下的一双儿女担心了，自己的亲侄女一定会像亲阿妈一样呵护小洛桑和田靓成长。

……

伽玛是有心计的女人，她不但对翁姆心里的变数心知肚明，而且早在卓玛小姐还在拉萨的时候，就敏锐地感觉到卓玛小姐的心里充满了对田轩炽热的爱。聪明的伽玛有自知之明，早已从心底做好了得到田轩的盘算——哪怕自己是与卓玛小姐共夫，也是自己前世修来的福分——攀上了贵族高枝。因此，伽玛无论是在卓玛小姐面前，还是在翁姆面前，乃至田轩的面前，脸上流露出的都是满满的喜悦。

所以，当伽玛没看见卓玛随同田轩来到拉萨，心里顿时燃起了改变命运的炽热火焰，寄希望得到佛祖的护佑，今晚能许身于田轩。于是，伽玛趁马帮在忙着卸货和清点货物的当儿，独自去了趟喇嘛寺，并跪在佛像足下，向大慈大悲的观音菩萨许下心愿——一旦自己的渴求得到应验，将为仁爱的菩萨敬献燃亮长明灯的酥油一百斤和为菩萨修身的藏银圆一百枚。

夜，宁静极了。伽玛站在自己住室的窗户前，目视着田轩从一对儿女的住室出来，回到了自己的住室，关上窗户，熄灭了洋油灯……

田轩回到自己住室在脱衣准备躺下时，门外响起了敲门声。

"谁呀？"田轩问着拉开房门，见是伽玛便问，"有事？"

伽玛甜甜地微笑问："能进房里说吗？"

田轩犹豫片刻后，背转身朝椅子走去时，伽玛进屋来后，顺手将门掩上。

田轩在椅上落座后问："啥事？"

"小洛桑已经四岁，"伽玛回答，"该上私塾了。"

"这事我都给忘啦，"田轩歉意地一笑，请伽玛入座道，"你坐！你坐！"

伽玛坐下后道："小洛桑的事你别挂在心上，我每天都会按时接送他的。"

田轩歉意地道："又给你添麻烦啦！"

"只要你心情愉快，"伽玛羞涩地微笑着道，"伽玛就满足了。"

"你不愧是我岳母挑选的好管家，"田轩连连道，"谢谢你，谢谢你！"

"那明天我们一道去私塾给小洛桑报名。"

"我就不去啦，"田轩道，"麻烦你替我代劳。"

"这……"伽玛故作为难地把要说的话咽进肚里。

"你有难处？"田轩问。

"我怕先生问起小洛桑的父母的姓名，"伽玛羞涩地，"我说不出口。"

"明天我陪你去！"

"田轩，你真好！"伽玛羞涩地拉起田轩的手道，"善解人意！"

田轩连忙缩回手拒绝道："别这样，别这样！"

"这有什么，"伽玛名正言顺地道，"我迟早都是你的女人。"

"别说这些，"田轩垂下头道，"我我已是有两个孩子的父亲——不配做你的丈夫。"

"别说才有两个孩子，就是有十个二十个，"伽玛将自己的头靠在田轩肩头，深情地道，"我也甘愿做孩子的阿妈！"

伽玛天生丽质，由于与田轩近距离接触，身上散发出的浓郁的清香体味令田轩陶醉，田轩情不自禁地将伽玛拥入怀中……

……

夜半时分，伽玛才在田轩的要求之下，恋恋不舍地离开了田轩的住室。

次日一早，翁姆刚起床伽玛就已来到翁姆的住室，跪地称呼翁姆道："阿妈，女儿给你请安。"

"什么女儿呀？"翁姆惊疑地道，"我不是告诉过你，这事等我同勇嘎舅舅商量好了再定吗？"

"阿妈，不用麻烦舅舅啦，"伽玛故作羞涩地，"我和田轩都相互许身了。"

"你呀，深藏心机，"翁姆笑着搀扶伽玛起身道，"起来，快起来，田轩都同意了，阿妈还有啥可说的。"

伽玛被翁姆搀扶起身后，亲昵地唤了翁姆一声："阿妈！"

吃罢早餐，田轩随同伽玛去拉萨城里的私塾，为小洛桑报名去了。田轩和伽玛走到街上，见有许多洋人出没于各个商铺，惊疑地问伽玛道："洋人不是都被驱逐回国了吗？怎么街上又有了洋人？"

"这不是我关心的事，"伽玛回答，"别问我，想打听，去问你舅舅、表哥、表嫂——谁都行。"

田轩心里默默地骂了一声："愚昧！"

田轩和伽玛来到幼稚园，在报名登记处登记时，当先生询问小洛桑父母的姓名时，伽玛爽快回答道："父亲——田轩；母亲——伽玛！"

中午，田轩、伽玛回到府邸，翁姆在奴隶市场新买回府邸的侍女茨玛丽珠便迎上他俩道："姑爷、夫人外出辛苦啦。"

伽玛惊疑地打量着茨玛丽珠问："你是谁呀？"

"回少奶奶的话，"茨玛丽珠恭敬地回答，"奴婢是老夫人身边的侍女——茨玛丽珠！"

伽玛再没话可问，便随田轩去了客厅。

田轩、伽玛进客厅后，翁姆问："小洛桑读书的事办妥啦？"

"阿妈，"伽玛抢先回答，"借您老的洪福全办妥啦。"

茨玛丽珠在为田轩和伽玛斟茶时，翁姆向田轩介绍茨玛丽珠道："她叫茨玛丽珠，这姑娘乖巧，是我刚给自己挑选的贴身侍女。"

"阿妈，"伽玛唤翁姆道，"我……"

"什么也别说，"翁姆回答伽玛道，"侍奉好姑爷！"

下午，旺竺卡玛来府邸看望妹妹时，田轩向舅舅旺竺卡玛提到了在街上看到洋人的事，旺竺卡玛无赖地叹了口气道："英帝国主义妄图颠覆西藏的贼心不死呀，他们除在拉萨派驻士兵和情报人员外，还公然派遣驻锡金的行政长官古德等人来拉萨，明目张胆威胁西藏地方政府把白马岗及门达旺以南地区割让给英国。"

"狗东西的英国佬，"田轩愤然骂道，"真是卑鄙至极！"

"更卑鄙的事还有啊，"旺竺卡玛嗤笑了一声后接着道："热振活佛严正地拒绝了英帝国的无理要求后，英国人竟然唆使噶厦政府中的亲英势力，不但对热振活佛进行造谣诽谤，而且还利用宗教形式，指派'乃穷'（巫师）降神……"

　　"等等，等等，"田轩打断旺竺卡玛的话，颇感奇怪地问，"啥叫乃穷？"

　　"乃穷就是专门从事占卦的巫师，"旺竺卡玛继续道，"这些乃穷，真可恶，用宗教蛊惑众僧和民众说，热振活佛将有三年的厄运，必须暂时辞职回热震寺院闭关静修三年，才能禳解灾难。"

　　田轩连忙问："热振活佛也相信蛊惑的鬼话？"

　　"热振活佛在亲帝势力的逼迫下，为了缓和政治矛盾，只好辞去摄政王之职三年，"旺竺卡玛眼眶噙着泪水道，"由年已73岁的师父达扎活佛暂行代理摄政。"

　　"达扎活佛他……"

　　"——老迈无能！"旺竺卡玛愤愤地道，"西藏的政教大权旁落，已被被亲英势力牢牢掌控。所以，拉萨街头又出现了英国士兵和谍报人员。"

　　"这个达扎活佛，简直就是个民族败类！"

　　"就是败类！"旺竺卡玛痛心地道，"热振活佛用心血换来的西藏的安定环境，被达扎活佛全给葬送了……"

　　"田轩，"翁姆斥责田轩道，"你怎么净问些伤心事惹你舅舅难过！"

　　"舅舅，您老别再难过，"田轩安慰着旺竺卡玛道，"这些既已成为事实，您老再怎么痛心，也改变不了现状！"

　　"他舅，别伤了自己身体，"翁姆上前抚慰旺竺卡玛道，"我赞同田轩说的话——您再怎么痛心，也改变不了现状！"

　　"我无能，"旺竺卡玛痛心疾首地道，"我无能啊……"

　　"我们还是说高兴的事，"翁姆改变话题道，"我有事还得麻烦哥哥。"

　　旺竺卡玛拭去泪水问："有啥事？"

　　翁姆高兴地道："田轩要结婚啦！"

　　"结婚？"旺竺卡玛惊疑地问，"女方是哪家姑娘？"

　　"是我义女，"翁姆兴高采烈地回答，"——伽玛！"

　　"这婚事好！"旺竺卡玛高兴地道，"勇嘎留下的一双儿女再也不是无娘的孤儿，你也为罗松泽仁家保住了延绵儿孙的烟火的根基。"

　　——最后，翁姆兄妹俩共同商议，决定明晨就去喇嘛寺，请高僧打卦为田轩和伽玛测定婚期。

第四十三章
新婚甜蜜醉苦酒　穷途末路遇恩人

　　田轩和伽玛举行婚礼那天，来了众多的宾客，其中除了罗松泽仁昔日的商界朋友及拉萨的贵族人家外，另外还有旺竺卡玛政界的官员朋友，整个婚礼在府邸足足闹腾了五天。

　　所谓浪漫的爱情，在现实生活中只是达到实现性需求的可望而不可即的向往。就拿田轩与伽玛的婚姻来说，既没有相爱，更没有浪漫。田轩和伽玛第一次发生关系时，伽玛是出于心计；田轩则因伽玛的勾引而一时冲动。田轩此时此刻懊悔极了，懊悔自己吞下了一杯自酿的苦酒。

　　婚礼结束以后，田轩也对新婚的夫妻生活逐渐冷淡下来，同时也厌恶了伽玛强烈的需求。于是对翁姆道："阿妈，我离开康定来拉萨都快半年啦，我得返回康定，照看那边的生意。"

　　翁姆是个明事理的人，她即刻应允了田轩的请求。同时告诉田轩，伽玛做了夫人，再不能让她抛头露面管理府邸的事，你离开拉萨之前，得找一个信任的人做府邸的管家。

　　"阿妈，"田轩回答翁姆的话道，"我对府邸的人和事都知道得很少，谁做管家就由您老来决定。"

　　"依我说，茨玛丽珠乖巧、聪明，就让她兼做管家。"

　　伽玛也是办事利索的人，当天下午就将府邸的下人全都召集在一起，当着翁姆、田轩、茨玛丽珠的面向众人严厉地宣布道："茨玛丽珠从今以后就是府邸的管家，你们都得懂得规矩，谁敢违背——家法绝不轻饶！"

　　……

　　晚间，田轩把自己要返回康定的事告诉伽玛后，伽玛当即反驳道："你一个人回康定我不同意，我得随你同去康定！"

　　"你走啦，"田轩压住内心的怒火质问道，"谁来照顾小洛桑、田靓、老母亲？"

　　"我是你的妻子，夫人！"伽玛怒不可遏地说，"不是这家里的侍女、丫鬟！"

田轩彻底怒了，顺手端起桌上的茶碗，用力往地下一扔，呵斥道："你滚！滚出这府邸——我也不要你这种妻子，也不要你做这府邸的侍女和丫鬟！滚！你给我滚！"

伽玛从来没有见过田轩发这么大脾气，她连忙依偎在田轩怀里眼眶溢满泪水，向田轩认错道："轩，我错啦，你原谅我，我听你的话，留在家照顾好小洛桑、田靓、阿妈……"

伽玛向田轩认错时，心里已经做好了盘算——自己在沉默中等待，只要自己肚子争了气，怀上了田轩的孩子，那么，家庭的枷锁就能将田轩牢牢地拴住，自己也就把田轩掌握于股掌。此间，与其说伽玛在当着田轩的面掉泪认错，不如说这泪水是鳄鱼的眼泪，这认错的话语是狐狸的谎言。

田轩去康定出发，翁姆叮嘱他，路过扎脱务必去趟二伯家替她看望一下二伯和卓玛。

且说，白马家因为卓玛怀孕而宴请了各地土司、头人后，便按照事先的预定，由白马便陪同父亲，前往扎脱去拜见亲家，看望卓玛。同时，白马母亲为了在卓玛父女面前表现出自己对卓玛的关心，特意准备了由十多条牦牛驮载的有益于卓玛滋补身体的礼品，以及两个侍奉卓玛的侍女——单珠和泽西央措。

白马随同父亲抵达扎脱后，在卓玛家府邸白马父亲拜见了卓玛父亲，两亲家相互寒暄后，白马父亲亲自去小姐楼看望过卓玛并再三叮咛：一定要放宽心，无论生下的是少爷还是千金，都是菩萨赐予的恩典，自己所要做的就是保养好身体，生下胖胖的小宝宝。

白马父亲在扎脱七八天的时间里，卓玛也和白马很少见面，她几乎每天都待在小姐楼里，就是吃饭也是难得下楼，由厨娘送上小姐楼来的。卓玛与白马难得见面一次，就更不要说与白马同房的事了。

白马整天无所事事，白天随父亲去大金寺或是烧香许愿，或是拜见寺里的桑雀活佛和洛布管家，夜晚便与单珠和泽西央措行苟且之事。

……

且说，次郎尼玛在拉萨投靠理查德不成，只好去投靠娘舅卡玛次仁，过寄人篱下的日子。

卡玛次仁也是个嗜欲极浓的贪财之徒，在次郎尼玛住进他家的日子里，他每天都在催促妹妹逼迫次郎尼玛交出大洋，以他的名义在拉萨买地置业。次郎尼玛也并非傻瓜，总是玩弄推脱的把戏：今天推明天，明天推后天，如此这般地推说了两三个月后，卡玛次仁做出了将次郎尼玛驱逐出自己家门的决定。

一天，卡玛次仁带回家来一位名叫扎西央措的活佛，并向次郎尼玛介绍说，扎西央措师出达扎大活佛门下，不但精通佛法，而且在印度、西藏都广有朋友。同时，卡玛次仁还向次郎尼玛透露了一个重要的秘密——西藏的政治局势不久将要发生变动，达扎活佛正在令其手下的喇嘛，及噶厦政府中的上层中亲英派人物，去四处充当说客，联络各地的土司、头人，构建自己的亲英派势力集团。同时，这亲英派势力集团，将借住英帝国主义的力量组建自己的武装，一旦时机成熟，西藏将成为独立的国家。最后，卡玛次仁还为次郎尼玛画了个又大又圆的饼子——只要你跟随扎西央措活佛去游说各地的土司、头人为达扎活佛构建亲英势力蓄积足了力量，西藏独立后，扎西央措能引荐你在噶厦政府蒙个一官半职。

卡玛次仁的这番话，虽说目的是驱赶次郎尼玛离开自己的家，但是对次郎尼玛来说，也算是一次改变命运的机遇。于是，次郎尼玛便离开卡玛次仁的家，踏上了跟随扎西央措奔个好前程之路。

次郎尼玛跟随扎西央措四处游说，每到一个新的地方，扎西央措不但能以自己的不烂之舌，说服各地的土司、头人加入到达扎活佛的麾下，而且他在说服土司、头人时，那些恣意造谣诽谤中伤热振活佛的话词，竟令土司、头人们深信不疑。

且说，次郎尼玛随同扎西央措来到昌都的藏军营地，诬蔑热振活佛道："藏兵勇士们，你们知道热振活佛是谁吗？——他就是个彻头彻尾的出卖西藏利益的败类！他和西康的刘文辉，青海的马步芳相勾结，将勇士们用血肉之躯，在西康和青海夺得到的既得利益，仅凭一纸条约就双手奉还给了西康和青海……"

扎西央措的诬蔑热振活佛的言辞，即刻把藏兵鼓噪得愤慨不已，反对热振活佛的摄政的声浪一声比一声强烈。

……

扎西央措达到了目的之后，又辗转来到扎脱大金寺，见到寺庙的桑雀活佛和寺庙管家，他又用自己的不烂之舌，挑拨离间康藏和昌都两地民间的关系。

这天，白马父子来到大金寺，便见到了前来大金寺游说的扎西央措和次郎尼玛。扎西央措在白马父子面前大放厥词，大谈什么康区的事务应该由康人自行管理，不应该让刘文辉（汉人）插手康区的事务。并且，还一个劲地鼓动说，康区藏族、西藏藏族同属一个民族，都应该脱离汉人的管辖，建立同属于藏族的民族机构。同时，扎西央措还奴颜媚骨地吹嘘英帝国主义的强大，说什么西藏将得到英国在物资上的援助，军事上支持。

说白了，扎西央措滔滔不绝地的言辞，慨括起来就是这么一句——扩大西藏的版图，让西藏成为独立的国家，或成为英帝国授意下的附属！

白马父子及寺庙的活佛、管家都极为赞同扎西央措的观点，尤其是白马父亲竟然把扎西央措视为自己的"忘年交"，一再二再而三地邀请扎西央措去自己的府邸做客。

扎西央措欣然接受了白马父亲的邀请后，便随同白马的父亲共同去了卡江。白马父亲前脚离开扎脱，田轩后脚也从拉萨赶来到扎脱。

卓玛听说田轩来到府邸，便在侍女的搀扶下来到客厅同表姐夫见面。那时候卓玛有身孕已好几个月了，脸上满是女人孕期的孕斑，而且肚子也高过了胸脯。田轩刚见到卓玛时的一刹那，真的不敢相信这女人是卓玛。卓玛笑对田轩道："让你见笑啦。"

"我见什么笑啊，"田轩回答，"为你和二伯高兴还来不及。"

后来，卓玛问起田轩和伽玛结婚的事，卓玛父亲同旺竺卡玛的见解一样，认为田轩和伽玛的结合是美满的婚姻；而卓玛却与他们的见解恰恰相反，认为田轩之所以结婚，一定是婶婶怂恿的结果。于是询问田轩道："结了婚感觉如何？幸福吗？"

"怎么说呢，"田轩淡淡一笑道，"还算幸福吧。"

"怎么叫还算，"卓玛笑道，"幸福就幸福，不幸福也强迫不了。"

"还是说你吧，"田轩问，"你肚子里的孩子啥时候生？"

"你是男人，"卓玛用开玩笑的语气道，"怎么也关心起女人的事来啦。"

"你有了孩子，"田轩颇有感触地回答，"我也了却一桩内心不安的事。"

"过去了的事，"卓玛告诫田轩道，"我不想你再次提起。"

田轩问"白马对你好吗？"

"我们之间就是四个字——一如既往！"

田轩在府邸住了两天，便与二伯告辞，回康定去了。

且说，觉罗回到家中生下孩子后，一晃两年就过去了，孩子也能蹒跚走路了。在这过去的时间里，到处都疯传着觉罗巴结了一个有钱的男人，家里富足极了，不但自己穿金戴银，而且还为家里新添了马匹、牦牛、羔羊。

其实，这些传言都是夸张，所谓马匹就是那匹觉罗从田府骑回家的马，所谓牛羊，也即是觉罗变卖了首饰，为家里新添置的四头牦牛和十只羊羔而已。当然，作为一个差巴家庭来说，有四头牛和十只羊，是颇显富足的。因此十里八乡的媒人总是三天两头来到觉罗家，给觉罗的哥哥泽巴做媒说媳妇。

泽巴最后选择了百里外，名叫雍卓的姑娘。雍卓家也是差巴，按照藏地历来的传统婚嫁法规，差巴子女离乡背井远嫁，需向属地的头人交纳赎身费。同时，泽巴也要向自己属地的头人送礼得到许可，方能结婚组成家庭。觉罗为哥哥付钱，付完一切交纳的费用后，泽巴才将雍卓娶回到家。

雍卓嫁到觉罗家后，才知道丈夫家也并非是媒人所说是富足的差巴人家。家里所耕种的十克（近似于汉族的十亩）份地，也是祖上从头人家分得到传承下来的。因此，雍卓对自己嫁到泽巴家大失所望。

所谓"份地"，土地的所有权属于头人，农奴只是在土地上无偿劳作的苦役，除了地里收获的粮食除百分之七十作为份地地租上交给头人外，还得为头人承担名目繁多的差役和捐税。由于，雍卓和丈夫每天都忙里忙外，时间久后，雍卓对整天在家带孩子的小姑子——觉罗产生了几多的怨言。

今年又遇旱灾，地里的收成向头人交租后就所剩无几，而且家里也没有存储多少牲畜过冬的草料，雍卓憋在心里对觉罗的怨言一天天激化，最后竟然激化到怨恨，闹到要分家过日子的地步。

觉罗明白嫂子闹分家原因都是因为家里养了闲人——自己和女儿。为了缓和家庭矛盾，觉罗做出带女儿回康定的决定。

觉罗带着女儿策马出门后，乖巧的女儿雍珠嘎玛询问母亲道："阿妈，雍珠嘎玛去哪呀？"

"阿妈的宝贝，"觉罗高兴地回答，"阿妈要带你去见你阿爸！"

"阿妈，"雍珠嘎玛兴奋地，"雍珠嘎玛也有阿爸？"

"当然有，"觉罗兴奋地逗弄着女儿道，"你阿爸名叫田轩，他最爱我们的宝贝——雍珠嘎玛！"

……

觉罗带着女儿赶了三天路来到田府的大门外时，却犹豫起来。作为觉罗来说，她虽然渴望马上就见到田轩，但是自己的内心有非常的忐忑，她不愿意背弃当初的意念毁了勇嘎和田轩的幸福。觉罗辗转思考后，还是决定，宁愿自己吃苦，也不能毁了勇嘎的幸福。

"阿妈，阿爸在哪呀，"雍珠嘎玛喊着母亲道，"雍珠嘎玛要阿爸。"

觉罗强忍着内心的酸楚，对女儿道："宝贝，阿妈也想你阿爸，可是……"觉罗哽咽地说不出话。

"阿妈，"女儿为母亲拭着了泪问，"可是啥呀？"

"宝贝，"觉罗眼眶盈满了泪水，泛笑对女儿道，"你会见到你阿爸……"

这时，田府的饭堂开饭了。今晚吃的是馒头，商铺的女店员从饭堂端着白面馒头走了出来。嘎玛对母亲道："阿妈，雍珠嘎玛饿……"

眼泪像断了的线顺着觉罗的脸颊直滚……

"阿妈，"雍珠嘎玛乞求地再次对母亲道，"雍珠嘎玛饿！"

觉罗和女儿今天就是在早晨喝了点茶，吃了些糌粑，现在别说是女儿喊饿，就是觉罗也早就饿了。但是苦于囊中羞涩，觉罗和女儿只能强忍饥饿。

"阿妈，雍珠嘎玛饿……"

觉罗只好拉下脸面，指着饭堂对女儿道："宝贝去那屋子，小嘴乖点，叫爷爷给你个馒头。"

雍珠嘎玛蹒跚地去了饭堂，可是刚进门，就遭到一女店员骂声："哪里来的小要饭的，滚出去！"

雍珠嘎玛没有理睬女店员的骂声，仍然直去厨房。女店员见小乞丐把自己的话当耳旁风，恼怒地一个大步追上孩子，一边嚷骂着："滚出去！"一边伸手拉着孩子直往外拽，在拉拽中，孩子在女店员的手上咬了一口。女店员"哎哟！"叫了一声，扬手给女儿一个巴掌，觉罗心如刀绞，连忙用蒙在头上头巾，遮挡住自己的面容，跑进了大门，在饭堂门外将被拉拽倒在地上的女儿抱起，泪水涟涟向女儿认错道："阿妈对不起你，阿妈对不起你。"

饭堂里的店员都出来看热闹来了，女店员为了在同事面前逞能，愤愤地骂了一句："有娘养，无娘教的东西！"骂罢欲转身去饭堂时，觉罗喊着女店员道："姑娘，你骂我、打我啥都行，可她只是个孩子，别说只是在田府讨个馒头，就是她放把火把这田府烧啦，你们老板都不会打她一个！"觉罗说罢抱起女儿就往大门外走，刚出大门回头愤愤地补充了一句："狗眼看人低！"

第四十三章　新婚甜蜜醉苦酒　穷途末路遇恩人　397

女店员与觉罗的争吵愈加厉害了，欲冲上质问觉罗时，被其他店员抱住，不让前去。

女店员不甘示弱地挣扎着道："给我说清楚——啥叫狗眼看人低！"

这时，看守大门的汪堆拄着拐杖从马厩房过来，女店员逞强地质问汪堆道："汪堆叔，你以后工作还是认真点，不要让乞丐、小偷全都跑进田府来。"

"对不起，"汪堆见女店员的恼怒样，连忙问，"告诉叔谁惹你生气啦？"

女店员理屈词穷地："刚才来了要饭的母女，骂我狗眼看人低。"

"要饭的——可怜！"汪堆劝解女店员道，"算啦——忍忍气！"

"忍气，"女店员愤愤地道，"那女人狠得很，竟然袒护狗崽子说——就是放火烧了田府，老板也不会打那崽子一个！"

汪堆惊疑地反问道："她会说放火烧田府的话？"

"汪堆叔，相信我，"女店员振振有词地，"没有半点假话！"

"快去把那女人给我拦下，"汪堆吩咐其他女店员道，"我要见见她。"

几个店员出门找人，女店员笑对汪堆道："汪堆叔，你不会是想占那女人的便宜吧。"

汪堆气愤地："你把汪堆叔看成是什么人啦！"说着转身拄着拐杖大步朝大门外走去。

几位出大门去拦觉罗的女店员返回来对汪堆道："人已经走啦。"

"怨我，怨我，"汪堆连连自责道，"怨我迟来了一步。"

格桑拉姆、降央、王耀祖出宅楼来，王耀祖问汪堆道："汪堆老弟，出了啥事？"

"说是来了讨要饭的母子，"汪堆回答，"骂姑娘狗眼看人低，还说要放火烧了田府什么的……"

"别给讨要饭的一般见识，"王耀祖劝解汪堆道，"她是见你们吃饭，发泄心里的怨愤。"

"不对，"格桑拉姆连忙问身边的女店员，"那女的有多大年纪？"

"年纪不大，"店员回答，"可能就是二十来岁。"

格桑拉姆紧张地继续问："那女的去哪啦？"

"人已经走啦，"女店员回答，"不知道去了哪儿。"

格桑拉姆连忙向大门跑去。

"拉姆，"王耀祖喊着格桑拉姆道，"你追啥呀？"

格桑拉姆回头对王耀祖道："我回来给你解释！"

"这，这，"王耀祖急了，"这究竟是咋回事呀？"

格桑拉姆跑出大门，分别往大门的两头眺望，最后失望地走了回来。

王耀祖问格桑拉姆："你这么着急，究竟是啥事？"

"要饭的母女，"格桑拉姆回答，"一定是觉罗母女！"

"觉罗母女，"王耀祖惊疑地，"你把我给说糊涂了。"

"她一定是走投无路了来投奔老板的。"

"投奔老板，"王耀祖愈加惊疑地，"那孩子莫非……"

"觉罗离开田府的时候就怀上了老板的孩子，"格桑拉姆道，"他不愿意伤害勇嘎小姐，才离开了田府。"

王耀祖也紧张地起来问："老板知道孩子的事吗？"

"当初找不到觉罗，"格桑拉姆回答，"我不敢把觉罗怀孩子的事告诉老板。"

"你们，你们都还站在这里干啥呀，"王耀祖紧张起来，斥责店员道，"还不快去把人追回来！"

降央对格桑拉姆道："你等着，我去牵马！"

"你们都去城里，"王耀祖吩咐店员道，"分头到处去找！"

降央、汪堆牵来了马，格桑拉姆、降央、汪堆策马出大门后各分两头去追逐觉罗去了。

其实，觉罗没有离开康定城，而是在城里将自己的坐骑，以六个大洋的价额贱卖给了"桥头面饭店"的老板。同时，母女俩在面饭店吃了两碗面条，四个包子填饱了肚子后，去了家廉价的"鸡毛店"住宿去了。

且说，格桑拉姆、汪堆、降央策马分头去寻找觉罗，足足跑了十多里路，都不见觉罗的踪影，只好返回到田府。王耀祖即刻向下人宣布：这事过去就让它过去，再不许提起，更不许在老板面前提起！

次日一早，觉罗背着女儿去到粮店，买了几斤糌粑，两斤酥油，便踏上了去关外谋生的旅途……

高尔斯山是一座海拔极高，空气稀薄的大山，觉罗背着孩子，顶着呼呼的寒风，爬三步歇两步气喘吁吁地向山顶爬去。觉罗从朝阳升起，直至日照偏西都还没有爬上山顶。

"阿妈，放下雍珠，"觉罗背在背上的女儿，对母亲道，"雍珠自己走。"

"阿妈没事，"觉罗喘息着，断续地对女儿道，"听话——我们妈会翻过这山……"

觉罗在疲惫地爬山中晕过去了。背在背上的女儿悲戚地哭喊道："阿妈！阿妈！……"

——这哭喊声在空旷地大山回荡。

且说，在山上放牧的曲竺父子听见了孩子的哭喊声，连忙向声音传来的方向跑去，当父子俩赶来到觉罗身旁，见到晕厥了的觉罗，曲竺二话没说，为觉罗解下背上背着的孩子，将孩子递给已十三四岁的儿子曲玛登金后，背起觉罗就往居住的帐篷走去。

帐篷里燃烧着牛粪火，暖和极了。曲竺喂了觉罗茶水后，觉罗刚苏醒过来，女儿便连声呼唤母亲道："阿妈，阿妈！"

觉罗将女儿搂在怀里后，感激地对曲竺父子道："卡主！卡主！（谢谢）"

……

这时，因为时已见晚，觉罗母女只好借宿在这帐篷里。

晚上，曲竺招待了觉罗母子吃罢酸菜面条，在交谈中，觉罗悉知曲竺的妻子在生下

第四十三章　新婚甜蜜醉苦酒　穷途末路遇恩人

儿子曲玛登金后就已经去世，他是既当父亲，又做母亲足足苦了十多年，总算把儿子曲玛登金抚养成人了。

当觉罗问曲竺为啥没有再娶媳妇时，曲竺叹了口气道："穷——还拖着个孩子，谁愿意嫁给我呀！"

曲竺说的是事实，他唯一的家产就是这顶补丁重补丁用了两代人的帐篷和三头牦牛和七八只羊，以及一些简单的生活用具。深夜是高原最寒冷的时候，寒风把帐篷摇曳得呼呼作响。因为没有御寒的被子，觉罗担心孩子受凉，便解开扎在腰间的腰带，利用藏袍的宽大，将孩子紧裹在自己的怀里。

曲竺起来为牛粪火添加牛粪时，看见熟睡了觉罗敞露着的硕大乳房，以及白白的肌肤，曲竺的血液流通加快了，情不自禁地几欲伸手去触摸觉罗的乳房。就在曲竺欲罢不能的时候，觉罗醒了，连忙坐起，羞涩地掩上自己的乳房。

"我喜欢你，"曲竺哀求地，"求求你，给我一次，就一次——一次！"说着就紧紧抱住觉罗吻了起来。

觉罗没有反抗，因为他感激曲竺，认为满足了曲竺的需求，算是还清了曲竺搭救她母女的人情债。

曲竺得到了一番满足后，挨坐在觉罗身边，道："我曲竺人穷，可我有力气，能养活你们母子，你就别再走了，我们做夫妻一大家子人生活在一起。"

觉罗横下心留在了山上，同曲竺父子生活在了一起。

第四十四章
爱国人士遭杀戮　分娩母亲露秘密

　　田轩从扎脱回到康定，正准备前往雅安的时候，收到了富贵发来的电报，说拉萨发生了重大的变数，翁姆也病危，叫他速返回拉萨。

　　田轩看罢电文惊诧不已，究竟拉萨发生了什么变数？岳母她为啥又突然病危呢？田轩带着疑问，与王耀祖商议，回电给富贵，要他电告详情，富贵的回复更是令人捉摸不透，只是叫田轩务必尽快赶回到拉萨。

　　由于事出突然且紧急，田轩便叫上赖三与之随行。田轩和赖三赶到拉萨方才知晓，原来是西藏的政局发生了动荡。1941年热振活佛被逼迫退位将政教大权交给达扎活佛代理摄政时，明确规定达扎活佛代理摄政的时期为三年，三年后（1944年），达扎活佛"奉还摄政"权利给热振活佛。可是时至1944年，达扎活佛不但不肯交出政权，而且还在英、美帝国主义的唆使下，给热振活佛强加子虚乌有的罪名，将热枕活佛逮捕入狱。随之，活佛和亲信和追随者同遭厄运。旺竺卡玛及同僚不但被革去贵族头衔，没收了全部资产，而且自己的子孙还受到株连。就在热振活佛的跟随者和亲信被押送去行刑场。那天，刽子手受上司之命，对上层的诸如旺竺卡玛这样的"要犯"，实施了酷刑。

　　施刑那天，外孙卡洛被刽子手开枪击毙的惨景，令翁姆当场晕厥。

　　行刑结束后，被贬为奴隶的旺竺卡玛的儿子和儿媳，随同与自己相同命运相同的男男女女、老老少少，被发配到噶厦政府要员的庄园为奴，受劳役之苦。

　　翁姆从行刑场被抬回到府邸后，一直卧床不起，服了不少的藏药和西药，病情不但不见好转，反而还在一天天加重。于是富贵便拍发了数封电报给田轩，催他速回拉萨。田轩回到拉萨的第三天，翁姆便带着对达扎活佛的愤恨离开了人世。

　　田轩和伽玛天葬完翁姆回到府邸，富贵从商铺赶来告诉田轩，他从拉萨商界人士那儿得到消息，次郎尼玛已经出人头地，在扎西央措的引荐下，在地方政府混得个主管商业贸易的职位。次郎尼玛企图以翁姆是旺竺卡玛的妹妹为由，查抄"吉祥货栈"和府邸。

就在次郎尼玛打算动手的时候，民国政府中央给西藏地方政府发来了言辞严厉的电文，电告摄政的达扎活佛，要以西藏的大局为重，保护好拉萨的商业。达扎不敢违抗政令，连忙告诫属下——特殊时期不可有违背政令的行动。于是，次郎尼玛不得不收敛了查封吉祥货栈、查抄勇嘎家府邸的险恶用心。

吉祥货栈和府邸幸免厄运后，田轩去了趟摄政的达扎活佛所在的寺庙，以修葺寺庙的善举为由，向寺庙捐赠了藏银圆两百枚。

且说，次郎尼玛主管拉萨的商业贸易的职位后，除介绍栗裴洪结识了印度在拉萨的商业代办负责营销印度的货品外，还极力为栗裴洪筹集资金，在拉萨城内新增设了两家分店。可以说，栗裴洪的生意做得风生水起。

……

田轩在拉萨足足待了半年，在要离开拉萨时，为了提防拉萨政局的不测和次郎尼玛的报复，田轩打算将小洛桑和田靓带回到康定。田轩在与伽玛临别时，田轩叮嘱伽玛照顾好家，商铺和家里有什么大小事都要同富贵好好商量。

田轩和赖三各带一个孩子策马离开了拉萨路过扎脱时，去看望了卓玛和她父亲。

田轩去到土司府那天，恰遇卓玛分娩。卓玛怀的是龙凤胎，生下的一对儿女可爱极了。尤其是那男孩，相貌与田轩相似极了，除有一头浓密的黑发外，脸上还有一对大大的酒窝。

一晃田轩在扎脱住了半月，就在离开扎脱的前夕，他再次来到卓玛住室看望卓玛。当侍女带着小洛桑和田靓去门外玩后，卓玛目视着睡在身边的两孩子问田轩道："你看这两孩子像谁呀？"

"你问得稀奇，"田轩淡淡一笑，反问道，"我咋知道兄妹俩像谁？"

卓玛对田轩的回答，极不满意，乜斜着眼睛瞥了田轩一眼。

田轩对卓玛的神态，倍感奇异，问："啥意思？"

"我是想说男孩俊美极啦，"卓玛甜蜜地微笑道，"长大后一定像你——是个风流种！"

田轩生起气来斥责卓玛道："你说的啥呀！"

卓玛不予回答，只是一个劲地傻笑。

——懵懂的田轩哪知道，卓玛的傻笑声中藏有他不知的秘密。

当晚，土司老爷为庆祝喜得贵子和为田轩筹行，办了一台丰盛的晚宴，同时还请来了喇嘛寺的洛布管家，以及地方有名望的人士。

在晚宴上，白马多喝了几杯后，便伏在了桌上。土司老爷示意侍女单珠和泽西央措将白马搀扶回住室，侍女为白马宽衣时，单珠对白马道："少爷，你知道今天卓玛夫人给田轩姑爷说什么了吗？"

白马连忙问："说啥？"

"说男孩长大后，像姑爷一样，"单珠回答，"是个风流种！"

"这话不许乱说！"白马斥责单珠道，"我不想听到第二次。"

其实，白马和他家里的人，从知道卓玛怀孕的那天起，就心知肚明，知道卓玛所怀孕的孩子是个"野种"。但是，在白马一家看来，这并不重要，只要孩子叫自己为"阿爸"，谁也就撼动不了白马将来就是扎脱土司的顺理成章的继承者。

这一晚的风特大，不但把窗户吹得"呼呼"作响，而且把拳头粗的小树也吹得折弯了腰。

田轩在扎脱住下的日子里，土司老爷亲眼看到勇嘎留下的两个儿女欣慰极了，一再叮嘱俩孩子好好念书，长大后奔个好前程。同时，田轩向二伯和卓玛谈了旺竺卡玛一家的不幸和自己岳母去世的事。土司老爷和卓玛都痛心不已，田轩劝解二位不要过于伤悲，保重自己的身体要紧。田轩在扎脱待了几天，辞行那天，再三保证，会常来扎脱看望他们。

第四十五章

胜利喜悦为昙花　黑暗康定露曙光

且说，觉罗同意了做曲竺的妻子留住下来已经两年了，在这两年的时间里，觉罗为曲竺生下了个女孩，取名央金。同时，觉罗与田轩的女儿雍珠嘎玛也已经快五岁了。每天曲竺父子都带着雍珠嘎玛外出放牧，觉罗留在家里除照顾一岁的央金外，就是料理家事。虽然觉罗每天都忙里忙外，但她对这样的生活也颇感满意。

高尔斯山是座海拔四千多米的大山，冬季还没有正式到来时，山顶就已经覆盖上了积雪。为了让牛羊觅到草料食物，曲竺都不得不将自己的家随同牲畜三天两头地往山下搬家挪动。

积雪覆盖的季节，也是野物受冻挨饿的日子。饥饿的鬣狗为了获得食物，常常趁夜色结伴去袭击牧场。

一天，刚搬迁到山下的曲竺一家，在深夜时分就遭到鬣狗的偷袭，围圈里的羊除被咬死了十多只外，牛也丢失了一头。天明时，曲竺父子和觉罗看着被咬死横七竖八地躺在地上的羊时，都不寒而栗地淌流下了眼泪。尤其是曲竺，竟跪在地上仰望着灰蒙蒙的天空，撕裂地呼喊："老天啊！你是在扼杀我曲竺呀！"

曲竺父子是喇嘛寺里的差巴，一年四季都被支差为喇嘛寺放牧。当喇嘛寺知道羊被咬死，牛也丢失的消息后，除将曲竺打得死去活来外，还将家里仅有的两头牛和几只羊掳掠作为对喇嘛寺的赔偿。曲竺一家因失去了牛羊，原来差巴的身份也降低沦为世代都偿还不完喇嘛寺债务的堆穷人家。

曲竺临断气的时候，叮嘱觉罗无论如何也别离开这个家，和儿子相依为伴结为夫妻好好活下去。

一晃隆冬过去，开春后不久，一天，曲玛登金带着雍珠嘎玛出门放牧去了，觉罗在家料理家务。这时，甲卡的演出队，驱赶着驮载演出道具的牦牛路过觉罗家的破旧帐篷，甲卡一眼认出身着邋遢的光皮皮袍的觉罗，不由得脱口喊了声："觉罗！"

觉罗回头瞥了甲卡一眼，不敢上前相认，连忙进了自己家的帐篷。甲卡追进帐篷质问觉罗道："你为什么躲我？"

"甲卡姑娘,"觉罗的眼眶噙满泪水道,"昨天的觉罗已经不复存在……"觉罗再也说不下去了。

"你把我甲卡看成什么样的人啦,"甲卡淌泪道,"我是你姐!"

觉罗紧咬着嘴唇,泪如泉涌。

"你知道吗,"甲卡责问觉罗道,"田轩在到处找你!"

觉罗强忍内心的悲痛地呜咽道:"我不能毁了勇嘎小姐的幸福!"

"你总不能毁了自己呀!"

"甲卡姐,"觉罗凄楚地道,"我知道你们都关心我,可我已经有了自己的家庭——丈夫、孩子。"

这时,家里熟睡在地铺上的女儿央金醒了,"呀呀"的哭嚷起来。觉罗连忙抱起女儿,轻拍着女儿的身躯道:"央金乖,阿妈的乖宝贝!"央金停止了哭啼,两眼直勾勾地注视着甲卡,觉罗教着央金的话语道:"快叫小——孃——!"

甲卡伸手去抱孩子时,孩子又哭闹起来,觉罗在哄女儿时,甲卡问觉罗道:"你就只有这个孩子吗?"

觉罗本想告诉甲卡大女儿雍珠嘎玛是田轩的女儿,但是话到唇边,被觉罗咽进了肚里,她想了想回答甲卡道:"我是填房的,没想到男人是个短命鬼,女儿没满一岁——人就走啦……"

甲卡关心地问:"那你现在……"

"没办法,"觉罗悲戚地道,"为了供养男人留下的孩子,只好许身给了原来男人的儿子。"

"这男人对你好吗?"

"他还小,才十六岁。"

"你的命真是苦啊……"甲卡从衣兜摸出五六枚银圆,塞道觉罗手里后,跑出了帐篷。

觉罗从帐篷追了出来,目视着甲卡远去的背影呼唤道:"甲卡姐……"

甲卡离开后,觉罗手捧的藏银圆,眼睛发出来向往幸福的光泽。

当晚,外出放牧的曲玛登金回到家,觉罗拿出甲卡给的藏银圆给曲玛登金看,并把自己打算买羊饲养的谋划告诉了丈夫。曲玛登金听了妻子的谋划后,顿时像沙漠里饥渴的人突然看到了水源般兴奋地道:"以后我们不但要养自己的羊,还要养自己的牛!"

那天晚上,异常兴奋的曲玛登金总纠缠着觉罗,想与之同房。觉罗斥责曲玛登金道:"你才多大呀,就想这事!"

"咋不想,"曲玛登金稚嫩的声音理直气壮地道,"我都快十六岁啦!"

觉罗执拗不过曲玛登金的哀求,只好应允了自己的小丈夫。

……

田轩带着一对儿女,随同赖三离开扎脱,回到康定已是临近过年的日子。为了一对儿女能过完年后就能上学,田轩请拉措老爷帮忙,在城西的小学堂为小洛桑和田靓解决了读书问题。

过罢年，小洛桑和田靓上学后，田轩带驮队去了拉萨，从拉萨返回到康定时，小洛桑和田靓放了暑假。因为田轩又要带驮队去雅安进货，俩儿女整天都不依不饶地揪缠在田轩身边，嚷着要随同父亲前往雅安。

田轩带着俩儿女抵达雅安那天，正好是1945年8月15日，是中国人民抗日战争胜利日。那天雅安的大街小巷人群攒动，到处都是庆祝胜利的欢歌笑语。人们都为抗战胜利而兴奋，扭秧歌的扭秧歌，敲锣打鼓的敲锣打鼓。

田轩带领着小洛桑、田靓、马帮刚来到西康码头，见人们热烈兴奋的样儿和宏大的欢庆场景，兴奋地仰头呼喊："勇嘎你看到了吗？——抗战胜利啦！小日本投降了！——你的仇报啦！"

"阿妈！"小洛桑也激动地呼喊，"小日本投降啦！"

田靓也激动地呼喊："阿妈，你的仇报啦！"

扎西兴奋地连连对田轩道，"善有善报，恶有恶报！应验啦！应验啦！"

……

为了庆祝胜利，那一天田轩格外高兴，叫上自己的马帮弟兄，请来了李明华在西康饭店包了两座酒席聚餐了一顿。在酒席宴上，田轩频频举杯，由衷道："感谢共产党，感谢八路军！"

……

田轩卸下了报仇的遗恨，带着内心的舒坦和欣慰，返回了拉萨后。等田轩从拉萨再次来雅安去茶厂找熊老板采购黑茶时，熊老板面带愁容地告诉田轩道："现在物价飞涨，原来购买一斤原料的价额，现在要花三斤的价钱才能买到。"

田轩闻此物价飞涨的情况，顿时却步——不敢下手采购货品，只好去了二十四军的军部，找杨纯成了解物价飞涨的原因。杨纯成告诉他，抗战胜利后，蒋介石一心要建立独裁政府，内战即将爆发，国民党政府为了囤积物资大量发行钞票，把战事的耗费，强加在了老百姓的头上，从而形成今天的货币贬值物价飞涨的局面。

田轩和扎西从二十四军军部出来，又相约李明华去了青衣江边的一家餐馆。在饮酒时，田轩向李明华谈起了从杨纯成那儿得到的关于内战将要爆发的消息，李明华也认可地道："内战即将爆发，蒋介石一心想消灭共产党，建立独裁政府，现在就连我们偏远的西康，也增派了大批的国民党军统特务，四处搜捕共产党。"

田轩担心地说："那你现在很危险！"

"为了党的事业，"李明华坦然地笑着道，"我早把生死置之度外。"

田轩和李明华、扎西就餐后来到青衣江江边，田轩向李明华询问起入党的事，李明华告诉他俩，党组织正在考察你们，只要你们坚定信念，一定会得到党组织的批准。

田轩和扎西都异常兴奋，田轩叫扎西拿出半口袋银圆，交给李明华，李明华惊疑地问田轩："啥意思？"

"这是我们马帮弟兄的一点心意，请你替我们转交给党组织。"

李明华握着田轩和扎西的手，连声道："谢谢你们！谢谢你们！"

……

田轩和他的马帮送货回了康定，再次返回雅安见到李明华时，李明华告诉田轩和扎西，经党组织多年的考察，中共川康边特委批准他俩为中共党员。1947年3月15日，田轩、扎西面对党旗，紧握拳头，庄严宣誓："……一、终身为共产主义事业奋斗；二、党的利益高于一切；三、遵守党的纪律；四、不怕困难，永远为党工作；五、要做群众的模范；六、保守党的秘密；七、对党有信心；八、百折不挠，永不叛党……"

田轩和扎西入党后，他俩接受的第一次任务就是马上返回康定，去中桥附近的精工修表店修理一只指针指向三时十五分的怀表。这家修表店是康定地下党设立的秘密联络站，怀表指针指向三时十五分是接头的暗号。以借修表的名义接上头后，即刻向店铺的杨老板口头转达川康边特委的指示：立刻通知康定的川康游击队赶赴雅安，配合雅安支队的同志，打一场袭击军统情报站的战斗。

田轩、扎西来到精工钟表店店铺前，见店铺内只有修表的老板一人，便走进了店铺。店铺老板热情地起身问田轩和扎西道："二位是修表，还是……"

扎西假装刚学会汉语地道："修表的不是唷，看看的是。"

"随便看，"老板依然热情地，"随便看！"

"我倒是有一只坏了的表，"田轩观察着老板的眼神道，"不知道还能不能够修好。"

"我呀，修表十多年啦，"老板回答田轩道，"什么表都能修。"

田轩不慌不忙地从衣兜摸出表递给老板后，又从老板手里收回来，抱歉地对老板道："不修啦——买支新表！"

按照联络暗语约定，这时候老板应回答："不修也好，我这也代售名表，先生喜欢，我可以优价卖给先生。"

可是，老板却回答："先生，相信我，我干这行都十多年啦，一定能给你修好。"

由于接头的暗语不对，田轩和扎西欲要出店门时，四个军统特务已站在店门外，用枪对着田轩和扎西。

扎西准备抽自己插在怀里的枪时，特务开枪了，扎西踉跄了两步将倒地时田轩抱住扎西，嘶声呼喊："扎西！"

两特务上前，架住田轩，对田轩进行搜身，从田轩腰间搜出快抢后，将田轩铐上手铐，强架着出了修表店。田轩回头嘶声呼喊："扎西！扎西！"

……

——原来，田轩和扎西离开雅安的当天，党内出了叛徒，中共川康边特委党组织遭到破坏，除有七名党员跑出雅安去了乐山外，其余的包括李明华在内的三十多名党员全部牺牲。

田府的马帮弟兄，以及降央、格桑拉姆闻知扎西和田轩被捕的不幸消息后，王耀祖即刻安排赖三和其他马帮弟兄去中桥修表店，抬回来了扎西的尸体，停放在府内。降央看见丈夫的尸体，哭得死去活来。已经年满十六岁成的小扎西，忍无可忍地几欲去设在康定的军统情报站，为父亲报仇。所幸汪堆、郎吉发现及时，阻止了小扎西的盲动，才幸免了悲剧的发生。

小洛桑和田靓放学回家，知道父亲被抓捕的消息后，兄妹俩悲痛不已，怵惕地一声紧接一声地呼喊："阿爸！阿爸！阿爸！"降央像是俩兄妹的母亲一般，慈祥地将小洛桑和田靓搂在怀里。

田轩被抓进牢房后，王耀祖心急如焚，分别给扎脱的土司老爷和拉萨的伽玛发去了田轩被捕入狱的电报。

扎脱土司府管家收到电报那天，土司老爷正在悠闲地逗弄鸟笼里的鸟时，管家拿着电报慌慌张张地进门道："老爷出事啦！"

"出事，"老爷不紧不慢地问，"出什么事啦？"

管家将电报呈递给老爷道："姑爷他遭到诬陷，被抓捕入狱啦！"

土司老爷惊诧地道："有这等事？"说着从电报的封套取出电文，即刻电文卡展现在眼前：田老板被怀疑是共产党，已被抓捕关进监狱。

"老爷，救姑爷要紧，"管家着急地催促老爷道，"这事不能犹豫——老爷得拿出全权之策呀！"

"快，"老爷吩咐管家道："快去把锡第活佛给我请来！"

"是，是！"管家回答着，连忙退步出了客厅。

……

锡第、卓玛随同管家来到客厅，卓玛迫不及待地对父亲道："阿爸，你的快想办法救田轩呀！"

土司老爷心急火燎地叱责女儿道："你着急，阿爸也着急呀！"

"老爷，"锡第活佛焦急地对土司老爷道，"姑爷被捕非同小可，这里面……"

土司老爷打断锡第活佛的话道："就是请活佛来给想办法的。"

"老爷，"锡第活佛试探地道，"依照老衲之见——老爷出面联系各地的土司、头人，联名要求省政府予以放人，同时，在下马上去联络各地的宣化师，以无罪为由，联名要求省政府对姑爷予以无罪释放！"

土司老爷欣慰地连连点头道："这办法好！这办法好！"

……

且说，田轩被捕后，拉措老爷在工商会主持召开新闻发布会，拉措老爷讲话道："……我作为康区工商界的会长，可以坦诚地告诉新闻界朋友，田轩就是个马帮，军统情报站诬陷田轩是共产党，是不实之词——纯属是诬蔑陷害……"

一记者提问道："我是中央社记者，请问会长先生——田轩身上带有杀伤性武器，难道还不能足以证明田轩就是共产党吗？"

"记者先生，"拉措老爷笑着反击道，"四川、西康各地的袍哥、有钱人家都有你所说的杀伤性武器，就连我的家也有二三十条枪，那——我也是共产党，该被抓起来。"

记者无言以答，另一记者接着提问道："我是民盟组织的《新康报》记者，请问会长——马帮田轩被军统抓捕的消息，在四川、西康已经传得沸沸扬扬，您作为康区工商界的会长，下一步有什么新的打算？"

"我们没有什么打算，"拉措老爷回答，"只是基于马帮田轩是被诬陷的事实，请求省政府对田轩——无罪释放！"

……

就在田轩被抓捕的十多天的时间里，每天康定的各界人士都把省政府围得水泄不通……

一天，省政府秘书长恼怒地将放在桌上的一大堆信函、电报全都掀翻在地后呵斥站在身旁的军统情报站站长道："你们再不放人，要引起藏区骚乱！"

"田轩不能放，"站长严厉地道，"他是共产党！"

"一个马帮老板，哪能是什么共产党，我的站长先生——田轩就是个只图赚钱的商人！"秘书长恼怒地威逼站长道，"你们再不放人，我请求省主席马上电告蒋委员长，我倒要看你们军统怎么下台！"说着抓起电话听筒，就要打电话。

站长连忙按着秘书长打电话的手连连道："你等等，你等等！"

"你要我等到什么时候？"秘书长愤愤地道："康区骚乱起来，谁来负责！"

站长无可奈何地道："什么也别说啦——放人！放人！"

……

军统释放田轩那天，伽玛、富贵、卓玛都赶来了康定。那天，看守所门前聚集了康定各界人士及各报刊杂志社的记者。田轩刚出大门，记者愤愤涌上前询问田轩："请问先生，你在监狱遭受刑具拷打吗？"

"你对今天的获释有什么看法和想法？"

"你是共产党吗？"

……

卓玛和伽玛挤上前拉起田轩，便离开了记者的围追……

田轩乘坐马车回到田府下了马车，俩孩子就跑了出来迎上父亲，亲昵地嚷喊着："阿爸！阿爸！"

田轩抱起年小田靓，田靓不停地吻着父亲，小洛桑则在不停地询问父亲道："阿爸，你吃苦了吗？坏人打你了吗？"

田轩反问小洛桑道："你说呢？"

"国民党特务不是好人，"小洛桑回答，"阿爸一定遭了毒打！"

田轩泛笑以示回答。

……

晚间时候，伽玛、卓玛随同田轩去看望降央。这天，扎西昔日的朋友郎吉、汪堆，以及降央的朋友格桑拉姆都在降央家里安慰降央。

田轩、卓玛、伽玛刚进屋门，郎吉、汪堆、格桑拉姆连忙起身为田轩、卓玛、伽玛让座。

田轩的到来，让降央愈加悲切起来，田轩关切地唤降央道："嫂子，别太难过啦，你得节哀——好好活下去！"

"我怎么节哀呀，"降央悲切地道，"扎西是我的天，我的地——没有了他，我和小扎西怎么活啊……"

"嫂子放心，"田轩安慰降央道，"我们都是一家人，有我田轩在，就有你和小扎西的饭吃。"

"田叔，我不上学读书啦，"小扎西哀求地唤田轩道，"我要像阿爸一样——做马帮！"

"好好地再念几年书，"田轩安抚小扎西道，"做马帮的事以后再说。"

小扎西无可言语时，降央问田轩道："田老板告诉嫂子——扎西他是不是共产党？"

"扎西是共产党，"田轩坚定地回答，"他的牺牲是向党交了一份忠诚的答卷——嫂子，你应该为扎西骄傲啊！"

"告诉嫂子，"降央问田轩道，"共产党是干啥的？"

"共产党是推翻国民党统治，废除少数人压迫和剥削多数人的旧制度，让人民翻身成为国家主人的政党！"

"这么说来，"卓玛惊疑地插话道，"共产党推翻国民党的统治，就是为了废除了人压迫人、人剥削人的制度？"

"对！以后人人都是平等的，人人都是国家的主人，"田轩回头对降央道，"嫂子，扎西是为人民解放牺牲的，他是我们马帮的骄傲，更是你的骄傲！"

降央悲泣哭喊道："我的扎西呀……"

……

田轩、卓玛、伽玛从降央家回到田府，卓玛的侍女在为他们斟茶时，富贵进门来了。

"老板，这些天我一直都惦念着拉萨的生意，"富贵对田轩道，"打算明天随驮队返回拉萨。"

田轩叮嘱道："路上要小心，主意安全！"

"卓玛小姐、伽玛太太，"富贵问，"你们作何安排。"

"我和小姐已经商量好啦，"伽玛回答，"我俩陪同老板去雅安。"

……

卓玛、伽玛随同田轩来到雅安，田轩在骡马客栈为卓玛、伽玛安顿好住宿后，自己便去仁德中学见李明华去了。

田轩刚来到明德中学收发室门前，收发室的校工连忙拦住田轩道："田先生，你赶快离开——这里危险！"

"大伯，"田轩请求地道，"李明华老师他……"

校工推攘着田轩道："军统说李老师是共产党，他在半月前就被军统给杀啦！"说着将田轩推出校门后，将校门关上。

田轩沮丧地回到客栈，对卓玛和伽玛道："明天我们去乐山！"

……

田轩、卓玛、伽玛赶来到乐山武汉大学大门处，对收发室的守门师傅道："老师傅我是从雅安来找王家成老师的。"

"快走吧，"守门师傅回答，"这里没有王家成老师。"

"我以前来过学校，"田轩解释道，"见过王家成老师。"

"王老师已经被杀啦，"守门师傅四下看了看道，"你快走，这里到处都是军警！"

田轩成了无家可归的孩子，他在茫然地看着四围起伏的群山时，卓玛上前安慰他道："我们回康定吧。"

……

且说，卓玛、伽玛随同田轩去雅安后，汪堆、郎吉为了给扎西报仇，闯了一次军统情报站。

那是雪花飘飞，寒气袭人的夜晚。汪堆、郎吉在夜幕的掩护下，摸索着来到军统情报站的大门外的岗篷处。那晚，特别寒冷，大门两边值守大门的哨兵，都龟缩在同一个岗篷内烤火……

汪堆和郎吉相互暗示了一下，便抽出佩刀，摸索去到岗篷，郎吉眼疾手快地一刀结果了堵在门前的哨兵，另一哨兵正要伸手按警铃时，汪堆用拐杖恨恨地向哨兵砸去，郎吉顺势一刀刺进了哨兵腰部。

五更时分，康定城的夜空响起刺耳的警笛声。在警报声中，两辆架着机枪的三轮摩托和一辆美式吉普车驶出了军统情报站的大门……

天色麻麻亮时，田府的大门外就响起急促的擂门声，汪堆刚把大门，一荷枪实弹的士兵，一掌将汪堆推了个趔趄，众士兵便冲进了大门。

——军统将田轩列为了刺杀哨兵的主要怀疑"疑犯"。

在宅楼的楼道上，王耀祖胆怯地向佩戴少校军衔的少校道："长官，田老板他带驮队去雅安已经七八天啦，人没有在康定。我说的句句都是实话，如有半句谎言，长官您可以随时来抓我。"

军统人员几乎将田府翻腾了一遍，也不见田轩的人影，只好灰溜溜地离开了田府。

汪堆和郎吉虽然杀了俩哨兵解了心中一时的痛恨，但是带来的恶果，就是军统增派了特务人员，加剧了白色恐怖的笼罩，城市的街头整天都有横冲直撞的巡逻车在四处巡查。

田轩、卓玛、伽马回到康定后，田轩得知汪堆和郎吉为给扎西报仇，刺杀了军统情报站哨兵的事情后，即刻斥责二人到："你们虽然图一时痛快杀了两个门岗，可是不能从根本上打击军统的嚣张。再说你们一个残疾，一个是做了孩子的父亲，怎么也得为自身的安全和自己的家庭着想！"

那时候，郎吉和格桑拉姆的孩子索朗多吉已经五岁了。对郎吉来说，一经田轩的提醒，也感到后怕，一旦遭到不幸，毁掉的不仅是自己，还有孩子和妻子整整一个家。

卓玛、伽马在康定待了半月后，便随同马帮各自回家去了。

卓玛和伽玛离开康定后，田轩每天除照管两孩子外，其余的时间几乎都在聆听收音机的广播。当他把自己从收音机里聆听到的人民解放军已取得辽沈役、淮海、平津三大战役的胜利，全国的解放已经指日可待的消息，告诉降央时，还没有走出失去丈夫的阴影的降央，颓废地对田轩道："就是全国都解放了，扎西他还是不能复活！"

田轩理解降央的心情，劝慰降央说："扎西是共产党员，他为党的事业牺牲，是他向党交出的忠诚答卷，你应该为扎西骄傲啊！"

——可是，降央仍是一脸茫然，因为在她心里丈夫就是她的天，她的地！

小扎西自父亲牺牲后就像突然长大了似的越来越懂事了，他除在精神上安慰母亲外，还努力减轻母亲的劳累，读罢高中后就执意不再上学，一心要做马帮。田轩在征得降央的同意后，小扎西做了田府最年轻的马帮。

小扎西在田府做马帮的那天，田轩对他道："现在的'雅康公路'，不但道路狭窄，而且还经常塌方断路，过些年二郎山路段全面整治修建完成，我送你去内地学习汽车驾驶，回来后做货栈的第一任汽车驾驶员。"

小扎西兴奋地问田轩："叔，这是真的吗？"

田轩反问小扎西道："叔，啥时候给你说过假话？"

说起雅康公路，可有几十年难以言表的苦水。据《清末川滇边务档案》等相关资料记载，川康公路建设之始，始于清光绪三十三年（1907年），当时的川滇边务大臣、护理四川总督赵尔丰以"治边"为由，就向朝廷提出过修建成都至康定的公路。1925年，国民政府军二十三军军长刘成勋为巩固防区的军事需要，决定动工修筑成康马路。可是，成雅段工程未及一半，1927年，刘成勋被刘文辉部打败，通电下野筑路工程停下后，由刘文辉继续修建。1932年夏，先后费时近8年，耗费近40万银两，才勉强打通。川康公路路基宽约7米，砾石路面，且弯多路窄，逢场镇穿街而过。1935年5月，为堵截长征的中国工农红军，蒋介石飞抵成都督战，将川康公路列为战运干线并限期赶筑，直至1940年10月15日，川康公路工程处勉强试车，组织小客车及大卡车各一辆，从天全出发，颠簸了6天到达康定。后来由交通部改道，于1941年2月，川康公路才全线勉强通车。抗战胜利后，雅康公路的维护和整治又进入三天打鱼，两天晒网的闲置时期。

"田轩叔，"小扎西愈加兴奋地问，"二郎山路段啥时能整治好畅通呀？"

"我也说不清楚，"田轩笑着回答，"等呗！"

小扎西扫兴地喃喃道："这得等多久啊！"

……

小扎西自做马帮后，由于长期奔波在外，家里就只剩下降央。每到夜深人静的时候，她都因思念丈夫而潸然泪下。田轩为了减轻降央的痛苦，几次告诉降央道："你已经不是在追究相貌和年龄的时段,我希望你与汪堆做个伴结合在一起,相互有个照应。至于婚后的生活,我向你保证——只要我在、田府在,就有你和汪堆吃饭的地方。"

降央每次总是回答这么一句:"这辈子就厮守扎西,再过几年小扎西结了婚,带孙子就是幸福、就是享受!"

……

且说,自那日甲卡在高尔斯山见到觉罗后,甲卡第二年去看望觉罗时,觉罗的负担更重了,她已经为自己小丈夫曲玛登金生下名叫洛呷的男孩。甲卡不忍看见觉罗的困苦,从那以后,几乎每年岁末都要去看望觉罗,并给她捎带一些黑茶、盐之类的生活用品,手头宽裕的时候,还要塞给觉罗好几枚藏银圆。

1948年以后是西康经济最萧条的时期,社会物价飞涨到令人瞠目结舌的地步,工人每天所挣工资,有时候还不够买到一斤大米。国民党政府的金圆券犹如废纸。在民不聊生的境遇之下,雅安、康定两地的工人、教员、商人纷纷走上街头抗议物价飞涨,抗议国民党的腐朽统治。

1949年,在人民解放军的强攻之下,蒋家王朝日趋覆灭,自抗战始就与共产党有联系的刘文辉,于当年6月,通过共产党秘密架设在雅安专线电台,向延安发去密电表示了起义决心。

随着解放军势如破竹的胜利,1950年,西康和西藏人民也盼来了解放的曙光。

第四十六章
坏噶厦背信弃义　善汪堆喜结良缘

由于拉萨刚解放，富贵和伽玛担心一旦政策发生变化不能应对，一意要求田轩留在拉萨。田轩只好叫郎吉带驮队返回康定运货，自己留在了拉萨。

藏历新年刚过完，拉萨的市场突然发生异常情况，一时间，阴霾笼罩，被噶厦政府要员垄断的专营粮食的商铺，全都贴出"无粮可售，暂时歇业"的告示。

原来，西藏的宗教领袖达赖喇嘛和噶厦政府中的要员，因为受美英帝国主义派遣的特务蛊惑和唆使，违背"中央人民政府和西藏地方政府达成的和平解放西藏协议"的条款，不但拒绝供应解放军部队所需的粮食，而且还以宗教的名义离间解放军与藏族人民的关系，不准藏族群众及拉萨的藏商卖粮给解放军，企图以控粮为手段，达到逼迫解放军离开西藏的目的。

部队缺粮已有好几天了，战士们都是挖野菜充饥。为解决部队的粮食问题，欧阳慧敏受丈夫沙坤宁之托，找到田轩，请他务必帮助部队解决粮食问题。

欧阳慧敏和沙坤宁在抗战时期认识，解放战争爆发，二人才组织了新婚家庭。

田轩毫不犹豫地应允了欧阳慧敏的要求——同意将货栈库存的四万斤青稞全卖给了部队。同时，欧阳慧敏以部队的名义，同田轩签订了涵盖购买粮食的付款方式及明晨十时部队前来货栈提货等内容的合同。

合同签订的当天下午，一支由二十多名藏兵组成的商业管理执法队冲进了吉祥货栈和勇嘎家府邸。田轩上前阻拦质问藏兵时，领头的藏兵二话不说，扬手就给了田轩一记耳光，同时，还以吉祥货栈囤货居奇、倒卖粮食牟取暴利，扰乱粮食市场为由，不但没收了全部库存粮食，还以抗拒执法罪的罪名，抓走了田轩。

其实，噶厦政府没收吉祥货栈的粮食和抓捕田轩就是为了通过这两件事达到震慑拉萨的各大小商贩的效果和目的。

昨夜，数百藏兵忙活了一夜，不但将没收的粮食运到广场，而且还在广场立起了个"十字形"的行刑架。

天刚见明，戴着手铐脚镣的田轩就被押解到广场捆缚在行刑架上。一会儿工夫次郎尼玛乘坐马车赶来到广场，他下车后，走至田轩身边阴阳怪气道："你不是扬言要杀本大人吗？我倒想看看今天是你杀我，还是我要你的命！"

"别狐假虎威，"田轩咬牙切齿地道，"你兔子尾巴长不了！"

次郎尼玛一把抓过旁边喽啰的马鞭，扬手猛抽了田轩两鞭，顿时田轩的身上和脸上新添了伤痕。

"呸！"田轩不甘示弱地朝次郎尼玛吐了口唾液。

次郎尼玛再次扬起鞭时，两辆部队的马车驶来，从车上跳下二十多名赤手空拳的解放军战士，将全副武装的藏兵团团围在中间，以领队的解放军战士，正告次郎尼玛道："你们这是明目张胆地违反'和平解放西藏十七条协议'的行为，请你们马上撤离广场。"

然而，次郎尼玛以解放军阻碍执法为由，向藏兵下令开枪，一时间二十多名赤手空拳的解放军战士，全部躺在了血泊之中……

枪声响罢，驻扎在城外江边的部队全副武装地赶来，将次郎尼玛及所谓的执法的武装藏兵团团围住。次郎尼玛不敢再有造次，厚着脸皮连连道："都是一家人有话好说，一家人有话好说，有话好说！"

与此同时，西藏工委代表对部队战士在广场遭到枪杀的事实，向西藏地方政府讨要说法，噶厦地方政府中要员连连予以否认，说发生这样的事件，纯属是别有用心的人，打着噶厦政府招牌假公济私，一定对当事人给予严惩！

——最终，次郎尼玛做了噶厦政府的替罪羊，被藏兵击毙于广场。

粮食保住了，田轩也被送去了部队医疗所。经医生检查，田轩的身体除有几处外伤，基本没有大碍。

田轩在医疗所住院治伤期间，沙坤宁和欧阳慧敏前来看望他两次。沙坤宁代表边防部队全体将士感谢田轩为部队解决了急缺的粮食，也对田轩所遭受的伤害而愧疚。

田轩在部队医疗所住了五六天后，就主动要求回家去了。田轩回到家，与富贵商量后做出决定：帮助解放军解决粮食问题，货栈的货品一律以粮食兑换。

因为盐和黑茶是藏地最紧俏的商品，吉祥货栈的货品又质优价廉，人们都愿意在吉祥货栈兑换所需的盐和黑茶。

吉祥货栈"以货品换粮食"的决定有效地缓解了当时边防部队粮食紧缺问题。直至1954年12月25日"康藏公路"完全畅通后，吉祥货栈才停止了"以货换粮"。

田轩在拉萨过完藏历新年，就急赶着搭乘部队的军车返回到康定。他回到康定的那天晚上，恰好赶上为小扎西践行。小扎西就要随部队作为最后一批志愿军参战部队奔赴朝鲜了。

且说，自朝鲜战争爆发以来，全国各地的广播每天都在播放《中国人民志愿军战歌》，抗美援朝，保家卫国的呼声响遍了祖国大地的每一个角落，康定城也毫不例外组织了几次抗议美帝国主义侵略朝鲜的示威游行。1953年，虽然板门店谈判结束了战争，但是美帝国主义的几十万重兵仍留在"三八线"一线。为此，中国人民志愿军也仍留在朝鲜，密切地注视着美帝国主义的一举一动。

田轩打量着身着志愿军军服的小扎西向降央称赞道："帅气——是个好小伙子！"

小洛桑也羡慕地对小扎西道："扎西哥哥，我高中毕了业也要像你一样，参加志愿军，到朝鲜去狠狠地消灭美帝国主义！"

郎吉的儿子索朗多吉也插言道："小扎西哥，我也要去朝鲜！"

"你呀，"小扎西高傲地嗤笑索朗多吉道，"小屁孩儿，等你长大的时候，哥已经消灭了美帝国主义，从朝鲜回国啦！"

……

次日是康定人民欢送"最可爱的人"离开家乡的日子，康定城热闹极了，人们为了表达自己对"最可爱的人"的送别心情，欢快的鼓点声和燃放的爆竹声响彻云霄。

就在康定人民欢送"最可爱的人"离开康定那天，汪堆在街头看见了羌月。汪堆基于从上海返回路过雅安时，羌月曾解囊相助的情谊，无论羌月怎么推脱，也要请羌月去餐馆吃顿便饭。

羌月的容貌已大不如前，她面容憔悴苍老了许多，汪堆和羌月在附近一家苍蝇饭馆吃罢饭后，汪堆在羌月的执意邀请下，便随羌月去了她栖身的鸡毛店。汪堆落座后，关切地询问羌月道："你的日子过得好吗？"

羌月苦涩地一笑道："大不如前啦，不怕你见笑，我现在是东躲西藏地过着日子。"

汪堆惊诧地连忙问："为啥？"

"雅安正在整顿社会秩序，'蔷薇苑'的鸨母和姐妹全都被集中去了'习艺所'强行进行学习改造"羌月愁苦地道，"我是从习艺所逃跑来康定的。"

羌月说的确是实话，自西康省解放，军管会颁布了"禁烟肃毒"法令后，社会秩序得到了有效的整顿，吸食鸦片的烟客；沿街乞讨的乞丐；夜间行窃的小偷；卖身的妓女都被政府集中收容进了"习艺所"，强行进行学习改造。羌月就是在习艺所学习改造期间，趁机偷跑来到康定的。

羌月到康定后，因为囊中羞涩不得不重操旧业干起了老本行。但是由于康定也在进行社会秩序整顿，社会各阶层的人士对自己的生活都格外检点，即使是嫖客，也收敛了自己的放纵行为，羌月也随之由明娼改成暗娼，东躲西藏地做些不正当的肉体买卖。

"现在解放啦，一切都不是从前样啦，"汪堆奉劝羌月道，"还是从良嫁个好男人过完自己的后半生。"

"找个好男人难啊，"羌月愁苦地回答，"妓女低人三分，哪个好男人愿意娶做过妓女的女人？——拿你来说，你愿意娶我吗？"

"别拿我开玩笑，"汪堆自卑地道，"除非是痴呆傻女人才愿意嫁给一个缺胳膊少腿的男人。"

"我就是痴呆傻的女人，"羌月目光炯炯地道，"我羌月就愿意嫁给你！"

人生的命运都是意想不到的，羌月果然兑现了自己的承诺嫁给了汪堆。他俩的新房，就设在汪堆居住的大门处的收发室。结婚那天，田轩特意请来了甲卡的演出队来为婚礼助兴，同时，还吩咐饭堂厨师连续办了三天的酒席，让婚礼整整闹腾了三天。

羌月做了新娘后，也留在了货栈，除协助汪堆侍弄驮队的马匹外，还协助降央照料小洛桑和田靓。

第四十七章
赖三贩表赚大钱　富贵还家被拔毛

汪堆和羌月的三天婚礼结束后，田轩又率驮队去雅安采购物资去了。解放后，雅安被设立为西康省省会。五十年代初期，雅安到处都在进行城市的改扩建工程，什么西康省雅安气象学校、西康省林学院、西康省卫生学校、西康省雅安中学、西康省交通旅行社、西康日报社都在积极的兴建和筹建之中。同时，苏联的桥梁专家也赶来到雅安，为在青衣江上架第一座大桥进行选址勘察。

田轩来到雅安，目睹了雅安到处都是如火如荼的建设景象，由衷地发出感叹——唯有共产党才有这样的魄力，领导人民建设家园，也只有共产党才能使领导人民过上安定幸福的好日子！

就在田轩去各地建设工地，观看城市建设时，赖三按照田轩给她安排的工作，去找盐商彭财旺采购盐去了。赖三信心满满地来到彭财旺的盐库库房，却令他大吃一惊，不但库房的两扇大门紧闭，而且大门上还贴着盖有人民政府印章的封条。赖三因为没有完成老板交代的任务而扫兴极了，在返回客栈的路上，去了一家临江的茶馆，喝起茶来。由于天气闷热，赖三在挽袖的当儿，露出了戴在手腕上的手表。与赖三同桌喝茶的茶客，看到赖三戴在手腕上的手表，颇有兴趣地唤着赖三赞叹道："老弟，你的手表不错——是块瑞士名表！"

赖三得意地回答："一般般，一般般。"

"能看一下吗？"

赖三取下表递给了茶客，茶客翻来覆去爱不释手地看着表问赖三道："你这表卖吗？"

赖三含糊其词地道："也可卖，也不可卖。"

"兄弟，"茶客对赖三道，"我是成都人，是来雅安相亲找对象的，你就成人之美——把表卖给我，让我在丈母娘面前显摆显摆。"

赖三打量着茶客问："卖给你——给多少？"

茶客伸出三个指头道："这个数——三百！"

"三百，"赖三连忙问，"是旧币还是新币？"

"新币——人民币三百！"

赖三暗暗地盘算了一下，当时买表的时候，才花了二十块大洋，折合新币就是两百人民币。现在出手卖出去，自己不就硬赚了一百元的人民币吗？

赖三心里还在暗暗盘算时，急着买到手表的茶客，把赖三的暗自盘算，误解为犹豫不决，于是讨价还价地补充道："我再添五十——共计三百五十元！"

赖三爽快地："成交——付钱！"

茶客也爽快地付清了款项。

赖三回到骡马店时，田轩也已外出回来。田轩见赖三空手而回，便劈头盖脸地问："你办的事办得如何？"

"老板，你还是另请高明吧，"赖三诉苦道："盐的事，就别想啦——彭财旺的库房已被政府查封，贴上了盖有政府大印的封条！"

田轩连忙问："小道消息，是从哪得来的？"

"不是小道消息，"赖三扯着嗓子道，"是我亲眼所见！"

……

次日一早，田轩就赶到茶老板熊老板家里，向熊老板打听彭财旺的情况。熊老板告诉田轩，彭财旺不是个东西，在抗战时昧良心发了国难财后，便用这笔国难财新办了制衣厂。雅安解放后，解放军因为进军西藏急需棉衣，彭财旺又打起了昧良心的主意，用钞票买通了主管物资供应处的副处长，揽下了为部队赶制棉衣的活。在赶制棉衣时，彭财旺用收购来到破旧棉絮，作为防寒的棉花，造成进藏战士穿在身上不但硬邦邦的，而且还不御寒。经部队查实，这批货就出自于彭财旺的制衣厂。同时，在解放初期，彭财旺因为操控着雅安的盐业，囤积居奇，使雅安市场一时无盐供应。时至雅安开展"反行贿""反偷税漏税""反盗骗国家财产""反偷工减料""反盗窃国家经济情报"的"五反"运动，经查实自中华人民共和国成立以来彭财旺除犯有囤积居奇外，还犯有行贿、偷税漏税、偷工减料等罪，被人民政府数罪并罚，判处有期徒刑五年。

"彭旺财被判了刑，"田轩向熊老打听道，"那我进盐的事儿该怎么办？"

"现在政府新成立了盐务局，"熊老板回答，"由盐务局负责盐业事务，购盐得去盐务局办理了开票手续，然后才去库提货。"

田轩别了熊老板赶到盐务局，向主管盐事的工作人员谈到自己要采购四千斤盐运往拉萨的事，主管盐务的工作人员，要田轩出示盐业的专营执照。那时候，因为康定、拉萨同属于特殊地区，政府对商业没有进行统管，田轩也就没有专营的执照。可是无论田轩怎么向盐务工作人员予以解释，得到的回答就是：没有专营执照，作为零售最多可以供应五至十斤。

田轩最后找到了盐务局局长，局长基于康定和拉萨是特殊地区，同意划拨给田轩四千斤盐，但是划拨的条件必须有铺保，保证所采购的盐是运抵康定和拉萨进行合法经营。田轩只好再去找熊老板，请熊老板用自己茶厂为自己作保。

熊老板在"五反"运动中，被商界同仁一致评定为"模范商户"，因而深得政府和商界人士信任。当熊老板拿出自己的生产经营许可证，主管盐业的领导看到许可证上加盖有"模范商户"的印章时，即刻为田轩办理了供应的批文手续。

田轩在雅安除采购到四千斤食盐外，还采购了两千斤黑茶，及其他拉萨市场紧俏的物资后，于当天就离开雅安向康定开拔。

马帮回到府邸，田轩同王耀祖商量起货栈下一步工作的人事安排：赖三、汤巴子负责康定、雅安一线的货品采购和往返运输；自己和郎吉负责康定至拉萨的货品往返运输。当王耀祖把新的人事工作安排告诉赖三后，赖三顿时激动不已，认为这新的工作安排是老天赐给他的发财机遇。

那天，也是甲卡的演出队，在外演出回到康定的日子。赖三来到帐篷前从窗户看见甲卡正背对帐篷门收拾演出的服装，赖三便蹑手蹑脚地走进帐篷，伸出双手突然从甲卡身后，拦腰抱住甲卡，甲卡不由得惊呼起来，半晌回过神，捂着怦怦跳动的心脏，斥责赖三道："你要吓死我呀！"

"我爱你都还来不及，哪敢吓死你，"赖三嬉皮笑脸地，"只想给你个惊喜。"

甲卡厌恶地斥责道："你能有啥惊喜？"

赖三从衣兜摸出一大沓钞票在甲卡眼前来回摇晃，甲卡连忙质问赖三道："你哪来这么多钱？"

赖三高傲地道："赚的！"

"告诉我，"甲卡追问道，"是不是昧良心赚了田轩的黑心钱？"

"我赖三是那样的人吗？"赖三一屁股坐在椅子上，将钱置放在桌上，跷起二郎腿吩咐甲卡道，"老公累啦——给老公泡茶！"

"呸，"甲卡朝赖三啐了口晦气，鄙夷地道："瞧你这德行！"

"我这德行咋啦，"赖三得意道，"出门几天就赚回来三百多块。"

"你给我记住，"甲卡严厉地道，"这事仅有一次，没有二次！"

赖三不予作答，甲卡再次严厉道："我说的话你记住没有？"

"记住啦，记住啦！"赖三虽然嘴上应承了甲卡的话，但是心里却在默默地骂甲卡道，"妇人之见！"

……

当晚，赖三躺在床上辗转反侧，喜滋滋地盘算着卖出一只表就能赚一百多元，那么卖出十只、二十只、三十只，得要赚多少钱啊。这买卖只要做上三两年，自己肯定成为康定城赫赫有名的大富人……

次日，田轩和自己的马帮弟兄正在清点运送去拉萨的货品时，王耀祖急匆匆地来到田轩面前，将一份电报递给老板道："这伽玛发来的电报。"

"王叔，你是不是搞错咯，"田轩不相信似的连忙道，"伽玛怎么会平白无故地拍发电报？"

王耀祖回道："我错没错，你自己看。"

田轩撕去电报封套，取出电文，电文写道："富贵出事，速来拉萨——伽玛。"

"富贵会出什么事呀，难道噶厦政府……"田轩不敢猜测下去了，问王耀祖道，"你认为富贵会出什么事？"

"我回答不了，"王耀祖回答，"事不宜迟，你得赶快去拉萨。"

午饭后，田轩正在准备出发去拉萨的行装时，欧阳慧敏的丈夫沙坤宁去重庆参加了西南军区局召开的庆功表彰大会后，在返回拉萨的途中，路过康定特意前来田府给田轩赠送"拥军模范"的锦旗来了。田轩能得到西南军区赠送的锦旗，是因为他在部队缺粮最困难的时候，为部队解决了缺粮问题。

田轩接过锦旗看着"拥军模范"四个大字兴奋极了，眼眶噙出了泪花，激动得连连对沙坤宁道："谢谢！谢谢！"

由于沙坤宁急着赶回部队传达庆功表彰大会的精神，田轩也就趁机搭乘沙坤宁的小车赶赴拉萨。

且说，富贵、绒佳结婚已过去十六年了，他俩的孩子王向发也已十三岁小学毕业，马上就要进入初中学习了。可以说自富贵留在拉萨吉祥货栈做掌柜以来，在这十多年的时间里，一家人的生活都是顺风顺水。可是令富贵万万没想到的，在半月前，突然来了两位家乡的公安同志。这两位同志找到富贵，同富贵谈了一番话后，富贵自此萎靡不振，吉祥货栈也因此关门歇业。绒佳和伽玛问其原因，富贵只是说那两位找他谈话的公安同志，是从自己的家乡南充来的，要求他必须随同他俩返回南充。于是，伽玛向田轩拍发了加急电报，要田轩速来拉萨。

田轩搭乘沙坤宁的小车，赶了六天的路到拉萨后，从伽玛口里了解到富贵因为在家乡有四十多亩田地，在土改后期被定为"地主份子"，现在必须押送回原籍接受人民群众的监督改造。

田轩了解富贵，知道富贵因为家里贫穷，才离开家乡来到康定做马帮的，说富贵自己有几十亩土地，就是将田轩打死，他也不会相信。后来，在欧阳慧敏的帮助之下，才从两位公安的口中了解到，原来自富贵做马帮后，每年都要将攒下的工钱全都带回南充，赡养家里的老人和帮助自己的长兄。富贵做了吉祥货栈的掌柜后，自己手头宽裕了，几乎每年他都要给家里带回百十块银圆，而自己的兄长又是个一分钱都要当成两分钱花的"土老肥"，就把富贵带回家的钱，全都买成了田地，到土地改革时，富贵名下拥有土地四十多亩，在评定和划分成分时，被划定为地主分子。

解放初期，划定成分时，按拥有的土地数量分：地主、富农、中农、下中农、贫农五个等级。贫农、下中农是党和国家依靠的力量，中农是党和人民团结的对象，地主和富农同属于剥削阶级，是受无产阶级专政和人民打击的对象。

"田老板你是知道的，"富贵流着泪向田轩阐述自己内心的委屈道，"我离家快二十年啦，除带钱回家外，我从没回家过一次家，我根本不知道家里把我带回家的钱，都为我置办了土地。我没有参加过剥削农民，我不是地主——冤枉，冤枉呀……"

富贵的委屈田轩是知晓的，为此，田轩特意去找了沙坤宁部长，请他为富贵说情，让富贵留在拉萨，由他和驮运队的马帮来对他进行监督改造。

沙坤宁勉为其难地对田轩道："把地富反坏分子押回原籍监督改造是我们党对敌斗争的基本政策，谁也变更不了，富贵只能回到家乡好好接受人民群众的监督改造，争取早日回到人民怀抱。"

最后，经田轩、富贵、绒佳、伽玛共同商议，决定绒佳和儿子留在拉萨，母子俩的生活由田轩来照顾，富贵自己随同公安回家乡接受改造。

富贵家祖上原本也留下有两亩土地，在当地也算是能过小日子的人家。这样，富贵才有了在私塾念了几年书的机会。也正是富贵能写会算，才被田轩留在拉萨，做了吉祥货栈的掌柜。

富贵被送押回家乡后，悉知二老已经去世，长兄因为土改工作队将自己家的田产和房屋作为胜利果实，分给了贫下中农而怀抵触情绪，在暗地诅咒工作队和贫下中农，而被宣判为反革命分子，执行了死刑。

富贵家原本有一座"四柱三"的老房，由于富贵年年都要带钱回家，1947年时，家里撤掉原来的老房，在原址上，新建了"三合头"的木结构房。土改时按当时家庭人口，只给富贵的父母、长兄、侄子留下一栋"三柱四"的木屋，左右两边的两栋房全分给了贫下中农。

富贵被送押回到原籍，在乡政府受到一番训斥和教育后，就被民兵队长带回到村子。当富贵看到自己家的亲戚，以及乡亲们冷漠的眼神，令他心灰意冷。他推开老屋堂屋的大门，即刻霉臭味扑鼻而来，富贵长长地出了口气，才跨过门槛进了屋子。

屋子里除了床上有一些稻草外和简单的灶具外，可以说一无所有。到了晚上，天全黑下来的时候，富贵远房的婶婶送来了一升米（四市斤）和一碗泡酸菜，富贵总算填饱了肚子。

次日，富贵背着背篼去村治保主任家向治保主人请了半天假，到镇上购置了一些粮食之类的物资，回到村里向治保主任销假时，治保主人见富贵买回来的一背篼东西，便当着村主任的面，斥责富贵道："押你回来是接受改造，不是叫你回来享受荣华富贵！"

富贵虔诚地躬身连连道："我知道，我知道，我一定老实接受人民的监督改造。"

治保主任厉声问："你买一大背篼东西，就是接受改造吗？你这是在向贫下中农炫耀你们地主分子仍然还在享受的荣华富贵！"

"主任，"富贵诚惶诚恐地，"我知错啦，知错啦！"

……

夜晚，治保主任来到富贵家，笑眯眯地唤富贵道："叔，吃夜饭没有？"

"不敢当，不敢当，"富贵惶恐地，"我，我承受不起。"

"什么承受不起，"主任亲昵地，"这是辈分规矩，我是你侄子，没有外人的时候叫我金贵就行了。"

富贵胆怯地连连道："富贵不敢，富贵不敢！"

"叔，"治保主任唤富贵道，"侄子手头有点紧，想给叔借几块钱，趁明天赶场，去供销社给你侄媳妇扯几尺布做件过冬的棉衣。"

富贵摸出一张三元面额的钞票，递给治保主任道："我也没多的，拿去用就行啦。"

"这叫我说什么好啊，"治保主任假惺惺地感激道，"谢谢，谢谢！"

几天以后，村主任也来到富贵家，将治保主任上演的借钱的事重演了一遍。富贵仍然给了村主任一张面额三元的人民币，依然对村主任道："我也没多的，拿去用就行啦。"

在以后的时间里，绒佳每隔两三月都要给富贵汇十多二十元回来。富贵每次去邮局取款，不但要经村主任加盖图章，而且还要向治保主人告假。因此，富贵每次收到汇款都要遭到雁过拔毛，被村主任和治保主任各"借走"三至五元不等。

——也正是因为如此，富贵在村子里相应得到关照，日子还算过得下去。

第四十八章
卓玛女儿上大学　赖三犯罪受严惩

　　富贵离开拉萨被押送回原籍之后，田轩本想让绒佳搬回到府邸居住，可是绒佳不愿意吃闲饭，要留在商铺做营业员。田执拗不了绒佳，只好同意了绒佳做营业员的要求。

　　一晃吉祥货栈歇业也很有一些时间了，伽玛为了尽快恢复营业，便向田轩建议，让她家乡名叫洛呷丹真的远房侄子来顶替富贵管理货栈的经营。伽玛的建议得到田轩应允后，伽玛便派人去自己家乡叫来了洛呷丹真。

　　田轩打量着洛呷丹真问："你今年多大啦？"

　　"回姨父的话，"洛呷丹真回答，"洛呷丹真刚满了十八岁。"

　　"你年轻，"田轩鼓励地道，"就在这好好干——会有前途的。"

　　田轩带领洛呷丹真熟悉了业务能独当一面后，田轩在准备返回康定时和伽玛再次发生了口角。伽玛认为自己已经徐娘半老了，那些同自己年龄相当，也是同年结婚的女子，孩子都已有了十多岁了，可是自己膝下仍无一男半女，田轩怎么也不该离开拉萨返回康定。

　　然而，在田轩的心目中，沉溺于男女之间事的男人，不是好男人。于是叱责了伽玛一顿后，便搭乘沙坤宁的小车，随同欧阳慧敏夫妻俩同返康定。途中因为沙坤宁和欧阳慧敏为卓玛的女儿联系了一所读书学习的学校，小车便直接驶去了卓玛家。

　　沙部长、欧阳慧敏和田轩的突然到来，令土司老爷惊喜不已，他握着沙坤宁的手连连道："有失远迎，有失远迎！"

　　三位贵客被邀请在客厅落座后，卓玛的一对儿女——雍熙和洛扎也从各自的住室赶来到客厅拜谒三位长辈。雍熙和洛扎已经是十五六岁的孩子，姐弟俩虽然年龄不甚很大，但是个儿挺高，乍一看简直就是大姑娘、大小伙了。

　　欧阳慧敏将雍熙拉坐在自己身边，对雍熙道："你沙叔叔是有好事来通知你的。"

　　"啥好事？"雍熙惊喜地问，"欧阳阿姨快告诉我！"

　　"你别急，"欧阳慧敏回答，"这事还得同你阿妈和外公商量后才能决定。"

　　"欧阳阿姨，"雍熙撒娇道，"究竟是啥事嘛？"

"现在不告诉你，"欧阳慧敏回答，"你阿妈和你外公同意后，阿姨才告诉你！"

"沙叔叔，雍熙可是你的侄女，"雍熙走到沙坤宁身边，拉着沙坤宁的手道，"叔，告诉我究竟是啥事？"

"想去成都吗？"沙坤宁问。

"成都，"雍熙高兴地道，"我当然想去！听阿妈说——成都人多、房多、汽车多，热闹极啦！"

"叔和你欧阳阿姨打算送你去读书……"

"我不认识汉文，"雍熙打断沙坤宁的话道，"去汉人的地方读书——不行不行！"

"这所学校既要学习汉文，也要学习藏文，"沙坤宁解释道，"你学习毕业回到藏区，就是我们国家培养出的第一批民族干部——前途无量啊！"

"姐夫，"卓玛问沙坤宁道，"这所学校是啥学校？"

"西南民族学院！"沙坤宁回答。

"那好啊，"卓玛兴奋地唤父亲道，"阿爸！我们家出大学生啦！"

"共产党好！"土司老爷感叹地对沙坤宁道，"共产党让我看到了藏地未来的光明前景！"

"老人家，"沙坤宁道，"你帮助我们解放了西藏，部队感激你，向国家民委递交了将雍熙培养成为第一批民族干部申请，国家民委明确地作了批示——'批准雍熙同志是我党为民族地区培养的第一批民族干部，保送到西南民族学院接受培养学习'。"

"沙叔叔，"洛扎愤愤地道，"你和欧阳阿姨都偏心眼——为啥不让我也去学习？"

"气死你！"雍熙拥着欧阳慧敏道，"沙叔叔和欧阳阿姨就是喜欢我，咋啦？"

"你沙叔叔对你另有安排，"欧阳慧敏安慰洛扎道，"过些时候，要新组建一支藏民团，你沙叔叔打算让你入伍去藏民团当骑兵。"

"沙叔叔，"洛扎兴奋地问，"我真的要去当骑兵？"

"你是你欧阳阿姨喜欢的侄子，"沙坤宁回答道，"你欧阳阿姨会骗你吗？"

"那好啊！"洛扎蔑视地看着姐姐得意地道，"到了部队我一定争取立功，当一个营长、团长！"

……

次日一早，沙坤宁、欧阳慧敏、田轩、雍熙就乘车离开扎脱了。卓玛含着眼泪送女儿上车时，雍熙乖巧地依偎在母亲怀里道："阿妈，别难过，女儿一定常回家看望您和外公！"

……

且说，田轩离开拉萨后，无所事事的伽玛每天总要去拉萨城里查看商铺的营业情况。当她在营业大厅见到绒佳后，总要叹着气对绒佳道："还是富贵在这里好啊，富贵在，我啥事都省心；他一走，啥事都放心不下——什么都要亲力亲为。"

"妹妹，"绒佳关心地对伽玛道，"营业厅的事有我盯着，你犯不着每天忙里忙外的。"

"还是我姐好，知道心疼妹妹。"伽玛说罢向绒佳打着"再见"的手势，便扭着屁股上二楼去账房查看洛呷丹真的工作去了。

伽玛推开门，正在做账的洛呷丹真抬头见是伽玛，连忙起身唤着道："二孃！"

伽玛顺手将门掩上，环视了屋子一周后落座在木椅上，洛呷丹真便为伽玛沏上茶端至面前，双手递给伽玛道："二孃，请用茶。"

伽玛接过茶置放在桌上，微笑道："你一口一个'二孃'地叫我，就不怕把我给叫老啦，以后叫姐！"

洛呷丹真尴尬地不知说什么为好。

伽玛依然笑看着洛呷丹真道："叫一个'姐'听听。"

洛呷丹真羞涩地微笑着亲昵地叫了声："姐！"

伽玛幸福地拉着洛呷丹真的手在自己身边落着座道："陪姐说说话。"

洛呷丹真落座后，伽玛端起桌上的茶微抿了一下，递给洛呷丹真道："你也润润嗓子。"

洛呷丹真为难地："我……"

"咋，"伽玛笑问，"是嫌弃姐喝过的茶不干净？"

"姐是贵人，"丹真避过伽玛的目光道，"丹真哪敢……"

"姐是贵人，你就是贵人，"伽玛媚眼瞥了洛呷丹真一眼道，"姐喜欢你。"

洛呷丹真心喜地接过茶碗，小喝了一口，泛出幸福的笑容，将碗轻放在桌上。

"你都成大小伙子啦，"伽玛问，"有喜欢的女人了吗？"

"我才十八岁，"洛呷丹真羞涩地回答，"还早着呢。"

"假话，"伽玛做着媚眼问，"难道不想女人？"

"想，"洛呷丹真连忙改口道，"不想！"

"男人女人都一样——谁不想啊，"伽玛颇有感触地，"姐一个人孤单单的，就想身边有个男人陪姐说说话。"伽玛说着眼眶溢出了泪水。

洛呷丹真手足无措地唤伽玛道："姐！"

伽玛拥入洛呷丹真怀里，哭诉道："姐——苦啊！"

"姐，"洛呷丹真安慰伽玛道，"我会陪你的。"

"姐爱你，"伽玛紧拥着洛呷丹真，"你是姐的小心肝……"说罢，闭上了双眼，等待着"侄子"的亲吻。

洛呷丹真的心脏急促地跳动起来，在欲望的促使下，撇下了道德的准则，吻起了怀里的伽玛……

田轩搭乘沙坤宁的小车抵达康定，田轩向王耀祖询问了一下商铺的经营情况后，便决定明天就出发赶往雅安进货。

明天就是田轩率马帮去雅安进货的日子，赖三趁今日下午空闲的时候，急匆匆地赶去中桥地摊处以"摸口袋"的方式买手表去了。赖三向卖手表的藏商讲妥，自己用两百大洋，摸十二手，每次摸出手表一支，计摸手表十二支。赖三手气不错，摸到两支"欧米卡"、三支"英纳格"、两支"怒莱克斯"、五支"互斯针"。

马帮从康定出发,赶了三天路抵达雅安那天已是傍晚。次日一早,赖三顾不上吃早饭,就赶往与自己有生意往来的钟表铺贩卖手表去了。赖三今天不走运,正在交易时,被联合执法的公安部门、市场管理部门、税务部门抓了个人赃俱获。这样赖三以走私罪、偷税漏税罪、扰乱市场秩序罪、投机倒把罪被拘留在公安拘留所候审。

赖三是中午时被捕的,晚上田轩才得到赖三已被关押在拘留所候审的通知。次日,田轩赶去拘留所看望赖三,同拘留所的干警怎么也不让田轩与赖三相见。干警告诉田轩,为了防止探视人与在押人互传递消息,在押人在拘留期间,是不许相见的。

由于赖三案情属于解放后第一批处理的经济犯罪案件,因此判决处理非常迅速,只用了半月时间,法院的判决就下来了,赖三因为四罪并罚,判处有期徒刑三年。

马帮回到康定,田轩即刻就去甲卡演出队住地找甲卡去了。那天,正是演出队搬家到旧西康省省政府的家属院居住的日子,甲卡正在忙着指挥演出队队员撤卸帐篷。田轩走到甲卡身旁问:"你们又要去哪?"

甲卡一怔,扭头见是田轩,笑道:"你是哑巴狗呀——吓我一跳!"

"我温温柔柔地问你一句就吓到了你,"田轩笑问,"你是猫还是兔?"

"我呀,"甲卡做了个张牙舞爪样后回答,"是吃你的老虎!"

田轩笑了道:"说正经的,你们这是搬家去哪?"

"现在有落脚的地方啦,"甲卡喜滋滋地回答,"搬家去原来的西康省政府家属院。"

"哟,你也有了定居的想法?"田轩既惊又喜地问,"这是咋回事呀?"

"州工委要以我们演出队为基础,"甲卡回答,"组建甘孜州文工团。"

"恭喜!恭喜!"田轩情不自禁地道,"没想到,昔日的艺人竟成了州文工团的团长啦!"

"别拿我取笑,"甲卡认真地,"团长叫肖楚,是从部队文工团转业的,我就是个分管演出业务的副团长。"

"恭喜你,"田轩开玩笑敬着军礼道,"尊敬的副团长!"

"别说笑啦,"甲卡询问道,"是不是和伽玛闹了别扭,来找我和稀泥——调解?"

"别瞎猜,"田轩回答,"伽玛人在拉萨,有啥别扭可闹?"

"那,今天是……"

田轩打断甲卡的话道,严肃地道:"有件大事得要告诉你……"

"我知道",甲卡打断田轩的话,开着玩道,"一定是有了新欢——要娶第三房夫人?"

"别同我开玩笑,"田轩回答,"是赖三的事。"

"咋,赖三也会有新欢?"甲卡笑着回答,"你转告他,我甲卡大度,他就是娶三房四房我都没意见———概同意!"

"别再开玩笑，"田轩叹了口气道，"赖三出事啦！"

甲卡即刻收敛了笑容，迟疑了一下，惊疑地问："出啥事啦？"

"倒卖手表，逃避税收、投机倒把、扰乱市场秩序四罪并罚，"田轩回答："被法院判处了三年有期徒刑。"

"活该！"甲卡愤愤地骂了一句道，"是自己搬石头砸自己的脚！"

田轩劝解道："其实赖三做出出格的事，目的是为家好——多赚钱。"

"我没有大富大贵的命，"甲卡埋怨地道，"没有想他赚多少钱，只想他跟着你干好马帮。"

"丧气话就别说啦，"田轩劝导地，"事情既已出了，总得去面对。"

"怎么面对？"甲卡坦率地道，"我的那些姐妹弟兄马上就要过安居的日子，我总不能因为赖三，毁了兄弟姐妹的前程。"

"我了解你甲卡，"田轩道，"你不是绝情的人。"

"如果是你坐牢，"甲卡道，"我会去主动犯事，陪你坐穿牢底。"

"说的啥呀，"田轩道，"你是赖三的妻子。"

"别再劝我啦，"甲卡铁青着脸道，"我对他赖三失望啦！"

……

田轩在返回田府的路上，都在反复地问着自己，难道赖三和甲卡的婚姻关系就这样悄然落幕了吗？

其实，甲卡是个嘴硬心软的人。次日，甲卡便向领导谎称说自己的一位家住云关寨的朋友病啦，自己得请几天事假去看望朋友。甲卡的请假得到领导批准后，便搭乘长途客车去到雅安，又转乘车去了芦山，到劳改农场看望了赖三。甲卡在探视室见到赖三后，一再鼓励赖三好好地接受改造，争取早日出狱，自己会等他归来。

第四十九章
国家赎买大货栈　情窦初开小洛桑

一晃田轩往返于雅安、康定、拉萨之间已过去了两年的时间了。在这两年的时间里，田轩在康定、拉萨、昌都的生意都较为顺畅。

这天，田轩率领马帮驮队辗转来到雅安去到熊老板的茶厂采购黑茶时，见大门处已更换了厂牌，原来"金尖茶厂"字样的镀金招牌，现在换成了"地方国营雅安茶厂上坝路生产车间"的白底黑字的挂牌。经打听，熊老板现在荣升为雅安茶厂的副总经理，已被调到了总厂任职上班去了。

田轩在总厂找到熊老板，向熊老板道明了自己是专程来雅安采购他的厂子生产的黑茶时，熊老板告诉他，现在雅安茶厂生产车间，实现了机械化，生产出的黑茶质量，远比他原来厂子生产的茶的质量好，叫他就在这放心采购就行了。

田轩在茶厂办了好采购手续后，熊老板请他去饭馆小酌了一台。在酒桌上，熊老板告诉田轩，前两年（1954—1955年）是私营生产企业日子最难过的年辰。过罢1954年的春节，熊老板就开始催促负责采购的原材料的采购员去农村挨家挨户的收购生茶。可是采购员连续跑了大半年的时间，几乎都是空手而回。究其原因，并非是采购员偷懒不收购原料，而是因为农村组织了"生产互助组"或"农业初级生产合作社"，茶农有了自己的生产组织后，宁可将出产的生茶卖给国营茶厂，也不卖给私人老板。工厂没有了生产原料，不但处于半死不活的状态，而且给工人也发不出工资。这样，靠工资养活家庭的工人，每天都聚集在厂门口，向老板讨要工资。熊老板从早晨起床，到晚上躺在床上，每天所想的都是"工资""原料""原料""工资"。尤其是工人聚集在厂里，闹嚷着讨要工资时，更令熊老板焦头烂额，诚惶诚恐的是他担心一旦工人砸了设备，那工厂就更是雪上加霜。

幸遇国家对私营工商业进行社会主义改造，熊老板的工厂才起死回生，以"入股"的形式并入国营雅安茶厂。熊老板感慨地道："还是共产党好，有了共产党我熊光普的工厂不但幸免了倒闭，而且我熊光普还荣升为雅安茶厂的副总经理……幸运！幸运呀！"

……

田轩回到康定，王耀祖告诉他道："你可回来了，工委的周书记来货栈找你已经好几次啦……"

"周书记，"田轩疑惑地，"我不认识呀！"

"你怎会不认识，"王耀祖提醒道，"就是那个参加了红军的周凯，周胖子！"

"是他周凯！"田轩惊喜地重复道，"——周胖子！"

"今非昔比啦，"王耀祖继续道，"周胖子现在是工委第一书记不说，还负责主管康区的金融和商贸。"

"我真为周胖子高兴，"田轩笑道，"明天得去好好会会他！"

……

次日，田轩在工委周书记的办公室见到了周胖子。两人拥抱了一番后，便问长问短地拉起了家常。他俩在谈话中，周胖子向田轩问起了勇嘎、赖三。当田轩告诉他，勇嘎在小日本轰炸乐山时，已被炸弹炸死，赖三因违法在监狱服刑，听了这些不好的消息后，周胖子对勇嘎的离世深感愤慨；对赖三的服刑深表痛心。最后，周胖子询问起马帮和货栈的情况。田轩坦率地告诉他，现在拉萨的生意很好，康定的情况就要差点，差的原因：一是政府设立了国营贸易公司，二是公路畅通后，贸易公司用的是汽车运货，成本低于人工，销售价额自然低廉。这样，贸易公司便抢走了我们原有的老客户。

周胖子和田轩足足畅谈了整整一个上午，在临分别的时候，周胖子告诉田轩，甘孜州由于是涉藏地区，州委和州政府将在这里实施特殊政策，以政府赎买的形式，买下私营的工商业，以实现社会主义的公有制改造。

田轩回到府邸经与王耀祖和府邸的其他人员共同商量，大家一致同意田轩的主张：货栈由商贸局下属的商贸公司赎买后，货栈用赎买资金作为股份参股到商贸公司，同时货栈现有人员全部留用，作为第一任国营商贸公司职工。

……

田轩的货栈被商贸公司赎买，货栈的原有人员全都转成为商贸公司职工后，格桑拉姆、降央、羌月，因为人到中年，又没有文化，都被分配做了卫生管理员；汪堆因为残疾，做了商贸局收发室的收发员；郎吉、汤巴子、李二拐，以及原来的马帮人员，全都成了商贸局运输队的职工。田轩由于精通运输业务，被委任为商贸局下属的贸易公司副总经理，负责主管还没有通公路的县区商贸公司的物资运输。

且说，小洛桑前年高中毕业没有考上大学，田轩将他桑送到雅安，在雅安中学复读了一年，去年又随同妹妹田靓共同参加高考，只有田靓考取了华西医学院，小洛桑再次名落孙山。小洛桑虽然没考上大学，但是他运气不错。恰遇1956年西康省并入四川省，四川省民委作为对民族地区的照顾，给了甘孜州一名去成都学习汽车驾驶的指标。由于解放不久，无论在藏区，还是在内地都缺少有文化的人，小洛桑因为既是藏族，而且又有文化，被州民委委派去了成都学习汽车驾驶。

小洛桑在四川省成都汽车驾驶学校，学习了半年，经技术考核取得了汽车驾驶执照后，回到康定，成了商贸局贸易公司汽车驾驶员，负责长途货运工作。那时候，长春汽车制造厂才开始制造生产"解放牌"汽车，小洛桑驾驶着新汽车吸引了无数令人羡慕的眼球。由于当时的汽车制造技术和钢材质量还没有完全成熟，汽车开了半年后，就经常出现这样或那样的毛病。

一次小洛桑戴着藏式的狐皮帽，身着劳动布的工作装出车送货去巴塘。中午时分，车快爬上高尔斯山的山顶时，突然发动机出现了故障——汽车熄火。小洛桑揭开引进盖检查，发现是传动曲轴出现了问题。

高尔斯山海拔四千多米，汽车在这前不挨村后不着挨店的山顶荒野抛锚，令小洛桑着急极了。

时至黄昏，眼看太阳将要西沉时，小洛桑愈加着急地手足无措正不知如何是好时，从远处飘来少女悠扬的歌声：

> 美丽的高原，
> 广阔的牧场。
> 鲜花儿遍野百鸟儿唱，
> 美丽山坳是我成长的地方。
>
> 清晨我迎着初升的朝阳，
> 驱赶羊儿去牧场，
> 晨风撩起我额前的刘海，
> 格桑花送来浓郁的芳香。
>
> 傍晚我送走美丽的晚霞，
> 驱赶着羊儿还家，
> 一天的劳作在夕阳中结束，
> 等待明天太阳普照。
> ……

小洛桑向歌声传来的方向望去，只见一豆蔻年华的少女驱赶着羊群朝他姗姗走来。随着距离越来越近，小洛桑看清楚了这位少女虽然身着的光皮皮袍有些陈旧，但是相貌却格外俊俏：身材修长，瓜子型脸。脸蛋的左右两边虽然各有一个对称的"高原红"印记，但是丝毫不失她固有的俊俏。

牧羊女走进小洛桑喊着问："师傅，瞧你两眼都发直啦，看啥呀？"

小洛桑笑眯眯地回答："看你呀！"

牧羊女低头羞涩地道："看我干吗？我有啥好看的。"

"你漂亮——俊俏！"

"我不跟你说——羞死人啦！"牧羊女说罢就要转身离开。

"小妹妹，"小洛桑叫住牧羊女道，"你等等！"

牧羊女转身面对小洛桑笑道："我不是小妹妹！我……"

"不是小妹妹，"小洛桑打断牧羊女的话道，"叫你大妹妹行了吧。"

牧羊女甜甜地笑着道："这还差不多！"

"你家住哪呀？"小洛桑问。

"你一个大男人，打听姑娘家住哪，"牧羊女质问小洛桑道，"啥意思？"

"我是想……"

"你啥也别想，"牧羊女打断小洛桑的话道，"休想占到便宜！"

小洛桑泛笑道："大妹妹，你误解我啦，我不是你想象的那种人！"

牧羊女莞尔一笑后，抚摸着汽车的引进盖，喜爱地问小洛桑道："师傅，你这铁牦牛不赖，跑得又快，又不吃草料。"

"它不叫铁牦牛，"小洛桑更正道，"是汽车！"

"我说是铁牦牛，"牧羊女固执地，"就是铁牦牛！"

"对对对，"小洛桑依从道，"铁牦牛，铁牦牛！"

天色逐渐暗了，牧羊女对小洛桑道："天快黑啦，你还不走，打算在这喂狼啊？"

"车坏啦，打算去你家住一宿呢。"

"我家是喇嘛寺的堆穷，"牧羊女道，"吃的、住的，你见了都会恶心。"

"我是工人，"小洛桑道，"不是贵族家的纨绔子弟！"

牧羊女问："你真要去我家？"

"你同意，我一定去！"

……

小洛桑随同牧羊女，赶着羊群去了牧羊女家。

牧羊女的母亲看到回家来的女儿带了一男子到家顿时惊诧不已，便将女儿叫到帐篷外问："你怎么带个男人到家里来。"

"阿妈，"女儿向母亲解释道，"他不是坏人，他的铁牦牛坏啦，来我家借宿的。"

母亲了解了情况，放下心返回进帐篷抱歉地对小洛桑道："对不起，让老爷久等啦。"

"伯母，我不是老爷，"小洛桑连忙解释道，"我就是个开汽车的驾驶员。"

"驾驶员在我们堆穷眼里，"母亲坚持道，"就是高贵的人——老爷！"

小洛桑见牧羊女母亲也是个固执的人，便改变话题问牧羊女母亲道："伯母，你家里就只有你母女俩吗？"

"你是老爷，别叫我伯母，"牧羊女的母亲恭敬地，"这样会伤老爷身份。"

"我的身份就是工人，"小洛桑认真地道，"开汽车的工人！"

"我家有五口人，"牧羊女母亲回答小洛桑刚才的问话道，"除我和女儿外，另外两孩子，随我男人放牧还没有回来。"

小洛桑在环视"屋里"时,牧羊女的母亲问:"老爷,您还有事吗?"

"没有,没有,"小洛桑连忙回答,"你去忙你的事吧。"

牧羊女的母亲,正是觉罗。此间的觉罗虽然已有三十六七岁的年龄,但是风韵不减,还增加了几分成熟美,仍是个绰丽俱佳的美人。

牧羊女再次出现在小洛桑面前时,简直就是骤然之间变了个模样:新换的条纹花色的围腰,在浅黄色藏袍的映衬下,更把她凸显得像是一束百花园中最娇艳的格桑花。

"你这套藏装真漂亮,"小洛桑赞叹道,"让我都认不出你啦!"

"我家是堆穷做不起这藏袍,"牧羊女愧疚地道,"这藏袍是我康定的小孃送我的。"

牧羊女所说的"小孃",其实就是甲卡。自甲卡在高尔斯山山麓见到觉罗后,后来几乎每年都要来高尔斯山探望觉罗。

小洛桑惊讶地牧羊女问:"你有小孃在康定?"

牧羊女骄傲地点头。

"那,"小洛桑兴致勃勃地,"过些日子搭我的车,我带你去康定见你小孃!"

牧羊女目视着小洛桑羞涩地露出甜蜜的笑容。

"能告诉我,"小洛桑对牧羊女道,"你叫啥名吗?"

牧羊女红着脸回答:"雍珠嘎玛!"

"雍珠嘎玛,这名字真好听,"小洛桑自我介绍道,"我叫小洛桑,"小洛桑继续道,"喜欢这名字吗?"

"好听,"牧羊女甜笑着道,"喜欢!"

这时,外出放牧的曲玛登金,带着自己与觉罗的儿子——五岁洛呷和自己的妹妹央金回家来了(央金是觉罗与曲竺的女儿)。

觉罗一家的组成的关系十分复杂,一家五口人,就有四种不同辈分称谓。曲玛登金和觉罗结为夫妻后,改变了原来的称呼,曲玛登金称呼觉罗为"姐";央金因为是觉罗和曲竺的女儿,由此,觉罗和田轩的女儿雍珠卡玛,觉罗和曲竺的女儿央金以及曲玛登金互为姊妹,以姐妹相称;曲玛登金与觉罗孩子,洛呷称呼雍珠嘎玛和央金为姐,称呼曲玛登金为阿爸。

雍珠嘎玛向小洛桑介绍曲玛登金道:"这是我哥——曲玛登金!"

小洛桑上前同曲玛登金握手道:"曲玛登金哥,你好!"

曲玛登金不懂握手的礼仪,尴尬地笑答:"好,好!"

雍珠嘎玛正要向小洛桑介绍与自己年龄相差三岁的妹妹央金时,洛呷跑到雍珠嘎玛身旁,将一束野花递给姐姐道:"姐,我给你采的野花。"

雍珠嘎玛从洛呷手里接过野花,向小洛桑介绍弟弟道:"她是我弟弟——洛呷!"

小洛桑招呼洛呷道:"洛呷弟弟——你好!"

央金是个怕见陌生人的女孩,她见姐姐要向客人介绍自己时,连忙跑去帐篷找自己的阿妈去了。央金同雍珠嘎玛一样，也是个漂亮的女孩，除身材高挑外，一头垂落至大腿的长发，把她映衬得靓丽可爱。

……

觉罗今晚用来待客的是堆穷家最好的伙食——酸菜面块。大家围在三块石头垒成的火炉边吃晚饭时，因为没有"大哥"的人影，小洛桑问牧羊女道："怎么不见你哥和弟弟？"

"担心夜晚有贼，"牧羊女回答，"我哥和弟弟去替你守护铁牦牛去了。"

小洛桑责备牧羊女道："这么大的事，怎么不给我说一声？"

牧羊女轻蔑一笑："这是什么大事呀，打野歇——我哥我弟早习惯啦！"

……

这天晚上，借宿在卡玛家的小洛桑第一次深切感受到堆穷过日子的艰难——晚上睡觉没有被子垫褥，人都是围在炉火边卷曲着身子眯上眼睡的。

……

小洛桑与牧羊女朝夕相处了整整六天，单位才派来汽车修理厂的修理工修好了汽车。在告别的那天，小洛桑给了觉罗刚发行的人民币十元，另送了一捆条竹篾包装的黑茶。

觉罗手拿着小洛桑给她的人民币，好奇地问："这时啥呀？"

"——人民币，国家刚发行的，"小洛桑解释道，"它和藏银圆一样，在市场上同样流通——你只管放心使用！"

觉罗手捧着茶和币眼眶噙出了感激地的泪花……

小洛桑发动了车子，向雍珠嘎玛挥着手道："我会来接你去康定——见你小孃！"

雍珠嘎玛的脸颊泛出幸福地笑容回答："我等着你！"

……

小洛桑驾车远去早已消逝得无影无踪，可雍珠嘎玛仍伫立在原处眺望。觉罗走近女儿问："告诉阿妈，你是不是爱上那小伙？"

"阿妈，"嘎玛极力掩饰心里的甜蜜，噘起小嘴违心地回答，"你说的啥呀——我们就是普通朋友。"

"普通朋友，普通朋友，"觉罗笑着为女儿理着额前的散发，叮嘱女儿道，"啥也都别想啦——放羊去！"

……

小洛桑自驾车离开雍珠嘎玛家后，一路上几乎都在走神，几次出现险况，所幸他反应极快，才避免了危险事故的发生。由于小洛桑在路上耽搁了一些时间，直至晚上十时许，才抵达了巴塘。小洛桑将车停在商贸局营业部后，在伙食团简单扒了碗饭，便拎着放有梳洗工具的汽车加水桶去了商贸局所属的旅店休息。

这一晚是小洛桑的失眠之夜，青春男子对女性向往的意念使他躺在床上辗转反侧，恨不得将嘎玛拥入怀中，深情地亲吻一番……

次日，时至十时旅店服务人员来房间打扫卫生，服务人员的开门声才将小洛桑从睡梦中惊醒。他直起身时，服务人员连连向他陪着不是道："对不起，打扰你啦——对不起，对不起！"

小洛桑去营业部办公室办好来回运货的手续（即收到货物后清单和新拉货返回康定的库房提货清单），然后在营业部买了两床被子，两床藏毯，时至午后一点，才驾车离开了巴塘。

由于，从巴塘返回的车，装得全是"抛货"（占用空间的面积大，重量却轻的物资），小洛桑一路上加大油门，夜半时分，车就驶到了离雍珠嘎玛家不远的公路旁边。

小洛桑在帐篷的门帘处叫门时，叫门声震醒了牲畜圈里的牛羊，牛羊全都不安的躁动和嘶叫起来。觉罗闻声，连忙推醒了躺在身边的丈夫。

丈夫翻身起来，听了听牛羊的嘶鸣声欲要出帐篷时，听到小洛桑的声音："雍珠嘎玛——雍珠嘎玛！……"

曲玛登金撩起门帘，小洛桑刚踏进帐篷，觉罗也点亮了酥油灯。由于全家就只有这顶帐篷，女儿大了，觉罗为了避嫌，在帐篷中间拉了一张牛毡毯，把帐篷相隔成"两屋"，自己和丈夫及儿子洛呷住在"外屋"，雍珠嘎玛和央金同住在"里屋"。嘎玛喜出望外地从里屋出来羞涩地对小洛桑道："你回来的真快。"

小洛桑回眸瞥了雍珠嘎玛一眼，轻声回答："想着你呗！"

嘎玛不好意思地垂头道："我有什么可想的。"

小洛桑正要回答嘎玛的话时，觉罗问小洛桑道："还没吃饭吧？"

小洛桑笑着回答："没有！"

"嘎玛，快！"母亲吩咐女儿道，"快打酥油茶！"

嘎玛和母亲在忙碌时，小洛桑对曲玛登金道："大哥，同我去公路边一下，我带了些东西来。"

小洛桑随同曲玛登金出帐篷后，觉罗惋惜地对女儿道："这小伙不错，可是……"母亲将话咽进了肚里。

雍珠嘎玛催促母亲问："阿妈你说——可是啥呀？"

"没啥，"母亲苦笑着对女儿道，"快打酥油茶，你哥他们快回来了。"

随着卡玛母亲的话音，曲玛登金和小洛桑进了帐篷。

嘎玛母亲看着丈夫怀抱着棉被，小洛桑抱着的牛毛毡毯，惊异问小洛桑道："这……"

"我在巴塘给你们买的。"

"这么贵重的礼物，"母亲为难地，"我们不能收，你带回家去。"

"伯母，"小洛桑解释道，"值不了几钱，我是特意买来真心相送的。"

雍珠嘎玛母亲感激地道："这叫我怎么说你好啊！"

"不好说，"小洛桑泛笑道，"就啥也别说！"

……

当晚觉罗彻夜未眠，她躺在地床上辗转反侧怎么也不能入睡，思绪回到了自己年轻时代与田轩的那段终身难以忘怀的爱情。她预感到女儿的命运将和自己的命运一样——有缘无分！

次日，小洛桑还在沉睡在梦乡时，觉罗便一声不响地起床熬茶做早饭了。觉罗将熬好的茶，倒进"酱桶"后，才叫醒同自己一块睡在"外屋"的女儿。

昨晚是雍珠嘎玛记事以来，睡得最舒服的一夜——盖着被子躺在软绵绵牛毛毡毯上，彻夜都舒适极了。雍珠嘎玛被母亲叫醒后，坐在地铺上揉着眼睛时，母亲催促女儿道："还坐着干啥——打茶呀！"

茶水在酱桶里"扑通、扑通"的翻滚声，惊醒了小洛桑，他看了看表，已是六点过了。当小洛桑同嘎玛一家围坐在一起喝茶吃糌粑时，小洛桑唤觉罗道："伯母，我想带雍珠嘎玛去康定，见她小嬢。"

"她走不了，"觉罗痛心地，"我们是喇嘛寺的堆穷人家，没有得到管家许可，离开不了高尔斯山。"

"伯母，解放都好些年啦，"小洛桑坚定地道，"共产党马上就要在我们藏区进行民主改革，什么堆穷、朗生马上就要获得解放，成为自由身——国家的主人！"

觉罗苦楚地连连摇头道："活佛说了，我们这些做堆穷、朗生的人，都是前世作了孽，这世来还前世的债——命里注定的——想改变人生，只有等来世！"

"伯母！"惋惜地叹了口气愤愤地道，"这是骗人的鬼话……"

"别这么说，"觉罗顿时诚惶诚恐地双手合十，闭眼虔诚地祷告起赎罪的经文来。

"伯母，"小洛桑严肃地道，"我爱雍珠嘎玛——我要娶她为妻！"

觉罗闭眼念着经文连连摇头。

雍珠嘎玛眼眶涌出泪水，起身跑进了"里屋"。

"伯母，我向你保证，"小洛桑信誓旦旦地道，"我会一辈子爱雍珠嘎玛，给她幸福！"

"我们是堆穷人家——你娶卡玛就得做喇嘛寺的堆穷，"觉罗神伤地道，"你是好人——雍珠嘎玛不能毁了你！"

"伯母，不说这世道马上就要变啦，就是如你所说做堆穷，"小洛桑乞求地，"我也要做您老的女婿！"

觉罗态度坚决道："我说不行就不行！"

雍珠嘎玛从里屋冲了出来，一头扑进小洛桑怀中愈加伤心地抽泣起来。

小洛桑情不自禁地劝慰雍珠嘎玛道："告诉我你小嬢住在康定哪？叫什么名字？——我要去请她做媒，明媒正娶地娶你到我家。"

嘎玛泪眼注视着小洛桑苦楚地连连摇头。

小洛桑连忙问："啥意思？"

"我命苦，"嘎玛痛心地抽泣道，"我是堆穷！"

"我爱你，哪怕我就是来这做差巴、堆穷、朗生，"小洛桑眼眶溢出泪水，"我都要娶你！"

嘎玛紧咬着自己的嘴唇,把小洛桑拥抱地愈加紧了,仿佛只要自己的手一松,小洛桑就会从自己手里滑脱……

小洛桑亲昵地:"告诉我小孃叫什么名字?家住哪?"

嘎玛问:"你真要知道?"

"我说啦,"小洛桑回答,"我要去请她做媒——明媒正娶地娶你到我家!"

嘎玛眼眶滚着泪水道,"小孃名叫甲卡……"

"甲卡!"小洛桑打断卡玛的话,惊讶地道,"你说的是跳热巴舞的民间艺人甲卡吗?"

雍珠嘎玛脸颊挂满了泪水涟涟点头道:"热,热!(是,是!)"

"太巧啦!"小洛桑激动地道,"甲卡是我小姨!"

在一旁暗自流泪的觉罗,惊疑地上前问小洛桑道:"甲卡是你小姨?"

"是!"小洛桑回答,"是我阿妈的干妹妹!"

觉罗连忙上前问:"你阿妈叫什么名字?"

"勇嘎!"

"你是勇嘎的儿子?"

"伯母,"小洛桑也惊疑地问,"你认识我阿妈?"

"不认识,不认识!不……"觉罗说着顿感手足无力,站立不稳,小洛桑连忙搀扶住她,连声呼唤来:"伯母!你咋啦?"

觉罗缓了口气,喘着气对小洛桑道:"你回吧,你娶不了……"

"阿妈,"雍珠嘎玛打断了母亲的话。

觉罗眼眶噙出了泪水,低声地道:"小伙子,回吧——伯母祝福你——你一定能找到比雍珠嘎玛更漂亮的姑娘。"

"伯母,"小洛桑乞求般地,"再漂亮的姑娘都比不了雍珠嘎玛,我只爱雍珠嘎玛……"

"回吧,"觉罗痛心地淌泪道,"这儿不是你应该来的地方。"

小洛桑为嘎玛拭着眼泪劝慰道:"我爱你——我会再来看你!"

……

第五十章

赖三刑满被释放　雍珠嘎玛恨离世

小洛桑驾车回到康定，已是晚间八点过。他停好车，便去州文工团找他的小姨——甲卡去了。

今晚文工团没有演出，小洛桑直接去了集体宿舍楼，在甲卡的住房门前敲起了房门。甲卡刚打开房门，小洛桑脱口喊道："小姨！"

"小洛桑！"甲卡惊喜地，"快，快进屋！"

小洛桑进屋后，甲卡在为小洛桑倒水泡茶时问："今天是啥风把小洛桑给吹来啦？"

小洛桑笑着回答："喜风呗！"

"告诉小姨，"甲卡高兴地说，"是不是我们的小洛桑找了对象——有了女朋友？"

"这话我还真难回答，"小洛桑脸上洋溢着幸福的笑容，"说没有吧，又像是有；说没有吧，又像有……"

"你可把小姨说糊涂了，"甲卡笑着问，"明确告诉小姨——是'有'，还是'没有'？"

"小姨，"小洛桑用乞求的目光注视着甲卡道，"我就是为这事来请您帮忙的。"

"想追漂亮姑娘，自己又没勇气，"甲卡弯腰看着小洛桑道，"想让小姨给你牵红线——当红娘？"

"小姨——不是这意思，"小洛桑难为情地："我是想……

"你啥也别想，"甲卡兴致勃勃地说，"小姨替你搞定，告诉小姨姑娘家住哪？叫啥名？"

"姑娘是你侄女，家住……"

"你打听错了吧，"甲卡打断小洛桑的话笑道，"小姨哪有侄女，只有你这个侄子——小洛桑！"

"她家在高尔斯山放牧，"小洛桑道，"名叫雍珠嘎玛！"

"别说啦，"甲卡的脸色和语调阴沉下来道，"雍珠嘎玛是漂亮姑娘，但是你不能追她！"

"小姨,"小洛桑性急道,"你不是说要替我搞定吗?"

"她是堆穷的女儿,世世代代都是堆穷,"甲卡内疚地说,"小姨食言啦——小姨搞不定!"

"小姨!你一定能搞定,"小洛桑据理力争道,"你是知道的——党和政府马上就要着手进行民主改革,什么差巴、堆穷、朗生都要翻身做国家的主人!"

"农奴主贵族不会靠几句宣传的话,就放弃自己的利益。"甲卡颇感为难地道。

"不管怎么说,"小洛桑坚定地道:"小姨你一定要帮我,我一定要娶雍珠嘎玛!"

"漂亮姑娘多得是,"甲卡哄孩子似的安慰小洛桑道,"小姨看见漂亮姑娘,一定给你当红娘!"

……

小洛桑垂头丧气地回到家时,已十时。田府自赎买给商贸局后,原来的营业大厅,已成为商贸局下属的贸易公司的售货大厅;原来的食堂成了贸易公司的集体食堂;原来的宅楼除二楼的五间房,被留了下来为田轩家私用外,其余的一楼和三楼全做了贸易公司的职工宿舍。

小洛桑回到自己的住室,口没簌,脸没洗,衣服也没脱,便躺在床上,双手枕着头,一双无神光的眼睛注视着天花板……

次日,小洛桑来到贸易公司,公司业务科长告诉他,出车去成都采购站给雅江公司拉车货。小洛桑二话没说,便驾车去了成都。

中午时分,公安派出所给商贸局打来电话,说赖三刑期已满,已经送回到了派出所请他们去派出所领人。商贸局领导因为不了解赖三的情况,决定由田轩去派出所领回赖三。

田轩去了派出所,悉知赖三虽然服刑的刑期已满,但是被戴上了"坏分子帽子"的罪名,要被押送回原籍接受人民群众的监督改造。

田轩同赖三出派出所后,田轩征求赖三的意见问:"你是去州文工团见甲卡,还是回原来的货栈?"

"回货栈,"赖三回答,"我不想再见到甲卡。"

"为啥?"田轩问,"是甲卡想同你离婚?"

"不,"赖三回答,"是我要同她离婚!"

"你想同甲卡离婚?"田轩不解地问,"为啥?"

"我是管制分子,"赖三回答,"不想连累甲卡。"

……

当田轩把赖三刑满释放接受管制的事告诉甲卡后,甲卡不以为然地道:"管制就管制呗,我的工资够我俩生活。"

"可是他……"田轩没有说下去了。

"他怎么?"甲卡性急地催促道,"你说呀!"

田轩鼓足勇气道:"他想离婚!"

"我甲卡不是落井下石的人，"甲卡语气坚决地道，"——嫁鸡随鸡嫁狗随狗，你告诉赖三——他就是一坨屎，我甲卡也要咽进肚子，绝不离婚！"

傍晚时，甲卡就来到原来的田府，现在的商贸局职工宿舍找赖三。赖三正在室内缝补裤子补丁的时候，响起了敲门声。

赖三将门打开见是甲卡，先是一怔，继而身躯堵住门道："你回吧。"

甲卡强行推开赖三问："啥意思？"

"我是坏人，"赖三道，"不想让你受到牵连，受人歧视！"

"别说这些，"甲卡道，"我们是夫妻！"

"我们的婚姻只是双方的口头承诺……"

"你呀就是一辈子做事都是自欺欺人，"甲卡打断赖三的话道，"从现在起啥事都听我的，安分守己地过小老百姓的日子。"

"我们必须分手，"赖三郑重其事地，"分手是我们最好的选择！"

甲卡委屈地转身头也不回地跑下宿舍楼，手撑着廊柱眼眶盈满了伤心的泪水。

……

由于原来田轩的马帮队伍已经属于商贸局下属的贸易公司管理，为了赖三的就业问题，田轩与公司领导进行了一番商量。公司领导认为，赖三带有坏分子帽子，不适宜在公司接受改造，应该交给街道居民委员会，由人民群众对赖三进行监督改造。为了赖三能够自食其力，田轩只好去工委找周书记，请周书记帮忙解决赖三的工作。在田轩的一意请求下，周书记给商贸局领导打了电话，请商贸局解决赖三的工作。这样，商贸局与公司商量，由赖三接替降央的工作，负责打扫营业部内外的环境卫生，降央则去库房做仓库保管员。

田轩把周凯为他解决了工作的事告诉了赖三后，赖三他打心底感激周凯，真挚地道了一句："还是马帮兄弟好啊！"

……

甲卡和赖三虽然没有生活在一起，但是彼此都在相互惦念。甲卡正在为赖三整理放在家里的衣物和其他生活用品时，响起了"咚咚"的敲门声。

"谁呀？"甲卡问。

"小姨是我——小洛桑！"

甲卡拭去脸上的泪痕将门打开，对小洛桑道："小姨不舒服，你回吧。"

小洛桑看见了胡乱丢在床上的衣物，惊疑问："小姨，这是咋回事？"

"什么也别问，你回吧。"

"小姨，"小洛桑哀求地，"我刚从成都回来，我有事找你。"

"小姨不舒服，"甲卡生气地，"你回！你回！"

小洛桑失望地转身时，甲卡叫住他道："你等等！"

小洛桑转过身惊诧地注视着甲卡，甲卡吩咐道："你等一下，替我把你赖三叔的东西捎给你赖三叔。"

甲卡在收拾东西时，小洛桑问甲卡道："小姨，你这是……"

甲卡打断小洛桑的话，斥责小洛桑道："大人的事，你别过问！"

……

小洛桑回到商贸局职工宿舍，去赖三住室，将带回来东西交到赖三手里后问："赖三叔，你和我小姨是咋回事？"

"你赖三叔是管制分子，"赖三叹气回答，"我不想因为我，让你小姨受牵连——受人歧视。"

"赖三叔，"小洛桑感动地，"你是好人！"

小洛桑在同赖三说话的当儿，汪堆提着瓶酒，拄着拐杖来到了赖三住室。

小洛桑起身站起来道："汪堆叔！"

"坐，坐！"汪堆扭头对赖三道，"小洛桑这孩子有出息——不错！"说着一屁股坐在床上，从怀里摸出碗斟起酒来。

"我俩每天在一块喝酒，"赖三为难地，"对你影响不好。"

"什么好不好，"性格耿直的汪堆斥责赖三道，"我们是马帮弟兄！"

"汪堆叔，"小洛桑对汪堆道，"听说你在申请，要求调到发电厂去上班？"

"申请报告倒是请你阿爸送上去啦，"汪堆回答，"就是不知道什么时候能批下来。"

"汪堆叔，"小洛桑劝解道，"就留在收发室做收发员的工作也不错。"

"做收发员对我来说是不错，"汪堆颇有感叹地道，"可我不想让我的电工技术给荒废啦。"

"汪堆叔，"小洛桑问，"你有欧阳阿姨的消息吗？"

"我没有，"汪堆回答，"听你阿爸说，明年开春你欧阳阿姨要从拉萨回上海，你欧阳阿姨叫我做好准备，到时随她去上海安装假肢。"

"装假肢好！"小洛桑兴奋地，"汪堆叔，装上假肢你走路就方便啦！"

……

次日一早，小洛桑就驾车去州文工团找他的小姨去了。早晨是演员的练功时间，小洛桑在排演厅找到甲卡，甲卡连忙问："有啥急事？"

"我要去雅江，"小洛桑迟迟疑疑地，"想请……"

"我不会去，"甲卡态度坚决地，"也反对你和雍珠嘎玛相好！"

"小姨，就耽误一天，"小洛桑哀求地，"无论如何今晚我们都赶回康定！"

"别说一天，"甲卡语气坚决地，"就是半天我也不去！"

小洛桑扫兴地："小姨，你真不帮我？"

"帮你就是把你往火坑里推！"甲卡想了想问小洛桑道，"你阿爸知道这事吗？"

"我没有告诉他，"小洛桑坚定地回答，"也不想告诉他！"

"你应该告诉你阿爸，"甲卡劝解地道，"他能给你拿主意。"

"你都不帮我，"小洛桑赌气地反问道，"阿爸他会帮我？"

……

小洛桑独自驾车赶到高尔斯山雍珠嘎玛家放牧的牧场，已是中午。他停好车，带上在成都买好的礼物，就去了雍珠嘎玛家。

雍珠嘎玛放牧出门去了，小洛桑在雍珠嘎玛家住地的帐篷外见到了觉罗，觉罗即刻对小洛桑道："你回吧，这里不是你该来的地方。"

"伯母，"小洛桑急切地表白道，"我……"

"我受不起这样的称呼，"觉罗打断小洛桑的话道，背过身子抹掉噙出的泪水道，"我说啦——我们是堆穷，做不了自己的主——回吧，别折磨自己，折磨雍珠嘎玛……"

小洛桑走至帐篷前，欲将礼物置放在帐篷门前时，觉罗呵斥道："把东西带走，我们不收你的礼物。"

小洛桑放下礼物，向觉罗鞠了一躬，便顺着来路离开了。

其实觉罗对小洛桑非常满意，但是在奴隶社会时期的藏地，奴隶的婚姻由主人（奴隶主）赐予的。也就是说，雍珠嘎玛嫁给小洛桑必须得到寺庙管家的同意，同时小洛桑也得沦为喇嘛寺里的堆穷，子子孙孙都是喇嘛寺的奴隶。所以，觉罗不能因为一己私利而毁了小洛桑。

黄昏，外出放牧的嘎玛驱赶着羊群回家来了。她走进帐篷一眼就看见放在地上，帆布旅行包，就知道小洛桑已经来过，于是便跑出帐篷，兴奋地询问母亲道："阿妈，小洛桑去哪啦？"

"走啦，"觉罗脸色阴沉地回答，"我叫他走啦。"

"阿妈，你三番五次地撵他走，"嘎玛斥责地质问母亲，"为什么呀？"

"女儿，原谅阿妈，阿妈的错——阿妈不该让你也来到这高尔斯山，"觉罗眼眶溢出痛心的呜咽道，"是阿妈的错啊！……"

嘎玛呜咽着冲向前拥在母亲怀里："阿妈！……"

这一晚觉罗母女都辗转难眠，雍珠嘎玛为初恋的梦想毁灭而痛心不已，觉罗因小洛桑的出现，勾起了对田轩的回忆……

在土司府邸迎宾楼，觉罗将脱下的晚服扔在了酥油灯的火苗上，即刻，着火的晚服火苗直往上蹿，引燃了窗户旁边的挂帘、板壁、窗户……

行刑场，觉罗与田轩同被捆绑在行刑架上……

在落日的余晖下，勇嘎从自己手腕去下玉镯，拉过觉罗的手，将玉镯戴在了觉罗的手腕上。

马帮住地帐篷内，觉罗端来洗脚水为田轩洗脚，田轩打翻了水盆怒斥觉罗道："我们是平等的，请你自尊、自重，不要作践自己！"

勇嘎家府邸客厅，翁姆拉着觉罗的手亲昵地道："我想收你做我的干女儿……"

觉罗还想到了自己与田轩的共眠之夜；想到了田轩向自己的求婚；想到了自己出走

离开田府；想到了自己背着年幼的嘎玛驱马离开娘家；想到了在田府女售货员扬手打女儿时的情景；想到了自己背着女儿翻越高尔斯山的情景；想到了那一晚在曲竺家过夜的情景；想到了因牛羊遭到鬣狗偷袭，曲竺惨遭毒打，临死前的遗嘱……

曲玛登金一觉醒来，问身旁的妻子道："怎么还不睡呀？"

"你睡吧，"觉罗为丈夫压紧着被子道，"明天还得早起。"

……

且说，甲卡拒绝了小洛桑的请求，小洛桑离开了练功场，独自驾车去了雍珠嘎玛家后，一上午甲卡都在为小洛桑的安全忐忑不安。吃罢午饭，他就急赶着去田府找田轩去了。

甲卡见到田轩，冲着问："你知道小洛桑找对象的事吗？"

"他才多大呀，"田轩不屑地，"找什么对象？"

"告诉你吧，"甲卡一字一句地，"已经找到啦！"

"女方是谁？"田轩开玩笑地问，"是你们文工团的？也是像你一样——跳热巴舞的？"

"说正事，"甲卡生气地，"这么给你说吧——是觉罗的女儿，名叫雍珠嘎玛！"

"甲卡，你真不愧为演员，"田轩愤愤地道，"从认识你那天起，你一直都在给我演戏！"

"我给你演什么戏呀，"甲卡辩白道，"我也是在几年前偶然遇见觉罗的。"

"你既然几年前就知道了觉罗的下落，"田轩责怨甲卡问，"为什么不告诉我？"

"那时候觉罗已经有了家，有了孩子，"甲卡反问田轩道，"我告诉了你，是让你也去陪觉罗做堆穷？还是让你去做觉罗的情人？"

"算啦，别说我，还是说小洛桑吧，"田轩问甲卡道，"小洛桑认识雍珠嘎玛是你介绍的？"

"我是小洛桑的小姨，"甲卡斥责田轩道："会做对不起我姐，毁我侄子的事——给他找一个堆穷的女儿吗？"

"什么？"田轩惊疑地"觉罗是堆穷？"

"正是这个原因，"甲卡解释道，"小洛桑才来找我……"

"算啦，什么也别说啦，"田轩急切地，"你陪我去见觉罗。"

"你想怎样？"甲卡问。

"我要去拯救她！"

"你谁也拯救不了，"甲卡道，"高尔斯山不是扎脱！喇嘛寺的活佛、管家都是铁石心肠的人！"

"就是跳进火坑，"田轩态度坚决地，"我也要去试试！"

"你真要去跳火坑，"甲卡不屑地道，"我也豁出去——陪你去跳火坑！"

……

田轩一气之下去了工委，在办公室见到周凯，便开门见山地道："周书记我是来向你借车的。"

"你们商贸局不也有车吗?"周书记惊疑地问,"咋来向我借车?"

"我是私人借车,"田轩解释道,"去趟高尔斯山!"

"去高尔斯山,"周书记问,"有急事?"

"去见个你也认识的朋友……"

"我认识,"周书记惊疑地问,"谁呀?"

"觉罗!"

周书记极力回想着问:"这名字有点熟悉,但想不起来……"

"还记得我们去拉萨遭狼袭击的事吗?"

周书记极力搜索着头脑中的记忆连连道,"有这事,有这事!"

田轩提醒地:"还记得那个名叫觉罗,叽里呱啦说话的女子吗?"

"叽里呱啦说话的女子,"周书记回想着,突然笑着道,"想起来啦,想起来啦!为觉罗的名字,我还同赖三还争吵了几句。"

周胖子说着,眼前即刻与赖三争吵时的情景……

"觉罗,这名字怪兮兮的,"赖三开玩笑道,"究竟是觉罗?还是落脚?"

周书记斥责赖三道:"你能说句正经话吗?"

"我哪儿不正经,"赖三顶撞周胖子道:"那你说句正经话我听听。"

田轩斥责赖三和周胖子道:"废话少说行不行!"

"赖三这人本质不错,"周书记道,"总是拐着弯找些令人发笑的话说。"

田轩催促周书记道:"还是说借车的事吧。"

"我这就打电话叫秘书安排一下。"

……

田轩、甲卡乘坐小车刚出康定城,商贸局的小车就追了上来,通知田轩小洛桑在高尔斯山下坡时,与迎面而来的车发生了相撞事故,小洛桑负伤已送去雅江医院。

事情紧急,田轩和甲卡只好改乘商贸局的小车朝雅江医院驶去。

由于当时藏区的公路才贯通不久,道路不但崎岖陡峭,而且还坑坑洼洼,汽车几乎都是在颠簸中行进。由于田轩和甲卡都不知道小洛桑发生事故的具体情况,一路上两人的心都像是悬浮在空中,直至傍晚抵达雅江县医院,见到躺在病床上的小洛桑,才放下心来。小洛桑的伤势不太严重,只是因为受撞击,左小腿的髌骨有些骨裂。

同时,田轩在与雅江贸易公司经理交谈中,悉知车损也不严重,发动机还能运转,只是保险杠有些弯曲,左侧门因受冲击而被挤瘪,现在车停在贸易公司,等待州贸易公司派驾驶员前来将车开回到康定修理。

田轩和甲卡因为急着赶往高尔斯山,他俩安慰了小洛桑一番,叫他什么也别想就在医院安心养伤。次日一早,田轩和甲卡便乘车朝高尔斯山进发。

小车行至觉罗家的帐篷前刚停下,在帐篷内的觉罗闻声出现在了帐篷前。她正感惊疑时,甲卡喊她道:"妹妹——觉罗!"

觉罗惊喜地:"姐!"欲上前迎甲卡时,田轩下车来了。觉罗刚要转身返回帐篷时，田轩唤她道："觉罗！"

觉罗只好躬身恭敬地唤田轩道："老爷！"

田轩迎上前道："我是什么老爷呀，我是田轩！"

觉罗垂头唤道："田老爷！"

"觉罗你干吗要这样，"甲卡斥责觉罗道，"我和田轩是特意来看你的。"

"田老爷，觉罗已经不是以前的觉罗，"觉罗眼眶盈满了泪水道，"觉罗是堆穷，请老爷回吧。"

"你干吗要到这荒山野岭来做堆穷？"田轩斥责觉罗道，"有困难咋不来找我？"

觉罗哭诉地："老爷……"

"别再老爷老爷地叫了，"田轩更正道，"我是田轩！"

"十多年前觉罗走投无路的时候，"觉罗悲戚地涌出委屈的泪水哭诉道，"带着老爷的女儿去找过……"

"停停停，"田轩连忙问，"你说清楚老爷是谁？谁的女儿？"

"老爷是您，"觉罗回答，"您的女儿！"

田轩惊疑地道："我的女儿？"

"觉罗就是怀上了老爷的女儿，"觉罗眼眶噙着泪道，"觉罗才离开了田府。"

田轩恼恨地斥责觉罗道："你有困难更应该来找我！"

"老爷，觉罗苦啊！"觉罗泪如泉涌地哭诉道，"老爷的女儿饿得去饭堂讨要个馒头，都被府邸的营业员打了一耳光赶出了府邸……"即刻，觉罗母女在田府遭到羞辱的过往像电影一般浮现在眼前……

田府的饭堂开饭了。今晚吃的是馒头，商铺的女店员从饭堂端着白面馒头走了出来。嘎玛对母亲道："阿妈，雍珠饿……"

眼泪像断了的线顺着觉罗的脸颊直滚……

"阿妈，"雍珠乞求地再次对母亲道，"雍珠饿。"

觉罗和女儿早晨只喝了点茶，舔了些糌粑，现在别说是女儿喊饿，就是觉罗也早就饿了。但是苦于囊中羞涩，觉罗和女儿只能强忍饥饿。

"阿妈，雍珠饿……"

觉罗只好拉下脸面，指着饭堂对女儿道："宝贝，去那屋子，小嘴乖点，叫爷爷给你个馒头。"

雍珠嘎玛蹒跚地刚走进去了饭堂，就遭到一女店员斥责："哪里来的小要饭的，滚出去！"

雍珠嘎玛没有理睬女店员的骂声，仍然直去厨房。女店员见小乞丐把自己的话当耳旁风，恼怒地一个大步追上孩子，一边嚷骂着："滚出去！"一边伸手拉着孩子直往外拽中，孩子咬了女店员手被一口。女店员"哎哟！"叫了一声，扬手给了孩子一个耳光，把孩子推倒在地上。

"阿妈！阿妈！……孩子嘶声哭喊起来。

觉罗闻声用头巾遮挡住自己的面容，跑进饭堂门前将倒地的孩子抱起，泪水涟涟地向孩子认错道："阿妈对不起你，阿妈对不起你……"

饭堂内地店员都出门看热闹来了，女店员为了在店员们门前逞能，愤愤地骂了一句："有娘养无娘教的东西！"

"姑娘，你打我、骂我啥都行，"觉罗不甘示弱地回击道，"可她只是个孩子，别说是讨个馒头，就是她放火烧了田府，你们老板都不会打她一个！"觉罗说着朝大门外走了几步，回头补充了一句："你不要狗眼看人低！"

女店员与觉罗的争吵愈加厉害了，欲冲上质问觉罗时，被其她店员抱住，不让前去。

女店员不甘示弱地挣扎着道："给我说清楚——啥叫狗眼看人低！"

……

甲卡打断觉罗的回忆问："后来呢？"

"后来，"觉罗悲戚地，"我背着雍珠嘎玛翻越高尔斯山，快爬到山顶时，失去了知觉，醒来的时候，已经住在了这顶帐篷里，被好心的曲竺的父子给救了……"

"我要惩罚那营业员，"田轩发怒般地道，"要她明白——善有善报，恶有恶报！"

"老爷，一切都成了过往，"觉罗哀求田轩道，"何必还去追究。"

"觉罗说得对，"甲卡也劝解田轩道，"何必为过往生气，还是说眼前吧。"

觉罗仍在掉泪，甲卡上前替觉罗拭泪道，"妹妹，苦日子终会有头……"

"姐……"觉罗伏在甲卡肩头饮泣起来。

甲卡轻拍着觉罗臂膀道："小洛桑昨天出车祸啦……"

"出车祸，"觉罗像触电了一般，惊疑地猛然抬起头，注目着甲卡问："人伤了没有？"

"没什么大问题，"田轩回答，"只受了点小伤。"

觉罗连忙双手合十，祈祷着经文："嗡嘛呢边哞嗡"

"别念啦，"田轩急切地催促觉罗道，"快告诉我——我女儿现在在哪？"

"对不起，"觉罗悲切地道，"雍珠嘎玛……"觉罗呜咽着说不出话了。

"告诉姐，"甲卡为觉罗拭着泪道，"雍珠嘎玛去哪啦？"

"姐，"觉罗悲戚地一字一句地呜咽道，"雍珠嘎玛———走啦……"

"走啦，"甲卡急切地，"去哪啦？"

"差调到喇嘛寺背水去了。"觉罗回答。

"喇嘛寺——背水？"甲卡惊疑地目视着田轩道，"凶多吉少啊！"

田轩斥责觉罗道："你怎么不阻止？"

"堆穷只能听凭主子的差遣，"觉罗凄苦地哭诉道，"觉罗……阻……阻止不了……"

"别再说不靠谱的话啦，"甲卡用斥责的语气催促田轩道："你快想办法呀！"

"去喇嘛寺！"田轩铁青着脸道，"无论花多少钱，我也要把雍珠嘎玛赎买回来！"

……

其实，雍珠嘎玛并不是差调至喇嘛寺背水，而是因为她貌美，被管家看上，以差调

到喇嘛寺背水为由，差调到喇嘛寺去的。

雍珠嘎玛被喇嘛寺的铁棍喇嘛又拉又拽地抵达寺庙后，管家即刻吩咐寺里的女差巴为嘎玛沐浴，并把嘎玛安排在客房住下。天色暗下的时候，气喘吁吁管家便去了客房。当时嘎玛见到管家露出狰狞的笑脸，进到房间时恐惧地连忙退缩。就在嘎玛退缩时，管家一把将嘎玛搂抱在怀里，并伸长脖子欲用臭嘴亲吻嘎玛时，在反抗和挣扎中卡玛将管家推倒在地，管家即刻猝死在房间。

嘎玛因犯下弥天大罪，昨晚就在喇嘛寺的刑房被活活打死。

……

田轩、甲卡乘车来到喇嘛寺时，已是午后，只见喇嘛寺大门紧闭，寺内传出的宗教祭祀的钹、磬、铜锣、鼓声不绝于耳。

一小喇嘛从侧门出来，双手合十迎上前道："对不起——寺里正在为亡灵超度。"

田轩解释道："我们是来参拜活佛大人和管家大人的。"

"活佛大人很忙——没有时间，管家大人'往生'去了西方。"

甲卡双手合十，对小喇嘛道："请通禀一下，我们要面见寺里的堆穷——雍珠嘎玛！"

"雍珠嘎玛犯下罪孽，"小喇嘛回复甲卡道，"已下了地狱。"

田轩受此一惊，热血顿时直往上涌，不能自已地踉跄了两步，甲卡连忙上前搀扶住将要倒地的田轩，失声呼喊道："田轩！田轩！"

……

雅江商贸公司得知田轩突患脑血栓现在在医院治疗的消息后，商贸公司不敢有一丝怠慢，即刻向州商贸局电话报告了田轩患病的消息。因为田轩身份特殊，是康区工委树立的一面社会主义公有制改造的私营业主。商贸局也不敢懈怠，即刻向分管商业的领导周凯同志报告了田轩患病的消息。周书记悉知情况后，电话通知雅江工委，请他们不惜一切代价对田轩予以救治。

为此，雅江工委领导除向医院领导传达了州委的指示外，还赶到医院看望了田轩同志。

与此同时，在医院治伤的小洛桑，闻知父亲突患脑血栓，也住在医院住院治疗的消息后，在陪护的陪护下挂着来到父亲的病房，当他见到躺在病床上正在输液抢救的父亲时，连忙将甲卡叫出病房询问甲卡道："这，这是咋回事呀？"

"我们在返回康定的时候，"甲卡回答，"半道上，你阿爸突然患病，我们不得返了回来。"

小洛桑连忙问："我阿爸他有危险吗？"

"你阿爸送来得及时，"甲卡回答，"已经脱离了危险。"

"没危险就好，"小洛桑感激地，"谢谢你——小姨！"

"你回病房去休息吧，"甲卡对小洛桑道，"我会照顾好你阿爸的。"

……

田轩住了两天院后，第三天一早，田轩以自己要回康定治疗为由，便与甲卡同去为雍珠嘎玛送行。江边就只有觉罗一家人，在大江的波涛声中，带着遗恨的雍珠嘎玛，被涌起的波涛淹没……

第五十一章
闻噩耗痛不欲生　受打击誓回拉萨

昔日的田轩的马帮弟兄，听说田轩从雅江回来了，全都赶来看望田轩了。田轩正在回答弟兄们的提问时，周凯和商贸局的领导也前来看望田轩了。

当田轩把雍珠嘎玛含恨去世的消息告诉周书记后，周书记狠狠地在桌上擂了一拳道："藏地的民主改革刻不容缓了……"

"周书记，"田轩为难地，"我还有个私事想请周书记帮帮忙。"

"只要是在国家政策允许的范围内，我能帮忙的，"周书记道，"我一定帮你！"

"我想替觉罗……"

"别说啦，我明白你的意思，"周书记打断田轩的话，坦率地道，"对不起，这个忙我暂时帮不了。"

"为啥？"田轩连忙道，"你是康区工委的书记呀！"

"维持藏地现行的政治制度，是党的现行政策，"周书记为难地道，"我不能做违背原则的事，去要求喇嘛寺改变觉罗一家的身份。"

田轩像泄气的皮球。

"民主改革一定会实施的，"周书记安慰田轩道，"觉罗一家和千百万农奴，都会得到彻底的翻身解放！"

……

一周过去了，小洛桑的伤势也得到全面好转，基本能够丢掉拐杖一瘸一瘸地自行走动了，于是也从雅江医院转院回到康定医院进行功能恢复训练。

这天，田轩和甲卡来医院看望小洛桑。

甲卡询问了下小洛桑康复的情况后，道："我和你阿爸有件重要的事告诉你……"

小洛桑脸上笑着问："是关于雍珠嘎玛？"

"对，"田轩替甲卡回答，"是关于雍珠嘎玛！"

"阿爸，快告诉我，"小洛桑迫不及待地道，"雍珠嘎玛母亲同意了我俩的婚事，还是雍珠嘎玛她怎样啦？"

"在告诉你之前，需要你冷静，"田轩问，"能办到吗？"

"阿爸，我冷静，"小洛桑催促道，"我一定冷静！"

田轩惋惜地道："雍珠嘎玛死啦——被喇嘛寺活活打死了！"

"不可能，一定不可能！"小洛桑以敌意而强硬态度对父亲道，"这是你不同意我俩成为配偶的借口！"

"你怎样误解阿爸都可以，"田轩严肃地，"但是，你必须正视雍珠嘎玛含恨离世的现实！"

"小姨！"小洛桑的眼眶噙满了泪水问甲卡道，"雍珠嘎玛真是死了吗？"

"可怜的小洛桑，"甲卡眼眶涌出泪水，转身背对小洛桑道："正视现实吧……"

"你们都在骗我，"小洛桑哭诉道，"都在骗我！"

甲卡拍着小洛桑肩头，眼眶噙满了泪水。

小洛桑的精神几乎崩毁了，他几步窜至窗口，面对蓝天歇斯底里地疾呼："老天爷，你为什么对我小洛桑不公？不公呀！"

——雍珠嘎玛的离世给小洛桑留下的是对奴隶制度的深深憎恨！

小洛桑出院已经好几天了，这些天他都是在沮丧和痛苦中度过的。如果再让小洛桑这样萎靡不振下去，迟早会患精神疾病的。为此，经田轩和甲卡共同商量，决意带小洛桑去趟高尔斯山，知晓雍珠嘎玛去世的全部真相。

田轩、甲卡、小洛桑去高尔斯山那天，曲玛登金带儿子洛呷外出放牧去了，家里只有觉罗和她与女儿央金。

田轩这次来访，给觉罗带来了足足半卡车的生活用品，同时田轩还告诉觉罗，他还会去喇嘛寺为她一家赎身——让她们一家再不受喇嘛寺的奴役，成为平民身份。

在当时的历史背景下，喇嘛寺除操控着自己辖区的政治事务外，还操控着辖区的经济和物资供应。也就是说，平民、奴隶的生活必需品都是以赊账方式在喇嘛寺设立的商品供应点购买。这种赊账购买，其实就是高利贷剥削的一种形式，平民之所以沦为奴隶的原因，就是因为还不了高利贷的剥削，最终百分之九十五的藏民都沦为差巴、堆穷、朗生。

当田轩同甲卡赶到喇嘛寺面见到寺里的新任管家——茨玛尼仁，向管家说明了自己的来意后，茨玛尼仁仿佛在嗤笑田轩无知似的道："曲竺家欠债不是始于曲竺本人，从他祖上算起，已欠债十多代人啦，你要为觉罗一家四口人赎身，能还得了十代人欠下的巨额欠款吗？"

田轩明白管家的用意就是勒索，于是以规劝的语气对管家道："管家大人，奴隶翻身是迟早的事，我愿意拿出我所有的家产为觉罗一家四口人赎身……"

"你就别在和喇嘛寺博弈啦，民主改革，那是痴人说梦！"茨玛尼仁冷笑着道，"喇嘛寺不缺你那点资产！"说罢，向田轩做了个离开的手势。

……

田轩、甲卡返回到觉罗家已是吃午饭的时候，觉罗家的饭食非常简单，主食就是糌粑，副食就是清茶。

央金为田轩和甲卡斟茶时，觉罗抱歉地对田轩和甲卡道："对不起，家里没有好吃的款待你们。"

"这就不错啦，"田轩微笑着对觉罗道，"谢谢，谢谢！"

田轩、甲卡在吃糌粑时，小洛桑问父亲道："阿爸，赎身的事怎样啦？"

田轩内疚地道："阿爸无能……"

甲卡替田轩回答小洛桑的话道："你阿爸已经尽力了。"

"阿爸，你也别难过，"小洛桑安慰父亲道，"小洛桑不好，误解了阿爸。"

……

田轩、甲卡、小洛桑要离开觉罗家时，田轩给觉罗留下了一百藏银圆，叫觉罗贴补家用，同时还告诉觉罗："我和小洛桑会常来看你们。"

……

田轩、甲卡、小洛桑回到康定已是夜半时分。田轩和儿子将甲卡送到州文工团，回到宿舍时，汪堆和赖三还候在大门的收发室，喝着酒等候田轩的归来。

田轩坐下后，羌月新上了盘卤牛肉，三人就喝起酒来。

汪堆在给田轩斟酒时问："觉罗的事都办好啦？"

田轩叹了口气，端起酒碗将一碗酒一饮而尽后道："办不了！"

"觉罗妹妹就是个自找苦吃的人，"羌月愤愤地道，"有了孩子撒腿就走。"

"怨不了觉罗，"赖三道，"她走的目的——也是为老板好啊！"

"要我说——这事谁也怨不了，"汪堆愤愤不平地道，"怨就怨这世道！"

……

次日，田轩刚走进自己的办公室，公司办公室主任就给他送来了份"干部履历表"，请他按要求填写表上的内容。田轩在填写党派一栏，填写上：共产党员，1947年3月15日入党。入党介绍人：李明华。

田轩的干部履历表交上去的半月后，商贸局的局长，请他去办公室进行了一番谈话，并告诉田轩，党组织没有查询到他入党的相关资料。田轩申辩道："当时我们是单线联系，我和扎西的联系人是李明华，由于党内出现了叛徒，李明华和中共川康边特委的共产党员全都已牺牲了。"

"这是件关于你政治生命的大事，"局长对田轩道，"是黑的说不白，是白的说不红，你要相信党组织，你是不是共产党员一定会调查清楚！"

"我是不是共产党员并不要紧，"田轩坦然地道，"可扎西同志是为党完成工作任务而牺牲的，总该承认扎西同志是共产党员……"

"别再说啦，"局长打断田轩的话道，"这事我们了解过了，其中还咨询了报道这件事件的《新康报》记者，他们都说，当时你并不是因为是共产党员而被捕入狱，而是军统特务误认为你和扎西同志是共产党员。"

"我不会向党组织说半句假话，"田轩起身表明自己的态度道，"请组织继续调查吧。"

……

田轩从局长办公室出来回到贸易公司，被公司总经理叫去了办公室，总经理告诉他，九龙县贸易公司打来电话，说郎吉率领的马帮驮队，在送货去九龙县的路上，驮队的牲口偷吃了青稞地里的庄稼，同寨子的居民发生了冲突，九龙县政府虽然已经制止了斗殴事件，但是矛盾并没有得到解决，要求田轩代表州贸易公司马上赶到九龙县配合县政府妥善处理冲突事件。

其实，事件的起因并不大，也就是牲口吃了庄稼地里三四十颗青稞苗，赔偿人民币三四元就足够了。可是，寨子里的居民却要求高额赔偿。为此，双方相持不下。田轩乘商贸局的小车赶了五个小时的路，抵达新都桥，在新都桥贸易公司住了一宿，次日一早便策马赶去了九龙。田轩详细了解了情况后，完美地处理好了冲突事件，又按州贸易公司的要求去了几个周边的贸易公司，在关外足足待了二十多天才返回到康定。

田轩刚回到贸易公司宿舍，降央和格桑拉姆就告诉他，欧阳慧敏和沙部长已经将汪堆接去上海安假肢去了。并告诉田轩，当时汪堆并不想去上海麻烦欧阳小姐，如果不是沙部长告诉汪堆，国家的第一个国民经济五年计划眼看就要取得全面胜利，康定、拉萨都新建的电站马上就要投入投产发电了，他只有安装了假肢，行走方便，才能同电厂商量，调他去电站工作。汪堆听说安装了假肢能去电厂工作，才随同欧阳慧敏夫妇离开了康定。

田轩因为身边没有女人，一个人独居康定，几乎每天都是在食堂就餐。吃晚饭时，田轩问坐在身边的格桑拉姆道："怎么不见赖三？赖三去哪啦？"

格桑拉姆笑着对田轩道："你们男人都是占女人便宜的种，赖三兄弟已经搬到文工团同甲卡妹妹住在一起啦！"

"好啊！"田轩高兴地说，又开玩笑地问格桑拉姆道："拉姆嫂子，赖三兄弟搬到文工团是占甲卡的便宜，你和郎吉兄弟住在一起，不是郎吉兄弟也是在占你的便宜？"

"哟你平时对嫂子都是尊敬来尊敬去的，"格桑拉姆笑着一本正经地回击道，"今天居然同嫂子开起玩笑来了。"

……

且说，赖三自搬到文工团职工宿舍后，从部队文工团转业到州文工团当团长的肖楚，以组织的名义，多次找过甲卡谈话，告诫甲卡说："甲卡同志，你是共产党员，是文工团的副团长，你一定要站稳自己的阶级立场，不能与敌为友，要彻底地同坏分子划清界限。"

甲卡明白肖楚团长话里话外的意思，所谓"站稳阶级立场""划清界限"，说白了，就是要求自己同丈夫解除婚姻关系。但是甲卡不是那种落井下石、忘恩负义的人。于是，甲卡向肖楚表明了态度：自己在困难的时候，赖三帮助过自己，自己与赖三有情义，不会与赖三离婚！

再说，赖三每天在文工团进出，总有人在背后指指点点。赖三为了不给甲卡造成不好的影响，便主动向甲卡提出离婚，同时自己也悄悄在东门外租了间房子住了下来。

……

一晃半年过去，小洛桑的腿伤不但已经痊愈，而且对雍珠嘎玛的思念也逐渐淡漠，自己也回单位上班去了。

一天，小洛桑出车去甘孜返回到了康定，父子俩在一家餐馆就餐时，小洛桑告诉父亲，他从甘孜返回时，顺路去扎脱看望了二爷和卓玛姑妈。当田轩向儿子询问起卓玛父亲——自己二伯的身体状况和卓玛的情况时，小洛桑回答："二外公的身体已经不如以前，除身子佝偻，在咳嗽时经常咳出带血丝的唾液；姨妈除了在二外公身边照顾二外公外，整个心思都放在了雍熙和洛扎的身上。"田轩最后问儿子，是否见到洛扎哥哥和白马姨爹时，儿子回答："洛扎已去藏民团当骑兵去了，姨爹白马随同名叫扎西央措的活佛去拉萨都快一年了，至今还没有回扎脱。"

"他去拉萨干啥？"田轩问。

"他去干啥，"小洛桑淡淡一笑道，"我哪知道。"

……

且说和平解放以后，西藏工委严格按照中央明确提出的民主改革以"和平""温和"的方式进行，然而，西藏部分上层反动分子，仍然沉浸在农奴制、僧侣贵族专制的旧梦中，对民主改革采取抵制、破坏的态度。白马随同宗教界中的亲英分子扎西央措来到拉萨后，除了拜见了几位噶厦政府中的高层人士和潜伏在拉萨的国民党特务机构的主要领导人员但仁萱和魏文渊外，还参加了几次西藏反对民主改革的顽固势力分子和康藏地区反对民主改革的顽固分子合伙举行的诋毁民主改革的聚会。在聚会上，白马在扎西央措的引荐下结识了诸多反对民主改革的"精英"份子，并与这些所谓精英"互诉衷肠"——诋毁民主改革。

白马成了扎西央措最信赖的人，扎西央措多次鼓励白马道："只要我们驱走了汉人，我举荐你去噶厦政府谋个一官半职。"

白马连忙感谢道："大人是我白马再生父母，白马一定无怨无悔地跟随在大人左右，做大人的马前卒！"

……

小洛桑同父亲在餐馆吃罢饭，小洛桑告诉父亲，卓玛姨妈托他给甲卡小姨带有东西，自己要去文工团一趟。田轩立刻阻止儿子道："文工团还是改日去吧，听说这些日子文工团闹腾的厉害，到处都贴满了你小姨的大字报。"

"贴满了我小姨的大字报，"小洛桑惊疑地问，"小姨她咋啦？"

"说你小姨利用无产阶级的宣传阵地，"田轩回答，"以演出为名，为封建帝王将相歌功颂德。"

"藏戏是民间艺人一代一代传下来的民间艺术，"小洛桑愤慨地道，"不是糟粕！"

"你什么也别管，同我一块回家。"田轩斥责儿子道，"哪也别去！"

"小姨一定很苦恼，"小洛桑坚决地道，"我要去看我小姨！"

"你呀，同你阿妈一样——倔脾气，"田轩只好叮嘱儿子道，"实在要去就别惹事，把东西交给你小姨后，马上回家！"

小洛桑露出高兴的笑脸对父亲道:"听阿爸的——马上回家,马上回家!"

……

州文工团宿舍到处都洋溢出浓浓地政治气氛,宿舍楼的墙壁上,张贴着大幅标语:"文艺要为无产阶级政治服务,取缔宣传封建主义糟粕的藏戏""贯彻'双百'方针,弘扬革命精神"。同时,文工团的职工都围在用晒席搭建的大字报棚旁边,观看标题为《从藏戏的内容,看甲卡的思想意识》的大字报。

小洛桑目视着大字报的标题,愤愤地撕下大字报用力地扔在地上。

这时四五个文工团的小伙上前与小洛桑理论起来,同时在相互的推搡中,把小洛桑推倒在地后,便对小洛桑拳打脚踢。最后,文工团以肇事为由,将小洛桑扭送到了公安派出所。

当晚,田轩知道小洛桑被派出所拘留的消息,赶到派出所,派出所同同志告诉他,小洛桑因为反对大鸣大放已被送拘留所拘留。田轩又赶往拘留所,拘留所同志告诉他,在拘留期间谁也不许探视。

半月后,贸易公司从拘留所把小洛桑接回单位。公司领导当即通知小洛桑,对小洛桑的错误行为,公司已经明确做出处分决定:暂停驾驶员工作,调整到仓库,担任库房保管员。也就在小洛桑从拘留所回来那天,在州文工团的党员会上领导当众宣布:"甲卡同志长期以来,利用负责演出的职权传播封建主义的思想,给予'留党察看'的处分。"

在甲卡和小洛桑的处理决定宣布的当天晚上,甲卡来到商贸公司宿舍看望小洛桑来了。甲卡紧拥着小洛桑声泪俱下地道:"小姨不好,小姨毁了你……"

"我受了点委屈没啥,"小洛桑为甲卡拭着泪安慰道,"我担心是你——小姨你要挺住!"

甲卡哽咽着道:"小姨知道……"

……

小洛桑虽然在甲卡的面前说自己受了点委屈没啥,其实自己内心是接受不了单位对他的处分的。

父亲刚回到家,他便带着抵触情绪,对父亲道:"阿爸,贸易公司的工作我不干啦……"

"你是想在家吃闲饭?"田轩打断小洛桑的话叱责道:"还是想在家当阔少!"

"我什么也没想,"小洛桑理直气壮地回答,"就想回拉萨!"

"你真是想回拉萨?"田轩问。

小洛桑再次重申道:"就是要回拉萨!"

"你真是个扶不起的阿斗,"田轩愤愤地道,"你要回就回吧,我不阻碍你!"

……

次日,已经是该上班的时间了,但是小洛桑仍没有起床意思。田轩推开儿子住室的门,站在门口叱责儿子道:"是什么时候啦,你该去上班啦!"

小洛桑"嚯"地坐起，火气十足地回答道："我说啦——贸易公司的工作我不干啦，我要回拉萨！"

小洛桑毕竟不是田轩的儿子，而且从小就失去了母亲，田轩只好缓和态度，走到床前，和颜悦色地问："你真想回拉萨？"

小洛桑依然态度不变地回答："我说话算话！"

"你回拉萨之前，"田轩叮嘱儿子道，"怎么也得去趟公司把辞职的事，告诉领导。"

"那些人算什么领导，都是些不整人害人过不了日子的人，"小洛桑愤愤地道，"看见他们那嘴脸、德行，就像苍蝇吞进了肚子！"

"这是什么话，"田轩叱责儿子道，"你啥也看不惯的抵触情绪，再不改，去了拉萨还得再犯错误！"

……

田轩去商贸局，把小洛桑辞职的事向局长谈了后，局长奉劝田轩再做做儿子的工作让小洛桑留在单位，田轩忧心地告诉领导道："留不住啦，他心意已决，怎么也要回拉萨，继承他外公和母亲留下的产业。"

"老田，"局长为难地道，"小洛桑同志辞职的事，我一个人做不了决定，得同两位副局长商量后才能答复你。"

田轩抱歉地道："那就麻烦局长啦！"

其实，局长回答田轩的话是口是心非的，他不是一个人做不了决定，而是因为商贸局还没有过职工辞职的先例，他担心小洛桑辞职的事造成的负面后果后，不但会影响商贸局的声誉，而且也会对自己的晋升机会造成影响。于是立刻电话请示州党委分管商贸工作的周书记。周书记在电话里询问原因时，局长把商贸局对小洛桑反对大鸣大放的事，以及调离驾驶员岗位的事如实地向周书记做了汇报。周书记愤愤地指责局长道："我的局长同志，你们的处理决定违背了民族自治精神，违犯了党的统一战线政策！"

"周书记，"局长连忙承认错误道，"这事我们是处理得过火了一点，但是……"

"'但是'的话就别说啦，"周书记打断局长的话道，"这事就别记入小洛桑的个人档案，就让他辞职回拉萨吧。"

"好！"局长回答道，"我们商贸局一定遵从周书记的指示，同意小洛桑同志的辞职要求。"

"还有件事，"周书记吩咐道，"你们也该考虑考虑田轩同志回拉萨探亲的事。"

……

局长放下电话听筒后，即刻叫办公室同志通知田轩，单位给他两月的探亲假，请他陪同小洛桑同志回拉萨。

当晚，小洛桑又去了州文工团把自己辞职去拉萨的事告诉了甲卡，并要求甲卡随他去拉萨。甲卡告诉他道："州文工团已经取消了小姨的处分，再说小姨离不开舞台，文工团演出还等着我哩。"

……

第五十一章　闻噩耗痛不欲生　受打击誓回拉萨

第五十二章
伽玛偷情酿苦果　货栈被赎获新生

田轩的运气不错,他正打算再去找周书记给他找辆搭乘去拉萨的便车时,欧阳慧敏、沙坤宁夫妇送安上了假肢的汪堆回康定来了。于是,田轩父子便搭乘沙坤宁的小车启程去了拉萨。

田轩、小洛桑到拉萨同沙坤宁和欧阳慧敏作别后,父子俩在进勇嘎府邸大门时,却被守候大门的家丁拦在门外。

"你吃了豹子胆啦?"小洛桑冲着家丁发火斥责道,"你知道我是谁吗?我是府邸的少爷!"

"小洛桑不得无礼!"田轩斥责了儿子一句后,田轩和颜悦色地向门卫家丁解释道,"你是新来的吧,我是这府邸的主人……"

两门外家丁也不敢怠慢了田轩,相互商量了几句话后,一家丁离开大门处,另一家丁赔着笑脸对田轩道:"他去通知管家去了,您稍等片刻,我们管家回来恭迎老爷的。"

小洛桑正等得不耐烦时,早就荣升为管家的茨玛丽珠出门来后迎上田轩和小洛桑,恭敬地道:"茨玛丽珠让老爷、少爷久等啦。"

田轩父子随同从茨玛丽珠来到客厅刚落座,田轩问茨玛丽珠道:"夫人不在?"

茨玛丽珠回避了田轩的问话,斥责侍女道:"还不快给老爷、少爷沏茶!"

田轩对茨玛丽珠重申地道:"我在问你话!"

"老爷,"茨玛丽珠犹豫地回答,"夫人不在府上。"

"夫人去哪啦?"

茨玛丽珠迟疑地道:"夫人到商铺去啦。"

摆在客厅的大时钟敲了四下,田轩瞥了时钟一眼,见已是下午的四时。

"老爷、少爷,你们休息会儿,"茨玛丽珠恭敬地,"我去吩咐厨房给老爷和少爷准备酒菜。"说罢,茨玛丽珠便退着步子离开了客厅。

茨玛丽珠出客厅后,仰头长长地出了口大气。

……

一会儿时间就四时半了，性急的小洛桑按捺不住急躁的情绪，唤父亲道："阿爸，不知伽玛二妈啥时才能回来，我现在去商铺看一下。"

"行！"继而田轩叮嘱儿子道，"去了商铺顺便叫你绒佳阿姨和你弟弟王向发来一趟，说我要见见她们母子。"

小洛桑刚走到马厩房，茨玛丽珠就追赶来了，问小洛桑道："少爷，你这是要去哪呀？"

"去商铺！"

"少爷，我实话告诉你吧，"茨玛丽珠为难地道，"你二妈没在商铺，她去乡下啦。"

"她家在乡下不是没人了吗？"小洛桑惊疑地，"她去乡下干啥？"

"少爷，茨玛丽珠就是个下人，"茨玛丽珠回答，"主人的事我咋知道。"

"那，"小洛桑道，"我也得去商铺，找我绒佳阿姨！"

"少爷，"面有难色地，"你绒佳阿姨已经离开拉萨回家乡去了。"

"告诉我，"小洛桑惊疑而急切地问，"绒佳阿姨为什么离开拉萨回家乡？"

"你绒佳阿姨和你二妈拌了嘴，"茨玛丽珠回答，"你绒佳阿姨赌气离开了拉萨。"

小洛桑恼怒地一拳砸在马厩房的门柱上。

"少爷，"茨玛丽珠走到小洛桑身边，近似乞求地，"这些事——请少爷都不要告诉老爷。"

小洛桑反问茨玛丽珠道："纸能包住火吗？"

……

晚饭时候，田轩严肃地问茨玛丽珠道："告诉我——伽玛究竟去哪啦？"

"老爷，"茨玛丽珠扑通一声跪在地上道，"别再追问啦，茨玛丽珠不敢说。"

"你怕啥，我是府邸的老爷！"

"夫人有了身孕，"茨玛丽珠胆怯地道，"去乡下生子去了。"

田轩已有两年没有回过拉萨，即刻明白了伽玛怀孕的原因，顿时对伽玛痛恨到了极点，愤愤地问茨玛丽珠道："野男人是谁？"

茨玛丽珠小声回答："商铺管事——洛呷丹真！"

"洛呷丹真？"田轩不相信似的重复了一句后，眼前即刻闪现出自己初见到洛呷丹真时的情景……

田轩在客厅与绒佳母子谈话时，伽玛领着洛呷丹真进门来了。

"老爷，"伽玛唤田轩道，"我侄子来啦。"

田轩起身走到洛呷丹真面前，打量着问："你就是洛呷丹真？"

"老爷，"洛呷丹真恭敬地回答，"我就是洛呷丹真！"

田轩问："你知道请你来做什么吗？"

"我小孃给我说啦，"洛呷丹真回答，"叫我来做老爷商铺的管事。"

"看你年纪很是年轻，"田轩问洛呷丹真道，"满二十岁了吗？"

"回老爷的话，"洛呷丹真低头回答，"刚满了十八岁。"

"你正当青年，"田轩鼓励洛呷丹真道，"就在这好好干，一定会有好前程。"

"怎么还像牦牛傻乎乎地，"伽玛泛笑斥责侄子道，"还不快谢老爷！"

洛呷丹真连忙感激地连声道："谢谢老爷，谢谢老爷！"

……

田轩回忆结束，一拳击在桌上恼怒地骂了一句："一对丧心病狂的狗男女！"

"老爷，"茨玛丽珠愧疚地，"茨玛丽珠不好——惹老爷生气啦。"

"你下去吧，"田轩对茨玛丽珠道，"我想静待一会儿。"

……

且说，伽玛怀孕已经七月有余，伽玛在初孕其间曾找过许多藏医，想打掉肚子里的孩子。数月来吃药倒是不少，可是总不能如愿，眼看肚子一天天大了起来，伽玛着急死啦，为了掩人耳目不得不去乡下生子。

茨玛丽珠是伽玛一手提拔起来负责管理府邸事务的管家，可以说对伽玛非常忠诚。就在田轩回到府上的当天，她就立马派人去乡下送信，把田轩回到拉萨的事通知伽玛。

伽玛知道田轩回到拉萨的消息后，顿时六神无主六地跪在"唐卡"的佛像前，双手合十，连连祈祷道："菩萨保佑伽玛，让伽玛躲过一劫，菩萨保佑！菩萨保佑……"

与此同时，洛呷丹真得知田轩回到拉萨后，即刻觉得有盆凉水从头部倾泻而下，令他手凉脚冷像泄了气的皮球瘫坐在椅上，为自己图一时之快自毁前程而懊悔不已。

傍晚，伽玛的侍女来到客厅请夫人和洛呷丹真就餐时，才将跪在佛像前的伽玛搀扶起身在侧边的椅子坐下。

侍女不敢在伽玛面前提起晚餐的事，她给伽玛倒了碗茶，安慰夫人道："夫人，您在菩萨面前跪也跪了，愿也许了，菩萨一定会显灵帮助夫人。"

伽玛又噗通一声跪在佛像前，双手合十祈祷道："菩萨显灵，菩萨显灵啊！"

这一夜，伽玛和洛呷丹真都一宿无话。次日一早，前来送信的家丁在返回拉萨前找到伽玛的侍女，询问侍女自己回到拉萨后，怎么向府邸管家茨玛丽珠回话，侍女回答家丁道："夫人的事我哪知道。"

家丁一脸无赖地："那……"

"你等等，"侍女打断家丁的话，"我去问问夫人。"

侍女在门外一边敲门，一边唤着："夫人，夫人！"

刚起床的洛呷丹真披衣打开门，对侍女道："夫人一宿未睡，现在刚睡下，有什么事给我说。"

"送信来的家丁要回拉萨啦，"侍女回答，"家丁不知道回去后怎么向茨玛丽珠管事回话。"

"什么话也别回，"躺在床上的伽玛道，"就说信已送到。"

"是，是！"侍女连声回答。

侍女离开后，洛呷丹真连忙去到窗前问伽玛道："我们现在是被狼追跑到悬崖边的羚羊，到处都是绝境，该怎么办？"

"我无颜面见田轩，"伽玛欲哭无泪地道，"你说我还能怎样？"

……

自田轩离开拉萨返回到康定，洛呷丹真在吉祥货栈任管事之职已近两年。在这两年的时间里，伽玛同洛呷丹真苟且的事早就传闻开了。为此，绒佳本着对伽玛的关心，好言劝说伽玛道："妹妹，现在府邸、商铺到处都在传闻你和你侄子的事，你……"

伽玛即刻大发雷霆，打断绒佳的话，质问绒佳道："是哪些人在背地里嚼舌根？"

"妹妹，姐奉劝你，"绒佳和颜悦色地对伽玛道，"以后离你侄子远点，自己检点些就行了。"

"什么就行了？我看嚼舌根的就是你，"伽玛气势汹汹地怒斥绒佳道，"田轩是叫你母子在我家吃饭，不是留你母子在我家监视我！"

"对不起妹妹，"绒佳连忙道歉道，"姐不好，惹妹妹生气了。"

……

从那以后，绒佳无论做什么事，伽玛都看不顺眼，事事处处都在刁难绒佳和她的儿子，同时还逼迫王向发退学在商铺库房负责为营业厅运送货品。最终绒佳母子被伽玛逼迫得离开了拉萨回家乡马丽干戈去了。

田轩知晓了绒佳母子被逼迫离开了拉萨的事后，立马同儿子小洛桑一道去边防部队找到欧阳慧敏，把伽玛与洛呷丹真偷情怀孕，以及绒佳被逼迫回家乡的事告诉欧阳慧敏后，欧阳慧敏即刻表明自己的态度道："你和伽玛的事，你自己解决，绒佳母子的事，只要你愿意她母子再回拉萨，小洛桑可以驾老沙车去马丽干戈把绒佳母子接回拉萨。"

这样，小洛桑就独自驾车赶往马丽干戈去了。

小洛桑驱车赶到扎脱，去了土司府找到卓玛，向卓玛说明自己的来意，卓玛即刻派家丁，给小洛桑带路策马去了马丽干戈。小洛桑在绒佳嫂嫂家见到绒佳母子俩后，将自己前来接她母子俩回拉萨的事告诉了绒佳母子。随即，绒佳母子俩便随同小洛桑返程回拉萨。

且说，小洛桑离开拉萨的那天，田轩去了拉萨商贸局，在局长办公室，田轩向局长提出申请，要求商贸局在拉萨率先对吉祥货栈进行公有制改造，请商贸局赎买下吉祥货栈。

拉萨商贸局当天就对田轩提出的申请进行了讨论和研究，参会人员一致认为赎买下吉祥货栈，是对拉萨的私有制经济改革迈出的第一步，也是人民呼唤社会主义所有制，呼唤进行民主改革的呼声。于是，商贸局当天就通知田轩，商贸局经过研究同意了他的赎买申请。

田轩回到府邸即刻召开会议，向参会人员宣布：从现在开始，你们再也不是府邸的奴隶了，你们都是自由身——平等的人了。同时，告诉参会人员商铺已经赎卖给了商贸局贸易公司，以后大家都是吃国家饭的国营商业职工。当然，如果有人不愿意去商贸局工作，一定发给回家的安置费。大家因为对"平等"和"赎买政策"不甚了解，唏嘘了半天后，经田轩一再解释，参会人员明白了所谓"赎买政策"，就是国家出钱买下货栈；所谓"平等"，就是大家同为吃国家饭的商业职工。最后，大家一致表示愿意去吃国家的饭，当贸易公司的职工。

会议结束，田轩回到客厅自己为自己沏了杯茶刚落座，茨玛丽珠推门进来道："老爷……"

"现在你我都是同志，"田轩斥责茨玛丽珠道，"以后再不要叫我老爷。"

茨玛丽珠为难地："这……"

田轩打断茨玛丽珠的话一本正经地道："叫我田轩，田大哥啥都行。"

茨玛丽珠躬身将田轩沏的茶，移到田轩的身边道："有件事茨玛丽珠要禀报老爷……"

"又来啦！"田轩叹了口气道，"你我是平等的，没有老爷！"

"茨玛丽珠习惯了，"茨玛丽珠歉意地道，"一时半会改不了口。"

"习惯也得改！"田轩说话的语气缓和了下来问，"有啥事？你说！"

"我已经把老爷，"茨玛丽珠连忙自嘲地更正道，"看我又犯错啦。"

"别慌，"田轩亲昵地笑道，"慢慢说。"

"茨玛丽珠已经把田大哥回到拉萨的事带信给了夫人，可是夫人不予回话，只说……"

田轩打断茨玛丽珠的愤愤地道："伽玛别再提啦！"

"大哥打算……"茨玛丽珠试探地问。

"没什么打算，"田轩回答，"只想看看狗男女最后的结局！"

"大哥，"茨玛丽珠关心地道，"你总不能……"

"谢谢你的关心，"田轩叹了口气道，"我习惯了一个人生活。"

茨玛丽珠还要说什么时，田轩抢先道，"你回吧，我累了。"

……

茨玛丽珠、伽玛都是勇嘎母亲翁姆在世的时候，在奴隶市场被买回到府邸的侍女。屈指算来茨玛丽珠在府邸做侍女、管家已有十六年，人也近三十二三岁。自她出任府邸管家以来，府邸没有一个男人敢逾越雷池和她亲近半分，所以至今茨玛丽珠仍茕然孑立。

次日，商贸局有两位工作人员来到府邸，对愿意留用营业员、马帮、侍女、炊事员进行造册登记时，茨玛丽珠为田轩送酥油茶来到客厅。

田轩询问茨玛丽珠道："快去登记名字，别耽误了时间。"

"茨玛丽珠哪也不去，"茨玛丽珠回答，"就留在府上侍奉老爷。"

"我说啦，这里没有老爷！"

"你就是老爷！"茨玛丽珠固执地道，"茨玛丽珠就是要一辈子留在府上侍奉老爷。"

田轩不想同茨玛丽珠争执下去，于是吩咐茨玛丽珠道："你找个人陪你去趟乡下，送一百大洋给伽玛，就说是我说的，叫她买几条牛，一二十只羊，和洛呷丹真好好过日子。"

那时候，虽然内地已经实施了1954年颁布的《婚姻法》好几年了，但是在涉藏地区还没有实施，这样伽玛与田轩的婚姻关系也就自然解除了。

茨玛丽珠为伽玛再也不能回到府邸而暗自高兴。当她去到乡下把钱送给伽玛返回到府邸时，已经是掌灯的时候。茨玛丽珠简单地洗浴后，打扮了一番正要出住室门去客厅见田轩时，小洛桑驾车回到了府邸。

绒佳刚下车，茨玛丽珠唤着："绒佳姐！"连忙迎上前去。

王向发和一名不认识的女孩刚下了车，绒佳连忙催促儿子和侄女道："还不快叫你们茨玛丽珠孃孃。"

王向发和女孩羞涩地唤茨玛丽珠道："茨玛丽珠孃孃！"

茨玛丽珠打量着陌生的女孩问绒佳道："这女孩是谁呀——模样特让人喜欢！"

"她是我嫂子的女儿，"绒佳歉意地道，"是小洛桑硬要她来拉萨，我也拦不住，也就让她随同我们到拉萨来了。"

"绒佳阿姨，你们休息，"小洛桑唤绒佳道，"我得赶去部队还车。"

小洛桑离开后，绒佳和她的侄女，及王向发便随同茨玛丽珠去客厅面见田轩。

田轩见到绒佳连忙热情地迎上前道："你们路上辛苦啦！"

"我们辛苦啥呀，"绒佳道，"辛苦的是小洛桑。"

田轩正在为眼前的这位小姑娘纳闷时，绒佳介绍道："她是我嫂子的女儿，名叫嘎雍泽珠。"

"欢迎，欢迎！"田轩连声邀请客人落座。

茨玛丽珠在为客人斟茶时，田轩愧疚地对绒佳道："对不起，我没有照顾好你和向发。"

"你说的啥呀，"绒佳回答，"我们感激你还来不及。"

茨玛丽珠斟好茶对田轩和绒佳道："姐，老爷……"

田轩斥责茨玛丽珠道："又来啦！是牦牛都教会啦，可你……"

"我比牦牛还笨行了吗，"茨玛丽珠笑着对田轩说了一句后，又对绒佳道，"田大哥已经替你安排好了工作——以后你就是吃国家饭的贸易公司营业员了。"

绒佳感激地连连道："谢谢！谢谢！"

"向发，"田轩唤王向发询问道："你回到拉萨是想继续上学，还是想去贸易公司工作？"

"叔，我不想再上学，"王向发兴致勃勃地回答，"想留在小洛桑哥哥身边学开汽车！"

"行，"田轩回答，"叔依从你，跟着你小洛桑哥学开汽车！"

王向发感激道："谢谢叔！谢谢叔！"

田轩扭头对绒佳道："我看你这侄女也不小啦，你打算……"

"方便的话，"绒佳试探地回答，"就让她随我去贸易公司做营业员。"

第五十二章　伽玛偷情酿苦果　货栈被赎获新生

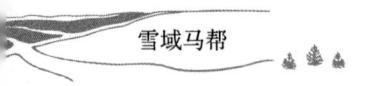

"行！"田轩说着扭头问嘎雍泽珠道，"小姑娘你愿意吗？"

"叔！"嘎雍泽珠羞涩地回答："我愿意！"

王向发因为自己要跟着小洛桑学开车兴奋极了，恨不得即刻就把这好消息告诉小洛桑。于是，等不及向客厅的长辈道别，就迫不及待地拉起妹妹嘎雍泽珠的手去大门外，等候小洛桑的归来。

王向发和嘎雍泽珠走后，田轩问绒佳道："富贵现在怎样？过得好吗？"

"应该说还是好吧。"

"我有半年没有给他寄钱啦，"绒佳愧疚道，"具体好不好我也不知道，他只是在信上说'过得很好'"。

田轩从裤兜拿出一沓人民币递给绒佳道："这钱你拿去寄给富贵。"

"我有了工作，"绒佳拒绝地道，"会给他寄钱的。"

"叫你拿着，你就拿着，"田轩斥责绒佳道，"富贵是我兄弟，我理当帮他。"

……

吃罢了晚饭后，绒佳向田轩谈起了茨玛丽珠，说茨玛丽珠为了府邸辛苦了十多年，三十多岁了还独身一人，同时告诉田轩，茨玛丽珠是知恩图报的人，现在伽玛既然已经离开了府邸，田轩应该和茨玛丽珠新组织的家庭，也好得到茨玛丽珠的照顾。

第五十三章
茨玛丽珠生爱意　土司老爷主改革

次日一早，起床的田轩刚打开住室的门，正好茨玛丽珠用面盆端来给田轩漱口水和洗脸水。田轩连忙闪开尴尬地道："你……"

"洗脸吧，"茨玛丽珠进门将面盆只放在洗脸架上，催促道，"还迟疑啥，过会儿饭堂就要开饭啦。"

按常理茨玛丽珠为田轩端来漱口水和洗脸水是平常不过的事，可是昨天绒佳戳破了田轩和茨玛丽珠彼此间相隔的一层纸后，反让田轩手足无措地尴尬起来，便走至茨玛丽珠身边，关心地道："昨晚我基本上想了一宿，你一个人留在府邸不是长久之计，你还是去商贸局上班。"

"你是想撵我走？"

"你想错啦，"田轩关心地回答，"小洛桑是驾驶员要经常出车你一个人住在这宅子里，我不放心。"

"我心里有你，"茨玛丽珠露出甜甜的笑意道："啥也不怕！"

"那……"田轩笑着回答，"你自己拿主意——决定好了！"

茨玛丽珠端水进屋时没有关门，绒佳踏进门槛，连忙退出屋门抱歉地道，"我来得不是时候，打扰啦，打扰啦。"

茨玛丽珠亲切地喊了声："绒佳姐！"便上前去拉绒佳进屋，绒佳拒绝道："我是顺便路过这，别管我——你们谈，你们谈。"说着甩脱了茨玛丽珠拉她的手，下楼去了。

茨玛丽珠掩上屋门转身走到洗脸架旁，为田轩拧干放在盆里的洗脸帕，递给田轩后道："我去伙房打酥油茶去！"

田轩拿着拧干了的洗脸帕还在尴尬时，茨玛丽珠主动吻了下田轩的脸，便三脚两步蹿至房门处，打开屋门回头笑盈盈地瞥了田轩一眼便离开了住室。

田轩摸着被茨玛丽珠吻过的地方，心里有说不出的感觉。

……

小洛桑从部队回来已是日头三竿的时候，当知晓父亲已经同意王向发跟着自己学习汽车驾驶的消息后，他在为王向发高兴的同时，也在为自己高兴。因为以后出车，有向发兄弟陪伴在身边，再不是自己孤身一人了。

　　吉祥货栈的牦牛、马匹，以及库房和商铺余下的货品，经过商贸局和田轩双方共同盘存以后，一并赎卖给商贸局后，那些被商贸局登记造册的人员，全都搬出了田府，搬到市郊新搭建的临时帐篷去了，现在勇嘎家遗留下的资产就剩下这府邸了。

　　由于西藏是国家特殊的照顾地区，国家民委特意给拉萨商贸局划拨了一台苏制式"吉尔"牌的卡车，于是，小洛桑、王向发将要离开拉萨去成都接车，田轩则要赶往昌都，去处理吉祥货栈在昌都的事务。这样，小洛桑和王向发搭乘拉萨运输公司的货车去了成都，而田轩则买了张去昌都的客车票，于次日赶赴昌都。

　　就在田轩将要离开拉萨的头天夜晚，茨玛丽珠抑制不住内心的难舍之情，一边流淌着泪水，一边为田轩收拾着行装。站在茨玛丽珠身边田轩安慰着她道："我已经向绒佳交代过了，你不会孤单——她会留在府上陪伴你。"

　　"我是舍不得你走，"茨玛丽珠伏在田轩肩头泣声道，"心里堵得慌——不知道什么时候你才能回到拉萨。"

　　"听话，"田轩怜悯地搂着茨玛丽珠道，"我会常回拉萨看你。"

　　"你是我的依靠，"茨玛丽珠抬头目视着田轩，道出内心的真言道，"我要嫁给你！"

　　"你是个好姑娘，"田轩安抚着对方道，"我是结过两次婚的人，配不上……"

　　茨玛丽珠用手堵住田轩的嘴唇，道："你就是结过十次二十次婚，我也是你的人！"

　　那一晚，茨玛丽珠本想许身给田轩，田轩也有此意，但是最终理智战胜了欲望。

　　……

　　田轩抵达昌都见到吉祥货栈设在昌都的管事邓珠后，田轩向邓珠谈起了打算请政府赎买货栈的事。从邓珠的内心来说，并不愿意工委赎买货栈，因为自己毕竟年迈，工委赎买了货栈，自己的余生就没有了着落。但是基于货栈是老板的私人财产，自己矜持了半响，最终不得不应允道："还是老板自己拿主意决定好。"

　　"货栈赎买给工委后，"田轩对邓珠道，"我给您老三百大洋，足够您老回家与家人团聚安享晚年。"

　　"老板为下人考虑周到，"邓珠感激地连连道，"谢谢老板！谢谢老板！"

　　田轩在昌都同政府达成赎买协议，处理完货栈原有人员的留用问题后，乘车去了扎脱，看望二伯和卓玛去了。

　　田轩的二伯前些日子，参加了县政协会议。会上政协代表，对共产党提出的进行民主改革的提案形成了两派不同的政治意见，一派反对民主改革，极力想维持现有的政治、经济和社会制度；一派拥护共产党提出的民主改革。两派人员在会议上发生了争吵，田轩的二伯在与反对派的争吵中心脏病突发，虽然抢救及时保住了性命，但是身体虚弱，得住院观察。

　　田轩在府邸客厅没有见到二伯和卓玛，正要询问为之斟茶的侍女时，管家赶来到客厅，连忙向田轩认错道："老朽怠慢了姑爷，请姑爷饶恕。"

"什么饶恕啊，我也是刚到，"田轩问管家道，"怎么不见我二伯和卓玛？"

"回姑爷的话，"管家回答，"老爷突发心脏病在医院观察治疗……"

田轩打断管家的话问："老爷有危险吗？"

"佛祖保佑——老爷已经转危为安，"管家回答，"请姑爷稍息片刻，老朽已经派人去医院向小姐禀报姑爷来府邸的消息。"

田轩正在踌躇自己是不是该马上去医院看望二伯时，卓玛回府来了。田轩迎上卓玛问道："二伯的情况怎样啦？我得赶去医院……"

"阿爸情况已经好转，"卓玛劝解道，"明晨去吧。"

"没见到二伯，"田轩回答，"今晚一宿我都会睡不着的。"

卓玛执拗不过田轩，只好随同田轩去了医院。

医院大夫陪同田轩在走廊隔窗看了躺在病榻上的土司老爷后，大夫对田轩道："病人的情况算是基本稳定啦，现在必须静养。"

……

田轩和卓玛从医院回到府邸，已是掌灯的时候，偌大的土司府邸，虽然灯光明亮，但是没有生气。卓玛和田轩在客厅吃罢晚饭，侍女在收拾桌子时，管家前来通知田轩道："姑爷，您住的房间收拾好啦。"田轩起身欲告辞时，卓玛叫住他道："时间还早，坐会儿。"

田轩落座后，卓玛叹气道："儿女大了各飞了东西，你我同病相怜——孤身一人！"

"你还是转变对白马的态度，"田轩劝解道，"和白马好好生活……"

"别提他，"卓玛厌恶地说，"提起他我就烦！"

"不管怎么说，你俩毕竟有一对儿女。"

"你是在装傻？"卓玛质问田轩道，"还是真不明白？"

田轩连忙问："我明白啥？"

"你说雍熙像谁？"卓玛问。

"雍熙就是活脱脱的年轻时候的卓玛，"田轩反问道，"你说像谁？"

"那，"卓玛问，"洛扎像谁？"

"能像谁？"田轩开玩笑似的笑着回答，"难道还能像我？"

"就是像你！"卓玛回答，"你就是雍熙和洛扎的父亲！"

"这话不能乱说，"田轩严肃地道，"要是传到白马的耳朵，他会一枪崩了我！"

"你妄为男子汉，"卓玛鄙夷地道，"自己做的事都不敢承认！"

这时，卓玛眼前浮现出了过去了的往事……

勇嘎去世后，卓玛随同田轩来到拉萨，在田轩离开拉萨那天，卓玛、翁姆、伽玛送田轩和赖三出了勇嘎家府邸的大门，田轩对卓玛道："你就在拉萨等我，我处理完康定的事后，马上就赶回来。"

卓玛眼眶噙满泪水不舍地叮嘱田轩道："我等你——快去快回！"
……
几天后，卓玛有了怀孕的征兆——恶心呕吐。
卓玛在呕吐时，侍女来报："小姐，白马姑爷来啦！"
卓玛惊疑地问："他来作甚？"
"小姐饶恕，"侍女鼓足勇气道，"我，我不知道！"
卓玛从窗户看见白马带着几个武装家丁进了大门后，将马的缰绳扔给了家丁便向赵楼走来。
卓玛在廊道遇见了白马，斥责地质问白马道："你来拉萨干啥？这儿是我婶婶家，我不想同你吵架——你回吧！"
"你是我白马的女人，"白马理直气壮地道，"你在哪，我就有权利在哪！"
……
夜晚，在饭堂就餐时，翁姆当着卓玛和白马的面，劝解侄女道："你和白马一同回扎脱吧，听婶婶的话——好好过日子。"
……
令卓玛没有想到的时，在返回扎脱的半道上，白马强奸了自己……
……

卓玛还在回忆时，田轩打断了她的回忆地问："难道雍熙、洛扎真是我的孩子？"
"忘了，"卓玛问田轩道，"还记得我生下雍熙和洛扎的时候，曾对你说过的那句话吗？"
"你对我说过的话太多啦，"田轩回答，"我哪里还记得你说过什么话？"
卓玛问："还记得你带小洛桑和田靓回康定来扎脱的事吗？"
田轩连忙道："这事记得，记得！"

田轩的眼前闪现出，自己带着小洛桑和田靓来到坐月子的卓玛榻前，小洛桑和田靓唤了小姨，被侍女带着出门去玩后，卓玛目视着睡在身边的两孩子问田轩道："你看这两孩子像谁呀？"
"你问得奇怪，"田轩淡淡一笑，"能像谁——像白马呗！"
卓玛对田轩的回答极不满意，乜斜着眼睛瞥了田轩一眼。
田轩对卓玛的神态，倍感奇异，问："啥意思？"
"我是想说男孩俊美极啦，"卓玛甜蜜地微笑道，"长大后一定像你——是个风流种！"
田轩生起气来斥责卓玛道："你说的啥呀！"
卓玛不予回答，只是一个劲地傻笑。
……

田轩结束了对往事的回忆，问卓玛道："白马他知道孩子的事吗？"

"当然知道，"卓玛回答，"只不过为了继任阿爸的土司位置，在装傻、装糊涂罢了。"

"对不起，"田轩握着卓玛的手内疚地道，"我伤害了你！"

"什么伤害呀，"卓玛幸福地泛笑道，"你给我一个儿子，一个女儿，我还应该感谢你！"

……

后来，卓玛向田轩提起伽玛的事，问田轩道："伽玛现在过得好吗？"

田轩诧异地问："你咋知道伽玛的事？"

卓玛笑着回答："我是千里眼，顺风耳啊！"

"我想起来了，"田轩道，"一定是小洛桑来扎脱接绒佳的时候告诉你的。"

"是小洛桑告诉我的，那又怎样，"卓玛反问道，"想惩罚小洛桑？还是想惩罚我？"

田轩沮丧地道："过去了是就别再提啦。"

"伽玛走啦，"卓玛关心地问，"以后的日子你打算怎么过？"

"我能怎么过？"田轩遗憾地道，"听天由命！"

卓玛穷追不舍地问："难道你心目中就没有人选？"

"什么人选不人选，"田轩叹了口气道："我呀，自己爱自己——孤人命！"

这时，卓玛的贴身侍女，拎着茶壶来给小姐和姑爷斟茶来了。侍女斟罢茶离开屋子后，卓玛目视着侍女的背影，问田轩道："我那侍女漂亮吗？"

田轩连忙问："啥意思？"

"嫁给你，"卓玛泛笑道，"做你的夫人呗！"

"别再开玩笑啦！"田轩起身欲要离开。

"哟，坐不住啦，"卓玛半认真地道，"是嫌她不漂亮？还是嫌她是侍女？"

"别说这些，"田轩回答，"我烦闷得很——没有心思。"

"田老板，"卓玛玩笑似的道，"这是桩赚钱的买卖哟。"

田轩斥责卓玛道："净说些乱七八糟的话！"

"只要你应了这婚事，"卓玛越说越起劲地道，"我堂堂大小姐也陪嫁去你田府。"

"我求你，"田轩哀求般地，"别谈我的事行吗？"

……

那一晚，卓玛本打算留田轩在自己卧室过夜，但是见田轩一直都不愿意提及男女的事，也就打消了留宿田轩的念头。

……

次日上午，田轩本打算再去医院看望二伯后就返回康定。恰在这时，洛扎从部队回来探视外公回家了。原来是县政府把土司老爷得病的消息通知了部队，以县政府的名义，请部队准许洛扎回家探望患病的外公。

田轩打量着站在面前的洛扎，高兴地对卓玛道："孩子都成大小伙了，我们该老啦。"

"姨父，你和阿妈都不老，"洛扎笑着对田轩道，"还年轻！"

……

当地的生活习惯，通常都是一天都要就餐五次，第一次和第二次第四次都是喝茶吃糌粑，第三次和第五次，是以吃米饭或吃面食为主的主餐。卓玛、田轩、洛扎喝过二道茶，准备去医院时，雍熙也从成都赶到家了。雍熙是从学校校长那儿得知外公患病的消息，返回到家来的。

今天对田轩来说，因为见到了自己的一对儿女，心里美滋滋的看什么都甜丝丝的——顺眼极了。

雍熙顾不上吃饭，喝了口茶便随同母亲、田叔、弟弟去了医院。

土司老爷的病，已好转，从特殊病房转到了普通病房。卓玛、田轩他们来的病房时，扎脱县工委书记、工委主任都已经来到医院看望土司老爷了。

当卓玛向两位领导介绍田轩的时候，工委书记和工委主任都惊喜地上前握着田轩的手道："田轩同志，你好，你好！"

"书记好，主任好！"

书记由衷地对田轩道："你可是我们藏地对私有制改造的一面旗帜——向你学习！"

"什么旗帜、学习呀，"田轩笑着道，"我只是先迈出了走社会主义道路的一步！"

……

书记和主任因为工作忙，离开医院后，土司老爷看着自己的一对孙子欣慰极了，关心地询问雍熙道："你在学校学习累不累？"

"外公，学习累啥呀，"雍熙笑眯眯地回答，"学校就我一个藏族学生，校长、老师、同学都关心我，我现在是学院的团支部书记。"

"好啊！我孙女懂事啦！"土司老爷继而偏头询问洛扎道，"把你的情况也给外公说说。"

"外公，我是骑兵，"洛扎回答，"每天的任务就是练习杀敌本领，我现在是副班长。"

"你们都很有能耐，"土司老爷激动地，"外公为你们高兴！"

"阿爸，"卓玛唤父亲道，"您高兴就行啦，别太激动。"

……

最后，土司老爷以商量的口吻，对俩孙子道："你们将来都有前途，外公打算响应政府号召，率先在领地进行民主改革……"

"外公，"洛扎兴奋地，"我和雍熙支持你！"

"阿爸，您别激动，"卓玛对父亲道，"等您病好了，出医院后，我们再商量民主改革的事好吗？"

"好！"土司老爷笑容满面地，"我听你们的，听你们的！"

……

且说，去成都接车的小洛桑，在成都接了辆苏制的"吉尔"卡车。这车驾驶起来非常舒服，坐在旁边的王向发看到小洛桑乐滋滋地开着车，心痒手痒恨不得自己也摸一把方向盘。

小洛桑驾车从成都出发，拉了车布匹之类的货物，赶了两天的路，来到康定，当小洛桑向昔日的马帮介绍王向发时，大伙在为富贵惋惜的同时告诫王向发你父亲和母亲拉扯你长大不容易，要孝敬他，常回去看望他。小洛桑还去文工团看望了甲卡。当甲卡知道小洛桑在拉萨商贸局开车的事后，她非常为小洛桑高兴，在与小洛桑分别的时候，又特别叮嘱小洛桑要珍惜这份来之不易工作。

在康定加满了汽油后，小洛桑和王向发又匆匆驾车赶往扎脱。小洛桑抵达扎脱那天，恰好土司老爷病愈出医院回到府邸。

一家人聚在一起，土司老爷颇感遗憾地道："我们一家子就缺却田靓一人啦，如果我那大哥、大嫂还在世的话，不知道有多高兴啊！"

洛扎非常羡慕小洛桑是开汽车的驾驶员，也想驾驶汽车，喝罢了第四道茶，就拉着小洛桑，去草原教他汽车驾驶。

……

田轩父子在扎脱陪同二伯一家聚了四天后，雍熙得回学校，洛扎得赶回部队，田轩父子也得回单位了。在他们临分别时，土司老爷趁俩孙子在身边的机会，一家人就民主改革的事进行了商榷，雍熙在成都亲眼看到，通过私有制改造，掀起的轰轰烈烈的社会主义建设高潮，因此极力赞同外公的主张，坚定地对外公和母亲道："我将是国家培养出的第一批民族大学生，也将是国家培养的第一批民族干部，我不需要继承所谓的贵族头衔，过骑在人民头上作威作福、饭来张口衣来伸手的生活，我完全同意外公的主张，在扎脱率先进行民主改革。"

"我是军人，"洛扎表明自己的态度道，"军人的职责就是保卫国家、保护人民，我为家里还有差巴、堆穷、朗生这样的奴隶，感到羞愧，感到耻辱！"

"阿爸，"卓玛唤父亲道，"既然雍熙和洛扎都明确表态了自己的态度，我也表个态——同意进行民主改革，把家里的牛羊、土地全分给为我家劳累十多代人差巴、堆穷、朗生。"

当土司老爷把全家人渴求进行民主改革的心愿告诉工委主任后，主任郑重地告诉土司老爷，民主改革不能轻易进行，党的政策是以赎买的方式，按照市场的价额，买下牛羊和土地，再将牛羊和土地按照每个农牧民家庭人口，平均分配给每一个穷苦家庭。

土司老爷连忙问县长道："那，扎脱在什么时候才进行民主改革？"

"民主改革不是一朝一夕的事情，"工委主任回答道，"得需要得到百分之六十以上政协委员的通过，才能进行民主改革。"

土司老爷只能遗憾地对县长道："我们一家就期盼这一天早日到来！"

……

第五十四章
顽固势力蠢蠢欲动　　白马伪装善人博取人心

1958年以后，国民经济第一个五年计划取得了巨大的胜利，全国人民正在如火如荼地建设社会主义。作为仍然还处于水深火热的藏族人民来说，迫切地希望进行民主改革成为国家的主人。然而，地区官僚集团和高层僧侣在外国势力和潜伏在涉藏地区的国民党特务的怂恿和支持下欲阻挠历史的进程，四处网罗旧制度的顽固分子，举行各种集会散布诋毁共产党领导的谣言，妄图阻止民主改革的实施。

且说，白马在拉萨期间结识了众多的高官后，才感触到天地的宽广，自己一心只想做土司的追求，同这些高官在社会上的地位相比，简直幼稚到了极点。现在白马对土司的头衔已经不稀罕，一心想的就是跟着扎西央措活佛干出一番事业后，将来在噶厦政府混个一官半职。

……

1958年岁末的时候，扎西央措按照达赖喇嘛与国民党潜伏特务和美英帝国相互勾结所预谋的叛乱计划，率白马以及巧扮成藏族的但仁萱和魏文渊从西藏来到扎脱后，便马不停蹄地直接去大金寺拜见桑雀活佛。

桑雀活佛不但在宗教界有显赫的地位，而且还把控着康藏政治、经济。可以说，在康藏的宗教界是呼风唤雨的人物。当堪布向桑雀活佛禀报扎西央措活佛和白马从拉萨赶来要拜见时，心知肚明的桑雀活佛就已明了扎西央措活佛来寺院的目的——是请他发话给各地活佛、僧人，以及土司、头人，联合起来共谋叛乱事宜。于是桑雀活佛对管家道："我正在修炼，请他们择日再来。"

管家递上但仁萱和魏文渊的名片道："另外还来了两位国民政府的要员。"

桑雀活佛接过名片看看，惊疑地问："半月前，但仁萱和魏文渊不是发来电报说不来康藏吗？怎么也跟随扎西央措活佛到康藏来啦？"

"我问过他们，"管家回答，"他们说情况发生了变化，是赶来同大人您商量要事的。"

"那，"活佛迟疑地道，"请他们去后院。"

后院是活佛私人的地方，只有一位负责打扫卫生的喇嘛可以进出，其余人员未经许可，是不允许进出的。从活佛的经堂去后院的密室，有一条地下通道。活佛整理好案头的经卷，才慢慢起身去到地下通道口的门处，打开了通道的小门，沿石台阶下到通往后院密室的最底层。

大金寺除了有一条活佛的专属的地下通道外，另外还有多条纵横交错的密道，同时，在各个道口还设有"机关"，如果是个初次进入密道的人，即使没有撞到或触及机关，也休想找到密道的出口。

扎西央措、但仁萱、魏文渊、白马随同管家来到后院，进密室落座后，小喇嘛在为贵宾斟茶时，活佛从里间屋出来道："怠慢了各位，怠慢了各位——海涵，海涵！"

贵宾一个个起身双手合十迎候活佛时，扎西央措愧疚地敬言道："打扰了上师，请上师饶恕！"

活佛示意各位落座后，对但仁萱和魏文渊道："二位千里迢迢来到扎脱，有失远迎，惭愧、惭愧！"

"能得到活佛大人百忙中的接见，"但仁萱谦恭地道，"是我等三生有幸！"

活佛笑眯眯地说："过讲，过讲！"

"活佛大人，"魏文渊恭敬地，"时间紧急我们……"

活佛岔开魏文渊的话，邀请各位品茗道："请用茶，请用茶！"

魏文渊尴尬地端起茶碗对活佛道："前些时候我们得到密报……"

"密报，"活佛打断魏文渊的话惊疑地问，"什么密报？"

"共产党正在各地密密地调动军队，"魏文渊回答，"达赖喇嘛和噶厦上层的意思——我们得出其不意，提前行动！"

"不急，"活佛回答，"容我想想，容我想想……"

扎西央措将但仁萱和魏文渊留住在大金寺后，又带着白马赶往卡江的喇嘛寺去了。

卡江喇嘛寺的曲登活佛与白马父亲是世交，白马父母去世时（白马的父母在几年前就相继去世），都是由曲登活佛主持的葬礼。同时，曲登活佛也是扎西央措多年的朋友，扎西央措和白马在拉萨其间，扎西央措曾同白马一道，前去曲登活佛下榻的客栈看望过曲登活佛。

曲登活佛和扎西央措活佛相互参拜以后，扎西央措活佛向曲登活佛简单传达了达赖喇嘛的指示后，便告辞随同白马去了土司府——白马家。

扎西央措首先去拜见了白马的兄长——现在的土司。土司老爷为了表达对扎西央措活佛欢迎的诚意，向管家发话，要设宴为活佛洗尘。在酒桌上，白马向大哥询问起自己儿子多吉雍措来。大哥告诉他，多吉雍措已经懂事，同你当初在家一样，负责照管牛场。

说起多吉雍措就不得不提到府邸的女奴丹珠和泽西央措。丹珠和泽西央措这两个女奴，曾在卓玛怀孕期间，被白马父亲派去扎脱侍候过怀孕的儿媳。这俩女奴在卓玛家表面是侍候卓玛，暗地里却是白马发泄性欲的工具。一天卓玛看见负责照看雍熙的丹珠呕吐不止，卓玛上前严厉地追问时，丹珠被迫说出自己怀上了白马的孩子。这样，卓玛便差人将丹珠和泽西央措送回到了卡江。白马的父亲斥责了儿子一番后，便对两女奴予以了赐婚，将丹珠赏给了家里的奴隶泽旺；将泽西央措赏给了家里的奴隶丹真呷洛。

丹珠被赐婚嫁给府邸的奴隶泽旺，两三个月后，肚子里的孩子就凸显出来了。但是泽旺并不介意，反倒认为是天菩萨护佑自己，赐给自己的"天娃子"。每天丹珠外出去劳作的时候，泽旺总要叮嘱她，注意肚子里的孩子。同时，土司老爷也叮嘱负责管理奴隶劳作的监工，对丹珠网开一面。数月后，丹珠临产生下一男孩，但是丹珠未曾与孩子见上一面，土司老爷便派人将孩子抱走，吩咐府邸的乳娘予以照管。因为孩子是个男婴，土司老爷格外高兴，特请活佛为男婴赐名，活佛端详了孩子半晌后，为之赐名为"多吉雍措"。

失去了孩子的丹珠整日以泪洗面，两年后，丹珠有了和泽旺的孩子，才逐渐淡忘了未曾蒙面的孩子。

1949年，多吉雍措刚年满八岁，爷爷奶奶（白马的父亲和母亲）相继去世。失去爷爷奶奶护佑的多吉雍措常常因为母亲是女奴，而遭到年长的堂哥的欺凌，遭到姊姊的叱骂。可以说，多吉雍措是在无助中长大的孩子。

去年，年满十七岁的多吉雍措受大伯（白马哥哥——土司老爷）差遣，去了府邸的牛场，负责看管和处理牛场的事宜。

酒过三巡，白马自得地对继任土司的大哥道："小弟这次随同活佛大人去拉萨真是长了不少见识，见了许多的政界、宗教界的大人物……"

土司大人连忙打断白马的话，扭头询问扎西央措道："活佛大人您见多识广，恳请大人透露一点拉萨上层对共产党民主改革有什么新想法、新动向？"

扎西央措得意地笑道，"一句话——达赖喇嘛和拉萨的上层都极力反对民主改革！"

"反对好！反对好！"白马哥哥振振有词地道，"几千年形成的规矩，怎么能说改就改啊！再说，我们手里没有了土地，没有了奴隶，叫我们这些土司、头人吃啥？喝啥？难道都去喝西北风？"

"达赖喇嘛已经发话，"扎西央措继续道，"要我们各阶层人士团结起来，反对共产党的民主改革！"

白马哥哥啧啧称赞道："达赖喇嘛——决策英明，英明呀！"

……

白马离开了府邸，便策马驰去了牛场。白马在儿子住室没有见到儿子，侍女告诉他少爷带领家丁去山上打猎去了。白马只好在儿子的住室喝着茶等候儿子的归来。

傍晚，多吉雍措才打猎回到牛场。当多吉雍措见到父亲时，便瞪眼质问白马道："你来干啥？"

"阿爸想你啦，"白马笑着回答，"顺道来看你。"

"我小的时候，需要你看我，你却躲在扎脱，"多吉雍措心怀不满道，"你走吧，我现在生活得好，不需要你看我！"说着从肩头取下自己的配枪，扔置在桌上。

白马尴尬地拿起儿子的配枪，在手里玩弄着道："不管你怎么想，怎么说，我毕竟是你阿爸，父亲看望自己的儿子——总没有错吧？"

多吉雍措没有了言语，索性在父亲对面坐了下来。

白马询问儿子道："在这牛场习惯吗？"

多吉雍措没好气地回答："习惯！"

"习惯就好，"白马道，"阿爸年轻的时候，也在这牛场呆过好些年。那时候好玩极了，不是去山上打猎，就是到周边的寨子……"

"别给我说这些，"多吉雍措呵斥父亲后又问，"你说，来牛场究竟有什么事？"

"像是我儿子说的话，"白马自喜地道，"阿爸就想问问你手下守候牛场的家丁有多少人？"

"啥意思？"多吉雍措问。

"没别的意思，"白马道，"阿爸就是想这些家丁能不能派得上用场。"

"你别在我这里打主意，"多吉雍措拒绝道，"我不会听你的！"

"儿子，"白马唤多吉雍措道，"阿爸是费尽心思为你好啊！"

"什么为我好，"多吉雍措斥责父亲道，"你是在扎脱混不下去啦，想回来管理牛场！"

白马哈哈一笑道："儿子，你小看你阿爸了，最多再过一年半载，阿爸也会在噶厦政府弄个要员的头衔。"

多吉雍措鄙夷地道："你就吹吧！"

"儿子，"白马教导多吉雍措道，"你就只看见牛场这四角的天地，没看见藏地到处都在嚷闹着要驱逐共产党，赶走汉人！"

"你们容不下汉人？"

"幼稚！"白马斥责儿子道，"你知道共产党的民主改革吗？"

"管他改革不改革，"多吉雍措不屑地道，"我管好牛场就行啦。"

"改革了别说牛场，你连牛也看不到，"白马自以为是地解释道，"共产党的民主改革，说白了——就是要抢夺我们的土地、抢夺我们的牛场、抢夺我们的娃子。我们没有了土地、草场、牛羊、奴隶，阿爸也不是老爷，你也不是这牛场的主人！"

"这决不能允许，"多吉雍措"嚯"地站起道，"这是翻天——破坏祖宗定下的规矩！"

……

父子俩在喝酒时，白马告诉儿子，自己是按照达赖喇嘛和西藏上层的安排——阻挠共产党的民主改革而特意从拉萨赶回卡江来的。"

白马和儿子喝罢酒已是深夜，白马只好留宿在了牛场。

白马一觉醒来天已大亮，在侍女的侍候下洗脸时，询问侍女道："怎么不见少爷，少爷人去哪啦？"

"回禀老爷，"侍女回答，"昨晚鬣狗咬死了七八只羊，少爷去牧场了。"

"快去备马，"白马吩咐道，"我要去牧场！"

"老爷，茶都准备好了，"侍女对白马道，"老爷喝了茶去牧场也不迟呀。"

白马叱责侍女道："老爷喝不喝茶你管得了吗？"

侍女不敢言语了，躬身退出了屋子。

……

白马赶到牧场时，多吉雍措正坐在椅子上，看着家丁卫队的小头目在一个接着一个地鞭笞五个负责看管羊群的"娃子"（奴隶）和四个护卫牧场的家丁。

按照牛场的规矩，只要丢失了一头牛，或十只以下的羊，娃子和护卫都要遭受二十个钢鞭处罚；超过规定的数目，娃子则要被处死，护卫则要遭受四十钢鞭的鞭刑。通常遭受四十钢鞭的鞭刑后，护卫已被打得皮开肉绽，凶多吉少。

白马来到行刑处，儿子起身迎上，白马示意儿子坐下后，走到施刑的小头目身边，夺过钢鞭走向还没有遭受处罚的娃子和护卫家丁，对每个奴隶狠狠地抽了两鞭后，将钢鞭扔在地上，呵斥几位刚挨过钢鞭的奴隶道："我看你们还长不长记性！"

多吉雍措也走了过来，接着父亲的话，叱责奴隶道："老爷宽恕了你们，我看你们还长不长记性！"

刚挨了钢鞭的奴隶和围观的男女奴隶，全都齐刷刷地跪地道："谢谢老爷！谢谢少爷！"

白马对身旁的施刑的小头目发话道："把他们都抬回各自家去，请大夫来给他们疗伤！"

"是！"小头目恭敬地应答一声后，招手示意跪在地上围观的人，前来搬动瘫躺在地上的伤者。

……

午饭时，白马和儿子正在喝酒，大夫随同家丁小头目进屋，恭敬地站在门处，唤白马和多吉雍措道："禀报老爷、少爷……"

白马抬头打断小头目的话问："伤都治了吗？"

"回老爷的话，"大夫抢先回答，"小的都治了。"

白马掏出两银圆朝大夫扔去道："回吧！"

"老爷，仁慈，"大夫连连道，"谢谢老爷赏赐！谢谢老爷赏赐！"说着捡起银圆，恭敬地退出住室。

……

白马喝罢酒，便去了用片石砌成的奴隶的居住区，看望那几个疗伤的奴隶。奴隶居住的屋子十分简陋，除了"三石一锅"和两三个碗盏，一盏黑漆漆的酥油灯外，再没有其他像样的家具了。所谓三石一锅，就是三块石头垒砌的灶，一锅就是灶上置放的一口煮食和熬茶的牛头锅。

白马在矮屋的门外就听见了伤者的呻吟声，白马捂着自己的鼻孔站在门外时，在屋子里，受过鞭刑的奴隶的妻子连忙停止为受伤的丈夫喂水，躬身出门迎道："老爷！"

躺在地上的奴隶挣扎着欲起身时，白马上前发话道："躺着——别动！"

奴隶感动地噙着泪水道："老爷，仁慈……"

"你叫啥名字？"白马问。

"回老爷，"奴隶感激涕零地道，"娃子没有名字，大伙都叫我'榆木'。"

"我记住你啦，"白马对奴隶道，"好好养伤，伤好了后，老爷会重用你！"

奴隶的妻子扑通跪地，替丈夫感恩道："感谢老爷大恩大德！"

……

由于昨晚白马留宿在牛场。次日，一早起来的扎西央措就去到白马哥哥的住处，向白马的哥哥辞行说，自己得赶往理塘喇嘛寺去面见寺里的活佛，同时请大人转告白马兄弟，请他留在卡江，等候自己的归来。

扎西央措离开卡江的当天下午，白马就从牛场回到了府邸。白马的哥哥和嫂子对白马格外的殷勤，不时地关心他，询问他卓玛对他好不好，自己一个人在外面生活得怎样？

提起卓玛，白马憋在心中的怒火顿时爆发，他对卓玛一家人抱有切齿的痛恨。就卓玛的父亲来说，白马憎恨他总是不死，自己继任土司的愿望，迟迟无法实现，不得已只能跟随扎西央措活佛远去拉萨。其次憎恨的是卓玛，卓玛在他心目中，外表是文静的，但是内心却是歹毒的，因为同卓玛结婚都二十多年了，卓玛从来没有用好脸色待见过自己一次，使自己没有在卓玛身上，真正享受过丈夫应该享受的待遇。至于一对儿女——雍熙和洛扎，白马的内心总是有股酸楚楚的感觉，但是，为了得到土司头衔，他也自甘其辱地甘当了雍熙和洛扎的阿爸。

白马同哥哥和嫂子进行了一番谈话后，从客厅出来便去了奴隶区去见丹珠和泽西央措去了。

奴隶都在忙碌地劳作，懂铁匠活的男人在打制农作工具；干庄稼活的男人在扬场干活；女奴在太阳下，捻着羊毛线团。

白马进了院子，劳作的奴隶全都停下手里的活，齐刷刷地躬身，呼唤着白马道："老爷！"

白马向奴隶吩咐道："都干活吧！"便走向捻羊毛线的单珠和泽西央措走去。

丹珠和泽西央措已年老珠黄，额前和两鬓都已出现了白发。她俩还没有来得及坐下捻羊毛线团时，白马已经走到两人面前。两人连忙躬身唤道："老爷万福！"

白马从怀兜摸出几枚铜圆，分发给丹珠和泽西央措后，问："你们男人和儿子都去哪啦？"

"回老爷的话，"丹珠抢先回答，"男人、儿子都上地里干活去了。"

白马问泽西央措道："你男人、儿子也去地里了吗？"

"回老爷，男人丹真去地里啦，"泽西央措回答，"泽西央措没有福气——只有女儿。"

白马问："女儿也去地里了吗？"

泽西央措连忙扭头向在一旁捻着线团的女儿招着手道,"嘎雍泽珠快过来拜见老爷!"

嘎雍泽珠手拿线团走来过来,恭敬地唤白马道:"老爷万福!"

白马用食指和中指抬起嘎雍泽珠的下颚,称赞道:"跟你阿妈年轻时候一个样——漂亮!"

"老爷,"泽西央措轻声道,"嘎雍泽珠——还小。"

"咋啦,"白马叱责泽西央措道,"老爷随便说一句称赞话就不行啦?"说罢愤愤地转身离去。

"老爷!"泽西央措连忙自打耳光连声央求道,"泽西央措糊涂!泽西央措糊涂!"

白马离去后,丹珠为眼眶噙满泪水的泽西央措拭着泪水安慰道:"我们的命都是老爷给的,心气大一点,啥事都能想开。"

"阿妈,"嘎雍泽珠也安慰母亲道,"为女儿折磨自己不值。"

"还是你好,"扎西央措对丹珠道,"养儿子少烦心事。"

日临西沉的时候,管家来到奴隶区,对正在捻羊毛线团的嘎雍泽珠道:"嘎雍泽珠跟我走一趟,老爷有事叫你。"泽西央措连忙跑到管家面前跪地哀求道:"大人,嘎雍泽珠还小啊!"

"什么小不小的,"管家叱责道,"老爷家不是养小姐!"

"阿妈,"嘎雍泽珠眼眶噙满泪水道,"你哀求有用吗?!"

泽西央措无话可说了,只能含着眼泪目送女儿随同管家离去。

管家带着嘎雍泽珠来到浴室门前,对嘎雍泽珠道:"进去吧,老爷在里面等你!"

"吱"的一声,嘎雍泽珠推开了屋门,见两个侍女正裸露着身子为泡在木桶里的白马洗浴。嘎雍泽珠当时只有十五六岁,第一次看见这样的场景连忙将门掩上。

"进来!"白马大声喝道,"我叫你进来!"

嘎雍泽珠只好再次将门推开,低头进门后木鸡般地呆站在门处。

白马对两位替他洗浴的侍女道:"下去,都下去!"

两侍女退出屋子后,嘎雍泽珠欲转身随侍女出屋时,白马斥责斥道:"站住!我叫你走了吗?"

嘎雍泽珠只好转回身,傻乎乎地埋头呆站在原处。

白马发话道:"把你那又脏又臭的皮袍脱掉,陪老爷洗澡!"

嘎雍泽珠正在矜持时,白马迫不及待地催促道:"快呀!"

今天的天气格外异常,天空突然阴霾密布暴雨仿佛即刻就要袭来,凶猛的秃鹰,"哇哇"地叫着,在自寻栖身的巢穴。此间,嘎雍泽珠的命运远不如秃鹰,只能任凭主子的摆布。一会儿的工夫,从浴室就传出嘎雍泽珠的哭声。

一声闷雷的声音响罢,大雨倾泻而下……

嘎雍泽珠回到奴隶居住区已是深夜,此时的嘎雍泽珠因洗浴脸上没有了污垢,但是从她忧伤的面色可以看出内心烙上的惶恐印迹。

泽西央措为女儿斟上茶，递给女儿道："放宽心，阿妈也是这样过来的。"

"阿妈……"嘎雍泽珠呜咽地说不出话，不停地抽泣。

"哭哭啼啼的像个啥？"父亲丹真呷洛斥责女儿道，"能得到老爷的喜欢，是你前世修来的福！"

"女儿已经够痛苦啦，"泽西央措指责丈夫丹真呷洛道，"你还嚷个啥？"

这时，管家出现在了泽西央措家门前。泽西央措和丹真呷洛连忙恭敬地唤管家道："大人！"

管家目光投向丹真呷洛吩咐道，"跟我走，老爷有事找你！"

"大人，"泽西央措诚惶诚恐地对管家，"丹真呷洛是尊重老爷的，没犯错呀！"

"大人求你别惩罚我阿爸，"嘎雍泽珠连忙央求管家道，"是我对老爷不恭，不要惩罚我阿爸，惩罚我！惩罚我！"

管家和颜悦色地对嘎雍泽珠道："老爷心善，喜欢你都还来不及，咋会惩罚你呢？"

嘎雍泽珠正在悱恻时，管家催促丹真呷洛道："走啊！"

嘎雍泽珠呜咽地哀求管家道："大人，求您放过我阿爸，放过我阿爸！……"

"和你阿妈就在家里等着，"管家笑对嘎雍泽珠道，"你阿爸一会儿就回来。"

丹真呷洛随同管家离家走后，泽西央措对女儿道："你阿爸不会有事吧？"

嘎雍泽珠眼眶噙着眼泪，哽咽地回答母亲道："我不知道……"

……

高原的早晚最是寒冷，西北风呼呼地刮着。丹真呷洛不知是寒冷，还是胆怯，他双手交叉抄在袖筒里瑟缩着身子，麻木地跟在管家的身后，来到专门惩戒奴隶的行刑屋的门前。

"吱嘎"一声，管家刚把屋门推开，丹真便"扑通"地跪在管家门前，又是拱手，又是叩头地哀求管家道："大人，我丹真呷洛没犯错呀，大人行行好，放过丹真呷洛！放过丹真呷洛……"

"起来，没你事，"管家说着侧身让出道，接着对丹真道，"进去吧！"

屋子里黑黢黢的，什么也看不见，丹真心惊肉跳地进门后浑身战栗地上牙不停地磕打下牙。半晌，门外的管家划亮了"洋火"，丹真凭着微弱的亮光看清楚了失去手臂，蜷缩在角落的奴隶，以及悬挂在横木柱子上的铁链及脚镣。管家手执的"洋火"燃尽，屋子重回到黑暗后，管家对丹真道："回吧！"

丹真呷洛如释重负地吁了口长气，双手合十，默默地吟诵道："菩萨保佑！菩萨保佑……"

丹真呷洛随同管家出屋后，管家对丹真呷洛道："做了下人，就得要懂得做下人的规矩，违背了规矩受到惩罚是天经地义！"

丹真呷洛连连道："我懂，我懂，我懂。"

"懂就好，"管家叮嘱道，"记住，不听主子的话，下场就是砍手砍足——生不如死！"

"谢谢大人教诲，"丹真呷洛诚惶诚恐地道，"我知道，我知道！"

"回吧！"管家说罢便转身离去了。

丹真呷洛回到家，泽西央措连忙询问丈夫道："伤到哪里没有？"

"哪也没伤，"丹真回答，"只是去了趟行刑房。"

"去行刑房？"泽西央措惊疑地连忙问，"去那里干啥？"

"这是老爷、大人的事，"丹真回答，"我哪知道！"

"阿妈你说，"嘎雍泽珠问，"老爷葫芦里装的是啥药？"

"你阿爸没出事就是万幸，"泽西央措面带喜色双手合十，微微地闭着眼睛叨念起经文来。

其实，今晚丹真并不是第一个被管家带去行刑房，管家早已按白马老爷的吩咐将府邸好几个家丁，以及丹珠的男人泽旺——叫去行刑房恐吓了一番。

第五十五章
田轩领命新职位　朋友真情引非议

田轩回到康定，就接到商贸局局长的通知，叫他去商贸局有要事商量。田轩赶到商贸局见到局长后，局长刘钧对田轩道："卡江县贸易公司的主任调去了得荣县刚成立的贸易公司，现在卡江由副主任柳素慧同志主持工作，经商贸局领导研究决定，调你去卡江贸易公司担任主任工作。"

提起卡江，田轩头脑里即刻闪现出了土司府，闪现出了白马，闪现出了逃跑奴隶……

局长见田轩半晌不予作答，问田轩道："怎么是不愿意去卡江？"

"局长，"田轩抱歉地道："我做副职可以，做正职恐怕不能胜任。"

"卡江公司年年都是亏损，"刘钧道，"我们相信你到卡江后一定能扭转局面。"

"我也势单力薄，"田轩为难地道，"担心力不从心。"

"田轩同志，你一定行，"刘钧拍着田轩肩头道，"组织信任你！"

田轩回到昔日的田府，向降央和格桑拉姆谈起了自己调动工作去卡江的事。格桑拉姆即刻阻止道：……

"你不能去卡江，你忘了吗，喇嘛寺、土司府都有自己的商行——是针插不进的地方！"

"你一个人在卡江，没人照顾你，"降央关心地道，"我们这些老朋友也不放心！"

"谢谢你们的关心，"田轩泛笑道，"我习惯了一个人生活，在哪都一样。"

屋外传来汽车喇叭声，田轩高兴地道："一定是小洛桑回来啦！"

格桑拉姆探头从窗户往下看去，看见田靓打开车门，正从车上下来，她惊喜地道："田靓回来了！"

田轩也从窗户看见了女儿，情不自禁地喊了声："田靓！"

田靓看到了父亲，喜出望外地喊道："阿爸！"

田轩在客厅门外迎上女儿，田靓依偎在父亲怀里问："阿爸，你身体好吗？"

"阿爸啥都好，"田轩眼眶噙住泪水愧疚地道，"这些年阿爸总想去成都看望你，可是总没有时间。"

"阿爸，女儿再也不离开你，"田靓乖巧地道，"哪也不去，就在康定陪你！"

"你们一家人团聚真让人羡慕，"格桑拉姆拭了下泪水，对田轩道，"田靓真是你贴心小棉袄啊！"

"不好意思——格桑拉姆阿姨，降央阿姨，"田靓微笑着愧疚地道："怠慢你俩啦！"

"怠慢啥呀，"格桑拉姆高兴地道，"看到你父女亲切的样儿，我和你降央阿姨为你们高兴！"

这时，小洛桑和王向发拎着田靓的背包和其他生活用品，上楼来了，降央刚从小洛桑手里接过背包，小洛桑便迫不及待地唤父亲道："阿爸，我和向发在成都耽误了好几天，我得马上赶回拉萨。"

田轩不舍地拍着儿子和王向发的肩头道："你们路上小心，注意安全！"

……

田靓是从医学院毕业主动要求分配回康定工作的。

次日，田轩陪同女儿去州卫生局报到时，局领导迎上田靓，兴奋地握着手道："欢迎你——我们年轻的田大夫！"

……

田靓被州卫生局分配去了州人民医院。州人民医院特意为田靓举行了欢迎仪式，医院院长兴奋地对参会人员道："同志们，田靓同志是我们国家培养的第一批医学专业的大学生，是我们医院的宝贝！我代表医院党委和医院的同仁们——欢迎田靓同志的到来……"

在掌声中，田靓连连向参会人员鞠躬……

田轩就要前往卡江履职去了。田轩在收拾行装时，田靓下班回家来了。田靓推门进屋唤了声："阿爸！"

田轩收拾着行装问女儿道："下班啦？"

田靓走到床边，带着不舍情绪小声问父亲道："阿爸，你就要去卡江？"

"是啊，"田轩回答，"明晨就走！"

"阿爸你休息，"田靓道，"我来收拾。"

田轩走到火盆桌边落座后，对收拾行李的女儿道："你都二十多岁了，该找个男朋友关心你啦。"

"阿爸，"田靓笑着回答父亲道，"你是嫌弃女儿——想把女儿嫁出去？"

……

"阿爸去了卡江，就没人照顾你啦，"田轩叹了口气道，"阿爸就只想我的田靓有人照顾。"

"阿爸，"田靓羞涩地对父亲道，"女儿已经有男朋友……"

"快告诉阿爸，"田轩性急地问，"男朋友是谁？"

"是我的同学，"雍熙回答，"名叫徐程俍，毕业后被留校在医学院做讲师。"

"好是好，"田轩迟疑道，"就是有……"田轩将要说的话，咽进了肚子。

"有什么，"田靓撒着娇道，"阿爸，你说呀？"

"康定离成都远啦，"田轩忧心地道，"徐程惊照顾不了你！"

"阿爸你放心，"田靓露出幸福的笑脸道，"我俩结婚后，程惊他会申请调到康定来的。"

田轩满意地点了点头道："这就好！这就好！"

次日一早，田轩便辞别了女儿，到卡江履职去了。

卡江县贸易公司成立于1956年的国营贸易公司。在贸易公司成立之前，辖区内的差巴、堆穷、朗生的生活必需品，都是在喇嘛寺经营的物资供应点赊账方式进行购买，或以粮食、酥油，以及虫草、贝母及鹿的头角和动物皮毛等进行现场兑换。同时，喇嘛寺的物资昂贵，如果以实物交易，一斤酥油，只能兑换半斤黑茶，或半斤食盐；用赊购的方式，赊购一斤黑茶，或半斤食盐，到秋后就得还喇嘛寺三至四斤酥油，或八九斤青稞。

国营贸易公司成立后，无论是差巴、堆穷、朗生在贸易公司赊购任何货品，到了岁末还款时，只需还回本金就行啦。可是，无论贸易公司的物资供应怎么优惠，也没有农区的农户，牧区的牛场娃前来问津。那些路过贸易公司大门的农户人家和牛场娃都像是在躲避瘟疫一般绕道而行。

且说，田轩离开康定，策马赶了三天路，抵达卡江已经是晚霞满天的时候。田轩瞥了挂在大门处的"卡江县贸易公司"的吊牌一眼，下马后，牵马走进大门时，迎面与公司会计叶楠相遇，叶楠惊喜地招呼田轩道："田总经理！"

田轩极力回忆着问："你是……"

"我叫叶楠，"叶会计爽快地笑着道，"我在康定见过您，您是我们总公司的副总经理！"

"幸会！幸会！"田轩激动地上前握着叶楠的手道，"叶楠同志你好！"

叶楠目视着马背上的"马褡"，惊疑地问："田总你这是……"

"我不是公司副总经理了，"田轩道，"现在是卡江的公司主任！"

叶楠激动地道："欢迎您——田大主任！"

田轩同叶楠简单寒暄了两句话后，向叶楠问了下马厩的位置，便牵马去了马厩房，叶楠则去楼梯口敲响了悬挂在楼梯口通知职工上班的钟声。

在宿舍楼的职工听到钟声，都惊奇地涌到楼梯口询问敲钟的叶楠道："叶会计，啥事呀？"

叶楠像报告喜讯似的道："新调来的大主任上任来啦！"

……

田轩在马厩房喂马时，公司副主任柳素慧笑盈盈地来到马厩房招呼田轩道："田大主任你好！"

"你好！"田轩回敬了一句问，"你是……"

第五十五章　田轩领命新职位　朋友真情引非议

"大主任的下级，"柳素慧回答，"副主任——柳素慧！"

"柳主任英姿勃勃，"田轩上前主动去握柳素慧的手，高兴地道，"我在总公司就听说柳主任很有工作能力！"

柳素慧泛笑道："我的那点能力同田大主任比起来差远啦！"

……

柳主任在会议室主持召开了简单介绍会，在会上田轩向同志们表决心说："我一定努力工作和同志们共同携手，做好卡江的商贸工作，为我们的民族兄弟姐妹服好务……"

会议结束后，柳素慧带田轩去了集体宿舍楼。田轩推开房门，见屋子宽敞明亮，虽然仅有一张单人床和一张二抽桌，但同艰苦的地方比起来，这里的条件还算是不错的。

伙食团晚餐的钟声响了，柳素慧对田轩道："伙食团就在楼下，我们去吃饭吧？"

"你先去，"田轩回答，"我马上就来。"

那时候职工在伙食团吃饭是凭饭菜票买票进餐，职工领取工资后，第一件事就是去伙食团买够当月所需要的饭菜票。田轩因为忙着整理寝室，没有来得及去伙食团打饭。

伙食团有三张供职工就餐用的饭桌，柳素慧独自在一张饭桌吃饭时，打好了饭菜的叶楠，走到柳素慧用餐的桌边坐了下来，扒了两口饭后，问柳素慧道："前段时间不是说由你来全面负责工作升任主任吗？怎么突然新调来了田大主任？"

柳素慧大度地道："大主任的位置我不稀罕！"

"你大度，"叶楠愤愤地道，"我可为你鸣不平！"

"别瞎嘀咕啦，"柳素慧微笑着道，"小心田大主任给你小鞋穿。"

……

次日，上班的钟声响罢，公司营业厅就像模像样地打开了大门，开始营业了。由于没有顾客，营业厅的六个女营业员都聚在一起说一些东家长，李家短的家常话。叶楠从营业厅供职工进出的小门来到了女职工聚集闲聊的地方，问女职工们道："都在聊啥呀？"

"聊家常呗，"名叫魏琼的女职工快嘴地道，"徐大姐说她老公要跟她离婚。"

"离婚，"叶楠问，"为啥呀？"

"两口子长期分居，"魏琼替徐大姐回答道，"老公在外面有了小三了呗！"

叶楠忿忿地道："男人就喜欢偷鸡摸狗——在外面招惹女人！"

"叶会计，"营业员朱玉娟喊着叶楠问，"听说，新来的田大主任——以前是大资本家是真的吗？"

"当然是真的——在康定、拉萨都有自己的货栈！"叶楠故作神秘地小声道，"听说田大主任是犯了错误，发配到卡江来的。"

"快给我们说说，"魏琼催促道，"田大主任犯了什么错？"

"男女关系呗！"叶楠卖弄关子道，"你们没听说过吧——田大主任当资本家的时候，除了有几个相好的外，还娶了好几个老婆。"

"呀！"魏琼惊讶地呼了一声道，"除娶好几个老婆外，还有相好的！"

"你惊呼啥呀，"叶楠笑着斥责魏琼道，"还更有稀奇的事呢……"

"叶会计，你快说，"另一营业员徐玉娟催促问，"更稀奇的是啥事？"

叶楠乐呵呵地笑着道："他最后的老婆给他戴了绿帽子——跑啦！"

"不对呀，"营业员李慧不相信似的反问道，"田大主任有多少相好的和戴多少顶绿帽子同工作都没关系——他犯了哪门子错呀？"

"你傻呀，没有了老婆的男人能把控自己，"柳素慧捂嘴泛笑道，"总是为偷鸡摸狗的事呗！"

"偷鸡摸狗，"魏琼啧啧了几声惊呼道，"田主任——好骚呀！"

魏琼的话音刚落，营业员们都哈哈大笑起来。在这大笑声中，田轩走了营业厅。

营业员的笑声戛然而止，都像做错了事的孩子，低头去了自己的工作岗位。叶楠尴尬地笑着对田轩道："每天营业厅都冷冷清清，同志们才聚在一块说笑说笑。"

"我找你有点工作上的事，"田轩对叶楠道，"我们去我办公室谈。"

在田轩的办公室里，田轩向叶楠询问了一下公司的经营情况后，最后对叶楠道："叶楠同志请你找一下近些年工作的营业报表和财务报表，我想看一看，了解一下公司的情况。"

"田大主任，用不着这么客气，"叶楠道，"我这就去清理，下午就给田大主任送来。"

叶楠刚出田轩办公室的门，田轩办公室对面的柳素慧副主任便向叶楠招手，叫叶楠去了她的办公室。柳素慧关上门问叶楠道："大主任找你啥事？"

"查账呗！"

"你可得小心，"柳素慧叮嘱道，"别让他抓住把柄。"

叶楠不屑地一笑道："我叶楠光明磊落——人正不怕影子斜！"

……

叶楠的账目清晰正确，营业收入和支出，以及库房的出库凭证都同销售清账目都没有问题，可以说，叶楠同志是一个熟悉业务的合格会计。

为了扭转公司亏损的局面，一天田轩去了柳素慧的办公室。那时，柳素慧正坐在火炉边编织着毛衣。响起敲门声，编织毛衣柳素慧随意地道："门没关！"

田轩推开门，柳素慧连忙放下手里的活，起身故作喜出望外地样儿，唤田轩道："是田大主任！"

"你坐，你坐，"田轩随之在火炉边坐下后对柳素慧道："想同你商量个事。"

"商量啥呀，"柳素慧道，"你是大主任，决定了就行啦。"

"公司年年都在亏损，"田轩道，"我想改变经营方式——你看能不能服务到基层，把货品送到牛场、寨子，直接上门为农牧民服务。"

"田大主任，"柳素慧轻蔑地一笑道，"这事可没有先例。"

"我们试一试，"田轩回答，"不就是先例了吗？"

……

贸易公司送货下乡那天，天气晴朗。当田轩、柳素慧带着四个女同志，两个男同志牵着驮物的马匹，抵达农区寨子在空旷的地方摆好摊营业时，寨子里的各户人家的大人小孩，都站在自己家的门前，像看稀奇似的只是观看，却没有人上前来问津。

田轩高声叫卖道："大哥、大姐们，我们的国家贸易公司的，为了方便大家购物购货，我们特意送货到寨子来！我们价额便宜，欢迎大家随看随买！"

"来呀！来呀！"柳素慧也叫卖道，"黑茶、岩盐、布匹、生活用具都是上等好货，随看随买，随看随买！"

可是，站在自家门前的男男女女老老少少，只是在低声嘀咕议论，没有一个人上前来询问。

营业员们看着只是站在自己家门外观看的男男女女都扫兴极了，心里都在嘀咕埋怨田轩，不了解具体情况，让大家在这儿受冷落。

把田轩叫到一旁道："卡江的情况特殊——是喇嘛寺和土司、头人在背后做了手脚——所以才没有哪户人家敢来购买我们的东西。"

"卡江的喇嘛、土司、头人真坏，"田轩对柳素慧道，"你看我们有没有必要去串串门，了解一下具体情况。"

"徒劳，"柳素慧道，"一定是被拒之门外！"

这时，一个三十出头的女人，朝地摊处走来，营业员们用异样的目光迎候走来的女人。那女人走到地摊处时，田轩一眼认出这女人是加绒丹真，便情不自禁地喊了声："加绒丹真！"

加绒丹真目不转睛地盯了田轩半晌后，扑通一声跪在田轩面前，喜出望外唤田轩道："姑爷！"

田轩在柳素慧和营业员惊诧的目光中，将加绒丹真扶起问："你不是在扎脱吗？怎么到卡江来啦？"

"我有远房亲戚住在卡江，"加绒丹真道，"卓玛小姐就让我投亲靠友到卡江来啦。"

"同志们，"田轩向营业员介绍加绒丹真道，"她叫加绒丹真，是修建康藏公路牺牲了的烈士——强巴同志的遗孀——我们欢迎加绒丹真同志！"田轩说罢带头为加绒丹真鼓起掌来。

在营业员们的掌声中，加绒丹真躬身连连道："谢谢，谢谢你们！谢谢你们！"

掌声响过后，田轩问加绒丹真道："你这是……"

"姑爷，"加绒丹真道，"我是来买茶叶和盐的。"

"那，"田轩对加绒丹真道，"你请，你请。"

加绒丹真在选择货品时，田轩对柳素慧道："我和加绒丹真熟悉，我们向她了解一下情况，一定能了解到土司、喇嘛寺、头人在背后做了什么手脚，给住户下了什么禁令。"

加绒丹真买好了需要的茶和盐后，执意邀请田轩去自己家做客。这样，田轩便邀约柳素慧同去了加绒丹真的家。

……

田轩、柳素慧随加绒丹真刚来到加绒丹真家门口，院内的藏獒就咬叫起来……

加绒丹真走到藏獒跟前，狗儿停止了咬叫，向主人摇起来尾巴。

田轩和柳素慧走进院子，田轩仰头看着房宅对加绒丹真道："这楼宅不错！"

"回姑爷的话，"加绒丹真道，"是土司老爷和修建公路的大军为加绒丹真修建的。"

田轩、柳素慧被加绒丹真邀请进堂屋（客厅）落座后，加绒丹真在为田轩和柳素慧斟茶时，田轩问加绒丹真道："你一个人在卡江生活好吗？"

"人民政府和土司老爷是我加绒丹真的大恩人，"绒佳丹真道，"我的钱是政府按月给我发的，粮食是土司老爷差人送来的。"

柳素慧插不上话倍觉尴尬，便对田轩道："你不是要了解真实的原因吗？你留在这了解情况，我给同志们送水去，马上回来。"

"那，请你把你的伴都请来，"绒佳丹真高兴地对柳素慧道，"中午都到我家来吃午饭！"

……

由于街头烈日当头，营业员们都懒洋洋地躲在树下纳凉。魏琼抱怨地对身边的营业员道："这卡江贸易公司我再也待不下去啦——大主任真是别出心裁——送货下乡——就是折腾人！"

"当官就好，"徐玉娟也抱怨道，"他们就可以去躲太阳喝茶，就留下我们在这遭受活罪！"

……

营业员们都在抱怨时，柳素慧提着一壶茶回来啦。即刻，干渴的营业员们争先恐后地拿出茶缸喝起茶来。柳素慧一屁股坐在地上后，魏琼问："田大主任怎么没回来？"

"田大主任和绒佳丹真有说不完的话，"柳素慧诙谐地道，"得给他俩机会——慢慢说呀！"

"柳主任你俩说话酸溜溜的！"徐玉娟笑道，"不会是……"

"徐玉娟我正告你，"魏琼站起来指着徐玉娟道，"你别乱嚼舌根！"

……

且说，柳素慧拎着水壶离开加绒丹真家后，田轩问绒佳丹真道："你知不知道为啥没有人上我们贸易公司购买东西的原因吗？"

"我当然知道，贸易公司刚成立的时候，土司府和喇嘛寺的管家就挨家挨户地告诫各农区的住户和牛场的娃子，谁家都不许在贸易公司赊购或兑换货品，只要去了贸易公司，农区的就收回'份地'，牧区的就收回'份牧'，"绒佳丹真痛惜地叹了口气接着道，"差巴、堆穷人家没有了份地、份牧，就没有了生活依靠，谁还敢去你们贸易公司买东西？换东西？"

"可恶！"田轩一拳击在火盆桌上后道："我终于知道了真相！"

这时，家里有新来了客人。

田轩欲起身告辞时，绒佳丹真唤田轩道："老爷您坐——洛伽不是外人——是强巴的好友！"

田轩目视着洛伽道，"我想起来了，修康藏公路的时候——你和强巴都是负责点炮的炮手！"

"老爷，"洛伽恭敬地羞涩道，"我就是炮手——洛伽！"

……

田轩刚起床，正在整理床上的被褥时，柳素慧带着身背背筐加绒丹真来到了田轩的寝室门前。柳素慧向绒佳指了指后，自己便转身下楼去了。

"咚咚"加绒丹真敲起门来。田轩打开门见是加绒丹真惊喜地道："是你！——快屋里坐，屋里坐！"

加绒丹真进屋后，放下背上背着的藤条背筐，取出用布包裹着的鸡蛋对田轩道："姑爷您在卡江没人照顾，生活又艰苦，我给姑爷送来了几个鸡蛋。"

"不能这样，不能这样，"田轩推辞道，"我们这是贸易公司啥都有卖的，你不必为我操心。"

就在田轩同手捧鸡蛋的绒佳丹真相互推来推去时，从楼道路过的叶楠道："田大主任你俩在推攘啥呀？"

田轩连忙道："叶会计——请屋里坐，屋里坐。"

"没事，没事，"叶楠笑道，"你们忙。"说着转身离去。

田轩执意不过绒佳丹真的诚意，只好将加绒丹真用布块包裹的鸡蛋置放在桌上。

"铛铛铛……"从楼下传来上班的敲钟声。

"我得去上班，"田轩抱歉地道，"你休息，吃了午饭回家也不迟。"

……

田轩在办公室翻阅文件时，营业员徐大姐走了进来，对田轩道："田大主任，你找我。"

田轩热情地对徐大姐道："你请坐，你请坐！"

"大主任，"徐大姐微笑着道，"我站着就行啦。"

"我找你，"田轩抱歉地道，"就想问一下你的私生活问题——听说，你准备同你老公离婚……"

"大主任，"徐大姐讥讽地道，"你的消息真够灵通——我离婚还是不离婚，与你大主任有关系吗？"

田轩笑道："你离婚还是不离婚，是与我没有关系，我是不希望你把你个人情绪带到工作中来。"

徐大姐回击田轩道："田大主任，我谢你的关心啦，请你相信——我徐文英是热爱工作的。"说罢，转身离开了办公室。

徐大姐离开田轩办公室下楼去厕所时，见绒佳丹真正在为田轩洗衣服，便笑眯眯地对绒佳丹真道："给我们田大主任洗衣服呀！"

"男人都一个样——懒！"绒佳丹真道，"换下衣服都往床下扔！"

"有你呗，"徐大姐笑道，"田大主任还洗啥！"

徐大姐从厕所回来，在营业厅供工作人员进出的小门楼梯口遇见了叶楠，便对叶楠道："叶会计，公司出新闻啦！"

"徐大姐你也成魏琼——快嘴快舌啦，"叶楠笑着问，"啥新闻？"

徐大姐指着门外道，"你自己看啊！"

叶楠走到小门边探头往院内看去，只见加绒丹真正在用搓衣板为田轩搓洗衣服，便小声问徐大姐道："那女的是谁呀？"

"寡妇——加绒丹真！"徐大姐回答。

徐大姐和叶楠笑着进了营业厅，叶楠对大伙道："你们快去院里看——公司出新闻啦！"

好事的魏琼问叶楠道："会计，快说是啥新闻？"

"别问我，"魏琼喜滋滋地道，"自己看去！"

大伙都跑到小门边，相互挤着身子，探头往院内看去——见加绒丹真正在为田轩清洗衣服……

魏琼乐呵呵地由衷地道："我们的田大主任真有女人缘！"

……

吃午饭时，田轩从公司小门出来，见加绒丹真正在晾晒衣服，即刻斥责道："你是客人——谁叫你给我洗衣服！"

绒佳丹真笑道："我乐意！"

吃罢午饭，田轩去柳素慧办公室对柳素慧道："我要外出耽误两天，去土司府和喇嘛寺面见一下土司和活佛。"

"田大主任你见外啦，"柳素慧微笑着道，"为公出差的事，用不着同我商量。"

……

魏琼和叶楠从宿舍楼下来时，看见田轩、加绒丹真同乘一匹马，出了贸易公司的大门。好事的魏琼手肘拐了下叶楠问："田大主任这是去哪呀？"

"想打听，"柳素慧阴阳怪气地笑道，"自己问田大主任去！"

"你这不是在奚落我吗？"魏琼讥笑地道，"我敢去问田大主任——还用得着问你？"

……

田轩和加绒丹真在策马行进中对加绒丹真道："我看那个同强巴一块放炮的洛伽挺喜欢你，你应该把自己给嫁啦——嫁给洛伽！"

"强巴是革命烈士，"加绒丹真固执地道，"我不能毁了强巴的名声！"

"强巴牺牲都好多年啦，他在天堂一定不愿意看到你孤零零的过日子，"田轩劝慰道，"听我劝——还是考虑安家的事吧。"

"洛伽在我面前就是个跪舔的男人，"加绒丹真鄙夷地泛笑道，"没有男子汉气概——我对不上眼！"

……

田轩将加绒丹真送到家门口后，即刻调转码头去了卡江土司府。

田轩在土司府大门处被持枪的家丁拦下，田轩耐心地向家丁解释，自己是卓玛的表姐夫，有要事面见土司大人。当家丁把田轩要见土司大人的事告诉管家后，白马的哥哥，继任土司的布朗愤愤地道："马上赶他走——就是卓玛家的祖先来了，我也不见！"

田轩得到土司回复的消息后，只好悻悻地离开卡江土司府，赶去扎脱，去求卓玛的父亲。

田轩赶来到扎脱土司府，刚下了马，管家连忙迎上前，从田轩手里接过马的缰绳，抱歉地对田轩道："老爷散步去了，姑爷请去客厅稍候。"

田轩来到客厅，侍女为他刚沏好茶，土司老爷、卓玛就返回到了客厅。田轩起身迎上土司老爷道："二伯，您老精神矍铄是我们晚辈的福分，您老一定健康长寿！"

"听说你现在是卡江贸易公司的主任，"土司老爷落座后问田轩道，"有这事吗？"

"二伯，晚辈是卡江贸易公司的主任，"田轩有礼地回答后，叹气道，"这卡江主任不好当——是个烦心的差事。"

"看你说话的神情，"土司老爷泛着笑，指着田轩道，"一定是有事来求我？"

"当官啦，脚步也精贵啦，"卓玛进了客厅门，笑着奚落田轩道，"是啥风把贵人给吹来了？"

"我不是贵人，"田轩泛笑回答，"我是为看你和二伯特意而来。"

"别说的冠冕堂皇，你对我阿爸说的话我听见啦，"卓玛笑着用食指羞着脸道，"你是来找我阿爸替你办事而来。"

"别说笑啦，"土司老爷责备了女儿一句后，扭头问田轩道，"你说有啥事需要二伯替你办？"

"我想凭借您老在喇嘛寺和各地头人心目中的威望，"田轩对土司老爷道，"为贸易公司协调一下与喇嘛寺之间的关系。"

"我的侄女婿呀，"土司老爷指着田轩为难地道，"你是给老朽出了一道难题呀！"

"二伯，"田轩问，"这事是不好办，还是有难处？"

"喇嘛寺负责经销自己区域的货品，已由来已久，"土司老爷解释道，"贸易公司的成立，就触及了喇嘛寺的利益，无论我出面怎么说，就是把天说破了，贸易公司同喇嘛寺的关系也协调不了。"

"说得直白点"卓玛插话道，"喇嘛寺就是靠高利贷盘剥差巴、堆穷、朗生，触及喇嘛寺的利益的事，谁也协调不了。"

……

——田轩扫兴了，今天算是白白地耽误了一天。

第五十六章
风雨袭来叛匪劫　田轩负伤钞票焚

且说，去各地喇嘛寺游说蛊惑叛乱的扎西央措今天也返回到了卡江。卡江的土司老爷按照事先与扎西央措活佛的约定，已将家里的奴隶和家丁，以及牛场的娃子全都集中在了府邸的行刑场专候扎西央措祈福和训话。

扎西央措叨念了一番经文，为每个家丁、奴隶和娃子摸顶祈福后，对这帮人训话道："你们都是甘为神明的达赖喇嘛效命的勇士，达赖喇嘛正在拉萨为你们念经祈福，请求仁爱的佛祖饶恕你们前世今生所犯下的罪孽，希冀佛祖在轮回中，改变你们的命运！"

行刑场上的奴隶们对活佛的话深信不疑，一个个都激动不已跪在地上，连声呼喊："达赖喇嘛万岁！达赖喇嘛万岁！"

在奴隶的高呼声中，"乃穷"（巫师）上台，做了一番占卜的降神的法术后，扎西央措活佛继续蛊惑奴隶道："现在大神明示——赖在藏区的汉人，企图违背佛祖，把你们掳去做他们的奴隶！"

即刻行刑场响起了丹真领头的呼喊声："维护王法，赶走汉人！"

在场的奴隶们紧跟着丹真的呼喊声，呼喊起来："维护王法，跟随达赖喇嘛赶走汉人！"

……

与此同时，在康区各寺庙活佛，以及拉萨三大寺的活佛，都把寺庙的僧人及部分土司、头人家的家丁聚集在寺庙听受活佛和"乃穷"蛊惑。扎脱大金寺的桑雀活佛也毫不例外地在向寺庙的小喇嘛和铁棍喇嘛训话。

——大雨欲来风满楼的情景席卷了藏地。

田轩从扎脱回到贸易公司，已是夜幕快要降临时候。他去马厩拴马时，公司出纳员李桂芳疾跑到田轩跟前，将一封信给递给他说，这是工委刚送来的重要通知。田轩接过信见信文是紧急通知，要求各机关单位密切注意今晚的动向，反对民主改革的僧人和地方头人，相互勾结有叛乱的迹象，请各单位注意安全，将干部、职工都转移到邮电所以预防不测。

田轩立刻敲响了悬挂宿舍楼下的钟。随着"铛铛铛"的钟声，职工们全都惊疑地站在了宿舍楼的楼梯口，询问敲钟的原因。田轩即刻告诉职工们，今晚情况紧急，马上做好转移准备，转移去邮电所。

职工们顿时七嘴八舌地议论起来，有的甚至问田轩道："主任，为啥要突然转移去邮电所？"

"为了安全就再别议论啦，"田轩催促职工们道，"赶快行动！"

职工们都回宿舍去准备转移的事宜去了，叶楠欲转身去宿舍时，田轩叫住她道："叶楠同志，请把公司所有的现金都交给我，我来保管。"（当时，藏地的关外，没有设立有银行机构，部门、单位往来的账目都是现金支付）

叶楠只好随田轩去了营业厅。

田轩、叶楠从小门进入大厅后，田轩划火柴点亮了马灯，叶楠打开保险柜正在清点现金时，突然传来众多人呼嚷着："呃嘿嘿！呃嘿嘿！"的嚷叫声，以及众多马匹奔驰时发出的"噔噔"的驰骋声和"砰砰"的乱枪声……

与此同时，在扎脱，在桑雀活佛的蛊惑之下，由身着藏装的但仁萱、魏文渊率领的铁棍喇嘛武装叛乱队伍，打着"雪山狮子旗"的旗帜分头前去攻打扎脱县政府和土司府去了。

正在营业大厅清点现金的田轩和叶楠闻到传来的枪声和"呃嘿嘿"的嘶叫声后，眼看已来不及清点钞票和银圆的数额，田轩便将所有的钞票和银圆一并捧装进褡裢，背在背上后示意叶楠赶快离开。这时，响起了叛匪撞击贸易公司大门的剧烈响声。田轩连忙熄灭了马灯，大厅顿时一派漆黑。田轩拉起叶楠的手，欲从门溜出大厅。可是，叶楠早已被吓得浑身战栗，脚也不听使唤，怎么也迈不开步子。在这万分危机时刻，田轩连忙打开木制的布匹柜台门，将叶楠塞进柜内后附耳叮嘱道："别出声——就藏在柜里。"然后自己摸索着走到侧门边时，"哐啷"一声，大门被撞开的刹那间，田轩拉开侧门的门，溜出了大厅。

手持火把的叛匪除冲进了公司的营业大厅，又冲进了贸易公司的大门的院内。溜出大厅，来到院坝的田轩处在了进退两难的境遇。所幸院子里摆满了竹编的储酒桶，他只好趁夜色，躲藏在储酒桶的间隙之间。

冲进贸易公司的叛匪愈加猖狂了，带队冲进在营业大厅的榆木，将营业厅货架上的所有物资抢劫完了后，按白马的安排对大厅纵火。只见火焰在大厅内四处腾起……

田轩从储酒桶缝隙目睹到从大门策马进到院子的白马，肆无忌惮地连续放了几枪后，向丹真打了个上楼的手势，丹真便带领着叛匪沿扶梯冲上了楼上的职工宿舍……

今晚整个卡江县城枪声不绝于耳，县工委和贸易公司，以及其他政府机构到处都火光冲天。由于县工委机关只留下书记、主任带着四名民族干部和六个名解放军战士负责留守，经过一番激烈的枪战，因寡不敌众工委书记、主任、民族干部、解放军战士全都壮烈牺牲。在冲天的火光中，叛匪的"雪山狮子旗"被插在了墙头。

白马的哥哥——土司老爷率领的家丁叛匪武装突袭区政府成功后，又指挥单珠老公泽旺率领的叛匪武装掉头去支援攻打邮电所的家丁。由于邮电所的宅楼由片石砌成，而且还有十多名解放军战士帮助防守，所以叛匪久攻不下。

且说，丹真带领着叛匪沿扶梯冲上贸易公司宿舍楼后，逐一搜寻了宿舍的每一个房间，都没有看见有职工的人影，他返回到楼下，向白马禀报道："老爷，人都跑光啦！"

白马没有作答，自己亲自带人去了楼上。

其实，楼上还剩有两名平日里略显娇气的女职工张旭和李文慧。这两名女职工因为顾及自己的私人用品遭到损失，还在收拾东西没来得及转移去邮电所时，叛匪就已袭来。在惊慌失措中，两名女职工躲藏在了床下。丹真在搜寻时，疏忽没有搜寻床下。

上楼来的白马带人逐一搜遍了每间屋子，在最后一间住室的床下，搜查到了躲藏在床下的两名女职工。白马二话没说，率先开枪击倒了一名女职工后，丹真上前用刀将另一名女职工捅翻于地……

而此时，田轩突然跃起，跨上旁边叛匪的马匹，要冲出大门，白马来到宿舍楼口，对着田轩的背影连开了数枪后，歇斯底里般地疾呼道："给我追上他！追上他！……"一阵乱枪响罢后，榆木带着十多个叛匪，举着火把策马追逐田轩去了。

白马的枪法也是够准、够狠的，他射出的子弹击中了田轩后背的肩胛。因为后有追兵，田轩顾及不了伤痛，不时地挥鞭催马……

邮电所那边的枪声越来越激烈，白马只好带人又前去增援。他还没有走到邮电所时，迎面碰上扎西央措带着一帮叛匪赶来，扎西央措告诉白马，叫白马马上带人去扎脱增援攻打县政府的魏文渊。

贸易公司到处是一片火海，营业大厅内浓烟滚滚，躲在大厅柜台里的叶楠，被浓烟呛得咳着嗽跟跟跄跄地刚跨出侧门，跌倒在地便听见一声巨响，大厅便坍塌，成了废墟……

且说，肩胛受伤的田轩，为了保护背在背上的贸易公司货款，他不得不强忍疼痛催马驰骋，马儿驰过草原，越过山冈，涉过溪流……

田轩在策马驰骋中，因为流血过多，越来越感到精神不支，同时马儿也累得口吐白沫。田轩在路过山崖时，勒住马头下马后，猛抽了马一鞭，马驰离后，自己躲藏在了山崖的凹处……

叛匪马不停蹄地从田轩旁边驰过后，田轩爬行到灌木林后，实在是体力不支，爬也爬不动了，只好鼓足最后一口劲，支撑起身子背靠着大树坐在了地上。从远处仍传来密集的枪声，田轩预感到自己的处境艰难，不可能完成保护好"公款"的职责，为了不让叛匪获得到公款，他毅然卸下背上的褡裢，划亮火柴，点燃了钞票……

田轩目视着钞票燃烧成灰烬后，拿定爬行离开灌木林的主意……

卡江县城到处是冲天的火光和密集的枪声……

且说，深爱着加绒丹真的洛伽，自叛匪的枪声响起时，就提心吊胆起来，他担心着加绒丹真的安全。就洛伽来说，诚然加绒丹真不爱自己，但是作为强巴的朋友，也理所应当顾及和帮助自己昔日的朋友。于是，洛伽趁夜色，赶去加绒丹真的家。

今晚月色明亮，洛伽行至山道，突然发现前面有爬行的动静，认为自己是遇到了野物。洛伽没加思考，抽出佩刀，做好与野物搏斗的准备……

洛伽在憋气中，看清楚了出现在眼前的不是野物，而是一个爬行的人。洛伽警惕地厉声质问："谁！"

"老……老乡，"田轩喘着气断续回答，"我……我不是……坏……坏人……"

洛伽握着佩刀走上前去，见是田轩惊疑地道："姑爷，真的是您？"

田轩泛起痛苦地小声唤道："洛伽"

今晚由于枪声不绝于耳，各地的寨子的居民都没有入睡，都在担心着自身的安全。

且说，独居的加绒丹真被吓得不敢上床，自己卷缩身子躲在住室靠墙的角落。突然，院内的藏獒要叫起来，同时还传来"咚咚"的敲门声。加绒丹真胆怯地浑身颤抖起来。

宅楼院门外，背着田轩的洛伽，敲着院门在连声呼喊："加绒丹真，我是洛伽——你快开门！我是洛伽！"

加绒丹真聆听了半响，确认是洛伽后，才起身下楼……

加绒丹真打开院门，见洛伽背上背着个人连忙问："这时咋回事？"

洛伽一边进门，一边回答："是姑爷！"

加绒丹真惊疑地道："姑爷！"

……

第五十七章
负隅顽抗叛匪亡　深入虎穴死如归

　　这是康区最不宁安的一夜。扎脱大金寺的大小喇嘛和铁棍喇嘛举着火把在但仁萱和魏文渊的率领之下，兵分两路一路冲向土司府；一路直冲向扎脱县工委的所在地。

　　土司府和工委早已做好了防备，拥有一百多号人的武装家丁的土司府，在围墙的四周设立了哨位，当但仁萱指挥着叛匪向府邸的大门发起进攻的时候，土司老爷一声令下，家丁开火了，叛匪在子弹的呼啸声中，丢下五六具尸体后，退缩到百米外像缩头乌龟般匍匐在地上……

　　魏文渊率领并指挥突袭县政府的叛匪，在突袭县政府时遭到与突袭土司府时的同样命运，第一次冲锋失败，退缩回县城的街道的两旁后，改变了进攻的策略，每八九个人组成一组突袭小组，从多个方向向政府大楼发起突袭。

　　县工委机关只留有书记、主任率领着五个解放军战士和七八个赤手空拳的干部负责守护。由于政府方面战斗人员少，解放军和干部都集中在用片石砌成的办公楼房的二楼，凭一挺轻机枪、两支冲锋枪、两支步枪，以及工委书记、工委主任的两支手枪进行防守。毕竟叛匪人多势众，在第二次向办公楼发起进攻时，就突破了围墙。解放军战士作战英勇，战斗从晚上的八点直到第三天的拂晓，工委办公楼的周围横七竖八地躺着二十多具叛匪尸体，办公楼却仍然没有被叛匪攻下。魏文渊正在焦头烂额的时候，白马率领的叛匪武装赶来支援，才让魏文渊看到了攻下县政府的希望。他即刻下达集体冲锋的命令。叛匪便向解放军驻守的办公楼发起了冲锋。解放军神枪手一枪击毙了举旗冲锋的叛匪，另一叛匪拾起旗帜继续冲锋时，又被击毙。与此同时，解放军的轻机枪和冲锋枪，压制住了叛匪的火力，叛匪连续倒下六七人后，才冲到办公楼的墙下，以"洋油"（汽油）为引燃物，对办公楼实施火攻。顿时，浓烟升腾，火焰蹿向了木制的楼梯……

　　——县工委办公楼被大火和浓烟笼罩！

　　且说，驻扎在甘孜的解放军骑兵团，在叛匪武装叛乱时，就接到了上级平息叛乱的命令，骑兵团作为平息叛乱的先遣部队，即刻以排为单位分赴各县。卓玛儿子洛扎所在的骑兵排，奉命赶往扎脱。部队发扬连续作战的精神，马不停蹄地狂奔，第三天黄昏时，就赶到了扎脱。叛匪都是一伙乌合之众，岂能与经过正规训练的解放军骑兵抗衡。骑兵战士手擎马刀来回冲杀了两次，叛匪就败下阵，往喇嘛寺溃逃。

且说，包围土司府邸的叛匪，听闻解放军赶来的消息，便丢盔弃甲往喇嘛寺逃窜。土司老爷即刻向家丁发出追杀的命令，家丁们从府邸的四门冲出，一路上一边放枪，一边呼喊着："呃嘿嘿！"冲向溃逃的叛匪……

解放军骑兵冲来了，会同土司府的家丁将叛匪团团围住，叛匪全都跪在地上，双手将枪举过头顶，向解放军和土司府的家丁缴械投降……

土司老爷被女儿和侍女搀扶着走出大门刚迎上解放军时，脸上、身上都留有战斗过印记的工委书记和工委主任迎上土司老爷，愧疚地道："老人家，让您老受惊啦！"

"受惊的是你们呀，"土司老爷紧握书记和主任的手感激地道，"感谢你们，没有你们的坚守，我这府邸早就被叛匪给攻破啦！"

身着骑兵装，手持马刀的洛扎跳下马，唤土司老爷卓玛道："爷爷、阿妈！"

土司老爷高兴地打量着洛扎称赞道："是我的好孙子！"

……

解放军一个营，也赶到扎脱彻底消灭叛匪来了。叛匪全都龟缩在喇嘛寺，以喇嘛寺为屏障负隅顽抗。

解放军为了尊重藏族同胞的信仰，保护喇嘛寺的建筑，没有对喇嘛寺进攻，工委主任一次又一次地向龟缩在寺庙的叛匪进行喊话："我是扎脱县工委主任，我劝告你们，你们的负隅顽抗，最终都会失败！我向你们保证，只要你们放下武器，我们工委和人民解放军一律对你们实行宽大政策！……"

喇嘛寺的侧门开了，一个举着白旗的小喇嘛，领着四个抱着枪械的小喇嘛出侧门，回话道："活佛大人发话啦，愿意放下武器，请工委大人到寺里商谈条件。"喇嘛的话声刚落，抱武器的喇嘛，便将枪械放在了地上。

工委主任直起身，欲去喇嘛寺时，书记和解放军营长连忙制止主任道："不能去，危险！"

"为表示我们的诚意，"主任坚持道，"就是虎穴我也必须去！"

营长只好委派四个战士保护主任的安全，随同主任前去寺庙。

四个战士随同县长走到侧门门口，小喇嘛躬身请县长和战士进入侧门。侧门刚被掩上，几个小喇嘛即刻上前，叫随同主任而来的解放军战士交出武器，战士用眼请示主任，按指示交出了武器，另些个小喇嘛做了个请主任前行的手势后，主任和战士便向前走去。主任和战士没走几步，只听得"嘎嘎"声响起，主任和战士来不及闪开，便掉进暗道的陷阱。同时陷阱盖顶在"嘎嘎"声中关闭合上。

陷阱里漆黑一片，主任愤愤地吼道："卑鄙！下流！"

为了寻找陷阱的出口，四个战士在黑暗的陷阱里四处摸索……

一战士在摸索中触碰到了机关，随着"啊……"的惊叫声，掉进了满是尖头木桩的陷阱。

"主任，"另一战士叹道，"我们出不去啦！"

"为党的事业、为藏族同胞的解放，"主任回答，"我们就是牺牲——也值！"

"哗……"的一阵声响后，暗道的盖顶打开一尺来长的口子，一缕光线射进陷阱，工委主任和战士抬头看见了六七个叛匪喇嘛端着步枪围站在陷阱口，白马随同但仁萱走上前来，皮笑肉不笑地道："主任大人受惊啦。"

"呸！"主任啐了口唾液纷纷骂道，"卑鄙小人！"

但仁萱轻蔑一笑道："小人也好，大人也罢，只要你以县工委主任的名义写下投降书，叫围困喇嘛寺的士兵撤离喇嘛寺，我保你不死！"

主任耻笑一声坚定地道："你做梦去吧！"

但仁萱狠狠地撂下一句："你就死在这里吧！"说罢，转身离去，随之暗道的顶盖合上，暗道又陷入漆黑。

……

日已临近西沉，工委主任去喇嘛寺已有三个时辰，可是一点反馈的信息也没有，县工委书记和营长都在为工委主任的安全着急时，喇嘛寺的墙头上，吊起了工委主任和四个解放军战士的遗体，随之白马出现在墙头，向解放军喊话道："下面的解放军弟兄，我出于道义，奉劝你们马上撤离喇嘛寺，否则你们主任的命运，就是你们的下场！"

土司老爷看见墙头上的白马咬牙切齿地骂道："你这个败类！"说着举枪就是一枪，将白马击毙在墙头，即刻叛匪开枪射击了。县委书记连忙指派几个解放军战士，强行将土司老爷护送回府。

解放军强大的火力，压制住了叛匪的火力，叛匪只得龟缩墙下胡乱射击。解放军炮排的战士，架起了迫击炮欲向喇嘛寺发射炮弹时，营长阻止道："不准炮击！必须保护喇嘛寺！"

"营长，"炮排排长反驳道，"叛匪太嚣张，不打两炮，叛匪不知道厉害！"

"我说啦，不许炮击，"营长恼怒地道，"这是命令！"

……

营长挑选了十多名战士，组成手榴弹投掷小组，在不伤及喇嘛寺建筑的前提下，将手榴弹投向喇嘛寺的周围，以产生震慑叛匪的效果。

——手榴弹炮炸的火药烟雾，把叛匪呛得咳嗽不止，纷纷龟缩着退下墙头。

解放军投掷了一轮手榴弹后，又向叛匪喊话道："参与叛乱的受苦受难的同胞们，只要你们放下武器，人民政府定对你们一律既往不咎，并且保护你们信仰的宗教权利！……"

解放军对喇嘛寺的包围和喊话已经进行了三天了，但是寺庙里的大小喇嘛仍在负隅顽抗，还常常趁解放军战士不注意时放冷枪，使得四五个战士死于叛匪的冷枪之下。

第四天的上午来了两架解放军的飞机在喇嘛寺上空盘旋，并不时地朝喇嘛寺内进行机枪扫射。

寺庙里的大小喇嘛从来没有听说或见过飞机，误认为是天神菩萨帮助解放军来了，全都跪在地上请求天神饶恕。

但仁萱、魏文渊及扎西央措连忙向跪地的喇嘛大声吼道："这不是天神——是飞机！是飞机！飞机！"

桑雀活佛无精打采地连连道："完啦，完啦，一切全完啦！"

……

寺院的大门被打开，大小喇嘛全都双手将枪举过头顶，出寺院后，跪在地上向解放军投降……

在解放军冲锋号的号声中，五星红旗插在了各个寺庙和各土司，头人的府邸……

第五十八章
农奴制度被废除　土司老爷获寿终

　　扎脱县工委和解放军按照党的政策，对勾结帝国主义策动叛乱的国民党潜伏特务但仁萱和魏文渊执行了死刑处罚，对罪大恶极的扎西央措和喇嘛寺洛布管家执行了收监。那些受蛊惑参与了叛乱的大小头人、奴隶一律遣返回家。至于寺院里的桑雀活佛和大小喇嘛，全都按自己的意愿或留在寺院做喇嘛，或政府一视同仁地发给盘缠自行还家，享受民主改革的同等待遇，

　　且说，田靓得知父亲受伤的消息后，即刻向医院领导请假去卡江看望父亲。同时，向卫生局提出要求，请求将自己调往卡江县人民医院。由于卡江县人民医院在叛乱中损失惨重，原有的两名大夫、四名护士都因公殉职，急需组建新的人民医院。于是卫生局即刻批准了田靓的请求，并委派她为县人民医院院长，率两名护士同她赶赴卡江，组建县人民医院。

　　田靓带着两名护士来到卡江后，即刻去县工委报到，并向工委代理主任——藏族干部佘斯曼呈交了"康区卫生局关于由田靓同志负责组建卡江县人民医院"公文函件。

　　代理主任看罢公函后，激动地对田靓和两位护士道："我代表卡江人民谢谢你们！"

　　……

　　田轩的伤势经过田靓的检查，子弹是从肩胛骨对穿而过，由于伤口处理及时愈合很好，现在只需要每天对伤口进行消毒。

　　田靓积极筹建人民医院的时候，雍熙也从西南民族学院提前毕业，随卡江县民主改革工作队来到了卡江。

　　雍熙万万没有想到是在卡江见到了自己的姨夫、表妹，大家一阵寒暄后，田轩勉励两姐妹道："你俩都是国家培养的第一批大学生，不要辜负了党和国家的培养。"

　　卡江的民主改革工作队共有十七名干部，按四个人为一个小组，共设为四个小组分赴各区进行民改（民主改革）。雍熙因为是国家培养的首批高学历民族干部，被扎脱县委委任为民改工作组组长留住在县城，对县城的周边进行民改。

民主改革的中心任务，就是废除封建农奴主的土地所有制。雍熙按照党的政策，首先对周边的奴隶主贵族进行摸底，将这些人区分为两类：一类参与过叛乱，一类没有参与过叛乱。像地方土司——白马的哥哥，不但参与叛乱，而且还率领叛匪攻打过县政府，杀害了工委主任和多名地方干部，可谓罪大恶极。雍熙按照党的政策将其拥有的土地和其他生产资料一律由政府没收，分配给差巴和堆穷、朗生这些饱受苦难的奴隶；对未参加叛乱的卡江的另外两位头人的土地和其他生产资料，由国家出钱赎买后，分配给差巴、堆穷、朗生。

同时，在宗教改革方面，按照党的"信教自由，政教分离"的方针，废除寺庙在经济、政治上的一切剥削压迫制度。

且说，参与了叛乱，并且积极协同白马进行烧杀抢掠的榆木、丹真、泽旺等人，按党的政策：在叛乱中只要放下武器就既往不咎的指示，不但没有追究他们的罪责，而且榆木家因居住在牧区，分配得到六条牦牛、二十只羊、一顶帐篷。丹真、泽旺因是耕种土地的农民，按每人分配三亩五分土地标准，一家人共分得到了十多亩土地。

在扎脱、在高尔斯山，在整个藏地，分得了土地或牛羊的差巴、堆穷、朗生站在属于自己的土地上激动万分彻夜狂欢，发自内心的呼喊：

"共产党万岁！"

"毛主席万岁！"

分得了土地牛羊的农牧民，聚集在自己的土地和草场上，搂在一起欢呼跳跃，发出感慨地呼喊："达赖的太阳照在贵族身上，毛主席的太阳照在我们穷人的身上。现在达赖的太阳下山了，我们的太阳升起来了。"

……

从地牢出来的降巴丹真和巴登，分得了土地和牛羊后，降巴丹真便独自去康定，想将自己的幸福分享给田轩。可是，降巴丹真在康定没见到田轩，经打听才知道田轩已经去了卡江。降巴丹真在卡江见到田轩后，幸福满满地告诉田轩："我是特意赶来告诉你的——我和巴登都分得了土地和牛羊现在生活得很好！"

降巴丹真在同田轩告别的时候，田轩叮嘱降巴丹真："我们都要珍惜今天的幸福！"

且说，身在拉萨的小洛桑和茨玛丽珠、绒佳得知田轩负伤的消息后都非常着急。最后，趁小洛桑要去成都拉货的机会，搭乘小洛桑驾驶的货车，同去了卡江。

绒佳和茨玛丽珠抵达卡江那天，恰遇雍熙所在的城关区正在建立区级民主政权——卡江县城关区人民政府。选举会场设立在仅与县城相隔二十多米的草坪上。绒佳、茨玛丽珠、小洛桑、王向发来到会场时，正是雍熙在民主选举中当选为人民政府区长的时候。雍熙站在临时搭建的主席台上，频频向选民鞠躬后道："感谢各位选民对我的信任，我一定不辜负全区人民的信任，带领全区人民努力发展生产，过上幸福的生活！……"

在雷鸣的掌声中，雍熙再次向选民们连连鞠躬。

……

选举大会刚结束，人们在散场的时候，小洛桑率先看到了田轩，激动地喊道："阿爸！"

田轩没有听见儿子的喊声，仍在顺着散会的人流往前走的时候，小洛桑迫不及待地向父亲的身边挤去。

田靓看见了小洛桑激动地呼唤道："哥哥！"

"妹妹！"

田靓顾及不了拥挤了，连忙挤向小洛桑。

……

田轩一家相聚一起，一番温暖交谈后，田轩又斥责茨玛丽珠道："卡江遭受叛乱，现在正是百废待兴的时候，你这不是来给我添乱吗？"

"阿爸，"小洛桑替茨玛丽珠辩解道，"这就是你的不对，茨玛丽珠阿姨、绒佳阿姨听说你负了伤，心里都很着急，才来卡江看你！"

"我不是说你茨玛丽珠阿姨和绒佳阿姨有错，"田轩申辩道，"我的意思是说这里条件差，现在吃住都无法解决。"

"都别争啦，"田靓对父亲道，"我们医院的帐篷住得了茨玛丽珠阿姨和绒佳阿姨。"

"不用，不用，不用麻烦你们，"绒佳道，"马丽干戈离这里不远，我和茨玛丽珠去我嫂子家住。"

这时，雍熙走过来，见小洛桑一副生气模样，招呼小洛桑道："洛桑师傅！"

"恭喜你，"田靓拉着雍熙的手道，"祝贺你当选为我们区的区长！"

"谢谢，谢谢！"雍熙泛笑唤田轩道，"姨爹，洛桑哥惹你生气啦？"

田靓向绒佳和茨玛丽珠介绍雍熙道："她是我的表妹——雍熙！"

雍熙热情对绒佳和茨玛丽珠道："你们好！"

田靓分别指着绒佳和茨玛丽珠向雍熙介绍道，"她俩都是从拉萨来的，这位是绒佳阿姨；这位是茨玛丽珠阿姨！"

绒佳、茨玛丽珠分别问候了雍熙一声："区长好！"

"你们从拉萨远道而来客人，"雍熙抱歉地道，"这里的条件差，两位阿姨去扎脱住吧。"

绒佳连忙推辞道："不用不用，我们去马丽干戈……"

"别推辞啦，"雍熙态度坚决地道，"就这么定啦！"

"这决定好，"田轩赞同地道，"都是一家人，去扎脱方便——条件好！"

"好啊，"小洛桑高兴地道，"我的汽车是双排座，我们都去外公家！"

"我去不了，"雍熙坦率地道，"我得赶去工委开会，研究成立县人民委员会的事。"

……

田轩、田靓、绒佳、茨玛丽珠搭乘小洛桑的车去扎脱的路上，田轩向茨玛丽珠询问起拉萨的事。茨玛丽珠告诉田轩,她在拉萨有小洛桑、绒佳的陪伴过得很好,不必为自己担忧。说到平息叛乱的事时,茨玛丽珠骄傲地回答:"周边近邻都信任我,选举我为拉萨市的人民代表——西藏人民再不是会说话的牲口,是国家的主人!"

田轩、绒佳、茨玛丽珠在车上说着话,不知不觉就来到扎脱。

由于县城里的医院在叛乱中遭到损毁,当时正在筹建之中,同时也正在进行民主改革,县工委领导,都在忙于指导民主改革工作,卓玛不愿意再增加领导的工作,父亲犯病的事既没有告知工委的领导班子,也没有告诉自己的女儿雍熙。

田轩、田靓、绒佳、茨玛丽珠乘坐小洛桑的吉尔车赶来到卓玛家时,土司老爷已经呼吸急促。田靓即刻吩咐弟弟和卓玛道:"快去医院借两支强心针药!"

卓玛连忙同小洛桑赶去了医院。卓玛同小洛桑离开府邸不久,土司老爷睁开眼睛瞥了田轩一眼,便停止了呼吸……

"二伯!我是田轩!田轩呀……"

——土司老爷的眼睛再也睁不开了。

卓玛,以及县医院的大夫赶回来时,锡第活佛已经在为土司老爷念经祈福了。

……

田靓对二外公的去世懊悔极了,她责怨自己为啥来扎脱时,没有背上急救药箱,如果带来了急救药箱,二外公也许不会离亲人而去。

扎脱医院的大夫也赶来了,见状后便安慰田靓道:"田院长,老人毕竟已七十多岁,身体各方面都已衰竭,即使你带来药箱,也只能是延长一些时间。"

……

雍熙得知爷爷去世的消息后,也回到扎脱祭奠爷爷来了。卓玛的儿子洛扎因为部队已开拔去了拉萨,没有送爷爷最后一程。土司老爷火葬那天,刚成立的扎脱县人民委员会的书记、主席,以及县各级单位也选派代表参加了葬礼。

出殡那天,前来为老爷送行的人多极了,一路上跪满了昔日的差巴、堆穷、朗生。

——在活佛和喇嘛为逝者念诵经文中,大伙燃起来了,火苗卷噬了覆盖在老爷遗体上的丝绸……

第五十九章
雍熙展才智晋级　　田靓受牵连身亡

田轩协同卓玛处理完土司老爷的后事，在女儿的安慰下，内心的悲痛也逐渐有所缓解。雍熙因为自己刚当选为区级人民政权的领导，身上肩负着人民赋予的重担，她不得不与母亲告别回卡江履职。同时，小洛桑也得急着赶往成都去拉货，田轩、田靓也不能在扎脱久留，于是田轩安排绒佳和茨玛丽珠暂留住在府邸一是陪伴卓玛；二是等待小洛桑从成都回来后，随同小洛桑一并返回拉萨。

绒佳在卓玛家待了几天后，便辞别了卓玛回马丽干戈看望嫂子和哥哥去了。绒佳走后，卓玛向茨玛丽珠聊起了田轩。

女人在观察男女之间的问题上，是最敏锐的动物。从茨玛丽珠来扎脱的那天起，不用田轩提及，卓玛就明白了茨玛丽珠来看望田轩的原因——不是暗恋着田轩，就是彼此已经相爱。因为，茨玛丽珠毕竟只是婶婶家的管事。作为管事来说，绝不会千里迢迢地从拉萨赶来看望自己的主子。于是，卓玛问茨玛丽珠道："你爱田轩？"

"爱！"茨玛丽珠甜蜜地微笑回答，"我爱田轩。"

茨玛丽珠在给翁姆做贴身侍女之前，就对卓玛与田轩相爱的事有所耳闻，只不过不敢参与议论主子的事罢了。所以，茨玛丽珠在卓玛面前尽量表现出自己爱田轩的喜悦。

"田轩是可信赖的男人，"卓玛笑着对茨玛丽珠道，"我希望你真心爱他一辈子。"

"小姐放心，我不是伽玛。"茨玛丽珠微笑着回答，"我不会背叛田轩。"

……

一晃一周过去了，小洛桑从成都回到扎脱后，一刻也不愿意耽搁，当天就急着要返回拉萨。茨玛丽珠和绒佳在做返程的准备时，卓玛阻止茨玛丽珠道："你和绒佳都走啦，这就留下我一个人，住在么大一个府邸，你们忍心吗？"

茨玛丽珠为难地注目着卓玛道："拉萨也没有多的人，小洛桑也需要我回拉萨照顾……"

"妹妹，"绒佳也劝解茨玛丽珠道，"你就留下来吧，回拉萨后我会照顾小洛桑。"

"绒佳妹子已经答应照顾小洛桑，"卓玛态度坚决地道，"你就留下来吧！"

茨玛丽珠只好叮嘱小洛桑道："照顾好自己！"

……

绒佳随同小洛桑返回拉萨去了。

次日一早，茨玛丽珠随同卓玛去了县城的汽车站，搭乘长途班车，去了卡江。

到了卡江，卓玛和茨玛丽珠在贸易公司的建设工地找到了田轩。田轩即刻怒气冲冲地指责茨玛丽珠道："你总是给我添乱，怎么不随同小洛桑回拉萨去！"

"有火朝我发，"卓玛斥责田轩道，"茨玛丽珠是我留下的！"

田轩瞪了茨玛丽珠一眼，无奈叹了口气。

由于卡江各机关单位都在抢时间的建设中，田轩只好带卓玛和茨玛丽珠去了女儿所在的医院帐篷住了下来。

那时候，政府机关和各单位的人员都很少，全县的各机关的干部和贸易公司的职员都统一在政府食堂吃饭。吃晚饭的时候，雍熙见到了母亲、茨玛丽珠阿姨及田靓和姨父。聪明的雍熙即刻明白了母亲来卡江的目的，于是微笑着对茨玛丽珠道："茨玛丽珠阿姨，欢迎你来我们卡江！"

……

吃罢饭，雍熙同田靓聊了几句话就回单位去了。田轩则把卓玛叫到一旁，斥责卓玛道："你怎么留下茨玛丽珠，应该叫她回拉萨！"

"我是为你俩好，你也不年轻，需要有人照顾，"卓玛驳斥田轩道，"你俩应该马上结婚！"

"胡扯！"田轩斥责卓玛道，"你嫁给我，今晚我们就结婚！"

"我嫁给你，"卓玛轻蔑地道，"你我——有缘无分！"说罢扬长而去。

对卓玛来说，田轩与自己的缘分已尘封在过往，于是她再次撮合了田轩和茨玛丽珠。

田轩和茨玛丽珠结婚后，因为贸易公司的住房还在建设之中，田轩和茨玛丽珠虽然已是夫妻，但是仍然没有住在一起。一周后，卓玛和茨玛丽珠打算离开卡江回扎脱，雍熙前来为母亲送行时，卓玛告诉女儿，回扎脱后，打算把府邸的捐赠给政府，在府邸办所小学校。

雍熙非常支持母亲的想法，认为在府邸办所小学校，每天有孩子陪伴着母亲，母亲也就不感到孤单了。

扎脱政府对卓玛捐出府邸办学的义举感激极了，授予了卓玛"关爱教育"的牌匾。同时，聘任卓玛为"扎脱县小学校"的校长，聘任茨玛丽珠为学校校工为学生做饭。与此同时，县政府还为学校分派来了位汉语教师。

由于，卓玛全身心扑在了教育上，被民主选举为扎脱县文教卫生口的人大代表。

且说，雍熙因为在西南民族学院学习的时候，除在学校学到了许多发展经济的知识，还参观了诸多集体所有制的小型企业，便在自己管理的城关区，将懂打铁技术的人组织起来，支起了炉灶打制铁器；将懂建房的匠人组织起来，组成建筑工程队，去为各机关单位承建房舍。同时，把妇女组织起来，成立了毡毯生产组，将手工制作毡毯，通过贸易公司的收购，远销到西藏和康藏各地。这样，城关区的经济得到迅速发展，一跃成了卡江县的领头羊。次年（1960年）底，雍熙被补选为卡江县人民委员会的第二副主任，负责全县的工农业生产。

1961年的藏族新年刚过完，州府所在地的康定，召开州人民代表和州政协会议，卓玛、雍西母女都出席两会。

且说，被委以为甘孜州人民委员会主席的周凯，在参会代表报到处同参会代表一一握手时，卓玛母女走进了报到处大门。

"雍熙县长，"周凯迎上前，热情地与雍熙握手道，"欢迎！欢迎！"

雍熙感激地与周凯握着手道："谢谢周主席！"

卓玛也恭敬地唤周凯道："周主席好！"

周凯握着卓玛的手时诧异了，总觉得与眼前这位女人十分眼熟，但是又想不起来，在哪里见过。雍熙见周主任迟疑的样儿，便主动介绍道："这是我母亲，也是人大代表——卓玛！"

"卓玛！"周凯极力地回想着道，"我想起来了，二十多年前我见过你。"

"周主席见过我，"卓玛笑着道，"周主席，您是在开玩笑吧！"

"我绝没有开玩笑……"周凯说着眼前即刻闪现出二十多年前在卡江遭到土匪"草上飞"袭击的情景……

土匪"草上飞"，在白马家的牛场抢羊得手往回走的时候，遭到白马率领的家丁武装的阻击，"草上飞"率三十多名土匪逃窜……

——在双方激烈的枪声中，匍匐在山坳的田轩的马帮队伍，做好了应战劫匪的准备：郎吉、汪堆、长命架起了藏式土枪——叉子枪；赖三、周胖子，个个手握快抢，卧伏在田轩的两旁。欧阳慧敏、"金眼镜"则按照富贵的要求，匍匐在山坳低处。

枪声离山坳越来越近，也越来越急促。完全能分辨出逃窜的是一伙身着破烂黄军服的土匪。

欧阳慧敏猫腰来到田轩身边，随之富贵也跟着赶了过来。

"跑来做啥！"田轩责备欧阳慧敏道，"不要命啦？"

欧阳慧敏注视着前方逃窜的土匪道："你不怕，我也不怕。"

这时传来土匪头目"草上飞"的嚷叫声："抢马！给我抢马！"

"草上飞"的话音刚消失，田轩看见一男一女骑着快马驰来。男的是身着枣红色僧服的——锡第活佛；女的是扎脱土司的女儿——卓玛。

枪声越来越激烈，只见手持驳壳枪的"草上飞"，不时地一边回头向白马率领追击队伍进行还击，一边大声地呼唤手下的兵痞："抢马！……给我抢马！"

土匪们闻声向锡第和卓玛放枪。子弹"嗖嗖"地从卓玛身边飞过，击起尘土……

卓玛乘坐的快马受惊了，嘶鸣着立起了前蹄。就在马儿直起前蹄的瞬间，卓玛从马背上摔了下来……

锡第活佛回头惊呼地喊道："卓——玛——！"

这时，田轩奋勇地冲到卓玛跟前，伏在卓玛的身上，朝涌上来的兵痞们连开数枪……

卓玛惊喜地问："周主任，二十多年前你是马帮？"

"没想到吧，"周凯泛笑道，"二十多年前的马帮，现在是甘孜州的人民委员会主席！"

……

且说，周凯为了给死去的俩妻子尼玛姐妹报仇，参加了红军后，转战南北从战士荣升为师长以后，都没有考虑过再婚的事，解放军解放了西康后，周凯留在康定后，诸多同事的爱人，都向他提起过婚事，打算给他介绍一位相识的女人，都被周凯拒绝了。没想到今天周凯却被卓玛的气质所吸引。

关于卓玛的个人的情况，周凯从扎脱县的上报的表彰材料早就知道，卓玛的父亲是个拥护共产党，赞同民主改革的好土司，他爱憎分明，亲手枪杀了自己的叛匪丈夫白马。

……

"政协会""人代会"两会结束那天，雍熙接到周凯秘书的通知，叫她去趟州长办公室。周凯在办公室把自己想娶雍熙母亲的事告诉了雍熙，征求雍熙的意见，同时也希望雍熙在自己母亲面前提及这件事。

雍熙非常赞同这桩婚事，认为母亲孤独了二十一二年再不能孤独，应该有个生活的老伴，于是回答周凯道："周主席，你说的事，我非常赞同，但得同母亲商量，由母亲自作决定。"

雍熙同母亲在返回卡江和扎脱的路上，雍熙把周凯的想法告诉母亲后，卓玛回答道："阿妈老啦，还嫁什么人？阿妈不同意！"

雍熙回到卡江，将母亲不同意婚事的事电话告诉周主席后，周主席左思右想，想到了田轩，他相信田轩出面，这事一定能搞定。于是电话告知在卡江任职田轩，请他务必帮忙。

田轩已经有两月没有去过扎脱了，于是向贸易公司的党小组组长告了三天假去了趟扎脱，向卓玛谈起了周凯托他办的事，卓玛泛笑对田轩道："咋啦，我真没想到你也会来充当说客，也想我嫁给周主席？"

"周凯这人我了解，"田轩劝解说，"是个忠贞爱情的人，尼玛姐妹去世了二十多年，他至今还独自生活，这样的领导难能可贵！"

在茨玛丽珠和田轩一再的劝解下，卓玛同意了婚事。

卓玛和周凯的结婚仪式在州委机关宿舍举行。结婚那天，田轩、茨玛丽珠、雍熙都去参加了婚礼。

田轩、茨玛丽珠、雍熙参加完婚礼，三人在康定陪同卓玛度完了五天的婚假，便一同返回到各自工作的地方。田轩在回到卡江没几天，富贵就带着七个自家的亲戚，从家乡来到了卡江，说是生产队为增加农民收入，派他带人来卡江找副业的。田轩不便推辞，基于昔日与富贵的情谊，帮他们介绍去了县邮电局建筑工地拉"逆马锯"去了。

其实，所谓拉"逆马锯"，就是将原木锯改为板材的大木工活。在当时拉逆马锯是很赚钱的，两人拉一把锯，从下往上拉，拉一次能挣五分钱；从上往下拉，拉一次能挣一角钱。富贵他们在邮电局工地干了三四个月，每人分别都挣了一千多元。他们正在高兴的时候，家乡人民公社给邮电局发来了电报，请贵单位速通知在你单位建筑工地的富贵等人，速返回原籍参加社会主义教育运动。

富贵在返家的那天晚上，就预感到家乡绝没有好事等着他们，于是几个人共同商量，各人私下留下贰佰元藏起来，余下的八百元全部上交。

果然没出富贵的预料，他们一行回到家乡即刻被看管起来，并勒令他们全额交出所有的劳动所得。

社教运动分两个阶段进行，第一阶段以"清理账目、清理仓库、清理工分"为主要内容；第二阶段主要贯彻以"清政治、清经济、清组织、清思想"为主要内容。在运动中，原来的村大队长由于收受了富贵和那几个同行的人送的礼品和现金，才同意并许可了富贵带人去甘孜州找副业的请求，于是大队长被戴上了蜕化变质分子的帽子，撤销职务留在生产队监督改造；富贵在地主分子的基础上，又加上一顶腐蚀干部企图复辟的反革命的帽子。

富贵离开卡江不久，州委的社会主义教育工作队就来到了卡江开展"社教运动"。田轩被控"混淆阶级路线长期敌我不分与地主分子和反革命分子王富贵同流合污"而受到批判和停职反省的处罚。

有句俗话，墙倒众人推。叶楠为了在社教运动中充当积极分子，在田轩被停职反省和遭到批判期间，挺身贴出了题目为《质问田轩两万多元的公款去了哪？》的大字报。大字报的内容，就是揭露田轩在叛乱时期携带的两万多元的公款未向组织上交。

其实，关于两万元的问题，田轩早已在叛乱结束后，就向卡江县工委和州商贸局书面汇报过焚烧钞票的全部情况，县工委和州商贸局做出同样的批示："不予以追求"。

叶楠的大字报一经贴出，即刻在卡江各机关单位引起轩然大波。人们纷纷责问田轩两万元究竟去了哪？同时，贸易公司的党小组组长和驻单位的社教工作组立刻找田轩谈话，要求田轩老实地向组织交代清楚两万元真实的来龙去脉。

"真实的来龙去脉，"田轩回答，"就是我给烧了。"

"有证人吗？"工作阻挡组长厉声问。

田轩坚决地否认道："在那样紧急情况下，我上哪去找证人！"

……

最终，"两万元"成了田轩说不清楚的遗留问题，田轩因此被发配去了从云关到九龙的公路修筑工地，修筑"云九公路"去了。

第五十九章　雍熙展才智晋级　田靓受牵连身亡

田轩离开卡江没几天，田靓因为父亲的问题受到了牵连，不但被免去了县医院院长的职务，而且自己的男朋友——大学时的同学，医学院做讲师的徐程惊也与田靓解除了婚约。田靓在双重打击之下，服药自杀了。

田轩得知女儿自杀的消息后，几乎崩溃，只感到天旋地塌。所幸那天郎吉正好送货从九龙返回，在休息喝茶时，听闻了田靓自杀的消息，安慰了田轩一番后，便随同田轩来到卡江。

那时候医院没有停尸间，田靓的遗体就停放在露天坝上。田轩看到女儿遗体，便将女儿遗体抱在怀里，失声呼唤道："女儿啊，阿爸对不起你阿妈，也对不起你呀！"

"老田，"郎吉眼眶噙着泪水劝慰田轩道："老田，你别，别这样啊……"

田轩在悲戚的哭喊声中，从模糊的视线中，恍恍惚惚看到女儿雍珠嘎玛在喇嘛寺惨遭毒打而致死时情景，他悲切地哭喊道："我的两女儿就这样不明不白地去啦……"

田轩内心伤痛得无法自抑已了，晕厥在了女儿的遗体上……

所幸，医院新进了六名大夫和护士对田轩一番抢救，田轩才苏醒转来。

卓玛和茨玛丽珠闻讯从扎脱赶来卡江已是黄昏的时候，卓玛和茨玛丽珠正在医院帐篷安慰田轩的时候，身为副县长的雍熙也赶来到医院看望母亲来了。卓玛看到女儿不顾情面地斥责女儿道："你妄为卡江的副县长，为什么不站出来为你姨夫和姐姐说两句公道话呀……"

"阿妈，"雍熙为难道，"我也有难处啊……"

其实，在社教工作队在向县人委呈报田轩的处理决定的时候，雍熙在会上就明确表态，应该按照叛乱结束时，县工委和州商贸局"不予以追究"的批示，正确处理田轩的问题。为此，工作队还批评过雍熙，告诉她要站在党性的立场，不能因为田轩是你的姨夫，包庇和怂恿田轩的贪污行为。

卓玛是个性格倔强的女人，为了给田轩和田靓洗清冤屈，她什么也没顾忌，直接冲进社教工作队的办公室，质问工作队队长道："你了解田轩吗？我以人民代表的身份正告你，我卓玛、田轩绝不稀罕两万元！绝不是为两万元折腰的人！田轩为抗日战争、为解放战争、为抗美援朝、为社会主义建设捐出的钱，一百万也不止！诚然他当时就是身无分文，别说才两万，就是八万十万，只要他张口，我父亲眼睛都不会眨一下都要给他。"

"卓玛同志，"队长愧疚地道，"我们现在反思起来，也觉得在处理田轩和田靓的问题上，是有过火的地方。"

……

且说，欧阳慧敏和沙坤宁听说田轩和田靓的情况后，即刻电话询问四川甘孜州委，为什么不按党的政策处理田轩和田靓的问题。州委书记接到电话后，感到非常诧异，不知道究竟出了什么问题。经电话询问卡江县党委，才悉知田轩因为在叛乱时有两万元的公款说不清楚，已被社教工作队和县政府处罚去修筑云九公路；田靓则因受父亲牵连，被罢免了院长职务已经自杀。

因为田轩的问题影响面广，关系到党的统战政策和民族政策，于是州党委立刻召开了常委会会议，研究决定，由州长周凯同志赶去卡江，负责处理田轩的问题。

周凯在卡江医院见到卓玛，便指责卓玛道："卡江发生了这么大的事，你为什么不告诉我？"

"做人、做事应该光明磊落，"卓玛颇有理由地回答，"不能因为我是你的家属，就不顾及党的政策，在枕边给你吹枕头风！"

……

周凯赞许地对卓玛道："还是你有政治觉悟！"

周凯在医院安慰了田轩一番后，马上召开了县常委扩大会。在会上周凯严厉地批评了卡江县县长和社教工作队队长，并言辞激烈地斥责参会领导道："田轩同志是我们的好同志，他为西藏的解放事业，和国家的社会主义的公有制改造、社会主义建设做出过贡献，你们这样做，就是把自己的同志推向敌人！"

社教工作队长和卡江县领导们，都在为当时在处理田轩问题上作出了错误决定而懊悔。

周凯语重心长地接着道："同志们，政策和策略是党的生命，政治运动不是为了整人害人，目的是要触及每个人的灵魂，提高同志们的思想觉悟！"

最后，周凯代表州委宣布了对卡江县长和社教工作队队长的处理决定：卡江县长进行深刻地内部检查，工作队队长撤职，回原单位听候处理。同时，田轩被提升为县商贸局的局长，以党外人士的身份，主管全县的商贸事务。

第六十章
赖三因病结良缘　甲卡幸运去拉萨

且说，赖三与甲卡离婚并辞职后，由居住地派出所的户籍警出面与街道居民委员会协商，被安排在民办工业性质的"街道板车货运队"以拉板车过活。有句俗话是：七十二行，拉板车为王，拉起车来，眼睛鼓大，脖颈拉长，上坡喊爹叫娘，下坡推向杀场。赖三的工作虽然辛苦，但是每天的收入不奈。他每月挣得工钱，除了日常的开销外，每月都有所结余。

赖三是租房居住，房东是个名叫"伊西"的寡妇，她相貌一般，只有二十二三岁。前些年丈夫因患病离世后，给她留下个四岁，名叫"西姆丹真"的女儿。伊西母女被居民委员会安排在街道的纸盒厂靠用糨糊粘纸盒，维持生计。赖三因为独身一人，每天一早拉着板车出工后，直到晚上才收车回家。有时候赖三实在累了，就在街上的苍蝇饭馆随便填一下肚子便回家一头钻进被窝，直至次日一早又开始一如既往地劳动生活。伊西见赖三也是个可怜人，对赖三有种同病相怜的感觉。

伊西已经有两天没有看见赖三出车了，他的屋门始终都严严地关着，伊西出于对赖三的关心，便走到门前一边敲门，一边连声呼唤："赖师傅！赖师傅！"

屋里只传出微弱的应答声："伊西，伊西……"

伊西强行推开屋门，见赖三病倒在床上。伊西没有考虑，立刻用赖三的板车，把赖三送去了医院。

经大夫诊断，赖三得的是急性胃穿孔，需要马上手术。伊西以妻子的名义为赖三签订了同意手术的授权书。手术后，赖三在伊西的照料下，身体恢复很好。赖三出院后，因为伤口还需要静养休息，伊西为了便于照顾赖三，就把赖三安排在与自己紧邻的隔壁房间住了下来。

一个月过去，赖三也痊愈了，赖三要出车时，伊西怎么也要背着孩子随同赖三一同出车。于是伊西辞掉了纸盒厂的工作，在赖三拉的板车的轮毂上套了根绳索，拉起了"飞蛾"（在板车的轮毂套上绳索，帮助负责主拉板车的人用力拉车）。有了伊西在旁边出力，赖三拉起车来可轻松多了。

由于赖三几乎与伊西吃住在了一起，两人便腔不开气不出地悄悄去民政局领了婚姻登记证。

……

且说，小扎西自作为志愿军最后一批参战部队去了朝鲜后，在帮助朝鲜进行战后的恢复建设中，被朝鲜劳动党中央授予了特等英模的荣誉，也因此被志愿军总部授予了大校的军衔。小扎西回国后，被派往军事学院学习，三年学习届满，被分配到西藏军区某边防部队，任团长之职。今天小扎西趁回家探亲的机会，随从母亲降央，乘小车从康定来卡江看望田轩来了。

现在小扎西已经是三十出头的人，由于身材像他父亲扎西一样魁梧，军人的风姿更是让他显得气度不凡。

降央在与田轩的摆谈中提到了觉罗，并询问田轩，雍珠嘎玛死后，还去高尔斯山看望过觉罗吗？

田轩内疚地道："没去过，前些时本想去看望他一家，由于乘车不便，就打消了念头。"

"叔，"小扎西自告奋勇地道，"我有车，我们都去高尔斯山，看望觉罗阿姨去！"

……

觉罗家现在日子过得挺好，觉罗同曲竺的女儿——央金，也已二十出头，相貌可爱极了。当小扎西和央金刚见面的时候，两人都羞红了脸。也许正是这份羞涩，使彼此产生了"感觉"，小扎西直接对觉罗道："觉罗阿姨，我要娶央金为妻！"

觉罗难以置信地反问小扎西道"你真要娶我家的央金？"

"觉罗阿姨，"小扎西兴致勃勃地道，"小扎西说话算话！"

"好事，好事，"田轩兴奋地对降央道，"我们没有白来高尔斯山！"

……

由于央金出生于翻身农奴家庭，小扎西的结婚申请报告，即刻就被部队政审通过。

之后不久觉罗和她的年轻丈夫曲玛登金，以及田轩夫妇同乘小洛桑的车赶去西藏参加央金和小扎西的婚礼。

小扎西和央金的婚礼按汉族的结婚形式在部队的会议室举行，除小扎西的战友外，沙坤宁夫妇也代表军区首长参加了结婚仪式。在婚庆仪式上，小扎西的战友闹腾得乐开了怀。

……

当晚，田轩和降央，以及觉罗夫妇留宿在部队招待所。次日一早，四人做好了返程回拉萨的准备，军部部队通讯员送来通知说，今晚军区后勤部要为四位客人举行欢迎晚宴，请他们务必留在部队再住宿一宿。

晚上，在举行的欢迎宴会上，沙坤宁部长代表军区首长，欢迎四位客人的来临，并感谢田轩同志在部队面临缺粮的紧急情况下，敢于出手相助，为部队留守在西藏做出了卓越的贡献。田轩频频举杯，感谢部队的盛情，并一再表明，支持解放军是自己应尽的义务。

最后，在席间闲聊时，田轩问起了欧阳慧敏和卡孜玛（勇嘎舅舅的儿子）现在的情况。欧阳慧敏告诉他，卡孜玛和自己一样，已经转业去了地方，自己现在在"西藏日报社"工作；卡孜玛去了西藏民族大学担任民族语言学教授。

……

第二天，田轩夫妇和觉罗夫妇刚回到府邸，卡孜玛夫妇就前来看望田轩了。当田轩向卡孜玛问起是否有了孩子时，卡孜玛的妻子多桑回答说，卡孜玛担心有了孩子影响工作，还没有孩子。田轩责备卡孜玛道："工作是大事，有孩子也是大事。"

……

绒佳和茨玛丽珠都很能干，到中午吃午饭的时候，就已经做好了一大桌好吃的菜肴。下班回家来吃午饭的小洛桑、王向发，以及绒佳的侄女嘎雍泽珠都啧啧称赞绒佳和茨玛丽珠的厨艺。

在席间，绒佳的侄女嘎雍泽珠不时地往小洛桑碗里拣选小洛桑最喜欢的牛肉烧萝卜。

"别再给我夹菜啦，"小洛桑阻止嘎雍泽珠道，"我自己来，自己来！"

但是，嘎雍泽珠仍然不停照顾着小洛桑。

……

午饭后，田轩送卡孜玛夫妇出门后，返回到家，田轩询问儿子道："给阿爸说句实话，你是不是爱上了你绒佳阿姨的侄女了？"

"阿爸，"小洛桑笑答道，"你是不是多喝了两杯，在瞎说呀！"

"阿爸是吃饭都不长的人啦，"田轩道，"你们年轻人的举手投足，能逃过我的眼睛？"

"阿爸，别把你的想法强加于我，"小洛桑辩白道，"至于嘎雍泽珠有没有你所说的想法，你最好亲自去问嘎雍泽珠。"

"嘎雍泽珠一个姑娘，"田轩斥责儿子道，"阿爸怎么好问？"

儿子顶撞父亲道："不好问，就别问。"说罢，扬长而去。

田轩喝住儿子问："你要去哪？"

小洛桑理直气壮地回答："去单位呗！"

……

田轩在家里闲暇无事，便去了城里，在售报亭，买了份当天的《西藏日报》。今天因为是周末，日报增添了副刊。在副刊的文化专栏中，田轩看到了欧阳慧敏创作的报告文学——《我看民族歌舞剧格萨尔王》。

田轩花了半个时辰的时间看罢文章后，立刻去公用电话亭给欧阳慧敏打去了祝贺的电话。欧阳慧敏高兴地告诉田轩，拉萨市歌舞剧院，打算聘请甲卡来拉萨指导排练《格萨尔王》剧目，同时还打算暂时抽调小洛桑去宣传部，负责驾车去康定，接甲卡来拉萨。

格萨尔王原本是雪域高原流传的民间英雄，他一生戎马，扬善惩恶，弘扬佛法，传播文化，是藏族人民引以为豪的旷世英雄。千百年来，藏族艺术工作者，一直都在以藏戏的表演形式，歌颂这位英雄。甘孜州文工团推陈出新，将这台经久不衰的古典剧目，改编为歌舞剧搬上了舞台后，引起了藏地的轰动，各地的艺术团体，都希望排演《格萨尔王》的剧目，以奉献给观众。

且说，甘孜州委宣传部接到拉萨市委宣传部的协商函后，即刻电话回复了拉萨市委宣传部，同意派遣甲卡同志前来拉萨指导市歌剧院排演《格萨尔王》。

当拉萨市商贸局接到宣传部发来的借调小洛桑去宣传部的借调令后，即刻通知小洛桑前去宣传部报到。

小洛桑在宣传部接受的工作任务，就是驾车前往康定接甲卡来拉萨市歌舞剧院指导《格萨尔王》的排练。这样，田轩、觉罗夫妇搭乘了小洛桑的车，各自返回自己的家。

小车抵达康定后，小洛桑在车站为觉罗和曲玛登金购买了去高尔斯山的汽车票后，便直接去州文工团接甲卡去了。

甲卡早已接到拉萨市委宣传部的通知，知晓是小洛桑驾车前来接自己去拉萨，于是向单位领导打了声招呼，便乘车赶赴拉萨。

甲卡抵达拉萨的第二天，欧阳慧敏和小扎西夫妇都前来看望甲卡来了。甲卡在看见央金的瞬间，惊疑地唤道："央金！"

央金上前拥着甲卡亲昵地唤道："小姨！"

小扎西向甲卡敬着军礼道："甲卡阿姨！"

甲卡即刻明白了央金在拉萨的原因，笑着指责小扎西道："你好一个调皮蛋，竟然瞒着阿姨，偷偷地娶了我的侄女。"

"阿姨，"小扎西笑着回答，"这事怨不了我，要怨就怨田轩叔，是他叫我把结婚的事隐瞒起来，谁也不告诉。"

甲卡指着小扎西道："看来你是和你田轩叔串联好，就是故意隐瞒你甲卡阿姨！"

"甲卡阿姨，"小扎西认错般地，"小扎西哪敢隐瞒你呀，不是小扎西的错，不是小扎西的错！"

"央金，告诉小姨，"甲卡回头问央金道，"调皮蛋欺负你了吗？"

"他不敢，"央金笑着瞥了小扎西一眼甜蜜地道，"有欧阳阿姨在我身边！"

"欧阳姐，谢谢你，"甲卡感激地对欧阳慧敏道，"要不是你甲卡得到不了艺术家的荣誉，也来不了拉萨。"

"谢我啥呀，"欧阳慧敏道，"我不是为宣传你，而是为了反映我们的民间艺术，在党的领导下得到了传承，得到了发扬光大！"

……

拉萨市歌剧院又对甘孜州文工团的演出台本进行了改动，增加了歌唱和舞蹈的内容，使整台剧大气恢宏。在汇报演出那天，导演组决定甲卡参加演出，负责领舞"喜迎格萨尔王"的舞蹈。甲卡领舞的这段舞蹈中，有一段甲卡最拿手的"热巴舞"。甲卡手持手鼓在翩翩起舞中，以其优美的身段，和柔美的舞姿，赢得了全场观众热烈的掌声。演出结束，领导们走上舞台为演出成功向献上了花篮，并与演员们合影留念。

次日，甲卡做好启程返回康定的准备，正打算去找小洛桑时，歌剧院的院长来到甲卡下榻的人民旅馆，告诉她刚接到宣传部的通知，请你暂时不要返回康定，宣传部已经同甘孜州委宣传部取得了联系，打算调你到我们剧院工作。

甲卡正在犹豫时，小洛桑赶来了，他劝解甲卡道："小姨，留在拉萨好啊，你留在了拉萨，我阿爸也再不愁在拉萨没人照顾我啦！"

"你这个调皮蛋，"甲卡笑着斥责小洛桑道，"就知道要小姨照顾你，你怎么不说照顾小姨？"

"小姨放心，"小洛桑孩子似的蹦跳着道，"小洛桑一定照顾小姨！一定照顾小姨！"

……

由于歌剧院没有多余的宿舍，甲卡只好暂时借宿在小洛桑家——勇嘎家的府邸。

……

从甲卡搬到府邸居住下来后，小洛桑像变了个人似的，每天都早起为甲卡打制甲卡最喜欢喝的核桃仁、花生仁、鸡蛋混合在一块的酥油茶。小洛桑的反常行为引起了嘎雍泽珠的嫉妒和怨言。一天早起的嘎雍泽珠在盥漱的时候，微笑着质问小洛桑道："你这么关心你的小姨，怎么不关心我呀？"

"我对谁都是一视同仁，"小洛桑反驳道，"我打制的酥油茶你不是每天都在喝吗？"

"得了吧，你哪里是为我，"嘎雍泽珠斜着眼睛道，"我是星星跟着月亮走——沾光！"

……

且说，央金与小扎西结婚以后，由于小扎西是团职军事干部，央金便作为随军家属留住在了西藏。

1961年是我国遭受自然灾害最严重的一年，印度趁着这一时期，加入到国际反华大合唱势力之中，在中印边境地区恣意制造武装冲突，不但侵占了我国十多万平方公里的领土，而且打死打伤我国诸多边民和解放军战士。为了中印人民的友谊，周恩来几番前去印度，表明中国政府的态度，希望和平解决两国的领土的争端问题，但是印度政府把中国希望和平的心愿，理解为软弱，更加肆无忌惮地派遣大批武装人员，企图进一步侵占我国领土。中国政府在忍无可忍之下，于1962年，展开了边界自卫反击战。人民解放军连续取得了三次战役的胜利后，最后一次发起反击总攻，小扎西率领的作战团，攻克敌人的暗堡时，不幸被炮弹炸断右腿，自卫反击战取得全面胜利后，小扎西作为荣誉转业军人，回到了康定，被组织分配去了甘孜州州委，担任组织部副部长之职。央金回到康定后，被分配到东门街道办事处任工作人员，分管所辖区域的社会工作。

央金到任的第一天，为了掌握辖区的情况，从居委会治保主任那儿了解到辖区有一个反革命分子，两个地主分子，一个从内地遣返回原籍的老右派分子，一个劳改释放，以及带着管制改造帽子回来的坏分子。

"这坏分子叫什么名字？"央金问道。

"名叫赖三，"治保主任解释道，"旧社会是马帮，解放初期贩卖走私手表获罪，是个坏透了的坏分子！"

马帮赖三的名字央金非常熟悉，他还是姑娘在家时，就听母亲说过赖三的名字，嫁给小扎西后，小扎西也给自己提到过赖三，并知道赖三在前些年就同小姨甲卡离了婚，现在新找了个寡妇生活在了一起。央金为了弄清楚赖三究竟是个什么样的人，便随同街道治保主任去了赖三家里。

治保主任板着面孔向赖三介绍道："这是政府派来管理我们这里的干部——央金领导！"

央金询问赖三道："你就是赖三？"

"报告政府，"赖三回答，"我就是坏分子——赖三。"

央金在赖三家里看到刚满一岁的儿子赖永福和五岁的女儿金凤时，央金询问赖三道："这是你的一对儿女？"

"报告政府，"赖三躬身回答，"是我的一对儿女。"

央金看了看赖三一清二白的家庭后，严厉对赖三道："我正告你——必须老实接受群众的监督改造，抗拒改造，对你绝不手软——把你重新送进监狱！"

"是，是，"赖三保证道，"赖三一定规规矩矩，绝不乱说乱动！"

央金随同治保主任从赖三家出来后，央金对居委会的治保主任道："对地富反坏右分子主要就是要进行劳动改造，从今起，可以把坏分子赖三改造汇报由一周一次，改为每月一次。"

……

且说，觉罗知道女婿和女儿都调回到康定后，自己独自来康定看望女儿和女婿来了。格桑拉姆听说觉罗来到了康定，即刻与郎吉商量，怎么也得办桌酒菜，招待觉罗。1963年，我国已经度过了三年的自然灾害，市场的物资供应逐渐丰富起来，每月凭票证可以在市场买到一定的酥油和盐渍猪肉。格桑拉姆去市场买了两斤盐渍肉和少许的蔬菜，办了桌在那个年代较丰盛的酒席招待觉罗和降央一家。

因为小扎西临时有公务只有觉罗母女来到了格桑拉姆家。格桑拉姆做好饭菜，大伙要上桌时，格桑拉姆的儿子索朗多吉放学回家来了。那时索朗多吉已有十七八岁，在康定中学上高中二年级。

"咋，"格桑拉姆斥责儿子道，"还不叫你觉罗阿姨和央金姐姐。"

索朗多吉只是一忽儿注视着觉罗，一忽儿注视着央金一个劲地傻笑。

"这孩子腼腆，"格桑拉姆为孩子辩解道，"认生！"

吃饭时，格桑拉姆向觉罗谈到了赖三，惋惜地道："赖三不听劝告，非要同甲卡离婚，现在可惨啦，听说不但找了个带有孩子的寡妇，而且寡妇还给他生了个孩子，现在一家四口全靠赖三一个人拉板车过活。"

吃饭结束，觉罗母女回家后，格桑拉姆对郎吉道："小扎西现在是州委组织部的副部长，索朗多吉考不上大学，就请小洛桑送儿子去当兵，将来儿子奔个好前程！"

次日，觉罗背了一背篓家熏的牛肉干和酥油去了赖三家。赖三出车去了，觉罗只见到赖三现在的妻子伊西和赖三刚满两岁的儿子赖永福，以及伊西前夫留下的女儿西姆丹真。觉罗放下背来的东西，对伊西道："我是觉罗，请转告赖三，我来看过他。"

"你是觉罗！"伊西惊喜地，"你是央金的阿妈？"

觉罗点了点头笑着回答："转告赖三，央金会关照他的。"

伊西兴奋地问："我称呼你姐，行不？"

"有啥行不行，"觉罗笑道，"我年龄比你大，是你姐呀！"

"姐，"伊西端来凳子，热情地，"你请坐，你请坐！"

"姐还有点事，"觉罗微笑着回答，"改日再来看你们。"

傍晚，赖三回到家，伊西便兴奋地把觉罗来家的事，以及觉罗托自己转告赖三的话——通盘都告诉了赖三。

赖三感动地道："老朋友好啊！这年头还在惦记我赖三！"

……

第六十一章
患难真情甲卡孕　阳光军人惊四座

　　1964年，我国的国民经济全面好转，各行各业都是一派欣欣向荣的景象。格桑拉姆的儿子索朗多吉也因为高考落第，只好硬着头皮去找小扎西帮忙。所幸，那一年正好遇上空军部队在康定招收飞行员，因为有小扎西的关系，加上索朗多吉自身的身体条件也符合飞行员的要求，索朗多吉万分荣幸地被部队录取了。

　　且说，由于甲卡所在的拉萨市歌剧院演出的歌剧《格萨尔王》深受西藏人民的欢迎和喜爱，剧院接到上级的通知，《格萨尔王》剧目代表西藏自治区参加中宣部在北京举办的全国戏剧会演。由于《格萨尔王》剧目在会演中得到专家和观众的一致好评，剧院受北京市文化局和北京市戏剧家协会的邀请，留在北京公演了近百场，直到1965年初才返回到拉萨。

　　甲卡回到拉萨那天，喜滋滋地告诉小洛桑："小姨有男朋友啦，打算下半年就结婚！"

　　小洛桑惊疑地道："什么？你有了男朋友，还打算结婚？"

　　甲卡微笑着斥责小洛桑道："噘起小嘴干啥？小姨结婚没碍着你，有什么不好？"

　　"就是不好，"小洛桑板着面孔道，"不许你离开我！"

　　"咋，"甲卡逗弄卓小洛桑道，"还吃醋啦？"

　　"吃醋就吃醋，"小洛桑固执地道，"就不许你离开我，不许你结婚！"

　　"傻孩子，"甲卡道，"你都快三十岁啦，咋还像孩子一样缠着你小姨？"

　　"不管你怎么说小洛桑就是不许你离开我，不许你结婚！"

　　"你呀，"甲卡笑着道："就给你阿妈一个样——固执！"

　　……

　　从那天以后，小洛桑只要稍微有一点空都要赶去歌剧院守着甲卡，不许甲卡与任何男人有接触的行为。

　　且说，索朗多吉在部队进行了一年的专业飞行训练考核合格后，第一天驾驶着战鹰飞上蓝天翱翔的时候心情万分激动，耳畔隐约听到《飞行员之歌》：

我爱祖国的蓝天，
晴空万里阳光灿烂。
白云为我铺大道，
东风送我飞翔前。

美丽的朝霞在我身边飞舞，
脚下是一片美丽河山。
水兵爱大海，
骑兵爱草原，
要问飞行员爱什么？
我爱祖国的蓝天！
……

　　翱翔在蓝天的索朗多吉看到了雪山，看到了草原，也仿佛看到了马帮驱赶着牦牛在跋山涉水……

　　时间一晃就到了1965年的下半年，全国各地的文艺工作者都风声鹤唳地紧张起来，《人民日报》《解放军报》《西藏日报》每天的头条版面都是批判"三家村"的文章，国家整顿文艺界队伍的浪潮，一浪高过一浪，《格萨尔王》剧目也受到批判，被定罪为歌颂个人主义、宣传封建主义的"大毒草"。为此，歌剧院的演员们都在自保，一个个强装积极，生怕自己被扣上思想堕落，追随封建主义的帽子，成为地富反坏右之列的反坏分子。

　　1966年，"文化大革命"爆发，大中学校的学生戴着红卫兵袖章高唱毛主席语录歌曲，走向了街头。顿时，"革命不是请客吃饭不是做文章，不是绘画绣花，不能那样雅致文质彬彬，那样温良恭俭让，革命是暴动，是一个阶级推翻一个阶级暴力的行动！"的歌声响遍了每一个角落。伴着歌声，红卫兵小将呼喊着"破四旧""立四新"的口号，冲进了喇嘛寺，砸毁了菩萨神像，焚烧了唐卡……

　　在"文化大革命"风暴的席卷下，造反派冲进了政府机关，夺走了政府机关的权利。周凯和他的同事都被挂上"走资本主义道路当权派的牌子，"被造反派押解着戴着高帽在街上游街。在卡江，卓玛母女、田轩也受到了冲击，卓玛被打成了反动土司的代表；田轩被打成剥削工人阶级十恶不赦的资本家；雍熙被打成了走资本主义道路的当权派和剥削阶级的孝子贤孙。在拉萨，甲卡被打成了宣传封资修思想的反动艺术权威，被造反派涂上花脸，带着高帽，挂着反动艺术权威的牌子游街，红卫兵敲一下铜锣，甲卡就得自我侮辱地呼喊一声："我是反动艺术权威——甲卡！"

　　小洛桑看见甲卡在街上如狗一般游街的情景时，恼怒地冲上前刚为甲卡揭去高帽扔在地上，造反派冲上前来，叱骂着小洛桑："你这个保皇派！"便对小洛桑大打出手。甲卡痛心地疾呼着"小——洛——桑！"欲要冲上前用自己的身体护小洛桑却被押解的造反派推搡着往前去了。

小洛桑被打得遍体鳞伤躺在地上，造反派又将他扭送去了公安拘留所。

所幸，当天拘留所值班的工作人员曾搭乘过小洛桑的车去成都，于是假惺惺地收管了小洛桑。造反派刚离开收容所，工作人员即刻释放了小洛桑，并叮嘱"你千万别牵连我，赶快离开拉萨！"

小洛桑出拘留所后，仍然放心不下甲卡，于是只得去军区，向沙坤宁叔叔求救。沙坤宁悉知甲卡的遭遇后，气愤极了，即刻命令警卫班的战士去歌剧院，哪怕就是抢，也要把甲卡抢回到部队来。

部队卡车满载着警卫战士出发后，沙坤宁一边吩咐另外一位战士送小洛桑去卫生所，一边电话联系兵站部，请他们速找辆去内地的卡车，搭载两个人去内地。

警卫战士从歌剧院抢回甲卡后，沙坤宁即刻叫甲卡和小洛桑改乘小车去兵站部，从兵站部再改乘卡车去往内地。

在车上，甲卡抚摸着小洛桑满身的伤痕心疼地责怨道："你怎么这么傻呀！你顾得了我吗？"

"只要是为了你，"小洛桑微笑着道："我傻就傻——值！"

"值啥呀，"甲卡心里甜丝丝地道，"你到处是伤，小姨心疼！"

那时，正是初冬季节，雀儿山山顶已覆盖了白雪。甲卡和小洛桑都没有穿冬衣，两人又乘坐的是卡车顶棚的货厢，呼呼寒风吹得甲卡和小洛桑浑身颤抖，两人只得紧紧相拥相互取暖。

甲卡拉下小洛桑紧抱自己的手，放在自己唇边哈了几口热气，为小洛桑暖了暖手心和手背后，便撩开自己的外衣将小洛桑的手放进了自己的腹部。

小洛桑是第一次接触到女人的肌肤，只感触到细腻极了，手逐渐向上移动，去抚摸甲卡的乳房。

甲卡连忙将小洛桑移向自己乳房的手，从衣服内拉了出来，责备道："调皮蛋——不守规矩！"

小洛桑再也没有什么可顾及，便紧搂着甲卡吻了起来。甲卡连忙推开小洛桑严厉地道："我是你小姨！"

"这里没有小姨，"小洛桑坦诚地道，"只有甲卡，我的甲卡！我爱你！"

甲卡看着小洛桑火辣辣的眼睛，再也没说什么了。小洛桑不但勇敢地吻了甲卡，还得寸进尺手也伸进了甲卡的衣服，自由地抚摸起甲卡那硕大的乳房来……

卡车下山后，甲卡和小洛桑都同时感觉到，气温没有先前那么冷了。甲卡告诉小洛桑，我俩身上都没有钱，到了内地吃饭和住宿怎么办，经过一番商量，最后决定去了扎脱再说。

小洛桑和甲卡到了扎脱在学校找到茨玛丽珠后，茨玛丽珠惊慌失措地告诉小洛桑："你阿爸、你姨妈（卓玛）和你表姐雍熙，全都被送去学习班劳动改造去了，现在学校也不太平，你们得马上离开学校。"

小洛桑告诉茨玛丽珠自己身无分文时，茨玛丽珠连忙给了小洛桑二百多元的钞票，叫小洛桑和甲卡赶快去马丽干戈绒佳嫂嫂拉姆家暂避一下风头。

小洛桑和甲卡来到马丽干戈家，向拉姆和绒佳的三位哥哥说明了来意后，拉姆一家，收留了小洛桑和甲卡。

小洛桑和甲卡在拉姆家居住的期间，甲卡承担拉姆家每天熬茶烧饭的事情，每天吃罢午时的面块，拉姆一家出门去做活后，家里就剩下甲卡和小洛桑。小洛桑总会趁机纠缠着甲卡。

甲卡在无可奈何之下，每次都告诫小洛桑道："再不能这样啦，这事传出去对你、对我都不好。"

"有什么不好，"小洛桑认真地道，"我要娶你！"

"不行，"甲卡劝解道，"在外人眼里我是你小姨，再说我年龄长你十七八岁是黄脸婆了——不合适！"

"你是我心中最美、最美的美女，"小洛桑固执地道，"我管不了社会上的风言风语，怎么也要娶你！"

甲卡毕竟只有四十五岁，对男人也有一定的渴求，小洛桑的甜言蜜语令她心醉，她也就对小洛桑敞开自己的胸怀，让小洛桑在自己的身上恣意放纵。

……

且说，小洛桑和甲卡在拉姆家期间，拉姆曾请人写信告诉过自己的小姑子，说小洛桑和甲卡躲难来到马丽干戈住在自己家里。绒佳和儿子王向发，以及侄女嘎雍泽珠收到信后，都为甲卡和小洛桑躲过劫难而高兴不已，并请家里的人转告甲卡和小洛桑，叫他俩好好地住在马丽干戈，拉萨有了新消息，他们一定在第一时间通知他俩。

藏历新年过罢，甲卡莫名其妙地感到恶心想吐，虽然她没有怀过孩子，但是隐隐地感觉到感觉自己有了身孕。当她把这不好的消息告诉小洛桑后，小洛桑反而兴奋地告诉拉姆道："拉姆阿姨，甲卡怀上我的孩子了——我要做父亲啦！"

在藏地的无论是农区，还是牧区，女人怀孩子是非常正常的事。因此，甲卡怀孕以后，拉姆一家并不感到惊奇。但是，茨玛丽珠得知甲卡怀上了小洛桑的孩子后，却恼怒极了，她赶去马丽干戈，板着面孔斥责小洛桑道："你太让我失望啦，竟然做出不要脸的事！"

"我的事不需要你管，"小洛桑愤愤地回应道，"我爱谁，和谁结婚是我的事！"

"可她长你十七岁，"茨玛丽珠不屈不挠地指责道，"是你小姨，小姨呀！"

"我只知道她叫甲卡，"小洛桑理直气壮地道，"我就爱她！"

"你叫我以后怎么向你阿爸交代，"茨玛丽珠深深地叹了口气道，"你真是吃了迷魂汤——不可救药！"

茨玛丽珠把甲卡怀孕的事，怪罪于甲卡，认为完全是甲卡引诱小洛桑的原因。

那一晚，茨玛丽珠茨玛丽珠没回学校，也住在拉姆家。吃罢晚饭，茨玛丽珠把甲卡叫到外面，好言劝解甲卡道："把孩子处理了吧，这样对你、对小洛桑都好。"

"我离五十不远啦，"甲卡态度坚决地道，"我不会放弃做母亲的最后机会！"

茨玛丽珠质问甲卡道,"考虑过带着未婚的孩子回到单位的后果吗?"

"我宁可不要工作,也要肚子里的孩子!"

"甲卡姐,"茨玛丽珠软硬兼施地道,"听妹妹一句劝——你还是替小洛桑想一想吧。"

"别再劝我啦,"甲卡坦诚地道,"我不会连累小洛桑。"

……

且说,1966年8月,造反派夺权以后,次年便把甘孜州一百多名所谓死不悔改的走资派和有历史问题的民主人士都集中到"五七农场"接受劳动改造。

五七农场设在稻城。农场所在的地方,原是国民党政府设在稻城的"农业试验站"。这里虽然房舍破旧,但是毕竟可以遮蔽风雨。来农场改造的共有一百一十五人号人,在这些人中既有像周凯这样被打成顽固不化的走资派的老干部;又有像雍熙这样的被打成执迷不悟的走资派和反动阶级的孝子贤孙的青年干部;更有像田轩、卓玛这样的被打成有历史问题的民主人士。五七农场里,八十多名男同志主要负责几十亩土地的庄稼活;剩下的女同志主要负责养猪、养羊和食堂的后勤工作。那时候,来农场接受改造的干部,每月只发放不到二十元的基本生活费,大伙的日子过得十分拮据,尤其是抽烟的男同志,每月刚发了工资衣兜就空空如也。周凯所幸有卓玛母女的工资贴补,还没有怎么感触到生活的拮据,只是每天劳累归来后,腰部疼痛地直不起身子。因为周凯毕竟在战争年代负过伤,身体内还留有敌人的弹片。

田轩的情况很好,他身体壮实,干什么都无所谓。因此,田轩除了在地里干活帮助周凯外,还忙里偷闲地跑回到农场,帮助在食堂炊事工作的卓玛母女俩担水,或劈柴。

1968年10月以后,情况少许有了好转,各县份、各单位都在酝酿成立"三结合"革命领导小组和革命委员会。所谓三结合,一是结合本单位可以改造好的当权派;二是结合本单位的革命群众;三是结合造反派,组成领导班子成立革命领导小组或革命委员会。这样,农场大部分的走资派作为可以改造好的当权派回单位去了,只剩下像周凯、雍熙类似的"顽固不化"的走资派;类似于田轩、卓玛这样的既有历史问题,又是保皇意识的顽固分子。

由于"文化大革命"只抓革命,不促生产,1971年以后,市场上的物资供应全都紧张起来,烟酒和洗漱用品都实行票证供应。田轩、周凯、卓玛、雍熙四个人的香烟供应票,只够周凯抽半个月。周凯正断烟的时候,卓玛的儿子当骑兵的洛扎来农场看望母亲、姐姐和周凯叔叔来了。当洛扎把自己带来的礼物——几条"飞马"牌香烟,递到周凯手里后,周凯高兴地捧着香烟对洛扎道:"谢谢你洛扎,我都快要断烟啦,这真是雪中送炭,雪中送炭!"

卓玛看到儿子,高兴极了,不时地为儿子整理身着的军服。

"阿妈,"洛扎关心地问母亲道,"你和周叔的身体都好吗?"

"我们都好,"卓玛喜滋滋地对儿子道,"只要你好,我、你周叔,你姐,我们啥都好!"

……

洛扎因为是军人，在农场处处受到长辈们的敬重，伙食团特意宰了只羊，款待洛扎。卓玛为了感谢大伙，也为了增添晚宴的气氛，拿出儿子带来的"泸州大曲"招待大家。

酒过三巡，原来的周凯秘书在向洛扎敬酒时问洛扎道："几年前就听你阿妈说，你就是营职干部，现在该是团级了吧。"

"叔，"洛扎回答，"是副团级——团部的副政委。"

"不错，不错，"秘书夸奖地问，"有对象了吧？"

"叔，"洛扎不好意思地回答，"我姐都还没有对象，我有啥对象啊！"

"你姐情况特殊，"秘书郑重其事地道，"你就别拿你姐搪塞，各人完成各人的事！"

"你儿子到了结婚的年龄了吧，"另桌的阿姨对卓玛道，"怎么也该有对象啦！"

"是啊，"卓玛颇有同感地道，"都老大不小啦，我也在为这事揪心！"

阿姨笑对洛扎道："赶紧找对象，下次再来农场给你阿妈带个媳妇来！"

"阿姨，"洛扎羞涩地道，"苏修、美帝都在虎视眈眈盯着我国，不知什么时候就要打仗——姑娘谁也不愿意嫁给军人。"

"咋啦？"阿姨驳斥小洛桑道，"军人保卫祖国——荣耀！"

"叔叔、阿姨，求你们别说我的事啦，"洛扎严肃地道，"我向你们透露一个中央军委最近才向部队干部传达的内部消息。"

饭堂顿时鸦雀无声，几十双眼睛都落在了小洛桑的身上。

小洛桑认真地道："这消息正在部队首先从师团级传达，然后营连级，最后向战士传达……"

"小洛扎你就别卖关子，"秘书催促道，"啥消息——快说呀！"

"林彪叛党叛国出逃，摔死在了蒙古国的温都尔汗！"

在座的叔叔阿姨全都惊诧地你看看我，我看看你。

"这消息暂时不要外传，"小洛扎嘱托各位道，"得再有一月的时间，这消息才能传达到基层。"

"老周，这消息好啊，"一老同志唤着周凯兴奋地道，"林彪倒了台，你我也该解放——回单位啦！"

"叔叔、阿姨，人民的眼睛是雪亮的，"洛扎安慰母亲道，"我们要相信党、相信群众，共同携手迎接明天的太阳！"

老同志拍了拍洛扎的肩头，竖起拇指道："孩子，你不愧为部队培养出来的——有大胸怀！"

……

洛扎探亲假届满后，回到部队就接到命令，调任他去州政府"人保组"担任副组长职务。那时候各级革命委员会的工作职责，就是完成工农业生产计划，其他的重要决策工作，全由人保组行使权利。

洛扎到任后，即刻落实党的干部政策——为各级领导干部平反。

第六十二章
赖永福捅刀犯罪　倔甲卡拒婚出走

周凯、雍熙以及没有历史问题的大批干部都得到平反回单位去了，农场只剩下田轩和卓玛继续自觉接受改造。所谓自觉接受改造，也就是撤走了农场原有的管理人员，将农场的管理，委托给了当地的人民公社代管。人民公社因为没有多的人手，又委托相邻的生产队代管。在这样层层的"代管"之下，田轩、卓玛成了无人问津的人，使他俩获得了通信和对外联系的自由。

从1967年到1971年，四年间，茨玛丽珠只打听到田轩去五七农场接受改造去了，至于五七农场在哪儿，就一概不知。当茨玛丽珠收到田轩从数百里外的寄来的信，知道田轩在稻城县后，便带上几件换洗的衣物，去农场看望田轩了。

田轩、茨玛丽珠已经有四年没见了，卓玛做东邀请了田轩夫妻俩来家共进了晚餐后，两人回到住室，田轩向茨玛丽珠询问起小洛桑的情况来。

茨玛丽珠没有好脸色地告诉田轩道："你都当上爷爷啦！"

"好啊！"田轩抑制不住内心的兴奋和激动，高兴地道，"小洛桑这孩子聪明——有出息！"

"你还夸他，"茨玛丽珠板着面孔道，"他给你捅娄子啦！"

田轩惊疑地连忙问："捅了啥娄子？"

"比天还大的娄子，"茨玛丽珠回答："和甲卡生的孩子！"

田轩打断茨玛丽珠的话问，"你是说小洛桑与甲卡在一起有了孩子？"

"孩子都已四岁，快满五岁啦！"

"这，这，这……"田轩语无伦次地念念道，"这甲卡怎是这样一个人？她是小洛桑的小姨，小姨呀！"

"你不是当了爷爷高兴吗？"茨玛丽珠嘲讽地问，"咋，眨眼时间就生气啦？"

田轩质问茨玛丽珠道："你在家为啥不制止？"

"这男女之间的事，"茨玛丽珠委屈地道，"我管得了吗？"

田轩问："小洛桑现在在干啥？"

"还能干啥，"茨玛丽珠回答，"在单位开车呗！"

"甲卡呢？"

"甲卡算有良心，一口咬定孩子是天赐的，"茨玛丽珠回答，"甲卡因为不老实向组织坦白交代问题，已被单位除名。"

"他们还住在一起吗？"

"我咋知道，"茨玛丽珠回答，"前段时间绒佳来信说，他俩要去民政局登记领结婚证。"

田轩愤愤地道："这甲卡太让我失望了！"

……

且说，甲卡在拉姆家生下孩子刚满月，王向发趁去成都拉货的机会，特意来马丽干戈告诉甲卡和小洛桑，说歌剧院和贸易公司已经成立革命委员会，单位都在找他们，叫他俩回单位上班。于是甲卡和小洛桑便搭乘王向发的车回到了拉萨。

甲卡背着孩子回单位时，单位领导询问甲卡道："这是谁的孩子？"

"我的！"

"我知道是你的，"领导不耐烦地道，"我问男方是谁？"

"没有男方，"甲卡坚定地道，"是天赐的娃子！"

"甲卡同志，你是共产党员，"领导开导地道，"要向组织说实话，具有党性原则！"

甲卡不予作答，诱导地询问道，"有群众反映是商贸公司驾驶员小洛桑的孩子？"

"别逼我，"甲卡坚持自己的态度道，"我只知道是天赐的娃子！"

单位领导几次向甲卡询问情况，得到的答复都是天赐的娃子，单位在无赖之下，只好将甲卡犯有作风问题的事，向宣传部做了汇报。宣传部研究后，做出批示：甲卡同志已不适宜仍留单位，请你们自行处理。

这样，甲卡被开出党籍，离开了单位。

甲卡打算带着孩子离开拉萨时，小洛桑阻止甲卡道："我俩去民政局把结婚登记办了，就留住在拉萨！"

……

且说，一晃赖三的儿子赖永福已初中毕业。按当时的政策，必须去农村接受贫下中农的再教育。这样，赖永福随同班里七个同学，去了与"五七农场"相邻的生产队插队落户。

农村的生活非常艰苦，几乎天天都是吃糌粑。为了改变生活，吃一顿大米饭，他们共同打起了去"五七农场"偷鸡摸狗的主意。

那天，赖永福他们行窃极不走运，刚敲开卓玛住室的房锁，就被田轩撞上，田轩即刻呵斥道："你们这是在干啥！"

几个行窃的知青二话不说，抽出携带的匕首，便上前连捅了田轩数刀。所幸，抢救及时，田轩躲过了劫难。可是，几个行窃的知青，全都被抓进了拘留所拘留审查。赖永福和他的同学在拘留所拘留了半月后，那些出生于工人家庭行窃行凶的知青全都释放了，唯独赖永福因为出生在管制分子家庭，仍被拘押在拘留所。

一天田轩和卓玛正在吃饭时，一个四十多岁的中年妇女，牵着个四五岁的孩子，拎着个小包袱在赖永福的同学的带领下见到田轩，那妇女即刻便丢下孩子，将手拎的包袱放在地上，"扑通"跪在田轩面前，又是磕头又是作揖地哀求道："您是菩萨，求求您救救我的孩子！"

"你是谁呀？"田轩连忙搀扶那女人起身道，"大嫂你别急，有事你慢慢说。"

"田叔，你就帮帮她，"随同那女人同来的同学，向田轩介绍道，"她是我们同学赖永福的母亲。"

卓玛端来碗茶递给对那女人道："妹子喝口水，润润嗓子。"

那女人接过茶水，询问卓玛道："姐，你是卓玛吧？"

"我是卓玛，"卓玛惊疑地问，"你认识我？"

……

"我是赖三的女人，"那女人回答，"名字叫伊西，是……"

田轩惊讶地打断伊西的话问："赖三是你老公？"

"是啊，"伊西回答，"赖永福是我和赖三的孩子。"

"赖永福这小子，"田轩愤愤地道，"没有粮食，向我和他阿孃随便吱一声，我们就是不吃，也要接济他！"

伊西打开带来的包袱，取出两瓶江津白酒、两斤白糖，递给卓玛道："姐，我们是小家小户，你收下。"

田轩斥责伊西道："不是外人，还带什么礼物呀！"

"田大哥，卓玛姐，"伊西淌着泪道，"这不是东西，是我和赖三心呀！"

卓玛眼眶盈满了眼泪，收下了礼物。

"赖三本来是要来看望你们，给田大哥赔罪，"伊西滚着泪珠道，"他的情况你们知道……"

"妹子别说啦，"卓玛眼眶盈满泪水道，"我知道啦，你来这里的原因了。"

"姐，赖永福还是个孩子，"伊西悲戚地道，"如果背上了污点，这辈子就完啦——跟他爹一样——抬不起头啊！"说着又跪地向田轩和卓玛接着道，"大哥、姐，我和赖三求你们啦！"

卓玛搀扶伊西起身后道："你还没吃饭吧，我们吃了饭聊。"

赖永福的同学走后，卓玛对伊西道："妹子，只要帮得了忙，我和你田大哥一定会帮你们！"

……

伊西坦诚地告诉田轩和卓玛道："大哥、姐，是央金叫我来求你们的……"

"央金，"卓玛打断伊西的话问，"哪里的央金？"

"觉罗的女儿，"伊西道，"小扎西的爱人呀！"

"别说啦，"卓玛道，"央金和小扎西的事我都知道。"

伊西抽泣着道："觉罗姐和央金都对我和赖三说，田大哥和卓玛姐一定都会帮我们——田轩大哥，卓玛姐，我和赖三求你们……"

"小扎西不是组织部副部长吗，"卓玛惊疑地问，"他怎么不帮你们？"

"他想帮我们，可是帮不了——现在革命委员会的第一把手都是造反派出生，原来的领导都还靠边站着——有职无权，"伊西淌着泪诉说道，"央金还说，能帮忙的只有姐的儿子——洛扎！"

"我明天陪伊西去康定，"卓玛对田轩道，"找洛扎去！"

……

次日一早，田轩送伊西和卓玛去车站，搭乘长途公共汽车乘坐了近七个小时的车，抵达康定已是午后的三时。卓玛和伊西刚出了车站大门，从远处就传来喧天的锣鼓声，抬眼望去，只见远处红旗招展，游行的群众高呼着："坚决支持党中央一举粉碎'四人帮'！"的口号浩浩荡荡而来……

游行队伍从卓玛和伊西身边走过后，卓玛叮嘱伊西道："你回家后也好好劝劝赖三，叫他不要过于焦虑，我和田轩都会帮你们！"

伊西充满感激地连连道："谢谢，谢谢，谢谢！"

……

伊西回到家，赖三连忙迎上妻子问："见到田大哥和卓玛了吗？"

伊西笑着回答道："见到了，田大哥和卓玛姐我都见到了！"

赖三连忙问："他们怎么说？"

"都愿意帮忙，"伊西兴奋地道："卓玛姐来康定找他儿子来啦！"

赖三双手合十连连道："阿弥陀佛，阿弥陀佛……"

"赖三，"伊西满心喜悦地唤丈夫道，"你猜我和卓玛姐出车站门看到了啥？"

"你就说看到了华国锋，"赖三不冷不热地问伊西道，"都与你我都毫无关系！"

伊西惊喜地道："华主席为人民出了口恶气——粉碎了四人帮！"

"别说四人帮，就是粉碎了八人帮，"赖三心理不平衡地道，"我还是管制分子！"

"你别这么想，"伊西劝解赖三道，"万一以后政策变了，你……"

"这些画饼充饥的话，从我戴帽的那一天起，就听够了——只要你好好接受改造，就能得到群众的宽大，"赖三愤愤地质问道，"我老老实实地接受了改造二十年，揭帽了吗？"

伊西无言以答，赖三关心地对伊西道："回屋吧，你坐了一天车，够你累啦。"

人在逆境的时候，都在寻求精神的寄托，即使是不迷信的人，也会变得迷信起来。赖三和伊西进屋门后，伊西刚端起茶碗喝茶时，赖三便与伊西商量说："我想你应该去趟中桥，找算命先生给娃算个命，看娃这次是有救还是无救？"

"不找算命先生，"伊西回答，"去找活佛给娃占卦。"

"你真是异想天开——喇嘛寺都被红卫兵毁啦，"赖三冷冷一笑道，"你上哪去找活佛？"

"二道桥不是有个还俗的活佛吗？"伊西蛮有把握地回答，"我找他去！"

"那你快，"赖三催促道，"快呀！"

伊西出门后，赖三在家里总觉得坐也不对，站也不对，一会儿双手合十默默地祷告："菩萨保佑，菩萨保佑！"一会儿又出屋子，面对苍天祈祷道："老天爷您保佑，保佑我儿子呀！"

……

伊西气喘吁吁地从二道桥回来，身子靠在院门的门框上，高兴地道道："儿子有救！儿子有救！"

"快告诉我，"赖三性急地问，"活佛咋说？"

伊西一字一句地道："有—贵—人—搭—救！"

"卓玛、洛扎是贵人，"赖三激动地眼眶盈满泪水道，"卓玛、洛扎是贵人啊！"

……

且说洛扎下班回家见到卓玛高兴道："阿妈，组织上调你来康定的通知才发出去两天，你就回来啦……"

"你说啥，"卓玛惊疑地问，"组织上要调我到康定？"

"州里的落实政策工作组，查清楚了你、爷爷和我田叔的问题——你们都是爱国人士，是党和国家团结的力量——你和田叔都调回康定工作！"

"那感情好，"卓玛性急地对儿子道，"给阿妈透透风——组织上安排阿妈做啥工作？"

"闲职呗——照顾我周叔！"

"去你的，"卓玛微笑着道，"够胆大啦——竟敢给你阿妈开玩笑！"

"都别逗啦，"卓玛问儿子道，"你田叔回康定做啥工作？"

"回商贸局，"洛扎回答，"具体分配啥工作，我还不知道。"

"工作的事就不说啦，"卓玛郑重其事地对儿子道，"阿妈回来是求你办件事。"

"有什么求不求，"洛扎爽快地道，"你是我阿妈，有事你只管吩咐！"

"你还记得你赖三叔吗？"

"赖三叔，当然记得，"洛扎回答，"听说他在解放初期走私和倒卖手表犯罪，现在还在受管制改造。"

卓玛惋惜地道："他儿子在稻城当知青惹大祸啦……"

洛扎连忙问："什么大祸？"

"伙同同学偷米，被你田轩叔撞见，"卓玛回答道，"几个同学就用刀子捅了你田轩叔。"

"这还了得，"洛扎愤愤地道，"真是胆大妄为！"

"你赖叔的儿子才十多岁，"卓玛惋惜地道，"一个学生娃娃不能一棍子打死呀！"

"阿妈的意思……"

"那些捅刀子的同学，因为出生好，在拘留所拘留了几天就没事了，"卓玛焦虑地

道，"可你赖叔的儿子，因为出身不好，还关押在拘留所，听说还要被判刑，你得要帮帮你赖叔……"

"这事我得了解一下情况，"洛扎为难地道，"至于帮得了忙，还是帮不了忙，我晚上答复你。"

卓玛高兴地道："阿妈就想听到你这句话！"

晚上，洛扎回家告诉母亲道："赖叔的事我向稻城方面打听过了，只要田叔写份不追责的保释材料，就能得到保释。"

"那，"卓玛激动地道，"那我每天就回稻城，把材料给你送来！"

……

赖永福真算是有贵人搭救，半月后，他被叫到拘留所管教室，被管教人员痛骂了一顿，写了份以后再不犯事的保证书便释放了。

且说，小洛桑三番五次地向甲卡提出结婚的请求都遭到甲卡拒绝后，甲卡决意瞒着小洛桑带着孩子返回康定。甲卡回到康定无处栖身，只好去找格桑拉姆，请她给自己租一间能容身的房子。

"你找什么房子，"格桑拉姆指责甲卡道，"我家里空了两三间房，难道不够你母子住吗？"

"姐……"甲卡感动得说不出话。

格桑拉姆从甲卡手里抱过孩子道："哪也不准去，就住在姐家里！"

没有了工作的甲卡，失去了生活来源。虽然格桑拉姆没有叫她们母子交生活费，但是甲卡的内心却内疚极了。她去过州文工团找过自己以前的同事和朋友，托他们给自己找份工作。那时，各行各业都还处在半瘫痪的状态，文艺单位没有演出任务，演员们不是在家带孩子，就是躲在角落赌钱打牌。至于工厂里的工人，不是上班跑病假，就是在生产车间聚众吹牛。找工作，难如登天。格桑拉姆见甲卡整天为工作苦恼，不得不瞒着甲卡去找田轩，请田轩替甲卡找个工作。

那时，田轩、卓玛调回康定已有好些年了。同时，商贸局为了照顾田轩和茨玛丽珠夫妻两地分居的问题，也已将茨玛丽珠调到康定，安排在商贸局物资供应科当科员。

田轩从格桑拉姆那儿知晓了甲卡的情况后，对茨玛丽珠道："甲卡的孩子毕竟是我的孙子，我必须资助她抚养孩子。"茨玛丽珠应允后，田轩按月将自己工资收入的三分之二，六十多元托觉罗或汪堆带给甲卡。

那时候一般技术工人的工资，也就是四五十元。甲卡母子按月都有六十多元的收入，日子过得还是比较富裕。

且说，甲卡瞒着小洛桑和绒佳离开拉萨后，绒佳和嘎雍泽珠更是无微不至的关心着小洛桑。每次小洛桑出车回来，嘎雍泽珠除给小洛桑做几样好吃的菜外，还要给小洛桑讲一些好笑的故事，让小洛桑开心。然而，心事重重的小洛桑怎么也笑不起来，郁闷总是憋在心里。

一天，绒佳开诚布公地劝解小洛桑道："甲卡离开了你，表明她对你已经死心，你何必还要为她郁闷，伤了自己的身体。"

小洛桑无言以答，只是一个劲地叹气。

数月后，小洛桑收到父亲从康定的来信，悉知甲卡现在住在格桑拉姆家里，同时，田轩在信里叮嘱儿子，在拉萨好好工作，甲卡母子的生活不用你操心，由他和茨玛丽珠来管。

小洛桑知道甲卡的下落后，憋在心里的心结，总算解开。但是，想着父亲还在照管甲卡、负担孙子，小洛桑颇感内疚，时常潸然泪下。

一月后，小洛桑去康定在格桑拉姆家见到甲卡母子后，甲卡明确告诉小洛桑："你走吧，我再也不想见到你！"说罢，转身去了里屋。

格桑拉姆上前来劝说小洛桑道："你甲卡小姨决定再也不见你啦，听阿姨的话——回吧！"

甲卡在里屋，靠在门框上，眼眶盈满了泪水。

格桑拉姆将小洛桑送出院门后，告诫小洛桑道："我和你父亲都认为——你和甲卡不合适——听阿姨的劝，去找个适合你的姑娘。"

小洛桑回到拉萨后，在绒佳的劝说之下，同嘎雍泽珠去了民政局，办理了结婚登记手续。

第六十三章
赖永福辞职做生意　小洛桑弄潮起微澜

　　自儿子赖永福从拘留所出来以后，赖三除认定卓玛和卓玛儿子洛扎是自己家的贵人外，对神灵护佑也深信不疑。每逢初一、十五日，都要叫老婆悄悄在家里烧香许愿，祈求神灵保护一家人平安。

　　粉碎"四人帮"以后，停止了知识青年上山下乡运动，眼看接受再教育的知青全都要返城工作了。为此，信奉神灵的赖三，每天天不见亮就起床，燃起一炷香，跪地向神灵祈祷，希冀神灵赐福给儿子，让儿子早日回城。

　　可是，每次招工单位在对赖永福进行政审的时候，赖永福总是因为父亲的问题过不了政审关，与赖永福同一知青点的知青全都返城回康定了，唯剩下赖永福还坚守在知青点。

　　由于赖永福不能回城，自己的心情烦躁死啦，赖三担心儿子生出事来，便写信叫儿子回家，一家人在一起过个新年。1978年，赖永福回康定过春节。赖永福在家里过完新年，回到知青点没几天，就接到公社的招工通知，说他被招工分配回康定，安排在集体所有制企业——"街道板车货运队"工作。

　　赖永福同学全都安排在全民所有制单位，而自己却被安排在集体所有制的民办企业街道板车队拉板车，心里憋气极了，但是回头一想，去板车队拉板车，总比一个人在这当知青强许多倍。

　　次日，赖永福便背着自己的被盖卷，去车站搭乘回康定的班车。

　　赖永福回到家时，刚下班回家的父亲正在院子里给板车的轮毂打油，他抬头瞥见进院门来到儿子，没好气地责问儿子道："你才回知青点没几天又回来啦，你是在向运输公司捐钱呀！"

　　赖永福将背在背上的被卷往板车上一扔，赌气地道，"捐什么钱呀，我回城啦！"

　　赖三惊疑地连忙问："是调你回城？"

　　"问这么多干啥？"赖永福不耐烦地道，"调回城就调回城！"

　　赖三关心地问："回城干啥工作？"

　　"跟你一样！"

"啥！"赖三惊慌起来问，"你也成了管制分子？"

伊西闻声从屋里出来，在围腰上擦着手笑嘻嘻地对儿子道："永福回来啦！"

"阿妈！"赖永福笑盈盈地迎上伊西，"儿子回城啦！"

"你这回来，"伊西问儿子道，"也同你阿爸一样——受管制？"

"不是受管制，"赖永福不高兴地回答，"是拉板车！"

老一代的板车师傅都已经老了，街道居委会为了增加新生力量，经劳动局批准，才在知青中招一批后备力量。

"拉板车好啊——挣钱不少，"赖三高兴地道，"我儿子出息啦！"

……

随着国家实现四个现代化的呼声越来越高涨，街道的板车队也在逐渐朝着现代化的目标迈进，逐步用柴油发动机作为动力的机械，去淘汰落后人力拉车。这种用柴油发动机作为动力的机械叫"永向前"运输车。这种车因为没有挡位，只能前进，不能后退，所以取名"永向前"。板车队有了"永向前"后，也更名为"街道工业运输科。"因为，板车队的老工人，几乎没有文化，随同赖永福进板车队的另十多位男知青，全都成了运输科"永向前"驾驶员。

随着党的各项政策的落实，"地富反坏右"五类人的帽子在一夜之间都一风吹了。当赖三在派出所门前所贴出的摘帽人员大红喜报的名单中看到了自己的名字时，他兴奋极了，撒腿就往"田府"跑去，他要把摘帽的消息，第一个告诉田轩，让田轩也分享到自己的幸福和喜悦。

赖三赶来到"田府"，收发室的老头告诉他道："老哥，你回吧，田科长有好些日子没回宿舍了，听说上去医院住院去了。"

"住院？"赖三性急地问，"老田得了啥病？"

"老哥，"看门老头回答，"我一个看大门的，哪知道得了啥病。"

赖三扭头就往医院赶去。

田轩患的是心血管病，经过医院及时抢救现在基本已无大碍。赖三见到田轩后连忙问："老田你没事了吧。"

"谢谢你来看我，"田轩坐在病床上，回答赖三道，"现在没事啦！"

赖三高兴地连连道："没事就好，没事就好！"

田轩关心地问："日子过得还好吗？"

"好，好！"赖三兴奋地道，"我是特意赶来告诉你喜事的——我摘帽啦！"

"赖三兄弟，日子越来越有奔头啦，"田轩叮嘱道，"要好好保重身体，好好保重身体！"

田轩正在与赖三拉话时，茨玛丽珠牵着个十岁年纪，脖子上系着红领巾，身着空军飞行服的男孩进了病房。

田轩问茨玛丽珠道："这是哪来的孩子？"

"咋，不认识，"茨玛丽珠高兴地回答，"是你孙子！"

第六十三章 赖永福辞职做生意 小洛桑弄潮起微澜

赖三从贸易公司辞职与甲卡离婚后，虽然与田轩未曾蒙过面，但是对田轩家这近十年所出的事，也是有所耳闻。尤其是小洛桑与甲卡有孩子的事，赖三是了解的。因为格桑拉姆曾告诉过他，甲卡因为同小洛桑有了孩子，被单位开除后，就从拉萨回到了康定借住在格桑拉姆家里。

当茨玛丽珠告诉田轩，自己牵来的孩子是田轩的孙子时，赖三便知这孩子是甲卡的孩子。赖三为了不让大家都感到尴尬，便叮嘱了田轩一句："好好休息！"便告辞了田轩出了病房。

"去把甲卡叫来，"田轩吩咐茨玛丽珠道，"我有事对她说。"

茨玛丽珠出病房后，田轩问孩子道："你知道我是谁吗？"

"你是我爷爷，"小孩对田轩道，"阿妈告诉我，阿妈自己都养活不了，是爷爷带钱来养活我和阿妈的。"

田轩伸手将孩子拉到自己面前问："告诉爷爷叫啥名？"

孩子回答："我叫田鹏——是阿妈给我取得名字。"

甲卡随同茨玛丽珠进了病房后，"扑通"一声跪在病床前，流着泪呜咽道："甲卡没脸见你——对不起……"

"快起来，你这是干啥呀，"田轩责备甲卡道，"别再回头看曾走过的路啦，朝前看一切都是光明！"

茨玛丽珠和田鹏搀扶甲卡起身坐在病床沿，田轩尴尬地找了感激甲卡的话道，"田鹏快成小伙啦——辛苦你啦！"

"我不辛苦，"甲卡感激地道，"辛苦的是你和茨玛丽珠，没有你俩资助我母子，我母子……"甲卡泣不成声了。

"你很能干，"田轩夸奖甲卡道，"把田鹏打扮得帅气极了！"

"哪是我能干，是他格桑拉姆阿姨打扮他的，"甲卡解释道，"这孩调皮整天嚷闹着要像索朗多吉哥哥一样当飞行员，索朗多吉也迁就他，就寄回家来一套空军的飞行服……"甲卡脸上浮出自豪的笑容接着道，"他格桑拉姆阿姨就照他的个儿，改制了一下，把这小子打扮成了小飞行员！"

"田鹏，"田轩叮嘱孙子道，"以后不许调皮，要听你阿妈和格桑拉姆阿姨的话。"

"阿妈，你就别再告状啦，"田鹏哀求地对母亲道，"田鹏以后听你和格桑拉姆阿姨的话还不行吗？"

"行，"甲卡高兴地对儿子道，"阿妈再也不在你爷爷面前告你状啦！"

甲卡在临别的时候，茨玛丽珠告诉甲卡道："姐，田轩病好出院后，就办退休了，家里的房够宽够大，你搬回家来住吧，田轩天天能见到孙子心里高兴呀！"

"搬回家来吧，"田轩高兴地说，"茨玛丽珠说得对——我就想天天都能看到我的孙子！"

……

且说，赖永福自招工回城，在街道企业的运输科，当上了"永向前"运输车的驾驶员后，在城里的建筑工地拉运砖时，运输车在运输砖块的途中，柴油机的齿轮坏啦，由于修车的配件匮乏，运输科科长不得不安排赖永福出差去成都购买配件。

赖永福到了成都见到处都是商业繁荣的景象，在盐市口、春熙路、动物园、人民公园这些人流多的地方，到处都是商贩的叫卖声，这里在喊："香港的电子手表——五元，五元啦！"那里在喊："台湾的墨色眼镜贱卖啦——八元，只卖八元！"至于卖牛仔裤和丝织品的比比皆是……

——这些繁荣的商业买卖，让赖永福看得眼花缭乱目不暇接。

赖永福出差带了五百多元，其中有三百元是购买配件的公款，两百元是自己参加工作后攒下的私房钱，于是横下一条心，把这自己带的二百元，买成牛仔裤和太阳镜，带回康定，叫母亲去菜市场上试一试看能不能卖出去。

赖永福乘坐成都至康定的班车在路上跑了两天才抵达康定。当赖永福又是扛，又是背的回到家时，赖三接过儿子肩头扛的牛仔裤便质问道："运输科叫你出差买配件，你买这么多无用的东西回来干啥？"

赖永福顶撞父亲道："我的事不要你管！"

"你的翅膀硬啦，"赖三将手拎的包袱愤愤一扔，发怒道，"好好好，我不管，我不管！"

伊西听见父子俩的嚷闹声，出门来高兴地唤儿子道："儿子，回来啦？"

"阿妈！"

"哟，带回家了这么多东西，"雍熙惊喜地问，"都是些啥呀？"

伊西在翻弄赖永福带回家的东西时，见都是自己难以看见的稀奇货，兴奋地对赖三道，"他阿爸，你来看——全都是稀奇货！"

赖三恼怒地指着伊西道："你……你叫我说你什么好！"说罢叹着气进屋去了。

赖永福在整理裤子和太阳镜时，伊西询问儿子道："你带了这么多裤子、眼镜啥的——是给谁带的？"

"给谁也没带，"赖永福爽快地回答："买回来自己卖的。"

"卖？"伊西惊讶地道，"不行，不行！你阿爸就是贩卖手表这辈子才抬起头，你要再……"

"阿妈，现在都改革开放啦，"赖永福为自己辩解道，"邓小平不是说了吗——不管黑猫白猫，逮到老鼠就是好猫——儿子就是能逮到老鼠的好猫！"

"儿子，听阿妈的话，"伊西紧张地道，"我们别去想邪门歪道——开好你的永向前就行啦！"

……

次日一早，赖永福本以为今天是全家最早起床的人，可没想到的是，父亲早已起床，正在整理板车要出门去拉货了。于是，赖永福关心地对父亲道："阿爸，再也不要拉车啦……"

赖三没好气地打断儿子的话，顶儿子一句道："不去拉车，全家人喝西北风呀！"

"你都六十多岁啦，"赖永福去到父亲身边，将父亲放在板车平板下面竹筐里的杂乱东西扔在洗衣台上道，"还拉啥车呀，就在家休息！"

"我休息，"赖三轻蔑地质问儿子道，"我，还有你阿妈、你姐谁养活？"

"我养活！"赖永福理直气壮地道。

"你给我打住，"赖三斥责道，"别再想你那邪门歪道——干好你的工作！"

赖永福争不过父亲，只能眼巴巴地看着父亲拉车出门去了。

赖永福转过身欲进屋门时，见姐姐西姆丹真已经站在门前，便发话道："做好准备，我们去菜市场。"

伊西前夫的女儿——西姆丹真年长赖永福四岁，岁数已经二十出头。但是，因为家庭没有背景，自己又仅仅上过两年小学，所以至今仍嫁不出去，赖在家里随母亲在街道工业纸盒厂粘纸盒维持生计。

昨晚，赖永福趁父母躺下熄灯后，敲开姐姐的房门，对姐姐道："姐，明天别去纸盒厂，随我去菜市场，把带回来的牛仔裤、墨镜给处理了。"

……

赖永福和西姆丹真背着货品来到菜市场，刚摆好地摊，顾客就蜂拥而至，一会儿工夫，所有货品便一抢而空。没有买到货品的顾客，还询问赖永福道："老板，还有货吗？"

"对不起，暂时没有货啦，"赖永福喜滋滋地回应道，"请改日再来！改日再来！"

赖永福和西姆丹真回到家，清点钞票发现一趟成都下来，所赚得钞票几乎是自己一年的工资，姐弟俩开心极了。

——赖永福爱上了做生意这一行当！

赖永福赚得了第一桶金后，干脆辞去了街道工业运输队的工作，在姐姐的帮衬下，一门心思做起了小买卖。

赖三知道儿子辞职的消息后，愤慨地责骂儿子道："你这个不知好歹的东西，迟早有一天，你会坐牢的！"

"阿爸，你别一口一个坐牢，"赖永福顶撞父亲道，"你是一日遭蛇咬，十年怕井绳！"

"哎哟！"赖三愤慨地道，"我怎么养了你这么个儿子呀……"

伊西上前斥责儿子道："他是你父亲，你让着他点不行吗？"

赖永福只好愤愤地跺了一下脚，又出门去了成都。

赖永福的用做生意赚的钱还从成都给家里买了台日本原装的黑白电视机。虽然那时电视机的信号不好，屏幕是常出现"多瑙河之波"（黑白条纹），但是邻居都感到稀奇，每到夜晚，赖永福家院内都是里三层外三层挤满了看电视的观众。同时这些看电视的观众，都在赖三面前夸奖赖永福道："你儿子了不起，是个有胆识的能人！"

时间一晃一年过去，赖永福的生意越做越火红，堂而皇之地在城中心租了两间门面，做起了家电买卖，同时，进货渠道也从成都转向了广州、深圳。

……

赖三的年事已高，胡子、头发都全白了，车也拉不动车了，街道工业运输队因为属于民办企业，没有退休的先列，赖三只好听伊西和儿子的劝告，在家吃闲饭。所幸赖永福有能耐，一家人的日子过得有滋有味。

赖永福的生意越做越大，打算再在东门租房增加营业销售店时，遇上了缺少营业员的难题。

这时，伊西想到了甲卡，伊西站在自己的角度认为，甲卡来儿子营业门市上班，既解决甲卡找不到工作的困境，又为退休在家的田大哥减轻负担。出乎伊西预料的是，伊西好意却遭到甲卡的拒绝。甲卡和颜悦色地对伊西道："现在时兴跳交际舞，我已经与州文工团签了协议，租他们的练功房，办交际舞舞蹈培训班。"

伊西哑然了，伊西回到家没几天，就听说甲卡的交际舞舞蹈培训班开学了。

甲卡的培训班异常火爆，如果不是熟人介绍，报名很难。自1957年把跳交际舞作为是追求资产阶级生活方式，进行严厉批判后，这近三十年的时间里，交际舞几乎早已被人们忘却。然而，现在突然又时兴跳交际舞，于是青年人都蜂拥来到了甲卡的培训班。

甲卡一个人忙不过来，便聘请了七八个州文工团的舞蹈演员为培训班的舞蹈教师。

……

且说，十一届三中全会以后，富贵原籍地自实行了土地承包责任制后，所在的乡人民公社更名为了乡政府，原来的生产大队更名为村，生产队更名为组后，乡政府为了发展经济鼓励发展乡镇企业并将"五匠人员"（木匠、铁匠、泥水匠、篾匠、丝绸编织匠）组织起来，因地制宜组建了建筑施工队、打米厂、竹编厂之类经济组织发展乡村经济。富贵是做商业经营的能人，了解雪域高原因交通不便物资匮乏的情况。于是，萌发了或去康定，或去拉萨做生意的想法。

一天，已经退休了的绒佳搭乘儿子的车来南充探望富贵。绒佳见丈夫的家里一清二白，责备富贵道："你日子不好过咋不写信告诉我，我和向发可以给你多寄钱呀！"

"好过，好过，"富贵笑着道，"这不是过得挺好吗？"

"阿爸别再跟自己过不去，"王向发对父亲道，"同我们一道回拉萨吧。"

富贵兴致勃勃地道："我就想去拉萨干我的老本行。"

"你以为自己还年轻呀，"绒佳笑着责备丈夫道，"是啥岁数啦——还逞什么能！"

"我身体壮实，"富贵拍了拍自己的胸脯，自得地道，"在干七八年没问题！"

"干啥干，"绒佳甜蜜地笑着道，"你辛苦了几十年，该享受清福了！"

富贵尴尬地笑着对妻子道："享福，享福，该享福！"

……

富贵在村里的"红薯加工厂"买了三十多斤本地特产的干红薯片，便随同妻子和儿子远赴雪域高原去了。

富贵一家抵达康定后，富贵将所带的干红薯片分成六份作为礼物，去看望自己多年未见的老朋友们。

第六十三章　赖永福辞职做生意　小洛桑弄潮起微澜

且说田轩退休后,单位出于照顾,提前让茨玛丽珠退休在家照顾田轩。能为田轩带来开心的孙子,也上学去了,无所事事的田轩只好每天下午就在的单位的老年活动室,和郎吉、李二拐、汤巴子这些退休的老职工打打麻将打发时间。

单位的老年活动室就设在院子里,对田轩来说,下宿舍楼走几步就是活动室,方便极了。

富贵一家在茨玛丽珠带领下,来到活动室时,田轩正好"倒牌",兴奋地嚷着道:"清一色!付钱,付钱!"

郎吉、李二拐在付钱时,汤巴子嚷起来道:"'麻糊'!'麻糊'!"

"清一色,"田轩辩解道,"啥麻糊!"

汤巴子在为田轩"一坎一坎"的整理牌时,唯独有一坎,五八九万不能配成坎,汤巴子理直气壮地道:"你看是不是麻糊?"

田轩自我解嘲道:"哎呀,老而无用啦,我认罚,认罚!"田轩正在向各位赔钱时,茨玛丽珠第一个进屋来了,汤巴子连忙唤道:"嫂子!"

田轩、郎吉闻声回头往门处看去,见绒佳和富贵走进门来。田轩惊喜地:"富贵——我的好兄弟!"

大伙都上前争先恐后地同富贵握手。郎吉一手握着富贵的手,一手在富贵肩头打了一拳道:"一二十年没见面啦——老朋友想死你啦!"

富贵回答众人道:"我也想死兄弟们啦!"

郎吉兴奋地对打牌的各位道:"今天谁也别走,都去我家,哥们几个好好喝台酒!"

……

郎吉家已经安装了电话,回到家的郎吉分别给赖三、汪堆、觉罗、卓玛家打了电话,通知他们都来自己家聚一聚。

赖三接到电话,也不向伊西打声招呼,自个儿拎了两瓶"五粮液",就去了郎吉家。

觉罗是电话通知的客人中,第一个到郎吉家的。格桑拉姆见央金和小扎西没随来,便质问觉罗道:"为啥不叫上央金和小扎西?"

"哎呀,我的格桑拉姆姐,"觉罗为难地解释道,"央金和小扎西工作忙,都来不了!"

"不行!"格桑拉姆固执地道,"我亲自给他们打电话!"

"电话就别打啦,"田轩插言道,"上班人员哪能像我们赋闲在家的人——抬腿就走!"

田轩的话音刚落,羌月推着坐轮椅的汪堆进门来了。汤巴子开玩笑地唤汪堆道:"汪堆兄弟福气好啊——有腿不走路,有嫂子伺候,羡慕,羡慕。"

"千万别羡慕,"汪堆笑着道,"坐轮椅的日子不是好日子!"

"我不是羡慕你坐轮椅,"汤巴子笑着道,"我是羡慕你有嫂子伺候!"

田轩问羌月道:"日子过得好吗?"

"田大哥托你的福,"羌月感激地道,"日子过得挺好!"

"汪堆哥,"富贵笑着对汪堆道,"今天该你上座!"

"我上什么座呀，"汪堆笑着回答，"有资格上座的是老田！"

富贵笑着对大伙道："各位弟兄，汪堆哥是抗战英雄，你们说该不该上座？"

众人迎合富贵的话道："该，该，该上座，该上座！"

"你们都搞错咯，"汪堆玩笑地道，"一把手才有资格上座，一条腿没资格！"

"汪堆兄弟，"汤巴子故作严肃地道，"你上战场的时候，应该呼喊——小日本，老子给你们一只手炸，别炸我的腿，炸去老子一只手，老子将来好当一把手！"

大伙正在说笑时，赖三拎着酒踏进门槛道："哟！这么热闹呀！"

富贵惊喜地道："我的赖三兄弟！"

"富贵！"赖三高兴地把拎来的酒塞到郎吉手里，就要前去同富贵握手。

"你这是做啥呀，"郎吉责问赖三道，"到哥家来，还担心哥没有酒给你喝？"

"老哥，这是五粮液，"汤巴子替赖三解释道，"赖三兄弟今非昔比——发啦，哪还像你我还是一贯制'老白干'！"

赖三握着富贵的手，扭头对汤巴子道，"我才不管他是五粮液，还是老白干，儿子给我买啥，我就喝啥。"

"赖三兄弟现在财大气粗，"汤巴子对大伙道，"说出话来大气，大气！"

"我什么财大气粗，"赖三解嘲地道，"你们一个个有退休金，我赖三是叮叮猫吃尾巴——自个儿吃自己！"

在厨房忙碌的格桑拉姆进屋来，遗憾地对郎吉道："现在就只有卓玛两口子没来啦。"

"周凯咋个也是州长离休，"李二拐玩笑道，"怎么会来参加小老百姓的聚会。"

说曹操曹操就到，李二拐的话音刚落，周凯和卓玛就进了屋门。

"哟！贵客！贵客！"格桑拉姆连忙给卓玛两口子端凳。

"不好意思，"卓玛谦让着道，"嫂子，我来！我来！"

……

卓玛两口子一到，格桑拉姆就张罗着开席，在席间，周凯对众人道："我们这一代人都老啦，现在最首要的是快快乐乐地过好每一天。尤其是赖三和富贵，窝窝囊囊的过来半世人生，更要珍惜今天的幸福！"

格桑拉姆端着刚出锅的香酥鸭进屋来，问田轩道："今天的菜合你口味吗？"

"巴适！"田轩回答，"今天嫂子受累了。"

"受啥累呀，"格桑拉姆笑着道，"只要大伙高兴，嫂子就心满意足！"

觉罗插话道："今天如果欧阳姐和沙部长也来参加聚会，往日的朋友就到齐了，那才真是高兴！"

"你老首长和你欧阳姐就别再提啦，"周凯道，"两口子都回上海啦，这辈子可能都不能再见面了！"

富贵扭头问周凯道："你知道他俩住在上海哪里吗？"

"富贵兄，你是杞人忧天，"赖三瞥了汪堆一眼道，"该打听的是我们的汪堆兄弟！"

"好个赖三，"汪堆笑着斥责道，"竟然扯到我汪堆的头上来啦？"

第六十三章 赖永福辞职做生意 小洛桑弄潮起微澜

"你老实交代，"赖三指着汪堆道，"当初去拉萨，你是不是对欧阳小姐不怀好意？"

"你你你，"汪堆语无伦次地道，"你这个赖三尽说戳脊梁骨的话！"

大家都快乐地哄笑起来。

……

富贵一家回到拉萨后不久，就遇上贸易公司经营不景气，单位的销售科和运输科实行承包经营。富贵从王向发口里得知贸易公司要实行承包经营后，即刻与小洛桑商量，叫他把家里的两幢房产抵押给银行，作为承包费，承包下贸易公司的业务。绒佳的侄女嘎雍泽珠非常赞同姑爹的意见，鼓励小洛桑道："没啥可犹豫，就是承包亏了，大不了我们回马丽干戈当农民！"

"行！"小洛桑兴奋地道，"听你们的，将房产抵押给银行，用抵押的款项，承包下贸易公司的全部业务。"

一夜之间，小洛桑和王向发都转变了身份，小洛桑由驾驶员转变成了拉萨市吉祥有限公司的总经理；王向发转变成了公司的副总经理。

自小洛桑承包下运输队的第一天起，富贵就在幕后为小洛桑出谋划策，他告诉小洛桑除恢复原有的吉祥货栈的全部业务外，还要马上联系畜产公司和中药材公司，以低廉的运输费用，包揽两家公司所有的运输业务。同时，富贵还电话联系了赖永福，希望他与小洛桑合伙，在拉萨和康定卷起商业狂澜。

富贵确实具有做生意的天赋。把拉萨的生意安排妥当后，即刻与小洛桑商量，打算请沙部长出面为吉祥货栈介绍一些联系户。小洛桑十分赞同富贵的谋划，却遗憾地告诉富贵："沙叔叔已经退休，同欧阳阿姨一道回上海赋闲了，找到他，还能解决问题吗？"

"沙部长退休了，"富贵笑着对小洛桑道，"他的儿子、他的部下可没退休呀！"

于是，富贵、小洛桑便乘飞机从拉萨赶往上海去面见沙坤宁去了。

沙坤宁的儿子沙霁早已从人民大学毕业，分配在上海国家进出口公司上班。沙霁得知，小洛桑和富贵来找父亲的目的后，即刻告诉他们："你们谁也别找了，赶快回拉萨，组织藏地手工编织的地毯，用飞机空运到上海，由进出口公司作为国家进出口货品，替你们销往中东地区！"

富贵感激地连连道："沙霁谢谢你，谢谢你呀！"

……

富贵和小洛桑来到卡江见到已经是卡江县委书记的雍熙，向雍熙说明来意后，雍熙兴奋地道："我们卡江的地毯能出口中东，简直是好事啊！我们卡江的企业也活啦，我们的农牧民兄弟也富裕啦！"

于是，雍熙代表卡江人民与小洛桑签订了年产三万条手工地毯的销售合同。

吉祥货栈在富贵的指点之下，国内、国外的生意做得风生水起，三年下来，小洛桑就成了拉萨生意场上响当当的风云人物。

后　记

赖三去世了，赖三的葬礼过后没几天，郎吉也因为突发脑溢血抢救无效而离世了。郎吉葬礼那天，他在空军部队当少将的儿子索朗多吉也从部队赶了回来。索朗多吉为了感谢长辈们对父亲的关心，特意在酒楼定了两座酒席，宴请各位长辈。

宴席那天，异常热闹，除田轩夫妇、周凯夫妇、觉罗夫妇，以及甲卡、降央、羌月这批老一代人外，马帮的后人，赖三的儿子赖永福、富贵的儿子王向发、勇嘎的儿子小洛桑、觉罗的女儿央金，以及卓玛的一对儿女洛扎和雍熙也赶来参加了酒宴。

索朗多吉端起酒杯，向各位前辈一一敬酒，来到周凯面前，向周凯敬酒时，周凯起身后突然控制不了自己的身子，索朗多吉还来不及伸手去抱住周凯时，周凯就已经跌倒在了地上……